KB138674

**THE
ECHO of
OLD BOOKS**

**BARBARA
DAVIS**

THE ECHO OF OLD BOOKS
Copyright © 2023 by Barbara Davis All rights reserved.

Korean translation copyright © 2024 by Publion
This edition is made possible under a license arrangement originating
with Amazon Publishing, www.apub.com, in
collaboration with EYA Co., Ltd.

이 책의 한국어판 저작권은 EYA Co., Ltd를 통한 Amazon Publishing 사와의
독점 계약으로 퍼블리온이 소유합니다. 저작권법에 의하여
한국 내에서 보호를 받는 저작물이므로 무단전재 및 복제를 금합니다.

THE
ECHO of
OLD
BOOKS

오래된
책들의
메아리

바버라
데이비스

BARBARA
DAVIS

박산호 옮김

퍼블리온
Publion

이 책을 사서들과 책방지기들……
상상력의 수호자들, 굶주린 영혼에 양식을 제공하는 사람들,
글로 쓴 이야기의 가교가 되어주는 사람들에게 바칩니다.
일에 대한 여러분의 애정이 없었다면 우리는 지금 어디에 있을까요?

―――――――

"밤에 내 서재에 앉아 책들의 고요한 얼굴을 보고 있을 때면,
가끔 초자연적인 존재가 찾아오는 기이한 느낌이 든다."
―알렉산더 스미스(작가)

―――――――

차례

프롤로그

1954년 7월 21일
매사추세츠, 마블헤드

그것은 어느 화창한 여름날 도착한다.

중요 문건이라는 붉은 도장이 앞쪽에 두 군데 찍힌 커다란 마닐라 봉투. 여기저기 생채기가 난 가죽 압지 위에 놓인 우편물들, 그 맨 위에 있는 봉투를 나는 빤히 바라본다. 보내는 사람의 이름도, 봉투 앞면에 적힌 필체도 낯익다.

나는 의자에 털썩 주저앉아 숨을 깊이 들이마셨다가 내쉰다. 지금도 그렇고, 그 오랜 세월이 흘렀는데도 그 기억들은 교활하다. 마치 몸에서 떨어져나간 팔다리의 통증처럼, 고통의 근원은 사라졌을지 몰라도 그걸 일깨워주는 고통은 너무나 갑작스럽고 또 너무나 통렬하게 나를 기습한다. 나는 잠시 그 통증을 품은 채 그것이 희미해지기를 기다린다.

오후의 태양이 서재에 친 블라인드 틈으로 쏟아져 들어와 카펫과 벽, 책들이 나란히 꽂혀 있는 책장과 여러 해에 걸쳐 여기저기서 받은 상장들을 노란 버터 색의 가는 빛살로 비춘다. 나의 성역. 하지만 오늘은 내 과거가 나를 찾아낸 듯하다.

나는 봉투를 열어서 안에 든 내용물을 책상 위에 쏟았다. 무늬 없는 갈색 종이로 포장한 직사각형의 소포, 그리고 겉면에 쪽지 한 장이 종이 집게로 집혀 있는 작고 흰 봉투 하나가 나왔다.

안에 동봉된 편지를 전달해드립니다.

이건 분명 디키의 정성스러운 필체다.

나의 조카.

최근 우린 거의 말을 섞지 않고 지낸다. 떨어져 지낸 세월이 길어져 이제는 대화도 어색해졌다. 그래도 명절과 생일에는 여전히 카드를 주고받는다. 디키가 내게 뭘 보낸 걸까?

나는 봉투에서 편지지 한 장을 조심스럽게 꺼내 압지 위에 펼쳐 놓았다. 디키의 필체가 아닌 다른 이의 필체가 눈에 들어왔다. 마찬가지로 익숙한 필체. 날카롭고 각이 져 있으며 심하게 기울어져 있는 필체. 유령이 쓴 편지.

디키에게,
나와 너의 가족 사이에 일어난 그 모든 일을 고려해볼 때, 이렇

게 너에게 연락하는 나를 뻔뻔한 인간이라고 생각하겠지. 너의 가족과 연락하면 좋지 못한 결과가 따른다는 사실을 아주 잘 알고 있고, 너를 이렇게 다시 중간에 내세우기가 꺼려졌지만, 아무리 오랜 시간이 흘렀다 해도 분명하게 밝혀둬야 할 일이 있다고 생각해 이렇게 연락했다. 그러니 마지막으로 간절하게 부탁하마. 여기 동봉한 소포를 너의 이모에게 보내줬으면 한다. 그동안 시간이 많이 흘러서 네 이모의 소재를 알 수 없게 돼버렸거든. 넌 네 이모가 늘 아끼는 조카였으니 두 사람은 아직 연락하고 지낼 것 같더구나. 그리고 아주 민감한 사안을 전달해야 했을 때 이모가 특별히 너를 믿고 맡긴 사실도 기억났다. 그래서 이번에 용기를 내어 도움을 청하게 됐다. 이 소포는 누구의 손도 타지 않고 그대로 이모에게 보내줬으면 한다. 안에 너의 이모만 봐야 할 아주 사적인 물건이 들어 있거든.

미안함과 감사하는 마음을 담아.

-H

깔끔하게 포장한 소포를 보고 있자니 갑자기 방이 아주 작고 답답하고 닫힌 공간처럼 느껴진다. 13년간 소식 한 번 보낸 적 없던 사람이 이제 와서 갑자기 오래전 우리 사이를 오갔던 중개자를 통해 은밀한 소포를 보내다니. 왜 이제? 아니, **대체 왜?**

그 거친 갈색 포장지를 뜯는 내 손은 축축했다. 돋을새김이 된 가죽으로 만든 책등이 보였다. 대리석 무늬로 장식한 파란 표지. 책. 금박을 입힌 제목이 마치 주먹으로 나를 내려치는 것 같았다.

후회하는 벨

나는 목구멍으로 차오르는 고통을 가까스로 삼켰다. 그 꺼칠꺼칠한 감각이 너무 생생해서 숨이 막혔다. 너무나 오랫동안 그걸 기억하지 않으려 조심하느라 감각이 마비돼 있었던 나머지 상처가 쩍 벌어져서 피가 흐르는 것이 어떤 느낌인지 까맣게 잊고 있었다. 나는 마음을 단단히 먹고 표지를 넘겼다가 입을 한 손으로 틀어막은 채 끓어오르는 흐느낌을 꿀꺽 삼켰다. 당연히 표지 안쪽에 글귀가 적혀 있었다. 당신은 내게 최후의 한 방을 날릴 기회를 절대 놓칠 수 없었겠지. 내가 대비하지 못했던 건 당신이 그 표지 안쪽에 휘갈겨 쓴 글, 내 양심을 똑바로 겨냥해 쏜 화살을 읽는 동안 당신의 목소리가 내 머릿속을 가득 채운 것이다.

어떻게, 벨? 그 모든 일을 겪고서…… 어떻게 당신이 그럴 수 있어?

1

지극한 사랑을 받은 책만큼 생생하게 살아 있는 존재도 없다.

—애슐린 그리어 (오래된 책들의 치유자)

애슐린

1984년 9월 23일
뉴햄프셔, 포츠머스

종종 그렇듯 일요일 오후에도 애슐린 그리어는 일하고 있었다. 이번에는 거의 4년째 운영 중인 자신의 희귀본 서점 **일어날 것 같지 않은 이야기**에서 두 블록 떨어진 곳에 있는 중고 물품 가게의 지저분한 뒷방을 뒤지고 있었다.

어제 이 가게의 주인인 케빈 페트리가 전화해서, 라이에서 온 한 남자가 책이 든 상자를 몇 개 가져왔는데 자기 가게엔 그 책들을 놔둘 공간이 없다며, 쓸 만한 책이 있는지 보라고 했다.

애슐린이 사라진 보물을 찾아 박스들을 뒤지면서 혼자 있는 날을 보내는 게 처음은 아니었다. 대개는 허탕을 쳤지만, 항상 그런 건 아니었다. 한 번은 그녀가 판단하기에 한 번도 읽지 않은 〈크고 작은 모든 생물〉의 초판을 건진 적도 있었다. 또 한 번은 옛날 요리책으로 가득 찬 상자에서 〈잃어버린 수평선〉 초판을 구조한 적도 있었다. 그 책은 심하게 방치된 상태였지만, 극도로 광범위한 복원 작업을 거쳐 꽤 쏠쏠한 수입을 챙겼다. 물론 그런 발견이 흔하진 않았다. 사실 거의 없었지만, 드물게 그런 일이 일어날 때 느끼는 전율 덕분에 이렇게 뒤져볼 가치가 있었다.

안타깝게도 오늘 작업할 상자들은 전망이 별로 밝지 않았다. 거기 있는 책들은 대부분 양장본으로 다니엘 스틸, 다이앤 챔버레인, 그리고 '폭풍 오열'을 자아내는 소설의 제왕으로 찬사를 받는 휴 개릿과 같이 최근 인기를 끌고 있는 작가들의 베스트셀러들이었다. 대중에게 호평받는 작가들은 맞지만, 이 책들을 희귀본으로 볼 수는 없었다. 두 번째 상자에는 건강과 영양 관련 실용서처럼 좀 더 다양한 종류의 책들이 섞여 있었다. 30일 안에 배를 홀쭉하게 만들어주겠다고 보장하는 책도 있었고, 미생물을 이용한 다이어트의 장점을 홍보하는 책도 있었다.

애슐린은 상자 속의 책들을 재빨리 훑어보면서 특별히 어느 한 권에 오랜 시간을 들이지 않으려고 조심했지만, 일단 꺼낸 책들을 다시 상자에 넣을 때 미묘하게 느껴지는 진동을 감지하지 않기란 힘들었다. 이 책들은 아프고 불안해하는 누군가, 자신에게 남은 시간이 얼마 없다고 걱정하던 사람의 것이었다. 여자였을 거라고 애슐린은 거의 확신했다.

그것은 절대음감이나 향수 장인의 후각처럼 그녀가 가진 재능이었다. 어떤 물건, 정확히 말하면 책에 달라붙어 있는 **메아리들을 읽**

올 수 있는 능력이다. 그 재능이 어떻게 작동하는지는 그녀도 모른다. 단지 그것이 열두 살 때 시작되었다는 점만 알고 있었다.

그때 애슐린은 이것저것 때려부수며 격렬하게 싸우고 있는 부모님을 피해 뒷문으로 몰래 빠져나와 자전거를 탔다. 그리고 죽어라 페달을 밟아서 마켓 가에 있는 작고 비좁은 책방에 도착했다. 그녀의 안전한 장소. 시간이 흐르면서 그녀는 그곳을 그렇게 생각하게 됐고, 지금도 그렇게 생각한다.

책방 주인인 프랭크 앳워터는 항상 그렇듯 말없이 고개를 끄덕이며 그녀를 맞아줬다. 그는 애슐린의 집안 사정을 잘 알고 있었다. 사실 마을 사람들도 다 알고 있었다. 하지만 그는 그 얘기는 한 번도 꺼내지 않는 대신 애슐린이 집에 있는 게 버거워질 때 은신처를 제공했다. 그것은 그녀가 절대 잊지 못하는 친절이었다.

그 운명적인 날, 애슐린은 곧장 아동용 도서 서가로 갔다. 그녀는 거기 꽂힌 책들의 제목과 작가를 다 외우고 있을 뿐만 아니라 꽂힌 정확한 순서까지 알고 있었다. 모두 적어도 한 번씩은 읽은 책이었다. 하지만 그날은 새 책이 세 권이나 들어와 있었다. 그녀는 손가락으로 그 낯선 책들의 책등을 쓱 쓸어내렸다. 〈닥터 두리틀 이야기〉, 〈상아 마법의 미스터리〉, 〈워터 베이비스〉. 그녀는 책장에서 〈워터 베이비스〉를 꺼냈다.

그때 그 일이 일어났다. 핑, 하고 작은 충격이 팔을 타고 가슴으로 흘러 들어왔다. 이어서 거대한 슬픔이 밀려와 갑자기 숨을 쉴 수 없었다. 애슐린은 책을 떨어뜨렸다. 그 책은 그녀의 발치에 떨어져서 마치 바닥에 떨어진 새처럼 카펫 위에서 쩍 벌어졌다.

이건 그녀의 상상인가?

아니. 그녀는 분명히 그걸 **느꼈다.** 온몸으로. 순간 느껴진 지독하게 생생하고 쓰라린 고통 때문에 눈에 눈물이 고였다. 하지만 이게 어떻게 가능하지?

애슐린은 조심스럽게 바닥에서 그 책을 집어 들었다. 이번에는 몸에서 일어나는 그 느낌을 그대로 받아들였다. 그녀의 목구멍이 뜨겁게 달구어졌다. 크나큰 상실감에 어깨가 짓눌렸다. 그 어떤 자비도 없고 바닥도 알 수 없는 깊은 상실감이었다. 당시 그녀는 그런 고통, 온몸에 강렬한 인상이 찍히는 고통, 영혼에 각인되는 그 고통이 뭔지 짐작할 수 없었다. 그저 그 자리에 앉아 그걸 이해해보려고 애를 썼다. 도대체 그게 뭔든.

결국, 그 고통은 썰물처럼 빠져나가면서 날카로운 감각이 어느 정도 사라졌다. 그녀가 그 감각에 어느 정도 익숙해진 것인지, 아니면 그 감각이 서서히 빠져나간 건지도 모르겠다. 어느 쪽인지는 그녀도 확신할 수 없었다. 그 오랜 시간이 지났지만 지금도 여전히 알 수 없었다. 책이 자신의 메아리를 바꿀 수 있을까? 아니면 그녀가 인식한 그 감정들은 시간 속에 박제된 채 영원히 지워지지 않을까?

다음 날 애슐린은 프랭크에게 그 새 책들이 어디서 들어왔는지 물었다. 그는 아들이 교통사고로 죽은 여자의 자매가 그걸 가져왔다고 말해줬다. 마침내 그녀는 이해했다. 그 숨이 막힐 것 같은 슬픔, 갈비뼈 밑이 으스러지는 것 같은 고통은 죽은 사람으로 인해 느끼는 비통함이었다. 엄마의 슬픔. 하지만 자신에게 **어떻게** 그런 일이 일어났는지는 여전히 이해할 수 없었다. 누군가의 것이었던 물건을 만지는 것만으로 그 사람의 감정을 느끼는 것이 정말 가능한 일일까?

그 후 몇 주 동안 그녀는 그 감각을 되살려보려고 책장에 있는 아무 책이나 뽑아서 다시 전기에 감전된 것 같은 느낌이 오길 기다렸다. 하루가 가고 또 다른 하루가 갔지만 아무 일도 일어나지 않았다. 그러던 어느 날 오후 샬럿 브론테의 낡디낡은 〈빌레트〉를 집어들었을 때 그녀의 손가락 사이로 격렬한 기쁨이 휘몰아쳐 왔다. 마치 차가운 물이 세차게 밀려온 것처럼 가볍고 유쾌하면서도 놀랄 만큼 강렬한 느낌이었다.

그 뒤에 세 번째 책이 왔다. 〈사랑의 왕국〉이란 제목의 엘라 휠러 윌콕스가 쓴 시집이었다. 하지만 낭만적인 제목과 그 책에서 풍기는 텁텁하면서도 남성적인 에너지가 잘 어울리지 않는 묘한 느낌이 들었다. 책에서 나오는 메아리는 그 책의 장르나 주제와는 별 상관이 없다는 증거로 보였다. 그보다 그 에너지는 책의 주인을 반영하는 것 같았다.

결국 애슐린은 용기를 내서 그 메아리들에 관해 프랭크 아저씨에게 이야기했다. 네가 동화책을 너무 많이 읽어서 그렇게 상상하는 거라고 아저씨가 말할까봐 두려웠다. 하지만 아저씨는 그녀가 쏟아내는 이야기를 집중해서 들은 뒤에 이런 대답으로 그녀를 놀라게 했다.

"책은 사람과 같단다, 애슐린. 주위의 공기 중에 떠다니는 건 다 흡수하지. 연기, 기름, 곰팡이 홀씨. 그러니 감정이라고 흡수하지 않을 이유가 없잖니? 감정도 다른 모든 것처럼 실제로 존재하잖아. 책보다 더 개인적인 사물은 없단다. 특히 누군가의 삶에 중요한 일부가 된 책이라면 더 그렇지."

애슐린의 눈이 동그래졌다. "책에도 감정이 있다고요?"

"책이 감정이야. 책은 우리에게 감정을 느끼게 하려고 **존재하지**. 우리를 우리의 내면과 연결해주기 위해, 가끔은 우리가 자기 안에 있는 줄도 몰랐던 감정들과 연결하기 위해 존재해. 우리가 책을 읽을 때 느끼는 감정 중 일부가…… 밖으로 스며나오는 것도 이치에 맞는 것 같은데."

"아저씨도 할 수 있어요? 책에서 스며나오는 감정을 느끼는 거 말이에요."

"아니. 하지만 그렇다고 해서 다른 사람도 못 한다는 뜻은 아니야. 네가 그런 걸 처음 느낀 사람은 아닐 거야. 마지막도 아닐 것이고."

"그러니까 그 일이 일어날 때 무서워하면 안 된다는 거죠?"

"응. 무서워하지 마." 아저씨는 잠시 턱을 문질렀다. "네가 지금 말한 건 일종의 재능이야. 재능은 쓰라고 있는 거고. 안 그러면 왜 재능이 있겠어? 내가 너라면, 그걸 더 잘 쓰는 법을 알아내서 연습할거야. 그래야 그게 어떻게 작동하는지 알아내겠지. 그러면 그 일이 일어날 때 무섭지 않을 거고."

그래서 애슐린은 연습했다. 그것에 대해 조사도 좀 해봤다. 프랭크 아저씨의 도움을 받아 자신이 경험한 것이 실제로 이름도 있다는 사실을 알게 됐다. 사이코메트리(Psychometry). 이 용어는 1842년 조셉 로데스 뷰캐넌이란 의사가 처음 만들었고, 1863년 덴톤이란 지질학자가 〈사물의 영혼〉이란 책으로 출판했다. 요컨대 그녀에게는 책에 대한 일종의 공감 능력이 생긴 것이다. 프랭크 아저씨 말이 맞았다. 책은 사람과 같았다. 각각의 책은 서명이나 지문처럼 그만의 독특한 에너지를 품고 있는데, 가끔 그 에너지가 밖으로 스며나왔다.

애슐린은 입고 있는 청바지의 허벅지에 손바닥을 문질러서 누군 가 버린 요리책 상자에서 자신의 손가락으로 스며든 슬픔을 지우려 애를 쓰고 있었다. 그것이 그녀의 이른바 재능이 지닌 단점이었다. 모든 메아리가 다 행복한 건 아니었다. 인간처럼, 책도 자기 몫의 심 적 고통을 경험하고, 인간처럼 그것을 기억하고 있다.

애슐린은 여러 해에 걸쳐 부정적인 메아리에 흠뻑 젖은 책들에 대한 노출을 줄이고, 어떤 책들은 완전히 피하는 법을 익혔다. 하지 만 오늘 같은 날은 그런 식으로 피할 수 없었다. 이럴 때는 그저 최 대한 빨리 작업하는 수밖에 없다.

마지막 상자에 소설이 더 많이 들어 있었다. 모두 상태가 대단히 좋았지만, 그녀의 서점에서 팔 수 있는 책은 없었다. 그러다 상자의 바닥이 보이기 시작할 무렵 종이 표지로 된 가즈오 이시구로의 〈남 아 있는 나날〉을 발견했다.

그 책에 별반 특별한 점은 없었다. 사실 책은 꽤 낡아서 페이지들 은 누렇게 절다 못해 갈색으로 변했고, 책등은 오글오글 주름져 있 었다. 하지만 거기서 나오는 메아리는 도저히 무시할 수 없었다. 호 기심이 생긴 그녀는 그 책을 무릎 위에 올려놓고 표지에 손바닥을 대고 눌렀다. 그것은 그녀가 가끔 하는 행동으로, 표지 안쪽에 뭔가 적혀 있는지, 만약 그렇다면 거기서 어떤 말이 나올지 추측해보는 게임이었다.

애슐린은 어떤 한 권의 책이 어떻게 한 독자의 손에 들어갔는지, 그 이유는 무엇인지 상상하길 좋아했다. 왜 특별히 그 책일지, 그리 고 어떤 행사 때문에 그걸 선물했을까? 그건 생일인가? 아니면 졸 업식? 승진?

애슐린은 다년간 책에 적힌 수많은 문구를 읽었다. 어떤 건 달콤했고, 어떤 건 웃겼고, 어떤 건 너무 가슴 아파서 눈물이 날 때도 있었다. 책의 표지를 펼쳐서 여백에 휘갈겨 쓴 몇 문장을 발견하게 되면 아주 기분 좋고 친밀한 느낌이 들었다. 마치 그 책의 감정적인 삶을 잠깐 엿보는 느낌이 들기도 했다. 그건 그 책의 작가와는 아무 관계가 없다. 그저 그 책의 독자에게 중요한 것일 뿐.

독자 없는 책은 백지와 같다. 어떤 숨결이나 맥박도 없는 단순한 물체에 지나지 않는다. 하지만 한 권의 책이 누군가의 세계에 일부가 되는 순간 생명을 얻게 돼서 그때부터 과거와 현재가 생긴다. 거기다 제대로 된 보살핌을 받으면 미래도 있다. 그렇게 책에는 생명력이 깃들어 있고, 그 책의 주인과 어울리는 기운의 특징이 남아 있다.

어떤 책에는 여러 가지 특징이 섞여 있어서 애슐린이 읽기 힘들 때도 있는데, 대개 주인이 여럿이어서 그렇다. 〈남아 있는 나날〉에서 그녀가 받은 느낌이 바로 그랬다. 층층이 쌓인 느낌이 아주 강렬했다. 이런 책에는 거의 항상 헌정사가 있기 마련이다. 표지를 넘기자 이 문구가 눈에 들어왔다.

사랑하는 이에게.
명예는 혈기나 명성과는 아무 상관이 없어요.
명예란 용기를 내서 옳은 쪽을 지지하는 것이죠.
당신, 내 사랑은 항상 명예로움을 택했죠.
그 점은 언제나 자랑스럽게 여겨줘요.
나와 결혼한 당신을 내가 항상 자랑스럽게 여기듯.
-캐서린

이것은 불안해하는 누군가를 안심시키고 위로하는 말처럼 느껴졌다. 하지만 책에서 나오는 에너지는 눅눅하고 무거운 것이 마치 일말의 죄책감과 후회가 섞인 의심처럼 느껴졌다. 여기에 언급된 사랑하는 이(그가 누구건 간에)는 이 말에 설득되지 않은 것 같았다.

애슐린은 단호하게 책을 덮고 구매하지 않을 책 무더기에 올려놓은 후 상자에 있는 마지막 책을 향해 손을 뻗었다. 책을 들어올리는 순간 속이 살짝 뒤집혔다. 그것은 뭔가 가치 있는 책을 찾았을지도 모를 때 느껴지는 신호였다. 책은 작았지만 꽤 아름다웠다. 책 표지의 4분의 3에 모로코가죽을 입혔고, 골이 진 책등에다 대리석 무늬가 있는 파란 표지. 그녀의 짐작이 틀리지 않다면 손으로 장정한 책이었다.

그녀는 숨을 죽인 채 그 책을 찬찬히 살펴봤다. 이 책이 책장에 꽂혀 있던 시간은 아주 적거나 없었던 듯했다. 장정은 아주 탄탄해 보였다. 책 속의 페이지들도 누렇게 변했지만, 그 외에는 상태가 좋았다. 그녀는 책등에 금박으로 돋을새김 된 글자를 살펴봤다. **후회하는 벨.** 아는 제목은 아니었다. 그녀는 얼굴을 찌푸린 채 계속해서 책을 꼼꼼히 뜯어봤다. 책에는 작가 이름이 없었다. 출판사 이름도 없었다. 기이하지만 전례가 없는 일은 아니다. 하지만 뭔가 이상했다.

이 책은 묘하게 조용했다. 사실 침묵 그 자체였다. 주인의 메아리가 스며나오기 전의 새 책에서 느껴지는 그런 침묵이었다. 받은 사람이 원치 않았던 선물이라 아예 읽지도 않았던 걸까? 그 생각을 하자 그녀는 슬퍼졌다. 선물로 준 책은 **항상** 읽혀야 하는데. 그녀는 표지를 넘겨 판권 페이지를 찾았다. 없었다. 하지만 헌사는 있었다.

어떻게, 벨? 그 모든 일을 겪고서…… 어떻게 당신이 그럴 수 있어?

애슐린은 그 문장을 물끄러미 바라봤다. 필체가 뾰족뾰족한 것이, 마치 보는 사람의 마음을 베어 상처를 입히려는 유리 조각 같았다. 하지만 글자 사이사이의 여백에, 말줄임표 사이를 타고 슬픔이 뚝뚝 흘렀다. 대답을 듣지 못하는 질문의 쓸쓸함이 느껴졌다. 그 헌사에 서명도, 날짜도 없다는 것은 그걸 받는 사람에게 둘 다 필요치 않았다는 것을 암시하고 있었다. 그렇다면 아주 친밀한 사이였을지도 모른다. 아마 연인이거나 배우자. **벨.** 거기 적힌 벨이라는 이름이 튀었다. 어쩌면 이 책을 받는 사람의 이름도 벨이 아닐까? 혹시 이 책을 준 사람이 저자가 아닐까?

호기심이 생긴 그녀는 페이지를 넘기며 저자와 출판사 이름을 찾았다. 하지만 없었다. 어떻게 이 기이하고 아름다운 책이 세상에 나오게 됐는지 아무 흔적도 남아 있지 않았다.

판권면이 없는 걸 보니 이 책은 어쩌면 저작권이 없는 책일지도 몰랐다. 그렇다면 1923년 전에 쓴 책이라는 뜻인데……. 그게 사실이면 책의 상태가 놀랄 정도로 좋은 셈이었다. 하지만 판권면이 없는 또 다른 그럴듯한 이유가 있는데, 그게 더 가능성이 있어 보였다. 이 책은 어느 시점에 다시 제본됐고, 그 과정에서 원래 판권면을 여기에 넣을 수 없었을지도 모른다.

아니면 책의 페이지 일부가 망가졌거나 사라졌을지도 모른다. 그녀는 장바구니에 담아온 책들, 낱장으로 흩어진 페이지들을 노끈이나 고무줄에 묶어서 가져온 책들, 눅눅한 지하실에서 곰팡이가 핀 채 방치돼 표지가 휘어진 책들, 다락방에 놔둬서 책 속의 페이지들이 너무 건조해지는 바람에 손을 대자마자 가루가 되어버린 책들을 다시 제본하는 작업을 의뢰받은 적도 있었다. 하지만 출처를 알 수 있는 **모든** 흔적이 사라진 책과 마주친 건 이번이 처음이었다.

　사람들은 온갖 이유로 오래된 책들을 복원하지만, 그 이유는 항상 둘 중 하나의 범주에 들어갔다. 감정적인 이유이거나 수집 가치 때문이다. 둘 중 어느 경우건 저자의 이름을 보존하는 것이 핵심이다. 왜 온갖 수고와 비용을 들여서 책을 제본하는 마당에 그렇게 중요한 세부 사항을 빠뜨린단 말인가? 그것이 의도적인 누락이 아니라면 말이다. 하지만, 그렇다면 왜?

　여기에 문학적 미스터리의 낌새를 느낀 애슐린이 책을 펼쳐 첫 장으로 넘어가는 순간, 마치 전기가 흐른 것 같은 충격이 손가락 사이로 솟구쳐 올랐다. 깜짝 놀란 그녀는 손을 확 뺐다. 방금 무슨 일이 일어난 거지? 조금 전까지만 해도 그 책은 고요하니 아무 맥도 잡히지 않았는데, 첫 장을 펼치자마자 그 속에 누워 있던 것이 벌떡 일어난 것이다. 마치 문이 벌컥 열렸을 때 그 안에서 타닥타닥 타던 작은 불이 활활 타오르는 대형 화재로 변하는 섬락 현상 같았다. 이것은 새로운 경험이었고, 확실히 탐구해보고 싶은 마음이 들었다.

　그녀는 숨을 참은 채 펼쳐진 페이지 위에 두 손바닥을 대고 이제부터 익숙한 현상이 나타나길 기다렸다. 모든 책은 전해지는 느낌이 다르다. 대부분은 미묘한 육체적 감각으로 나타난다. 턱이 윙윙거릴 때도 있고, 뱃속이 가볍게 떨릴 때도 있다. 좀 더 강렬한 메아리들도 있다. 귀가 쟁쟁 울리거나 방금 뺨을 맞은 것처럼 따끔거릴 때도 있다. 가끔은 어떤 맛이 느껴지거나 냄새가 날 때도 있다. 바닐라. 무르익은 체리. 식초. 연기. 하지만 이건 달랐다. 어쩐지 전보다 훨씬 더 깊고 강렬한 감정이었다. 혀에서 선명하게 재 맛이 났다. 금방이라도 터질 것 같은 울음이 그녀의 목구멍을 달구고 있었다. 가슴 한가운데서 타는 듯한 고통이 느껴졌다.

폐허가 된 심장.

하지만 이 책을 펼칠 때까지 아무것도 느끼지 못했는데. 마치 메아리가 숨을 참고 있으면서 때를 기다리고 있었던 것처럼. 하지만 얼마나 오랫동안이나? 그리고 이것은 누구의 메아리일까? 책에 적힌 헌사—**어떻게, 벨?**—는 분명 한 여자를 향한 것이었지만, 이 책에선 명백히 남성적인 에너지가 발산되고 있었다.

애슐린은 이 책의 태생에 관한 단서를 찾기 위해 책등을 다시 살펴보고, 책 앞뒤의 백지를 샅샅이 뒤지고, 펼친 책의 왼쪽 페이지도 보고, 면지도 봤다. 하지만 역시 소득이 없었다. 이 책은 난데없이 허공에서 슥 나타난 것 같았다. 문학적 시대와 공간을 초월해서 존재하는 유령 같은 책일까? 다만 그녀가 지금 손에 들고 있다는 게 문제지만. 그리고 여기서 나오는 메아리는 실제로 존재하고 있었다.

그녀는 책에서 느껴지는 묵직한 통증을 떨쳐내려 손을 들어올려 세차게 흔들었다. 그 흉터가 다시 말썽을 부리고 있었다. 그녀는 새끼손가락에서 엄지 밑부분까지 이어지는 초승달 모양의 흉터를 들여다봤다. 공황 상태에 빠졌을 때 무심코 움켜쥔 유리 조각에 찔린 상처다.

그 상처는 아무런 사고 없이 아물었지만, 그녀의 생명선을 가로질러 구불구불하게 일그러진 허연 흉터를 남겼다. 애슐린은 손바닥을 엄지로 꾹 누르고 다른 손가락들을 계속해서 구부렸다 폈다 했다. 그 사고가 일어난 후 근육이 수축하지 않도록 하게 된 손가락 운동이었다. 이제 책 제본은 좀 줄이고 손을 쉬게 해줘야 할 때인지도 모른다. 제본 이야기가 나와서 말인데, 이제 그만 그녀의 서점으로 돌아가야 할 시간이다.

그녀는 가져가지 않을 책들을 원래 있던 상자에 넣고, 그 수수께끼 같은 책을 가지고 가게 앞으로 갔다. 케빈은 분홍색 베이클라이트 라디오를 애정 어린 손길로 닦고 있었다.

"이번에는 운이 좋았나보네." 케빈은 그 책을 들어서 잠깐 펼쳐보다 다시 덮으며 어깨를 으쓱했다. "한 번도 들어본 적 없는 책이네. 누가 쓴 거야?"

애슐린은 이 책 속에서 들끓는 감정들을 그는 전혀 의식하지 못할 수 있다는 사실에 경악해 그를 바라봤다. "나도 모르겠어요. 작가 이름도 없고, 판권면도 없고, 출판사가 어딘지도 안 나왔어요. 어느 시점에 다시 제본된 책인 것 같은데. 아니면 자비출판 전문 출판사에서 나온 것이거나. 가족과 친구를 위해 존 삼촌이 몇 권 찍은 그런 책 말이죠."

"이런 책을 누가 실제로 사고 싶긴 할까?"

애슐린은 그에게 공모자끼리 하는 윙크를 했다. "아마 없겠죠. 하지만 난 미스터리라면 사족을 못 쓰니까."

2

책방만큼 사람의 본성이 약해지는 곳이 있을까?
-헨리 워드 비처

애슐린

애슐린은 문을 잠근 뒤, 매번 '일어날 것 같지 않은 이야기'의 문으로 들어올 때마다 느껴지는, 사람을 안심시키는 평안함을 음미했다. 그것은 그녀가 전적으로 그리고 완전하게 자신이 있어야 할 곳에 있다는 감각이었다.

이 가게가 그녀의 소유가 된 지도 거의 4년이 됐다. 다만 어떤 면에서 볼 때 이 가게는 항상 그녀의 것이었다. 그녀가 언제나 이 가게의 것이었던 것처럼. 기억할 수 있는 아주 오랜 옛날까지 거슬러 갔을 때도 이곳은 항상 그녀에게 집처럼 느껴졌고, 뒤죽박죽된 책장에 줄줄이 꽂혀 있는 책들은 믿음직스러운 친구들처럼 느껴졌다. 책들은 안전했다. 책에는 예측할 수 있는 패턴을 따라 시작과 중간과 결말이 있는 플롯이 존재했다. 책에 나온 이야기들은 대개 행복했지만, 항상 그런 건 아니었다. 하지만 책에서 뭔가 비극적인 일이 일어나면 그냥 덮어버리고 새 책을 고를 수 있었다. 종종 주인공의 동의도 없이 별의별 사건들이 일어나는 현실의 삶과는 다르게.

예를 들어 한 직장에 진득하게 붙어 있지 못하는 아버지처럼. 그가 두뇌 회전이 느리거나 기술이 부족해서가 아니라 그냥 너무 화가 나 있기에. 제럴드 그리어의 분노는 온 동네 사람들이 다 알고 있었다. 직접 겪었거나 아니면 거의 매일같이 그의 집 창문 밖으로 흘러나오는 고함을 들어서 안다. 돼지갈비를 너무 익혔다고, 엉뚱한 회사의 감자칩을 샀다고, 셔츠에 풀을 너무 많이 먹여서 다렸다고 엄마를 격렬하게 비난하는 그 소리. 아버지에겐 그 어떤 것도 정답이 아니었고 성에 차지도 않았다.

사람들이 애슐린의 아버지는 그놈의 술이 문제라고 쑥덕거렸지만, 애슐린은 아버지가 집에 술을 두는 모습을 본 적이 없었다. 그래도 그나마 다행이라고 트리나 할머니가 그랬다. 마음에 안 드는 저녁이 한 번만 더 나왔다가는 집을 홀라당 태워버릴 사위 놈이라고 할머니가 툴툴거린 적이 있었다. 아버지의 분노에 불을 지를 게 하나라도 있어선 안 됐다.

그리고 엄마도 있었다. 유령 같은 사람으로 대개 자기 방에 틀어박혀 게임 프로를 보거나 침실용 탁자에 있는, 언뜻 보기엔 바닥이 없어 보이는 병에 든 노란색 알약의 도움을 받아 오후 내내 잠만 잤다. 나의 **현실 대응책**이야, 엄마는 그 알약들을 그렇게 불렀다.

애슐린이 열다섯 살이 된 여름, 엄마인 윌라 그리어는 자궁암에 걸렸다는 진단을 받았다. 병원에서는 수술 후 화학요법과 방사선 치료를 하자고 했지만, 엄마는 치료를 거부하며 자신의 인생에서 더는 매달릴 만한 가치가 있는 것이 없다고 결론을 내렸다. 엄마는 1년 후에 세상을 떠나 애슐린의 열여섯 번째 생일을 4주 앞두고 장례식을 치렀다. 엄마는 그녀의 가족보다, 딸보다 죽음을 선택한 것이다.

애슐린의 아버지는 아내의 죽음에 기이하게도 넋을 놓아버리고 자기 방에 줄곧 처박혀 있거나, 아니면 집을 아예 나가버렸다. 집에 있을 때는 거의 입을 열지 않았고, 눈에는 보는 사람을 불안하게 만드는 공허가 깃들어 있었다. 그러다 애슐린의 열여섯 번째 생일 파티(할머니가 꼭 해야 한다고 고집을 피웠지만 정작 애슐린 본인은 원하지 않았던)가 열리고 있던 오후에 다락방으로 올라가서, 장전한 윈체스터를 턱밑에 대고 방아쇠를 당겼다.

아버지도 **선택한** 것이다.

그 후에 그녀는 할머니 집에서 살게 됐고, 목요일 오후마다 아동과 슬픔을 전문으로 다루는 심리치료사에게 상담받았다. 그렇다고 그게 크게 도움이 되진 않았다. 한 달 간격으로 부모가 차례로 세상을 떠났고, 둘 다 그녀를 떠나기로 **선택했다.** 그러니 잘못은 그녀에게 있는 게 분명했다. 그녀가 했거나 하지 않은 뭔가, 뭔가 용서할 수 없을 정도로 끔찍한 단점이 있는 게 분명했다. 흉측한 모양의 모반이나 결함이 있는 유전자처럼 그 문제는 영원히 그녀의 일부가 됐다. 마치 손바닥에 있는 흉터처럼.

부모님이 돌아가신 후 그 서점은 애슐린의 안식처, 사람들의 시선과 수군거림을 피할 수 있는 곳, 그녀를 곁눈질하면서 그녀가 생일 축하 케이크의 촛불을 끄고 있는 동안 아버지가 자기의 뇌를 날려버렸다고 낄낄대는 사람들이 없는 공간이 되었다. 하지만 애슐린의 어린 시절을 망쳐버린 것이 아버지의 자살만은 아니었다. 그녀는 항상 남들과 달랐고, 겁도 많고 내성적이었다.

괴물.

그것이 7학년 첫날 그녀에게 붙은 꼬리표였다. 그때 애슐린은 자신에 대한 혐오가 뚝뚝 떨어지는 낡디낡은 사회 교과서를 받고 울음을 터트렸다. 그 교과서에서 나오는 메아리가 너무나 절망적이고 좀처럼 바닥이 보이지 않아(애슐린에겐 불편할 정도로 익숙한 감정이기도 했다) 그걸 만질 수조차 없었다. 애슐린은 옆에 앉은 여자아이에게 이유는 밝히지 않은 채 교과서를 바꿔달라고 애원했다. 결국 선생님이 다른 교과서를 줬지만, 그 일로 반 아이들에게 큰 웃음거리가 됐다.

수년이 지난 후에도 그 기억은 여전히 쓰라렸지만, 결국 그녀는 자신의 기이한 재능을 받아들였다. 그림을 그리거나 바이올린을 연주하는 능력처럼 그것은 그녀의 일부가 됐고, 심지어 가끔은 위로가 되기도 했다. 그녀를 멋대로 판단하거나 버릴지도 모를 실제 친구들 대신의 존재가 되어준 메아리들.

애슐린은 과거의 생각을 떨쳐버리듯 머리를 흔들고는 토트백을 카운터에 두고 가게 안을 둘러봤다. 그녀는 친밀한 잡동사니들, 올이 다 드러난 카펫과 여기저기 휘어진 오크 바닥, 여전히 이곳에 배어 있는 프랭크 앳워터의 파이프 담배 냄새와 섞인 밀랍 냄새를 아주 좋아했다. 하지만 앞쪽 카운터 위에 쌓인 채 정리되길 기다리는 책 무더기, 먼지를 털어야 할 책꽂이들, 오래전에 청소했어야 할 유리창이 눈에 들어오자, 문득 일상적인 업무를 도와줄 직원을 뽑으려는 계획을 실행하지 못한 게 후회됐다.

그녀는 지난달에 구인 광고를 내고 광고 문구까지 썼지만 결국 마음을 바꿨다. 돈 때문이 아니었다. 제본 사업이 잘 돼서 서점에 직원 하나 둘 정도의 수입은 충분했다. 그녀가 직원을 늘이길 주저하는 이유는 자신이 만든 안식처, 잉크와 종이와 익숙한 메아리들로 이뤄진 혼자만의 세계를 그대로 간직하고 싶은 마음 때문이었다. 직원으로 인해 자유 시간이 더 생긴다 해도 그녀는 아직 다른 사람을 이곳에 들일 준비가 되지 않았다. 어쩌면 자유 시간이 늘어나니까 더 주저하게 되는지도 모르겠고.

애슐린은 오래된 벽시계를 흘끗 보면서 재킷을 벗어 카운터 위에 올려놨다. 거의 4시가 다 됐으니 모자를 바꿔 쓰고 제본소로 가기 전까지 한 시간 정도 책을 책꽂이에 꽂을 여유가 있었다. 오늘 쌓인 책들은 다양했고, 거기에는 〈허브와 양념으로 요리하는 법〉, 〈새의 행동에 관한 안내서〉 1권과 2권, 〈월터 스콧 경의 시집〉, 〈철학의 4차원〉 같은 책들이 포함돼 있었다.

고객들의 다양한 관심사는 언제 봐도 놀라웠다. 만약 누군가, 어디선가 어떤 주제에 관심이 있다면 아무리 모호한 내용이더라도 그것에 관한 책이 세상에 존재했다. 그리고 그런 주제에 관한 책이 있으면 누군가, 어디선가 그 책을 읽고 싶어 했다. 그 둘을 연결하는 것이 그녀의 일이었고, 그녀는 그 일을 아주 진지하게 받아들였다. 사람은 책에서 뭐든 배울 수 있다고 애슐린은 믿고 자랐고, 지금도 여전히 그렇게 믿고 있다. 이렇게 지적으로 방대한 세계에서 종일 시간을 보내는데 어떻게 그러지 않을 수 있겠는가?

책 정리 작업이 끝나자 카운터를 닦고, 가게 앞에 있는 받침대에 꽂아놓은 인쇄물 중에서 서점에서 매달 발행하는 뉴스레터의 최신호를 포함해 빠진 자료들을 다시 보충했다. 창문 청소는 내일로 미뤄야 할 것 같다. 영업을 시작한 지 60년이 넘은 이곳은 반짝이던 시절은 한참 지났지만, 여기저기 쓸린 자국이 있는 바닥에는 오래되어 낡고 따뜻해진 색이 부드럽게 자리 잡았다. 책방을 찾아온 손님들은 책들이 빈틈없이 꽂혀 있는 책장들의 진가를 아는 듯했고, 심지어 그런 풍경을 기대했다.

애슐린은 가게 뒤쪽에 있는 제본소에 가서 머리 위에 있는 형광등을 켰다. 그것은 서점 안에 있는 독서용 램프들의 온화한 조명에 비해 눈이 불편할 정도로 밝았다. 그 작은 방은 물건이 너무 많아 어수선했지만, 혼란한 와중에도 일종의 질서가 있었다. 문 안으로 들어가자마자 오른쪽에 낱장으로 된 페이지들을 꿰매는 철책대가 있고, 다양한 색과 패턴의 면지들이 걸려 있는 걸이가 있다. 왼쪽은 아주 오래된 스탠드형 주철 인쇄기가 자리 잡고 있다. 프랭크 아저씨가 그걸 써서 책을 인쇄하는 방법을 보여주기 전까지 애슐린은 그걸 볼 때마다 스페인 사람들이 이단 심문할 때 쓰는 고문 기구의 이미지들이 떠오르곤 했다.

뒤쪽 벽은 대부분 작업대가 차지하고 있다. 작업대 위에는 문진들, 송곳들, 샌딩 블록, 접지 주걱들, 나무망치와 압설자 모음과 같은 다양한 도구들을 올려놓은 선반이 여러 개 있다. 그리고 왁스를 입힌 종이, 바인더 클립들, 책에 붙은 끈적거리는 상표들을 제거하기 위해 중고 물품 세일하는 곳에서 구입한 낡은 헤어드라이어같이 덜 전문적인 도구들과 일반 가정용품들도 있다. 작업대 끝부분에는 앞면이 유리로 된 상자가 하나 있는데, 그 안에 다양한 용제와 접착제들, 유리병에 들어 있는 염료들과 물감 튜브들, 책등을 튼튼하게 만들기 위한 면사와 테이프들, 찢어진 페이지들을 수리하는 일본산 얇은 종이도 들어 있었다.

한때는 이 광경에 더럭 겁이 난 적도 있었다. 하지만 이제는 이런 도구 하나하나가 책에 대한 그녀의 애정이 확장된 것이자, 그녀라는 존재가 확대된 것처럼 느껴졌다. 아버지의 **사고**(트리나 할머니는 그 일을 그렇게 부르길 고집했는데)가 일어난 후, 프랭크 아저씨는 그녀에게 제대로 된 일자리를 제공했다. 처음에는 서점의 먼지를 털고 쓰레기통을 비우는 정도의 허드렛일이었다. 어느 날 아저씨가 극도로 공을 들여 스타인벡의 책 초판을 해부하고 있을 때 애슐린이 제본소 문간에 서서 몰래 숨죽이고 지켜보고 있었다. 이를 알아챈 아저씨가 애슐린에게 가까이 오라고 손을 흔들었고, 그때 처음으로 책을 복원하는 방법을 가르쳐줬다.

애슐린은 금방 배웠고, 몇 주 후부터는 제본소에서 아저씨의 일을 정기적으로 돕게 됐다. 처음에는 상대적으로 가치가 떨어지는 책을 다루다가 점차 희귀하면서 값비싼 책으로 옮겨갔다. 몇 년이 지나 책 복원은 그녀에게 거의 신성한 사명이 됐다. 방치되고 심지어 학대받은 책을 가져와서 다시 새롭게 만드는 일, 그 책을 아주 세심하게 해체해서 다시 하나로 합치고, 등을 바로 세우고, 흉터들을 제거하고, 시간에 쓸려간 아름다움을 복구하는 작업은 굉장히 보람이 있었다. 책을 복원하는 작업은 사랑이 깃든 일이었고, 부러지고 버려진 것에 새 생명을 주는 것은 일종의 부활과 같았다.

오늘 제일 먼저 해야 할 일은 의뢰인이 혼자서 다시 제본해보겠다는 무모한 시도의 결과로 책에 붙은 어마어마한 양의 풀을 제거하는 것이다. 그 전에 먼저 커다란 에나멜 양동이 안에 물을 채워 담가두었던 톰 스위프트의 책 몇 페이지를 확인해봐야 했다. 풀을 쓰는 것은 솜씨 좋은 제본 기술자에게도 극도로 까다로운 작업인데.

열정만 넘치는 아마추어의 손에 풀이 들어가면 대개는 재앙으로 끝난다.

그녀는 양동이 속에 작은 주걱을 넣어 오래된 테이프와 뒤섞인 풀 덩어리를 책 표지 가장자리에서 조심스럽게 들어올렸다. 아직은 떼어질 기미가 보이지 않았지만, 몇 시간만 더 담가두면 될 것이다. 일단 이 페이지들을 말린 후, 낱장의 페이지들을 재조립하고, 새 표지와 면지를 넣고, 수리한 책등에 다시 돋을새김으로 제목을 찍으면 된다. 비용이 적게 드는 작업은 아니지만, 이 책은 새롭게 연장된 수명을 받아서 서점을 떠날 것이고, 운이 따라준다면, 라니에 씨는 철이 좀 들어서 직접 책을 복원하려는 생각은 하지 않게 될 것이다.

애슐린은 지금까지 한 작업에 만족하며 손을 닦고 머리 위에 있는 형광등들을 다 껐다. 마음은 이미 위층에 있는 아파트에 가서 독서용 의자에 앉아 그녀의 마음에 각인된 한 문장을 떠올리고 있었다.

어떻게, 벨? 그 모든 일을 겪고서…… 어떻게 당신이 그럴 수 있어?

아파트 문을 열고 들어가서 신발을 벗어던질 때까지도 그 말이 여전히 그녀의 머릿속에 가득 차 있었다. 서점처럼 프랭크 앳워터의 아파트도 그녀가 성장하는 동안 제2의 집이 됐다. 이제는 이 아파트도 그녀의 것이 됐다.

부모님이 싸워서 집에 있기가 힘들어질 땐 프랭크와 그의 아내인 티니가 애슐린을 위해 학교 끝나고 와서 간식을 먹으며 숙제하거나 소파 위에 웅크리고 앉아서 〈다크 섀도우스〉(미국의 고딕풍 드라마-

옮긴이)를 볼 수 있는 장소를 제공했다. 티니가 농맥류로 갑자기 세상을 떠났을 때 애슐린은 최선을 다해 그녀의 부재가 남긴 구멍을 메웠다. 그 답례로 프랭크 아저씨는 6년 후 아내의 뒤를 따라갔을 때 모든 걸 그녀에게 남겼다. **나는 복이 없어서 가지지 못했던 딸에게. 그리고 내가 슬플 때 기쁨과 위로가 되어준 아이에게.** 유언장에 이렇게 적혀 있었다.

애슐린은 프랭크 아저씨가 지독하게 그리웠다. 아저씨의 무한한 친절, 조용한 지혜, 글자로 이뤄진 모든 것에 대한 애정. 하지만 아저씨는 여전히 이곳에 있다. 벽난로 선반 위에 남아 있는 오래된 오르몰루 시계, 창문 근처에 있는 낡은 가죽 안락의자, 아저씨가 소중히 여기던 빅토리아 고전문학 작품집, 이 모든 것이 아주 잘 살아낸 삶의 메아리로 가득 차 있다. 애슐린은 이곳에 이사 들어오기 전에 실내장식을 조금 현대적으로 바꿔서 빅토리아 시대와 현대, 예술품과 공예품을 적절하게 섞었는데, 그것이 아파트의 높은 창문과 노출된 벽돌로 된 벽들과 놀랄 정도로 잘 어울렸다.

부엌에서 그녀는 어젯밤에 먹다 남은 쿵파오 치킨을 전자레인지에 돌린 후 싱크대 앞에 선 채로 허겁지겁 먹었다. 빨리 〈후회하는 벨〉을 읽고 싶어 좀이 쑤셨지만, 그녀에겐 음식과 책에 관해 엄격한 규칙이 있었다. 먹든가, 읽든가. 하지만 둘을 같이 할 수는 없다는 규칙.

마침내 그녀는 청바지를 추리닝 바지로 갈아입고, 토트백에서 그 책을 꺼내 지난여름 벼룩시장에서 발견한 파격적인 디자인의 독서 램프를 켜고, 창가 근처에 있는 오래된 안락의자에 자리를 잡고 앉았다. 그녀는 무릎에 책을 올려놓고 잠시 가만히 앉아서, 앞으로 닥

쳐올 감정적 폭풍을 맞이하기 위해 마음을 다잡았다. 그리고 심호
흡을 한 후에 첫 페이지를 펼쳤다.

후회하는 벨
Regretting Belle

1~13페이지

1953년 3월 27일
뉴욕, 뉴욕

당신은 아마 내가 왜 굳이 이렇게 애쓰고 있나 의아해할 거야. 왜 이렇게 수많은 세월이 흐른 후에 이런 프로젝트를 하겠다고 노력하고 있을까. 하지만 처음에는 책을 쓰려던 게 아니었어. 시작은 편지한 통이었어. 사실은 보낼 의도는 전혀 없이 카타르시스가 느껴질 정도로 모든 감정을 쏟아낸 편지 한 통이었지. 하지만 펜이 움직이기 시작했을 때, 내게 할 말이 너무 많다는 사실을 깨달았어. 편지지한 장, 아니 심지어 서너 장을 써도 다 채우지 못할 만큼 후회가 컸지. 그래서 내 타자기(아버지가 쓰시던 오래된 언더우드 5번 타자기)가 있는 책상으로 갔어. 거기에 앉아서 12년 동안 마음속에 꾹꾹 눌러

왔던 말들, 계속해서 내 뇌리에서 떠나지 않는 그 질문을 타자기로 쳐냈어.

어떻게? 어떻게, 벨?

심지어는 지금도, 내가 평생 해온 그 모든 실수를 생각해봐도(내가 실수를 많이 하긴 했지만), 내가 가장 후회하는 실수는 바로 당신이야. 당신은 내 인생에서 가장 중대한 실수이자, 그 어떤 식으로도 면제받을 수 없고, 마음의 평화도 찾을 수 없는 깊은 회한이야. 당신에게도 내게도 그렇지.

이번 생에서는 절대 예상할 수 없었던 상실들이 있었어. 어둠에서 갑자기 튀어나와 당신을 덮치는 슬픔. 그야말로 어떤 방식으로도 절대 대비할 수 없이 너무나 신속하고 날쌔게 날아오는 타격들. 하지만 당신은 가끔 그 타격이 날아오는 걸 그냥 보기도 하지. 그걸 보고도 거기 그대로 서서 그게 당신을 무너뜨리도록 가만히 있지. 그리고 나중에—몇 년이 지난 후에—당신은 어떻게 그렇게 바보 같을 수 있었냐고 여전히 자문하게 되지. 내게는 당신이 바로 그런 타격이었어. 그 첫날 밤 나는 당신이 오는 걸 봤어. 그런데도 어쨌든 당신이 날 쓰러뜨리게 놔뒀지.

그 만남의 기억이 여전히 내 뱃속에 걸려 있어. 거기서 아무리 많은 삶을 도려내도 절대 뽑아내지 못하는 암 덩어리가 되었지. 지금 그런 기억을 되살리는 건 전혀 즐겁지 않지만, 그러고 있노라면 어쩌면 조금은 평화가 찾아들지도 모르잖아. 그래서 이걸 시작으로 시간을 되돌릴까 해. 이 모든 일이 시작된 그날 밤으로.

❧

1941년 8월 27일
뉴욕, 뉴욕

나는 더 세인트 레지스 호텔의 무도회장을 둘러보면서 빌려온 양복을 입은 차림새로 조바심을 내지 않으려고 애썼어. 이런 자리에서 그렇게 조바심을 내는 꼴이야말로 나 사기꾼입네 하고 광고하는 꼴인데, 나는 분명 사기꾼이 맞으니까.

무도회장에 온 사교계 사람들을—기업가들과 그들의 제멋대로인 아내들이 게 튀김을 차가운 뵈브 끌리코(스파클링 와인-옮긴이)에 먹는 모습—관찰하는 동안, 지금 경기가 어마어마하게 불황이라는 사실을 거의 잊을 수 있을 것 같았어. 아마도 비단옷을 입고 반짝반짝 빛나는 이 사람들이 다른 사람들보다 경기의 영향을 덜 받아서 그런 모양이야. 언제나 그렇듯 불황이 닥칠 때 가장 큰 타격을 받는 쪽은 서민들이니까.

놀랄 일도 아니지. 자격이 있건 없건, 부유층은 항상 이런 시절에도 연착륙하기 마련이니까. 하지만 설상가상으로, 자산이 온전하게 남아 있는 이들은 이제 자신이 살아남았다는 사실을 노골적인 부의 전시로 과시하려고 작정한 듯 보였어. 오늘 밤 내가 지켜보고 있는 이 파티처럼 말이야.

파티는 한창 무르익었지. 과잉과 세련된 취향으로 넘쳐났고, 샴페인이 물처럼 흐르고, 무도장은 흰색 나비넥타이와, 유명 디자이너들이 만들었지만 오늘 밤이 지나면 다시는 입지 않을 화려한 드레스들로 가득 차 있었지. 관현악단이 연주하고 있었고, 테이블마다 새우와 크리스털 그릇에 든 캐비아, 얼음으로 조각한 통통한 뺨의 아기천사들의 무게로 그득했고, 반짝거리는 순은 쟁반에 올린 샴페인 칵테일들이 이리저리로 끝없이 이동하고 있었어. 이곳의 부는 숨이 멎을 만큼 어마어마했지. 그리고 다들 세상 그 누구에게도 절대 미안해하지 않는 분위기였고. 하지만 이런 밤에는 누구든 최고를 기대하며 왔겠지. 사교계를 주름잡는 공주 중 하나가 왕자와 약혼했고, 나는 그 둘의 행복을 비는 이 자리에 증인으로 와 있으니까. 그리고 자신의 홈그라운드와도 같은 이곳에 있는 그 공주를 보기 위해 왔고.

나는 이 자리에 초대받아서 온 게 아니라 초대받은 친구의 파트너 자격으로 왔어. 미국의 위대한 도시에서 가능하면 유행을 이끄는 이들과 어울리라는 임무를 받고 왔지. 뉴욕에서 유명한 '400인들'의 존경받은 후손들이 캐롤라인 아스토의 무도회장을 가득 메운 사람들의 이름이었지. 그리고 애스터 부인의 무도회장처럼 뉴욕 사교계에서도 그야말로 일류 인사들만이 오늘 밤 파티에 초대됐어. 나는 물론 그 초대 명단에 절대 오르지 못했을 거야. 난 그런 명문가의 후손이 아니니까. 사실 가문이라고 할 만한 것도 없지. 그보다는 나는 머리가 좋고, 마침 좋은 자리에 있게 된 식객이자, 특별한 임무를 받고 와서 상류 계급에 들어가려고 애쓰는 출세주의자일 뿐이었어.

나는 사람들 속에서 쿠싱 자매 둘을 발견했어. 미니와 최근에 결혼한 베베와 그들을 중매 결혼시킨 엄마 케이트. 그녀는 친구들 사이에서 하필이면 '고시'라는 별명으로 알려져 있었지. 그리고 휘트니 부부, 모티머 부부, 윈스럽 부부, 리플리 부부, 자프레이 부부, 슈머혼 부부도 있었고. 오늘 밤 이 축제에서 눈에 띄는 부재는(예상 못한 건 아니지만) 루스벨트 가문의 사람들이었어. 소문에 따르면 그는 이 파티를 주최한 사람의 눈 밖에 났다고 하더군. 아무도 그건 신경 쓰지 않는 것처럼 보였어. 대통령 부부의 부재를 메워줄 만한 유력 인사들은 차고 넘쳤거든. 아름다운 사람들이 아름다운 옷을 차려입고 보기 좋은 행동을 하는 파티. 그리고 거기서 조금 떨어진 곳에 야회용 예복을 입고 완벽한 불도그처럼 보이는 남자가 바로 이 파티의 비용을 댄 사람이었지. 그 위대하신 분은 새로 사귄 영향력 있는 사람들에게 둘러싸여 있었어.

그리고 거기서 **조금 떨어진 곳에(하지만 절대 멀리 가지 않는)** 그 위대한 남자의 딸이 있었어. 나는 몇 년 전 알루미늄 제왕의 아들과 정략결혼을 한 씨씨를 말하는 게 아니야. 나는 그녀의 동생, 오늘 내가 올가미에 걸려서 어쩔 수 없이 참석하게 된 이 약혼 파티의 주인공을 말하는 것이지. 당신, 사랑하는 벨, 당신의 사진이 최근 선데이 뉴스에 실렸지. 폴로 치는 당신의 약혼자인 시어도어와 함께 말이야. 시어도어란 이름을 3대에 걸쳐 물려받은 남자.

처음 이 파티에 도착했을 때 나는 당신과 그 약혼자가 춤추는 모습을 지켜보며 불편한 몇 분을 보냈어. 그의 장점들을 나열해보고, 그걸 내 것과 비교해보면서 말이야. 남자라면 보통 그런 것처럼. 그가 입은 재킷의 도무지 흠이라곤 찾아볼 수 없는 완벽한 재단, 넓은 어깨, 이마 뒤로 빗어넘긴 구불구불 반짝거리는 금발. 그리고 최고급 대리석을 조각한 것 같은 그의 얼굴, 햇볕에 그을린 사각형의 얼굴, 조금 지루한 표정으로 쪽모이 세공을 한 무도회장 바닥에서 당신을 이끄는 그의 얼굴. 마치 여기보다는 위층에 있는 방에 올라가

시가를 피우며 아버지의 재산 중 상당한 돈을 카드놀이의 나쁜 패에 거는 게 더 좋을 것 같다는 그런 표정이었지(물론 세간에 떠도는 소문을 믿는다고 가정하면 말이야).

그때는 당신들 둘이 어울린다고 생각했어. 당신이 느슨하게 그의 팔을 잡고 기계적으로 정확하게 움직였을 때 말이야. 신문에서 당신의 약혼 사진을 봤을 때도 같은 결론을 내렸었지. 아름답지만 속은 텅 빈 표본과도 같은 커플이라고 말이야. 둘이 똑같이 특권층이고, 똑같이 지루해 보이더군. 하지만 마침내 그와 떨어져서 이제 무도회장 건너편에 혼자 있는 당신을 관찰해보니, 당신은 신문에 나온 여자와는 전혀 달라 보였어. 그 자리에 서서 당신을 바라보던 그 순간 모든 생각이 일시에 정지되고 말았지.

마치 제2의 피부처럼 몸에 꼭 맞는 암녹색 실크 드레스를 입은 당신은 숨이 멎을 정도로 아름다웠어. 움직일 때마다 드레스의 색이 변하는 것처럼 보이더군. 파란색이었다가, 초록색이었다가, 그다음엔 희미한 은색으로 보였지. 마치 어떤 거대한 물고기의 비늘 같았다고 해야 하나. 아니면 동화에 나오는 인어 같았다고 해야 하나.

당신은 드레스와 맞춘 같은 색깔의 긴 장갑을 끼고 있었고, 단순한 은회색 진주 목걸이 한 줄을 목에 걸고 있었지. 반짝거리는 검은 머리는 뒤로 빗어 넘겨 정수리에서 틀어올려 창백하면서도 완벽한 하트 모양의 얼굴이 그대로 드러났어. 작은 큐피드 같은 입술, 희미하게 갈라진 뾰족한 턱. 사람들의 이목을 끄는 얼굴이었지. 마치 사진의 음화처럼 영혼에 각인되는 그런 얼굴이었어. 아니면 멍처럼.

당신은 멍하니 샴페인을 홀짝거리면서 무도회장을 둘러보다가 나와 눈이 마주쳤어. 기이한 순간이었지. 마치 보이지 않는 전류가 우리 사이에 흐르는 것 같았고, 자석이 끌어당기는 것 같았지. 자연의 힘이라고나 할까.

나는 머리를 살짝 숙여서 은근하면서도 쿨하게 인사했지. 그런 나 자신이 멋지다고 생각했나봐. 그때 난 정말 재수 없는 인간이었지. 당신은 그걸 못 본 것처럼 고개를 홱 돌리더니, 본인에겐 안타깝게도 너무나 안 어울리는 부분 가발을 쓴 한 여자와 수다를 떨기 시작했어. 난 당신이 목에 건 진주 목걸이가 당신의 어깨 옆으로 넘어가서 마치 추처럼 당신의 벗은 등에서 좌우로 흔들리는 모습을 봤어. 그걸 보니 최면에 걸릴 것 같더군.

내가 여전히 당신을 빤히 보고 있을 때 당신은 같이 이야기하던 여자를 떨쳐내고 돌아서서 날 보더군. 내내 나의 시선을 의식하고 있었던 것처럼. 당신은 찬찬히 날 보더군. 날 나무라는 건가? 아니면 유혹하는 건가? 알 수 없었어. 얼굴엔 아무 표정도 떠올라 있지 않아서 아무것도 읽을 수 없었어. 그때 거기서 알아차렸어야 했는데. 그토록 차갑게 빛나던 당신은 항상 속내를 다 보여주진 않으리라는 사실을. 하지만 난 그걸 보지 않았어. 그러고 싶지 않았으니까.

당신에게 다가가면서 나는 당신이 돌아서서 군중 속으로 사라져버릴 거라고 반쯤 예상했지. 하지만 당신은 그대로 서서 샴페인 잔 너머로 날 계속 지켜보고 있더군. 당신은 갑자기 어려 보였어. 그때까지 미처 눈치채지 못했던, 상처받기 쉬운 여린 모습이었지. 나는 당신이 이제 막 스물한 번째 생일을 맞이했다는 사실을 떠올려야 했어. "조심해요." 나는 당신 옆으로 슬쩍 다가가 매끄럽게 미소를 지으며 말했지. "그렇게 마시다 어느 순간 취해요. 특히 평소에 잘 마시지 않았다면 더 그렇죠."

당신은 날 냉랭한 눈길로 보더군. "내가 평소에 이걸 마시지 않았을 것처럼 보여요?"

당신을 훑으면서 내 시선은 당신의 목에 머물렀다가 날씬한 쇄골과 오르락내리락하는 당신의 호흡, 조금 전보다 살짝 빨라진 그 움직임을 향해 있었어. "아뇨. 가까이서 보니 그렇진 않군요." 나는 마침내 이렇게 대답했지.

나는 손을 내밀고 내 이름을 당신에게 밝혔어. 당신은 그에 화답해 당신의 이름을 말했지. 마치 이 방에 있으면서 당신의 이름을 미리 알고 있는 건 불가능한 것처럼.

나는 당신의 넷째 손가락에서 반짝이고 있는 다이아몬드 반지를 잠시 바라봤어. 배 모양의 다이아몬드였는데 최소한 3캐럿은 되겠더군. 내가 그 분야의 전문가가 아니라서 잘은 모르겠지만. "약혼 축하드립니다."

"고마워요. 이렇게 와주시다니 친절하시군요." 당신은 시선을 돌리면서 그렇게 말했지.

젊은 나이치고는 놀랄 정도의 저음인 당신의 목소리에 나는 잠시 할 말을 잃었어. 하지만 당신의 능숙한 답변이 재미있기도 했지. 당신은 내가 누구인지 모르는 게 분명했어. 알았다면 그렇게 공손하게 대하지 않았겠지.

당신은 날 다시 위아래로 훑어보다가 내 빈손을 잠시 보더군. "술이 없네요." 당신은 웨이터를 찾아서 목을 길게 뺐어. "샴페인 한 잔 드세요."

"고맙지만 괜찮습니다. 전 샴페인보다는 진토닉 파라서."

"당신은 영국인이군요." 당신은 이제야 내가 당신과 같은 부류가 아니라는 사실을 막 이해한 것처럼 말했지.

"맞아요."

"흠, 고국에서부터 아주 먼 길을 오셨네요. 왜 미국까지 오셨는지 물어봐도 될까요? 고작 제 약혼 파티에 참석하려고 그 드넓고 파란 대서양을 날아오시진 않았을 텐데요."

"모험이죠." 나는 간단하면서도 모호하게 얼버무렸어. 오늘 밤 내가 더 세인트 레지스 호텔에 온 진짜 이유를 말하면 안 될 테니까. 마찬가지로 미국에 온 이유도. "모험을 찾아 이곳에 왔어요."

"모험은 위험할 수 있잖아요."

"그래서 매력적이죠."

당신은 그 커다란 호박색 눈동자로 다시 날 오랫동안 천천히 훑어보더군. 당신이 내게서 뭘 볼지, 그리고 얼마나 볼지 궁금했어.

"어떤 종류의 모험이 당신에게 어울리려나?" 당신은 가끔 자신을 보호하고 싶을 때 으레 그러듯 지루한 척하며 물었지. "무슨 일을…… 하시죠?"

"작가예요." 또다시 모호한 대답이지만, 아까보다는 덜 그런 편이었지.

"정말이요? 뭘 쓰시는데요?"

"이야기요."

이제 점점 더 진실에 가까워지고 있었지만, 완전한 진실은 아니었지. 난 당신의 호기심에 불이 붙은 걸 알 수 있었어. 작가란 말은 사람들에게 그런 **영향을** 미치지.

"헤밍웨이 같은 작가요?"

"아마도 언젠가는." 나는 그렇게 대답했어. 적어도 부분적으로는 진실이었으니까. 언젠가는 나도 헤밍웨이처럼 글을 쓸지 모르지. 아니면 피츠제럴드나. 아니면 울프나. 적어도 내 계획은 그랬어.

당신은 코를 찡그렸지만 아무 말도 하지 않았어.

"당신은 헤밍웨이 팬은 아니군요?"

"헤밍웨이는 별로. 남성적인 면을 너무 대놓고 과시하는 분위기라서." 당신의 시선은 무도장으로 옮겨갔고, 순간 우리의 대화가 지루해진 게 아닌가 하는 생각이 들었어. "난 그보다는 브론테 팬이에요." 당신은 마침내 연주대에서 흘러나오는 '그런 일은 절대 없어요'의 금관악기 소리가 줄어드는 사이에 대답했지.

나는 아주 살짝 어깨를 으쓱했어. "생각에 잠긴 주인공들과 바람이 휩쓸고 간 황야라. 아주…… 분위기가 끝내주죠. 하지만 제 취향치곤 너무 고딕풍이라."

당신은 잔을 기울여 비우고 나서 나를 미심쩍은 표정으로 보더군. "난 영국인들은 책에 관해 엄청 고상을 떤다고 생각했는데. 오로지 고전만 읽고."

"다 그렇진 않아요. 실제로 상당히 현대적인 독자도 많고. 다만 난 디킨스 팬임을 인정해야겠군요. 디킨스는 아주 낭만적이진 않지만, 이야기하는 법을 잘 알고 있으니까요."

당신은 부드럽고 짙은 한쪽 눈썹을 치켜올렸지. "당신은 의심이 많은 하비샴 양과 그녀의 끔찍한 케이크에 대해 잊었나봐요. 그것도 고딕풍 아닌가요?"

"그러네요. 그건 인정할게요. 디킨스도 가끔 불운한 연인들과 망가진 웨딩드레스를 입고 은둔하는 여자들이 나오는 곁길로 샐 때도 있었죠. 하지만 그는 대체로 사회적인 문제들에 관해 썼어요. 부자들과 가난한 사람들. 계층 간의 격차 같은 주제죠."

나는 아무 표정도 짓지 않고 잠자코 기다리면서 당신이 미끼를 물지 궁금해했어. 당신의 속내를 알아내려는 속셈이었지. 이미 당신이 어떤 사람인지 각이 나왔다고 생각하면서도 갑자기 알 수 없는 이유로 내 생각이 틀리길 간절히 바라고 있었던 거야.

"당신은 어느 쪽이죠? 부자? 아니면 가난한 사람?" 당신은 내 질문을 질문으로 받아서 깔끔하게 형세를 역전하더군.

"아, 확실히 후자죠. 다만 더 많이 갖길 열망하지만. 언젠가는."

당신은 고개를 외로 꼬고 눈을 가늘게 떴어. 그 눈에서 새로운 의문이 떠오르는 게 보이더군. 자기 입으로 돈도 전망도 없는 모험가라고 인정하면서 당신의 작고 예쁜 파티에서 상류층과 어울리고 있으니까. 당신의 아버지가 돈을 댄 샴페인을 마시면서 무례하게 굴고 있고. 당신은 내가 누구고, 어떻게 나 같은 사람이 이곳에 발을 들였는지 알고 싶어 하더군. 하지만 당신이 물어보기도 전에 빛이 바랜 검은색 호박단 드레스를 입은 한 뚱뚱한 여자가 당신 팔을 잡았어. 두껍게 분을 바른 얼굴에 미소를 활짝 지은 채.

그 여자는 나를 흘끗 보더니 별 볼 일 없는 인간이라 판단해서 무시해버리고 당신 뺨에 키스하더군. "행운을 빌어, 자기야. 자기와 테디에게. 아버님이 무척이나 기뻐하시겠다. 신랑감을 아주 잘 골랐어. 테디도 마찬가지고."

당신은 미소로 화답했지. 진짜 미소가 아니라 이런 행사에 맞춰 준비한 미소. 아주 숙련되면서도 기계적인 미소였어. 당신이 바보같이 미소를 짓는 모습을 지켜보면서 나는 내 옆에 서 있는 이 여자, 실크 드레스에 진주 목걸이를 걸고 있는 이 반짝이는 미인은 가짜

다, 화려한 시대극에 나온 배우이자, 여러 개의 바퀴와 기어로 이루어져서 기름을 잘 친 기계 같은 존재라는 느낌을 지울 수 없었어.

당신의 미소는 그 여자가 떠나는 바로 그 순간 사라졌어. 눈 깜짝할 사이에 떠올랐다가 순식간에 사라졌지. 미소가 사라진 당신은 풀이 죽어 보이고 어쩐지 광채가 덜해 보였어. 그래서 불쌍하게 느껴질 정도였지. 오늘 밤 이런 감정을 느끼리라곤 상상도 하지 못해서 짜증이 나더군. 내가 일하는 바닥에서는 연민이란 감정을 품을 여유 따위는 없거든.

난 머리를 아주 살짝 끄덕였어. "내가 당신을 잘 몰랐다면 당신이 불행하다고 생각할 뻔했어요. 당신이 뉴욕 최고의 신랑감을 만나게 된 점을 고려해볼 때 놀라운 생각이죠. 석유, 부동산, 말들. 참 대단한 남자잖아요. 골든보이라고 표현해도 될 것 같은데."

당신은 내 말투가 불쾌했는지 얼굴이 굳어지더군. 내가 당신의 반짝거리는 겉모습을 꿰뚫어봤다는 사실도 그렇고. "당신은 내 약혼자에 대해 많이 아는 것 같군요. 테디의 친구인가요?"

"친구는 아니에요. 하지만 당신의 약혼자와 그의 가문에 대해 조금 알고 있죠. 아주 흥미로운 친구들을 주위에 두고 있더라고요. 다 최상류층은 아니지만…… 쓸모 있는 사람들이랄까."

당신의 미간 사이에 작지만 또렷한 주름이 한 줄 잡히더군. "쓸모 있다고요?"

나는 서늘한 미소를 지으며 대답했지. "누구나 밑바닥에 있는 친구들이 필요하니까요. 그렇게 생각하지 않나요?"

당신은 이제 허를 찔렸지. 내 말을 어떻게 해석해야 할지 몰랐거든. 이건 협박인가? 아니면 소개해달라는 요구인가? 아니면 성적인 언급인가? 당신은 이미 잔을 비웠다는 사실을 잊은 채 잔을 들어 입술에 댔다가 다시 내리고 씩씩거리더군. "당신은 여기에 초대받아서 왔나요?"

"맞아요. 하지만 안타깝게도 내 데이트 상대가 보이질 않네요. 화장을 고치러 간 지 좀 됐는데 아직 돌아오지 않았어요."

"데이트 상대가 누구죠? 물어보긴 싫지만 이건 내 파티니까."

"골디와 같이 왔어요." 나는 이렇게 간단히 대답했어. 골디에 대해 말할 때 성까지 말할 필요가 없으니까.

골디라는 이름을 듣고 당신의 콧구멍이 벌름거리더군. "내 약혼자의 친구들 수준을 그렇게 걱정하는 사람이라면 자기 동반자도 그만큼 신중하게 골라야 할 것 같은데요."

"골디가 마음에 안 드나봐요?"

"내 마음에 든다 안 든다 판단할 입장은 아니죠. 난 그저 그 여자가 이 파티에 초대받았다는 사실을 모르고 있었어요. 뒷담화 전문 신문사들의 대표와 어울리는 건 익숙하지 않아서 말이죠."

"그중 단 하나가 당신이 말하는 그런 '뒷담화 전문' 신문사고요. 나머지는 다 정통 언론사들입니다."

당신은 머리를 홱 젖히고 고개를 돌려버렸지.

"당신은 언론계에 여자는 어울리지 않는다고 생각하나요?"

당신의 시선이 내게 다시 돌아왔지. 날카로우면서도 이글거리는 눈빛. "난 존경할 만한 업계라면 어느 업계든 여자가 선택한 곳에서 일할 수 있다고 봐요. 하지만 그 여자는……." 당신은 웨이터가 다가오자 입을 다물고 빈 잔과 샴페인이 가득 든 새 잔을 바꿨지. 그리고 한 모금 마시면서 웨이터가 가길 기다렸다가 내게 몸을 기울였어.

"그 여자에 관한 일이라면 존경할 만한 점은 하나도 없음을 당신도 알아야 해요."

"골디가 거느리는 젊은 경주마들 말인가보군요."

당신은 나의 직설적인 말에 깜짝 놀라 눈을 깜박이며 나를 바라봤지. 아니면 적어도 그런 척했거나. 당신은 이면에 뭐가 있는지 알아보는 공을 들이기보다는 겉으로 드러난 모습만 보고 판단하는 그런 사람이었지. 실망스러웠지만, 결국엔 그게 나에게 더 나으니까.

"당신도 알고 있었어요? 그런데도 여기에 같이 왔단 말이에요? 이런 행사에?"

"골디에겐 초대장이 있었고 난 여기 오고 싶었으니까요."

"왜요?"

"자신의 홈그라운드에 있는 당신 같은 사람들을 보고 싶었으니까. 게다가 골디는 그걸 숨기지 않아요. 나에게나 다른 사람에게나."

"그런데 당신은 그런…… 경주마 중 하나가 되어도 괜찮나요?"

나는 당신의 격노를 한껏 음미하며 어깨를 으쓱했지. "이건 일종의 공생 관계죠. 우리 둘 다 합의한 방식이라고나 할까."

"그렇군요."

당신의 뺨은 짙은 분홍색으로 물들었고, 그걸 보면서 다시 당신이 얼마나 젊은지 깨달았어. 나보다 다섯 살 어리지만, 남자에게 5년이란 영원과 같은 시간이거든. 아마도 당신은 진짜 남자들과 여자들이 있는 세계에서, 남녀 관계가 실제로…… 어떻게 작동하는지 모른 채 온실 속에서 살았을지 몰라. 갑자기 당신이 남녀 관계에 대해 정확히 뭘 알고 있는지, 그리고 어떻게 알고 있는지 궁금해졌어. 나는 당신에게서 물러나서 우리 사이에 거리를 두고 싶은 충동과 맞서 싸웠지. 갑자기 당신이 위험하게 느껴졌어. 당신의 순수한 차가움이 내 뱃속에서 깜박거리며 피어나기 시작한 낮은 열기와 충돌하는 것 같았지. 나는 헛기침을 하면서 지금까지 우리가 무슨 이야기를 하고 있었는지 기억해내려고 애썼어.

"친절하게도 내 평판을 걱정해줘서 고맙지만, 난 다 큰 어른이에요. 하지만 조언을 하나 할게요. 가끔은 비단 지갑이 정말로 암퇘지의 귀일 때도 있어요. 그 반대도 마찬가지고."

당신은 어리둥절한 표정으로 나를 바라봤어. "대체 그게 무슨 뜻이에요?"

"내 경험에 따르면, 외면이 거친 건 종종 그 안에 뭔가 섬세한 걸 감추고 있기 때문이라는 거요. 반대로 후광이 넘치는 존경할 만한 존재가 속은 썩을 대로 썩어 있기도 하고."

당신은 마치 적의 냄새를 맡은 것처럼 다시 코를 벌름거리더군. 내가 적인 거지. 아니면 당신이 나를 더 잘 알게 됐을 때 적이 되겠지. 하지만 지금은, 우리의 재미있는 말장난에 당신은 강한 흥미를 느꼈어. 당신의 입가에 작은 미소가 떠오르더군. 아주 조심스럽게 감추고 있지만 당신의 진짜 미소에 가깝다고 난 생각했어.

"그건 재치 넘치는 파티용 농담인가요? 아니면 썰렁한 비유?"

"사람이 항상 겉으로 드러내는 모습이 전부는 아니란 점을 일깨워드린 겁니다."

당신은 천천히 날 이리저리 재보면서 훑어봤어. "그건 당신에게도 적용되는 말인가요?"

이제는 내가 미소를 참을 차례였지. "아, 나야말로 정말 그렇죠."

나는 공손하게 고개를 숙여 인사한 후 그 자리를 떠났어. 그때 골디를 봤거든. 골디는 립스틱을 새로 바르고 눈을 반짝이며 다시 나타났지. 나는 바에서 그녀와 만나 그녀가 내 손에 밀어넣어준 진토닉을 보고 기뻐했지. 그걸 아주 오랫동안 마시면서 고개를 돌려 당신을 보고 싶은 충동과 싸웠어. 당신은 내가 감히 잡아당겨선 안 되는 실이니까. 실타래가 풀리면 당신이 살아남지 못할까봐 두려워서 그런 게 아니라, 당신을 처음 만난 그 순간에도 내가 살아남지 못할 걸 확신해서 그랬던 거야.

하지만 결국 고개를 돌렸고, 당신이 여전히 나를 보고 있는 걸 알게 됐지. 그 순간 우리가 그렇게 멀리 떨어져 있었는데도 내가 안전하지 않다는 사실을 알아차렸어. 매끈한 암녹색 드레스를 입은 당신은 눈부셨고, 얼음처럼 차가운 이브이자 무도회 최고의 미인이었지.

벨(미인이라는 뜻-옮긴이).

그날 밤 나는 당신을 그렇게 생각하게 됐어. 앞으로 항상 당신을 벨이라고 생각하게 될 거라고. 당신의 가족이 당신에게 준 이름이 아니라 나의 벨이라고. 그때 날 보는 당신의 시선을 느끼면서도, 그 차가운 표면 아래 또 다른 여자, 자신의 주위에서 벌어지는 반짝거리는 가식과는 아무 상관없는 여자가 숨어 있다는 사실을 다시 감지했거든.

아니면 그저 그렇게 믿고 싶었는지도 몰라. 그 오랜 세월이 지난 후 타자기 앞에 앉아 이 모든 말을 쏟아내고 있는 지금도 내가 굳게 매달리는 착각이었는지도 모르고. 내가 그토록 철저하게 당신에게 속을 수 있었다는 점을 인정하느니 차라리 그렇게 착각하는 게 더 쉬우니까.

3

빛바랜 책의 커버와 상처가 난 표지 밑에는 인생이, 고귀한 행위가,
멍든 심장이, 잃어버린 사랑이, 누군가 한 여행이 자리 잡고 있다.

─애슐린 그리어(오래된 책들의 치유자)

애슐린

1984년 9월 26일

뉴햄프셔, 포츠머스

애슐린은 눈을 감고 커피를 홀짝홀짝 마시면서 무지근한 두통과
뱃속에서 희미하게 느껴지는 메스꺼운 느낌과 싸우고 있었다. 강렬
한 메아리들이 나오는 책을 접할 때 가끔 이런 일이 생겼다. 마치 숙
취나 독감의 초기 증상 같다. 그간의 경험을 통해 〈후회하는 벨〉 같
은 책을 장시간에 걸쳐 읽으면 안 된다는 사실을 알고 있었다. 그녀
는 이런 책들을 어두운 책이라고 불렀다. 메아리가 너무 강렬해서
일반 책들과 같은 책꽂이에 꽂아둬선 안 되는 책들.

책에 메아리가 있다는 사실을 고객들이 모른다고 해서 느낄 수
도 없다는 뜻은 아니었다. 그녀는 아무것도 의심하지 않은 손님들

이 어두운 책을 만졌다가 영향을 받는 모습을 본 적이 있다. 현기증. 두통. 갑자기 쏟아지는 눈물. 한 번은 어떤 여자 손님이 책꽂이에서 〈허영의 시장〉을 뽑았다가 거기서 나오는 메아리에 압도돼 물을 한 잔 달라고 할 정도였다. 불쌍한 손님. 그날 애슐린은 책장에서 어두운 책들을 치우기로 결심했다.

애슐린은 서점 문에 '재고 정리로 잠시 문을 닫습니다'는 표지판을 걸고 사흘 동안 서점에 있는 책이란 책은 다 만져보면서 모르는 손님들이 다루기엔 너무 어두운 메아리들이 있는 책들을 추려냈다. 모두 28권이었고, 그중엔 꽤 비싼 책들도 있었다. 그 책들은 손님들의 손이 닿지 않는 곳에 안전하게 옮겨져서 서점의 창고에 있는 앞면이 유리로 된 캐비닛에 격리되었다. 〈후회하는 벨〉도 다 읽으면 아마 거기에 들어갈 것이다.

애슐린은 식탁 조리대 위에 올려놓은 토트백 옆에 놓인 책을 쳐다봤다. 세 번에 걸쳐 읽은 첫 장은 그녀의 뇌 속에 선명하게 각인됐다. 두 연인의 자극적인 첫 만남. 다른 곳도 아니고 약혼 파티에서. 도저히 상서로운 만남이라고는 표현할 수 없다. 하지만 제목에서부터 이미 이 연인에게 해피 엔딩이란 없을 거라는 점이 분명하게 드러나 있으니까.

아마도 그래서 2장으로 넘어가지 못했을 것이다. 사실 그녀는 지금 읽고 있는 책이 어떤 책인지 아직도 판단하지 못한 상태였다. 이것은 회고록일까? 소설의 첫 장인가? 아름답게 장정해서 사랑하는 연인에게 보내는 편지? 도통 알 수 없었다. 그녀가 아는 거라곤 이 불운한 로맨스에 정신없이 빠져든 것이, 설사 그것이 책에 나온 로맨스라고 해도, 좋은 생각은 아니었다는 점이다. 자신의 결혼이 그렇게 극적으로 망해버리고, 그걸 극복하려고 그렇게 힘들게 싸운 마당에 그래선 안 되었다.

일련의 불륜들, 마무리되지 않은 이혼 절차, 그리고 예상치 못했던 죽음. 다니엘이 죽은 후에는 자신을 미망인이라고 부르는 것도 옳지 않게 느껴졌다. 그렇다고 이혼녀라 칭할 수도 없고. 둘의 결혼이 사실상 몇 달 전에 끝나긴 했지만. 그래서 애슐린은 새 심리치료사에게 상담받기 시작하면서 지금 자신이 천국과 지옥의 중간지대에 있다는 사실을 알았다. 미래에 어떤 일이 일어날지는 알 수 없었다. 그녀는 다시 안전한 곳으로 도망쳤다. 하지만 그 안전을 지키기 위해 대가를 치러야 했다.

애슐린은 지난 4년 동안 자신의 인생이 쪼그라들었다는 사실을 아주 고통스럽게 의식하고 있었다. 그녀는 사교 생활도 하지 않았고 같은 업종에 있는 사람들도 만나지 않았다. 로맨스가 생길 여지만 보여도 철저하게 피했다. 그러다 보니 생활 반경이 극도로 좁아지면서 어제와 오늘이 다를 바 없이 흐릿하게 흘러갔다. 대신 재앙도 일어나지 않았다. 그래서 똑같은 하루를 보낼 만한 가치가 있었다. 대체로.

아마도 그래서 〈후회하는 벨〉에서 눈을 뗄 수 없었을 것이다. 그 이야기는 똑같은 하루로부터의 출구, 비교적 안전한 해변을 떠나지 않아도 되는 여행을 제공했으니까.

하지만 이 책은 그 이상이었고, 케빈의 뒷방에서 책을 펼친 순간부터 그 사실을 알고 있었다. 거기엔 정체를 알 수는 없지만 어떤 식으로든 그녀와 연관된 뭔가가 있었다. 그 모든 쓰라림과 배신의 이면에 익숙하면서 껄끄러운 뭔가가 있었다. 그것은 미처 끝내지 못했다는 감각이었다. 애슐린은 그녀의 삶이 그렇게 느껴졌다. 마치 인생이 보류된 상태에서 숨을 참은 채 결국 이 참혹한 재앙이 끝나길 기다리는 느낌이랄까. 혹은 중단된 이야기가 다시 이어지거나 해결되지 않은 감정이 풀리길 기다리는 느낌.

그 깨달음은 불편했다. 게다가 이제 그걸 알아버렸으니 쉽게 무시할 수도 없었다. 이 모든 게 라이에서 온 어떤 남자가 케빈의 가게에 책 상자 몇 개를 갖다 놨기 때문이었다.

하지만 애슐린이 책에서 나오는 메아리에 허를 찔린 게 이번이 처음은 아니었다. 사실 그런 일은 꽤 자주 일어났다. 어떤 비밀들은 너무나 수치스러워서 그녀의 손가락 끝이 그을리기도 했다. 마치 목에 돌멩이가 걸린 것처럼 느껴지는 슬픔도 있었다. 너무 강렬한 기쁨에 두피가 따끔거린 적도 있었다. 책을 다루면서 그녀가 느껴보지 않은 감정은 별로 없었다. 하지만 〈후회하는 벨〉을 들고 있을 때 느낀 이런 감정은 생전 처음이었다.

그녀의 시선이 책으로 향했다. 눈을 감고 있는데도 그 책이 자신을 끌어당기는 걸 느꼈다. 익명성이 내뿜는 유혹이, 조심스러우면서도 수수께끼 같은 산문이, 얼마나 오랜 세월이 흘렀는지 모르겠지만 읽어달라고 그녀에게 손짓하고 있었다.

그리고 그 메아리들.

지난 몇 년 동안, 그녀는 향수 장인이 향수의 향을 묘사하는 방식으로 메아리를 생각하게 됐다. 어떤 메아리는 단순하지만, 좀 더 복잡한 메아리도 있다. 미묘한 감정들이 층층이 쌓여 하나의 메아리를 이룬다. 향수의 탑 노트, 미들 노트, 베이스 노트처럼 가장 위에 있는 메아리, 중간에 있는 메아리, 맨 밑에 있는 메아리.

〈후회하는 벨〉에서 나오는 메아리늘은 복잡하고, 묵직하며, 사방으로 퍼지기 전까지 시간이 걸린다. 그러면 안 되는데도 표지에 한 손을 댔다. 처음에는 쓰라림이 느껴졌다. 손바닥에 닿은 느낌은 뜨거우면서도 날카로웠다. 그게 탑 노트이자 첫인상이다. 그다음에 좀 더 깊으면서도 동그란 중간 노트인 배신감이 느껴졌다. 그것이 그녀의 갈비뼈 밑에 있는 텅 빈 곳을 도려냈다. 마침내 베이스 노트이자 이 모든 메아리 중에서도 가장 크게 울려 퍼지는 메아리가 느껴졌다. 슬픔. 하지만 누구의 슬픔일까?

어떻게, 벨?

애슐린은 생각하면 할수록 아름답고 신비로운 벨이 단순히 한 작가의 상상의 산물이 아니라고 확신했다. 그는 처음부터 벨은 자기가 그녀에게 지어준 별명이라는 점을 분명히 밝혔다. 그녀의 이름 뿐만 아니라 그의 이름도 신중하게 생략되어 있었다. 사실 소설에 나오는 등장인물 중 실제 이름으로 나온 사람은 한 명도 없었다. 그들의 본명을 쓰면 쉽게 알아볼 수 있어서 그런 걸까?

얼굴을 찌푸린 채 그녀는 책의 페이지 사이에 들어 있는 오래된 연애편지나 졸업 무도회 드레스에 다는 꽃장식을 찾는 듯 책을 들어 페이지를 차르륵 넘겨봤다. 물론 거기에는 아무것도 없었다. 답을 찾고 싶다면 조사를 해야 할 모양이었다. 분명 그녀의 명함집에는 이 미스터리를 해결하는 데 실마리를 줄 교수나 사서의 연락처가 있을 것이다. 아니면 좀 더 쉬운 방법이 있다. 이 책을 가져온 남자의 이름을 케빈이 알고 있다면 그에게 연락할 수도 있을 것이다.

아래층에 있는 가게로 내려온 그녀는 명함집에서 G 항목을 넘겨서 케빈의 번호를 발견했다. 전화벨이 두 번 울린 후에 한 여자가 전화를 받았다. 애슐린이 아는 목소리였다. 밴드가 공연하지 않을 때는 케빈의 가게에서 껌을 짝짝 씹으면서 일하며 미래의 마돈나를 꿈꾸는 여자였다.

"안녕, 캐시. '일어날 것 같지 않은 이야기'의 애슐린이에요. 케빈 있어요?"

"아, 안녕하세요. 케빈과 그렉은 오늘 아침 바하마에 갔어요. 거기서 일주일 동안 휴가를 보낸다고요. 열라 질투 나는 거 있죠."

"그럼 가게는 누가 보고요?"

"내가 봐야겠죠. 뭐 도와드릴까요?"

"지난주에 들어온 책에 대해서 케빈과 이야기하고 싶었는데. 그중 한 권을 샀는데 물어볼 게 있어서요. 그 책을 가져온 사람의 연락처가 케빈에게 있나 궁금한데……."

"음…… 난 전혀 모르는 이야긴데요."

애슐린은 그녀가 전화기에 껌을 붙이는 모습을 상상하며 짜증내지 않으려고 애썼다. "케빈이 가게에 물건을 팔러 오는 사람들에 대한 정보를 계속 보관하는지 혹시 알아요?"

"미안해요. 그건 케빈만 아는 거라서. 하지만 케빈은 다음 주 수요일에 돌아올 거예요."

"고마워요. 그럼 그때 전화할게요."

애슐린은 전화를 끊고 다시 명함집을 훑어봤다. 일주일이나 기다릴 순 없지.

애슐린이 그날 저녁 가게 문 앞의 표지판을 '영업 끝났습니다'로 돌려놨을 때는 메시지를 몇 통 남기는 데 이미 한 시간 반이나 써버린 상태였다. 메시지 중 하나는 다니엘의 오랜 친구이자 현재 뉴햄프셔 대학교의 영문과 학과장인 클리프 웨스틴에게 남겼고, 또 하나는 매사추세츠 주립대학교의 교수이자 마침 그녀의 서점 단골이기도 한 조지 바톨로뮤에게 남겼다. 그리고 경쟁자인 두 희귀본 중개인에게도 남기고, 사서 셋에게도 남겼다.

유감스럽게 아무 성과도 내지 못했다. 〈후회하는 벨〉이란 책에 대해 들어본 사람은 하나도 없었다. 조사 범위를 넓혀야 했다. 고서전문서점 협회의 지부에 도움을 청해야 할 것 같았다. 아니면 고서전문서점의 국제연합에 물어봐야 할지도 모르겠고. 의회 도서관의 저작권 사무실이 있긴 하지만, 그러기 위해 거쳐야 할 온갖 불필요한 절차들을 생각하니 엄두가 나지 않았다. 그래도 단서를 찾지 못하면 결국 거기까지 가겠지.

그녀는 그날 매출 계산을 끝낸 후 다시 그 책을 보면서 그것의 비밀을 반드시 캐내고야 말겠다고 의지를 다졌다. 그로 인해 학계를 뒤흔드는 발견이 나온다던가, 과거에 알려지지 못한 작품을 우연히 발견해서 그 사실이 〈영문학 연구 리뷰〉나 〈새 문학 역사〉 같은 저명한 잡지에 실릴 가능성은 모든 고서 판매자가 차마 입 밖에 내지 못하는 꿈이다. 하지만 그녀의 관심은 학구적인 것이 아니었다. 그것은 자신도 잘 설명할 수 없는 본능적이고 개인적인 관심이었다.

그래서 그 책을 계속 읽었다.

후회하는 벨
Regretting Belle

14~29페이지

1941년 9월 4일
뉴욕, 뉴욕

당신과 처음 만난 지 일주일 후에, 나는 바이올렛 위티어와 그녀의 남편이 주최한 저녁 식사에 가게 됐어. 당신이 그 훌륭한 테디와 약혼한 걸 기념하기 위해 친한 사람들끼리 모인 사적인 행사였지. 그 저녁 식사에 가자는 건 골디의 아이디어였지만, 어떻게 그런 자리를 만들었는지는 나도 잘 모르겠어. 아마 과거에 그 부부가 그녀에게 진 빚과 관계가 있는지도 모르지. 가끔 별로 좋지 못한 기사가 나가는 걸 기꺼이 막아주는 대가로 말이야. 다만 그런 내 가설의 증거는 없지만.

당신은 다른 손님들 사이에서 나를 보고 순간 긴장하더군. 다른 사람들이 눈치 챌 정도는 아니었지만 난 일어챘고, 당신이 다시 방을 돌아다니기 시작했을 때 내가 미소를 지었다는 걸 깨달았지. 은회색 실크 드레스를 입은 차가운 불꽃같은 당신은 아름답게 차려입은 사람들 사이를 경쾌하게 움직이면서 가끔 멈춰 섰다가 다시 지나는 길에 서늘함을 남기면서 계속 인사를 다니더군.

사람들은 숨이 멎는다는 표현을 쓰지. 분명 나도 그런 적이 있을 거야. 하지만 연하게 탄 진토닉 잔 너머로 당신을 지켜보면서 이런 생각이 들더군. 당신을 만나기 전까지는 숨이 멎는다는 표현이 정말 어떤 뜻인지 몰랐다고. 당신을 보는 순간 갑자기 그 방에서 모든 공기가 빠져나간 것 같았으니까.

당신에게선 은은하게 빛이 나고 있었어. 드레스에서 반사되는 빛이 당신의 피부에 착 달라붙은 것처럼 보였지. 잠시 나는 그 은빛 드레스가 일으키는 작은 물결에서 냉기가 솟아오르는 상상을 했지. 마치 여름에 보도에서 열기가 피어오르는 것처럼 말이야. 그러다 내가 여자에게 홀딱 반한 소년처럼 느껴져서 바보가 된 기분이었어. 말도 안 되는 소리지. 난 소년이 아니잖아. 그런데도 고개를 돌릴 수 없었어. 당신은 특유의 서늘함으로 자신을 지키는 얼음과 강철 같았어. 하지만 그 차가운 외면이 내게는 정반대의 효과를 발휘했지. 당신이 나를 끌어당기는 힘이 너무 강해서 마치 협박처럼 느껴졌어.

난 당신 가까이 있어야 한다고 애써 생각했어. 당신은 내 목적을 이루기 위한 수단이라고. 하지만 그 일에 이런 기쁨을 느끼면 안 되는데. 마음의 동요도 금물이고. 이 일을 하려면 어느 정도 초연해야 하고, 상대와 거리를 둘 수 있고, 멀리서 지켜볼 수 있는 능력이 있어야 했거든. 항상 꾸준하게 또렷한 눈빛으로 상대를 보면서 상대에게 나에 대한 환상을 유지하게 하는 거지. 그것은 내게 아주 잘 맞는 소명이기도 했어. 그런데도 당신이 지나간 자리에 서서 당신의 뒷모습을 보고 있으려니, 또렷한 눈빛으로 보기는 다 그른 셈이었지.

당신은 날 혼란스럽게 만들었어. 내 모든 목적을 허사로 돌아가게 했지. 난 분명한 이유가 있어서 여기 초대받았는데, 이건 그 이유가 아니란 걸 하마터면 잊을 뻔했지. 우리의 만남은 절대 엇갈려선 안 되는 거였어. 그 생각이 머리를 강타하면서, 앞으로 확실하게 일어나게 될 일을 어쩌면 피할 수도 있겠다는 자각이 들더군. 나는 당신이라는 차가운 불길에 휘말린 나방이고, 이 게임이 시작되기도 전에 이미 길을 잃었다는 생각이 들었어.

좀 더 조심하자고 마음을 다잡는 한편으로, 너무 궁금해서 도저히 그럴 수 없었어. 그래, 말할게…… 난 당신에게 너무 빠져들어서 정신을 차릴 수 없었던 거야. 그날 밤의 안주인은 원래 선량한 안주인들이 다 그렇듯, 아니면 그것도 어쩌면 골디가 짠 계획이었을지도 모르지만, 내 한쪽 팔을 잡고 다른 손으로는 골디의 팔을 잡아서 마치 우리를 한 쌍의 북엔드처럼 몰고 다니면서 사람들에게 우리의 이름을 알려줬지. 그러다 마침내 우리는 주빈과 얼굴을 마주보고 서게 됐어.

만면에 미소를 지은 당신의 테디는 엄청나게 잘생긴 얼간이처럼 고개를 끄덕이며 아주 공손하게 행동하더군. 당신은 그와 팔짱을 끼고 있었지만, 그건 일종의 쇼 같았어. 둘 사이의 애정을 보여주는 몸짓이라기보다는 두 사람의 연대를 보여주는 것 같았지. 아니면 그것은 당신을 보호하기 위해 본능적으로 그렇게 한 것일까. 우리 둘 사이에 흐르는 보이지 않는 전류를 불편하게 의식하고 있어서? 아니면 그저 내가 그렇게 보고 싶어 하는 것일지도 모르지. 아마 당신과 테디는 정말 천생연분이고, 당신은 첫날 밤 만났을 때 내가 상상한 것처럼 테디가 그렇게 지겹지 않을지도 모르지.

안주인이 나를 당신 커플에게 소개했을 때 당신은 간신히 미소를 짓더군. 첫날 밤에 본 그 가식적인 미소가 다시 나왔어. 하지만 골디를 소개했을 땐 그것마저 흔들리다가, 안주인이 바로 다른 곳으로 가버리자 우리 넷은 불편하게 서 있었지. 당신의 시선이 주렁주렁 반지를 낀 채 나의 팔을 잡은 골디의 손에 한참 머물다가 내 팔에 찰싹 붙이고 있는 골디의 풍만한 가슴으로 옮겨가더군. 역겨워서 입술을 말아올리지 않기 위해 당신이 할 수 있는 최선의 행동이었지.

당신은 나와 눈이 마주치자 짙은 눈썹 한쪽을 살짝 치켜올렸어. 아마 창피한 줄 알라는 뜻이었을 거라고 난 생각해. 하지만 난 창피하지 않았어. 난 뻣뻣하게 고개를 끄덕여서 인사하고 다른 곳으로 갔지. 골디와 내가 파티장의 이곳저곳을 누비고 다니는 동안 내 등을 뚫을 것처럼 강렬한 당신의 시선이 느껴졌어. 내 견갑골 사이를 스치는 짜증스러운 시선도 느껴졌지. 당신은 나와 헤어지게 돼서 안도한 한편으로 나에게 대놓고 무시당해서 발끈했던 거야. 당신에게는 새로운 경험이었을 거라고 나는 꽤 확신해.

나중에, 나는 금발의 테디와 둘이서 이야기를 나누는 데 성공했어. 나도 나름 조사를 해서 그의 특징에 대해 잘 알고 있었지. 시어도어. 줄여서 테디라고 부르지. 중간 이름은 그의 아버지와 할아버지처럼 로렌스. 1917년 4월 14일 출생. 11학년 첫 학기는 브라우닝

스쿨에서 보내면서 세 가지 종목의 스포츠에서 우수 학생 마크를 받았지만, 느닷없이 그리고 아주 조심스럽고도 조용하게 학교를 그만뒀어. 그리고 신부들이 운영하는 아이오와 사립학교에서 1년 반을 다닌 후 마침내 프린스턴 대학교에 입학하지. 거기서 폴로 팀의 주장으로 활약하면서 유명해졌고, 지독하게 돈이 많은 망나니로 명성을 굳혔고, 졸업식 때 술에 취하지 않을 가능성이 가장 낮은 사람으로 뽑혔어. 그 당시 테디가 즐겨 타던 게 말만은 아니었고, 나는 당신이 테디의 그런 면을 얼마나 알고 있을지, 그리고 그가 그런 습관을 고치긴 했는지 궁금했어.

내가 다가갔을 때 그는 술잔을 두 손으로 감싸고 있었지. 위스키라는 짐작이 들더군. 그리고 은회색 눈동자가 흐리멍덩한 걸 보니 첫 잔도 아니었고. 내가 악수하려고 손을 내밀자 그는 치아를 드러내고 미소를 지으면서 내가 기억나는 척 연기하더군. 나는 어색한 분위기를 깨기 위해 당신 같은 약혼녀를 잡아서 행운이라며 축하하고 나서 화제를 요즘 뉴스로 돌렸지. 유럽에서 일어나는 전쟁에 미국이 참전하는 문제에 대해 어떻게 생각하는지. 처칠 수상이 계속해서 도와달라고 그렇게 호소하는데도 루스벨트 대통령이 좀처럼 결정을 내리지 않고 꾸물거리고 있는 문제에 대해 어떻게 생각하는지. 비시 정부가 독일에게 파리를 내준 사실에 대해 어떻게 느끼는지 물었지.

그는 거의 텅 빈 잔을 내려다보며 잠시 얼굴을 찌푸렸다가 다시 고개를 들었어. 그는 나를 보며 물기가 너무 많고 너무 동그란 눈을 깜박이다가 네모난 턱을 흔들었지. 마치 적절한 대답을 찾고 있는 것처럼 말이야. 침묵이 점점 길어지면서 어색해지기 시작했을 때 마침내 그의 말문이 트이더군. "프랑스도 이번에는 사기 힘으로 싸우고, 우리를 자기들의 전쟁에 끌어들이지 말라고 하고 싶군요. 내 의견이 궁금하다면, 미국인들은 대서양 건너편에서 일어나는 일보다는 자기 코앞에 닥친 일에 좀 더 관심을 가져야 한다고 봐요."

이게 바로 그거였지. 내가 여기 온 이유. 나는 아무 내색도 하지 않았어. "예를 들면요?"

"물론 돈이죠. 그리고 그 돈을 누가 통제하고 있는지. 조심하지 않으면 우린 곧 그 개자식들의 손아귀에서 놀아나게 될 거예요. 이미 그렇게 되지 않았다면 말이죠."

"어떤 개자식들을 말하는 걸까요?"

"스타인. 베르그. 로젠. 맘에 드는 걸 골라봐요."

그의 말은 물론 유대인들을 의미하는 거였어. "그들 다요?"

그는 내가 빈정거리는 걸 눈치채지 못하고 천천히 둔하게 눈을 깜박이더군. "뭐, 어쨌든 부자 유대인들이죠. 사실 대부분이 그렇잖아요. 정직하게 일해서 돈을 버는 게 아니라 다른 사람들을 등쳐서 돈을 버는 인간들. 손을 댈 수 있는 거면 죄다 속속들이 사들이는 인간들."

그 순간 내가 느낀 아이러니는 도저히 견딜 수 없을 지경이었어. 나는 그도 평생 단 하루도 일해본 적이 없고, 그의 가문이 미국 철로의 반과 정유 회사들과 조선소의 지분을 가지고 있으며, 거기다 동부와 서부 연안 양쪽에 어마어마한 땅도 가지고 있다는 사실을 지적하지 않기 위해 이를 악물어야 했지.

그의 얼굴에서 이제 땀이 나기 시작하더군. 수많은 문장을 한 번에 말하려고 애를 쓰느라 얼굴도 붉게 물들었고. 하지만 적절한 순간에 작은 연설을 뽑아낼 수 있었던 자신에게 뿌듯해하기도 했어. 마치 자신의 의견을 표현할 기회를 기다리고 있었던 것처럼, 사실 그게 전적으로 그의 의견은 아니었는데도 말이야.

나는 진토닉 잔으로 얼굴을 가린 채 음침하게 고개를 끄덕였지. "이 문제에 관해 생각을 많이 한 것 같군요. 당신의 나라가 현재 겪고 있는 곤경이 누구 탓인지 말입니다. 로젠과 그 무리가 문제란 말이군요."

그는 마치 내가 뭔가 우스꽝스러운 말을 한 것처럼 얼굴을 찌푸리더군. "그게 뭐 그렇게 생각을 많이 하고 자시고 할 문제인가요? 이 빌어먹을 불황이 일어나게 된 원인이 누구에게 있다고 생각해요? 이제 그들은 다른 나라의 전쟁을 무기로 우리를 파산시키려 하고 있어요. 우리가 그 싹을 제거하지 않으면 분명 그렇게 하고 말 거요. 유대인들과 노동조합 깡패들을 거느린 공산주의자들 말이오. 그들은 이미 루스벨트의 마음을 샀어요. 그다음엔 의회가 그들의 손아귀에 들어갈 거요. 내 말 명심해요."

그는 마치 남학생이 교장 선생님을 흉내 내는 것처럼 누군가 한 말을 신나게 떠들어대고 있더군. 난 그가 단순히 다른 사람의 의견을 앵무새처럼 따라하고 있다는 의심이 들었어. 아마 그는 번거롭게 자신의 의견을 가지려고 해본 적이 없을 테니까. 물론 그런 의심을 절대 내색하진 않았지. 내가 벌컥 화를 냈다가 이 자리에서 쫓겨나는 꼴을 보자고 골디가 이 화려하고 터무니없는 헛소리 대잔치에 초대받기 위해 손을 쓴 게 아니니까.

자신의 정치적 논지를 다 털어놓은 테디는 느닷없이 일반적인 화제로 넘어가더니 결국엔 말과 폴로에 관한 이야기를 시작했어. 그렇다고 놀라진 않았어. 내가 장담하는데, 테디가 실제로 자기만의 의견을 가지고 있는 화제는 그 둘밖에 없을 테니까. 하지만 다시 생각해보면 젊은 테디처럼 부자에 미남이라면 똑똑할 필요도 없지 뭐. 세상은 막대한 유산이 있는 미소년이라면 항상 용서할 테니까. 그가 아무리 돌대가리라 해도 말이야.

나는 그를 설득해서 그의 친구들 몇 명, 아니 좀 더 정확히 말하면 그의 아버지의 친구들 몇 명에게 소개받을 때까지 버텼어. 이번에 인연을 맺어두면 나중에 요긴하게 쓰일 만한 그런 연줄을 만든 거지. 그래서 우리의 대화가 완전한 시간 낭비는 아니었어. 어쨌든 인맥이 가장 중요하니까. 하지만 우리의 대화가 점점 시들해지기 시작했을 때, 나는 내 빈 잔을 가리키며 그 자리를 떴지. 그때 내가 누굴 더 경멸하는지 알 수 없었어. 완벽한 바보인 그인가, 아니면 너무나 분명하게 당신보다 한참 처지는 그런 남자와 결혼을 생각하는 당신인가.

다시 잔을 채우자마자 안주인이 저녁을 먹으라고 우리를 불렀지. 나는 당신과 내가 옆자리에 앉는다는 사실을 알고 놀란 척했어. 사실 그건 우연이 아니었는데. 테디 자리가 식탁 반대편 끝, 그러니까 우리로부터 최대한 멀리 떨어진 자리에 배정됐다는 것도 우연이 아니었고. 골디가 그의 옆자리에 앉아, 딴 데 주의를 돌리지 못하게 대놓고 그에게 추파를 던졌지. 나는 골디가 묵직한 보석 반지를 여러 개 낀 손을 테디의 팔에 대고 그의 얼굴을 향해 고개를 기울인 채 귀에다 속삭이는 모습을 재미있게 지켜봤지. 당신은 재미있어하지 않더군.

당신의 시선이 계속 그 둘이 앉아 있는 테이블 끝으로 가는 게 그 증거였지. 다시 말하지만, 다른 사람들은 눈치 못 채고 나만 알 수 있을 그 정도였어. 하지만 결국 수프 코스를 반쯤 마친 상태에서 나는 당신과 대화를 시작할 수 있을 정도로 가까스로 당신의 관심을 붙들었지.

"내가 주빈 옆자리에 앉다니 기쁘기도 하고 놀랍기도 하네요." 나는 가장 매력적인 미소를 지어 보이며 말했어.

"주빈 중 하나죠. 주빈은 둘이니까." 당신은 무뚝뚝하게 대꾸했지.

"네, 물론 그렇죠. 하지만 둘 중 더 나은 쪽의 옆에 앉게 된 건 행운이죠." 당신은 그 칭찬을 묵살하고 콧방귀를 뀌었지.

"당신은…… 데이트 상대 옆에 앉는 편을 선호하지 않나요? 그녀는 분명 당신을 어마어마하게 그리워하고 있을 텐데요."

"오, 글쎄요." 나는 골디와 테디가 노골적으로 죽이 잘 맞아 보이는, 테이블 반대쪽 끝을 티를 내고 보면서 싹싹하게 미소를 지었지. "내 데이트 상대는 아주 좋은 시간을 보내고 있는 것 같은데요. 당신 약혼자도 꽤 대화에 몰입한 것처럼 보이고."

"분명 여자 분이 대화의 달인이시겠죠."

당신의 말에서 독기가 뚝뚝 떨어지고 있었어. 나는 웃음이 터지지 않도록 안간힘을 써야 했지. "테디가 골디의 매력에 빠질까봐 걱정하는 건 물론 아니겠죠?"

당신은 수프용 스푼을 내려놓고 차가운 눈으로 나를 봤지. "어이없는 소리 하지 말아요. 저 여자는 테디 타입이 아니에요."

나는 골디가 바로 테디의 타입이란 점을 지적하고 싶었지. 요란하고 금발에 저속한 골디. 그리고 테디는 골디나 당신의 절반도 따라가지 못할 인간이고. 그렇게 말하고 싶었지만 하지 않았어. 둘 중

하나는 사실이니까. 당신은 내 말을 믿지 않거나, 이미 내 말이 맞는다는 점을 알고 있으니까. 나는 대신 이렇게 말했지. "그의 타입은 누군데요? 당신?"

당신의 시선이 다시 테이블로 돌아와 한동안 차가운 상태로 머물렀지. "확실히 본인을 골디라고 하는 여자는 아니겠죠. 그건 사람 이름이 아니라 스패니얼 강아지 이름 아닌가? 아니면 희극 배우의 이름이거나."

당신의 그런 고양이같이 앙칼진 면이 재미있어서 저절로 미소가 나오더군. "골디란 이름은 머리색과 관련이 있는 것 같은데요. 골디가 어렸을 때 그녀의 아버지가 그녀를 골디락스(동화 〈골디락스와 곰 세 마리〉에 나오는 주인공인 금발 소녀-옮긴이)라고 불렀대요. 그래서 골디로 굳어진 거죠."

"대단히 매력적인 이야기군요. 저 여자에게 직접 들었나봐요?"

"그랬죠. 듣자 하니 부녀 사이가 꽤 가까웠나보더라고요. 당신은 어때요? 아버지가 당신에게 지어준 애칭이 있나요?"

"아버지가 예뻐하는 딸은 내가 아니에요. 우리 언니죠."

잠시 당신의 서늘한 무심함이 사라진 자리에 어렸을 적에 받은 날것의 상처가 드러났지. 그것은 내가 들어오라는 초대를 받게 되리라고 기대한 문은 아니었어. 적어도 이렇게 이르게는 아니었지. 하지만 난 그걸 간과할 생각이 없었어. "아버지가 언니에겐 어떤 애칭을 지어줬는데요?"

"보물. 아버지는 언니를 **나의 보물**이라고 불렀어요."

당신의 목소리에는 내가 알아낼 생각은 없었던 깨진 유리 같은 특징이 있었어. 하지만 난 알아차렸지. 어떻게 그러지 않을 수 있었겠어. 주위 사람들이 나누는 활기찬 대화 속에서 갑자기 그 방에 우리 둘만 있는 것처럼 느껴지는데 말이야. 와인이 당신의 혀를 풀어놓는 바람에 무심코 경계를 늦춘 그 순간은 어색하기도 하고 당신을 이해하게 된 순간이기도 했지. 여기에 마침내, 진정한 벨, 처음부터 내가 그러리라 의심했던 것처럼 가식적인 미소 이면에 진짜 벨이 있었던 거야. 기계적이지 않은 인간이. 그 순간, 그 짧고 덧없는 순간 베일이 흘러내리면서 당신의 진정한 모습이 잠깐 드러났을 때 난 완전히 길을 잃었다는 걸 깨달았어.

빌어먹을.

수프가 끝나고 생선 요리가 나왔을 때 나는 화제를 바꿨어. 고국에서 멀리 와 있을 땐 모든 게 훨씬 더 맛나게 느껴진다고 했지. "아니면 그건 전쟁 때문인지도 모르겠어요. 거기선 물자가 매우 부족하거든요. 이제 설탕, 버터, 베이컨은 배급받아야 해요. 전쟁이 더 오래가면 더 많은 게 배급제로 돌아갈 거라는 말도 있고. 미국은 우리보다 전쟁 대비가 더 잘 돼 있길 빕니다."

"아버지 말로는 우리는 이번 전쟁엔 끌려 들어가지 않을 거라던데요. 지난번 전쟁으로 우리는 고국에 있어야 한다는 교훈을 배우게 됐다고. 테디도 그렇게 생각하고."

"당신은 어떻게 생각해요?"

당신의 어깨가 순간 씰룩였지. 으쓱하는 것도 아니고 아주 살짝 움직였어. "사실 난 전쟁 생각은 안 해요."

당신의 대답에 갑자기 짜증이 났어. 마치 내가 모호한 수학 문제에 대해 어떻게 생각하냐고 물어본 것처럼 그렇게 모호하게 대답하다니. "그런 생각을 하기엔 너무 바쁜가요?"

"사람들은 대개 여자와는 전생에 관해 상의하지 않잖아요. 우린 남편들과 남자 형제들과 연인들을 사지로 보내고, 그들이 없는 동안 어떻게든 삶을 이어나가고, 그들이 집에 돌아오면 그들의 뒷수습을 하죠. 만약 그들이 돌아온다면 말이에요. 하지만 우리가 전쟁을 어떻게 생각하는지에 관한 질문을 받는 경우는 거의 없어요."

당신의 대답을 머릿속에서 찬찬히 소화하는 동안 내 짜증은 사라졌어. 처음에 두려워했던 것처럼 당신이 그렇게 냉정하거나 머리가 텅 빈 게 아니란 사실을 알고 놀랍기도 하고 안도하기도 했지. 그걸 알게 되자 이상하게도 기뻤어. "그 주제에 대해 별로 생각해본 적이 없다는 사람이 한 대답치곤 엄청난데요."

"당신 생각은 어때요? 당신도 나름의 생각이 있겠죠. 말해봐요. 당신은 고국에 있는 당신의 동포들처럼 우리 양키들에게 화가 나 있나요?"

"그건 화가 났다 아니다 할 문제가 아니에요. 우린 미국이 이 전쟁에 참전하지 않으면 무슨 일이 일어날지 두려워하고 있어요. 히틀러는 분명 미국이 참전하지 않길 바라고 있겠죠. 그리고 지금까지는 히틀러의 뜻대로 되는 것 같고."

"당신은 간섭주의자인 모양이군요."

"난 고국에서 먼 곳에 와서 상황을 지켜보는 관찰자죠."

"고국에서 먼 곳에, 라는 말이 나와서 말인데, 당신은 여기 왜 왔는지 말해주지 않았잖아요."

나는 접시에 놓인 연어에서 뼈를 골라내며 요리에 정신을 집중하는 척했지. "내가 말 안 했나요?"

"안 했어요. 그저 모험을 찾아 왔단 말만 했죠."

나는 그때 고개를 들어 순진해 보이는 미소를 지었지. "다 그렇지 않나요? 당신은 안 그래요?"

당신은 고개를 끄덕이면서 내가 대충 얼버무린 대답을 받아쳤지. "그래서 그걸 찾았나요? 당신이 찾고 있는 그 모험을?"

"아직은요. 여기 온 지 몇 주밖에 안 됐으니까."

"얼마나 있을 작정인데요?"

"지금으로선 언제까지라고 제한을 두지 않았어요. 아마도 내가 쫓고 있는 걸 손에 넣을 때까지."

"그게 뭔데요?"

"아, 그 이야긴 그만합시다. 다른 걸 물어봐요."

"좋아요." 당신은 냅킨으로 당신의 입술을 귀엽게 토닥여서 석류빛 립스틱 자국을 남겼지. "글은 얼마나 오랫동안 썼어요?"

내 눈은 여전히 당신의 입술이 찍힌 냅킨에 고정돼 있었어. 그랬다가 순간 당황해서 짜증이 났지. 그건 단순한 질문이었고, 완벽하게 안전한 질문이었어. 첫 번째 데이트에서 상대가 물어볼 만한 그런 질문이었지. 나는 속으로 심호흡을 하면서 정신 똑바로 차리라고 되뇌었어.

"글을 쓰지 않던 때가 기억나지 않네요." 나는 마침내 가까스로 대답했지. "우리 아버지는 신문기자셨는데 크면 아버지처럼 되고 싶었어요. 내가 열 살 때 아버지가 당신 사무실에 날 위해 작은 책상을 하나 놔주고 당신이 쓰시던 낡은 타자기 한 대를 주셨어요. 크고 반짝거리는 검은 타자기인데 요즘도 그걸 쓰고 있어요. 헤밍웨이가 쓰던 것과 같은 모델이에요. 아버지가 헤밍웨이의 어마어마한 팬이었거든요. 나는 그 타자기 앞에 몇 시간씩 앉아 말도 안 되는 소리를 써냈어요. 다 쓰면 이비지가 읽어보시고, 연필로 틀린 부분에 표시하고, 여백에 이런 메모를 적어두셨어요. 더 강력한 동사를 써라. 글을 쓸 때 미적거리지 마라. 중요한 걸 말하고 나머지는 빼라. 아버지는 내 첫 편집자이자, 아버지의 표현에 따르자면 영국의 오래되고 소중한 식민지들을 사랑하는 분이셨죠. 아마도 그게 내가 여기 온 진짜 이유인지도 모르겠어요. 아버지는 뉴욕을 사랑하셔서 언제나 근사한 곳이라고 말씀하셨거든요."

"아버지가 당신을 아주 자랑스러워하시겠네요."

"유감스럽게도 돌아가셨어요. 이제 거의 10년이 됐네요. 하지만 아버지가 그러셨다고 생각하고 싶군요."

당신의 눈빛이 부드러워졌지. "유감이에요."

그것은 누군가가 가족의 죽음을 언급할 때 나오는 기계적인 대답이자 공손한 대답이었지만, 당신의 목이 멘 걸로 봐선 진심임을 알 수 있었지. 그러다 기억났지. 당신이 어렸을 때 엄마를 잃었다고 골디가 해줬던 말. 그분은 오랫동안 병을 앓았다고 들었는데 무슨 병이었는지는 기억나지 않았어. 그저 북쪽에 멀리 떨어진 지방에 있는 한 개인 병원에서 죽었다는 사실만 떠올랐지. 그것은 어느 시점에 다다르면 배경 조사로 필요할 때를 대비해 파일에 철해두는 그런 정보 중 하나였지만, 그 죽음을 실제로 살아 있는 사람과 연결한 적은 없었어. 당신은 그전까지는 내게 살아 있는 인간이 아닌 셈이었으니까. 이제 가끔 우리의 팔꿈치가 스칠 정도로 당신과 가까이 앉아 있다 보니 그 이야기가 다르게 느껴지더군.

"친절한 말 고마워요."

"당신의 어머니는? 그분은……."

"아직 살아 계시지만 유감스럽게도 버크셔주에 계세요. 나랑 같이 여기로 왔으면 했지만, 아버지를 쿡햄에 있는 교회 묘지에 모셨는데 아버지 곁을 떠날 수 없다고 하시더군요. 완전 황소고집이라니까. 하지만 엄마가 아버지를 말할 때 항상 그렇게 말씀하셨죠. 기질이 똑같은 사람들이라서. 천생연분인 셈이죠. 당신이 그런 걸 믿는다면 말이에요."

"당신은 믿어요?"

당신의 표정에선 아무것도 드러나지 않았지만, 그 질문에 일말의 슬픔이 서려 있었지. 당신이 미처 감추지 못한 체념이 풍겼달까. 난 미소를 지어 보였지만, 내심 당신에게 사과하는 것처럼 느껴지기도 했어. "내 눈으로 직접 목격했으니 믿는다고 봐야죠. 하지만 난 최근에 약혼한 사람이 아니니까. 더 적절한 질문은 당신은 믿느냐는 거겠죠?"

식탁 시중을 드는 사람이 나타나 우리의 접시들을 치워가고 다음 요리를 내오는 바람에 당신은 대답하지 않아도 됐지. 나는 와인을 홀짝이면서 접시들이 치워지고 새 접시들로 교체되는 모습을 지켜봤어. 나는 멋대로 지껄였다는 사실을 깨달았지. 일과는 상관없는 개인사가 우리의 대화에 끼어들게 놔두다니. 일할 때 그렇게 경솔하게 군 적은 거의 없는데. 특히 진실처럼 위험한 화제를 다룰 때는 더 그렇지만, 당신은 내게 기묘한 영향을 미쳤어. 당신은 내가 그 자리에 무슨 일로 왔는지, 그리고 왜 왔는지 잊어버리게 했지.

다음 코스를 먹는 내내 당신은 주로 옆자리에 앉은 다른 손님과 이야기를 나눴어. 철도 관련 기업가인 브래디란 남자였는데, 난 칵테일 마실 때 그와 잠깐 이야기를 나눴었지. 나는 앞에 놓인 피투성이 소고기에 정신을 집중하는 척하면서 테이블 맞은편에서 벌어지는 토론을 엿들었어. 요즘은 럭키 린디라는 애칭으로 불리는 찰스 린드버그(미국의 비행사로 뉴욕-파리 간 대서양 무착륙 단독비행에 처음으로 성공한 인물-옮긴이)와 유럽에 대한 히틀러의 잔혹한 만행이 미국과는 아무 상관이 없다는 그의 불쾌한 주장을 열정적으로 지지하는 의견이었지. 그런 대화 주제가 나오려고 하고 있었어.

당신은 마침내 손도 대지 않은 접시를 밀어내고 나에게 고개를 돌려서 아까 했던 대화를 다시 이어갔지. "난 작가를 만난 적은 한 번도 없었어요. 당신의 일에 대해 더 말해줘요."

"뭘 알고 싶어요?"

"지금 쓰고 있는 이야기가 있어요? 아마 모험을 떠난 영국인에 관한 이야기인가? 드넓고 파란 바다를 건너 화려한 미국인들에 대한 모든 것을 알아내기 위해 온 영국인에 관한 이야기?"

"맞아요." 난 그렇게 대답했지. 그게 바로 내가 이곳에 와서 쓰려고 한 것이니까. 하지만 그게 전부는 아니었어. 완전한 진실은 나중에 알게 되겠지만, 그때는 당신이 이미 피해를 겪은 후겠지. 당신이 너무 궁금해하기 전에 화제를 돌려야 했어. "이제는 내가 질문할 차례예요. 최근에 당신이 아일랜드에서 말을 몇 마리 샀다는 소리를 어떤 사람에게 들었는데, 그건 당신의 취미인가요? 아니면 말에 대한 애정이 깊은 당신 약혼자 때문인가요?"

"그 어떤 사람이 오늘 밤 당신과 같이 온 그 여자인가요?"

"그 사람이 여자라곤 안 했지만, 맞아요."

당신의 눈길이 테이블 반대편, 당신 약혼자가 방금 뭐라고 했는지 모르겠지만 그 말 때문에 골디가 낄낄 웃고 있는 곳으로 갔지. 당신은 한동안 생각에 잠겨 찬찬히 그들을 바라봤어. 마침내 다시 나를 봤을 때 입 가장자리가 조금 올라가서 살짝 고양이처럼 보이더군. "저 여자는 당신과…… 잠자리할 때 당신 입에서 내 이름이 나오는 게 신경 쓰이지 않나봐요?"

나는 당신의 주의를 끌려고 일부러 어깨를 으쓱했지. "그녀는 그다지 소유권을 주장하고 나서는 타입은 아니라서. 적어도 나에 관해선 그래요. 내가 당신에 대해 궁금해해도 언짢아하지 않아요."

"그럼 당신이 쓰는 이야기에 내가 나오나요? 그래서 두 번이나 이런 자리에 나온 거예요? 현대 미국 여성에 관해 연구한 다음 당신이 관찰한 바를 쓰려고?"

나는 와인 잔 너머로 당신을 보면서 고개를 한쪽으로 기울였지. "그런 식으로 당신에 관한 기사가 나오길 원해요? 여러 장의 사진과 함께 양면 기사로 나오는 거. 미국의 부유한 여자 상속인의 인생에서 보낸 하루."

당신은 내 질문이 단순한 가정이 아닐지도 몰라서 경고의 눈빛을 번득였지. "어떤 식으로든 내 기사가 나오는 건 원치 않아요."

나는 다시 상대의 적개심을 누그러뜨리는 미소를 지어 보였지. "두려워할 필요 없어요. 그런 기사는 위첼 씨에게 남겨두는 걸 선호하는 편이니까. 나는 따라잡을 수 없을 정도로 그 사람이 그런 기사는 끝내주게 쓰니까. 하지만 말들에 관한 소문은 정말 궁금하긴 하네요. 내가 보기에 당신이 마구간에 드나드는 타입은 아닌 것처럼 보이는데."

당신은 한쪽 눈썹을 씰룩거렸지. "내가 그렇게 안 보인다고요?"

"그래요."

"그럼 내가 어떤 타입으로 보이는데요?"

당신은 나에게 불장난을 하고 있었어. 약혼자를 도발하기 위해 그윽한 목소리와 어두운 호박색 눈동자로 날 물끄러미 바라봤지. 약혼자에게 앙갚음하기 위해. 나야 기쁜 마음으로 장단을 맞춰줬지. 다만 당신이 이런 어른들의 게임을 할 의향이 있는지 궁금했지만.

"아직은 잘 모르겠군요." 나는 사실대로 대답했어. "당신을 자주 찾아갈 순 없으니까. 하지만 결국엔 그렇게 되겠죠."

당신은 나의 직설적인 대답에 놀라서 눈을 깜박였지. "항상 그렇게 매사에 자신만만해요?"

"항상 그렇진 않아요. 하지만 가끔 어떤 퍼즐을 보면 어느 조각이 어디로 가야 할지 이미 다 보이죠."

"그렇군요. 난 이제 퍼즐이군요."

나는 서둘러 대답할 것 없이 와인을 천천히 마셨지. "여자는 다 퍼즐이에요." 나는 마침내 이렇게 운을 뗐어. "어떤 퍼즐은 다른 퍼즐보다 더 풀기 어렵고. 하지만 풀기 어려운 퍼즐이 가장 공을 들일 만한 가치가 있다는 점을 알아냈답니다."

그건 사실 쓰레기 같은 말이었어. 한량이 즉석에서 지어낸 헛소리였지만, 그때 내 입에서 나왔을 때는 그럴듯하게 들리더군. 신비로우면서도 아주 살짝 야한 말. 저녁 식사 도중에 내가 당신에게 던진 벨벳 도전장과 같았지. 당신의 분홍색 뺨이 살짝 더 붉어지는 걸 봤을 때 난 스스로가 만족스러웠어. 홍조가 당신 얼굴에 어울리더군.

"당신이 틀렸어요. 난 마구간 타입이니까. 아니면 적어도 그러려고 시도하는 중이니까." 당신은 날 설득한다고 보기엔 너무 따뜻한 어조로 주장했지.

◆

"착한 아내들은 남편이 관심을 가지는 대상에 관심을 보이기 마련이니까요?"

"테디와는 상관없어요. 아니, 뭐 거의 상관없죠. 지난봄에 테디가 자기가 키우는 순종 경주마들을 보여주려고 날 사라토가로 데려갔어요. 그 경주마들은 태어나서 첫 경주를 준비하고 있었죠. 우린 일찍 일어나서 경주마들을 연습시키는 기수들이 그들의 속도에 맞춰 경주 코스를 익히게 훈련하는 모습을 지켜봤어요. 그 말들은 아주 아름답고, 갈기에서는 윤기가 흐르고, 힘이 넘치면서도 바람처럼 빠르게 달렸어요. 그때 나도 한 마리 갖고 싶더군요. 햄튼에 있는 우리 마구간에 말이 몇 마리 있지만, 그 아이들은 그냥 승마용이고 순종 경주마들은 스포츠용이니까. 난 애를 좀 써서 결국 아버지를 설득해 생일 선물로 경주마 한 쌍을 받아냈죠."

나는 당신이 방금 한 말과 마치 그게 아무것도 아닌 것처럼 말한 방식을 이해하려고 애쓰면서 당신을 물끄러미 바라봤지. "당신의 아버지가 경주마 한 쌍을…… 생일 선물로 사줬단 말이에요?"

"예쁜 암갈색 암망아지와 밤색 수망아지요. 그리고 그 아이들을 위해 개조한 마구간도. 내 말이 엄청 거만하게 들리는 거 알지만, 그 선물은 대체로 내 입을 닥치게 하기 위한 뇌물 같은 거였어요. 아버지는 당신이 포기하면 내가 곧 흥미를 잃을 거로 생각했거든요. 아버지는 내가 주의력을 집중하는 시간이 짧다고 했어요."

"그런가요?"

"상황에 따라 다르죠."

"어떤?"

"그게 얼마나 흥미로운가에 따라."

"그런데 당신은 말이 흥미롭다고 생각한단 말이죠?"

"그래요. 거기엔 알아야 할 게 참 많아요. 그쪽 세계는 언어부터 완전히 다르거든요. 거기서 무시당하지 않으려면 언어부터 배워야 해요. 나도 번식과 관련해서 요즘 쓰는 용어들을 빨리 익혀야 했어요. 암컷과 수컷에 관해 고려해야 할 요소들이 그렇게 많은지 몰랐어요. 그걸 제대로 하려면 하나도 빠지지 말고 제대로 다 알고 있어야 하거든요."

당신이 수다를 떠는 모습은 너무나 매력적이었지. 디저트가 나오는 동안 당신이 새 취미에 푹 빠져서 설명하느라 디저트를 접대하는 청년이 당신 앞에 배 타르트를 한 접시 올려놓으면서 우리가 하는 대화를 듣다가 대화 주제를 오해할지도 모른다는 생각은 전혀 하지 못하고 있었어. 나는 웃지 않으려고 무진 애를 썼지.

"그게 그렇단 말이죠?"

"아, 정말 그렇다니까요. 그건 실질적으로 과학이에요. 그 주제에 관련된 문헌도 아주 많지만, 책으로 배우는 건 한계가 있어요. 내 친구들은 그런 것에 관심을 가지는 게 엄청 숙녀답지 못한 일이라고 생각하지만, 난 뭔가를 잘하려면 실제로 경험해봐야 한다는 걸 알게 됐어요." 이제 당신의 목소리는 살짝 쉬어 있으면서 마치 고양이가 가르랑거리는 것처럼 들렸지. 당신은 잠시 입을 다물고 내게 은근슬쩍 교활한 미소를 던졌어. "그런 건 내숭 떨 수 없는 거잖아요. 현장에 직접 뛰어들어서 굴러봐야 알죠. 그렇게 생각하지 않아요?"

나는 와인을 마시다 뿜을 뻔했어. 난 당신이 순수하고, 경험도 없고, 순진해 빠졌다고 착각하고 있었어. 이제는 그게 착각이라는 걸 알지. 당신은 그때 당신이 무슨 말을 하는지, 그리고 당신의 말이 어떤 오해를 받을 수 있는지 완벽하게 알고 있었어. 사실 그 상황을 무지막지하게 즐기고 있었던 거야. "그래요. 나도 그렇게 생각해요." 나는 웃음이 터지려는 걸 필사적으로 참으며 대답했지. "그래서 직접 뛰어들어보니 뭘 배우게 됐나요?"

"아, 많이 배웠죠. 예를 들어 수컷을 고를 땐 아주 까다롭게 골라야 한다는 거. 기질도 고려해야 하고. 과거의 전적도 봐야 하고. 크기와 정력도 봐야 하고. 만족스러운 결과가 나오려면 다 중요한 요소죠."

나는 잔을 내려놓고 잠시 뜸을 들이면서 입을 닦았지. 당신이 게임을 하고 싶다면, 내가 누구라고 당신의 재미를 망칠 수 있겠어? 나도 게임을 좋아하거든. 하지만 난 이기기 위해서 게임을 하지. "그래서 당신은 현명한 선택을 했다고 생각하나요?"

당신의 미소가 커졌어. 내가 당신의 장단에 맞춰주기로 해서 기뻤던 거야. "유감스럽게도 지금으로선 너무 일러서 알 수가 없군요. 시간이 지나면 알게 되겠죠."

나는 방금 내 컵에 커피를 채워준 젊은 청년에게 고맙다고 고개를 끄덕이고 얼굴에 떠오른 미소를 감추기 위해 컵을 들었지. "당신 말들을 보고 싶군요."

"나도 당신에게 걔들을 보여주고 싶군요. 나중에 한 번 시간을 맞춰볼 수도 있겠죠." 당신은 배 타르트를 썰면서 다정하게 대답했지.

"마침 내일 오후에 시간이 비는데. 햄튼에도 가보고 싶고. 거기가 아주 아름답다고 들었거든요."

당신의 눈이 재빨리 나에게로 향했지. 마치 덫에 걸린 토끼 같은 눈빛이었어. 당신도 이건 대비하지 못했던 거야. 당신이 아주 즐겁게 사냥꾼을 앞질러 달렸는데 마침내 그 사냥꾼에게 잡히는 사태 말이야. 하지만 이미 덫이 튀어올랐으니 어쩔 수 없지. 당신은 아주 우아하게 버텨냈어. "말을 타나요?"

"그런대로 괜찮게 탈 수 있어요." 나는 당신이 당혹스러워하는 모습을 즐기면서 차분하게 대답했지. "말을 탄 지 좀 되긴 했지만, 시간이 흐른다고 잊히는 뭐 그런 건 아니잖아요?"

"그렇죠. 아니겠죠."

"그럼 내일 만날까요?"

놀랍게도 당신은 테디를 흘끗 본 후에 다음 날 오후 2시에 당신 아버지의 마구간에서 만나는 데 동의했어. 순간 골디가 아주 조심스럽게 축하한다는 의미로 내게 고개를 끄덕이는 걸 봤지. 그녀는 방금 내가 데이트 승낙을 받아낸 건 모르겠지만, 내가 기뻐하는 걸 감지한 거야.

아마 너무 기뻐했던 것 같아.

저녁 식사는 빠르게 끝나가고 있었고, 나는 우리가 식당을 떠나는 순간 헤어질 거란 사실을 알고 있었어. 지금으로선 당신이 테디 옆을 맴도는 모습을 지켜보면서 내일에 대한 생각으로 만족해야 했지.

4

우리는 삶에서 도망치기 위해 읽는 게 아니라
삶을 더 깊이 있고 풍부하게 사는 법을 익히기 위해,
타인의 눈을 통해 세상을 경험하기 위해 읽는다.
-애슐린 그리어(오래된 책들의 치유자)

애슐린

1984년 9월 27일
뉴햄프셔, 포츠머스

애슐린은 머리 위에 달린 제본소의 전등을 켤 때 움찔하면서, 커피를 한 잔 더 마셨어야 했다고 후회했다. 그녀는 오늘 일찍 출근해서 최근 차고에 내놓은 중고 물품 세일 품목 중에서 거트루드 맥스웰이 건진 책의 복원 작업을 시작했다. 그것은 거트루드가 손녀에게 크리스마스 선물로 주는 낸시 드류 양장본 세트였지만, 오늘은 별로 일을 할 의욕이 나지 않았다.

그녀의 눈은 모래가 굴러다니는 것처럼 빡빡했고, 머리 뒤쪽에 여전히 두통이 가시지 않은 게 느껴졌다. 그녀는 〈후회하는 벨〉을 읽느라 또 밤늦게까지 잠을 자지 않으면서, 특히 흥미로웠던 구절들을 다시 읽었다. 사실은 전부 다 흥미로웠다. 작가의 동기가 그다지 고결하지 못하다는 암시도 곳곳에 있었다. 저명한 골디에 대한 수수께끼 같은 언급도 그랬다. 저녁을 먹으며 둘 사이에 오고 간 재치 있는 말장난도 아주 재미있었다.

마침내 책을 내려놓고 불을 끄기까지 어마어마한 의지력을 발휘해야 했다. 그녀는 다음 날 마구간에서 무슨 일이 일어났는지 간절히 알고 싶었지만, 무엇보다 이 책의 출처에 관한 미스터리를 풀고 싶었다.

어쩌면 이건 작가가 방치했다가 잃어버린 원고였는데 나중에 누군가 찾아내서 장정한 책인지도 모른다. 아니, 그보다는 출판사를 찾지 못한 소설가 지망생의 작품이 아니었을까. 하지만 두 시나리오 모두 원고에 작가의 이름이 없는 이유는 설명하지 못했다.

그렇다면 이제 남은 가설은…… 뭐지?

애슐린은 이 책을 제본한 사람이 깜빡하고 작가 이름을 누락시켰을 가능성은 배제했다. 물론 그럴 가능성도 있었다. 하지만 이렇게 아름다운 책을 만들 수 있는 사람이 작가, 출판사, 판권면을 빠뜨릴 정도로 일 처리가 엉성할 리 없다. 그리고 이 글 전체에 경멸이 뚝뚝 떨어지고 있었다. 벨의 아버지에 대한 경멸. 테디에 대한 경멸. 때로는 벨 그녀에 대한 경멸. 하지만 이 작품에 나온 사람들의 본명을 드러내는 힌트는 하나도 없었다. 이 모든 게 아주 조심스럽게 느껴졌다.

그녀는 간밤에 이름 두 개를 메모했다. 작년에 원주인의 사망으로 인해 판매하게 된 물품 중에서 건진 상당히 상태가 양호한 〈웨이크필드의 목사〉(1766년 간행된 영국 소설―옮긴이)를 살 사람을 찾게 도와준 케네스 그레이엄과, 문학의 미스터리를 주제로 정기적으로 글을 쓰는 보스턴 책방 주인인 메이슨 드바니였다.

애슐린은 작업대 위에 걸려 있는 시계를 봤다. 아직 전화하기엔 이른 시간이었다. 가게를 열기 전에 일을 좀 해놓고 점심시간까지 기다렸다가 전화를 하는 편이 나을 것이다. 그때는 그들과 연락이 닿을 가능성도 크고.

애슐린이 막 흰색 면장갑을 끼고 〈숨겨진 계단〉(낸시 드류 시리즈 중 하나-옮긴이)을 좀 더 꼼꼼하게 살펴볼 준비를 했을 때 가게에서 전화벨이 울리는 소리가 들렸다. 그녀는 끙 소리를 내며 장갑을 벗고 서점 앞쪽을 향해 전력 질주했다. 프랭크 아저씨는 제본 작업을 할 때는 아무 방해도 받아선 안 된다고 단호하게 말했지만, 그때는 아저씨가 가게 뒤쪽에서 작업하는 동안 가게를 봐줄 직원들이 있었다. 지금은 그녀 혼자 일하니까 어쩔 수 없다.

"안녕하세요, '일어날 것 같지 않은 이야기'입니다." 애슐린은 아침에 받는 전화답게 조금이라도 활기찬 목소리를 내려고 애썼다.

"나를 찾았다면서?"

"케빈?"

"분부만 내리시지요."

"그렉하고 같이 바하마에 간 줄 알았는데요."

"그랬지. 하지만 거기에 열대 폭풍 이시도로도 따라왔더라고. 그래서 비행편을 구할 수 있을 때 냉큼 도망 나왔지. 어차피 잘된 거지. 거긴 너무 더워서 우리 둘 다 가재처럼 벌겋게 익어버렸거든. 어쨌든 그렇게 돌아와서 지금 전화하잖아. 당신이 전화 좀 달라고 부탁하지도 않았는데 말이야. 지금 뒷방에서 휴가 가기 전날 들어온 상자에 있는 물건을 살펴보고 있었는데, 당신이 관심 있어 할 만한 물건을 하나 찾았어."

"뭔데요?" 애슐린은 그게 책이냐고는 묻지 않았다. 당연히 책일 테니까. "뭘 찾았는데요? 그리고 얼마나 부를 거예요?"

"그건 나는 알지만, 당신은 와서 봐야겠지. 지금 할 수 있는 말이 라곤 당신이 분명 여기 와서 보고 싶을 만한 물건이라는 거야."

"그냥 지금 말해요, 케빈."

"에이, 그러면 재미가 없잖아."

"적어도 어느 정도 가치가 있는지는 말해줄 수 있잖아요? 내가 수 표책을 가져가야 해요? 아니면 내 차를 넘겨야 해요?"

케빈이 껄껄 웃었다. "여기 있는 게 구텐베르크 성경은 아니야. 난 그냥 당신이 관심 있어 할 거라고 했지. 그리고 분명 그럴 거야. 내 가 직접 갖다주고 싶지만 지금 가게에 나 혼자 있어서, 당신이 와서 가져가야 해."

"좋아요. 하지만 진짜 너무 심술궂은 거 알아요? 난 가게 닫을 때 까지 못 가는 거 알고 있으면서."

"그럼 6시에 보자고."

딸각 소리가 나더니 전화가 끊겼다. 애슐린은 검고 묵직한 수화 기를 보다가, 너무 흥분한 나머지 라이에서 온 그 남자에 관해 물어 본다는 걸 잊어버렸음을 깨달았다.

6시 정각에 애슐린은 가게 문을 잠그고 두 블록을 걸어서 '고잉 트와이스'로 갔다. 케빈은 카운터 뒤에서 가격표 붙이는 작업을 하 고 있었다.

그는 벙글벙글한 미소를 지으며 그녀를 올려다봤다. "안녕. 오늘은 무슨 바람이 불어서 왔어?"

"아주 웃기지도 않아요."

"이봐, 내 휴가가 취소됐으니 나도 재미 좀 보게 해줘야지."

"재미 보는 거 끝났어요?"

"쳇." 그는 입을 삐죽거리는 척했다. "그래도 내게 더 친절하게 대할걸 하고 후회하게 될 거야." 그는 공모하는 듯한 미소를 지으며 카운터 밑으로 손을 뻗어서 마침내 대리석 무늬의 파란 표지가 있는 작은 책을 꺼냈다. "짜잔!"

애슐린은 케빈의 손에서 그 책을 받아 드는 순간 목덜미의 털이 일어서는 느낌에 오싹했다. 그것은 그녀가 지금 토트백에 넣어온 책과 정확히 똑같은 책이었다. 아니, 거의 같은 책이었다. 같은 크기에, 같은 모로코가죽에, 책등도 같았다. 좀 더 자세히 들여다보니 표지는 조금 달랐다. 파란 색조가 미묘하게 다르고, 조금 더 초록색이 들어갔다. 그녀는 책등에 금박으로 돋을새김 된 제목을 봤다.

영원히, 그리고 다른 거짓말들.

이번에도 작가와 출판사 이름은 없었다. 그리고 뚜렷한 메아리의 흔적도 느껴지지 않았다. 그때 표지를 넘기고 그 안에 뭔가 적혀 있을 거라고 의심이 드는 걸 그 자리에서 확인하고 싶었지만, 그럴 필요도 없었다. 이미 자신이 지금 들고 있는 책이 뭔지 알고 있으니 마침내 그 책을 펼칠 때 혼자 있고 싶었다.

"믿을 수가 없네요. 거의 똑같아요. 이걸 어디서 찾았어요?"

"그 남자, 라이에서 온 남자가 내가 휴가를 떠난 날 상자를 네 개나 더 가져왔대. 오늘에야 비로소 거기 있는 물건들을 확인할 기회가 생겼지. 이걸 보자마자 당신이 가지고 싶어 할 거란 걸 알았어.

첫 번째 책에 대해 뭐 알아낸 거 있어?"

"전혀요. 아무도 그 책에 대해 들어본 사람이 없더라고요. 마치 세상에 존재하지 않았던 책 같아요."

"그것 참 이상하네, 안 그래?"

"정말 이상하죠." 그런데 이런 책이 두 권이나 생겼으니 상황이 좀 더 이상해질 것이다. "날 도와줄 만한 사람들에게 여기저기 전화를 돌려봤는데, 지금까지는 헛수고였어요. 어쩌면 이번 책에선 뭔가 나올지도 모르죠. 얼마에 넘기시겠어요?"

"한번 훑어보지도 않고? 이게 당신이 생각하는 그 책인지 확인해봐야지."

애슐린은 고개를 흔들었다. "분명 이게 맞아요. 얼마예요?"

케빈은 턱을 긁적이면서 눈을 가느다랗게 뜨고 생각에 잠겼다. "난 당신에게 책값으로 바가지를 씌운 적이 한 번도 없었지. 사실 지난번 책도 그냥 줬잖아. 하지만 이건 다르지. 당신은 이 책을 원하고. 이 책이 필요하지."

애슐린은 놀라서 그를 바라봤다. 그가 돈 버는 데만 관심 있는 타입인 줄은 몰랐지만, 그의 말은 틀리지 않았다. 그녀는 정말 이 책이 필요했다. "좋아요. 가격을 부르세요."

"얼마냐면…… 시코스트 사탕 가게에서 파는 코코아 밤 한 상자면 돼. 흥정하려고 하지 마. 이게 최종 가격이야." 그는 극적인 효과를 노리기 위해 잠시 말을 끊었다가 말했다.

애슐린은 활짝 웃었다. "거래 성사됐어요. 하지만 거기는 이미 닫았을 텐데. 내일 보내도 돼요? 대금은 꼭 치를게요."

"좋아. 하지만 잊지 마. 당신이 어디 사는지 난 알고 있다고."

"그리고…… 부탁이 하나 더 있어요."

케빈은 과장되게 눈을 굴렸다. "이거 이거 욕심쟁이가 다 됐군."

"나도 알아요. 하지만 이건 쉬운 거예요. 그 남자. 그 상자들을 가져온 남자. 그 사람 전화번호를 알려줄 수 있을까요? 그 사람을 귀찮게 하려는 건 아니에요. 그냥 물어보고 싶은 게 몇 가지 있어서."

케빈의 얼굴에서 미소가 싹 가셨다. "유감스럽지만 그건 도와줄 수 없어. 내가 아는 거라곤 그의 아버지가 몇 달 전에 돌아가셔서 아버지의 집을 정리하고 있었다는 것뿐이야. 책만 가져온 게 아니라 꽤 질이 좋은 물건들도 가져왔더라고. 아주 근사한 레코드판도 몇 장 있었는데, 아마 그건 팔지 않고 내가 가질 것 같아."

"그 근사한 물건들 값으로 수표를 써줘야 하지 않았어요?"

"평소에는 그런데, 그 남자가 돈을 안 받으려고 하더라고. 그 물건들이 쓰레기 처리장에 가 있는 모습은 생각하기 싫었다고 하면서 말이야. 가게에 채 15분도 안 있었어. 그것도 여기 온 거 두 번을 다 합쳐서 그래."

"전당포처럼 그런 거래 내역은 적어두지 않으세요?"

"안 해. 장부에 적는 건 장물아비가 보석이나 스테레오나 뭐 그런 물건들을 가져와서 파는 걸 막으려고 할 때 하는 거고. 오래된 가족 앨범 때문에 감옥에 갈 사람은 없으니까. 한동안은 나도 낡은 작문 노트에 거래한 사람들의 이름과 주소를 대충 써놨지만, 결국엔 게을러져서 그것도 그만뒀어. 하지만 가끔 이상한 일도 생기긴 해. 기껏 물건 값으로 거금을 줬는데 나중에 친척들이 불쑥 찾아와서 할머니의 유품을 다시 내놓으라고 할 때도 있으니까. 그러면 상황이 지저분해지지. 그러고 보니 이참에 새 작문 노트를 하나 사야겠어.

하지만 당신이 관심을 가지는 그 건에는 도움이 안 되겠지. 미안."

애슐린은 사과하는 그에게 손사래를 쳤다. "신경 쓰지 마세요. 어쨌든 승산이 없었던 일이었는걸요. 제가 계속 조사해볼게요."

"그게 정말 그럴 만한 가치가 있는 일이라고 생각해?"

"아뇨, 그런 건 아니에요. 저도 이런 물건은 처음이라…… 그게 뭐든 말이에요. 그 첫 책은 많이 읽진 못했지만, 지금까지 읽은 부분으로 봐선 아주 사적인 이야기로 느껴졌어요. 마치 단 한 명의 독자를 위해 쓴 것처럼."

"마치 편지처럼?"

"정말 긴 편지죠. 어쩌면 일기일지도 모르고. 하지만 그런 개인적인 기록이라면 왜 굳이 그렇게 수고를 들여서 전문가에게 제본을 맡겼을까요?"

케빈은 어깨를 으쓱하더니 머리를 긁적였다. "이 가게를 운영하면서 배운 게 하나 있다면, 사람들이 자신의 물건에 부여하는 감정적인 무게에는 한계가 없다는 거야. 누가 알겠어? 어쩌면 그 답이 두 번째 책에 있을지도 모르잖아."

"아마도요. 그러니 읽어보는 게 좋겠죠." 애슐린은 토트백을 어깨에 메며 말했다.

애슐린은 두 블록을 재빨리 걸어서 다시 서점으로 돌아오는 동안 토트백 속에 든 그 새 책이 이글이글 타올라 구멍을 내는 걸 느낄 수 있었다. 이건 첫 책의 후속편일까? 아니면 전편일까? 아니면 내용이 연결되지 않는 독립적인 이야기일까? 가방에 든 책이 어느 쪽일지 짐작할 수 없었지만, 알아내자고 굳게 마음먹었다. 열쇠를 손에 든 그녀는 계단을 올라 아파트로 들어간 후 신발을 벗어던질 새도 없이 바로 독서용 의자에 앉아 램프를 켰다.

두 권의 책이 서로 비슷해 보이도록 제작된 건 확실했지만, 나란히 놓고 보니 둘 사이의 차이점이 좀 더 분명하게 보였다. 〈영원히, 그리고 다른 거짓말들〉의 표지에는 조금 더 밀랍 같은 재질의 가죽이 쓰였고, 책등에 있는 띠도 더 깨끗하고 날카로웠다.

그녀는 〈영원히, 그리고 다른 거짓말들〉을 들어서 손바닥에 댔다. 그 짝처럼, 이 책도 닳은 기미가 거의 없었다. 그리고 짝처럼 기이하게 고요했다. 적어도 책을 덮고 있는 동안에는 어떤 종류의 메아리도 느껴지지 않았다.

그녀는 숨을 참은 채 표지를 넘기고, 〈후회하는 벨〉을 읽고 예상하게 된 그 타는 듯한 비통함의 파도가 밀려올 것에 대비해 마음을 다잡았다. 처음에는 아무것도 느껴지지 않았다. 하지만 잠시 후 손가락들 끝이 희미하게 윙윙거리는 게 느껴졌다. 그것은 서늘하고도 오싹해지는 감각으로, 처음에 대비했던 느낌과는 사뭇 달랐다. 그녀는 꼼짝하지 않으려고 무진 애를 쓰면서 그 감각이 서서히 커지기를, 무감각과 마치 천천히 성에가 끼는 것처럼 무수한 핀과 바늘로 그녀의 팔을 콕콕 찔러대는 듯한 감각이 뒤섞이는 기이한 느낌이 그녀의 갈비뼈를 휘감고 목까지 올라가도록 내버려뒀다. 탑 노트…… 미들 노트…… 베이스 노트.

비난. 배신. 비탄.

그 강렬한 느낌이 점점 더 커지는 동안 애슐린은 격렬하게 숨을 내쉬었다. 이것은 오랜 세월 곪은 적의와 억누른 고통으로 그녀의 손가락들을 태울 뻔했던 〈후회하는 벨〉과는 전혀 달랐다. 사실 이것은 정확히 반대의 감각이었다. 이것은 마치 1월의 바람처럼 차갑게 살을 베어내는 것 같은 감각이었고, 묘하게도…… 냉혹했다.

그것은 분노를 묘사하기엔 기이한 방식이었다. 대개 분노는 뺨을 후려치는 것처럼 뜨겁고 날카롭다. 하지만 여기에 열기는 하나도 없고, 불처럼 느껴지지만, 불이 아니면서 희고 푸른 빛이 도는 불길이 있었다. 아니, 이건 맞는 표현이 아니었다. 그녀가 지금 감지하는 건 분노가 아니었다. 이건 절망이었다. 너무나 깊은 공허, 너무나 쓰라리게 익숙한 이 감정에 그녀의 목이 죄어들었다.

여기서 나오는 메아리들은 여성적이었다.

애슐린은 펼쳐진 책을 물끄러미 보면서, 지금 그녀가 잡은 이 책과 이 책을 썼을 사람을 상상해보려고 애썼다. 그녀는 숨을 참으면서 제목이 적힌 페이지를 넘겼다. 거기에 그게 있었다. 기울어진 필체로 쓴 단 한 줄.

어떻게??? 그 모든 일을 겪은 후에…… 당신이 내게 그걸 물을 수 있어?

'내게'라는 말에는 밑줄이 하나도 아니고 두 번이나 그어져 있었다. 그리고 화를 주체하지 못해 물음표에 잉크가 번져 있었다. 애슐린은 본능적으로 〈후회하는 벨〉을 펼치고 거기 적힌 문장을 읽었다. 이것은 질문과 대답이다.

어떻게, 벨? 그 모든 일을 겪고서…… 어떻게 당신이 그럴 수 있어?

어떻게??? 그 모든 일을 겪은 후에…… 당신이 내게 그걸 물을 수 있어?

영원히,
그리고
다른 거짓말들
Forever, and Other Lies

1~6페이지

1941년 8월 27일
뉴욕, 뉴욕

여자란 자고로 자신의 약혼 파티에서 사랑에 빠지면 안 되는 법이지.

그러면 안 되지만, 난 그랬어. 하지만 그 시절 가식을 떠는 데 익숙해진 나는 동시에 속기 쉬운 호구이기도 했어. 그리고 당신은 꽤 노련한 사람이었다는 사실을 곧 알게 됐지.

하지만 서둘러 이야기를 풀어놓진 않을 거야. 그 이야기를 제대로 하려면 먼저 그 밑 준비부터 해야지. 그 이야기를 제대로 한다는 말은, 당신이 그 작고 예쁜 책에서 진실을 재발명한 것처럼 하는 게 아니라 실제로 일어난 대로 말하겠다는 의미야. 그래서 이 이야기는 처음부터 시작한 거야. 더 세인트 레지스 호텔 부도회장에서 이 모든 일이 시작된 바로 그날 밤부터 말이야.

나는 어렸을 때부터 거의 같이 자랐다고 할 수 있는 테디의 청혼을 받아들였어. 테디의 아버지는 뉴욕 최고의 갑부이자 저명인사 중 하나였고 우리 아버지의 동업자이기도 했어. 우리는 꽤 괜찮은 결합이었지. 그 약혼을 주선했을 때 아버지는 그렇게 생각했어. 부유한 두 가문의 합병이었으니까.

아, 난 그 약혼에 맞서 싸웠어. 당시엔 어떤 사람과도 결혼하고 싶지 않았거든. 난 그때 겨우 스물한 살, 여러모로 아직 어렸고, 언니가 아버지의 뜻에 따라 고분고분하게 시집갔다가 고압적인 남편과 놀라울 정도로 규칙적인 간격으로 낳은 아이들의 끝도 없는 요구를 들어주느라 지쳐서 시들어가는 모습을 지켜봤거든.

씨씨 언니는 내가 어렸을 때 아주 중요한 존재였어. 특히 엄마가 돌아가시고 난 후 더 그랬지. 나보다 아홉 살이 많은 언니는 날 키울 때 아주 단호하게 대했지만, 따지고 보면 당시 거의 모든 일에 그렇게 대처했지. 언니는 우리 집 살림을 놀랄 만큼 효율적으로 꾸려갔어. 고용인들을 잘 관리했고, 식단을 짜고, 아버지가 손님들을 초대하면 열일곱 살이란 나이에 안주인 역할을 척척 해냈지. 내가 보기에, 그리고 아버지가 보기에도 언니는 한동안 우리 집의 안주인으로 지냈지. 하지만 나는 결혼이 어떻게 언니의 존재감을 점점 더 깎아내려서 작고 눈에 띄지 않고 가치가 떨어지는 사람으로 만들어가는지 그 과정을 다 지켜봤어.

내가 보기에 아내로서 언니가 가정에 기여한 가장 큰 일은 번식용 암말의 그것과 다를 바 없었어. 나도 그렇게 될까봐 간담이 서늘했지. 나는 내 인생을 살고 싶었어. 학교도 다니고, 여행도 하고, 예술도 하고, 모험도 하고 말이야. 그리고 그렇게 살 작정이었어. 그러니 더 세인트 레지스 호텔 무도회장에서 워스에서 만든 새 드레스를 입고 테디 옆에 서서 뉴욕 사교계 저명인사들의 건배를 받는 나를 발견했을 때 내가 얼마나 놀랐을지 당신도 상상할 수 있을 거야. 하지만 당시 우리 아버지는 뭔가 하겠다고 마음먹으면 강력한 설득력을 발휘할 수 있는 사람이었거든. 그리고 아버지는 테디를 사위로 맞아들이겠다고 마음먹었지.

"행복한 커플을 위하여!"

건배를 한 후 다시 사람들이 이렇게 외치는 소리가 들렸어. 나는 원래 그래야 하듯 잔을 치켜들었고, 원래 그렇게 해야 하듯 미소를 지었지. 어쨌든 난 아버지의 딸로서 훈련을 아주 잘 받았거든. 하지만 마음속에선 아무것도 느껴지지 않았어. 그건 마치 창문을 들여다보면서 다른 사람에게 일어나는 일을 지켜보고 있는 것 같은 기분이었지. 사실은 그렇지 않은데. 그건 나에게 일어나고 있는 일이었는데. 어떻게 사태가 이 지경에 이르도록 내가 가만히 있었는지 이해가 되지 않았어.

나는 간신히 기회를 잡아 서둘러 그 자리를 빠져나왔어. 테디가 클럽 친구들과 함께 폴로에서 타는 조랑말들 이야기를 하게 놔두고 조용한 구석 자리를 찾아다녔지. 실내에 너무 많은 사람이 모여서 뿜어대는 열기와 윙윙거리는 이야기 소리와 음악 소리 때문에 머리가 아팠어. 실은, 내가 곧 언니 꼴이 될 거란 생각에 속이 메슥거렸지. 사는 게 지겨워진 사람. 인생에 억울해하는 사람. 눈에 띄지 않게 된 사람.

테디는 형부인 조지가 아니라고 나 자신에게 일깨워주면서 지나가는 웨이터의 쟁반에서 샴페인을 한 잔 낚아채서 단숨에 들이켰어. 테디는 몸이 탄탄하고, 늠름하고, 남성적인 기준에선 아주 뛰어난 남자였지. 난 그때까지 그 남성적인 기준이야말로 유일하게 중요한 기준이라고 배웠거든. 그리고 테디는 뉴욕의 모든 여자가 잡고 싶어 하는 아주 훌륭한 신랑감으로 여겨지고 있었고. 문제는, 새 샴페인 쟁반을 찾아 주위를 둘러보고 있을 때, 난 누구도 잡고 싶지 않은 게 문제라는 사실을 깨달은 거야. 무수한 파티와 저녁 식사와 단조로운 대화들. 부유층이 애용하는 장소에서 휴가를 보내고, 하루에도 몇 번씩 옷을 갈아입는 그런 생활이라니. 신이시여, 저를 도와주소서.

아버지는 한때 씨씨 언니가 유순하다고 말했어. 언니는 헌신적인 애정과 의무 같은 덕목을 잘 이해하기 때문이라고. 그것은 아버지가 내게 테디와 결혼해야 한다고 통보한 날에 한 말이었지. 내가 결혼에 관심 없다고 했을 때, 아버지는 억지로 인내심을 발휘해가면서 가끔은 대의를 위해 꼭 해야만 하는 일도 있는 법이라고 설명했어. 아버지가 말하는 대의란 물론 금주법이 통과됐을 때 아버지가 가까스로 쌓아올린 그다지 깨끗하지 못한 제국을 보호하는 것이었지.

테디와 그의 가문은 그 제국을 보호하기로 했고. 우리의 결혼은 두 가문의 대의를 받들고, 신흥 재벌의 돈 냄새와 10년에 걸쳐 제조한 캐나다산 불법 위스키의 냄새를 제거할 의도로 추진한 전략적 동맹이었지. 하지만 결혼이란 동맹 이상이 되어야 하지 않나? 아니면 그건 그저 나의 순진한 생각에 지나지 않는 건가? 난 테디를 좋아하긴 해. 성질이 난폭한 강아지나 매사에 서툴게 구는 사촌을 좋아하는 그런 식으로 좋아하는 거지. 하지만 그가 나에게 키스할 때는 아무것도 느껴지지 않았어. 따뜻한 느낌도 없고 마음을 뒤흔드는 자극도 없었지.

그때까지 내 인생에서 남자를 만난 경험은 극히 한정돼 있었어. 여자들만 다니는 학교에서 졸업한 지 3년밖에 안 된 젊은 숙녀라면 당연히 그래야 하는 것처럼 말이지. 하지만 그 과정에서 나는 남녀 관계에서는 복종과 의무 이상의 뭔가가 있어야 한다고 생각하게 됐지. 그보다 좀 더 본능적인 뭔가가 우리를 연결해야 한다고 생각했어. 화학적이고 근원적인 뭔가가 말이야.

머릿속으로 그런 생각을 하면서 주위를 둘러보다가 당신을 처음 봤어. 그때 내가 하던 생각과 내 목을 타고 점점 올라와 뺨으로 슬금슬금 퍼지는 열기에 깜짝 놀라 고개를 돌려버렸어. 하지만 샴페인을 몇 모금 홀짝인 후에 다시 당신을 찾았지. 거기에 당신이 있었어. 키가 크고 검은 머리와 갸름한 얼굴에 사람의 영혼을 꿰뚫어보는 것 같은 그 파란 눈으로 여전히 날 지켜보고 있었지. 당신의 입가에 아주 희미한 미소가 걸려 있었어. 마치 지금 이 상황이 재미있지만 절대 내색은 하지 않으려는 그런 표정이었지.

당신의 표정엔 사람을 비웃는 듯한 분위기가 풍겨서 난 자신을 의식하게 됐고, 조금 화가 나기도 했어. 당신의 대담한 시선에 내 피부가 따끔거리는 느낌이었지. 난 당신과 눈을 마주치면서 고개를 돌리지 않을 작정이었어. 당신이 날 향해 걸어오기 시작한 그 순간에도 말이야. 당신이 와서 내 옆에 서는 동안 나는 잔에 남아 있던 샴페인을 비웠지.

"조심해요. 그렇게 마시다 어느 순간 취해요. 특히 평소에 잘 마시지 않았다면 더 그렇죠." 이렇게 말하는 당신의 목소리는 저음이면서도 나긋나긋했지.

나는 당신을 훑어보면서 당신을 무시하는 것처럼 보이려고 최선을 다했어. "내가 평소에 이걸 잘 마시지 않았을 것처럼 보여요?"

당신은 이마에 떨어진 머리카락을 쓸어넘기고 나를 찬찬히 바라보며 대꾸했지. "아뇨. 가까이서 보니 그렇진 않군요."

나를 바라보는 그 시선의 뭔가에 난 동요했어. 마치 구름 같은 나비 떼가 갑자기 뱃속에서 풀려난 그런 느낌이랄까. 아니면 아마도 그냥 당신이 아주 가까이 서 있어서 그랬는지도 몰라. 당신의 턱선을 따라 아주 희미하게 수염이 자라는 기미가 보였지. 당신은 이 파티에 오기 전에 면도할 시간도 없었던 거야. 당신은 야회복을 입고 제대로 흰색 나비넥타이까지 하고 왔지만 몸에 잘 맞지 않아 보였어. 재킷은 소맷부리가 살짝 짧았고, 어깨솔기엔 잔주름이 잡혀 있었지. 이런 행사에 입으려고 가지고 있는 야회복이 아니라 빌려 입은 옷일 가능성이 컸지.

난 당신이 술을 마시지 않고 있는 걸 눈치채고 샴페인을 한 잔 권했지만, 당신은 특유의 그 똑 부러지는 멋진 영국식 억양으로 거절하더군. 당신의 억양을 들으니 교육은 많이 받았지만 상류층 출신은 아니란 사실을 짐작할 수 있었어. 갑자기 당신은 내가 모르는 사람이라는 사실이 불쑥 떠올랐어. 당신은 분명 내 약혼 파티에 초대받았는데 말이야.

당신과 책에 관해 이야기하는 동안 나는 당신의 얼굴을 뜯어보며 당신이 뭣 때문에 그렇게 미남으로 보이는지 알아내려고 했지. 하나씩 뜯어보면 당신의 이목구비는 전형적인 미남의 그것은 아니었거든. 당신의 코는 좁고 조금 길어서 까마귀처럼 보이기도 했고, 입은 너무 넓적하고 풍성했어. 게다가 당신의 턱은 한가운데가 또렷하게 갈라져 있었지. 아니야, 난 판단했어. 처음에 봤을 때 생각했던 것처럼 그렇게 완벽한 얼굴은 아니라고. 하지만 당신의 눈, 도저히 시선을 뗄 수 없는 그 옅은 파란색 눈동자와 눈 주위를 둘러싼 어두운 그늘이 불편할 정도로 오랫동안 날 빤히 바라봤지. 그걸 보자 갑자기 뭐라 말해야 할지 아무 생각이 안 나더군.

그래서 일레인 포레스터가 나타났을 때 안도했어. 그녀는 씨씨 친구의 엄마이고, 가문 대대로 해왔던 차 사업이 대공황 이후 날아가버린 그녀의 남편은 우리 아버지의 오랜 사업 동료였거든. 나는 이만 우리의 대화가 끝났다는 암시를 당신이 눈치채고 가버리길 바랐어. 하지만 일레인이 히죽히죽 웃으며 테디와 나의 행운에 대해 진부한 이야기를 늘어놓더니 금방 가버려서 다시 우리 둘만 남았지.

당신은 마치 비밀을 말하는 것처럼 내게 몸을 기울여 약혼을 축하한다고 부드럽게 말했어. 그런데 나는 당신이 비웃는 것 같은 느낌을 떨쳐버릴 수 없었지. 나는 어깨를 으쓱하며 당신의 말을 무시해버렸고, 그때 고맙다고 대답했는지조차 기억이 잘 나지 않아. 하지만 당신의 무례는 거기서 끝나지 않았지. 절대 아니었어. 당신은 내 약혼자에 관한 이야기를 시작하면서 그의 모든 특징과 그가 이룬 성취를 줄줄이 읊어대더군. 하지만 그 말은 칭찬보다 모욕하려는 것으로 들렸어. 당신은 심지어 내가 이 약혼에 행복해하지 않는다는 점까지 암시하더군. 우린 방금 만난 사이인데도 어찌 된 일인지 당신은 그런 의견을 말할 권리가 있는 것처럼 말이야.

나는 그 무례함을 무시하고 내가 당신을 모르는데 어떻게 내 파티에 오게 됐는지 물었지. 당신이 밝힌 당신의 이름이 낯설었거든. 하지만 당신이 눈 하나 깜박하지 않고 말한 당신의 데이트 상대는 익숙했어. 다만 그 이름을 듣고 당신에 대한 인상이 나빠졌지. 뉴욕 사람들은 모두 그 악명 높은 골디를 잘 알고 있으니까.

그래도 당신의 대답을 듣는 순간 어떻게 대꾸해야 할지 몰라 당황했어. 그 여자가 이 무도회장 어딘가에서 우리 아버지의 샴페인을 마시며 대체 무슨 꿍꿍이를 벌이고 있는지 몰라 경악했지. 어떻게 뉴욕에서 아주 악명 높은 여자 중 하나인 그 여자, 많고 많은 직업 중에 하필 자칭 여성 신문 경영자라고 하는 여자가 내 약혼 파티 초대장을 손에 넣을 수 있었을까? 그건 분명 내 약혼자의 소행이겠지. 신문에 자기 이름과 얼굴이 나올 기회라면 절대 놓치지 않는 사람이니까.

그때 알아차렸어야 했어. 적어도 당신보다 열 살이나 많은 여자와 바쁘게 돌아다니는 당신이 어떤 부류의 남자인지 말이야. 하나 더 덧붙이자면, 그것도 손짓만 하면 금방이라도 달려올 젊은 남자들을 한 무리 거느리고 있는 걸로 유명한 여자를 말이야. 그때 내가 생각할 수 있는 거라곤 대체 어떤 남자가 그런 여자와 어울릴까, 라는 거였어. 그때 당신에게 그런 취지의 말을 했던 것 같아. 내 말을 들은 당신은 조금 경직됐다가 특유의 오만한 억양으로 사람들은 겉으로 보이는 모습과 내면이 항상 똑같지는 않다고 했지. 특히 당신이 더 그렇다고.

그때 당신 말을 진지하게 받아들이지 않은 내가 얼마나 바보였던지.

영원히,
그리고
다른 거짓말들
Forever, and Other Lies
7~10페이지

1941년 9월 4일

뉴욕, 뉴욕

일주일 후 위티어의 저녁 식사 파티에서 당신을 만났을 때 내가 얼마나 놀랐을지 상상해봐. 당신은 다시 그녀와 왔더군. 지나치게 노란 머리에 지나치게 몸에 착 달라붙는 드레스를 입고 듣기 싫게 콧김이 큰 소리로 웃어젖히는 여자라니. 거기다 파란만장한 과거에 웃긴 이름까지.

골디.

당신은 그녀와 팔짱을 끼고 냉랭한 미소를 지은 채 내 친구들에게 자신을 소개하며 방 안을 돌아다니더군. 당신은 아주 근사한 디자인의 야회복 재킷을 입고 있었어. 아마 선물 받았나보다고 난 짐작했지. 그것도 아주 후한 선물을. 그 여자는 마치 제2의 피부처럼 몸에 착 달라붙는 진자주색 물결무늬 비단 드레스를 입고 있더군. 그 모습이 아주 당당하고 아름다웠다는 건 나도 인정하겠어. 전체적으로 잘 어울렸고 화장도 완벽하더군. 하지만 당신 또래의 남자들이 매력을 느끼기엔 나이가 좀 많이 들어 보였어. 어쩌면 당신은 그런 여자들을 좋아하는지도 모르겠지만.

나는 당신이 마치 사람들의 이름과 얼굴을 수집해서 메모하는 것처럼 방 안에 있는 사람들을 하나씩 머릿속에 입력하는 듯한 모습을 지켜봤어. 그러면서 아마 그들의 이름과 얼굴에 일치하는 재산도 떠올리고 있었겠지. 사람들이 칵테일을 마시면서 이야기하는 시간이 계속되는 동안 나는 당신이 어디 있는지 신경 쓰지 않는 척했어. 당신이 테디와 이야기를 나누는 모습도 눈치채지 못한 척하려 했지만 그건 불가능했지. 당신의 존재, 당신의 얼굴이 계속 신경에 거슬렸거든. 당신이 가끔 나와 눈을 마주치는 방식 때문에 그랬던 건 아니야. 그럴 때마다 당신 입가에 아주 작은 미소가 떠올랐기 때문도 아니고. 그보다 나는 속담에도 나오는 것처럼 꼭 안 왔으면 하는 자리에 당신이 나타난 이유를 짐작할 수 없어서 그랬어. 당신은 우리에게 뭘 원하는 걸까? 나에게 뭘 원하는 걸까?

마침내 저녁 식사를 하란 말을 들었을 때 난 안도했어. 좌석 배치는 미리 결정돼서 크림빛이 도는 아이보리색 벨럼지에 좌석 배치표가 나와 있더군. 그 자리 배치 덕분에 나는 안전하게 멀찍이 떨어진 곳에서 당신을 계속 주시할 수 있겠지.

그 순간 내 머릿속에 안전이란 단어가 불쑥 떠오르다니 기이한 일이었지. 마치 당신의 존재 자체가 내게 위협이 되는 것처럼 말이야. 그건 정말 우스웠어. 그 대단한 명문가 사람들로 둘러싸인 아름다운 방에서 내가 어떻게 안전하지 않을 수 있겠어.

나는 평온하게 미소를 지으며 테디를 찾아 주위를 둘러봤어. 그가 내 옆에 앉을 거라고 예상했으니까. 그러다 당신의 자리 배치표를 봤는데 바로 내 옆자리더군. 그 사실에 당신은 전혀 놀라지 않은 것처럼 보였고.

내 약혼자는 테이블 반대편 끝자리였는데, 아주 편리하게도 당신의 데이트 상대 옆자리더군. 내가 자리에 앉는 사이에 그 여자가 눈을 치켜뜨고 날 봤어. 내가 자기를 보고 있는 걸 아는 것처럼. 그 눈에서 나에 대한 질투가 보일 줄 알았어. 다른 여자의 유혹을 받아 데이트 상대를 빼앗긴 여자의 분노에 찬 이글거리는 눈빛 말이야. 나는 그런 식으로 나를 보는 여자들의 눈빛에 익숙해져 있었거든. 특히 자기가 테디를 차지하길 바라던 여자들. 하지만 그녀가 날 보는 눈빛에는 그저 서늘하게 나를 평가하는 기색만 보이더군. 나를 경계하면서도 호기심이 어린 눈빛. 마치 날 어떻게 생각해야 할지 고민하는 그런 눈빛이었어.

둘 중 먼저 고개를 돌린 사람은 나였어. 그 여자의 노골적인 시선에 동요했거든. 하지만 그 찰나의 순간 당신이 그녀와 눈을 마주치는 걸 봤어. 당신이 그걸 어떻게 해냈는지 모르겠어. 당신은 절대 그걸 말해주지 않았으니까. 하지만 당신과 그녀가 눈을 마주치는 걸 본 순간 우리의 두 번째 만남이 우연이 아니라고 나는 확신했지. 예의상, 아니면 내가 이미 칵테일을 너무 많이 마셨기 때문에 당신이 날 대화에 끌어들이게 놔뒀어. 우리는 말들에 관해 이야기를 나눴지. 적어도 처음에는 그런 식으로 시작했어. 최근에 내가 순종 경주마에 대해 관심을 가지게 된 이야기, 스핀어웨이 스테이크스(미국의 순종 경주마 경주 대회–옮긴이)를 보러 최근에 사라토가에 다녀온 일, 아버지에게 생일 선물로 받은 경주마들에 관한 이야기.

결국, 아니면 필연적으로 번식에 관한 화제로 넘어가게 됐지. 내가 그 이야기를 했는지, 아니면 당신이 그 이야기를 꺼냈는지는 기억이 잘 나지 않아. 당신은 내가 어쩌다 그런 것에 관심을 가지게 됐는지 물었지. 당신이 잘난 척에다 나를 은근하게 헐뜯으며, 영국적 매력을 매끄럽게 뿜어내면서 어찌나 자신만만해하던지, 어느새 내가 이를 갈고 있다는 걸 깨닫게 됐어. 당신은 그 건조한 미소로 내 속을 슬슬 긁으면서 나를 무슨 생일 선물로 조랑말을 한두 마리 사 달라고 조르는 돈 많고 버릇없는 아가씨로 깎아내리더군. 하지만 나는 당신의 그런 과소평가를 거부했지. 갑자기 당신의 주제를 깨닫게 하고 싶다는 마음이 너무나 간절하게 들었어.

그래서 우리의 화제가 더는 말이 아니게 됐어. 당신도 알고 나도 알고 있었지만, 우리 둘은 계속 펀치를 한 방씩 주고받으면서 아주 영리하게 빈정대는 말과 이중적 의미를 지닌 말로 게임의 수준을 높여가며 위험할 정도로 아슬아슬하게 외설의 경계에까지 갔지.

그건 내가 한 번도 해보지 못한 것이었어. 그렇게 관능적인 언어의 전쟁 말이야. 한편으론 묘하게도 아주 익숙하게 느껴졌지. 마치 몸이 느끼는 데자뷔 같았어. 이 게임이 어디로 가는지, 그리고 어떻게 끝날지 아는 느낌. 문득 아까 내가 느낀 위험의 정체를 이해하게 됐어. 바로 이거였던 거야. 당신에게 내가 뭔가를 입증해야 한다고 느끼는 거. 그리고 어쩌면 나에게도 입증해야 한다고. 그건 나조차도 이해할 수 없는 감정이었어.

당신은 키득키득 웃고 있었지. 분명 그 상황이 만족스러웠던 거야. 나는 내가 친 거미줄에 엉킨 채 격노했어. 내가 이런 게임의 초보자라는 사실을 드러내지 않고 어떻게 이 곤경에서 빠져나가야 할지 알 수 없었지. 당신에게 그런 만족을 안겨주느니 차라리 혀를 깨물어버리고 말지. 그래서 나는 게임을 계속했어. 자신만만하면서 무모하게 내 능력이 미치지 못하는 곳에서 허우적거린 거지. 당신은 그런 내 상태를 아주 잘 알고 있었다는 의심이 들더군. 난 당신에게 충격을 줄 작정이었지만 당신은 전혀 충격 받지 않았지. 전혀.

결국, 당신이 허세 부리는 나의 허를 찔렀어.

당신의 눈이 내 시선을 붙들었지. 전에 봤던 것보다 훨씬 더 짙은 파란색에 주위에 작은 금빛 점들이 있는 눈동자. 갑자기 온몸이 몹시 더워지더군. 아마 불장난할 때 그런 기분이 들겠지.

"당신의 근사한 동물들을 꼭 보고 싶은데요." 당신은 나 같은 어린 얼간이들이 마음의 평정을 잃도록 완벽하게 갈고 닦은 그 나른한 미소를 띤 얼굴로 말했지.

"그렇다면 나도 당신에게 그 아이들을 꼭 보여줘야겠군요." 나는 그렇게 대답했어. 그거 말고 달리 뭐라고 할 수 있었겠어? 당신이 당신의 패를 보여줬으니 나도 그렇게 해야지.

"내일 오후에 시간이 나는데. 햄튼도 가보고 싶고. 거기가 아주 예쁜 곳이라고 들었어요."

그렇게 갑자기 내가 낚여버린 거지.

5

복원은 길고도 복잡한 공정이다. 특히 책이 광범위하게 파손됐을
때는 더 그렇다. 진척은 더디고, 당연히 차질도 생길 것이다.
인내심을 발휘하라. 끈질기게 계속하라.

-애슐린 그리어(오래된 책들의 치유자)

애슐린

1984년 9월 28일
뉴햄프셔, 포츠머스

애슐린은 거트루드의 낸시 드류 시리즈 중 두 번째 책에서 오래
된 리넨 테이프 한 조각을 떼어내느라 애를 쓰면서 당면한 작업에
집중하자고 다짐했다. 하지만 최근에 발견한 그 책을 둘러싼 미스
터리가 자꾸 생각나서 그러기가 힘들었다.

확실히 남성의 시점에서 쓴 〈후회하는 벨〉을 몇 장 읽어본 후, 〈영
원히, 그리고 다른 거짓말들〉에 푹 빠져들어 벨의 시선에서 그 연인
의 첫 번째 만남을 보는 건 아주 매혹적이었다. 더 세인트 레지스 호
텔의 무도회장에서 일어난 그날 밤의 자세한 정황. 거의 똑같은 대
화. 서로에게 서서히 끌리는 두 사람. 두 소설의 내용이 아주 깔끔하

게 동기화됐다.

어쩌면…… 너무 깔끔하게?

이 책들은 사실 허구의 이야기가 아니며, 등장인물들은 다 실존 인물이고, 그 사랑 이야기도(그걸 사랑 이야기라고 부를 수 있다면) 진짜로 일어난 이야기라고 애슐린은 확신했다. 하지만 그녀의 짐작이 틀렸다면? 이 두 권의 책이 실화가 아닌 완전히 다른 것이라면? 만약 이 책들이 일종의 메타픽션, 즉 독자들에게 다른 두 개의 독특한 목소리가 존재한다는 환상을 심어줘서 그들을 낚기 위한 문학적인 계략이라면? 다른 속셈이 있는 한 쌍의 연인. 일종의 로맨스 탐정소설.

그것은 흥미로운 콘셉트였고, 이로써 두 권 모두 출판사의 이름이 없는 이유에 대한 설명이 가능하다. 별나고 규칙을 파괴하는 실험적인 소설은 지금도 문학을 즐기는 지식인들 사이에서 열띤 논란의 대상이 되고 있다. 30년 전이었다면, 이런 책은 좀 더 안전한 작품들을 선호하는 경향에 밀려 무시됐을 가능성이 크다. 아마 작가 어니스트 빈센트 라이트가 그의 소설 〈개즈비〉(스콧 피츠제럴드의 〈위대한 개츠비〉와 헷갈리면 안 된다)를 내줄 출판사를 찾지 못한 1939년, 주문형 도서 출판에 의지했던 것처럼 이 소설의 작가도 그랬을지 모른다.

작가 라이트는 일부러 자기 소설에서 E, 즉 영어에서 가장 많이 쓰이는 글자가 들어간 단어는 하나도 넣지 않았다. 전설에 따르면, 작가는 자신의 타자기에 있는 E 키를 묶어서 혹시라도 실수로 원고에 그 글자가 나타나지 않도록 했다고 한다. 당시에 그 책을 보고 놀란 사람은 거의 없었지만, 결국엔 기이한 책이라는 악명을 얻었다.

현재 그 책을 찾아내는 운 좋은 수집가가 있다면 그걸 사기 위해 권당 5천 달러는 내야 할 것이다.

그녀가 그런 기이한 책을 우연히 발견한 가능성이 있을까? 그럴 수는 있다. 하지만 거기서 나오는 메아리들은 설명할 수 없다. 그 글을 아무리 영리하게 썼다고 해도 그걸 만졌을 때 왜 그런 강렬한 감정들이 느껴지는지 이해할 수가 없었다. 그 메아리들은 속임수가 아니었다. 그건 진짜로 과거로부터 나온 어둡고 본능적인 여진과도 같았다. 하지만 누구의 과거란 말인가?

애슐린이 〈후회하는 벨〉과 〈영원히, 그리고 다른 거짓말들〉이 책장에서 뽑혀 나와 상자에 담겨 포장되는 모습을 상상하는 동안 그녀의 손은 움직임을 멈추고 있었다. 그 상자는 라바 램프(유색 액체가 들어 있는 장식용 전기 램프-옮긴이)와 베이클라이트 라디오와 함께 케빈의 가게로 갈 예정이었다. 하지만 이제 그 책들은 그녀의 수중에 들어왔다. 그녀가 케빈의 뒷방에서 이 책들을 구조해낸 사람인 것에는 어떤 이유가 있지 않을까? 그녀가 이 미스터리를 풀어야 한다는 뜻은 아닐까?

애슐린이 제본용 나이프로 조심스럽게 앞표지와 뒤표지를 떼어낼 때까지 그 생각이 계속해서 그녀의 머리를 어지럽혔다. 그것은 흥미로운 아이디어였지만, 이제 그녀에겐 계속 조사할 만한 단서가 없었다. 책에 나오는 등장인물 중 제대로 된 이름이 나오는 사람은 하나도 없었고, 벨이나 씨씨 같은 이름을 가지고 조사할 거리는 별로 없었다. 물론 골디란 사람도 있었지만 그것 역시 별명으로 보였다. 하지만 뉴욕 사람들 모두 골디의 이름을 알고 있다고 벨이 말하지 않았나? 그건 분명 조사해볼 만한 가치가 있겠군. 1941년에 신문사를 소유하고 있었던 여자가 몇 명이나 되겠나?

애슐린은 흥분하고 들뜬 마음에 곧장 서점에 있는 저널리즘 부문으로 갔다. 거기서 골디의 정체를 찾아낼 확률은 아주 낮겠지만, 거기서부터 시작할 수는 있었다. 애석하게도 저널리즘 칸에는 정확히 8권밖에 없었는데, 모두 1, 2차 세계대전 당시 해외 특파원들에 관한 책이었고, 거기에 헤밍웨이가 쓴 다소 낡은 〈파리는 날마다 축제〉, 꽤 상태가 괜찮은 〈전쟁 중인 헤밍웨이〉, 그리고 헤밍웨이의 세 번째 아내인 마사 겔혼이 쓴 〈전쟁의 얼굴〉이 포함돼 있었다. 놀랄 일도 아닌 게, 프랭크 아저씨는 헤밍웨이가 쓴 모든 책에 매료돼 있었다.

다음으로 미국 역사 부문을 살펴봤지만, 대부분의 제목은 전쟁이나 정책에 관련된 것이었다. 이어서 상업과 산업 부분으로 넘어간 애슐린은 이곳에 광업, 철도, 자동차 산업에 관한 책은 아주 많지만 신문 사업과 관련된 책은 한 권도 없다는 사실을 깨달았다.

이건 분명 루스 트루먼이 적임자였다. 사실 그녀에게 제일 먼저 전화했어야 했다. 루스는 지금 파트타임으로 일하고 있지만, 사서로 일한 세월이 거의 30년에 달했고, 조사 부문에서는 신이 보낸 선물이나 다름없는 사람이었다.

애슐린은 명함집을 획획 넘겨서 포츠머스 공립도서관 번호를 찾은 뒤 오래된 검은 수화기를 집어들었다.

"안녕하세요, 트루먼입니다. 뭘 도와드릴까요?"

애슐린은 자신이 소리 없이 웃고 있음을 깨달았다. 루스 트루먼의 목소리는 사서라면 마땅히 내야 할 그런 소리였다. 유능하고 공손하면서도, 활기차고 효율적인 목소리. "안녕, 루스. '일어날 것 같지 않은 이야기' 서점의 애슐린이에요."

"애슐린, 목소리 들으니 좋군. 오랜만이야."

"지난번에 제가 당신을 성가시게 한 이후로 오랜만이란 뜻이죠?"

"바보 같은 소리 하지 마. 내가 도울 수 있는 일이라면 항상 기쁜
마음으로 하고 있으니까. 이번엔 뭐가 필요해?"

"우연히 발견한 책이 한 권 있는데 그 기원을 추적해보려고 하는
중이에요. 제목은 〈후회하는 벨〉인데, 누가 썼는지 모르겠어요. 그
책을 손에 넣으려고 하는 건 아니에요. 지금 내게 있으니까요. 하지
만 아무리 책을 살펴봐도 저자 이름이 없어요. 판권면도 없고. 아무
것도 없어요. 완전 익명이에요."

"그런데 그 책을 누가 썼는지 내가 말해주길 바라는 거야?"

"사실, 이 책에 나오는 한 등장인물의 신원을 알아보는 작업을 도
와주셨으면 해서요. 골디란 별명으로 통하는 여자예요."

"음. 〈후회하는 벨〉과 골디…… 조사할 만한 단서가 거의 없네.
그거 말고 또 뭐 없어?"

"골디는 뉴욕에 살았고, 1941년에 여러 개의 신문사를 보유하고
있었어요. 사실 그게 제가 아는 전부예요. 아, 그리고 그녀는 정조
관념이 좀…….” 애슐린은 루스의 나이대에 적합한 단어를 찾느라
잠시 입을 다물었다. "헐렁했어요. 젊은 남자들을 좋아했죠. 아주 많
이." 애슐린은 마침내 그 정보를 내놓았다.

"아, 그게 뭐 대순가. 그때도 누군가는 재미를 보고 있었다니 좋
군." 루스는 껄껄 웃으며 대꾸했다.

"어떻게 생각하세요? 단서가 거의 없는 이 신비로운 여인을 찾아
내는 게 가능할까요?"

"음, 뭐 보장할 수 있는 건 없지만 최선을 다해볼게. 다만 내가 제대로 잘 들었는지 확인할게. 1941년. 뉴욕 출신의 골디란 사람. 신문사를 여러 개 가지고 있었고 젊은 남자들을 좋아했다. 맞아?"

"정확해요."

"좋았어. 내가 한번 알아볼게. 이번 주는 나 혼자 근무를 서고 있어서 바로 조사할 순 없지만, 만약 골디란 여자의 이름이 인쇄된 매체가 있다면 내가 찾아낼게."

"당신은 정말 멋진 분이에요, 루스. 제가 큰 빚을 졌어요."

애슐린이 전화를 끊자마자 가게 문에 달린 종소리가 쨍그랑 울렸다. 그녀는 고개를 들었다가 케빈을 보고 놀랐다. "대낮에 여기서 뭐 하시는 거예요? 땡땡이쳐요?"

"점심 먹으러 나온 길에 이걸 가져다줄까 했지." 그는 뒷주머니에 손을 넣어서 종이 한 장을 꺼냈다.

애슐린은 그가 건넨 접혀 있는 봉투를 보고 얼굴을 찌푸렸다. "이게 뭐예요?"

"한번 봐봐. 봉투 안이 아니라 봉투를 보라고."

그녀는 봉투를 펼쳐서 거기 단정하게 타자로 찍혀 있는 주소를 봤다. 리처드 힐라드. 58 하버 로드. 라이, 뉴햄프셔. 그녀는 혼란스러운 표정으로 고개를 들었다. "이게 뭐예요?"

"그 의문의 남자가 가져온 상자 바닥에서 이걸 발견했어. 아직도 그 사람하고 연락하고 싶은지 모르겠지만, 어쨌든 한번 가져와보자고 생각했지."

애슐린은 그를 얼싸안다시피 했다. "고마워요! 맞아요, 지금도 이 사람과 연락하고 싶어요. 이거 완전 대박인데요!"

"그래서 대체 뭔 사연이래? 그 두 권의 책이 오래전에 사라진 피츠제럴드나 뭐 그런 유명한 작가의 작품들이야? 제발 내가 보물을 보고도 그냥 놓쳐버린 건 아니라고 말해줘."

애슐린은 그를 보고 피식 웃었다. "그럴 가능성은 없어요. 그런 발견은 극히 드물어요. 다만 그 책들이 꽤 독특해서 누군가는 학구적인 관심을 기울일 수도 있겠다 싶어요. 전 그저 누가 그 책들을 썼는지 알아내고 싶을 뿐이에요. 지금 이 시점에선 직감에 불과하지만, 이건 단순한 소설이 아니라 실화 같아요. 적어도 힐라드 씨가 그 점은 확인해줄 수 있기를 바라고 있어요."

"그 남자를 스토킹할 계획이라면 내 이름은 빼줘. 알았지?"

"스토킹할 생각은 전혀 없어요. 약속할게요. 그저 몇 가지 물어보고 싶어요." 그녀는 봉투를 들어서 좀 더 자세히 들여다보다가 곧 희망이 시들어버리는 걸 느꼈다. "여기 찍힌 소인은 1976년 4월 4일이네요. 그럼 8년 전이잖아요. 그리고 이건 전미 퇴직자 협회에서 보낸 거고. 그 상자들을 가져온 남자가 몇 살이었어요?"

"내 또래로 보이던데. 하지만 상자 속에 있는 책들은 자기 아버지 책이라고 했어. 리처드 힐라드란 사람이 그 남자 아버지인가봐. 어쨌든 확인해볼 만한 가치가 있잖아. 411번에 전화해서 라이에 사는 리처드 힐라드의 번호를 물어봐. 번호를 알아내면 전화해서 누가 받는지 보라고. 너무 큰 기대는 하지 말고. 그 아들이란 사람은 말수가 많아 보이지 않았어. 어서 빨리 집 정리를 끝내버리고 싶다는 인상을 풍겼고."

계속 케빈의 경고가 귓속에 울려 퍼지는 가운데 애슐린은 리처드 힐라드의 번호로 전화를 걸었다. 알고 보니 누군가의 전화번호를 알아내는 일은 전화 한 통이면 해결됐고, 정확히 2분 걸렸다. 이제부터 난감한 점은 전혀 모르는 사람에게 오싹 소름이 돋거나 미친 사람처럼 들리지 않게 하면서 이 화제를 꺼내는 것이다. 케빈의 표현을 빌리자면 스토킹하는 것처럼 느껴지지 않게. 애슐린은 전화기의 다이얼을 돌리는 순간에도 계속 그 고민을 하고 있었다. 전화벨이 네 번 울린 후에 딸각 소리가 났다.

"저는 지금 집에 없습니다. 메시지를 남기세요."

이름도 밝히지 않고, 인사도 없다. 그녀가 어떤 메시지를 남기건 그게 힐라드라는 사람에게 도달할 거라는 암시조차 없다. 애슐린은 잠시 끊을까도 생각했다. 그녀는 자동응답기라면 질색했다. 그래서 이런 상황엔 대비가 되어 있지 않았고, 할 말을 다 할 시간이 충분할지도 확신할 수 없었다. 하지만 지금으로선 이것이 유일한 단서였다.

"안녕하세요." 애슐린은 너무 쾌활하게, 너무 숨 가쁘게 불쑥 인사했다. "제 이름은 애슐린 그리어라고 해요. 포츠머스 시내에 있는 희귀본 서점의 주인입니다. 제가 최근에 입수한 힐라드 씨의 책과 관련해 힐라드 씨와 통화하고 싶은데요. 음, 정확히 말하면 책 두 권이군요. 여쭤볼 게 몇 가지 있어서요. 선생님의 시간을 많이 뺏진 않겠습니다. 이 메시지를 듣고 전화해주시면 정말 감사하겠습니다."

애슐린은 너무 당황한 나머지 자기 전화번호도 남기지 않은 채 전화를 끊을 뻔했다. 결국 어색하게 두 번이나 번호를 말한 후 꼭 좀 전화를 해주면 좋겠다고 다시 애원했다. 메시지를 듣는 사람이 소름 돋게 말하지 말아야겠다는 결심은 이로써 물 건너갔다.

애슐린이 가게 문에 달린 '영업 중' 표지판을 뒤쪽의 '영업 종료' 표지판으로 바꿨을 때 가게 전화벨이 울리기 시작했다. 그녀는 허겁지겁 카운터로 돌아가서 수화기를 낚아챘다. "안녕하세요, '일어날 것 같지 않은 이야기'입니다."

"안녕하세요. 그리어 씨가 남긴 메시지를 듣고 전화했어요."

순간 애슐린의 맥박이 한 박자 더 빨리 뛰었다. "전화 거신 분은 누구시죠?"

"이선 힐라드입니다. 오늘 오후에 누가 제 아버지 응답기에 메시지를 남겼더군요."

"맞아요! 제가 그리어입니다. 전화해주셔서 정말 감사해요. 전화해주실 줄 몰랐어요." 애슐린이 엉겁결에 말했다.

"서점이 포츠머스에 있다고 하셨죠?"

"맞아요. 마켓 가에 있습니다. 그렇게 불쑥 전화하는 건 저도 내키지 않았지만, 최근에 구한 책에 관해 몇 가지 물어보고 싶은 게 있어서요. 선생님이 대답을 해주시길 바라고 있었습니다."

"뭐, 그러죠. 뭘 도와드릴까요?"

애슐린의 머리가 정신없이 돌아갔다. 왜 질문 리스트를 만들어두지 않았을까? 이제 그와 이렇게 통화하게 됐는데 어디서부터 시작해야 할지 알 수 없었다. "음, 첫 번째 질문은 그 책들이 얼마나 오래 됐냐는 겁니다. 그 책들이 언제 출간됐는지 아세요?"

"내가 아냐고……." 그는 잠시 말을 멈췄다. "지금 어떤 책들을 말 씀하시는 건가요?"

"앗, 죄송해요. 당연히 선생님은 제가 어떤 책들을 말하는지 모르시겠죠. 전 지금 〈후회하는 벨〉과 〈영원히, 그리고 다른 거짓말들〉에 대해 여쭙고 있어요."

"아무래도 전화를 잘못 거신 것 같군요. 그러고 보니 제 번호는 어떻게 알아내셨죠?"

"'고잉 트와이스'. 선생님이 그 책 상자들을 가져다주신 상점 주인이 상자 바닥에서 부친의 주소가 찍힌 봉투 한 장을 발견했어요. 그래서 제가 전화번호 안내에 문의해서 번호를 받았습니다. 대개는 고객을 이렇게 귀찮게 하는 일은 없지만 상황이 상황인지라…… 음, 그 책들이 아주 특별해서요."

다시 오랫동안 그의 숨소리만 들렸다. 짜증이거나 조바심이겠지. "특별한 책일 수도 있겠죠, 그리어 씨. 하지만 유감스럽게도 둘 다 제가 쓴 책이 아닙니다."

"아뇨. 선생님이 썼다고 생각하진 않았습니다. 그저 누가 썼는지, 혹은 사실 그 책들에 관해 선생님이 뭐라도 말해주시기를 바라고 있었죠."

"미안해요. 당신은 서점 주인이라고 하셨나요?"

"맞아요. 포츠머스에 서점이 있어요."

"이거 좀 혼란스럽군요. 당신은 내가 평생 한 번도 들어본 적이 없는 책 두 권에 관해 물어보면서 누가 그 책들을 썼는지 나보고 대답하라는 겁니까?"

"정말 죄송해요." 그녀는 속도를 늦추고 다시 처음부터 이야기할 필요가 있었다. "제가 좀 더 알아듣기 쉽게 이야기했어야 했는데. 저는 '일어날 것 같지 않은 이야기'라는 이름의 희귀본 서점을 운영하고 있어요. 몇 주 전에 선생님이 골동품 상점에 책이 든 상자 몇 개를 가져오셨죠. 그 가게 사장님이 제 친구인데, 그분이 제가 흥미를 느낄 만한 책들이 들어왔다고 전화를 주셨어요."

"죄송하지만, 전 당신이 제 책에 관해 물어보려고 전화한 줄 알았습니다. 제가 쓴 책들 말이죠."

그가 쓴 책들이라고? 애슐린은 그제야 이해가 됐다. "그렇군요. 이제 선생님이 왜 혼란스러우셨는지 이해됐습니다. 선생님이 작가이신 줄은 알아차리지 못했어요. 어떤 종류의 책을 쓰시나요?"

"주로 수면 보조제죠. 논픽션이고. 정치사. 아주…… 학구적인 책입니다."

"흥미롭게 들리는데요."

"단언컨대 그렇지 않습니다. 하지만 이제 무슨 상황인지 이해했습니다. 당신은 제가 몇 주 전에 기증한 책 상자들에 관한 이야기를 하고 있었군요. 제 아버지의 책들 말입니다."

마침내 대화에 조금 진전이 보였다. "네, 선생님 아버님의 책들이요. 어쨌든 유감입니다. 아버님이 돌아가신 거 말입니다."

"고맙습니다. 아버지는 책에 관한 한 쓸데없는 것까지 다 모아놓는 분이라. 아니, 사실 책만 그런 게 아니라 다 그랬지만. 책장에 내책들을 꽂아둘 공간이 필요했습니다. 이웃분이 포츠머스에 있는 그상점 이름을 알려주시더군요."

"혹시 그중에 표지가 파란 대리석 무늬인 책 한 쌍을 기억하시나요? 표지의 3분의 2를 모로코가죽으로 장정한 책인데. 제목이 금박으로 돋을새김 되어 있고요."

"거기 있던 책 중에 특별히 기억나는 책은 없어요. 책이 너무 많아서 말이죠. 그 책들이 뭔가 가치가 있겠다고 생각하신 거죠?"

"아뇨. 별 가치가 있진 않습니다. 정확히 말해서 그렇진 않아요. 하지만 그 책들은…… 아주 흥미로워요."

"어떤 면에서 흥미롭다는 거죠?"

"두 책 모두 저자 이름이 없어요. 판권면도 없고. 거기다 책의 스토리도 특이해요. 주류에서 벗어난 책이라고 할 수 있죠."

"그러니까 그 책들은 허구, 즉 소설이라는 거죠?"

"전 그렇게 생각하지 않습니다."

"그럼 회고록인가요? 아니면 자서전?"

"그게 문제입니다. 도저히 그걸 구분할 수 없어서요. 어쩌면 둘 다일 수 있습니다. 아니면 둘 다 아니거나. 제가 몇 군데 전화해서 물어봤지만, 지금까지는 그 두 책의 제목을 들어본 사람을 하나도 찾지 못했습니다. 저자의 이름을 모르는 상황에서 그 책을 조사하기는 쉽지 않지만 말이죠. 그래서 선생님께 전화했어요. 선생님이 그 미스터리를 조금이라도 해결해주시지 않을까 해서요."

"죄송합니다. 아까 말한 것처럼, 그 책들은 제 아버님 것이었어요. 몇 권은 어머님 것이었을지도 모르겠고. 전 그저 그 책들을 책꽂이에서 빼서 상자에 담은 것뿐입니다. 그거 말고는 정말 당신을 도울 것이 없어요. 그런데 별 가치도 없는 책이라면서 무지하게 관심이 있는 것처럼 들리네요."

애슐린은 망설였다. 그는 지금 그녀가 뭔가 감추고 있다고 의심하고 있었다. 그리고 그녀는 그러고 있지 않은가? 하지만 그녀가 〈후회하는 벨〉을 처음 펼쳤을 때의 경험을, 그녀의 손길에서 누군가의 감정적 폭풍이 거침없이 풀려났다는 점을 어떻게 설명할 수 있을까? 이선 힐라드만이 그녀가 가진 유일한 단서인데. 그런 그를 너무 성가시게 졸라서 겁을 줘 쫓아버릴 여유는 없다. 거기다 그 특별한 경험을 이야기하면 그는 확실히 전화를 끊어버릴 것이다.

애슐린은 마침내 입을 열었다. "전 관심이 있어요. 하지만 그 두 권의 책이 가치가 커서 그런 건 아니에요. 이런 책들은 한 번도 본 적이 없어요. 이 두 권의 이야기는 하나로 엮여 있어요. 마치 두 책이 서로를 상대로 논쟁을 벌이고 있는 것 같아요. 하지만 둘 다 저자가 완벽하게 익명으로 남아 있습니다. 의도적으로 이름을 숨긴 것 같은데. 왜 힘들게 책을 써놓고 저자 이름을 빼버렸는지 그 이유를 도저히 상상할 수 없어요."

"작가들은 수백 년 동안 그렇게 해왔습니다."

"맞아요. 하지만 대개는 필명을 쓰죠. 예를 들어 벤저민 프랭클린과 사일런스 도그우드(벤저민 프랭클린의 가명임-옮긴이)처럼 말이죠. 하지만 이 두 권의 책에는 저자 이름이 전혀 없어요. 글자 그대로 어디에도 이름이 없다고요. 자신의 자세한 사랑 이야기를 사방에 퍼트리고 싶지 않은 마음은 이해하겠는데, 그렇다면 애초에 왜 그걸 썼냔 말입니다."

"그러니까 당신 말은, 그 이야기에 나오는 등장인물들이 실제 인물이란 뜻인가요? 거기 적힌 이야기들이 실제로 일어난 일이라고?"

그는 그녀가 한 말에 대한 의심을 굳이 숨기려 하지 않았고, 그래서 애슐린은 짜증이 났다. "그럴지도 모른다고 저는 생각해요. 맞아요, 그 책들은 이야기 측면에서는 완벽하게 똑같아요. 다만 화자가 달라요. 하나는 남자가 썼고 다른 하나는 여자가 썼지만 둘 다 같은 이야기를 하고 있어요. 분명히 안 좋게 끝난 사랑 이야기예요. 글이 아주 고통스러우면서도 날것의 생생함이 있거든요. 아주 아름답지만 본질적으로 슬프고요. 둘 다 그들 사이에 어떤 일이 일어났건 그건 자기 잘못이 아니라고 주장하려고 쓴 것 같아요. 아주 놀라운 이야기죠."

"안 좋게 끝난 사랑 이야기? 내 개인적인 생각으로는, 놀라운 점은 전혀 없는 것 같은데요. 다만 그 이야기를 두 권의 책에서 하다니 흥미진진한 전제이긴 하군요. 책 판매를 두 배로 늘리기 위한 영리한 방식이에요."

"처음에는 저도 그렇게 생각했지만, 제 직감으로 보면 그건 아니라고 봐요. 내 생각에 그 일은 실제로 있었던 일이에요. 모든 게 이 두 권의 책에 나온 그대로 일어난 거죠. 다만 그게 누구인질 모르겠어요."

"그래서 나는 알 것 같다고 생각했단 말이죠?"

"어쨌든 물어볼 가치는 있으니까요. 어쩌면 선생님이 성장하면서 그 책들을 봤거나, 심지어 읽어봤을지도 모른다고 생각했어요."

"난 사실 소설은 별로 안 읽어요. 아니, 그건 진실이 아니네요. 전소설은 전혀 안 읽어요."

"이해합니다. 전 그저 선생님의 부친이 언젠가 그 책들에 관한 언급을 했을지도 모른다고 생각했어요. 아니면 그 책들이 어떻게 아버님의 책장에 꽂히게 됐는지 선생님이 아실지도 모른다고 생각했고요."

"미안해요. 그건 제가 도울 수 없겠네요. 당신이 실제로 존재했을지 아닐지도 모르는 두 사람 사이에 일어났는지 아닌지도 모르는 일에 관해 왜 그렇게 신경 쓰는지 이해하는 척은 하지 않을게요. 하지만 당신의 그 탐정 수사에 행운이 찾아오길 빌겠습니다."

"알겠습니다." 애슐린은 이만 전화를 끊고 싶은 그의 마음을 알아차리고 이렇게 대꾸했다. "이렇게 전화해주셔서 감사합니다. 귀찮게 해드려서 죄송해요."

그녀는 이선의 전화 한 통으로 모든 수수께끼를 해결할 거라고 기대하진 않았다. 하지만 전화를 끊었을 때 풀이 죽는 건 어쩔 수 없었다. 루스가 그 걸출한 골디에 관해 뭔가 알아내지 않는 한, 그 연인들 사이에 실제로 무슨 일이 일어났는지 알아낼 가능성은 사실상 제로였다.

어쩌면 이선의 말이 옳을지도 모른다. 이 모든 건 말도 안 되는 일이고, 더 옆길로 새기 전에 이만 포기하는 게 나을지도 모른다. 이 책들은 이미 책 장정에 더 잘 쓸 수 있는 시간을 사정없이 잡아먹고 있었다. 이 기이하면서도 새로운 강박을 포기하는 게 여러모로 좋다는 사실을 인정하면서도, 그 책들이 그녀를 끌어당기는 힘이 느껴졌다. 그들(그들이 누구건)과 그들의 끝나지 않은 이야기가 어서 그녀에게 계속 읽어보라고 손짓하고 있었다.

영원히,
그리고
다른 거짓말들

Forever, and Other Lies

11~28페이지

1941년 9월 5일
뉴욕, 워터밀

나는 농장에 두 시간 일찍 도착해서 마구간 뒤에 있는 뜰에 차를 세웠어. 일부러 일찍 왔지. 와서 자리를 잡고 오늘 우리는 내 활동무대에 있게 될 거란 사실을 잊지 않기 위해서. 그래서 오늘만큼은 절대 당신이 나보다 우위를 차지하지 않게. 어젯밤에는 당신이 연상의 애인을 옆구리에 찰싹 붙이고 위티어의 응접실을 돌아다니는 꼬락서니를 보고 놀란 바람에 내가 허를 찔렸지. 하지만 오늘은 당신이 무슨 게임을 하건 난 준비돼 있었어. 사람들 말처럼 위험에 대비해 미리 무장한 거지.

나는 손목시계를 100번쯤 확인하면서, 어젯밤 저지른 경솔한 짓을 온몸으로 후회하면서, 당신이 내 초대도 없이 여기 오겠다고 했을 때 거절할 핑계를 생각해낼 만큼 내게 센스가 있었다면 얼마나 좋았겠냐고 생각했어. 적어도 나는 둘이 같이 차를 타고 여기로 오자는 당신의 제안을 거절할 만큼의 기지는 발휘했지. 대신 여러 대 있는 아버지 차 중 하나를 빌렸어. 집에서 나올 때 내게 어디 가냐고 묻는 사람은 없었고, 나도 먼저 내 입으로 말하진 않았어. 그런 면에선 운이 좋았지. 아무도 나를 신경 쓰지 않을 땐 내가 어디를 가건, 언제 돌아오건 궁금해하지 않거든.

난 다시 시계를 봤어. 시내에서 오랫동안 운전해서 온 후에 초조해하면서 여기 오기로 한 내 결정이 옳았는지 여전히 자문하고 있었거든. 오늘 아침에 당신에게 전화해서 약속을 취소하자고 할 수도 있었어. 날씨 탓을 하거나 잊어버린 약속이 있었다거나 뭐 그런 핑계를 대서 말이야. 골디의 전화번호는 알아내기 쉬울 것이고, 골디는 당신에게 연락할 방법을 분명 알고 있을 테니까. 하지만 그건 굴복처럼 느껴질 거야. 그즈음 난 내가 꽤 많이 굴복했다고 느끼고 있었거든. 아버지에게, 언니에게, 테디에게. 그 명단에 당신도 추가하는 건 거부하기로 했어. 그래서 여기 와서, 처마 밑에서 기다리면서, 빗방울이 떨어지는 걸 보며, 진입로에 깔린 자갈을 으스러뜨리는 자동차 타이어 소리가 들리길 기다렸어.

난 항상 로즈 할로를 사랑했어. 심지어 비 오는 날에도 말이야. 활짝 열려 있는 그곳의 탁 트인 느낌, 투명한 파란 하늘, 여러 개의 굴뚝과 지붕창들과 벽을 타고 오르는 장미들이 피어 있는 오래되고 거대한 회색 석재 저택을 사랑했지. 거기서 더 멀리 나가서 마구간과 사과나무들을 지나가면, 기복이 완만하게 구불구불한 초록색 땅이 나와서 마치 속이 얕은 그릇 같은 지형을 만들어내지. 내가 어렸을 때 엄마는 날 거기로 데려가 썰매를 태워주셨어.

엄마도 도시의 소음과 먼지를 벗어난 그곳을 사랑하셨지. 그런 면에서 나는 엄마와 닮았어. 사실 많은 면에서 닮았지. 그때 내가 알고 있던 것보다 훨씬 더 많이, 그리고 아버지와 언니가 불편해질 정도로 많이. 하지만 나는 그곳에 가는 게 좋았어. 특히 그 무렵에 나 말고는 아무도 가지 않았으니까. 이제 그곳은 내 것이 됐지. 서류로 양도받은 그런 의미의 내 것이 아니라, 아무도 그곳을 찾지 않았기 때문에 내 것이 된 거야. 하지만 거기 있으면 가끔 슬퍼져. 아마 그래서 아버지가 거기에 가지 않게 됐을 거야. 차마 인정할 수 없는 추억들 때문에. 아버지가 엄마를 멀리 보내기 전의 시절에 관한 추억들 때문에. 하지만 난 기억하고 있어. 내가 잊어버리길 아버지는 바랐지만.

난 헬렌을 기억하고 있어. 마망, 엄마랑 둘만 있을 때 난 엄마를 그렇게 부르곤 했지. 엄마에게선 백합과 빗방울 냄새가 났고, 프랑스식 억양이 섞인 부드러운 목소리로 마치 공작부인처럼 우아하게 말했어. 엄마의 눈(내 눈처럼 호박색과 갈색이 섞였고 언제나 슬펐던)은 기도할 때는 감겨 있었지. 엄마는 내 작은 입으로 발음하기에는 너무 크게 느껴지는 낯선 단어들로 이뤄진 낯선 기도들을 가르쳐줬어. 엄마는 또 매트리스 밑에 감춰둔 오래된 사진 앨범을 한 장씩 엄지손가락으로 넘기면서 이야기를 들려주셨어. 오로지 우리 둘만을 위한 이야기를. 그걸 아버지가 발견했을 때 엄마가 얼마나 심한 벌을 받았는지, 그래서 결국 엄마가 어떻게 부서지고 말았는지도 다 기억해.

지금도 엄마의 기억을 떠올리면 마음이 아파서 목이 메어와. 엄마는 우리 아버지 같은 남자와 같이 살기엔 너무 여린 사람이었어. 아버지가 엄마에게 바라던 그런 삶을 살기엔 너무 섬세했고. 프랑스에 있는 가족들과 연이 끊어지고 미국에 있는 친구들로부터 고립된 엄마는 아이를 하나씩 낳은 후로 고독과 우울이란 수렁에 홀로 남아 허우적거렸어. 그리고 거대한 죄책감의 심연에 빠졌지. 나는 한 번도 보지 못한 오빠가 친구 집에서 점심을 먹고 혼자 나와서 돌아다니다가 연못에 빠져 죽었던 일로 말이야. 어니스트 오빠는 네 살에 죽었어.

이 모든 비극이 엄마의 마음을 불안정하게 만들어서 엄마는 쉽게 울음을 터트렸고, 가끔은 심신을 약하게 만드는 극심한 우울증을 한바탕 앓기도 했어. 그것은 우리 아버지가 절대 용서할 수 없었던 성격적 결함이었지. 눈물은 시간 낭비라고 아버지는 말하곤 했어. 약하다는 신호이자 실패했다는 신호라고. 아버지는 진심으로 그렇게 생각하고 있었어. 올해 안에 약혼하라는 아버지의 명령을 내가 거부하면서 울음을 터트렸을 때 그걸 알게 됐지.

아버지는 이제 그 정도면 행복하다고 생각해. 내가 마침내 테디랑 결혼하는 데 동의했거든. 나는 최대한 오랫동안 싸웠지만, 결국 아버지가 이겼지. 그럴 거라는 걸 아버지가 항상 알고 있듯이 말이야. 하지만 난 행복하지 않았어. 당신이 어쨌든 짐작해낸 것처럼 말이야.

나는 그림자가 되고 싶지 않아. 나 같은 가문의 여자들은 다 그렇게 되거든. 고분고분하게 말 잘 들으면서 자기만의 생각이란 건 다 들어내 버리고 협상 카드로서의 쓰임이 다하는 순간 배경 속으로 사라지는 그런 존재. 우리는 식사 메뉴를 정하고, 자식들을 키우고, 최신 유행에 정통하고, 우리의 남편이 접대하는 자리를 아름답게 빛내주고, 남편이 젊고 예쁜 여자를 볼 때면 못 본 척하지. 하지만 난 항상 날 위해 그 이상을 원했어. 난 실제로 나의 진가를 발휘하는 삶, 뭔가 가치 있는 걸 남기는 삶을 상상했지. 그런 삶이 어떤 형태가 될지는 전혀 알 수 없었지만 말이야. 아마 예술과 관련된 일이거나, 어쩌면 교사로 일하거나. 하지만 이제 테디의 아내가 되게 생겼으니 내 인생이 어떻게 될지 알 수 없는 일이지.

그런 생각을 하다가 내가 어느새 자기만의 신문사 제국을 가지고 있고, 그 무엇에도 사과하지 않고 당당하게 사는 당신의 골디를 부러워할 지경에 이르렀다는 사실을 깨닫고는 경악했어. 그건 어떤 느낌일까? 자기라는 배의 선장이 되어서 자신의 운명을 자유롭게 결정하며 타인의 의견에 휘둘리지 않고 살아가는 거 말이야.

난 그런 삶이 어떤지 절대 알지 못하겠지.

그런 깨달음 덕분에 내가 처한 현실을 다시금 고통스럽게 자각하면서 왼손에 끼고 있는 다이아몬드 반지를 바라봤어. 나의 현실을 일깨워주는 불편한 물건이었지. 난 곧 결혼할 것이고, 그것만이 내가 원해야 할 것이었어. 나는 뉴욕의 거대한 토지, 명문가의 성을 갖게 될 거고, 그 성을 이어나갈 아들들을 줄줄이 낳겠지. 나의 딸들은 씨씨 언니가 몇 년 전에 그랬던 것처럼 의무적으로 명문가에 시집갈 거고. 나도 결혼 날짜를 잡을 마음을 먹는 순간 그렇게 되겠지.

우리 마망의 말처럼 그게 끝이야. 결말인 거지.

하지만 그렇게 끝이라는 생각에 빠져 있을 시간이 없었어. 당신이 몰고 온 차의 타이어 소리를 듣는 순간 뱃속이 살짝 뒤집혔거든.

잔디 너머로 차 한 대가 진입로로 들어오는 게 보이자, 그때 깨달았어. 마음 한편으로는 당신이 나타나지 않기를 바라고 있었지만, 또 한편으로는 당신이 나타나길 간절하게 빌고 있었음을.

나는 당신이 차에서 내리는 모습을 지켜봤어. 여기저기 크롬 도금이 된 매끄러우면서도 눈에 확 띄는 회색 차더군. 당신에게 물어보지 않아도 그 여자에게서 빌린 차라는 걸 대번에 알아차렸지. 그 차는 당신 스타일이 아니었거든. 당신의 그런 면을 내가 알고 있다니 기이하게 느껴졌어. 난 당신에 대해 아는 게 하나도 없는데 말이야.

해리스 트위드 재킷과 품이 넉넉한 모직 바지를 입고, 낡은 브로그(가죽에 무늬가 새겨진 튼튼한 구두-옮긴이)를 신고, 모자를 멋스럽게 비스듬히 쓴 당신은 느긋해 보였어. 당신이 다가오는 동안 저건 진짜 당신 옷이라고 난 속삭였지. 이게 당신의 진정한 모습이라고. 당신은 세련된 칵테일 파티보다는 시골 풍경에 어울리는 사람이었어. 비가 와도 곤란해하지 않고 그때 그 모습 그대로 무척이나 편해 보였지.

난 전통적인 승마복을 입고 있었어. 회색 플란넬 재킷, 같은 색의 승마용 바지와 오늘 처음 신어서 광이 나는 갈색 승마 부츠 덕분에 초보 기수처럼 보였지. 그건 테디가 보낸 선물이었어. 테디는 승마 복장 같은 것에 아주 까다로운 사람이거든. 사실 그날 내가 왜 그렇게 옷차림에 신경 썼는지 모르겠어. 날씨 때문에 말을 탈 수 없었는데도, 어쩐지 제대로 갖춰 입고 나와야 할 것 같은 기분이 들었거든. 우리 사교계 사람들은 모든 행사에 맞춰 옷을 입고, 되도록 거기에 어울리는 상표가 있는 옷을 선호하지. 그런 옷들이 편안하거나 혹은 그때 하는 활동에 적절해서 그런 옷들을 입는 게 아니야. 모두가 그렇게 입기를 기대하기 때문에 입는 거야. 우리는 절대 남들의 기대를 벗어나선 안 돼.

당신은 내가 서 있는 처마 밑으로 고개를 숙이고 들어오면서 모자를 벗어서 흔들어 모자챙에 달린 빗방울들을 털어냈지. "말을 타기엔 좋지 않은 날이군요. 대신 뭘 할까요?" 당신이 씩 웃으며 말했지.

야외에서 본 당신은 좀 더 젊어 보였고, 비싼 야회복을 벗으니 좀 더 다부져 보였지. 야회복을 입을 때도 근사해 보이는 데 그럭저럭 성공했다는 점은 부인할 수 없지만 말이야. 당신이 카멜레온 같다는 의심이 들었어. 그럴 필요가 있을 때는 주위 환경에 아주 자연스럽게 녹아들 수 있는 부류의 남자 말이야. 어떤 사람은 왜 그런 기술이 필요할지 내가 궁금해하고 있다는 사실을 문득 깨달은 후 어젯밤에 본 당신의 눈이 떠올랐어. 당신은 마치 카메라 없이 사진을 찍고 있는 것처럼 방 안을 꼼꼼하게 둘러보고 있었지.

당신은 무엇을, 혹은 누구를 보고 있었을까?

그때 우리 둘만 보는 건 오늘이 처음이라는 생각이 불현듯 들었어. 마구간지기 소년은 점심 먹으러 갔고, 조련사는 비가 와서 다른 볼일을 보러 갔지. 우리를 지켜보는 눈은 하나도 없었고, 우리가 지켜야 할 까다로운 예의범절도 없었지. 그게 왜 당혹스러울 일인지 모르겠지만, 어쨌든 나는 당혹스러웠어. 당신이 두려운 건 아니야. 그렇지 않아. 대체로 그렇지 않아. 하지만 당신이 가까이 있을 때면 내가 평소의 나처럼 느껴지지 않아.

당신이 날 빤히 보면서 대답을 기다리고 있는 걸 깨달았어. "마구간 구경을 시켜드릴 수도 있겠군요. 말들에게 당신을 소개하고." 내가 말했지.

"당신의 생일 선물로 받은 말들 말이죠?"

당신은 입술을 위로 슬쩍 끌어올린 채 그 서늘한 파란 눈동자로 나를 보며 다시 나를 놀리고 있었어. 하지만 난 짜증을 내는 게 아니라 싱긋 웃고 있더라고. "그래요. 내 생일 선물들."

당신의 재킷과 넥타이는 빗물로 얼룩졌고, 당신의 셔츠는 비에 젖어서 여기저기 속이 훤히 비쳤지. 당신에게선 다림질 풀 냄새와 비에 젖은 따뜻한 모직 냄새, 그리고 그 밑에 살짝 면도용 비누 향기가 풍겼어. 난 사정없이 쳐들어오는 그 체취의 공격을 피해 한 발자국 뒤로 물러났지. 지극히 남성적인 공격에 살짝 불안해졌거든. "비를 좀 닦게 수건을 가져올게요."

"난 괜찮아요. 그보다는 마구간 구경을 하고 싶군요." 당신의 시선이 내 몸을 밑으로 훑어내리다가 잠시 부츠에 머물더니 다시 위로 올라왔어. "그건 그렇고 아주 근사한 복장이네요. 대단히…… 승마복다워요. 이렇게 차려입고 왔는데 말을 타지 못해서 안타깝군요. 하지만 다음에 타게 되면 그 옷들을 제대로 쓸 수 있겠어요."

이젠 당신의 놀림이 아까보다 덜 매력적으로 느껴져서 나는 휙 돌아섰지. 당신은 나를 따라 옥외 통로를 지나 마구간으로 통하는 쌍미닫이 문으로 갔어. 안으로 들어가자 후드득 떨어지는 빗소리가 줄어들면서 대신 실내 특유의 짙은 침묵이 우리를 맞아줬지.

마구간 안은 서늘하면서 어두웠어. 허공을 맴도는 축축한 건초 냄새와 말똥 냄새가 섞여 나른한 느낌이 들었지. 그러자 말의 잠자리 위에서 낮잠을 자다가 걸렸던 날이 떠오르더군. 부모님이 나와 언니를 위해 조랑말을 한 마리 키우던 시절에 일어난 일이었지. 그날도 비가 내리고 있었어. 나는 올리버 씨라는 이름의 그 조랑말을 집에 들이면 안 된다고 해서 화가 나 있었어. 그를 따뜻한 집 안으로 데려오고 싶었거든. 그래서 올리버 씨가 외롭지 않게 그의 옆에서 몸을 웅크리고 누워 있었어. 우리 부모님은 날 찾아다니느라 온 집 안을 뒤집어놨고, 엄마는 불쌍한 어니스트 오빠처럼 내가 끔찍한 일을 당했을까봐 정신이 반쯤 나간 상태였어. 마구간지기 소년이 마침내 나를 발견해서 집에 데려갔을 때, 아버지가 날 잡고 어찌나 세게 흔들어댔는지 내 유치 하나가 빠져버렸어.

부드러운 휘파람 소리에 나는 다시 현재로 돌아왔지. 당신은 내 옆에 서서 목을 길게 뺀 채 주위를 하나도 빼지 않고 찬찬히 보고 있었어. 목재로 지은 높은 천장과 새로 추가한 유리창들, 벽돌로 만든 지 얼마 안 된 중앙 통로, 어슴푸레 빛나는 문들과 화려하게 장식된 마구간의 칸막이들.

"여긴 대단하네요. 마구간치고는 아주 화려해요. 다만 재료로 쓴 돌들을 보니 새 건물은 아닌 것 같군요." 당신이 마침내 말했지.

"맞아요. 이 집은 1807년에 지어졌어요. 마구간은 시간이 좀 흐른 후에 생겼고. 그때는 아마 여기에 돼지나 양을 키웠던 모양인데. 내가 어렸을 때는 조랑말 한 마리가 지내기엔 좋은 곳이었지만, 새 말들을 데려오기 전에 지붕을 높여야 했죠."

"저거 공사하는 데 당신 아버지가 돈을 꽤나 쓰셨겠어요."

나는 어깨를 으쓱하는 동시에 이 중 어느 하나도 얼마나 하는지 내가 전혀 모르고 있다는 사실을 깨달았다. "아버지는 그걸 사업상의 비용으로 여기셨어요."

당신은 놀란 것 같았어. "당신 아버지는 당신의 새 취미로 돈을 벌 가능성이 있다고 생각하셨단 말이에요?"

"그런 종류의 사업이 아니에요."

"그럼 그게 뭔지 내가 감히 물어봐도 될까요?"

난 웃을 뻔했지. 난 당신이란 사람을 거의 모르고 있으니까(아니, 사실은 전혀 몰랐지). 하지만 그때까지 내가 받은 인상으론, 당신은 거의 모든 걸 감히 물어볼 사람이었거든.

"테디와 관련된 일이죠. 내가 그와 결혼하는 데 동의하는 조건으로." 나는 조용히 대답했지.

"그렇군요. 당신 아버님은 말에 관해 당신에게 져주면, 당신이 테디의 아내로 살아갈 인생의 장점들을 보게 돼서 그의 청혼을 받아들일 가능성이 크다고 생각하셨군요."

"뭐 그런 비슷한 거죠."

"그러니까…… 뇌물이네요."

"아버지는 항상 그런 식으로 일하세요. 원하는 건 다 사들이죠." 원하지 않는 건 짓밟아버리고. 하지만 그 말은 하지 않았지. "말들을 보러 가죠."

당신이 속으로 무슨 생각을 하건 조용히 입을 다문 채 내 뒤를 따라와줘서 고마웠어. 운이 따라주면, 당신은 말들을 보는 데 정신이 팔려서 이 화제를 다시 꺼내지 않겠지. 당신에게 우리 아버지 이야기를 하는 건 옳지 않게 느껴졌어. 내 입에서 나오는 말이 사실이 아닐지도 몰라서가 아니라, 항상 가족 문제는 밖으로 새어나가지 않게 하라는 말을 듣고 컸기 때문이야. 그건 아버지가 우리 모두, 그러니까 엄마와 언니와 나에게 반복적으로 주입한 규칙이었지. 가족에 충실하고 가장, 즉 아버지의 말에 복종하라고. 그 규칙을 어기는 사람에게 무슨 일이 일어나는지 내 두 눈으로 똑똑히 봤지.

"여기에 말이 몇 마리나 있어요?" 당신의 질문이 억지로 나를 다시 현재로 데려왔지.

"마구간은 여섯 개가 있지만, 현재 있는 말은 네 마리예요." 나는 왼쪽 앞에 있는 마구간 두 개를 가리켰어. "이 두 마리는 평소에 타는 말이에요. 완전히 승마용 말이죠."

호기심이 어린 두 쌍의 눈이 우리를 마주 봤어. 첫 번째는 보니 걸이란 이름의 밤색에 흰색 털이 섞인 말로 쉽게 탈 수 있는 말이고, 두 번째는 탄탄한 몸집에 검은 수말로 언니가 니퍼라고('문다'는 뜻이 있음-옮긴이) 이름을 지어줬어. 니퍼가 어렸을 때 종종 사람을 물어서 그렇게 지은 거지. 하지만 나는 절대 물지 않았어. 따지고 보면 씨씨 언니는 동물을 좋아하는 사람이 아니었어. 그렇다고 사람을 좋아하지도 않았지만.

우리가 다가가자 보니 걸은 나지막한 소리로 울면서 콧구멍을 벌름거리고 귀를 탁탁 튀기면서 우리의 관심을 끌려고 했어. 보니 걸은 자유의 냄새를 맡고 그 맛을 볼 수 있었던 거지. 그 아이의 기대에 부응할 수 없어서 슬펐어. 보니 걸은 다시 히힝 울면서 내 손바닥에 코를 들이밀었지. 나는 보니 걸의 얼굴에 내 얼굴을 대고 벨벳처럼 보드라운 주둥이 끝에 키스하면서 간식이라도 가져올걸 하고 후회했어.

"미안해, 아가씨." 보니 걸은 자기를 방치했던 나를 용서하는 것처럼 내 뺨을 코로 살짝 찔렀지. 나는 애정 어린 손길로 그녀를 다독이고 다시 키스해줬어.

"그 말이 당신을 좋아하는군요."

"우린 아주 오랫동안 같이 지냈어요. 내가 커서 더는 조랑말을 타지 못하게 됐을 때 부모님이 이 말들을 사주셨죠. 하나는 내 거, 또 하나는 언니 거.”

“어떤 게 당신 거고, 어떤 게 언니 거였죠?”

나는 말해선 안 될 사실을 말하려다가 멈추고 대신 어깨를 으쓱했어. “사실 씨씨 언니는 말을 좋아하는 사람이 아니어서 결국 두 마리 다 내 차지가 됐어요. 이제 둘 다 나이 들었지만, 여전히 타기 좋은 아이들이죠.”

“이 말들이 우리가 오늘 타려던 말들인가요?”

나는 고개를 끄덕이고 손을 올려 니퍼의 앞갈기를 쓰다듬었어. “오늘 이 아이들을 밖으로 데리고 나갈 수 없어서 마음이 너무 안 좋네요. 요즘은 전처럼 자주 안 오거든요. 밖에 나가면 아이들이 좋아했을 텐데.”

당신은 미소를 지으며 니퍼의 목을 쓰다듬었지. “나도 좋아했을 것 같은데요.”

니퍼는 히힝 울면서 당신의 손길을 털어냈지만, 곧 다시 쓰다듬어달라고 머리를 기울여 왔지. 낯선 사람을 경계하면서도 애정에 굶주려서 쓰다듬어주고 보아줘야 하는 아이. 나는 자기 마구간에 서서, 고분고분하게 우리를 따르면서, 기대에 차서, 내가 마구간 문을 열고 그를 밖으로 데리고 가주길 바라는 니퍼를 보고 있었어. 갑자기 슬픔이 밀려왔지. “불쌍한 아이. 항상 이렇게 갇혀 있는 건 재미없지? 누가 널 밖에 풀어주길 기다리고 있지?”

당신은 니퍼에서 손을 떼고 돌아서서 한동안 아무 말도 하지 않고 있었지. 나를 찬찬히 뜯어보는 당신의 눈빛을 한동안 눈치채지 못한 척했지만, 그 시선의 무게 때문에 목덜미가 따끔거렸어. 뭐야?

나는 소리를 지르고 싶었어. 대체 뭘 보고 있는 건데? 하지만 한편으로는 그걸 알기가 두려워졌어. 사실 두려운 마음이 컸지. 난 항상 세상에 나를 얼마나 드러낼지 아주 조심스럽게 정해왔거든. 하지만 그건 의미가 없어 보였어. 당신은 다 보고 있었어. 특히 내가 좋아하지 않는 부분들을. 그리고 당신이 그걸 보고 있다는 걸 내가 알아차리길 바랐지.

"우리, 아직도 말들에 관한 이야기를 하는 거 맞아요? 누가 밖에 풀어주길 기다리고 있는 부분 말이에요." 침묵이 길어지면서 어색해지기 시작했을 때 당신이 그렇게 물었지.

정적 속에서 당신의 목소리는 굵직했고 희미하게 흔들리고 있었어. 나는 재미있어하는 척했지만, 사실 내가 연기를 잘 해내지 못했음을 아주 잘 알고 있었지. 그래도 나는 계속 가면을 써야 했어. "당연히 말에 관한 이야기죠. 그거 말고 달리 내가 무슨 말을 하겠어요?" 나는 그러고 뒤로 물러났어. 조금 갑작스럽게. 그리고 통로 반대쪽에 있는 칸들을 향해 다가갔지. "내 생일 선물들을 보러 가죠."

당신은 내 옆으로 왔고, 여전히 내 얼굴을 뚫어져라 보고 있었지. 당신은 더 캐물어보고 싶은 표정이었지만 그러지 않았어. 그러면 내가 깜짝 놀라서 냅다 도망쳐버릴까봐 두려워하는 사람처럼 말이야. 그 점에 관해선 당신의 추측이 맞았어. 난 아마 그랬을 거야.

"이 아이는 크래커 잭 프라이즈라고 해요." 나는 윤기가 흐르는 짙은 암갈색 털에 눈이 밝게 빛나고 코와 주둥이 사이에 흰 줄무늬가 있는 수말을 가리키며 말했어. "1939년에 태어났으니까 말의 나이로 치면 아직 아기예요."

"매력이 흘러넘치는 아이군요."

"그렇죠? 조련사 말이 이 아이가 챔피언이 될 거래요. 영리하고 혈통도 좋고. 애 아버지는 렉싱턴에서 온 다크 업스타트라고 하는데, 슬개골 골절로 은퇴하기 전까진 주인에게 돈을 아주 많이 벌어 줬다고 해요."

당신은 놀라고 조금은 감동한 표정이었지. "이런데 난 당신이 풋내기라고 생각하고 있었네요. 당신이 쓰는 전문 용어로만 봐서는 프로 같은데요."

난 싱긋 웃으며 긴장이 좀 풀어졌지. 당신이 칭찬해서 기뻤거든. "내가 말했잖아요. 말에 관한 자료를 많이 읽었다고."

"다른 말들에 비해 이 아이는 좀 뾰로통해 보이네요."

"말들은 사람과 달라요. 사람과 첫눈에 보자마자 사랑에 빠지지 않아요. 유대감을 키우려면 시간을 들여야 하죠. 난 사실상 니퍼와 보니 결과 같이 컸어요. 그 두 아이는 반려동물과 같죠. 하지만 경주마들은 달라요. 얘들은 반려라기보다는 운동선수예요. 둘 다 여기 오래 있지 않을 거예요. 이건 그저 밖에서 길들이기 전까지 '서로 알아가기' 위한 만남이니까."

"그게 무슨 뜻이죠?"

"사람이 주는 신호에 반응하고 안장에 편안하게 적응하는 단계를 뜻해요. 하지만 그건 시작에 불과해요. 경주 코스 훈련을 할 정도로 크면 사라토가로 옮겨질 거예요."

"테디의 말들과 같이요?"

그의 이름이 다시 나오자 나는 당황해서 그만 온몸이 굳어져버렸지. "네, 그러겠죠. 크래커 잭은 겨울에서 봄까지 준비해서 잘하면 내년 여름에 두 살짜리 경주마로 대회에 나가기 시작할 거예요."

당신은 내 옆을 지나가 마지막에 있는 칸을 들여다봤어. "여기 이 미인은 누구죠?"

나는 조각처럼 아름답고 강인한 얼굴과 무릎까지 갈색 털이 내려온 암망아지를 바라봤지. 혈통은 그다지 화려하지 않지만, 그 아름다운 모습을 보고 있으려니 새롭게 죄책감이 밀려오더군. "사실 나도 몰라요. 아직 이름을 지어주지 않았어요. 조련사들은 이 아이를 심드렁하게 보지만, 난 이 아이가 잠재력이 크다고 생각해요. 적어도 그러길 바라고 있어요. 당분간은 리틀 걸이라고 부르고 있는데. 뭐 대단히 독창적인 이름은 아니지만, 공식적인 이름이 생기기 전까진 이걸로 지내야죠. 하지만 시간이 다 되기 전에 서둘러 결정해야 하긴 해요."

"시간이 다 되다뇨?"

"순종 말의 이름을 짓는 건 굉장히 중요한 일이에요. 따라야 할 규칙이 아주 많거든요. 예를 들어 이름에 알파벳이 열여덟 자 이상 들어가면 안 돼요. 그리고 거쳐야 할 과정도 많고. 경마 클럽에 내가 선호하는 순으로 여섯 개의 이름을 제출해야 하지만, 최종 결정은 클럽에서 내려요."

"그게 어떻게 공정한 거죠?"

나는 어깨를 으쓱했어. "그게 규칙이에요. 전 스트리트 런어웨이를 1번으로 미는 쪽에 마음이 기울어지고 있어요. 우리가 원하는 대로 해준다는 보장은 없지만, 지금으로선 내가 제일 좋아하는 이름이에요."

내 말을 듣고 있는 당신 얼굴에 아주 기이한 표정이 떠올랐지. 그 표정이 어찌나 강렬한지 그만 고개를 돌려버리고 싶었어. "벨의 약속, 이라고 지어줘요." 당신이 불쑥 그렇게 말했어.

"벨의 약속?"

"당신은 저 아이에게 잠재력이 있다고 생각한다고 했잖아요."

"그러긴 했죠. 하지만 벨이 누구죠?"

"당신이요." 당신은 마치 소년처럼 쑥스러워하는 표정으로 얼른 고개를 돌려버렸지. "우리가 처음 만난 날, 난 마음속으로 당신을 벨이라고 불렀어요. 당신은 그날 그 무도회에서 가장 아름다운 여인, 벨이었으니까. 뭐, 당신은 언제 어느 때고 어디를 가건 그 자리에서 항상 최고의 미인일 테지만. 어쨌든 처음 만난 후로 쭉 당신을 벨로 생각해왔어요."

순간 나의 두 뺨이 화끈거렸어. "내 생각을 해왔다고요?"

"수줍어하지 말아요. 당신에게 안 어울리니까."

"우리는 서로를 몰라요. 뭐가 내게 어울리는지 당신은 모르잖아요." 그렇게 당신을 일깨워주는 내 목소리는 놀랄 정도로 숨이 가빴지.

"그 문제를 해결하고 싶군요."

나는 고개를 젖히며 불안하게 웃음을 터트렸지. "음, 내가 벨이라면 당신은 뭐라고 부르죠? 아마도 헤밍웨이? 아니면 헤미?"

"상관없어요. 당신이 불러주기만 한다면야."

나는 고개를 돌려버렸어. 당신은 지금 내게 끼를 부리고 있었는데 난 그게 마음에 들지 않았지. 아니, 어쩌면 너무 마음에 쏙 들었거나. 난 당신에게서 떨어져 있으려고 했지만, 그 순간 당신의 손이 내 팔을 스쳤어. 찰나의 접촉이었지.

"가지 말아요, 제발."

"여기 왜 왔어요? 원하는 게 뭐예요?" 난 무뚝뚝하게 물었지.

"내가 말했잖아요. 이야기하러 왔다고. 아마 우리는 말을 타면서도 이야기를 했을 거예요. 그러니 말없이 그냥 이야기만 하죠."

당신은 열려 있는 칸의 문으로 걸어가서 낡은 스툴 두 개를 찾아 마구간의 출입구로 끌고 왔어. 나는 잔뜩 화가 난 채로 당신이 근처에 있는 못에 당신 모자를 걸고, 스툴에 앉아서 날 기다리는 모습을 지켜봤지. 여기 매사를 자기 뜻대로 하는 또 다른 남자가 납셨군. 그러지 않는 게 나을 것 같다는 판단이 들었는데도 난 당신 옆에 있는 스툴에 앉았어.

비가 아까보다 더 세차게 쏟아지고 있어서 마치 두꺼운 회색 커튼이 우리 주위에 쳐진 것처럼 보였어. 이곳엔 우리 둘과 지붕을 두드리는 빗소리뿐이었어. 내 몸의 모든 감각이 한껏 고조되면서 신경 하나하나가 다 섬세하게 느껴졌지.

당신은 미소를 지었어. 내 화를 풀어보려고 그런 거지. "뭐에 관해 이야기해볼까요?"

나는 내 소매에서 보이지도 않는 보푸라기를 집어서 튕겨냈어. "당신이 만나자고 했으니까. 당신이 먼저 물어봐요."

"좋아요. 당신이 어렸을 때 어땠는지 말해줘요."

나는 당황해서 눈을 깜박였어. "어렸을 때라뇨?"

"난 다 알고 싶은데. 어렸을 때 머리를 땋고 다녔나요? 첫 번째 남자친구는 누구였어요? 학교는 좋아했어요?"

"머리는 땋지 않았어요." 나는 그렇게 대답했지만, 왜 당신이 그런 것에 관심을 두는지 알 수 없었지. "첫 남자친구 이름은 기억나지 않아요. 그리고 학교는 끔찍이 싫어했어요. 아니, 그건 사실이 아니지. 다 싫어한 건 아니에요. 같이 학교 다니던 여자아이들이 끔찍하게 싫었던 거지. 그리고 카바나프 여자 교장 선생님도 너무 싫었고. 교장 선생님은 내가 질문이 너무 많고 수업 시간에 낙서를 끄적거린다고 싫어했거든요."

"낙서를 끄적거린다고?"

"내 작문 노트에."

"남자친구 이름을?"

"시들." 나는 간단하게 대답했지.

"당신이 시를 쓴다고요?"

내가 당신을 놀라게 한 게 보였어. 나도 내 대답에 놀랐지. 그 시시한 시를 생각하지 않은 게 몇 년이나 됐는데, 왜 갑자기 그게 떠올랐는지 이상했지. "난 소녀였으니까. 소녀들은 시를 써요. 우리의 불안에 대해 바보 같은 시를 쓰죠."

"연애 시?"

나는 고개를 젖히며 웃었어. 그러면서 이런 몸짓이 당신에게 끼를 부리는 걸로 오해를 살 수도 있다는 점을 어렴풋하게 의식했지. "내가 사랑에 관해 뭘 안다고요. 난 아이였는데. 아니에요. 아무 의미도 없는 시를 썼어요. 새장에 갇혀서 자신을 가두고 있는 창살을 벗어나, 도시 위에 있는 높은 하늘로 솟아올라 멀리 멀리 날아가는 꿈을 꾸는 새에 관한 쓰레기 같은 시를 썼죠. 생울타리들로 이뤄진 미로에서 길을 잃은 새에 관한 시도 썼고. 그 울타리들은 계속 높아져서 나갈 길을 찾을 수 없게 된 거죠."

"심오하게 들리는데요."

"그건 영국식 표현을 빌리자면 헛소리였죠. 하지만 당시 나는 시의 광신도였어요. 손에 넣을 수 있는 시란 시는 다 읽었는데, 내 나이 또래 소녀로서는 받아들일 수 없는 시들도 있었어요. 내가 크면 엘리자베스 배럿 브라우닝 같은 시인이 되리라 확신했죠."

당신은 마치 뭔가 찾는 것처럼 묘한 표정으로 날 주의 깊게 바라봤지. "이건 내게 언제 말하려고 했어요?"

그 질문은 기이하게 느껴졌지. 그건 알고 지낸 지 오래된 사람에게 묻는 그런 질문이잖아. "어떻게 말해요? 언제? 우린 이제 막 만났는데."

당신의 입술이 살짝 관능적으로 휘어졌어. "그걸 계속 까먹게 되네요."

당신이 어떻게 그걸 해냈는지 모르겠지만, 당신은 이제 좀 더 가까이 다가앉은 것처럼 느껴졌지. 마치 세상의 크기가 갑자기 이 문간을 향해 줄어든 것처럼, 그냥 당신과 나와 우리의 말, 그리고 떨어지는 빗소리만 존재하는 것처럼 느껴졌어. 하지만 눈을 깜박이고 나서 다시 보니 당신의 걸상은 처음 앉았던 그 자리에 그대로 있었지. 나는 고개를 숙여서 내 부츠를 바라봤어.

"우리가 만났던 밤." 당신은 이렇게 말하고 덧붙였지. "더 세인트 레지스 호텔에서." 마치 나에게 일깨워줘야 할 필요가 있는 것처럼 말이야. "우린 책에 관해, 헤밍웨이와 디킨스와 브론테 자매에 관해 얘기를 나눴어요. 그런데 그때 글을 쓴다는 말은 하지 않았잖아요."

"안 쓰니까요." 내 말투는 너무 단호하고 너무 방어적이었지. 그래서 다시 부드럽게 말했어. "그건 그저 크면 자연스럽게 벗어나는 유치한 판타지 중 하나일 뿐이었어요. 그게 어떤 건지 당신도 알잖아요. 어느 날 갑자기 뭔가에 열정을 쏟게 되죠. 그 열정이 너무 강렬해서 한동안 내가 소진돼버리지만. 그러다 뭔가 일이 생기면서 그 열정도 막을 내리게 되고."

"무슨 일이 있었는데요?"

나는 그 기억이 불편해서 잠시 당황했지. 하지만 당신이 날 아주 세심하게, 아주 집중해서 바라보고 있었어. "카바나프 교장 선생님." 나는 마침내 대답했어. "교장 선생님이 내 노트 하나를 압수해서 아버지에게 보여줬어요. 그건……. 그때 나는 시인 사포에 흠뻑 빠져 있었어요. 얼굴을 붉힌 사과, 누구에게도 다다르지 못하고, 누구의 손길도 미치지 못한. 뭐 그런 시. 그게 대체 무슨 뜻인지 난 몰랐고, 관심도 없었어요. 그저 그 단어들, 단어의 리듬, 그 단어들이 전달하는 고통이 중요했죠. 난 사포의 시를 어떻게든 나만의 단어로 재창조하고 싶었어요. 그래서 실험을 시작했고, 사포의 그 아름다운 서정성을 모방하려 했어요. 아버지는 내가 쓴 시를 보고 대경실색했어요. 아버지는 내 시가 음란하다고 표현했어요. 그리고 내 노트들을 다 가져오게 해서 내가 보는 앞에서 페이지마다 갈가리 찢어버렸어요. 난 심지어 시를 읽는 것조차 금지됐죠. 그래도 내 침대 밑에 일기장을 두고 계속 시를 끄적거렸지만, 언니가 그걸 발견해서 아버지에게 일렀죠. 그걸로 시를 쓰는 내 경력은 끝나버렸죠."

"그때가 몇 살이었어요?"

"열네 살. 아니면 열다섯인가?"

"그 후론 시를 쓰지 않았어요?"

"네."

"하지만 쓸 수 있죠. 내 말은 지금 말이에요."

나는 어깨를 으쓱하면서 당신의 눈을 피해버렸어. "의미 없어요."

"이런 대화 소재로 쓰는 거 말곤 의미 없다는 뜻인가요?"

"하지만 나는 글을 쓰지 않는걸요."

"그 말 안 믿어요."

"난 당신 같지 않아요." 나는 딱 잘라 말했지. 이렇게 나의 내면을 파헤치는 이 기이한 상황이 너무 심각해지기 전에 당신이 이 점을 알아두는 게 낫다고 판단했으니까. "난 깊이가 없어요. 알맹이가…… 없다고 해야 하나, 당신은 그렇게 표현하겠죠. 뭐, 내 신탁 자금을 알맹이로 쳐주면 모르겠지만. 난 세상에 나가서 꿈을 좇거나, 당신 친구 골디처럼 세상의 관습을 조롱하는 그런 사람이 아니에요. 나도 한때는 그랬다는 생각이 들지만, 그런 생각은 금방 바로 잡히게 됐죠. 난 당신이 내게 말들에 관해 물었을 때 당신이 머릿속에 떠올린 바로 그런 사람이에요. 엄청난 부자 아버지 밑에서 응석받이로 커서 원하는 건 다 가지는 데 익숙해진 여자."

"그 모든 것의 대가가 복종인가요?"

나는 당신의 시선을 받아내면서, 날 꿰뚫어보는 것 같은 그 시선에 맞섰지. "날 애처롭게 생각하지 말아요."

"난 그러지 않아요. 우린 모두 선택하죠. 사업. 정치. 같이 있으면 절대 행복할 수 없는 누군가와의 결혼. 그걸 타협이라고 하죠."

"그게 당신이 골디랑 하는 건가요? 타협하는 거?" 나는 필사적으로 형세를 역전시키기 위해 그렇게 말했지.

당신은 한숨을 쉬었어. "또 골디가 나왔군요. 좋아요. 알고 싶은 게 뭐죠?"

"당신 둘은……."

"연인이냐고요?" 당신이 먼저 그렇게 말했지. "부끄러워할 필요 없어요. 난 기꺼이 우리 사이에 있는 모든 흥미진진한 이야기를 다해줄 거니까. 다만 마음 단단히 먹어요. 이건 꽤 야한 이야기니까."

나는 미동도 하지 않고 앉아서 당신이 내게 충격을 먹이게 놔두지 않겠다고 굳게 다짐하고 있었지.

"사실 나와 골디의 관계는……." 당신은 거기서 말을 멈추고 손으로 당신의 턱을 문질렀어. "이걸 어떻게 품위 있게 표현하지? 사실상 재정적인 관계라고 할 수 있죠."

그렇게 마음을 다잡고 있었는데도 나는 눈이 동그래지고 말았어. "그 여자에게 돈을 받고 있어요? 그러니까…… 그 대가로. 아니." 나는 한 손을 들었어. "신경 쓰지 말아요. 알고 싶지 않으니까."

"이런, 이런, 이런. 당신은 정말 음란한 생각을 하고 있군요. 안 그래요?"

"내가요? 당신이야말로……."

당신은 내가 아주 지독하게 웃긴 말을 한 것처럼 피식 웃었지. "골디는 지금 가지고 있는 여러 개의 간행물에 잡지를 추가하기로 했어요. 그래서 그 잡지사 소속 작가라는 자리를 내게 제안했죠. 인생의 한 단면을 묘사하는 그런 글. 가끔 사회적인 글도 쓰고. 정확히 말해 헤밍웨이가 쓰는 글이라고는 할 수 없지만, 좀 더 나은 기회가올 때까지 이 일이 제 밥벌이가 되겠죠. 그리고 이 일을 하면서 당신 같은 미국의 상류층 인사들과 친분을 쌓게 될 것이고. 혹시 모르죠, 이 일을 하다 유급 휴가를 한두 번 다녀오게 될지도 모르잖아요."

"그럼 언젠가 출판하겠다고 말했던 그 소설은 어떻게 되나요? 그 꿈은 언제 이뤄지죠?"

이제는 당신이 날 외면할 차례였지. "유감스럽게도 그 꿈은 아주 그른 것 같군요."

"쓸 시간이 없어서?"

"맥박이 뛰지 않아서."

나는 얼굴을 찌푸렸지. "그게 무슨 뜻이죠?"

"거기로 흘러가는 피가 없다는 뜻이죠. 그걸 다시 소생시키는 방법을 내가 찾아내기 전까지는."

"당신은 인생의 한 단면을 묘사하는 글을 쓰고, 당신 상사를 사교 파티에 모시고 다니나요?"

"진실을 다 공개하자면, 내 아파트를 구할 때까지 골디 집에서 지내고 있어요. 방은 따로 쓰고."

난 의심스러운 눈빛으로 당신을 봤지.

"난 골디와 자지 않았어요. 그럴 계획도 없고." 당신이 마침내 그렇게 말했지.

나는 눈동자를 굴렸어. "누군들 그녀와 잘 계획을 세울지 모르겠군요. 그 여자는 금발의 대왕 거미 같으니까."

"어쩐지 질투가 느껴지는 이 느낌은 뭘까요?"

"질투요?" 나는 당신을 싸늘한 눈빛으로 바라봤지. "난 뉴욕 최고의 신랑감 중 하나와 약혼했어요."

당신은 스툴에서 일어나 두 손을 바지 주머니에 찔러넣은 채 열려 있는 마구간 문으로 가서 비에 흠뻑 젖은 마구간 마당을 내다봤어. "아까, 내가 같이 있으면 절대 행복해질 수 없는 누군가와 결혼한다는 이야기 했잖아요. 그거 테디 이야기였어요. 그 이유를 당신에게 말해줄까요?"

"당신이 내 약혼자에 대해 어떻게 생각하는지 관심 없어요."

"내가 할 말이 두려운가요? 내 말이 맞을지도 몰라서 두려워요?"

"당신이 내게 해줄 수 있는 그 어떤 말도 두렵지 않아요."

"두렵지 않다고?"

나도 모르는 사이에 당신은 다시 내 앞에 서 있었어. 당신이 그렇게 가까이 있어서 불안해진 나는 몸이 굳어버렸지. 우리 둘 사이에 거리를 둘 필요가 있지만, 당신의 팔 밑으로 고개를 숙이고 빠져나가서 빗속으로 나가는 방법 말고는 달리 갈 곳이 없었지. 대신 나는 고개를 뒤로 젖히고 당신의 그 서늘하고 투명한 눈을 바라봤어. "두렵지 않아요."

"내가 당신에게 키스하고 싶다고 해도?"

당신은 내 허락을 기다리지 않았지만, 당신의 입술이 내 입술로 가까이 다가오는 동안 난 그 허락을 내렸지. 내 몸이 당신의 몸에 맞춰 흔들리고 있는 바로 그 순간, 나는 우리가 처음부터 이곳을 향해 나아가고 있었다는 사실을 깨달았어. 내가 당신을 처음 본 순간 내 안에서 고개를 들던 그 조용한 불길이 언젠가 쏜살같이 타올라 나를 기습할 거라는 걸. 기회만 생기면 그 불이 날 완전히 활활 태워버릴 거란 걸. 그리고 난 그런 일이 일어나게 놔둘 거라는 걸.

우리의 호흡이 엉키고 내 몸의 뼈들이 녹아내리기 시작했을 때 난 생각했지. **이건 원래 이렇게 될 일이었어.**

이거. 이거. 이거.

후회하는 벨
Regretting Belle

30~39페이지

1941년 9월 5일
뉴욕, 워터밀

　당신에게 키스하지 말아야 할 이유는 백 개, 천 개, 백만 개가 있었지만, 당신과 나의 눈이 마주쳤을 때는 어느 하나도 떠오르지 않았어. 당신의 입이 바로 내 앞에 있었고, 당신의 숨이 얕아지고, 당신의 목 아래에서 아주 작은 맥이 마치 새처럼 팔딱팔딱 뛰고 있었지.

　난 당신이 몸을 뒤로 빼버릴 거라고 예상했고, 반쯤은 그러길 바랐어. 그래서 우리가 이제부터 만들어낼 그 혼란에서 우리 둘 다 구해주길 바랐지. 대신 당신은 너무나 놀랍게도 내 키스에 온전히 몸을 내맡겼지. 둘 중 누가 키스하는 쪽이고 누가 받는 쪽인지도 알 수 없었어. 난 당신을 느끼고, 당신을 맛보고, 당신을 처음 본 순간부터 나를 타일러서 빠져나오려고 했던 당신을 향한 욕망에 빠져버렸어. 우리의 입술이 계속해서 서로를 탐험하는 동안, 이미 저질러버린 일이고 이제는 돌이킬 수 없다는 그 사실이 내 마음을 활활 태워버렸지. 우리의 입술은 서로를 발견하고, 쟁취하고, 빠져들고 있었지.

그래도, 이건 결코 내가 계획한 게 아니었고, 내가 이렇게까지 경솔하게 행동하고 있다는 사실을 나조차 믿을 수 없었지. 내 일부, 그 와중에도 여전히 이성적인 생각을 할 수 있는 내 일부는 이것이 당신에겐 새로운 경험이라는 걸 왠지 모르지만 확신하고 있었어. 당신은 지금까지 그 누구에게도 이런 식으로 자신을 내맡긴 적이 없었다는 생각이 들었어. 그 생각은 더없이 자극적이었지. 마치 주삿바늘로 정맥에 모르핀을 주입했을 때 그런 기분이려나. 절대 끝나길 바라지 않는 그런 희열이 온몸으로 흘러들어오고 있었지. 하지만 그건 반드시 끝나야 하고, 결국 그렇게 됐지.

심지어는 지금도, 그 오랜 세월이 흐른 후에도, 우리 둘 중 누가 마침내 정신을 차리고 몸을 뗐는지 기억이 안 나. 그건 나였다고 생각하고 싶지만, 그런 내 모습을 상상하긴 힘들군.

그 키스는 수많은 것의 시작이었지. 나는 내가 원한다고 알고 있었던 것 이상을 원했고, 내가 견딜 수 있다고 생각한 것 이상을 잃었어. 하지만 그건 그저 단순한 키스가 아니었어. 그 첫 순간부터, 당신이 첫 단어를 말했을 때부터 나는 당신이라는 저류에 휘말려 너무나 먼 바다로 나간 나머지 어느새 바닷물이 내 머리 위로 흘러넘치고 있었지. 그리고 당신은, 당신도 그렇게 느끼고 있다고 내가 믿게 했어.

지금도 당신이 어떻게 그렇게 키스할 수 있었는지 이해가 안 돼. 마치 내게 주지 않을 건 없는 것처럼 키스했잖아. 그럴 의도는 전혀 없었으면서. 아마 우리가 처음에 숨 가쁘게 키스했을 때, 그리고 그 후로도 무수하게 이어진 숨 가쁜 순간들에는 마음이 약해져서 그럴 의도였을지도 몰라. 아마도 그건 나중에, 그러니까 그 새로움이 사라지기 시작하고 나와 같이 있을 때 당신이 가지게 될 것과 그러지 못한 것이 현실로 드러났을 때 마음이 바뀌었는지도 몰라.

우리는 다음 날 만났고 그다음 날도 만났지. 기억나? 우리는 오후에 마구간에서 만나 함께 말을 타거나, 분명 남들 눈에 보이지 않을 숲속에서 같이 걸었지. 서로의 손을 꼭 잡으면서 걷다가 가끔 길고도 느린 키스를 하기 위해 멈춰 서기도 하면서 말이야. 나는 우스꽝스러울 정도로 행복했고, 그저 당신과 있는 것만으로도 만족스러워서, 우리가 당신의 약혼에 대한 말은 절대 입에 올리지 않는 점이 이상하지 않은 척했어.

마치 지뢰 주위를 돌아서 조심스럽게 피해 가는 것처럼 우리는 테디가 존재하지 않는 척했어. 그의 이름을 말하는 것이, 그가 존재하는 현실을 인정하는 것이 우리 주위를 휘감은 마법을 깨버릴지도 모르니까.

로즈 할로에서 보낸 그 훔친 순간들 속에서 우리는 시간을 벗어나 존재한 것 같았어. 우리가 만든 세계, 우리만 있는 세계 속에서 말이야. 그 초기에는…… 그걸 뭐라고 불러야 할까? 광기? 맞아, 그건 광기였어. 그 광기 초기에는 내가 미국에 뭘 하러 왔는지도 거의 잊어버렸지. 나는 당신의 마법에 걸려 당신에게 속아버렸고, 당신에게 완전히 빠져버렸어. 그리고 당신도 같은 마음이리라 믿어버렸지. 그 기억들은 날것 그대로 남아 있어. 마치 살아 숨 쉬는 생물처럼, 그 기억들은 빛이 꺼질 때를 기다렸다가 내 의지에 반해 갑자기, 아니면 내 의지에 따라 어제 일처럼 떠오르지.

그 가을의 첫날 당신은 피크닉 바구니를 챙겨 왔지. 우리는 차를 몰고 호수로 가서 잔디밭 위에 담요를 펼쳤어. 우리는 골디에게 빌린 링컨 제퍼의 트렁크에서 찾아낸 담요 위에 올라가 양반다리를 하고 앉아서 오이샐러드와 식어버린 구운 닭고기를 먹었지.

이제는 당신이 나의 유년기에 관해 물을 차례였지. 나는 부모님에 대해, 그들의 결혼 생활에 대해 말했고, 아버지는 내 영웅이었다는 말도 했지. 본머스 해변에서 아주 적은 돈으로 보냈던 휴가들에 관한 이야기도 하고, 내가 잠시 크리켓 팀에서 활동했던 이야기, 대학에서 내가 헛되이 보낸 시간에 관해 이야기했지. 마침내 나는 아버지가 몇 년 전 돌아가신 이야기를 했어. 아무도 예상치 못했던 혈전 때문이었는데, 그때 〈런던 옵서버〉지에 있는 아버지의 예전 상사가 나를 의리로 고용해줬단 이야기였지. 난 절대 아버지 같은 훌륭한 기자가 될 수 없지만 말이야.

당신은 눈을 감고 태양을 향해 얼굴을 돌린 채 그 모든 이야기를 듣고 있었어. 마치 내가 하는 단어 하나하나를 보고, 냄새를 맡고, 맛을 보고 있는 것처럼 입가에 희미한 미소가 떠올라 있었지. 하지만 내가 아버지 이야기를 하자 눈을 뜨고 내 얼굴을 유심히 바라보더군.

"정말 그렇게 믿어? 당신이 절대 아버지처럼 훌륭한 기자가 되지 못할 거라고?"

"다 그렇게 믿고 있어. 물론 우리 엄마만 빼고." 나는 가까스로 열의 없는 미소를 지어 보였지. "엄마는 내가 달을 따온다고 해도 믿을 거야. 하지만 날 믿어주는 게 엄마의 일이니까."

"난 당신을 믿어." 당신은 부드럽게 말했지.

난 금방이라도 내 입에서 튀어나올 것 같은 말을 꿀꺽 삼키며 고개를 돌려버렸어. 당신은 날 믿어선 안 된다는 말. 그리고 내가 진짜 쫓고 있는 게 뭔지 알게 되면 나를 믿지 않을 거라는 말도. "어떻게 그럴 수 있어? 당신은 내가 쓴 글을 읽어본 적이 없잖아." 대신 그렇게 말했지.

"난 당신이 쓴 글들을 읽어봤어. 그런 지 몇 주 됐는데."

나는 손사래를 쳤지. "그건 내 글이 아니야. 그건 그저 돈을 벌기 위해 쓴 것들일 뿐이지."

"그러니까 소설을 읽게 해줘."

"안 돼."

"맥이 뛰지 않으니까?"

"응."

"난 아직도 그게 무슨 뜻인지 모르겠어."

"그건 내 글을 아버지가 읽은 후에 한 말이었어. 결코 잊을 수 없는 말이었어. 진정으로 좋은 글은, 그게 픽션이든 논픽션이든 그 글에서 심장이 뛰는 게 느껴진다고 아버지가 말씀하셨어. 마치 보이지 않는 줄이 독자와 연결된 것처럼 작가에게서 나오는 생명력이 느껴진다는 거지. 그게 없는 글은 독자가 보자마자 죽어버린다고."

"아버지의 글에선 심장이 뛰는 게 느껴졌어?"

나는 피식 웃었지. 도저히 웃지 않을 수 없었어. "마치 천둥 같았지. 유감스럽게도 그런 재능은 유전되는 게 아니더라고. 그런 재능은 물려받는 게 아니고 흉내 낼 수도 없어. 모든 작가에게는 그만의 독특한 심장박동이 있어. 하지만 스스로 그걸 찾아내야 하지."

"그 심장박동은 어떻게 찾아?"

"나도 아버지에게 같은 질문을 했지."

"뭐라고 대답하셨어?"

"글을 써서 찾는다고 하셨어. 그다음에 또 쓰고. 아버지는 나를 들들 볶으셨어."

"당신을 믿으셨으니까. 당신 인생에 그런 사람이 있었다니 운이 좋은 거야. 당신이 뭔가 되길 바라고, 당신이 원하는 걸 가지길 바라는 그런 사람 말이야." 당신은 조용히 말했지.

나는 바구니에 있는 사과를 하나 꺼내 깨물면서 당신의 얼굴을 찬찬히 뜯어보며 갑자기 당신의 목소리가 왜 슬퍼졌을까 궁금해했지. 누가 당신을 슬프게 만들었고 왜 그랬는지 알고 싶었어. 그 슬픔을 내가 어떻게 사라지게 할 수 있을지도. 내가 그걸 느낀 건 그때가 처음이 아니야. 당신을 보는 사람이 아무도 없다고 생각할 때 당신 주위에 깔리는 그 우울한 분위기 말이야. 내가 어떤 질문을 할 때 내 시선을 피해 고개를 돌리는 모습에서도 느껴지고.

"당신이 어렸을 때 단 한 번도 말썽을 피우지 않고 컸다니 믿을 수 없어." 나는 사과를 씹는 사이사이에 내가 너무 깊은 질문을 할 때마다 종종 그렇듯 당신이 다시 냉랭하면서도 가식적인 표정을 지을지도 모를 위험을 감수하며 이렇게 말했어.

당신은 풀잎을 몇 개 따서 무릎 위에 놓고 그것들을 땋기 시작했어. 그런 식으로 조심스럽게 나의 시선을 피한 채 한동안 입을 다물고 있었지. 내가 한 말을 그냥 흘려버리기로 했나보다고 생각했어. 마침내 당신은 고개를 들더군. "나도 가족과 해변으로 휴가를 갔더라면 좋았을걸. 그런 여름을 보낼 수 있다면 뭐든 다 내놨을 텐데." 당신은 조용히 말했지.

나는 목을 길게 빼고 주위의 목가적인 풍경, 경사가 완만한 짙은 초록색 언덕들, 밝은 색깔의 잎이 달린 나무들 너머로 반짝거리는 호수를 둘러본 후에 당신을 애처로워하기가 좀 힘들어졌어. "엄청난 비극이군. 여름마다 이런 곳에 와서 고통받아야 했다니. 그런 후에 생일 선물로 조랑말들을 받기까지 그렇게 오래 기다려야 했고. 당신은 어떻게 그런 고통을 이기고 살아남은 거야?" 나는 우스꽝스럽게 말했지.

"그래, 그게 나야." 당신은 땋아놓은 풀잎을 휙 던져버리면서 내게 쏘아붙였지. "단 하루도 인생의 실망이란 걸 느껴보지 못한 채 버르장머리 없이 큰 인간이지."

당신은 이제 부루퉁해하면서 항상 용감하게 감추려 애썼던 자신의 연약함을 또다시 감추려 애썼어. 하지만 내 눈엔 그게 보였어. 항상 보였지. 이유는 설명할 수 없지만 눈부시게 빛나는 당신의 슬픔이.

아니, 갑자기 난 그걸 깨닫고 깜짝 놀랐어. 그건 슬픔이 아니었어. 그건 체념이었어. 끝내지 못하고, 시도하지 못하고, 보답받지 못한 것에 대한 체념. 한때는 할 수 있었지만 앞으로는 영원히 하지 않을 것에 대한 체념. 당신은 그게 아닌 다른 걸 택했으니까. 좀 덜한 것, 좀 더 안전한 것을 선택했으니까.

"또 해봐. 당신이 나를 어떻게 생각하는지 또 말해보란 말이야." 당신은 언짢아하며 말했지.

나는 반쯤 먹은 사과를 나무들 사이로 던져버리고 바지에 손을 닦았어. 그 손을 뻗어서 당신의 손에 깍지를 끼고 절대 놓고 싶지 않았지만, 그건 좋은 생각이 아니었지. 당신이 날 비수처럼 날카로운 눈빛으로 보고 있을 땐 말이야.

"내 생각에 당신이 지금 누리는 그런 특권이 어렸을 때부터 있었다면, 모든 사람의 유년기가 그렇게 편한 건 아니라는 사실을 잊기 쉬운 것 같아. 그렇다고 해서 당신이 꼭 버릇없는 아이가 된다는 말은 아니야. 하지만 바깥세상이 어떻게 돌아가는지 당신이 이해할 가능성이 적다는 뜻이지. 돈이 있는 사람들은 없는 사람들이 매일같이 해결해야 하는 시련들을 겪지 않고 살아갈 수 있거든. 당신이 사지 못하거나 해결할 수 없는 건 없잖아. 당신은 뭐든 다 가질 수 있지."

"그러니까 나랑 오후에 몇 번 만났다고 해서, 이제 나의 모든 꿈과 실망을 다 안다 이거지?" 당신은 턱을 치켜들었어. "여기 햄튼에서 보내는 모든 여름과 본머스에서 돈에 쪼들리는 한 번의 휴가를 기꺼이 바꾸겠다고 말하면 당신은 흥미가 생기려나?"

당신의 목소리에 서린 열기는 대개 당신이 언짢을 때 내뿜는 냉기와는 너무도 달라서 놀랐어. 내가 당신의 신경을 거스른 거야. 자존심은 아니고 다른 뭔가가 상한 거지. "내가 당신의 마음을 넘겨짚으려고 한 건······."

"신경 쓰지 마. 여름 이야기는 그만하고 싶으니까."

"그럼 당신 어머니에 대해 말해줘."

당신은 이상하게 조용해졌지. "왜?"

난 양심에 찔렸어. 이제부터 당신이 불편해하는 영역에 들어간다는 사실을 알고 있었거든. 그래도 당신의 비밀을 알아내기로 작정하고 계속 밀어붙였어. "아무도 그분에 대해 언급하지 않으니까. 당신도 아버지 이야기는 여러 번 했지만 어머니 이야기는 한 적 없잖아. 어머니는 어떤 분이셨어?"

당신의 눈이 어두워지더니 다시 나의 눈을 피했어. 그리고 오랫동안 아무 말도 하지 않았지. 너무 오랫동안 침묵을 지켜서 대답하지 않기로 결심했나보다고 생각했어. 마침내 당신은 여전히 나를 외면한 채 대답했지. "엄마는 프랑스인이었어."

"분명 그게 전부는 아니겠지."

당신이 심사숙고하는 동안 난 그런 당신을 지켜봤지. 내가 당신의 추억을 들을 만한 가치가 있는 인간일까? 당신의 취약한 부분을 보여줄 가치가 있는 인간일까? 마침내 당신의 표정이 부드러워졌어. 엄마 이야기를 얼마나 하고 싶었는지 얼굴에 다 보였어. 마치 그동안 누군가에게 엄마 이야기를 할 수 있는 기회를 기다렸던 것처럼 말이야.

"있지. 아주 많이 있지. 엄마는 아주 멋지고 사랑스러운 분이었어. 어딜 가건 항상 거기서 가장 아름다운 사람이었지."

"미인 중의 미인이군. 딸처럼." 나는 부드럽게 말했지.

"아니. 나랑은 달랐어. 내가 아는 그 누구와도 달랐어." 당신의 눈이 다시 어두워졌고, 생각에 잠긴 표정이 됐지. "엄마는…… 정말 특별한 사람이었어. 엄마는 마치 꿈꾸는 것 같은 분위기, 같이 있는데도 여기가 아닌 아주 멀리 있는 사람 같은 분위기가 풍겼지. 마치 우리와는 완전히 다른 세계에서 온 사람 같았어. 난 엄마의 그런 면을 가장 사랑했어. 하지만 아버지는 그것 때문에 엄마를 절대 용서하지 않았지."

"어머니가 프랑스인이라서?"

"아니. 그게 아니야. 혹은 그것만이 문제가 아니었는지도 모르고." 당신은 미소를 지었고, 어릴 적 추억에 잠긴 눈이 잠시 환하게 빛났지. "엄마와 나, 우리 둘에겐 비밀이 있었어. 아버지와 언니는 모르는 비밀. 엄마가 나에게만 해준 이야기들이 있는데, 절대 다른 사람에겐 하지 말라고 맹세하게 시켰지. 엄마는 나를 투트 프티트, 나의 작은 아이라고 부르곤 했어."

"들어보니 아주 좋은 분이었던 것 같군."

"엄마의 이름은 헬렌이었어." 그 이름을 말할 때 당신의 표정은 부드러워졌고, 그 이름은 마치 한숨을 쉬는 것처럼 나왔어. "엄마에게 완벽하게 어울리는 이름이었지. 엄마는 아주 섬세한 도자기 같았어. 아름답지만 매일 손을 대고 만져선 안 되는 그런 도자기." 당신의 눈에 있던 빛이 희미해지고 당신의 목소리에서 생기가 빠져나갔지. "내가 어렸을 때 엄마가 병에 걸렸어."

"유감이야." 내가 말했다. 정말 그랬다. 나는 이미 당신이 앞으로 무슨 이야기를 할지 알고 있었어. 이런저런 이야기를 들었거든. 그리고 골디에게만 들은 것도 아니야. 하지만 나는 물어봐야 했어. 내가 알고 있다는 사실을 당신은 알 수 없으니까. "어머니에게 무슨 일이 있었는데?"

"엄마는 아버지가 중요한 투자자들을 위해 연 연회에서 일종의 사건을 일으켰어. 그건 정말 끔찍한 광경이었지. 의사가 와서 엄마에게 진정제를 놓았지만, 다음 날 엄마는 집을 떠났어…… 병원으로. 요양소였지. 엄마는 다시는 집에 오지 않았어. 1년 후에 엄마가 죽었다는 전화가 왔어."

당신의 목소리가 흔들렸고 더는 말을 하지 않았지. 나는 그게 다가 아니라는 사실을 알고 있었지만, 더는 몰아붙이지 않았어. 대신 기다렸지. 당신이 이야기를 계속했을 때, 당신의 눈에는 미처 흘러내리지 못한 눈물이 고여 반짝이고 있었지. "엄마에게 작별 인사도 못 했어."

나는 당신의 얼굴을 가까이서 바라보면서 당신의 손을 잡고 깍지를 끼었지. "그렇게 어린 나이에 엄마를 잃다니 정말 힘들었겠다. 당신 아버지는 그 전화를 받았을 때 엄청난 충격을 받으셨겠네."

"엄청난 충격이라……." 당신은 깍지를 낀 우리의 손을 물끄러미 바라보며 내가 한 말을 뻣뻣하게 따라했지. "그래, 아버지는 분명 그랬을 거야. 엄마가 떠난 후 아버지가 한 이야기는 너무나도 지독했어. 마누라가 연회 도중에 정신을 놓아버린 것도 끔찍한데, 정신병원에서 죽은 게 온갖 신문에 실리는 건 평생 체면을 지키느라 안간힘을 쓴 남자에겐 재앙이나 다름없는 일이었으니까. 그래도 아버지는 언론을 어떻게 다뤄야 할지 잘 알고 있었어. 아내의 병으로 오랫동안 고통받던 남편이 너무나 슬프게도 홀아비가 됐다, 타블로이드 신문들이 그걸 덥석 물었지. 어쨌든 대부분의 신문사는 그랬어."

당신이 당신 아버지를 비난하는 말을 들은 건 처음이었지. 그리고 당신의 그 사나운 목소리 때문에 두 배로 놀라웠어. "당신은 아버지를 별로 좋아하지 않는군, 그렇지?"

당신은 내 질문에 움찔했어. 마치 너무 많이 말해버린 걸 그제야 깨달은 것처럼. "내 이야기는 제발 다 잊어줘. 어렸을 때 일이라 크게 상처받았거든. 난 그저 누군가 비난할 사람이 필요했어."

"당신 언니는?"

"우리 언니가 뭐?"

"언니는 그 소식을 어떻게 받아들였어?"

당신은 또다시 모호하게 어깨를 으쓱했지. "사람들은 각기 다른 방식으로 상실에 대처하지."

"언니와 친해?"

"언니가 날 키웠어." 그 말은 내 질문에 대한 답은 아니었지. "엄마가 돌아가신 후에 말이야. 언니는 그때 막 열일곱 살이 됐지만, 마치 그때까지 내내 그러기 위한 훈련을 받았던 것처럼 엄마 역할을 떠맡았어. 언니는 눈을 뜨고 있는 매 순간 아버지를 보살피고, 집안 살림을 꾸리고, 아버지가 써야 할 편지들을 쓰고, 아버지의 디너 파티를 열었지. 언니는 아버지에게 없어선 안 될 사람이 됐어."

언니에 대한 당신의 묘사에는 희미하게 불편한 분위기가 흘렀어. 노골적으로 불쾌하진 않지만 그렇다고 아주 자연스럽지도 않은 뭔가가 있었지. "좀 이상하네, 그렇지 않아? 열일곱 살짜리가 저택의 안주인 역할을 하다니. 그 나이 때 소녀들은 주간 메뉴와 손님들을 접대하는 역할을 하기보다는 주로 옷과 남자아이들에 대해 고민하지 않나?"

당신은 내 말에 미소를 지었지. 금방이라도 부서져버릴 것 같은 그 미소가 당신의 눈가에 서린 온기를 서늘하게 만들었지. "씨씨 언니는 절대 평범한 소녀가 아니야. 그렇게 어린 나이에도 의욕이 넘쳐서 아버지가 그러라고 시키면 기꺼이 수류탄 위로 몸을 던졌을 거야. 아버지는 언니에게 가끔 그런 요구를 했지. 우린 한 번도 친했던 적이 없어. 엄마가 돌아가시기 전이나 후나. 하지만 언니가 날 돌봤어. 언니는 모든 걸 돌봤지. 그런 충성심에 흠을 잡기란 어렵지."

"하지만 당신은 그렇게 보는 것 같은데."

"물론 그렇지 않아."

"여기엔 우리 둘뿐이잖아. 언니를 변호할 필요는 없어. 당신 아버지도 그렇고. 나에겐 안 그래도 돼." 나는 부드럽게 말했지.

"무슨 뜻인지 모르겠어."

"그냥 당신이 조금 방어적으로 보여서 하는 말이야. 내가 당신 언니나 아버지에 관해 물어보는 순간 당신은 입을 다물어버리지. 그러다 무심코 평소 생각을 말해버리면, 바로 아니라고 말을 뒤집고."

"우리 아버지에게 사생활 보호는 아주 중요해. 가족에 대한 충성심도 중요하고. 사실 아버지에겐 그게 전부야. 가족이 처음이자 마지막이지. 하지만 그럴 만한 이유가 있어."

"그래?"

"아버지는 돈이 아주 많은 사람인데, 그걸 싫어하는 사람들도 있거든. 그들은 아버지가 바닥으로 끌어내려지는 모습을 보고 싶어 환장할걸."

"그들이…… 누군데?"

"주로 사업상의 경쟁자들이지. 신문사들도 있고."

"내가 일하는 그런 신문사 말이지?" 난 당신에게 그 점을 상기시켜줬지. 우리는 이제 절대 방심할 수 없는 영역으로 들어가고 있었어. "왜 신문사들이 일반 시민을 끌어내리고 싶어 한다는 거야? 당신 아버지가 무슨 빌미가 될 만한 일을 했나?"

"몇 년에 걸쳐 이런저런…… 이야기들이 떠돌았지. 소문들." 당신은 그때 시선을 밑으로 떨어뜨리고 고개를 돌려버렸어. "좋은 소문은 아니야."

"어떤 종류의 소문인데?"

당신은 내가 잡고 있던 손을 빼버리고 이를 악문 채 나를 바라봤어. "당신 말투는 기자 같군."

"아니면 당신에 관해 다 알고 싶은 남자의 말투일 수도 있어."

"그래서 당신은 어느 쪽인데?"

당신이 날 찬찬히 뜯어보는 동안 그 차디찬 외면이 다시 돌아왔지. 그래도 여전히 눈이 부셨어. 태양이 당신의 광대뼈 밑에 그늘을 드리우고, 산들바람이 당신의 얼굴에 흘러내린 머리카락을 가지고 장난치는 모습은 정말 황홀했어. "후자지. 절대적으로 후자." 나는 조용히 말했지.

나는 다시 당신의 손을 잡아 깍지를 끼고, 당신에게 키스하기 위해 몸을 기울였지. 우리의 입술이 닿을 때 나에 대한 당신의 불신과 다시 불이 붙은 경계심이 느껴졌어. 그러다 당신의 입술이 서서히 열리면서 그 불신과 경계심은 녹아버렸지. 나는 당신을 그 따끔거리는 담요 위에 눕히고 머리가 아찔해질 때까지 당신에게 키스했어. 그러면서도 마음 한편으로는 우리가 다시는 돌이킬 수 없는 지점을 향해 위태롭게 달려가고 있다는 점을 실감했지. 당신이 내 여자가 아니라는 것, 당신은 또 다른 세계와 또 다른 남자에 속해 있다

◆   156

는 것을 기억하기 위해 내가 할 수 있는 것이라곤 당신에게서 몸을 떼는 것뿐이었어.

그날 날 멈추게 했던 게 바로 그 이유 때문이었다고 내가 말할 수 있기를 얼마나 바랐는지 몰라. 내가 자제력을 발휘한 이유는 고귀한 양심의 가책에 찔려서 그랬다고. 하지만 사실은 그렇지 않았어. 내가 그때 멈췄던 이유는 당신이 그걸, 나와 했던 걸 후회할 거라는 사실을 알고 있었기 때문이야. 그 후회, 당신이 언젠가는 그날 경솔한 실수를 해버렸다고 후회할 거라는 생각이 들자 퍼뜩 제정신이 들었어. 그 점과 당신이 후회하면 내가 그걸 견딜 수 없을 거라는 굳은 확신 때문에. 나중에 그 기억이 떠오르더군. 당신은 정말 나와 있었던 걸 후회했잖아, 안 그래? 내가 당신과 있었던 걸 후회했던 만큼은 아니겠지만. 친애하는 벨, 결코 그 정도는 아니었지.

영원히,
그리고
다른 거짓말들
Forever, and Other Lies
29~36페이지

1941년 9월 22일
뉴욕, 워터밀

당신이 후회를 말하다니. 다른 사람도 아니고 당신이. 마치 후회해야 할 이유가 있는 사람은 당신 하나뿐인 것처럼. 단언컨대 나도 후회할 이유가 차고 넘쳐. 그 이유는 다 당신으로 시작해서 당신으로 끝나지. 그 많고 많은 날 중에 당신이 그날 일을 입에 올릴 수 있다니, 이거야말로 놀랍군.

당신이 날 살살 구슬려서 이런저런 정보를 빼냈던 그때 말이야. 당신의 그 미소, 대단히 노련한 그 미소를 지으면서 날 유도 신문했잖아. 나에 대한 모든 걸 알고 싶다고, 알아야 한다고, 아주 세세한 부분까지 다 알아야 한다고 말하면서 말이야. 당신이 내게 마음 쓰는 척했던 그 방식. 당신이 거짓말을 하던 그 방식. 아주 노련했던 그 입술. 당신의 말들. 키스들. 다 거짓이었지. 당신은 나보고 기억하느냐고 물었지. 당연히 기억하지. 어떻게 기억하지 않을 수 있겠어?

여기엔 우리 둘뿐이잖아. 당신은 그렇게 말했지.

하지만 그건 사실이 아니었잖아, 안 그래? **그 여자도** 우리와 같이 있었지. 여러 개의 신문사를 가진 그 인심 후한 여자 말이야. 그날도 그랬고, 처음부터. 당신의 귀에 대고 속삭이고, 뒤에서 당신을 조종했지.

그 여자가 당신을 가르쳤을까? 궁금하군. 당신의 매력과 가족 이야기로 밑밥을 다지는 법을 가르쳤나? 아니면 당신의 그 거짓말들은 자연스럽게 나온 건가? 어쩌면 당신은 배우가 되어야 했는지도 모르겠어. 난 당신 연기에 완전히 넘어갔거든. 그렇지 않았다면 왜 그렇게 속내를 다 털어놨겠어? 왜 그렇게 나에게 상처를 입힐 무기들을 알아서 갖다 바쳤겠어? 우리 모두를 해치기 위해?

그건 시작에 불과했지. 그날 그 담요 위에서. 하지만, 맞아. 난 기억해. 그리고 이 글을 쓰는 지금도 궁금해. 그때 그 상황이 앞으로 어디를 향해 나아갈지, 당신이 어디로 나아갈지를 나는 왜 보지 못했는지 궁금하다고.

당신이 엄마에 관해 물어봐서 나는 몇 가지 이야기를 들려줬지. 내가 살아오는 내내 엄마는 일종의 그림자이자, 부드럽게 깜박이면서 자꾸 모습이 바뀌는 그런 이미지였지. 여기 있다가 사라지고, 다시 저기 있다가 사라지는 그런 이미지. 그래서 가끔은 내가 엄마를 상상으로 만들어낸 것 같은 느낌이 들기도 해. 하지만 그렇지 않아. 아버지가 아무리 간절하게 그게 사실이길 바라더라도 말이야. 엄마는 실제로 존재하는 사람이었어. 그리고 한동안은 나에게 온 세상과 같았지.

이게 내가 당신에게 말하지 않은 이야기들이야. 엄마에 관한 아름다운 이야기들. 당신이 물어봤을 수도 있지만 굳이 귀찮게 물어보지 않았던 것들. 당신은 그저 추악한 부분에만 관심이 있었으니까. 그리고 그걸 알아냈을 때 잽싸게 기사로 썼잖아. 그날은 당신에게 얼마나 최고의 날이었을까. 나 덕분에 당신은 얼마나 웃었을까. 멍청한 나 덕분에 말이야. 하지만 이제 당신에게 남은 이야기를 들려주지. 당신이 후회할 수 있는 인간이라고 생각해서 들려주는 게 아니야. 그러기엔 내가 당신을 너무 잘 알아. 그게 아니라 내가 알고 있던 엄마란 사람을 당신도 알기를 원해서 말해주는 거야.

내가 당신에게 우리 엄마가 미인이라고 했지. 뉴욕 최고의 미인이라고 말했던 사람들도 있어. 하지만 당신에게 이 말은 하지 않았지. 사람들이 한때는 내가 엄마를 아주 많이 닮았다고 했다는 이야기 말이야. 나는 엄마의 검은 머리와 호박색 눈동자를 물려받았고 골격도 그런 것 같아. 아마도 그래서 그 시절엔 아버지가 내 얼굴을 제대로 보지 않았나봐. 나를 보면 당신이 결혼한 젊은 여자가 떠오르니까 말이야. 하지만 엄마의 미모는 내가 따라갈 수 있는 수준이 아니었어.

난 엄마를 마망이라고 부르곤 했어. 우리 둘만 있을 때 그랬지. 아버지는 엄마가 집에서 프랑스어로 말하는 걸 좋아하지 않았어. 우리는 오후에 엄마 방에 틀어박혀 있곤 했지. 우리 둘만 말이야. 그 방에선 백합과 엄마가 목욕할 때 쓰는 크림색의 프랑스 비누 향기가 났어. 엄마는 아버지의 눈을 피해 숨겨놓은 사진 앨범을 꺼냈어.

버터 색의 매끄러운 가죽 표지에 금박으로 엄마의 머리글자가 찍혀 있었지. 엄마와 나는 같이 페이지를 넘기곤 했어. 사진 밑에 있는 설명은 내가 읽을 수 없었지. 그 글자들은 우스꽝스러웠어. 제대로 된 영어가 아니었지. 하지만 엄마는 그걸 큰 소리로 읽어주고 그 사진들에 관한 이야기를 들려줬어.

거기에 엄마가 여학생 때 찍은 사진이 있었어. 아주 뻣뻣하고 어색한 자세에 머리는 뒤로 넘겨서 어마어마하게 큰 나비 모양의 핀을 찔렀더라고. 그건 내가 좋아하는 사진이었어. 엄마 얼굴에서 내 얼굴을 볼 수 있었거든. 나중에 크면 엄마처럼 되고 싶은 마음이 간절했으니까. 하지만 거기 있는 사진들이 다 좋았어. 레사블돌론의 해변에서 보낸 휴가 사진들. 여러 개의 촛불을 켜고 가족이 둘러앉은 저녁 식사 사진들. 며칠 동안 이어진 명절 사진들. 그 사진 속에 있는 사람들은 다 웃고 있었어. 그 앨범이 어떻게 됐는지 항상 궁금했어. 씨씨 언니에게 물어보니까, 언니는 한 번도 본 적이 없다고 주장했지만, 병원에서 엄마가 돌아가셨다는 전화를 받고 얼마 후에 언니가 엄마 방에 들어가 엄마의 물건들을 뒤지고 있는 걸 봤어. 며칠 후에 몰래 엄마 방에 들어갔더니 싹 다 사라졌더라고. 엄마의 화장대 서랍들은 텅 비어 있었어. 옷장에도 아무것도 없었고. 엄마가 향수와 크림들을 놔뒀던 경대마저도 먼지 한 톨 남아 있지 않았어. 마치 엄마가 그 방에서 살았던 적이 없었던 것처럼, 엄마의 존재 자체가 완벽하게 지워진 것 같았지.

나는 그때 그 자리에서 엄마를 절대 잊지 않겠다고 맹세했어. 그게 바로 그들, 그러니까 아버지와 씨씨 언니가 원하던 것이었으니까. 엄마가 우리 인생의 일부였다는 사실을 모두 잊길 바랐으니까.

하지만 난 엄마를 기억하고 있어. 엄마의 좋은 점과 나쁜 점 모두 다.

나와 같이 있을 때 엄마는 아주 많이 웃었지만, 난 어렸을 때도 엄마의 그 쾌활함이 어딘가 이상하다는 점을 감지했어. 내색하진 않았지만, 시간이 흐를수록 점점 더 모른 척하기 힘들어졌지. 갑자기 폭풍이 몰아치는 것처럼 엄마는 울음을 터트리고, 음식은 손에 대지도 않고, 밤이고 낮이고 가리지 않고 의사가 왕진을 오고. 이 모든 증상이 갑자기 나타나면, 엄마는 마치 누군가 태양을 먹구름으로 가려버린 것처럼 온몸을 웅크리고 있었지.

한번은 주방에서 일하는 직원 하나가 하는 말을 들었는데, 그건 언니가 태어난 후부터 시작됐다고 하더라고. 의사는 그걸 **아기 우울증**이라고 불렀어. 오빠가 태어났을 때도 다시 우울증이 찾아왔지만, 아버지는 아들을 본 게 너무 행복해서 툭하면 눈물을 흘리는 엄마를 최선을 다해 참았지. 엄마가 아버지에게 그의 어린 왕자를 낳아줬으니까. 그래서 한동안은 그걸로 충분했어. 하지만 사람들이 불쌍한 어니스트 오빠를 연못에서 끌어낸 후 엄마는 끔찍한 악순환에 빠졌지. 몇 년 후 내가 태어났어. 아버지가 바라던 어니스트를 대신할 아들이 아니라 딸이었지. 엄마는 다시 우울증으로 고생했어. 아들을 땅에 묻은 후 세 번째로 찾아온 우울증은 엄마가 감당할 수 없는 고통이었지. 엄마는 다시는 회복하지 못했고 결국 더 나빠졌어. 훨씬 더 나빠졌지.

그걸 깨달았을 때가 내가 몇 살 때였는지 잘 모르겠어. 처음에는 서서히 변화가 나타났지. 사소한 변화였어. 엄마는 더는 노래하지 않았고, 잠을 많이 잤어. 어떨 땐 오후 내내 자기도 했지. 전에 해준 이야기를 다시 해달라고 하면 엄마는 너무 피곤하다고 하거나 기억이 안 난다고 대꾸했어. 하지만 이유는 그게 아닌 것처럼 느껴졌어. 마치 엄마가 두려워하는 것처럼 느껴졌어. 뭐가 두려운지는 나도 몰라. 어른들은 아무것도 두려워하지 않는 줄 알았는데. 하지만 엄마에게 인생은 너무 버거워 보였어. 엄마는 자기 방에 틀어박혀서 문을 잠그고 며칠씩 안 나왔지. 아무것도 안 먹고, 목욕도 안 하고, 아무에게도 얼굴을 보여주지 않았어. 그러다 갑자기 어느 날 아무 일도 없었던 것처럼 나오고, 햇빛은 다시 환하게 빛나는 거지. 그 시절에 사람들은 그걸 멜랑콜리아라고 불렀어.

아버지는 아무 도움이 안 됐지. 우울해하는 엄마를 도저히 참을 수 없어 해서 두 분은 항상 싸웠어. 언니는 살금살금 복도를 걸어와서 엄마의 침실 문에 귀를 대고 엿들었지. 아버지가 엄마에게 자기의 평판은 신경도 쓰지 않는다고 천둥같이 소리를 지르면, 엄마는 흐느껴 울면서 그의 아내가 되기 위해 자기가 포기한 것들을 늘어놓았지. 나도 한번은 몰래 엄마 방문 앞에 가서 두 분이 싸우는 소리를 들어보려 했지만 견딜 수가 없었어. 아버지가 엄마에게 너무 끔찍한 말을 퍼부었거든. 그때는 이해할 수 없었지만 지금은 이해하는 말들. 아버지는 엄마를 수치스러워했어. 여성으로서 그리고 인간으로서 엄마의 연약함을 수치스러워했지.

하지만 이건 헤미 당신도 아는 거고.

시간이 흐를수록 엄마의 우울증이 점점 더 잦아지고 길어졌어. 한번은 엄마가 집을 나가서 사흘 동안 돌아오지 않았어. 뉴저지에 있는 한 호텔에서 가명으로 묵고 있는 엄마를 사람들이 찾아냈지. 그때 신문사들이 얼마나 신이 났는지. 그 일이 있고 나서 아버지는 엄마의 주치의를 해고하고 여성 질환 전문가를 불렀지. 그 의사는 입이 무겁기로도 유명했어. 그는 엄마에게 우울증 약을 처방했지. 엄마는 한동안 상태가 나아져서 모처럼 기운을 낼 수 있었어. 그러던 어느 날 밤 아버지가 새 사업의 잠재적인 투자자들을 위해 아주 중요한 만찬 행사를 열었을 때였어. 그 자리에서, 그러니까 헨리 포드의 신문사인 〈미시건 인디펜던트〉와 국제적으로 유명한 유대인 인사들을 싫어하는 그 신문사의 논조에 관한 열띤 토론이 벌어진 와중에 엄마가 신경쇠약을 일으킨 거야.

난 절대 그날 밤을 잊지 못할 거야. 그러려고 정말 많이 노력했지만. 그 소란이 어찌나 시끄러웠는지 씨씨 언니와 나는 우리 방에서 달려나와 2층 층계 꼭대기에 쪼그리고 앉아서 그 일이 일어나는 걸다 지켜봤어. 얼굴이 시뻘게진 아버지가 냉혹한 표정으로 엄마를 식탁에서 데리고 나가던 모습. 아버지가 엄마를 끌고 억지로 계단을 오르는 동안 엄마가 크게 울부짖던 소리가 사방 벽에 부딪혀 반사됐지. 우리는 두 분의 눈에 띄지 않으려고 허겁지겁 도망쳤지만, 복도에 줄줄이 있던 손님 방 중 하나에 숨어서 살짝 열린 문틈으로 아버지가 엄마의 방문을 홱 열어젖혀 엄마를 거칠게 밀어 넣고 문을 잠그는 모습을 지켜봤어.

그 광경을 보자 토할 것 같았어. 엄마가 그렇게 무너진 모습을 봐서. 아버지가 엄마는 전혀 신경 쓰지 않는 모습을 봐서. 그때는 내가 이해할 수 없는 일이 아주 많았어. 하지만 언니는 이해했지. 적어도 그래 보였어. 그 소동이 다 끝났을 때 언니가 다시 살금살금 복도로 나가서 묘한 표정으로 방문 너머에 있는 엄마가 훌쩍이는 소리를 듣던 모습이 기억나. 언니의 얼굴에 떠오른 그 표정은 미소는 아니었지만, 미소에 아주 가까웠거든. 그때 아버지의 목소리가 식당에서 층계 위로 흘러들어왔지. 아버지는 손님들에게 아주 엄숙한 어조로 아들이 죽은 후부터 아내가 많이 힘들어하고 있다고 설명하고 있었어.

"그게, 아내는 자기 탓을 하고 있어요. 그건 사고였다고 아무리 설득하려 해도 아내는 자신을 용서하려 하지 않아요. 시간이 지나면 나아지길 바라고 있지만, 유감스럽게도 오히려 역효과가 난 것 같습니다. 막내가 태어난 후로 상태는 계속 나빠지기만 했으니까요."

나. 아버지는 내 이야기를 하고 있었어. 그건 내 탓이라고.

처음 듣는 말은 아니었어. 한번은 아버지가 씨씨 언니와 이야기하다가 날 낳은 건 실수였다고 하는 말도 들었거든. 하지만 낯선 사람들에게 나를 그런 식으로 말하는 걸 들으니 어쩐지 기분이 더 나빠졌어. 엄마가 신경쇠약을 일으킨 게 내 탓이라니.

식당에선 아버지를 동정하는 사람들이 중얼거리는 소리가 들렸어. 주로 여자들, 투자자들의 아내들이 하는 말이었지. 하지만 그들이 실제로 뭐라고 했는지는 알아들을 수 없었어.

"그래요." 누군가의 질문에 아버지가 이렇게 대답하는 소리가 들렸지. "그동안 힘들었죠. 하지만 내가 걱정하는 건 딸내미들이에요. 유감스럽게도 엄마의 저런 행동이 딸들에게 오랫동안 안 좋은 영향을 미칠 수 있다고 의사가 그러더군요. 그러면서 아내가 좀 쉬어야 한다고 했지만, 지금까지는 제가 거부했는데. 어쩌면 의사 말이 맞았는지도 모르겠어요."

다시 씨씨 언니의 입가에 작은 미소가 피어올랐지. 마치 마지막 남은 크림 한 입을 방금 핥아먹은 고양이 같은 표정이었어. "이제 두고 봐야지. 이제 정말 두고 봐야지." 언니가 속삭였는데, 나에게 한 말이라기보다는 혼잣말에 가까웠어.

내가 이런 생각을 했던 기억이 나. **뭘 두고 보겠다는 거야?** 하지만 언니가 돌아서서 가버렸을 때 난 아직도 울고 있었지. 손님들이 다 가고 나서 몇 시간 후에 의사가 도착했어. 다음 날 아침 구급차 한 대가 와서 엄마를 태우고 비컨에 있는 크레이그 하우스라는 곳으로 데려갔지. "엄마가 쉬기 위해서란다." 아버지가 이렇게 말하면서 일곱 살 먹은 내 머리를 토닥이는 동안, 바퀴 달린 들것에 누워 팔다리가 끈으로 고정된 채 창백한 얼굴에 눈을 깜박이지도 않은 엄마를 사람들이 내 앞으로 밀고 지나갔지.

그날 나는 너무 많이 울어서 병이 났어. 엄마의 방(우리 둘이 특별한 오후를 그토록 많이 보냈던 그 방)은 폐쇄됐지. 방문이 잠기고 열쇠는 치워졌어. 마치 엄마의 병이 다른 사람들에게 전염될까봐 아버지가 두려워하기라도 한 것처럼 말이야.

그 집, 전에도 결코 편안하고 가정적인 곳은 아니었던 집은 이제 거대한 묘로 변해버렸어. 텅 비고 너무나도 고요했던 곳. 엄마가 떠난 하루하루가 늘어나면서 난 이해하기 시작했어. 어른들이 내게 엄마를 보러 갈 거라고 했어. 일요일이면 꽃다발과 엄마가 무척 좋아하는 초콜릿을 입힌 체리 상자를 들고 차 타고 북부에 있는 엄마를 보러 갈 거라고. 하지만 그런 일은 없었어. 단 한 번도. 앞으로도 없을 것이고. 1년 후 크리스마스 전날, 엄마가 떠난 후 처음으로 맞는 크리스마스 전날 전화가 걸려왔어. 병원에서 일하는 잡역부가 그날 아침 죽은 엄마를 발견했다는 소식이었지. 엄마가 추락했고. 주위에 칼도 하나 있었고. 끔찍한 사고였다고. 하지만 그건 사고가 아니었어. 엄마가 의도한 거였지. 사람들은 그 일을 쉬쉬했어. 아무도 자살이란 말을 하고 싶어 하지 않았지. 그러면 불편해지니까. 하지만 모두 알고 있었어.

그날 당신이 내게 엄마에 관해 물었을 때 내가 말하지 않은 몇 가지가 있어. 고통스러웠기 때문이야. 사적인 이야기이기도 하고. 대신 나는 당신에게 좋은 일들에 관해 말했지. 내가 입 밖으로 낼 수 있을 만한 그런 이야기들. 하지만 그건 당신에게 충분하지 않았지. 골디에게도 그렇고.

당신은 내게 그 피크닉을 갔던 날을 기억하느냐고 물었지? 마치 회오리바람처럼 많은 일이 몰아치던 중에 유일한 그 순간, 당신이 영원할 거라고 속삭였던 그 짧은 순간, 그리고 내가 그걸 믿어버렸던 순간을 잊는 게 가능한 것처럼 말하더군. 당신이 내 손을 잡고 내가 하는 이야기를 듣다가, 내 이야기가 끝나자 더는 캐묻지 않았던 게 기억나. 생각해보니 당신은 단 한 번도 내게 그 어떤 것도 집요하게 물어보지 않았지. 하지만 그때 당신은 그럴 필요도 없었어. 원하는 걸 손에 넣는 다른 방법들이 있었거든. 난 곧 그걸 알게 됐지.

6

사람들처럼, 흉터가 가장 많은 책이 가장 충만한 삶을 살았다.
바래고, 주름지고, 먼지가 끼고, 표지가 갈라진 책들. 이런 책들이야말로
우리에게 들려줄 최고의 이야기와 가장 현명한 조언을 품고 있다.
−애슐린 그리어(오래된 책들의 치유자)

애슐린

1984년 9월 29일
뉴햄프셔, 포츠머스

자살.

애슐린이 그 책을 덮어서 한쪽으로 치워놨을 때, 그 단어가 마치 치통처럼 욱신거리면서 노출된 신경이 다시 깨어난 느낌이 들었다. 윌라 그리어처럼, 헬렌도 자기 삶을 끝내기로 **선택했고,** 자기 딸들보다 죽음을 **선택했다.** 사고가 아니라 의식적이고 의도적인 선택.

애슐린은 그런 종류의 상실, 사랑하는 사람이 작별 인사도 하지 않고, 미안하다는 말도 하지 않고 떠나버렸을 때 남겨진 사람의 마음에 구멍이 뻥 뚫리는 게 어떤 느낌인지 겪어봐서 잘 알고 있다. 애슐린은 또한 벨이 피크닉을 갔던 날, 왜 헤미에게 그런 자세한 정황

은 밝히지 않았는지 그 이유도 이해했다. 부모, 그것도 엄마가 그냥 생을 끝내기로 선택했다는 사실을 인정하는 게 수치스럽기 때문이다. 그건 엄마에겐 딸인 내가 같이 있을 만한 가치가 없음을, 딸을 위해 어떻게든 살려고 싸울 만한 가치가 없다는 점을 인정하는 뜻이기도 하니까. 애슐린과 벨에겐 이제 그런 공통점이 생겼다. 아무에게도 말하고 싶지 않은 클럽의 일원이 된 것이다. 자기 하나만으로는 충분하지 않았다는 사실을 감당하며 살아야 하는 생존자들의 클럽.

그녀의 엄마가 항암 치료를 거부한 것은 수동적인 선택이며, 심지어 어떤 사람들은 그걸 신의 뜻을 받아들인 고귀하고 금욕적인 선택이라고 말하기도 했다. 반면 아버지의 선택, 그러니까 턱 밑에 엽총을 대고 방아쇠를 당긴 건 그의 아내를 데려간 신을 노골적으로 비난하는 행위라고. 아버지가 엄마를 좋아해서가 아니라, 자기 거라 생각한 걸 속임수로 빼앗겨버렸기에 한 일이니까. 신의 그런 행동은 응징하지 않을 수 없었다. 그래서 아버지는 사다리를 타고 다락으로 올라가, 손가락을 움직여, 자기 딸을 고아로 만들어버렸다.

하느님에게 본때를 보여주려고.

아버지는 자신의 결정이 딸에게 어떤 영향을 미칠지, 그런 이기적인 행동 하나가 얼마나 깊은 흉터를 남길지 전혀 고려하지 않았다.

하지만 헬렌에게 자살은 달랐을지도 모른다. 그녀는 강제로 가족과 떨어지게 됐고, 정신병으로 고통받았던 것처럼 보인다. 아마 그런 상태에서는 다른 사람의 감정을 고려할 만한 능력이 없었을 것이다.

멜랑콜리아, 벨은 아기 우울증을 그렇게 불렀다. 지금은 산후 우울증이라고 하지만 용어가 중요한 건 아니니까. 이야기를 들어보니 헬렌의 증상은 심각했고, 아이를 낳을 때마다 계속 더 나빠진 것처럼 보였다. 거기다 남편은 무정하기만 하고 아들까지 죽었으니 엄청난 불행이 일어날 만도 했다.

하지만 이번 독서에서 헬렌이 죽은 방법만 드러난 건 아니었다. 그녀는 이제 이름, 적어도 〈후회하는 벨〉을 쓴 작가의 별명을 알게 됐다. 헤밍웨이를 줄여서 부르는 헤미. 그것도 여전히 교묘한 위장이긴 하지만, 적어도 이제 그녀는 그를 뭐라고 부를지 알게 됐다. 그리고 피크닉에서 그들이 나눈 대화에 관한 그의 묘사는 흥미로웠다. 부분적으로는 벨을 심문하는 분위기가 풍겼고, 부분적으로는 유혹의 기미도 풍겼다. 게다가 그는 둘 다 능숙했다.

벨은 자기를 구슬려서 이런저런 것들을 알아냈고 노련한 미소로 그녀를 꼬드겼다고 헤미를 비난했다. 하지만 그는 이미 그런 사실들을 다 인정한 것이나 마찬가지였다. 자기에겐 이면에 숨은 동기들이 있다고 암시하고, 심지어 그게 악명 높은 골디와 관련이 있을지도 모른다는 점까지 시사했다. 하지만 가끔 심적 갈등을 겪고 있는 듯한 말을 했다. 마치 다른 사람이 계획한 배신에서 자기는 어쩔 수 없이 따라가고 있다는 느낌이랄까. 그 배신이 결국 둘을 갈라놓았을까? 그렇다면, 어떻게 헤미는 벨이 자기를 배신했다고 주장할 수 있지?

애슐린이 일어났을 때 그런 의문들이 계속 마음속에서 울려 퍼지고 있었다. 그랬다가 무심코 오래된 시계를 힐끗 올려다봤을 때 6시인 걸 알고 깜짝 놀랐다. 허리와 목이 이렇게 뻣뻣해진 것도 무리가 아니었다. 그녀는 점심을 먹은 후 걸상에 앉아 시간 가는 줄도 모르고 책에 빠져 있었다.

가끔 이런 일이 있었다. 손님 하나 오지 않은 채 오후가 휙 지나가버리는 일. 특히 오늘처럼 날씨가 안 좋을 때 그렇다. 종일 차가운 빗방울이 떨어져서 쇼핑객들이 쇼핑몰을 비롯해 실내로 몰려가는 날. 이렇게 장사가 안 되는 날에는 밀렸던 책 장정을 하지만, 어젯밤에 〈오래된 시계의 비밀〉의 접지들을 새로 만드느라 늦게까지 일했으니 이렇게 카운터 뒤 걸상에 앉아 〈영원히, 그리고 다른 거짓말들〉을 무릎에 올려놓고 읽어도 될 듯했다.

〈후회하는 벨〉은 애슐린의 손이 닿는 곳에, 그러니까 제 짝과 멀리 떨어지지 않은 곳에 있었다. 이제 그녀는 이 두 권의 책을 한 쌍, 커플로 생각하게 됐다. 그것은 그녀가 생각해도 이상한 생각이긴 했지만, 그녀의 마음속에서 이 두 권의 책은 떼려야 뗄 수 없는 관계였다. 마치 헤미와 벨처럼. 서로가 상대의 반쪽인 관계.

하지만 책을 읽으면 읽을수록 더 많은 의문이 생겼다. 헤미는 벨을 아주 깊게 그리고 절망적으로 사랑하고 있었고, 벨도 같은 마음이었다고 애슐린은 확신했다. 그런데 둘은 어쩌다 그렇게 서로에게 깊은 상처를 주면서 헤어지게 됐을까?

하지만 자신의 재앙과도 같았던 결혼 생활을 돌아보면 그걸 또 굳이 물어야 하나 싶기도 했다. 사랑에는 항상 불균형이 존재하지 않나? 부모, 자식, 형제자매, 연인, 그 어떤 관계든 항상 한쪽이 다른 한쪽보다 더 마음을 쓰고, 자기의 힘을 기꺼이 넘겨줘서 자신이 작아지게 만든다. 사랑받기 위한 대가로. 애슐린은 항상 더 자발적으로 마음을 쓰는 쪽이었다. 부모에게도, 남편에게도.

다니엘.

둘은 뉴햄프셔 대학교에서 만났다. 그녀는 문학 전공 학생이었고, 다니엘은 그녀가 들었던 한 수업의 조교였다. 석사 코스를 밟으면서 작가를 꿈꾸던 그는 항상 재능이 있는 젊은 학생에게 멘토 역할을 하길 좋아했다. 그 학생이 예쁜 여자일 경우에만 그랬지만. 그는 다 갖추고 있었다. 운동선수 같은 몸매에 말도 안 되게 섹시한 미소와 폭풍이 몰아치는 하늘 같은 색의 눈동자가 대학교라는 윤이 나는 포장지 안에 들어 있었다.

둘은 수업이 끝난 후 만나서 커피를 마시기 시작했다. 표면적으로는 그녀의 글에 대해 이야기를 한다고 했지만. 커피가 와인으로 발전하고, 와인이 침대로 이어졌다. 6주 후 그녀는 할머니 집에서 나와 다니엘의 호화로운 복층 아파트에서 살게 됐다. 6주 후 둘은 결혼했고, 다니엘이 설득해서 그녀는 학교를 그만두고 프랭크 아저씨 서점에서 종일 일하게 됐다. 다니엘이 글쓰기에만 전념할 수 있도록 뒷바라지하기 위해. 그는 소설을 쓰고 있는데 이 작품이 문학계를 단번에 사로잡을 것이고, 결국 그 소설 덕분에 더는 학교에서 가르치지 않아도 될 것이라고 주장했다.

애슐린은 다니엘이 소설을 다 쓸 때까지 대학교 졸업을 미루는 건 괜찮았지만, 그가 마침내 소설을 끝내고도 몇 달 동안 다시 수업을 맡으려는 기미가 보이지 않았을 때 이제 자기도 학교에 돌아가야 하지 않겠냐고 넌지시 말했다. 다니엘은 그녀의 제안을 단호하게 거부했다. 그가 쓴 원고가 출판사에 팔리기 전까지는 그녀가 서점에서 최대한 오래 일해야만 그가 여러 출판사에 투고하는 데 집중할 수 있다고 했다.

그러나 그의 원고는 팔리지 않았다. 그리고 매번 또 다른 거절 편지가 도착할 때마다 다니엘은 그녀를 탓할 이유를 지어냈다. 그의 소설이 거절당한 건 절대 그의 원고 때문이 아니고, 그의 실패도 아니라고. 그건 항상 그녀의 잘못이었다.

그러다 언제부턴가 그는 성적 매력이 넘치는 매리베스와 밤늦게까지 시간을 보내기 시작했다. 매리베스의 작품은 **아주 신선하지만 지도가 필요하다**고 했다. 그의 지도. 애슐린이 그에게 지금 그녀를 대신할 새 여자를 준비하고 있는 거냐고 솔직하게 묻자, 다니엘은 괜한 히스테리를 부린다고 또 애슐린을 비난했다. 하지만 그것도 그의 행동 패턴의 일부였다. 아무리 상대의 말에 부합하는 증거가 나와도 무조건 부인하고, 가스라이팅하고, 상대의 마음을 조종하고, 형세를 역전시키고. 그는 회피와 왜곡의 달인이었다.

물론 다른 학생들에 대한 말, 수런거림도 들렸다. 한 학생은 다니엘이 헤어지자고 했을 때 물에 빠져 죽어버리겠다며 협박했다는 말도 있었다. 또 다른 학생은 아이를 낙태하고 말없이 학교를 떠나는 대가로 거액의 수표를 받아 갔다. 애슐린은 그런 이야기를 들었을 때는 다 아닐 거라고, 그저 교정에 떠도는 헛소문으로 치부했다. 그러다 어느 날 오후 일찍 퇴근해서 집에 왔는데 매리베스와 다니엘이 부엌에서 달걀 요리를 같이 만들고 있는 광경을 목격했다. 다니엘은 잠옷 바지만 입고 있었고, 매리베스는 애슐린이 다니엘에게 크리스마스 선물로 사준 브룩스 브라더스 가운만 입고 있었다. 그녀의 머리는 샤워한 지 얼마 안 돼서 아직도 축축하게 젖어 있었다.

예상대로 다니엘은 그녀 탓을 했다. 자기를 충분히 지지해주지 않았고, 재능도 부족하고, 여성적인 면도 부족하다고. 다니엘이 그렇게 비난을 퍼붓는 와중에 애슐린은 자신의 모습이 엄마와 똑같다는 소름 돋는 사실을 깨달았다. 엄마처럼 상대에게 항상 당하고도 가만히 있는 호구이자 피해자, 인생에 실패해서 분노한 남자의 감정적 샌드백이 된 것이다.

애슐린은 그날 밤 커다란 손가방 하나만 들고 그곳을 나왔다. 그녀는 그저 그 결혼이 끝나길 바랐다. 하지만 다니엘에겐 끝난 게 아니었다. 아니, 거의 끝난 것도 아니었다. 다니엘이 어떻게든 그녀를 벌줄 방법을 찾아낼 거라는 사실을, 자신이 최후의 한마디를 하는 사람이 될 방법을 기어코 찾아낼 거라는 사실을 알았어야 했는데. 애슐린은 그의 진정한 모습을 너무 늦게 알아차렸다. 자신이 원하는 걸 가질 수 없으면 기꺼이 둘 다 망가뜨리려 하는 잔인하고 계산적인 남자.

그는 거의 성공할 뻔했다.

희미해지는 햇살 속에서 그녀의 손바닥에 있는 흉터가 눈부시게 하얗게 반짝였다. 그녀의 오른손바닥에 있는 생명선을 완벽하게 반으로 가르는 초승달 모양의 흉터. 그녀의 인생이 이제 다니엘 전과 다니엘 후로 양분된 것처럼 보이는 걸 생각하면 적절한 흉터이기도 했다. 최근에 이 흉터가 꽤 신경 쓰였다. 잠잠하다가 느닷없이 통증이 화르르 일어나기도 했다. 그게 벨과 헤미의 책에서 나온 메아리들과 어떤 관계가 있지 않나, 하는 의문이 들기도 했다. 마치 소리굽쇠에서 나오는 진동처럼, 이 책들이 그녀의 상처를 감지하고 고통이 동기화되는 건 아닌가 하는 생각이 들었다.

어쩌면 이제는 좀 뒤로 물러나 일에 집중하면서 이 책들에 대한 집착이 좀 식도록 놔둘 때가 아닌가 싶었다. 아니면 책을 읽지 않는 방법도 있다. 애슐린은 휴가에 맞춰 발행할 뉴스레터를 작성해서 출력한 후에, 크리스마스에 맞춰 거트루드의 책을 장정하는 작업을 끝내는 것에 에너지를 집중할 필요가 있었다.

그녀는 의자에서 몸을 일으켜 가게 문을 잠그려고 가게 앞으로 향했다. 가면서 이런저런 표지판들을 다시 정리하고, 책꽂이에 꽂힌 책들을 바로 세우고, 오늘 저녁은 뭘 먹을지 고민하기 시작했을 때 가게 문에 달린 종이 짤랑짤랑 흔들리는 소리가 들렸다.

그녀는 끙 소리가 나오려는 걸 억눌렀다. **오후 내내 손님이 하나도 안 오더니 문 닫으려니까 온단 말이지.** "죄송합니다." 그녀는 앞문으로 다가가면서 말했다. "죄송하지만 영업 끝났습니다. 이제 막 문을 잠그려던 참이었어요."

빗물에 얼룩진 파카를 입은 남자가 가게 문 근처에 있는 공짜 유인물을 꽂아놓은 받침대 옆에서 고개를 들었다. 30대로, 키가 크고 날씬하며, 옅은 초록색 눈동자에, 비에 젖지 않았다면 옅은 갈색이었을 것으로 보이는 색의 머리를 짧게 깎은 남자였다. 그는 그녀가 발행하는 뉴스레터를 한 부 들고 있었다. "**오래된 책들의 치유자**라. 영리한 제목이네요. 당신이 낸 아이디어인가요?"

애슐린은 의도적으로 그녀의 말을 무시한 것처럼 느껴지는 남자의 태도에 당황했다. "맞아요. 고맙습니다. 하지만……."

"당신의 사진도 잘 나왔군요."

"감사해요. 하지만 좀 전에 말한 것처럼 영업 끝났습니다. 뭔가 특별한 책을 찾으신다면 내일 아침 9시에 다시 문을 열 테니까……."

남자는 뉴스레터를 다시 받침대에 올려놓고 두 손을 주머니에 찔러넣은 채 책방 안을 둘러봤다. 그는 처음에 생각했던 것보다 훨씬 젊어 보였다. 조금은 거북해하는 태도였지만, 비를 맞고 머리는 형클어졌어도 미남이었다.

애슐린은 억지로 미소를 지으며 다시 말했다. "뭔가 특별한 책을 찾으신다면, 제목이나 저자를 알고 계시면 제가 손님의 성함과 전화번호를 받아놨다가 내일 전화할게요."

그는 그녀를 담담한 눈빛으로 바라봤다. "당신은 이미 제 번호를 갖고 있는데요. 우린 며칠 전에 통화했어요. 전 이선 힐라드라고 합니다. 여기가 몇 시에 닫는지 몰랐지만, 한번 와봤어요. 그 책들을 볼 수 있을지 궁금해서."

애슐린은 놀라서 눈을 깜박이면서 그를 멍하니 바라봤다. 전에 통화했을 때는 전혀 관심 없는 목소리였는데. "그 책들을…… 본다고요?"

"네, 읽어보려고요."

그의 갑작스러운 변심에 애슐린의 마음속에서 비상벨이 울렸다. 책을 돌려달라고 요구하러 왔나? "그 책들이 아주 큰 가치가 있다는 인상을 받으셨다면, 힐라드 씨."

"이선입니다." 그가 말허리를 잘랐다. "그리고 돈 때문에 온 건 아니에요. 요전에 통화하고 나서 벨이란 이름이 계속 머릿속에서 맴도는데 이유를 알 수 없었어요. 그러다 어제 기억났어요. 나에게 이모가 한 분 있으세요. 사실 정확히 말하면 이모할머니시죠. 우리 아버지의 어머니와 자매이신데. 그분의 본명은 마리안이지만, 우리 부모님이 그분에 대해 말씀하실 때 벨이란 이름이 몇 번 나온 기억이 나더군요."

애슐린은 자신의 맥박이 빨라지는 게 느껴졌다. "마리안이요." 그녀는 천천히 그 이름을 되뇌었다. 마치 그 말의 무게를 시험해보는 것처럼. "벨이 선생님의 이모할머니인 마리안이라고 생각하시는 거예요?"

"나도 잘은 모르겠어요. 하지만 아버지가 돌아가셨을 때 서재에 그 책들이 있었고, 벨이 딱히 흔한 이름은 아니잖아요. 그래서 왔어요. 그 책들을 한 번 보면 그 사람이 우리 이모할머니가 맞는지 아닌지 알 수 있을 것 같아서. 그 책엔 내가 아는 이름들, 그러니까 우리 가족의 이름이나 내가 알아볼 만한 장소들이 있을지 모르니까."

벨과 헤미가 실존 인물일지도 모른다는 그녀의 느낌을 확인할 수 있다는 생각에 그녀의 혈관에 아드레날린이 넘쳐흐르기 시작했다. 어쩌면 그녀가 그의 시간을 좀 절약해줄 수 있을지도 모른다. "골디란 이름은 아는 이름인가요?"

이선은 잠시 생각하다가 고개를 흔들었다. "아니요."

"여자인데요. 신문사를 여러 개 가지고 있고." 애슐린이 한 번 찔러봤다.

그는 다시 고개를 흔들었다. "들어본 적 없어요. 하지만 난 이모할머니를 알고 지낸 적이 없으니까, 할머니의 친구들 이름을 알아볼 가능성도 없죠."

"골디가 벨의 친구라고는 말할 수 없겠지만, 두 권의 책에 다 골디란 이름이 나와요. 책의 내용으로 봐서 그녀는 헤미의 상사였어요."

이선은 멍한 얼굴로 그녀를 바라봤다. "헤미가 누구죠?"

애슐린의 흥분이 사그라들었다. 그가 이 이름을 알아보길 바랐는데. "그 사람은 〈후회하는 벨〉의 저자예요. 그건 그의 본명이 아니에요. 그냥 벨이 그 사람을 그렇게 불렀어요. 헤밍웨이를 줄여서 헤미라고 부른 거죠. 그 사람은 작가니까. 골디도 별명 같아요. 다만 그녀의 정체를 곧 알아낼 수 있기를 바라고 있어요. 그렇게 되면 헤미의 이름도 밝힐 수 있을지 몰라요. 그 사람이 골디의 신문사에서 기사를 썼으니까. 헬렌은 어때요? 이 이름을 듣고 떠오르는 기억은 없나요?"

"아뇨. 그 사람은 누군데요?"

"벨의 엄마요. 적어도 벨은 자신의 엄마를 그렇게 불렀어요. 헬렌은 당신의 증조할머니가 되겠네요. 당신 아버님의 할머니니까요. 헬렌이란 분은 벨이 어렸을 때 돌아가셨어요…… 벨의 말에 따르면 자살이었다고 하더군요. 벨의 가족은 그걸 숨기기 위해 최선을 다한 모양이고요." 그녀는 거기서 말을 멈추고 이선의 무표정한 얼굴을 바라봤다. "이 중 하나도 들어본 적 없어요?"

이선은 고개를 흔들었다. "아뇨. 하지만 듣고 보니 매닝 가가 할 만한 일처럼 보이긴 하는군요."

애슐린은 눈을 깜박였다. "누구요?"

"우리요." 그는 간단하게 대답했다. "매닝 가와 힐라드 가. 우리 아버지 성은 힐라드이고, 할머니는 결혼하기 전까지 매닝이라는 성을 썼거든요. 헬렌의 남편 이름이 뭔지 알아요?"

애슐린은 어깨를 으쓱했다. "벨이 한 번도 언급하지 않았어요. 별명조차 쓰지 않았죠. 적어도 내가 지금까지 읽은 부분에선 안 나와요. 내가 아는 거라곤 그는 갑부이자 일종의 폭군이었어요. 벨이 아버지를 두려워한 듯한 부분도 몇 번 나왔어요."

이선은 가늘어진 초록색 눈동자로 그녀를 찬찬히 바라봤다. "당신은 마치 그녀를 아는 사람처럼 말하네요."

애슐린은 고개를 돌려버렸다. 그걸 어떻게 그녀가 설명할 수 있겠는가? "그 책들을 읽어보시면⋯⋯."

"그래서 이렇게 여기 왔잖아요. 그것들을 읽어보러. 적어도 한 번 보려고요."

"그렇군요. 물론이죠." 애슐린은 카운터에 있는 책들을 집어들고 이선 옆을 돌아서 가게 문을 잠그러 갔다. "가게 뒤쪽에 우리가 책을 읽을 수 있는 편한 의자가 두 개 있어요."

"아, 당신을 계속 가게에 있게 하고 싶진 않아요. 그냥 이 책들을 집에 가져갈게요."

애슐린은 이 책들이 책방을 나간다는 생각에 순간 공황이 몰려왔다. 만약 그가 그 책들을 돌려주지 않기로 결심하면 어쩔 건가? "괜찮으시다면 이 책들은 여기 계속 있었으면 하는데요. 하지만 원하시는 만큼 여기 계셔도 됩니다."

이선은 놀란 듯 보였다. 하지만 그게 그녀가 가게 문을 닫고 여기 계속 머무르라고 제안해서 그런 건지, 아니면 책을 내주기 꺼려서 그런 건지는 알 수 없었다. "좋아요, 정 그러시다면." 그는 파카를 벗으며 말했다.

애슐린은 그 책들을 품에 안은 채 그를 가게 뒤쪽으로 안내했다. 이선은 몇 걸음 떨어져서 따라오면서 가끔 노출된 벽돌 벽과 주석 타일이 박힌 천장을 살펴봤다. "여긴 꽤 근사하군요." 마침내 애슐린을 따라잡았을 때 그가 말했다. "아버지는 이런 오래된 가게들을 사랑하셨어요. 여기도 꽤 오래된 곳 같은데. 가업인가요?"

애슐린은 프랭크 아저씨를 떠올리며 싱긋 웃었다. "아뇨. 하지만 나는 여기서 자란 셈이에요. 원래 주인이 내가 어렸을 때 여기서 놀게 해주셨어요. 책을 가져가는 대가로 심부름도 시키고. 좀 더 나이가 들었을 때는 여기서 일하면서 고등학교와 대학교에 다녔어요. 아저씨가 몇 년 전에 돌아가셨을 때 이 가게를 물려주셨죠."

이선의 눈썹이 치켜 올라갔다. "아주 관대한 분이셨네요."

"아저씨에겐 가족이 없었어요. 내가 가족이었죠."

"그래도요."

애슐린은 고개를 끄덕였다. "아저씨는 아주 좋은 분이셨어요. 아직도 아저씨가 그리워요."

어색한 침묵이 흘렀고, 그들은 잠시 가만히 서서 서로를 물끄러미 바라봤다. 애슐린은 책들을 끌어안고 있었고, 이선은 한쪽 어깨에 파카를 걸치고 있었다. 마침내 그녀가 꼭 끌어안고 있는 책들을 가리키며 그가 입을 열었다. "그게 그 책들인가보죠?"

"아, 죄송해요. 맞아요. 여기 앉도록 하죠. 왼쪽에 있는 의자에 앉으세요. 그게 더 편해요."

이선은 의자를 힐끗 보더니 다시 애슐린을 봤다. "난 혼자서도 괜찮으니까. 할 일이 있으면 하세요."

"저도 괜찮아요." 애슐린은 창가에 있는 의자에 앉으며 대꾸했다. "어쨌든 사실 저도 책을 읽을 계획이었으니까요."

이선은 재킷을 의자 등에 걸쳤다. "그렇군요. 고마워요."

"이걸 어떻게 하고 싶으세요?"

"이걸 해요?"

"바로 벨의 책을 읽으시겠어요? 아니면 헤미의 책으로 시작하겠어요? 이 책이 먼저 나왔으니까요. 내가 읽어보니까 두 책을 교대로 읽어보면 양쪽의 입장을 대충 느끼겠더라고요."

"내가 양쪽의 입장을 느낄 필요는 없죠. 난 그저 우리 이모할머니

180

가 두 번째 책을 썼는지 알고 싶은 것뿐이니까요."

"만약 그랬다면요?"

그는 어깨를 으쓱했다. "그럼 그런 거죠 뭐."

"아뇨. 내 말은, 그러면 이 두 권의 책은 어떻게 되나요? 둘 다 다시 가져가고 싶으실까요?"

그는 다소 놀란 표정으로 그녀를 바라봤다. "내가 그런 이유로 여기 왔다고 생각해요? 이 책들을 다시 가져가려고?"

"전 그저 이 책들이 당신 가족에 관련된 것이라면 그럴지도 모른다고 생각해서……."

그는 여기선 절대 편해질 수 없는 것처럼 허리를 꼿꼿이 펴고 의자에 앉았다. "우리 부모님이 제 가족이죠. 우리 가족은 거기서 끝난 셈이고."

"미안해요. 내 말은 그런 의미가……."

"신경 쓰지 말아요. 힐라드 가 사람들과 매닝 가 사람들은 가족에 연연하지 않아요. 적어도 다른 가족처럼 끈끈하지 않다는 말이에요. 우리는 명절에 만나서 서로 따뜻하게 대하면서 얼근하게 술을 마시거나, 촛불을 끄고 선물을 개봉하고 그런 거 안 해요. 우리가 공유하는 거라곤 자산 계획과 유언장 공증 변호사들뿐이죠. DNA 몇 가닥을 포함해서."

"그래서 이모할머니를 한 번도 만나지 못한 거예요?"

그는 고개를 끄덕였다. "모종의 불화가 있었던 셈이죠. 이모할머니의 자식들이 우리 집에 왔을 때 한 번 보긴 했지만, 오래 있진 않았어요. 그 사람들 이름도 기억 안 나요."

"혹시 이모할머니가 아직 살아 있는지 아세요?"

"몰라요. 아버지가 돌아가셨을 때 이모할머니에게선 아무 연락도 오지 않았으니까. 하지만 나도 연락하려고 하지 않았고. 왜요?"

"나도 두 권의 책을 끝까지 읽진 않았지만, 지금까지 읽은 부분은 굉장히 사적인 내용으로 느껴졌거든요. 만약 벨이 정말 당신의 이모할머니고 아직 생존해 계신다면 자신의 연애 이야기가 낯선 사람의 손에 들어가는 걸 꺼리실지도 모르니까요. 생각해보니, 부친은 어떻게 그 책들을 보유하게 된 걸까요?"

"나도 모르죠. 아버지와 마리안 할머니는 전에 사이가 가까웠대요. 이모가 예뻐하는 조카, 뭐 그런 거죠. 하지만 결국엔 소식이 끊어졌죠. 어쩌면 그 책들은 선물이었는지도 모르죠."

애슐린은 그 가능성을 재빨리 배제했다. 여자들은 대체로 그런 사적인 정보를 조카들과 공유하지 않는 법이다. 아무리 **예뻐하는** 조카라고 해도. "혹시 그분의 주소를 알 만한 분은 없을까요? 아니면 전화번호라도?"

"없을걸요. 마지막에 들은 바에 따르면, 마리안 할머니는 우리 가족에게 환영받지 못하는 사람이었다고 하더군요. 지금 살아 계신다 해도 우리 가족과 연락하고 지내진 않을 거예요. 사실 우리 아버지가 이모할머니가 연락하던 유일한 가족이었으니까. 할머니는 느닷없이 한 번씩 연락하셔서 아버지와 만나거나, 아버지 생일에 축하 카드를 보내곤 하셨지만, 시간이 좀 흐른 후엔 그것마저 끊겼어요. 이유는 모르겠지만, 난 한 번도 묻지 않았죠. 어쨌든 우리, 책을 읽긴 읽을 건가요? 이 대화 자체가 아무 의미 없을 가능성이 아주 큰데요."

애슐린은 고개를 끄덕였다. "어떤 책을 먼저 읽으실래요?"

"벨의 책부터 보죠. 운이 좋으면 얼마 안 걸리겠죠. 엄밀히 말해 실패한 로맨스는 내 취향이 아니니까."

애슐린은 그에게 〈영원히, 그리고 다른 거짓말들〉을 건네준 후에 자신이 중요한 정보 한 가지를 빠뜨렸음을 깨달았다. "책 두 권 모두 표지에 문구가 적혀 있었어요. 하나는 벨이 적고 하나는 헤미가 적은 건데. 사실 두 권에 적힌 문구를 같이 봐야 해요."

그는 책에서 고개를 들었는데 조금 짜증이 난 표정이었다. "그건 왜죠?"

애슐린은 자신도 짜증이 난 얼굴을 감추기 위해 입술을 깨물었다. 이 사람은 그녀가 만난 사람 중에 가장 호기심이 없는 사람이 분명했다. "그게 이 이야기가 시작된 이유니까요. 들어봐요……." 그녀는 무릎에 펼쳐놓은 〈후회하는 벨〉을 획획 넘겨서 헤미가 분노에 찬 필체로 적어놓은 문장을 읽었다. "어떻게, 벨? 그 모든 일을 겪고서…… 어떻게 당신이 그럴 수 있어?" 애슐린은 고개를 들어 이선의 눈을 똑바로 바라봤다. "그는 그녀를 향해 이 문구를 쓴 거예요. 비난이자 질문이죠. 당신이 들고 있는 그 책에서 벨이 이 질문에 대한 답을 적어놨어요. 읽어보면 내 말이 무슨 뜻인지 알게 될 거예요."

이선은 그 구절이 나온 페이지를 펼쳐서, 책을 한 손에 받치고 읽었다. "어떻게??? 그 모든 일을 겪은 후에…… 당신이 내게 그걸 물을 수 있어?" 그는 위를 힐끗 올려다보면서 고개를 끄덕였다. "오케이, 무슨 뜻인지 알겠어요."

"다 그런 식이에요. 마치 두 사람이 글로 논쟁하는 것처럼 질문하고 답하는 식으로 내용이 흘러가요."

이선이 그녀에게 딱딱한 미소를 지어 보였다. "괜찮다면 나 혼자 한동안 읽어볼게요. 익숙하게 느껴지는 부분이 있는지 보겠어요."

그는 지금 애슐린에게 자기가 책을 읽을 수 있도록 입을 다물어달라고 말하고 있다. 그건 공평한 요구이기도 했다. 애슐린은 그가 서점에 들어온 후부터 내내 꼬치꼬치 캐물어가면서 이미 그녀에게 잘 모른다고 대답했던 질문을 계속 추궁하고 있었다. 계속 이런 식으로 나오면 이선이 도망쳐버릴 텐데. 그녀에겐 그가 필요하다.

애슐린은 다시 헤미가 쓴 문구로 관심을 돌렸다. 그 말 자체가 아니라(그녀는 이미 첫날에 이 문장을 외워버렸다), 종이 위에 펜으로 깊숙이 눌러쓴 날카롭고 들쭉날쭉한 모양, 마치 상처처럼 보이는 필체를 바라봤다. 문제는 왜냐는 것이다.

후회하는 벨
Regretting Belle

40~47페이지

1941년 11월 4일
뉴욕, 뉴욕

　발각될 위험은 항상 존재했지. 나보다는 당신에게 더 위험하겠지만, 그런 일이 일어나면 골디가 내게 얼마나 화를 낼지도 나는 통렬하게 의식하고 있었어. 상황이 상황이니만치 골디는 내가 자주 오랫동안 점심을 먹으러 나가자 수상쩍어했고, 마치 내가 꾀병을 부리는 학생이라도 되는 것처럼 감시하기 시작했어. 우리 둘 다 알리바이를 대는 게 점점 더 힘들어졌고, 둘이 만나기도 어려워졌지.

　그래도 우리는 어떻게든 만났어. 현실과 우리가 가져선 안 될 것들에서 잠시 격리돼서 위태로운 반쪽짜리 인생을 살기 시작한 거지. 우리는 그 시절이 영원할 것처럼 굴었지만, 날이 점점 짧아지고 겨울이 오면서 상황이 변했어. 그걸 우리는 항상 알고 있었지만 말이야.

우리의 상황이 언제 변했는지 콕 집어서 말하기는 어렵지만, 변화를 불현듯 너무나도 선명하게 알아차린 날은 기억나.

그날은 11월의 몹시 추운 화요일이었어. 하늘은 백랍 같은 빛깔이었지. 금방이라도 눈이 퍼부을 것 같은 기미가 풍겼어. 당신은 그날 언니에게 오전 내내 두배리에 있을 거라고 말했지. 그 시즌에 맞춰 당신이 주문한 새 드레스를 가봉한 것을 보러 간다고 말이야. 하지만 가봉은 1시간도 안 돼서 끝내버리고, 당신이 윌리엄 바스만 상점 밖에서 빈둥거리면서 팔찌들이 화려하게 진열된 진열창을 보며 감탄하는 척하고 있을 때 내가 우연히 차를 몰고 와서 연석에 차를 댔지.

당신은 언니에게 댄 알리바이에 무게를 실어주기 위해 장갑을 한 켤레 샀고, 그걸 넣은 쇼핑백이 당신의 팔꿈치 안쪽에 대롱대롱 매달려 있었지. 우리는 순전히 우연으로 마주친 척했지. 다만 그때쯤 우리는 시내 곳곳에 있는 다양한 곳에서 그런 식으로 많이 만났어. 당신은 핑계를 지어내는 기술에 꽤 능숙해졌지. 하지만 당신은 그때도 팜므파탈을 연기하기에, 완벽한 여배우가 되기에, 매년 영화제에서 시상하는 그 황금 조각상을 받을 만한 연기력을 타고난 사람이었잖아.

나는 핸들로 차창을 돌려 내리고 당신에게 손을 흔들어 보이면서 태워주겠다고 제안하지. 당신은 주저하는 척하다가 곧 문을 열고 옆좌석으로 쏙 들어와 앉으면서, 내가 연석에서 차를 다시 몰고 나가는 동안 공손한 미소를 짓고 있었지. 우리는 롱 아일랜드로 점심을 먹으러 갔어. 전에도 수도 없이 갔던 길가에 있는 작은 식당에서 산 파라핀 종이에 포장한 샌드위치와 종이컵에 든 커피를 가지고 차에서 피크닉을 할 계획이었지.

그날은 해도 나오지 않았고, 진짜 피크닉을 하기엔 너무 추웠거든. 나는 차에서 호수를 내다볼 수 있게 보트들이 서 있는 곳에 차를 세우고, 마침내 당신에게 몸을 기울여 키스했지. 나의 입술이 당신의 입술에 포개지면서 내 머리가 빙빙 도는 것 같았어. 당신을 거의 일주일 만에 만난 터라 나는 당신에 대한 갈망으로 가득 차 있었지.

"시간이 별로 없어. 오늘 밤 파티가 있는데 시간 맞춰 돌아가서 드레스를 입어야 하거든." 당신은 키스와 키스 사이에 그렇게 중얼거렸지.

나는 짜증이 나서 뒤로 물러났어. 방금 차 시동을 껐는데 당신은 벌써 돌아갈 소리를 하고 있으니까 말이야. 당신은 항상 가야 할 곳이 있었지. 새 드레스를 입고 동판 인쇄가 된 초대장이 있어야 갈 수 있는 곳. 나는 초대받지 못한 곳 말이야. 그렇게 심통 부리는 스스로가 역겨워서 나는 한숨을 쉬었어.

"당신 아버지는 접대에 꽤 진심인가봐." 나는 차 앞 유리 너머에 있는 호수를 물끄러미 보면서 말했지. "오늘 밤은 누구야? 루스벨트라고 찍고 싶지만, 당신 아버지가 미국 대통령에게 시가를 피우며 코냑이나 한잔하자고 자기 서재로 초대할 사람이 아니란 것 정도는 나도 알고 있으니까."

당신은 내 말투에 불쾌해하면서 턱을 치켜들었지. "왜 그런 식으로 말하는 거야?"

"당신 아버지가 누구에게 충성하는지는 다 알고 있잖아, 벨. 당신

187

아버지는 린지(원래 이름은 찰스 린드버그로, 1927년 뉴욕-파리 무착륙 대서양 횡단 비행에 성공해서 유명 인사가 된 인물. 린지는 별명임-옮긴이) 사람이고, 그 사실을 공공연하게 드러내고 있잖아. 그리고 린지와 그의 '미국 최초의 동포'(America First Compatriot, 당시 히틀러를 지지했던 미국인 그룹-옮긴이) 패거리처럼, 당신 아버지도 미국 정부가 유럽 전쟁에 관여하는 걸 결사반대하고 있잖아. 게다가 히틀러의 반유대 정책을 찬성하고 있고. 그건 당신도 분명 알고 있을 텐데."

당신은 어깨를 으쓱했지. "전에도 말했지만, 난 정치엔 신경 쓰지 않는다니까."

"매사에 사치스러운 당신 계급 사람들은 정치에 그렇게 무관심할 여유가 있겠지. 어떤 일이 있어도 그들의 이익은 항상 보호받을 거니까. 그동안 이 나라의 특정 파벌은(자칭 애국자라는 사람들) 그들이 지지한다고 주장하는 바로 그 가치를 훼손하기 위해 조용히 작업 중이야. 그들은 바로 당신 같은 사람들이 정치에 신경 쓰지 않는 점에 의지하고 있단 말이야. 그들은 스스로 애국자라고 주장하면서 미국의 순수성과 진짜 미국인들이란 말로 대중을 선동하고 있지만, 그들이 정말 원하는 건 유대인들을 소외시키고, 그들을 힘이 있는 자리에서 제거하고, 자기들 마음대로 할 수 있다면 유대인들을 이 사회에서 쫓아내는 거야. 유럽에서 바로 그렇게 시작됐다고, 벨. 애국심이 강한 일단의 독일인들이 민족의 순수성이란 말도 안 되는 소리를 청산유수처럼 쏟아냈는데, 이제 그들이 여기서도 똑같은 짓을 하고 싶어 해. 그들은 바로 지금 당신 코앞에서 조직화하고 있어. 번드(미국과 독일의 합동 나치 조직으로 1936년 결성됨-옮긴이). 린드버그와 그의 무리. 반유대주의 라디오를 방송하는 찰스 코글린 신부. 그들이 점점 사람들을 끌어당기고 있단 말이야. 번드는 매디슨 스퀘어 가든에서 집회를 열었어. 미국 땅에서 무려 2만 명이 나치들이 하는 식으로 경례했는데 아무도 관심을 기울이지 않고 있다고. 심지어 환호하는 사람들도 있었어. 그런 자칭 애국자들이 힘을 갖지 않게 하는 유일한 방법이 관심을 가지는 거야, 벨. 당신이 어쩌다 우연히 나쁜 편에 있다는 사실을 깨닫기 전에 그 문제에 관해 어느 편에 서야 할지 결정해야 한다고."

당신은 내 말이 끝날 때까지 기다렸다가 예의 그 차가운 표정으로 나를 바라봤지. "세상에는 그렇게 항상 나쁜 편이 있단 말이지?"

"아마 항상 있지는 않겠지만, 지금은 그래. 나쁜 편이 있어. 나쁜 놈들이 독일에만 있는 건 아니야, 벨. 그 점을 사람들이 깨달아야 해. 관심을 기울여야 한다고."

당신은 잠시 날 찬찬히 뜯어봤지. 당혹스러운 한편으로 조금 짜증이 난 표정이기도 했어. "당신이 날 여기로 데려온 이유가 그거야? 애국심이 있는 미국인으로서 내가 지킬 의무가 뭔지 설교하려고? 지금 자기 나라에서 벌어지는 전쟁은 싸우지도 않고 상사의 집에 얹혀사는 사람의 입에서 그런 말이 나오니까 좀 이상하게 들려서 말이지."

나는 그 말에 그만 온몸이 굳어지고 말았어. 당신은 전에도 그런 식으로 은근슬쩍 말했지. 내가 돈도 별로 없고 영국인이라는 사실. 가끔 난 그런 말이 나를 겨냥한 말이라기보다 당신 자신을 겨냥한 말이란 생각이 들곤 했어. 난 당신에게 좋은 놈이 못 된다는 걸 자신에게 일깨우는 거지. 난 아웃사이더이니 믿어선 안 된다고. 그건 마침 사실이기도 했어. 당신은 날 믿어선 안 됐지. 하지만 그때 우리 관계에선 당신도 마찬가지로 믿을 수 없는 사람이었어. 난 그걸 느꼈어. 아주 오랫동안 그런 느낌을 받았지. 마치 지평선 멀리서 보이는 검은 점이 꾸준히 커지는 그런 느낌이랄까.

"그래서." 나는 날카로워질 대로 날카로워진 우리 대화의 분위기를 누그러뜨릴 필요가 있어서 다시 입을 열었지. "오늘 밤 주빈이 누군지 안다는 거야?"

당신은 어깨를 으쓱했는데 그런 일에 무관심한 게 분명해 보였지. "난 파티에 손님들 이름을 알고 간 적이 없어. 항상 집에서 참석하라고 하면 그냥 가는 거지. 하지만 한 명이 아니라 여러 명이야. 시카고에서 온 사업가도 있고. 다른 곳도 아니고 몬태나의 상원의원도 오고. LA에서도 두 사람 온다고 했어."

시카고. 몬태나. 로스앤젤레스. 나는 파티에 참석할 가능성이 있는 사람들의 명단을 마음속에서 휙휙 넘겨봤어. 코브. 딜런. 레그너리. 휠러. 내정 불간섭주의자들과 나치 동조자들의 진정한 인명록이군.

"로스앤젤레스는 미국의 스타 배우들이 있는 곳이잖아." 나는 대수롭지 않게 말하려고 애썼어.

"할리우드지, 맞아."

"어쩌면 당신 아버지가 영화계의 거물들을 초대했는지도 모르지. 아니면 영화배우들이 올지도 모르고. 애롤 플린이나 그 춤추는 친구 프레드 아스테어 있잖아. 어쩌면 **이름을 말하면 안 될 그 친구**는 배우 중 하나가 당신을 채가지 않을까 걱정해야 할지도 모르겠군."

내가 규칙을 어긴 벌로 당신은 고개를 휙 돌려서 창밖을 내다봤지. 내가 질투하는 내색을 하지 않으려고 애쓰다가 실수로 금단의 땅에 들어가버린 거야. 그동안, 그 찬란하면서도 고통스러웠던 8주가 흘러가는 동안 당신의 약혼이란 화제를 우리는 여전히 피하고 있었거든. 하지만 조만간 그것에 대해 의논해야겠지. 뭐가 문제고 뭐가 문제가 아닌지에 대해, 그리고 그 점에 대해 어떻게 해야 할지.

내가 남자다운 남자였다면, 그쯤 되면 현실을 직시하고 정면으로 돌파했을 거야. 그러니까 당신에게 한쪽을 고르게 했을 거야. 하지만 난 그런 남자가 아니었지. 난 나의 욕망만 좇는 이기적인 남자였어. 거기다 그 질문으로 당신을 압박하기엔 너무 겁쟁이였지. 왜냐하면 마음 깊은 곳에선 이미 당신이 어느 쪽을 고를지, 그리고 왜 그런 선택을 할지 알고 있었거든. 애정이 문제가 아니었어. 당신은 그 아둔한 인간을 사랑하지 않았지. 하지만 당신은 그를 가질 거야. 그의 성에 따라오는 그 모든 예쁜 장식품들과 함께 말이지.

돈, 지위, 파티들. 당신이 살아오면서 익숙해진 모든 것. 물론 당신은 그걸 선택할 거야. 당신 같은 환경에서 성장한 여자라면 다 그렇지. 하지만 이 순간 그 사실을 입 밖으로 내뱉으면 우리가 가진 건 모두 사라지게 돼. 그게 아무리 작은 것이었다 해도 말이야. 난 그럴 준비가 안 됐지. 아직은. 그래서 나는 다시 한번 자존심을 꿀꺽 삼키고 당신에게서 내가 가질 수 있는 부분에 행복해하기로 결심했어.

우리는 말없이 샌드위치를 먹으면서 미지근하고 끔찍한 맛이 나는 커피로 속을 씻어내렸지. 나는 도시락 봉투 속으로 손을 집어넣어서 당밀 쿠키 상자를 꺼내 쿠키 하나를 당신에게 내밀었어. 당신은 내 화해의 선물을 받아들였고, 내 어깨에선 긴장이 풀렸지.

"오늘 밤 당신은 분명 끝내주는 드레스를 입겠군. 그게 뭐든 보고 싶네."

"파란 벨벳에, 어깨를 드러내고, 등은 깊숙이 파인 드레스야."

나는 눈썹을 찡긋하면서 싱긋 웃었다. "그 모습을 상상해야겠군."

"아니야. 상상하지 마." 당신은 갑자기 작고 교활한 미소를 띠며 말했어.

"뭐라고?"

"오늘 밤 파티에 와."

"뭐라고?"

"저녁 먹으러 오라니까. 테디는 오늘 못 오겠다고 사정해서 빠졌어. 주 북부에 새로 들여온 종마에게 생긴 문제를 살펴보느라 거기 틀어박혀 있을 거야. 그러니까 오늘 남자 자리가 하나 비어. 당신이 직접 와서 그 스타 배우들을 볼 수 있어."

나는 눈을 깜박이면서 당신을 보며, 당신이 방금 한 말을 다시 마음속으로 되새겨봤지. 저녁 식사. 당신의 아버지가 있는 식탁에서. 그의…… 손님들과 함께. 그들이 영화배우가 아닐 건 거의 확실한데. 그것은 내가 그토록 노려온 기회였지. 하지만 양심에 걸렸어. "그게 현명한 행동이라고 생각해? 당신 가족들 앞에서 날 과시하고 다니는 게?"

당신은 내 속도 모르고 너무나 순수한 미소를 지었지. "난 당신을 그 어디에도 과시하고 다닐 마음은 없는데. 그리고 사람들은 자기 눈앞에 있는 대상엔 관심을 두지 않는 법이야."

"당신 언니는 갑자기 나타난 불청객을 반기지 않을 텐데."

"언니는 그냥 그 상황에 최선을 다해 대처할 거야. 주방에서 열두 명의 손님 식단을 준비하고 있으니까 열두 명이 참석하면 돼. 이건 기본적으로 자리 배치 카드 하나만 다시 쓰면 되는 일이라고. 언니가 괜찮다고 하면 내가 직접 쓰지 뭐."

당신의 말에선 놀랄 정도로 무모한 분위기가 풍겼어. 당신이 아이처럼 기뻐하면서도 대담하기 짝이 없는 생각을 하는 바람에 나는 당신의 어깨를 잡고 마구 흔들고 싶었지. "난 지금 푸아그라가 부족할까봐 걱정하는 게 아니야, 벨. 난 당신 가족이 평소에 자기 식탁에 초대하는 그런 종류의 손님들을 생각하고 있는 거라고. 내가 그 기준에 미치지 못하는 거 우리 둘 다 알고 있잖아."

당신은 예의 그 어두운 눈빛으로 내 얼굴을 찬찬히 바라봐서 날 꼼짝 못 하게 했지. 남자를 초조하게 해서 동요하게 만드는 그 눈빛. 난 당신이 저런 눈빛을 대체 어디서 배운 건지, 아니면 타고난 건지 어느새 궁금해하고 있더라고. "우리 아버지를 만나고 싶지 않아?"

나는 미국행 여객선에서 내린 후로 그보다 더 간절히 바라는 건 없었다고 속으로 생각했지. 하지만 지금은 그게 중요한 게 아니었어. "난 당신의 구혼자가 아니야, 벨. 지금 우리는 그 이야기를 하는 게 아니잖아."

"우리가 지금 무슨 이야기를 하고 있는데?"

나는 울화가 치밀어 입술을 깨물면서 내가 말을 너무 많이 했다는 사실을 깨달았지. "아무것도 아니야. 우린 아무것도 아닌 이야기를 하고 있지."

"그럼 대체 뭐가 문제야? 당신은 내 드레스를 직접 볼 수 없다고 우울해하고 있었잖아. 그래서 그걸 볼 수 있게 내가 해결한다고 했잖아. 난 당신이……."

"고마워할 줄 알았어?"

당신은 날 보며 눈을 깜박였지. "기뻐할 줄 알았어." 잠시 팽팽히 긴장된 침묵이 흐른 후에 당신이 말했지. "당신이 기뻐할 줄 알았는데. 대신 당신은 날 비난하면서 오지 않을 핑계들을 늘어놓고 있군."

"난 당신을 비난하지 않았어. 하지만 궁금하긴 했어……."

"뭔데, 헤미? 뭐가 궁금한데?"

"우리가 지금 뭐 하는 건가. 아니, 좀 더 정확히 말하면 당신이 뭘 하는 건가. 내 말은 나하고 말이야. 당신이 그럴 때면……." 순간 당신이 내게 경고의 눈빛을 보내서 나는 하려던 말을 꿀꺽 삼켜버렸지. "이렇게 말해두지. 내가 혈통 쪽으로 좀 처지잖아. 재산 쪽은 말할 것도 없고. 그리고 자꾸 당신이 나를 신기하게 보는 느낌을 지울 수 없어. 내가 당신의 사교 시즌에 좀 더 활기를 띨 수 있는 일종의 오락이라고 해야 하나? 빈민 체험. 양키들은 그걸 이렇게 부른다고 하지 아마."

당신은 눈을 감았고, 한동안 나는 당신이 울음을 터트릴 줄 알았어. 하지만 당신이 눈을 떠서 내 눈을 바라봤을 때 그 눈은 마치 부싯돌 조각처럼 날카롭고 단단했지. "빈민 체험이라고?"

"아니면 반항이거나. 당신 아버지에게 한 방 먹이는 거지. 내가 자기 딸에게 어울리는 남자라고는 절대 생각하지 않을 사람한테. 아무리 그 딸이……."

내 입에서 어떤 말이 흘러나올지 알아차린 당신은 차 문을 홱 열어젖혔지. 당신이 뭘 하려는지 미처 알아차리기도 전에 당신은 곧장 차에서 뛰어내려서 호수로 향했어. 난 얼른 뛰어내려 당신을 쫓아가면서 호숫가에서 불어오는 무시무시하게 차가운 바람에 대고 소리를 질렀지. "대체 어디를 가려고 그러는 거야? 이런 날씨에 밖에 나가면 얼어 죽어."

당신을 거의 따라잡았을 때 당신이 확 돌아섰어. 핀이 풀린 당신의 머리카락이 얼굴 위로 폭포수처럼 흘러내렸지. "당신은 내가 그냥 당신이 거기 있어주길 바랄지도 모른다는 생각은 해본 적 없어? 내가 원하는 건 그저…… 다른 때와 달리 그 자리에…… 내 친구가 있어주는 거라는 생각은 안 해봤냐고? 내가 실제로 무슨 생각을 하는지, 내가 언제나 아무도 없는 조용한 곳에서만 당신을 만나는 것에 지쳤을지도 모른다는 생각은 안 해봤어? 담요 위에서 혹은 차 안에서 점심을 먹고, 몰래 키스하고, 우연히 거리에서 만난 척하지만 절대 우연은 아닌 그런 만남에 지쳤을지도 모른다는 생각은 안 해봤냐고?"

당신의 말에 난 깜짝 놀랐어. 그 노골적인 감정 표현 때문이 아니라, 그 말을 하면서 당신의 눈에 눈물이 고여서가 아니라, 당신의 모든 불행이 나로 인한 것처럼 마치 돌을 던지듯 내게 비난을 퍼부었기 때문이지.

"우리 관계에서 장애물은 내가 아니야, 벨. 이 상황이 달라지길 바란다면, 당신이 달라지게 만들어야 해."

미처 입을 다물기도 전에 그 말이 튀어나와버렸지. 난 그의 이름은 말하지 않았지만, 어쨌든 그 이름이 우리를 둘러싼 싸늘한 11월의 공기 속에서 소용돌이치고 있었어. 테디. 기분 나쁠 정도로 돈이 많고, 우라지게 완벽하지만, 머리에 똥만 든 테디.

"날 다시 시내로 데려다줘. 오늘 저녁은 중요한 자리라서 늦으면 안 돼." 당신은 내 옆을 지나가면서 지독히도 차갑게 말했지.

우리는 말없이 차를 타고 시내로 돌아왔어. 당신을 태운 곳에서 한 블록 떨어진 자리에 당신을 내려줬지. 당신은 가방을 들고 차에서 내린 후, 잠시 보도 위에서 머뭇거렸어. "오늘 밤에 올 거야?"

　"봐서. 아직도 내가 거기 갔으면 좋겠어?"

　"당신 이름이 적힌 자리 배치 카드가 식탁 위에 놓여 있을 거야. 오든가 말든가."

후회하는 벨
Regretting Belle

48~54페이지

오든가 말든가, 라고 당신은 말했지. 마치 그 문제에 의문의 여지가 남아 있는 것처럼. 하지만 집사로 보이는 남자의 안내를 받아 내가 당신 아버지의 응접실에 나타났을 때 당신은 내 쪽으로 고개를 홱 돌렸지. 당신은 하던 말을 멈추고 표정이 멍해졌다가 좀 전까지 당신과 이야기하고 있던 여자에게 뭐라고 변명을 중얼거렸지. 아줌마 같아 보이던 그 여자가 입은 드레스는 몸에 너무 꽉 끼어서 지나치게 익어버린 가지가 떠오르더군. 당신은 차분한 미소를 지은 채 나를 맞으려고 방을 가로질러 와서 손을 내밀었어. 짙은 암청색 벨벳 드레스를 입은 당신은 그야말로 미의 화신이었지. 당신은 아주 공손했어. 아주 우아했고.

"갑작스럽게 연락드렸는데 이렇게 와주시다니 감사합니다." 당신의 목소리는 웅성거리는 사람들의 대화 소리 너머로 들릴 정도로

만 조금 컸어. 아주 흠잡을 데 없는 연기였지. "마실 걸 한 잔 갖다 드릴게요. 뭘 마시겠어요?"

"진토닉이요. 고맙습니다."

당신의 입 가장자리가 슬쩍 올라가면서 아주 희미한 미소가 떠올랐지. "물론 그러시겠죠. 영국인의 술이니."

당신이 몸을 돌려서 당신 아버지가 오늘 밤 행사를 위해 고용한 흰색 상의를 입은 웨이터에게 내가 한 주문을 다시 말했을 때 나는 살짝 현기증이 일었어. 일이 어쩌다 이렇게 됐는지는 잘 모르겠지만, 마치 시간이 뒤틀려서 당신의 약혼식 파티를 하던 그날 밤으로 돌아가버린 것 같은 느낌이었거든. 그러다 깨달았어. 당신이 바로 그런 느낌을 의도했다는 사실을 말이야. 당신은 날 가지고 놀고 있었어. 마치 고양이가 쥐를 가지고 노는 것처럼.

당신은 내 팔꿈치를 잡았어. 이 말도 안 되는 상황을 전혀 의식하지 못한 것처럼. 그리고 당신의 아버지가 아주 비싸 보이는 양복을 입은 세 남자와 이야기하고 있는 방 건너편을 향해 고개를 끄덕여 보였지. "가요. 오늘 이 자리를 주최하신 분을 소개할게요."

당신이 다가가자 당신 아버지는 고개를 들었고, 그 넓적한 얼굴에 준비된 미소가 나타났지. 순간 그의 얼굴에서 당신의 흔적이 보였어. 마치 스위치를 켠 것처럼 매끄럽고 숙련된 그 표정 말이야. 당신의 연기 목록에 그 표정도 있단 말이지.

당신이 그의 옆으로 다가가는 동안 그가 한 팔을 내밀었어. "신사 여러분, 제 아름다운 딸과 그리고……." 그는 잠시 말을 멈춘 채 나를 쓱 훑어봤지. "미안하지만 네 친구의 이름은 내가 모르는 것 같구나, 얘야."

당신은 그에게 내 이름 말고는 아무것도 말하지 않았지. 잠시 침묵이 흘렀어. 그는 내가 그 공백을 메우길 기다리는 것처럼 보이더군. 내가 입을 열지 않자 그가 한 손을 내밀었어. 그는 나를 다시 찬찬히 살펴보면서 요모조모 재보더니 같이 있던 사람들에게 날 소개했지. 내가 짐작했던 것처럼 거기엔 휠러가 있었어. 코브도 있었지. 세 번째가 딜런이었어.

"내 막내딸과는 어떻게 알게 됐죠?" 그는 세상이 자기 주머니 안에 있다고 믿는 사람 특유의 거침없는 목소리로 물었지.

믿을 수 없겠지만, 어떻게 된 일인지 나는 미처 그 질문에 대한 답은 준비해놓지 않았어. 그때 당신이 불쑥 끼어들어서 난 한시름 놨지. "이분은 테디 친구예요. 더 세인트 레지스 호텔에서 우리 약혼식 파티를 하던 날 밤 만났는데, 오늘 내가 두배리에서 나오다가 우연히 마주쳤어요. 날씨가 너무 안 좋아서 이분이 날 안타깝게 여기시고 우리 집까지 차로 태워다주셨거든요. 그래서 감사의 표시로 오늘 저녁에 초대하는 것으로 보답해야겠다고 생각했는데, 오늘 저녁에 손님들이 오시는 걸 깜박했어요."

당신은 대단히 능숙한 거짓말쟁이라는 생각이 들었지만, 나는 가까스로 고개를 끄덕이며 미소 지을 수 있었지. 그러고 당신은 서둘러 날 데리고 언니에게 소개하러 그 자리를 떴어. 당신은 언니에게도 '테디의 오랜 친구'라는 거짓말을 반복했지.

그 약혼식 날 밤 더 세인트 레지스에서 당신 언니를 멀리서 한 번 슬쩍 본 게 다였지만, 이번에 보고 둘이 너무 달라서 다시 놀랐지. 물론 닮은 점들도 있었어. 나이 차가 크긴 했지만, 자세히 들여다보면 희미하게 닮은 구석도 있었지. 하지만 당신 언니는 이를테면 당신의 얼굴에서 피도 눈물도 빼버린 모습이라고 해야 하나. 언니는 당신보다 키가 작고 안색이 더 창백했어. 마치 그간의 세월이 그녀의 얼굴에서 모든 생기를 씻어버린 것처럼. 난 이 사람이 처음부터 이런 얼굴이었는지, 아니면 그간 살아온 인생이 그녀를 이렇게 만들어버린 건지 궁금했어. 아버지가 선택한 남편, 완벽하게 키운 아이들, 다른 사람이 정한 기준에 따라 살아온 세월 말이야. 당신도 테디와 몇 년 같이 살다 보면 이런 얼굴이 될지도 모른다는 생각이 들자 몸서리가 쳐지더군.

당신 언니는 내게 손을 내밀고 좀 불편하다 싶을 정도로 날카로운 시선으로 살펴보더군. "이런, 이런. 영국 분이란 말이죠. 제 동생이 그동안 당신을 숨겨온 것 같군요. 그 이유가 뭐라고 생각하세요?"

나는 한쪽 발에 실은 체중을 불편하게 다른 발로 옮기면서 당신이 날 구해주길 기대했지만, 당신은 이상하게도 입을 꾹 다물고 있더군. 마치 내가 불편해하는 이 상황을 즐기는 것처럼. "음……." 나는 어색하게 들리지 않게 하려고 애를 쓰면서 입을 열었지. "제가 여기 온 후로 꽤 바빴거든요. 여기 생활에 적응하고, 지리도 익히고. 그러느라 유감스럽게도 사람들과 만나 어울릴 시간이 별로 없었습니다."

씨씨는 날카롭게 그린 눈썹을 치켜올렸지. 나에 대해 궁금하면서도 조금은 의심스러운 표정이었어. "하지만 유럽에 그렇게 문제가 많은 상황에서 여행하기엔 좀 시기가……."

미처 끝내지 않은 그녀의 말이 허공에 대롱대롱 매달렸지. 대놓고 물어본 건 아니지만 질문에 가까웠어. 그 순간 깨달았지. 이 사람 앞에선 아주 조심스럽게 말해야 한다는 사실을. 이 사람은 정치에 정말 관심이 있는 사람이라는 걸. 나는 그녀의 말을 인정하면서 고개를 끄덕였어. "정말 그렇죠. 하지만 전쟁에 나가지 않은 우리 같은 사람도 계속 살아야 하니까요."

"당신네 처칠 씨는 온 세계를 그의 전쟁에 끌어들이려고 작정한 것처럼 보이던데요." 씨씨는 건조하게 말한 후 그 의견에 반대하는 것처럼 쯧 소리를 냈어. "이런 시국에 조국을 떠나는 게 정말 현명한 행동일까요? 당신의 나라가 전쟁터에서 싸울 신체 건강한 남자란 남자는 다 필요로 하는 때에?"

나는 내가 할 수 있는 가장 느끼한 미소를 지어 보인 후에 씨씨에게 윙크했어. "조국을 떠나기에 그보다 더 나은 때가 있을까요?"

씨씨는 방금 막 친구의 얼굴을 알아본 사람처럼 얼굴이 환해지더군. "그럼 당신은 전쟁을 좋아하지 않는군요?"

"전 항상 전쟁은 피해야 한다는 의견을 가지고 있습니다." 그것은 내가 오늘 저녁에 한 말 중에 가장 정직한 말이었고, 그 말에 씨씨는 기분이 좋아진 것 같았어.

"그렇군요. 그럼 당신은 정치에 관심이 있나요?"

"아아." 나는 다음 말을 아주 조심스럽게 골랐지. "사실 최근에 당신의 나라에 방문객으로 지내는 동안 저는 정치에 관심을 가질 권리가 없다는 말을 많이 들었습니다. 적어도 대서양 이쪽에 머물 때는 말이죠. 다만 특정 문제에 있어서는 아주 구체적인 의견을 지니고 있다는 점은 인정합니다."

씨씨는 이제 내게 강한 흥미가 생긴 눈치였지만, 그 의견이 어떤 것인지 물어보기 전에 당신이 내 팔에 팔짱을 끼는 게 느껴졌지. "이제 방 안을 돌아봐야죠. 당신이 저녁을 먹기 전에 모두 만날 기회를 드릴게요."

하지만 씨씨가 재빨리 당신을 저지하고 나의 다른 쪽 팔을 차지했지. 그리고 당신을 향해 눈을 번뜩이더니 날 자기 쪽으로 끌어당기면서 당신에게 아주 달콤한 미소를 지어 보였어. "우리에게 막 공통점이 생겼는데 어디 감히 이분을 데리고 가버리려는 거야? 너야말로 오늘 오신 사모님들을 찾아가서 이야기도 나누면서 네 본분을 다해야지. 다들 너의 드레스에 질투가 나서 죽으려고 하는 눈치던데. 네 친구는 걱정하지 마, 얘야. 때가 되면 식당에 가실 수 있게 내가 잘 보살펴드릴게."

당신은 부아가 치밀어서 언니에게 항의하려는 것처럼 보였지만, 결국 차갑게 고개를 끄덕이고 돌아섰지. 당신이 가지고 놀려던 쥐를 당신 언니가 채가버리는 바람에 짜증이 난 게 분명했어.

7

> 책은 우리 인생에 들어오는 사람에 비유할 수 있을지 모른다.
> 우리에게 소중한 존재가 되는 이들이 있을 것이고, 무시해버리는 존재가 되는
> 이들도 있을 것이다. 어느 쪽이 될지 알아차리는 것이 관건이다.
>
> —애슐린 그리어(오래된 책들의 치유자)

애슐린

1984년 9월 29일
뉴햄프셔, 포츠머스

"이건 그 사람이에요." 이선이 〈영원히, 그리고 다른 거짓말들〉을 덮어서 그들 사이에 있는 테이블 위에 올려놓으면서 말했다. "마리 안이었어요."

애슐린은 〈후회하는 벨〉에서 고개를 들었다. 방금 읽은 부분에서 나온 손님들과 흰 상의를 입은 웨이터들이 마치 영화에 나오는 페이드샷처럼 점점 사라지다 완전히 없어져버렸다. "확실해요?"

"우리 아버지가 예전에 햄튼에 있는 로즈 할로라는 농장에서 종종 여름을 보냈다고 하셨어요. 그리고 그 언니(여기서는 씨씨라는 이름으로 나오는)는 코린 매닝, 즉 우리 할머니가 거의 확실해요. 난 마

리안을 만난 적이 한 번도 없지만, 다 들어맞아요."

애슐린의 뱃속이 살짝 뒤집혔다. 마리안. 코린. 둘 다 실존 인물이다. "벨은 씨씨에 관한 언급을 많이 했어요. 어머니가 돌아가신 후 씨씨가 사실상 그녀를 키웠다는 그런 이야기요. 하지만 아버지가 다소 폭군 같았다는 말 말고 아버지에 관한 말은 거의 하지 않았어요. 아버지 이름조차 밝히지 않았죠."

이선은 애슐린이 자기 증조할아버지를 언급하자 얼굴을 찡그렸다. "그의 이름은 마틴 매닝이었어요. 우리 아버지에 따르면, 지독하게 돈이 많았고 나쁜 사람이었다고 하더군요. 그는 내가 태어나고 얼마 못 가 돌아가셨어요. 뇌졸중이었다고 하더군요."

애슐린은 한동안 그대로 앉아 새로 들어온 정보로 마치 직소 퍼즐을 맞추는 것처럼 지금까지 알게 된 정보를 하나하나 맞춰봤다. "믿을 수 없어요. 우리가 실제로 그녀를 찾아내다니." 그녀는 마침내 속삭이듯 말했다.

"**당신이** 찾아냈죠. 내가 한 거라곤 그분의 신원을 확인한 것뿐이니까." 이선이 정정했다.

"헤미는요? 헤미가 누구였을지 모르겠어요?"

"전혀요. 그리고 당신이 물어보기 전에 미리 말해두는데, 난 테디도 누군지 몰라요. 테디나 헤미 둘 다 모르는 이름이에요."

"난 그저 마리안이 테디와 결혼했는지, 그건 알 수 있기를 바라고 있었어요."

"마리안은 누구와도 결혼하지 않았어요. 내가 알기론 그래요."

애슐린은 얼굴을 찡그렸다. "당신이 전에 그분의 아이들을 만났다고 한 것 같은데요."

204

"**입양한** 아이들이죠. 사내아이 하나와 여자아이 하나를 입양했어요. 전쟁고아들이었죠."

"전쟁고아들을 입양했다고요? 어디서요?"

"나도 기억이 안 나요. 생각해보니, 그걸 내가 알고 있는지조차 잘 모르겠어요. 전쟁이 끝난 후 그분이 여행했다는 사실은 알고 있지만 어디로 갔는지는 몰라요. 아까 말한 것처럼, 내가 아는 얼마 안 되는 정보는 다 우리 부모님이 하신 이야기를 우연히 들은 것뿐이니까."

애슐린이 침울하게 고개를 끄덕였다. "그럼 이제 어떻게 되는 건가요?"

"그게 무슨 뜻이에요?"

"내 말은, 이제부터 우린 어디로 가야 하냐는 거죠?"

이선은 일어나서 의자 등에 걸쳐둔 방수용 파카를 집어들었다. "우린 어디에도 가지 않아요. 벨은 나의 이모할머니였어요. 이걸로 미스터리는 풀렸어요."

애슐린이 믿을 수 없다는 표정으로 그를 바라봤다. "하지만 그건 미스터리의 한 조각일 뿐이에요. 나머지가 궁금하지 않아요?"

"전혀."

그는 이제 파카를 입고 갈 준비를 하고 있었다. 애슐린은 일어서서 그를 쫓아갔다. "이 이야기의 나머지를 알고 싶지 않아요?"

"난 매닝 가 사람들에 대해 알고 싶은 건 다 알고 있어요."

"당신은 헤미가 누구고, 둘이 무엇 때문에 헤어졌는지 궁금하지 않아요?"

"사실 궁금하지 않아요. 하지만 당신이 책을 계속 읽어보면 거기에 나오겠죠." 그들은 이제 가게 앞에 다다랐다. 이선은 문 근처에 있는 가판대에서 뉴스레터 하나를 뽑아서 4등분으로 접은 후에 주머니에 쑤셔넣었다. "난 이만 가봐야 해요. 내일 아침 일찍 수업이 있어요. 미국 사상사죠."

"학교에서 일해요?"

"뉴햄프셔 대학교의 부교수로 일해요. 정치학이죠."

다니엘처럼 말이지. 애슐린은 상처가 있는 손바닥을 동글게 말아쥐면서 생각했다. 하지만 이선은 다니엘이 아니다. 그는 마리안 매닝, 즉 벨의 종조카이고 이제 막 떠나려 하고 있다. "제가…… 제가 만약 뭔가 발견하면…… 전화해도 될까요? 귀찮게 하지 않겠다고 약속할게요. 그저 뭔가 확인해야 할 필요가 있을 때만 전화할게요."

이선은 불편한 표정으로 어깨를 으쓱했다. "내가 뭐 더 덧붙일 정보가 있을지 의심스럽군요. 난 지금 새 책을 막 쓰기 시작해서 사실 저술에 방해되는 일을 할 여유는 없어요."

부드러운 거절이지만, 거절은 거절이다. 애슐린은 그의 옆을 돌아가서 걸쇠를 돌려 문을 열어준 후 마지막으로 한 번 더 시도해보자고 결심했다. "당신이 왜 씨씨와 마틴에게 관심이 없는지는 이해합니다. 하지만 헤미, 그가 누구건 간에, 그는 당신의 이모할머니에게 푹 빠져 있었어요. 이모할머니도 헤미에게 같은 마음이었고요. 둘 사이에 무슨 일이 있었는지 알고 싶지 않으세요?"

"둘 사이에 무슨 일이 있었는지 우린 알고 있잖아요. 안 그래요? 누군가가 누군가에게 잘못한 거죠. 항상 그런 일이 벌어지잖아요. 젠장, 그걸 노래로 쓴 사람도 있잖아요."

"B. J. 토머스죠. 1975."

그 순간 얼굴을 찌푸리고 있던 이선이 피식 웃어서 그녀를 놀라게 했다. "당신이 어떻게 그 노래를 알고 있는지 물어봐도 될까요?"

"마침 내가 좋아하는 노래거든요."

"그렇군요. 절대 아무에게도 그 사실은 인정하지 말아요. 진심으로 하는 말인데 절대." 그는 수줍은 듯이 고개를 슬쩍 숙이더니 창문을 향해 고개를 끄덕여 보였다. "비가 그친 것 같네요."

"그러네요." 애슐린은 옆으로 비켜서서 그가 나갈 수 있게 길을 터줬다. "도와줘서 고마워요. 적어도 이제 벨의 이름은 알게 됐네요. 거기서부터 시작할 수 있겠어요."

이선이 문을 잡아당겨 열자 세찬 바람이 휙 밀려왔다. 그는 잠시 서 있다가 돌아서서 그녀를 봤다. "당신은 나를 모르니까 내 조언이 별로 가치는 없겠지만, 나라면 해피 엔딩에 대한 기대는 하지 않겠어요. 매닝 가에 해피 엔딩이란 없으니까요. 힐라드 가도 마찬가지고. 우리 부모님은 어떠냐고 물어보신다면, 그분들은 확실한 아웃사이더들이었어요. 어쨌든 당신의 조사에 행운이 있길 빌어요."

가게 문이 닫히면서 문에 달린 종이 조용히 딸랑거렸다. 애슐린은 창가로 가서 보도를 걸어가는 이선의 뒷모습을 지켜봤다. 하지만 그의 노란 파카가 시야에서 멀어진 지 오래된 후에도 자신의 가문 사람들에게 해피 엔딩은 없다고 했던 말이 그녀의 마음속에서 계속 울려 퍼졌다. 아마 그 말이 사실처럼 들렸기 때문인 것 같았다. 애슐린은 오른손바닥을 양분하는 일그러진 하얀 선을 내려다봤다. 그녀의 가족에게도 해피 엔딩은 없었다.

8

책을 읽는다는 건 여행을 떠나는 것과 같다. 거대한 미지의 세계로 떠나
살아 있는 천사들과 죽은 천사들의 목소리를 듣는 것이다.

−애슐린 그리어(오래된 책들의 치유자)

애슐린

1984년 9월 30일
뉴햄프셔, 포츠머스

다음 날 오후, 애슐린이 책을 제본하면서 머릿속으로는 여전히
이선의 갑작스러운 방문으로 알게 된 정보들을 처리하고 있을 때
전화벨이 울렸다. 그녀는 하던 일을 멈추고 전화를 받으려고 서둘
러 가게 앞으로 달려갔다.

"네가 좋아하는 사서가 누구지?" 수화기 너머로 들려오는 목소리
가 재잘거렸다.

애슐린은 순간 흥분해서 온몸이 따끔거리는 느낌이 들었다. 이렇
게 빨리 전화가 올 줄 몰랐지만, 루스의 의기양양한 목소리를 들어
보니 좋은 소식임이 분명했다. "벌써 그녀를 찾진 못했을 텐데요."

"찾았어. 그러느라 고생 좀 했지만. 알고 보니 당시 언론계에 우리가 예상했던 것보다 훨씬 더 많은 여자가 진출했더라고. 〈워싱턴 포스트〉의 아그네스 메이어와 〈뉴스데이〉의 알리샤 패터슨 같은 명사들이 있었어. 하지만 둘 다 자기가 말한 여자와는 들어맞지 않았어. 그래서 계속 파봤지. 내가 얼마나 많은 마이크로필름을 돌려봤는지 자기는 상상도 못 할 거야. 하지만 내가 결국 노다지를 찾아냈지."

"그래서요?"

"그녀의 본명은 제럴딘 에블린 스펜서야. 1899년 일리노이주 시카고에서 태어났어. 로널드 P. 스펜서의 딸이야. 로널드는 석탄으로 갑부가 됐고, 취미로 이류 일간지들을 보유하고 있었어. 로널드와 그의 아내 이디스는 세네갈에 가려고 S. S. 아프리크 호를 탔는데 그 배가 암초에 부딪쳐서 침몰했지. 그 사고로 630명의 승객이 사망했어. 당시 제럴딘, 그러니까 그녀의 아버지가 골디라는 별명으로 부른 여자는 스물한 살에 전 재산을 물려받았어. 그게 1920년대에 6백만 달러였는데, 현재 가치로 환산하면 3천만 달러가 넘어."

애슐린은 아무 말도 하지 못한 채 그 정보를 머릿속에서 돌려봤다. 스물한 살에 언론사를 물려받은 상속녀라니. 3천만 달러가 넘는 돈이라니. 다른 사람이 자기를 어떻게 생각하건 골디가 신경 쓰지 않은 것도 당연했다.

"애슐린, 내 말 듣고 있어?"

"아, 그럼요. 죄송해요. 그냥 방금 말씀하신 내용을 머릿속으로 정리하느라. 그걸 어떻게 다 꿰어맞추셨어요?"

"아까 말한 것처럼 마이크로필름 덕분이지. 그리고 올버니에 있는 동료에게 전화해서 도움도 받았고. 찾고 있는 사람이 누구인지 알게 되니까 나머지는 쉽더라고. 언론이 그녀에 관해 자기들 마음대로 실컷 떠들어댔더라고. 아무리 안 그런 척해도 다 보이던데. 그건 그렇고, 그게 다가 아니었어."

"다가 아니었다고요?"

"이른바 치부가 있었어. 자기가 그것도 알고 싶어 할 것 같아서 말이야."

"뭘 알아내셨든 다 듣고 싶어요."

"음, 골디는 분명 전형적인 상속녀는 아니었어. 남자에, 술에, 정말 야성적인 청춘이었다고 표현해두지. 아무도 그녀가 실제로 사업에 뛰어들어서 아버지가 운영하던 제국의 일부인 언론사를 운영하리라곤 예상하지 못했는데, 단순히 뛰어들기만 한 게 아니라 대소동을 일으켰지. 로널드 스펜서는 정치적으로는 항상 상당한 온건파였어. 누구의 신경도 긁길 싫어하는 사람이었지. 하지만 그의 딸은 달랐어. 골디는 회사 운영을 시작한 처음부터 자기는 누구의 눈치도 보지 않겠다는 점을 분명하게 밝혔지. 그녀는 소매를 걷어붙이고 당대의 사회적 문제들을 정면으로 공략했어. 산아 제한. 여성들의 임금 문제. 우생학. 아동 노동. 나치에 관해서도 할 말이 아주 많았어. 유럽에 있는 나치들이 아니라, 바로 미국 본토에서 버젓이 살고 있다고 그녀가 주장한 사람들 말이야. 거기서 그친 게 아니라 그런 미국 나치들의 이름까지 다 댔지."

"장담하는데, 그건 사람들에게 잘 먹히지 않았겠군요."

"아버지와 친했던 사람들에게 그녀의 인기가 바닥으로 떨어졌다는 건 확실하게 말해줄 수 있어. 그녀는 좌파이자 공산당이라는 꼬리표가 붙었지만 자신의 주장을 굽히지 않았어. 그녀는 거물들의 추문을 기가 막히게 찾아내는 재주가 있었지. 뇌물. 부패. 정실 인사. 뭔가 썩은 내를 맡기만 하면 파내서 신문에 실었어. 그녀가 활약하던 시절에 무너뜨린 거물이 하나가 아니야. 그리고 어떻게 해서든 필요한 일을 해치웠고. 하지만 그중 어떤 일도 파티에 환장한 여자라는 평판을 바꾸진 못했어. 실제로 경찰이 할렘에 있는 한 재즈 클럽을 불시 단속했을 때 거기 있다가 체포되기까지 했지. 그녀가 진짜 죄수 호송차에 끌려가는 사진까지 포함해서 여러 장 찍혔어. 경쟁 언론사들은 그 사건을 신나게 보도하며 즐거워했지. 골디는 수치심이란 게 없다고 떠들어대면서. 그 여자가 나온 사진이 꽤 많더라고. 항상 완벽하게 차려입고 다녔더군. 거기다 몸에 차고 있던 그 호화찬란한 보석이라니.”

“그녀가 수집한 남자들에 관한 소문들은요?”

“다 사실이었어. 젊은 남자. 늙은 남자. 가난한 남자. 다 사랑했어. 내가 알기로 결혼한 적은 한 번도 없지만, 스티븐 슈왑이란 남자가 그녀의 인생에 등장하면서 마침내 안정된 생활을 했지. 그는 오랫동안 알고 지낸 후배이자 연인이었던 것처럼 보이던데. 그 남자가 그녀의 신문사 두어 곳에서 일한 것처럼 보여. 하지만 어느 신문인지, 그리고 어떤 자격으로 일했는지는 잘 모르겠어. 아마 그 사람은 사람들이 으레 하는 말처럼…… 그저 그녀의 고용인이었을지도 모르고. 듣자 하니 그들은 몇 년간 사귀다 헤어지다 그랬나봐.”

애슐린은 팔뚝의 잔털들이 오소소 일어서는 게 느껴졌다. “연인이라고요?”

“음, 그 부분이 좀 명확하지 않긴 해. 하지만 그녀와 그가 팔짱을 끼고 있는 사진이 몇 장 나왔어. 확실히 그녀보다 훨씬 젊고 잘생겼더군. 한 기사에서는 그가 전적으로 그녀에게 헌신하고 있다고 나오기도 했고. 또 다른 기사에서는 소설가 지망생인데 재능보다 야심이 더 큰 인물로 묘사되기도 했고. 그 말도 사실일지 모르지. 내가 찾아봤는데 그가 쓴 책은 한 권도 나오지 않았거든. 어쨌든 그는 골디가 죽기 전까지 10년 동안 같이 살았고, 꽤 많은 현금을 유산으로 물려받았어. 분명 둘 사이에 뭐가 있긴 있었어."

애슐린은 그 새로운 조각들의 끝과 끝을 붙여 맞췄다. 스티븐 슈왑. 젊고 미남. 골디의 신문사 중 하나에서 일했고. 소설가 지망생이지만 자기 이름으로 쓴 책은 없다. 헤미와 스티븐 슈왑이 동일인인게 가능할까? 만약 그녀의 계산이 맞는다면 헤미와 벨이 1941년에 만났을 때 그는 스물여섯 살이었다. 그러니 지금은 60대일 것이다.

그 생각에 새로운 가능성이 여러 개 떠올랐다. "루스, 슈왑 씨가 요즘 어디서 살고 있는지 언급한 글은 혹시 못 찾았나요?"

"그는 어디에서도 살고 있지 않아. 죽었으니까. 골디는 1979년에 세상을 떠났고, 그는 그로부터 몇 년 후 사망했어. 그에 대해 더 많이 찾아보려고 했지만, 골디와 관련된 거 말고는 놀랄 정도로 평범하게 살았던 것처럼 보여. 어쨌든 그는 죽었어."

죽었다. 그 말에 애슐린은 조금 기가 꺾였다. "그렇군요."

"그럼 이제 뭘 조사하고 있는지 말해줄 거야? 솔직히 말해서 그 자유분방한 스펜서 양 덕분에 나도 그 일에 흥미가 생겼거든."

애슐린은 입술을 깨물었다. 이제 벨과 헤미의 이야기가 실제로 있었던 일이라는 사실을 알게 되니, 그녀가 발견한 책에 관해 밝힌다는 건 어쩐지 신뢰를 깨뜨리는 것처럼 느껴졌다.

"골디에 관해 궁금해하는 건 당연해요, 루스. 그녀는 분명 흥미진진한 인물이었으니까. 하지만 지금 이 시점에서는 많은 걸 공유해선 안 될 것 같아요. 제가 아는 것도 별로 없지만, 개인 정보 문제도 있으니까요. 지금으로선 당분간 입을 다물고 계속 조사하는 게 최선일 것 같아요."

루스는 수화기에 대고 한숨을 쉬었다. 실망한 게 분명했다. "그렇군. 무슨 뜻인지 알겠어. 내가 찾은 기사들과 사진들 몇 개를 복사해 놨어. 그거 보고 싶겠지?"

"그럼요. 하지만 제가 언제 가지러 갈 수 있을지는 모르겠어요."

"오늘 근무가 2시에 끝나. 괜찮으면 내가 서점에 갖다줄게."

"그럼 고맙죠. 정말 큰 빚을 졌어요, 루스."

"맞아, 그건 사실이야. 하지만 솔직히 말해서 나도 재미있었어. 난 아무래도 직업을 잘못 고른 것 같아. 어쩌면 뉴잉글랜드의 무뚝뚝한 사서 탐정에 관한 흥미진진한 소설 시리즈를 쓸지도 모르겠어. 그거로 애거서 크리스티가 쓴 〈미스 마플〉과 경쟁하게 될지도 모르지. 2시 지나서 봐."

2시 10분에 루스 트루먼이 커다란 마닐라 봉투를 흔들며 서점으로 들어왔다. 애슐린은 여행 서적 부문에서 한 손님이 남편에게 생일 선물로 줄 책을 고르는 걸 돕고 있다가 가게 문에 달린 종이 딸랑거리는 소리를 들었다. 그녀는 루스에게 손을 흔들며 기다리라는 신호를 보냈지만, 루스는 멈추지 않고 카운터까지 걸어와서 급히 봉투를 내려놓았다. 그녀는 지금 불법 주차를 해놨는데 한 번만 더 딱지를 떼면 남편이 그녀의 차 열쇠를 빼앗아버리겠다고 했다며 서둘러 나갔다.

애슐린은 당장 손님을 놔두고 가서 그 봉투를 보고 싶은 마음을 참느라 무진 애를 썼다. 결국 손님은 거의 한 시간 동안을 망설이다가 빈손으로 나갔다. 애슐린은 개의치 않았고, 그 여자가 문을 나서자마자 바로 카운터로 달려갔다.

그녀는 숨을 죽이고 봉투 묶은 끈을 풀어서 내용물을 빼냈다. 거기서 나온 페이지들을 보자 뱃속이 살짝 뒤집혔다. 몇 장은 단정하게 종이 집게로 집혀 있었다. 다른 페이지들은 볼드체로 기사 제목이 찍힌 낱장들이었고, 거기에 희미한 흑백 사진이 찍혀 있었다. 인쇄 품질은 좋지 않았다. 마이크로필름에 나온 기사를 찍은 사진들은 대체로 그랬다. 하지만 확대경으로 보면 대부분은 내용을 이해할 수 있을 것이다.

그녀는 그 페이지들을 마치 카드 게임의 패처럼 부채꼴로 쫙 펼치고 순서대로 정리했다. 작업을 마치고 카운터 밑에서 프랭크 아저씨가 쓰던 거대한 확대경을 꺼내서 제일 처음에 놔둔 페이지를 들었다. 그것은 1920년 1월 14일자 〈시카고 트리뷴〉 기사였다.

시카고 비즈니스 재벌 로널드 P. 스펜서, 바다에서 사망한 것으로 추정
1920년 1월 15일(시카고)—시카고 출신의 저명한 사업가인 로널드 스펜서와 그의 아내 이디스가 1월 13일 새벽 S. S. 아프리크 호가 침몰했을 당시 사망한 것으로 추정된다. 당시 600명의 승객과 135명의 선원을 실은 그 배는 항로를 이탈해 프랑스 해안에서 멀리 떨어진 곳에서 암초와 충돌했다. 프랑스 해운 회사인 꼼빠니 드 샤구르 레우니스 소속인 그 선박은 목적지인 세네갈로 가는 도중 사고가 발생했다. 폭풍우가 치는 동안 기관실에 있던 발전기가 고장 나서 배가 제대로 항해할 수 없었다고 한다. 밤 11시 58분에 그 배는 암초에 부딪쳐서 선체에 치명적인 손상을 입었다. 새벽 3시에 아프리크 호와 모든 통신이 끊어졌고 배는 그 직후 침몰했다. 승객과 선원 중 생존자는 불과 34명이었다. 로널드와 이디스 스펜서의 유가족으로는 21세인 제럴딘 스펜서 양이 유일하다.

기사의 나머지 내용은 로널드 스펜서의 순자산과 보유 주식에 관한 것이었다. 애슐린은 전혀 관심 없는 내용이었다. 그보다는 그 기사 끝에 나온 젊은 여자의 사진에 더 관심이 갔다. 제럴딘 '골디' 스펜서, 21세.

애슐린은 다시 확대경을 들어 골디를 좀 더 자세히 살펴봤다. 백금색 머리카락에 까만 눈동자. 완벽하게 활 모양으로 립스틱을 칠한 입술, 마치 누군가 그래보라고 부추긴 것처럼 카메라를 똑바로 보는 그 눈빛. 그녀를 벨이 묘사한 여인으로 상상하는 건 어렵지 않았다. 뻔뻔하면서도 화려한 여자, 파티와 젊은 남자들을 좋아하는 취향. 헤미의 상사이자 아마도 연인이었을 여자.

두 번째 기사 역시 〈시카고 트리뷴〉에서 나온 것으로, 그로부터 12주 후에 나온 사설이었다. 스펜서의 언론 제국을 **'스물한 살짜리 신여성'**이 인계한 조치를 한탄하는 내용으로, 그 젊은 딸이 곧 아버지의 존경할 만한 언론사를 흥미 위주의 싸구려 언론사로 전락시켜서 나이트클럽 개업식과 최근 패션 경향을 다루는 기사들로 도배할 것이라고 썼다. 이사회가 즉각 조치를 취할 것을 요구하면서 사설이 끝났다.

세 번째 기사는 훨씬 더 원색적으로 그녀를 비난했다.

재즈 클럽 급습 도중 체포된 가십의 여왕 골디 스펜서

1928년 6월 14일(뉴욕)—6월 13일 새벽에 경찰이 니티 그리티 클럽으로 알려진 지하 무허가 술집을 비밀리에 급습했다. 경찰은 불법으로 수입한 주류가 웨스트 125번가 재즈 클럽에서 판매되고 있다는 제보를 듣고 출동했다. 클럽의 가짜 벽 뒤에서 발견된 상당한 양의 맥주와 증류주들이 압수돼서 폐기될 예정이다. 소량의 마리화나도 발견됐다. 그 자리에 있던 42명의 손님들이 체포됐는데, 거기에 클럽 사장인 라이블리 애벗, 유명한 배우이자 플레이보이인 레지널드 베넷, 언론사를 물려받은 상속녀인 골디 스펜서도 있었다. 베넷과 스펜서는 지방 법원에서 기소 인정 여부 절차를 거친 후 벌금으로 50달러를 내라는 판결이 나왔다. 반복해서 법을 어긴 전적이 있는 애벗은 최악의 경우 징역 1년에 700달러가 넘는 벌금을 선고받을 가능성이 있다.

애슐린은 화장을 진하게 한 골디가 죄수 호송차 뒤쪽으로 끌려가는 모습을 찍은 흐릿한 사진을 꼼꼼하게 살펴봤다. 골디는 짧게 자른 금발을 가운데서 가르마를 탔고, 이마엔 여러 개의 비즈로 장식된 머리 장식을 차고 있었다. 그야말로 1920년대 전형적인 왈가닥 아가씨의 모습이었다. 사진작가는 골디가 입을 벌리고 있는 모습을 촬영했는데, 아마 그녀의 팔을 잡은 경찰관에게 욕을 퍼부을 때 찍은 것 같았다. 잘 나온 사진이라고는 할 수 없었지만, 이번에도 골디의 반항적인 면모가 만천하에 드러나 있었다.

다음에 나온 기사 두 개는 **뇌물 수수 행위가 폭로된 튬 상원의원과 우리 가운데 있는 적 : 바로 우리 눈앞에 숨어 있는 미국의 나치들**이란 제목이었다. 이 기사들 역시 언론사 대표로서의 골디의 무모함을 입증하는 증거로 첨부돼 있었다. 애슐린은 두 번째 기사를 재빨리 훑어보다가 헨리 포드와 찰스 린드버그도 그 기사에 나온 점에 주목했다. 1971년에 발행된 후속 기사에는 셜리 휠러라는 여성을 지지하는 시위에 골디도 나온 사실이 자세히 보도돼 있었다. 셜리는 미국에서 불법으로 임신 중절을 한 혐의로 과실치사로 기소된 첫 번째 여성이었다.

마지막으로 1974년 11월 2일자의 아주 작은 타블로이드판 기사가 하나 있었다. 그 기사의 제목은 **골디 스펜서의 팔짱을 낀 매력남은 누구인가?**였다. 기사에 나온 사진에는 어떤 축제나 행사에서 미소를 짓고 있지만 전보다 훨씬 더 나이 들어 보이는 골디가 보였다. 그녀는 가장자리에 깃털 장식이 달린 드레스를 입고 제3세계에 있는 작은 나라 하나 정도는 거뜬하게 먹여 살릴 수 있을 정도의 고가로 보이는 보석을 차고 있었다. 그녀는 어마어마하게 키가 크고 엄청난 미남의 팔짱을 끼고 있었다. 조각 같은 얼굴에 하얀 이를 드러낸 채 활짝 미소를 짓고 검은 나비넥타이를 맨 모습이 마치 007 첩보요원처럼 완벽해 보였다. 확대경을 들고 그 사진을 뜯어보던 애슐린의 몸에 살짝 전율이 일었다. 마침내 스티븐 슈왑이 등장했군. 그는 골디보다 훨씬 더 젊었지만 그래도 기죽지 않고 위풍당당한 모습이었다.

애슐린은 그의 얼굴을 더 자세히 들여다보면서 이를 다 드러낸 미소, 곁눈질로 골디를 바라보는 그의 눈빛에 주목했다. 둘은 방금 막 개인적인 농담을 나누며 웃은 것처럼 보였다. 이 남자가 바로 마리안 매닝이 그토록 간절하게 사랑한 남자일까? 그녀를 속이고 그녀의 마음을 갈기갈기 찢어놓은 남자? 그렇다면 골디는 둘의 관계에서 어떤 역할을 한 걸까? 아마 골디가 먼저 그를 사랑했는데 마리안 매닝이 자기 남자를 넘본 여자라 생각했는지도 모른다. 이 사랑과 전쟁에서 모든 것이 공정하게 행해졌다면, 그리고 헤미와 스티븐 슈왑이 정말 동일인이라면, 골디가 분명 승자인 셈이다.

루스의 말에 따르면, 그는 골디와 끝까지 같이 있었다. 그리고 다음 기사—**언론사를 물려받은 상속녀 골디 스펜서, 80세에 영면하다**—가 그 사실을 증명하는 것처럼 보였다. 그 기사에서 골디의 파크 애비뉴 아파트뿐만 아니라 유산의 상당 부분이 오랜 동반자였던 스티븐 슈왑에게 갔다고 나와 있었다. 그녀의 유언에 따라 남은 재산은 여성들을 후원하는 다양한 자선 단체들에 분배될 것이라고 했다. 그것은 루스가 가져온 자료에서 마지막으로 남은 기사와 완벽하게 맞아떨어지는 내용이었다. 〈뉴요커〉에서 여러 페이지에 걸쳐 골디의 추도식을 보도했는데, 제목이 **골디 스펜서 : 페미니스트의 유산**이었다.

다시 그 행사 사진과 기세 당당한 스티븐 슈왑으로 돌아와서 애슐린은 그가 마리안 매닝의 소울메이트였다는 걸 입증할 만한 점을 찾아봤다. 골디의 궤도에 무수한 남자들이 줄을 서서 들락거렸으니 헤미도 그중 하나일 수 있었다. 그런 점을 고려해도 퍼즐 조각들이 놀랄 정도로 딱 맞아떨어졌다. 스티븐 슈왑이 소설가 지망생이라는 부분이 특히 그랬다. 슈왑 씨가 그저 소설가가 되는 꿈만 꾼 게 아니라면? 만약 그가 실제로 책을 썼다면(익명으로)? 유력자의 딸과 했던 불운한 사랑 이야기를 소재로 책을 썼다면?

헤미…… 이 사람이 당신인가요?

설사 그가 헤미라고 해도 그걸 어떻게 입증할 수 있겠는가? 그가 그 질문에 대답하기엔 이미 늦어버렸는데. 골디도 마찬가지고. 벨과 헤미의 이야기를 더 깊이 파고 들어갈수록 더 많은 의문이 떠올랐다. 마리안 매닝의 시는 어떻게 됐을까? 그녀가 테디와 파혼했다면 왜 헤미와 결혼하지 않았을까? 어느 파티나 행사에서 우연히 찍힌 사진들, 스티븐 슈왑과 마리안 매닝이 둘 다 나온 사진들이 어딘가에 감춰져 있을 수도 있지 않을까? 그렇다면 그게 증거가 될 텐데. 아니면 증거 비슷한 것이 될지도.

물론 이 중 어떤 것도 그녀가 상관할 일은 아니고, 그녀의 의문이 다 풀린다고 해서 그 불행한 로맨스의 결과가 바뀌는 것도 아니다. 하지만 알아내야 한다는 그 욕구가 마치 손이 닿지 않는 곳이 가려운 것처럼 사람을 미치게 했다. 이 시점에선 그녀를 도울 수 있을 만한 사람은 한 명밖에 없었다. 다만 도울 수 있는 능력과 그러고자 하는 의지는 완전히 별개의 것이지만. 이선은 이모할머니의 과거에 더 깊이 들어가는 걸 주저하는 것처럼 보였다. 다만 자신이 인식하는 것보다 훨씬 더 많은 걸 알고 있을 것 같다고 애슐린은 생각했다. 그에게 스티븐 슈왑과 제럴딘 스펜서라는 이름을 말하면 잊고 있던 기억이 떠오를지도 모른다.

이번에 애슐린은 전화기의 다이얼을 돌리기 전에 먼저 생각부터

했다. 지금 이 시각에는 그가 직접 전화를 받는 게 아니라 자동응답기로 넘어갈 가능성이 크니 이번에는 만반의 준비를 다 하고 전화하고 싶었다. 마침내 무슨 말을 하고 싶은지 확실해졌을 때, 다시 한번 연습해보고 다이얼을 돌렸다. 예상했던 것처럼 이선의 응답기로 연결됐다.

"안녕하세요, 서점을 운영하는 애슐린입니다. 지금 굉장히 바쁘신 건 알고 있지만, 일이 생겨서요. 선생님에게 물어보고 싶은 이름이 두어 개 나왔어요. 그리고 지난번에 물어보려다 잊어버린 질문도 몇 가지 있고. 나중에 저에게 전화해주실 수 있을까요?"

서점 문을 닫을 때가 됐을 때도 이선은 여전히 전화하지 않았고, 그녀는 새로운 질문 목록에 여섯 개의 질문을 추가해놨다. 애슐린은 지금까지 전화가 오지 않았다고 해서 이선이 자신의 전화를 무시하는 건 아니라고 생각했다. 아마 아직 집에 오지 않았거나 자동응답기를 확인하는 걸 잊어버렸는지도 모른다. 이번에는 직접 통화할 수 있기를 바라며 다시 전화했다.

"난 집에 없습니다. 메시지를 남겨주세요."

망할.

"안녕하세요, 또 저예요. 혹시 오늘 오후에 제가 남긴 메시지를 들으셨나 궁금해서 전화했어요. 제 친구가 조사를 좀 했다가 스티븐 슈왑이란 이름을 알아냈어요. 혹시 이 이름을 듣고 떠오르시는 게 없는지 궁금해서요. 이 스티븐이란 사람이 헤미일지도 모른다는 생각이 들어요. 전 이제 가게를 닫지만, 우리 집에 전화하시면 통화하실 수 있어요. 어쨌든…… 감사합니다."

집에 돌아온 애슐린은 뜨거운 물로 샤워하고 샐러드와 남은 치킨으로 대강 저녁을 먹은 뒤, 마닐라 봉투에 들어 있던 자료들을 부엌 조리대 위에 펼쳐놓고 다시 하나씩 읽어봤다.

처음에 이 자료들을 살펴봤을 때는 기뻐서 마음이 붕 떠 있었지만, 그 후론 흥분이 좀 식었다. 스티븐 슈왑이란 남자가 그 악명 높은 골디와 연인이었거나 혹은 연인이 아니었을지도 모른다는 사실 외에 그녀가 **정말로** 알게 된 게 뭐가 있나? 그 사람이 골디 소유의 신문사 중 하나에서 일했을지도 모른다는 사실. 그가 소설가였을지도 **모른다는** 사실. 하지만 스티븐 슈왑과 마리안 매닝을 연결할 만한 단서는 하나도 없었다.

애슐린은 전화기를 보면서 그것이 울리지 않았다는 사실을 날카롭게 의식하고 있었다. 오늘은 일요일이다. 어쩌면 이선은 주말을 보내러 딴 곳에 갔는지도 모른다. 아니면 데이트가 있거나. 적어도 그런 이유에서지 그녀를 무시하려는 의도적인 결정은 아니었기를 바랐다. 그렇다고 감히 다시 전화하진 못했다. 아직은 아니다. 며칠 기다릴 것이다. 그동안 책을 계속 읽으면서 벨이나 헤미가 부주의하게 단서를 하나나 두 개 정도 책 속에 흘렸기를 바랐다.

영원히,
그리고
다른 거짓말들

Forever, and Other Lies

37~44페이지

1941년 11월 4일
뉴욕, 뉴욕

나는 언니가 당신의 팔짱을 끼는 모습을 지켜봤어. 그런데 당신은 언니에게서 팔을 빼려는 시도조차 하지 않더군. 언니를 보면 항상 거미가 떠올라. 무한한 인내심을 발휘하면서 모든 일이 자기 입맛대로 되길 기다리는 거미. 그런 후에 신속하면서도 무자비하게 덮치는 거지. 아주 끝내주는 기회주의자라니까.

하지만 난 당신을 목표로 언니가 무슨 계획을 세우고 있는지 알수 없었어. 아마 언니는 그저 날 짜증나게 만들고, 언제나 상황을 주도하는 사람은 언니라는 사실을 나에게 다시 일깨워주고 싶었던 건지도 모르지. 마치 그 사실을 잊어버릴 수 있는 사람이 있기라도 한 것처럼. 어쨌든 그런 식으로 언니의 안내를 받으며 따라다니는 당신의 모습은 상당히 편해 보였어.

당신은 스스로가 얼마나 영리하다고 생각했을까. 카멜레온처럼 변신해서 방 안을 자유롭게 돌아다니며 아버지의 손님들과 웃고 한담을 나누고 말이야. 그런 당신을 지켜보는 그 누구도 당신이 자기와 같은 부류가 아니라거나, 당신이 처음에 내 초대에 망설였다는 사실을 짐작할 수 없을 거야. 당신은 당신이 맡은 역을 완벽하게 연기했어. 어찌나 완벽하던지 오늘 밤 이곳에 오기를 내키지 않아 하던 당신의 모습이 연기가 아니었나 싶더라니까.

당신은 싱긋 웃으면서 들고 있는 진토닉 잔 너머로 고개를 끄덕이며 마치 당신에게 경의를 표하기 위해 주최한 저녁 식사에 초대받은 외교관처럼 노동 분쟁과 통화 정책을 주제로 토론하더군. 그렇게 여기저기 돌아다니면서 이야기하는 내내 내게는 눈길 한 번 주지 않았지. 내가 당신을 어찌나 이글거리는 눈빛으로 노려봤는지 당신 재킷에 구멍이 생길 뻔했을 때도, 당신이 날 돌아볼 때까지 쳐다보겠다는 의지를 불태우면서 봤는데도 당신은 날 보지 않았어. 날 괴롭히기 위해서였다는 사실을 나중에야 깨달았지. 오늘 오후 호수에서 했던 말다툼에 대해 보복하려고 그랬던 거야. 나는 당신을 씨씨 언니에게 맡기고 돌아섰지.

나중에, 저녁 먹으러 식당으로 오라고 호출받았을 때 언니가 자리 배치표를 바꿨다는 사실을 알게 됐어. 당신은 내게서 최대한 멀리 떨어져 식탁 저쪽 끝에 앉게 됐지. 난 어쩔 수 없이 당신이 바이올라 휠러 부인의 비위를 맞추는 모습을 지켜봐야 했어. 평소처럼 느긋한 미소를 지은 채 몬태나에서 나고 자란 부인의 귀를 매끄러운 영국식 억양으로 매료시키는 모습을 말이야.

휠러 부인을 보고 있자니 역겨웠어. 마치 멍이 든 것 같은 색깔에 유행에 뒤떨어진 드레스를 입은 늙은 여자가 뭐라고 했는지 모르겠지만, 아무튼 당신이 한 말에 여학생처럼 키득거리는 꼴이라니. 당신의 약간 쉰 듯하면서도 윙윙 울리는 웃음소리가 식탁 위를 감돌았어. 무의식중에 이마에 흘러내린 머리카락을 쓸어올리는 습관이 있는 당신. 이제는 너무나 익숙해져버린 그 습관. 하지만 당신은 우리 집에 도착한 후 내게 미소 비슷한 것도 지어 보이지 않았지. 마치 우리가 서로 낯선 사람인 척 연기하는 게 아니라 진짜 그런 것처럼 말이야.

나는 저녁 식사가 끝나길 간절히 바랐어. 그래서 마침내 당신을 다른 사람들에게서 떼어낼 구실을 찾아 당신을 나 혼자 독차지할 수 있게 말이야. 하지만 다들 디저트를 먹고 커피를 마신 후에 아버지가 남자들끼리만 서재로 가서 시가를 피우자고 제안했지. 아버지가 당신도 콕 집어서 같이 가자고 했을 때 나는 좀 놀랐어. 하지만 남자들이 자리에서 일어났을 때 씨씨와 아버지 사이에 오간 눈빛을 보고 언니가 당신을 좋게 봤고, 어쩌면 아버지에게 그 서재 모임에 당신도 넣으라고 제안했을지도 모른다는 사실을 깨달았어.

여자들은 식탁에 남아 우아한 잔에 따른 셰리주를 마시면서 괜찮은 요리사를 데리고 있기가 얼마나 힘든지, 이번 시즌의 공연들은 하나같이 시원찮다고 혀를 차며 수다를 떨었지. 나는 멍하니 고개를 끄덕이면서 그들의 이야기에 장단을 맞추는 척했지만, 속으론 그저 당신 생각뿐이었어. 우리 아버지의 서재에 있는 가죽 소재의 팔걸이 안락의자에 앉아 시가를 피우면서 아버지에게 알랑거리는 그의 친구들과 이야기하는 당신 모습 말이야. 그 생각만 해도 말문이 막히면서 초조하고 울화가 치밀었어. 당신에게 여기 와서 시가를 피우고 그 꼴 보기 싫은 노인네들과 친하게 지내라고 초대한 게 아닌데 말이야.

하지만 다시 채운 셰리주를 한 번에 비웠을 때, 나는 그 늙은 남자들이야말로 당신이 오늘 밤 여기 온 진정한 이유란 사실을 깨달았어. 그들의 부와 인맥과 그게 뭐든 그들이 당신을 위해 해줄 수 있는 것을 위해 왔다는 걸. 나는 놀라선 안 됐지. 당신은 나와 처음 만났을 때부터 자칭 모험가라고 했잖아. 그리고 이제 당신은 우리 아버지 집에 들어왔어. 그것도 당당하게 초대받아 아버지의 서재에 들어온 거야. 당신이 아주 깔끔하게 해낸 거지. 그것도 아주 신속하게. 나 덕분에 말이야.

난 다시 잔을 채웠는데 갑자기 울음이 터질 것 같았어. 씨씨 언니가 말없이 못마땅한 표정으로 경고의 눈빛을 보내더군. 난 알아보지 못한 척했지만, 언니가 나를 볼 때 언니 눈에 뭐가 보이는지 궁금해서 참을 수 없었어. 내가 지금 두려워하는 것처럼 얼굴에 내 마음이 다 비치는 걸까?

내가 완전히 바보처럼 느껴졌어.

난 당신을 위해 당신이 여기 오길 바랐어. 내가 당신과 있을 때 느끼는 바로 그 감정을 느끼기 위해. 마치 내 심장이 내 가슴 속에 가만히 있기에는 너무 큰 것 같은 그런 설레는 마음을 느끼기 위해. 마치 내가 마침내 이 망할 놈의 집구석과 이 망할 놈의 식구들과는 전혀 연결점이 없는 누군가의 사람이 된 것 같은 그 느낌 때문에. 하지만 당신은 보아하니 다른 이유가 있어서 온 거야. 나와는 전혀 상관없어 보이는 이유들. 여자들은 여전히 모자와 치맛자락의 길이에 관해 불만을 늘어놓고 있었어. 갑자기 더는 이 공허한 말을 듣고 있을 수도 없었고, 더는 셰리주를 마실 수도 없었어. 나는 벌떡 일어나서 두통이 생겼다고 불쑥 내뱉으면서 그 자리에서 나와버렸지.

내가 문으로 가는 동안 언니가 또 비난하는 눈빛으로 나를 쏘아봤지. 하지만 상관없었어. 크면서 언니가 날 못마땅해하는 데 익숙해졌거든. 그리고 오늘 밤 일에 대해 언니를 탓하는 마음도 있었어. 당신을 채가서 언니 마음대로 사람들에게 과시하고 다녔으니까.

난 항상 언니에게 투명인간이나 다름없었어. 그리고 너무 어려서 언니의 관심을 전혀 끌지 못했지. 그래도 상관없었어. 엄마가 다른 사람들 몫까지 충분히 사랑해줬으니까. 하지만 엄마가 죽었을 때 생긴 상실감 때문에 내 가슴에 구멍이 난 기분이었어. 그래서 씨씨 언니를 붙잡고 매달렸지. 이 방 저 방 언니를 따라다니면서 언니가 뭔가 읽고 있거나 편지를 쓰고 있을 때 들여다보고, 언니에게 게임을 같이 하거나 이야기해달라고 졸랐어. 나는 누군가 이야기할 사람, 누군가 마망을 기억하고 있고 엄마가 아프기 전에 우리의 삶이 어떠했는지 알고 있는 사람이 필요했어. 하지만 언니는 나의 그런 결핍을 참아줄 인내심이 전혀 없는 사람이었지.

어느 날 밤 언니의 방에 몰래 들어가서 언니가 자는 침대 옆에 기어들어갔던 때가 기억나. 난 그때 악몽을 꾸고 난 후라 위로가 절실하게 필요했었거든. 그런데 언니는 날 달래주긴커녕, 내 가슴을 팔꿈치로 쳐버린 후에 내 방으로 돌려보냈어. 언니는 결국 나의 대리모 역할을 받아들였지만, 그것도 아버지가 부탁해서 그랬던 거야. 언니는 아버지가 원하는 건 무엇이든 절대 거부할 수 없었거든. 아버지의 사업 친구 중 한 명의 아들과—지독하게 고루한 성격의—
결혼하는 것까지 포함해서 말이야. 하지만 씨씨 언니는 아버지처럼
야심이 큰 사람이었고, 대공황이 일어난 후 우리 가문이 다시 재기
할 수 있도록 도우려고 열심이었어. 아버지의 세계에서는 모든 것
에 대가가 따랐지.

12년이란 세월 동안 남편이 죽고 아이를 넷 낳은 언니는 우리 가
문의 여자 가장이자, 우리 가족에게 좋은 취향과 모범적인 행동이
어떤 것인지 결정하는 사람이 되었고, 나에겐 일종의 간수가 됐지.
언니는 내가 아버지의 뜻에 따라 제대로 처신할 수 있도록 지키는
것이 언니의 의무라고 생각했어. 그리고 나는 대체로 어른들이 내
게 기대하는 대로 했지. 그게 더 쉬우니까. 하지만 오늘 밤은 그렇지
않았어.

나는 슬쩍 방을 나와 복도로 가서 계단으로 향했지. 아버지가 손
님들을 얼마나 오랫동안 접대할지, 당신이 마침내 풀려났는데 내가
자러 들어가서 당신 혼자 남았다는 걸 알게 되면 무슨 생각을 하게
될지 전혀 몰랐어. 당신은 이미 새 친구들을 충분히 사귀었으니까,
그중 하나가 당신을 배웅할지도 모르지. 아니면 씨씨 언니가 안주
인으로서 당신을 배웅할지도 모르고. 언니는 당신에게 꽤 반한 것
처럼 보였으니까.

내가 거의 층계에 다다랐을 때 뒤에서 조용히 발소리가 들렸어.
돌아서자 당신이 날 향해 걸어오는 모습이 보였지. 하지만 당신은
갑자기 그 자리에 우뚝 멈춰서서 어색하게 거리를 유지했어.

"난 갈게." 당신은 단호하게 말했지.

"간다고? 왜?"

"오늘 밤은 이미 신물이 날 정도로 즐겼으니까. 아무튼 그렇다고 해두지."

당신은 아주 싸늘했어. 매우 화가 났고. "무슨 일 있었어? 저기서 언쟁이라도 벌인 거야?"

당신은 평소에 가끔 보이던 그 냉혹한 미소를 짓더군. "그 반대였어. 난 저들의 열렬한 환영을 받았지. 몇 주만 더 만나면 아마 비밀 신호를 주고받는 법도 배우게 될 거야."

나는 얼굴을 찡그리면서 당신의 그 말, 그 말투를 이해하려고 애썼지. 그날 하루 만에 우리는 벌써 두 번째 말다툼을 하고 있었고, 그래서 더럭 겁이 났어. "이해가 안 돼. 당신은 그러려고 여기 온 거 아니야?"

"난 당신을 위해 온 거야, 벨. 당신이 오라고 했잖아, 기억나? 당신이 말하길…… 난 그저 당신이 보고 싶어서 왔다는 생각은 안 해? 난 그래서 온 거야."

"하지만 당신이 우리 집에 발을 들인 순간 난 보이지도 않게 돼버렸잖아."

당신은 입을 굳게 다문 채 나를 오랫동안 찬찬히 살펴봤어. 그러다 마침내 한 발짝 가까이 다가왔지. 난 당신이 날 만지고 내게 키스할 거라고 예상했어. 그 자리엔 우리 말고 아무도 없었으니까. 대신 당신은 고개를 흔들었어. "당신은 당신 아버지와 언니 앞에서 날 무슨 망할 놈의 트로피처럼 보여주면서 나와는 안면도 거의 없는 사람인 척하더니, 내가 오늘 저녁 내내 방 맞은편에서 당신만을 간절히 바라보며 기다리지 않았다고 화를 내고 있군."

"난 그런 기대는……."

당신은 한 손을 들어올려서 내 말을 중간에 잘라버렸지. "당신은 이걸 일종의 게임처럼 생각하는 것 같아, 벨. 며칠씩 내가 당신 연락만 기다리게 했다가 내 목줄을 잡아당기지. 당신이 부르면 내가 당신에게 펄쩍 뛰어오를 거로 생각하고 있고. 나도 당신 장단에 맞춰주는 게 좋았어. 한동안은 말이야. 하지만 이제는 상황이 달라. 난 더는 이 게임을 할 수 없어."

당신은 마치 작은 돌멩이를 하나씩 던지는 것처럼 한 마디씩 던졌어. 그걸 맞을 때마다 마음이 한없이 쓰라렸지. "대체 무슨 말을 하는 거야?"

"모르겠어? 미래에 나를 초대할 때는 좀 더 신중하게 하라는 말을 하는 거야."

당신은 그러고 돌아서서 복도 저편으로 물러갔지. 난 당신이 멀어지는 모습을 봤어. 어깨가 한껏 굳어진 채로 거실을 지나 시야에서 멀어지는 모습을. 대리석 타일이 깔린 홀의 바닥에서 당신의 발소리가 울리더니 현관문이 쿵 닫히는 소리가 들렸어. 묵직한 최후의 소리였지.

그야말로 마지막인 것처럼.

다음 날 아침 나는 골디의 아파트에 전화했어. 당신과 통화하려고. 한 남자가 전화를 받더군. 누군지는 알 수 없었어. 하지만 내가 당신과 통화하고 싶다고 했더니, 이제 당신은 그 집에 살지 않는다고 그 사람이 말하더군. 바로 오늘 아침에 짐을 챙겨서 나갔다고. 그 소식에 나는 허를 찔렸고, 이어서 이성을 잃고 공황에 빠졌어. 당신이 왜 그렇게 갑자기 그곳을 나갔는지, 그리고 당신이 어디로 갔는지 아느냐고 물었지만, 그 사람은 아무것도 모른다고 했어.

〈리뷰〉지로 다이얼을 돌리는 내 손이 덜덜 떨리고 있었어. 우리는 전에 당신이 우리 집에 전화하지 않는 것처럼 나도 당신 직장에는 전화하지 않기로 합의했거든. 전화를 받은 여자는 무뚝뚝하면서도 아주 효율적으로 일하더군. 사무실에서 사람들이 분주하게 일하는 소음이 들리는 가운데 그 여자는 당신이 아직 출근하지 않았고, 아무도 당신의 소식을 들은 적이 없다고 말하더군. 그녀는 점심시간이 지난 후에 다시 전화해보라고 했고, 그러다 문득 생각났는지 메시지를 남기고 싶냐고 묻더군.

순간 당신이 어젯밤에 갑자기 떠난 것에 대해 화를 내는 말을 남기고 싶었어. 그때 내가 할 수 있는 유일한 방식으로 당신에게 비난을 퍼붓고 싶었지. 하지만 당신이 그 메시지를 읽은 다음엔 어쩔 건데? 난 결국 그렇게 화를 낸 것에 대해 사과하게 될 게 뻔한데.

"아뇨. 메시지는 없어요." 그렇게 말하고 전화를 끊으려다 불쑥 골디와 통화하고 싶다고 말해버렸어.

"죄송하지만 스펜서 씨는 지금 바쁘십니다. 메시지를 남기고 싶으시면……."

그녀의 목소리가 갑자기 끊기더니 마치 누군가 수화기를 손으로 가린 것처럼 잠시 침묵이 흘렀어. 잠시 후에 골디의 목소리가 들렸어. "원하는 게 뭐죠?"

"내가 전화한 이유는……."

"당신이 왜 전화했는지 알아요, 아가씨. 하지만 아무리 당신이라고 해도 전화하기엔 좀 이른 시간이군요. 당신들의 불륜은 점심시간에 한다고 생각했는데."

불륜. 그 말이 내 가슴을 사정없이 찔렀어. 그 말에 깃들어 있는 찰나라는 의미, 영원하지 않다는 의미. 하지만 잘 생각해보면 우리의 관계가 바로 불륜 아니겠어? 우리가 지금 뭘 하는 걸까? 불륜인가? 완전한 의미에서의 불륜은 아닐지도 몰라. 우리는 지금까지는 옷을 벗지 않는 데 가까스로 성공했지만, 그 외의 중요한 면에선 불륜일 거야. 몰래 빠져나가서 은밀한 만남을 갖고. 우리가 어디 있었는지에 대해 거짓말하고. 다른 사람들이 하는 건 불륜이고 우리가 하는 건 로맨스라고 생각하고. 우린 사랑하는 사이니까.

다만 우리는 실제로 사랑한다는 말을 입 밖에 내본 적은 없었어. 난 그랬지. 난 그 말을 당신에게 할 수 없었지. 그리고 당신이 그 말을 하지 않은 이유는…… 흠, 그건 아마도 우리가 한 거래의 일부여서 그랬을 거야. 우리는 진실을 건드리지 않기 위해 그 주위를 발끝으로 살금살금 걸어다니기로 했으니까. 그것에 이름을 붙이면 그걸 놔야 할 때가 됐을 때 그리워하게 될 테니까. 그리고 난 그 상실감을 견뎌낼 수 있을지 확신할 수 없었어. 그걸 놓아버리는 것도 마찬가지고.

다만 인제 와서 보니 그걸 놓아버린 사람은 당신인 것 같아.

수화기 너머로 지직거리는 침묵을 듣고 골디가 아직 전화를 끊지 않은 채 내 대답을 기다리고 있다는 걸 깨달았어. 나는 골디의 말을 부인할까 고민하다가 그게 얼마나 의미 없는 짓인지 깨달았지. 우리가 점심시간에 만나는 걸 그녀가 알 수 있는 유일한 방법은 바로 하나야. 당신이 그녀에게 말한 거지. 그녀가 하는 말로 봐선 다 말한 것 같았어.

나는 전화를 끊은 후 뒤쪽 계단으로 내려가서 부엌문으로 나갔어. 차고로 들어가서 우리 집의 모든 차를 관리하는 뱅크스에게 시내에 가서 쇼핑을 좀 하고 친구들을 만나 점심을 먹을 거니 차를 빼달라고 말했어. 그 말을 하면서 내 입에서 거짓말이 얼마나 술술 흘러나오는지, 그리고 내가 얼마나 숙련된 거짓말쟁이가 됐는지 깨달았지.

나는 〈리뷰〉지 사무실 맞은편에 있는 거리에서 거의 두 시간을 기다렸어. 그 건물의 출입구를 지켜보면서 당신이 나타나길 기다렸지. 그건 무척이나 절망적인 짓이라는 사실은 나도 알고 있었어. 어리석고, 무모하고, 충동적인 행동이었지. 하지만 어젯밤 뭔가 일어났는데 당신은 그게 내 잘못이라고 믿는 듯했고, 나는 적어도 내가 어떤 잘못을 했는지, 그리고 그게 당신이 갑자기 이사한 이유와 관련이 있는지 알 권리가 있다고 생각했어. 당신이 골디와 싸웠나? 나 때문에? 그렇다면 당신은 골디 집에서 방을 뺐을 뿐만 아니라 직장도 잃은 것일까?

당신이 이미 영국으로 돌아가고 있을지도 모른다는 가능성이 마음을 갉아먹는 동안 나는 연석에 서서 당신이 아닌 손님들을 내려주는 택시들을 보고 또 보고 있었어. 마침내 당신이 나타났지.

나는 당신이 돌아서서 내 차가 있는 곳으로 올 때까지 경적을 짧게 세 번 울렸어. 당신은 날 보고 처음엔 당황한 표정이더니 성큼성큼 단호하게 거리를 건너왔지. 와서 아무 말도 하지 않고 조수석 문을 열더니 그냥 타더군.

"여기서 뭐 하는 거야, 벨?"

"내가 전화했는데…… 당신이 이제 거기 안 산다고 해서…… 당신을 만나야 했어."

"우리는 전화하지 않기로 합의한 줄 알았는데."

"우리가 어떤 합의를 했든 상관없어. 거기 사람들 말이, 당신이 오늘 아침에 이사 나갔다고 하던데."

"거기 사람들이 누구야?"

"누가 됐든 전화 받은 사람이 그랬어. 무슨 일이 있었던 거야?"

당신은 모자를 벗고 손으로 머리카락을 빗어넘겼지. 그때 처음 당신이 얼마나 피곤해 보이는지 알아챘어. 마치 한숨도 못 자고 샤워도 하지 않은 사람 같아 보였지. 당신은 가늘게 뜬 눈으로 날 찬찬히 살펴봤어. "여기서 얼마나 있었던 거야? 입술이 파랗게 질렸어."

나는 고개를 돌려버렸고, 목이 메었어. "나도 몰라. 두어 시간쯤. 어젯밤 일에 관해 이야기 좀 해, 헤미. 제발."

"여기서 이러고 앉아 있을 순 없어. 시동 걸어."

"어디로 갈 건데?"

"내 집."

후회하는 벨
Regretting Belle

55~65페이지

1941년 11월 5일
뉴욕, 뉴욕

당신은 당신 아버지의 크라이슬러를 운전해서 점심시간에 몰려든 차들 사이로 빠져나오는 동안 입을 다문 채 내가 바꾸라고 하는 쪽으로 차의 방향을 바꾸고, 내가 주차하라고 하는 자리에 주차했지.

나는 미터기에 동전을 넣고, 37번가의 높은 건물들 사이에 웅크리고 있는 엘리베이터가 없는 6층짜리 벽돌 건물을 손으로 가리켰어. 당신은 거리 양쪽을 슬쩍 살펴본 후 나를 따라 그 건물로 가면서 줄줄이 있는 금속 우편함들과 여기저기 흩어져 있는 의자들과 테이블들을 지나쳤지. 당신이 나를 따라 좁은 계단을 올라오면서, 장갑이 더러워지지 않도록 당신의 손이 계단의 난간 위를 떠도는 동안 무슨 생각을 했을지 궁금하더군.

나는 2-B 아파트 앞에 멈춰서 내 주머니 속에서 돌아다니는 열쇠를 꺼내려고 뒤졌지. 내가 문을 밀어서 열고 옆으로 비켜서는 사이에 문에서 크게 삐걱거리는 소리가 났어. 당신은 어둑어둑하고 살짝 퀴퀴한 냄새가 나는 실내를 경계하듯 바라보면서 시험 삼아 들어갔지. 내가 거실에 있는 램프를 켜고 당신이 가구가 몇 점 없는 방을 돌아봤던 순간은 좀 불편했어. 그건 형편없는 방은 아니었지만 대단한 곳도 아니었거든. 벽에는 마호가니 패널이 붙어 있고 호화로운 가죽 의자들이 놓여 있는 당신 아버지의 서재와는 어마어마하게 달랐지.

거실에는 아무 무늬 없이 실용적인 소재의 커버가 씌워져 있는 소파가 하나 있었고, 그와 한 세트인 안락의자가 하나 있었지. 그리고 소파 옆에 놓는 작은 테이블이 한 쌍 있었고. 뒤쪽에 있는 부엌은 마치 배의 주방처럼 아주 작았어. 붉은색과 흰색이 섞인 커튼이 달려 있고, 식탁은 벽에 빌트인으로 설치돼 있었지. 짧은 복도 끝에 침실이 보였어. 거울이 달린 작은 침실용 옷장 하나, 작은 책상 하나, 그리고 빛이 바랜 셔닐직 커버가 씌워진 침대 하나가 있는 살풍경한 방이었어. 내 여행 가방들은 문간에 놓여 있었고, 그 옆에 케이스에 든 타자기와 낡은 책 몇 권이 있었지.

당신은 아파트 안을 둘러본 후에 다시 고개를 돌려 날 보며 눈을 깜박였지. "여기가…… 당신 집?"

"오늘 아침 9시 30분부터 내 집이 됐지. 맞아, 골디와 나는…… 사소한 불화가 생겨서 이제 나만의 공간을 가질 때가 됐다고 생각했어. 여긴 궁전은 아니지만 글을 쓰고 잠을 잘 수 있어. 내가 필요한 건 그게 다야."

나는 당신의 눈에 눈물이 가득 차는 걸 지켜봤어. 당신은 눈을 깜박여서 눈물을 흘리지 않으려 애썼지만 너무 늦었어. 눈물이 당신의 뺨으로 흘러내렸어. 당신이 내 품에 무너져서 울음을 터트리는 바람에 나는 깜짝 놀랐지.

"난 당신이 집에 가버렸다고 생각했어……." 당신은 목이 쉰 소리로 속삭이더니 고개를 뒤로 젖혀 나를 바라봤어. "당신이 오늘 아침에 골디의 집에서 나갔다는 말을 들었을 때 영국으로 돌아갔다고 생각했어."

"왜 그런 생각을 했어?"

"어젯밤 당신이 떠났을 때……." 당신은 날 외면하더니 시선을 바닥으로 떨어뜨렸지. "왜 골디 집에서 나왔어?"

나는 그때 뒤로 물러났어. 우리 사이에 거리를 둘 필요가 있었기 때문이야. 그리고 내가 담배를 피웠더라면 하고 바랐지. 지금 같은 순간엔 그런 식으로 주의를 돌릴 수 있었으니까. 손을 쓸 뭔가 말이야. 나는 대신 주머니에 손을 집어넣었지. "언쟁을 좀 했어." 나는 마지못해 짧게 대답했어.

"나에 대한 언쟁이었어?"

"그것도 있고, 다른 것들도 있고."

"그 여자, 우리에 대해 알고 있던데."

당신의 말투에서 나를 비난하는 기색이 비쳤지. 그럴 만하다고 나는 생각했어. "맞아."

당신의 얼굴이 굳어지더군. 조금 전까지 울고 있던 건 까맣게 잊어버린 채 말이야. "당신이 어떻게 그럴 수 있어? 다른 사람도 아니고 어떻게 그 여자에게 말할 수 있어? 그 여자가 내게 전화로 한 말을 생각하면…….”

“미안해. 어젯밤 골디의 집으로 돌아갔다가 언쟁이 벌어졌는데 오늘 아침에 다시 싸우는 바람에. 골디가 나쁜 뜻으로 한 말은 아닌데…….”

“그 여자를 위해 변명하지 마.”

“골디는 내가 당신과 선을 넘었다고 생각하고 있어. 내가 균형감각을 잃었다고 하더군.” 나는 솔직하면서도 동시에 완전한 진실은 아닌 대꾸를 했지.

“무슨 선을 넘어? 그 여자의 선?”

“아니, 내 선. 하지만 골디의 말이 틀린 건 아니야. 그걸 어젯밤에 깨달았어. 저녁 식사에서 말이야.”

“그게 무슨 뜻이야?”

나는 마치 상처 소독을 대비해 숨을 들이마시는 것처럼 힘껏 숨을 들이마신 후에 말했지. “내 말은, 우리가 이걸 그만둬야 한다는 뜻이야, 벨. 이게 뭐든 말이야. 이건 끝나야 해. 지금.”

당신의 얼굴에서 순식간에 힘이 풀려버린 게 보였어. “그 여자 때문이야?”

“우리 때문에. 당신과 나, 그리고 앞으로 일어날 일 때문에. 만약 이…….”

“불륜?” 당신은 알아들을 수도 없이 아주 작은 목소리로 말했지.

“그래, 알았어. 그걸 그렇게 부르자고. 만약 우리가 발각되면 무슨 일이 일어날 거라고 생각해? 당신은 미국 최고의 재력가 중 하나의 딸인 데다 뉴욕에서 가장 유명한 청년 중 하나와 약혼했어. 그리고 나는……."

당신이 턱을 한쪽으로 치켜올렸지. "당신은 뭐?"

"바보지. 다른 남자와 곧 결혼하게 될 여자와 관계를 맺은 한심한 바보. 널찍한 어깨와 폴로 트로피로 가득 찬 벽난로 선반 외에 아버지의 막대한 유산을 물려받는다는 장점이 딱 하나 있는 남자와 말이지. 그런데 당신은 여기 서서 마치 내가 천하에서 제일 나쁜 놈인 것처럼 노려보고 있군. 이 상황이 얼마나 아이러니한지 당신은 모르겠어?"

"내가 테디를 선택한 게 아니야. 난 그를 원한 적이 한 번도 없었다고."

"하지만 싫다고 하지도 않았잖아, 안 그래? 당신은 그가 준 반지를 손가락에 끼고, 사람들이 행복한 부부가 되라고 건배했을 때 미소를 지었잖아. 나도 그 자리에 있었어. 기억나?"

"하지 마……." 당신의 목소리는 흔들렸고, 당신의 시선은 아직도 당신의 넷째 손가락에서 반짝이고 있는 다이아몬드 반지로 갔지. "그날 밤 이야기는 하지 마."

난 당신의 예민한 부분을 건드렸는데 그게 기뻤어. 마침내 당신의 약혼자를 이야기하니 기분이 좋아지더군. 그동안 우리 둘 다 못 본 척했던 그림자가 아니라 버젓이 이름이 있고 살아 있는 인간으로 대놓고 이야기하니 말이야. "왜 그 이야기를 하면 안 돼? 그날은 이번 사교 시즌의 정점이었잖아. **우아하고 화려하면서 잊을 수 없는 밤**으로 〈타임스〉에서 묘사했던 것 같은데."

"난 그걸 잊을 수 있으면 좋겠어. 매 순간을." 당신은 갑자기 말을 멈추더니 고개를 세차게 흔들었어. "아니, 그건 사실이 아니야. 매 순간은 아니야. 그 중간 어느 순간에 당신이 있었어. 빌린 양복을 입고 날 찬찬히 뜯어보고 있었지. 히죽히죽 웃으면서 날 꿰뚫어보고 있었어.”

“완전하게 꿰뚫어본 건 아니지.” 나는 그렇게 정정했어. “만약 내가 정말 당신을 그렇게 잘 봤다면, 당신은 이 순간 여기에 있지도 않았겠지. 난 지금처럼 어리석게 굴지 않았을 것이고, 우리는 어마어마한 악감정을 피했을 거야.”

“악감정이라고?” 당신은 충격을 받은 표정으로 날 빤히 바라봤지. “작가로서 당신이 아는 많고도 많은 단어 중에 고작 그런 말을 골랐단 말이야?”

나는 두 손을 옆구리에 축 늘어뜨리고 고개를 저었지. 당신에게 상처를 줌으로써 이 순간을 쉽게 만들 수 있을 줄 알았는데 하나도 만족스럽지 않았어. 나는 목소리를 부드럽게 했지만 당신을 위로할 행동은 하지 않았어. 감히 그럴 수 없었지. “우리 둘 다 언젠가는 이게 끝날 거라는 건 알고 있었잖아, 벨. 한 번도 이야기한 적은 없었지만 우린 둘 다 알고 있었어.”

당신은 힘겹게 침을 삼키면서 가까스로 고개를 끄덕여 적어도 방금 내가 한 말은 인정했지. “하지만 왜 지금이야? 아직은 시간이 있는데 왜?”

“당신은 이게 언제 끝날 거로 생각했는데? 당신의 결혼식 전날 밤까지 우리가 계속 만날 거로 생각했어? 아니면 심지어 그 후까지?”

그 말을 듣고 당신의 태도가 경직되더군. “확실히 그건 아니지.”

“그렇지. 확실히 그건 아니지. 하지만 이별을 선고하는 쪽은 당신이라고 생각했겠지. 그리고 당신이 그러기 전까진 난 당신을 몰래 만나는 것에 만족해야 했고. 어젯밤 우리가 게임을 한 것처럼 그렇게. 우리 둘에게 위험한 게임을. 옛날 같았으면 나도 그것에 만족했을지 몰라. 하지만 지금은 상황이 골치 아파졌어. 여러 가지 이유로 말이야."

"우리 상황은 언제나 골치 아팠어, 헤미. 우리가 한 모든 산책, 모든 피크닉, 모든 키스가 그랬지. 하지만 지금까진 그게 문제가 되지 않았잖아."

"항상 문제가 됐어. 난 그저 그걸 잊었을 뿐이야."

당신은 그 자리에 서서 강철 같은 눈빛으로 날 바라봤지. "알겠어. 그런데 다른 사람도 아니고 골디가 그 사실을 일깨워줬단 말이지. 하지만 왜 갑자기 당신을 그 사랑이 꽃피는 집에서 쫓아낸 거야? 그 여자는 자기가 원하는 걸 손에 넣었잖아. 이제 내가 그림에서 빠지게 됐잖아."

"골디가 날 쫓아낸 게 아니야. 내가 내 발로 나왔지. 애초에 그것 때문에 언쟁이 시작됐고. 내가 집을 구했다고 말하면서부터. 골디는 그게 좋은 생각이 아니라고 했어."

"분명 그랬겠지."

"당신이 생각하는 그런 이유로 그렇게 말한 게 아니야. 골디는 내가 당신과 만나는 게 실수라고 생각하고 있어. 이건 당신에겐 그냥 게임일 뿐이라고 하더군. 어젯밤 나도 마침내 그 말이 맞다는 걸 알게 됐고. 나는 여기에서 기반을 닦고 뭔가 가치 있는 일을 해보려고 노력하고 있어. 그래서 미국에 왔고. 나는 일과 사랑을 분리할 수 있다고 생각했지만 그럴 수 없었던 거지. 그리고 지금은 다른 일에 신경 쓸 여유가 없어. 이 기사에만 집중해야 해."

◆   240

"뭐에 관한 기사인데?"

"당신 아버지에 관한 기사."

당신은 그 자리에서 그대로 굳어져버렸지. "우리…… 우리 아버지에 관한 뭐?"

"사실…… 이야기가 여럿 있어."

"당신이 골디에게 들은 이야기들?"

"골디에게 들은 것도 몇 개 있지만 그게 다가 아니야. 당신도 당신 입으로 말했잖아, 몇 년 동안 이런저런 소문이 돌았다고. 당신 아버지가 20년대에 부정한 돈벌이를 했다는 말이 있어. 캐나다에서 위스키를 밀수했고. 비미니 제도에서 럼을 들여오고. 그 시절에 질이 안 좋은 친구들도 옆에 있었고. 범죄에 휘말렸을 때 쉽게 부를 수 있는 그런 친구들 말이야."

당신의 얼굴이 창백해졌어. 당신이 의심해보지 않은 이야기를 내가 해서가 아니라, 당신이 품고 있던 의심을 내가 더 확실하게 말해줘서 그랬던 거야. 당신은 사람들이 당신에게 진실을 말하는 데 익숙하지 않았거든. 하지만 이제는 그걸 들을 필요가 있었어. 언젠가는 한쪽 편을 들어야 할 때가 올 텐데. 그때가 됐을 때 관련된 모든 사실을 알고 있어야 하니까.

나는 차분하게 말을 이어갔지. "뇌물 수수, 갈취, 심지어 해결되지 않은 실종 사건들도 있었지. 다만 그런 사건들과 당신 아버지가 연관돼 있다는 사실은 입증할 수 없지만 말이야. 그는 항상 그런 싸움에 휘말리지 않도록 조심했거든. 그리고 이제 그는 세상에 다른 모습을 보여줬지. 설명하기 힘든 현금을 다 주식과 채권으로 바꾸고, 제대로 된 제국을 건설했어. 힘 있는 협력자들도 많이 끌어모았지.

가끔 곤란한 처지에 빠질 때 그들의 도움이 쓸모가 있었거든. 하지만 옛 친구들도 몇 명은 여전히 만나고 있을 거야. 인생이란 게 혹시 모르니까 말이야. 그는 겉으로는 빈틈없이 관리된 사업가처럼 보이지만, 속은 그저 옷장을 수제 양복으로 가득 채운 악당일 뿐이야."

"당신은 어젯밤 아버지 친구들과 아무 거리낌 없이 어울렸잖아. 만약 우리 아버지가 그렇게 지독하게 나쁘고 위험한 사람이라면 왜 아버지의 코냑을 마시고 아버지의 시가를 피운 거야? 애초에 내 초대를 왜 받아들였어?"

"내가 당신의 초대를 받아들인 건 당신이 테디의 반지를 받은 것과 같은 이유에서였어. 그게 내게 유리했으니까. 당신 아버지는 내가 마음에 든 눈치더군. 내가…… 쓸모가 있을지도 모른다고 생각하고 있어."

당신은 날 경계하는 눈빛으로 보더군. "당신이 어떻게 쓸모가 있다는 거야?"

"〈리뷰〉지에서 자기를 위해 기사를 하나 쓰길 바라던데."

"어떤 종류의 기사?"

"그의 이미지를 빛내줄 홍보 기사지."

"당신이 쓰려고 계획 중인 게 바로 그거야? 우리 아버지를…… 빛내줄 기사?"

"아니."

"하지만 뭔가 쓸 거잖아?"

"맞아."

"좋은 건…… 아니겠군."

"난 진실을 쓸 거야, 벨. 그 결과 내가 어떻게 되든 상관없이."

"이제 당신은 우리 집에 발을 들여놓게 됐으니 나랑은 끝났다 이거야?"

"그런 식으로 말하지 마."

"그럼 어떻게 말해야 하는데?"

"당신 아버지는 심기를 거스르면 안 될 사람이야. 당신도 그렇게 말했잖아. 만약 다른 남자와 약혼한 사실을 온 세상이 아는 자기 딸과 내가 몰래 만나고 있었다는 걸 당신 아버지가 알게 되면 무슨 일이 일어날 것 같아?"

"알겠어." 당신은 뻣뻣하게 서서 턱을 치켜든 채 두 팔을 옆구리에 붙이고 말했지. "당신은 지금 내가 기자로서 품은 야심에 방해가 될까봐 걱정하는 거잖아."

난 당신이 울 거라고 예상했어. 당신이 울 것에 대비했지. 하지만 얼음처럼 차디찬 당신의 모습이 내 의지력을 사정없이 박살 냈어. 나는 오늘 아침 골디가 했던 말을 떠올렸지. 내가 지금 뭐가 중한지 잊어버렸다고, 나는 지금 감당 못 할 일을 벌이고 있다고. 그녀의 말은 틀리지 않았어.

"난 지금 솔직하게 말하고 있는 거야, 벨. 우리 둘을 위해 이건 끝내야 해. 누군가 다치기 전에."

당신은 마치 내 말을 차단하려는 것처럼 잠시 눈을 감았지. "대체 왜 이러는 거야?"

나는 당신의 질문을 받아들이고, 이제 앞으로 닥칠 걸 훤히 알고 있는 그 사태를 대비해 마음을 단단히 먹으면서 표정을 관리했어. 죄책감을 느끼지 않으려 했지. 당신 때문에 그러진 않을 거라고. 그 어떤 것도 내게 죄책감을 느끼게 할 수 없다고 생각했어. 당신이 다른 남자와 결혼하기로 돼 있는 판국에 말이야. 적어도 이제 당신은 날 보고 있진 않았어. 당신이 날 보고 있었다면 이 상황을 끝까지 밀고 나갈 수 있을지 확신이 서지 않았지.

"이제 그만하자, 벨. 우리 둘 다 이날이 오리란 건 알고 있었잖아. 당신이 선택하는 대신 내가 시간과 장소를 선택해서 상처받은 거잖아. 하지만 이제 우리 서로에게서 벗어날 때가 됐잖아. 그렇게 생각하지 않아?"

당신은 날 보며 눈을 깜박였지. "벗어난다고?"

우리는 이제 내가 그토록 두려워하던 순간을 향해 가고 있었지. 내가 진실로 쫓고 있었던 게 뭔지, 그리고 왜 그런지 당신이 마침내 이해했을 때 당신의 얼굴에 배신감이 떠오르는 그 순간. 하지만 이건 필요한 순간이기도 했어. 진실을 털어놓고 우리 사이를 끝내야 했지. 내가 끝내지 않으면 당신이 끝낼 테니까. 오늘은 아니겠지만 조만간 그러겠지. 나는 그 순간을 내가 주도하는 편을 선호했어.

"넉 달 전 나는 당신의 세계에 들어온 아웃사이더였지. 당신 세계에 어울리지 않는 옷을 입고 웃긴 억양으로 말하면서 이곳에 일하러 온 남자일 뿐이었어. 하지만 그러자면 당신의 아버지와 그런 부류가 여는 파티 같은 곳에 나를 들어가게 해줄 기회가 필요했어. 골디가 그걸 마련해줬지만, 그것도 한계가 있지. 난 그 이상이 필요했어……. 친한 인맥이 필요했지." 나는 침을 삼켰어. 아주 힘겹게. "그 자리에 당신이 들어왔어."

나는 당신의 얼굴에 내가 방금 한 말을 부인하는 표정이 천천히 떠오르는 걸 지켜봤어. 내가 이제부터 막 하려는 말을 짐작하고 믿고 싶어 하지 않는 그 표정을. "지금 무슨 말을 하려는 거야?"

"난 지금 우리가 만난 게 우연이 아니라는 말을 하고 있어. 내가 당신의 약혼 파티에 나타난 이유가 있었다고. 나는 미국에 기사를 하나 쓰러 왔는데 당신의 세계에 들어갈 방법이 필요했어."

"골디를 위한 기사야?"

"작년에 골디가 런던에 친구를 만나러 왔어. 우리는 한 강연에서 만났지. 결국 끝나고 한잔하게 됐고, 그러면서 부패와 정치와 전쟁에 관해 이야기를 나누게 됐어. 어느 시점에서 당신 아버지의 이름이 나왔지. 골디는 이미 당신 아버지에 대해 꽤 많이 알고 있더군. 하지만 그녀가 정말 알고 싶었던 건 현재 당신 아버지가 하는 활동이야. 그의 계획들과."

"그래서 골디가 당신을 고용해서 그 기사를 쓰는 걸 도왔군."

"맞아."

"그날 밤 더 세인트 레지스 호텔에서, 그다음 주 저녁 식사 자리에서 나랑 시시덕거리고, 헛간에서 키스하고, 그게 다 우리 아버지 때문이었단 말이야?"

"그래."

나는 당신의 눈이 어두워지는 걸 지켜봤지. 마치 거센 바람이 촛불을 꺼버린 것 같은 어둠이었어. 당신은 내가 그걸 부인하거나 적어도 부드럽게 대답해주길 바랐지만, 나는 당신에게 전부 다 털어놓겠다고 나 자신과 약속했거든. 그래도, 마음속으로 다짐했던 대로 다 하고 보니 내 몸의 일부가 잘려나간 것처럼 고통스러웠어.

당신의 침묵이 날 원상태로 돌려놓을 것 같았어. 잠시 나는 지금까지 했던 말을 다 취소하고 진짜 진실을 말할까 생각해봤어. 한때는 그런 마음도 있었지만 인제는 그렇지 않다고. 내가 쓰던 기사는 내가 예상치 못했던 내용, 나는 쫓고 싶지 않은 내용으로 바뀌어버렸다고. 나는 그 망할 일을 다 포기하고 당신을 아주 먼 곳으로 데려갈 상상을 했다고. 그러다 다시 자신에게 상기시켰지. 골디가 어젯밤 그리고 오늘 아침에 나에게 다시 상기시킨 것처럼. 당신은 이미 인생에 대한 계획을 세웠는데 거기에 나는 포함돼 있지 않다는 사실을.

내가 지금 말하지 않으면, 내가 시작한 이야기를 끝내지 않으면, 앞으로도 절대 끝내지 못하겠지. 한동안 당신은 느닷없이 뺨을 맞은 것처럼 쓰라리겠지. 내가 당신을 데리고 드라이브를 갔다가 갑자기 차 밖으로 밀어버린 것 같은 이 상황 때문에 말이야. 하지만 당신에겐 그 충격을 완화해줄 테디가 있고, 나는 곧 잊히겠지.

테디를 떠올리니 도움이 되더군. 나는 헛기침을 하고 억지로 당신과 눈을 맞췄어. "우리의 관계, 지난 몇 달 동안 우리가 가졌던 관계는 우리 둘에게 도움이 됐잖아."

당신의 눈은 미처 흘러내리지 못한 눈물로 반짝거렸지. "왜 이런 짓을 하는 거야?"

당신이 내게 던진 말은 뭐든 참을 수 있다고 생각했지만, 내 생각이 틀렸어. 갑자기 거대한 절망이 밀려와서 어서 이 상황을 끝내야 했어. "벨……."

"그 어떤 것도 당신에겐 아무 의미가 없었어? 우리가 함께 보낸 시간, 그 오후들? 그게 다 그녀를 위한 거였어? 골디를 위해? 내가 당신을 사랑한다는 걸 당신이 알고 있을 때도?"

사랑.

그 말이 마치 칼날처럼 나를 베어냈어. 우리 둘 다 지금까지 사

랑이란 말은 입 밖에 내지 않았어. 난 특히 더 그랬지. 대신 언젠가
는 느닷없이 그날이 우리의 마지막 날이 될 거란 걸 알면서 살아왔
어. 그러니 내 마음이 정처 없이 배회하다 그런 위험한 영역에 들어
가게 놔두는 게 무모한 건 말할 것도 없고 무엇보다 의미 없는 일일
테지. 그런데 갑자기 진실이 오도 가도 못 하게 날 꽉 잡고 정면으로
한 방 먹이더군. 나는 당신을 처음 본 그날 밤, 처음 본 그 순간, 당신
에게 처음으로 거짓말한 순간부터 사랑해온 거야. 나는 내 감정을
마음대로 통제할 수 있다고, 내 감정을 정복할 수 있고, 굶겨 죽여서
사라지게 할 수 있다고 멋대로 믿고 있었는데. 그거야말로 내가 한
가장 큰 거짓말이란 사실을 깨달았어.

　그동안 부렸던 허세를 다 버리고 나니 나를 단단하게 묶어놓은
밧줄이 풀리면서 갑자기 바다 한가운데를 표류하는 느낌이 들었어.
"그동안 아주 조심했는데. 아무 감정도 느끼지 않고…… 당신보다
먼저 작별을 고할 수 있다고 생각했는데." 나는 마침내 이렇게 어리
석은 말을 하고 말았지.

　"방금 그렇게 했잖아." 당신은 눈물이 흘러내리게 놔둔 자신에게
짜증이 난 것처럼 새롭게 흘러내리는 눈물을 거칠게 닦아냈어. "난
정말 엄청난 바보였어. 그동안 내내…… 내가 느낀 감정을 당신도
느끼고 있다고 생각했으니."

　당신이 핸드백을 잡아채려 하면서 한 말이 날 붙잡았어. 난 당신
의 팔을 잡아 당신이 가지 못하게 했지. "나도 그랬어. 지금도 그렇
고." 당신의 눈이 마침내 내 눈과 마주쳤을 때 촉촉하게 젖은 그 큰
눈은 희망으로 가득 차 있었지. 나는 그 눈에 빠져서 끝도 없이 밑을
향해 굴러떨어지는 것 같았어. 아찔했고, 자유로웠지. 길을 잃은 느

낌이었고. "정말 당신을 사랑해, 벨. 당신의 약혼 파티에 다짜고짜 쳐들어갔던 그 첫날 밤 이후로 쭉 사랑해왔어."

그리고 당신을 내 품으로 끌어안았지. 이제는 돌이킬 수 없이 길을 잃어버린 걸 깨닫게 됐어. 오늘 아침에 골디의 집에서 나올 때 골디가 내 등에 대고 퍼부은 말이 맞았어. 내가 감당할 수 없는 일을 벌이고 있다는 말. 골디 집에서 나올 때는 당신을 놔줄 준비가 돼 있었어. 당신뿐만 아니라 나를 위해서 말이야. 그런데 이제 그건 상상도 하지 못할 것처럼 보였어. 당신은 내가 기도하리라고 생각지도 못한 기도에 대한 응답이었고, 내가 세운 모든 계획에 대한 위협이었지. 하지만 난 당신을 떠날 만큼 강하지 못했어. 난 당신을 원했어. 당신을 가지기 위해 어떤 식으로든 가능한 방법으로, 당신을 가지는 것이 얼마나 오랫동안 가능하든 상관없이 말이야. 그것은 실수고, 아무것도 해결하지 못한다는 사실을 알면서도. 언젠가 우리가 다시 여기에 서서 작별 인사를 하기 전에 서로를 마주 보게 될지라도.

1941년 11월 5일
뉴욕, 뉴욕

당신이 날 끌어당겼을 때 나는 내 핸드백이 바닥에 떨어지는 소리도 알아차리지 못했어. 당신이 날 너무나 꼭 끌어안아서 어디까지가 내 몸이고 어디서부터 당신 몸인지 구분할 수도 없었지. 그러고 싶지도 않았어. 이게 옳은 일이니까. 당신 옆에 있고 싶고, 당신의 사람이 되고 싶어 죽을 것 같은 이 마음은 당신을 처음 본 그날 밤 이후로 죽 내 일부가 되어왔으니까. 그리고 이제는 당신의 일부이기도 했다는 사실을 알게 됐으니까.

당신은 날 사랑해.

그 말을 끝으로 우리 둘 다 아무 말도 하지 않았어. 내 입술에 닿은 당신의 입술이 너무나 뜨겁고 너무나 절실해서 그것으로 해야 할 말은 다 한 셈이었지. 하지 못한 말도 전부 다. 내가 이미 다른 사람에게 해버렸기 때문에 당신이 나에게 물어보지 못한 약속. 수많은 이유로 내가 자유롭게 깨뜨릴 수 없었던 그 약속. 하지만 지금 이 뜨겁고, 머리가 빙빙 돌면서도 지극히 아름다운 순간 나는 어떻게든 그 약속을 깰 것이고, 그 결과는 어떻게 되든 상관하지 않으리라는 점을 알고 있었어.

당신이 내게서 몸을 뗐을 때 우리 둘 다 숨을 가쁘게 몰아쉬고 있었지. 잠시 당신이 마음을 바꿨을까봐 두려웠어. 그때 당신의 눈이 나와 마주쳤고, 거기에 의문이 떠오른 게 보였어. 소리 없이 나를 바라는 그 눈빛. 우리가 시작한 걸 끝내고 싶은 갈망, 오랜 기다림 끝에 마침내 우리의 사랑을 완성하고 싶은 갈망, 우리가 오랫동안 느끼지 않은 척했던 그 갈망이 거기에 있었어.

나는 당신의 손에 내 손을 밀어넣어서 당신이 내 손을 잡고 복도를 걸어가 여행 가방들과 타자기를 지나서 침실로 이끌게 했지. 그 방에는 골목길과 벽돌 건물들이 줄줄이 늘어서 있는 인상적인 풍경이 보이는 창문이 하나 있었지. 비스듬하게 들어오는 오후의 햇살이 서늘하고 을씨년스럽게 느껴졌어. 마치 바깥세상을 상기시켜주는 것처럼 불쾌하게 번쩍이는 빛이었지.

그때 당신이 커튼을 닫고, 한마디 말도 없이 내가 끼고 있는 장갑의 단추를 풀기 시작했어. 그것은 깜짝 놀랄 정도로 친밀한 감각이었어. 조심스럽게 내 장갑을 벗기는 당신의 따뜻한 손가락들. 갑자기 피부가 벗겨지는 것처럼 내가 노출되고 상처받기 쉬운 상태에 빠진 것처럼 느껴졌어.

내가 뭘 원하는지도 모른 채 두려움에 휩싸여 덜덜 떨면서 숨이 가빠졌지. 하지만 당신이 천천히 내 옷을 벗기고 침대에 눕힐 때 단 한 번도 당신을 멈추게 할 생각은 하지 않았어. 우리는 이 순간을 향해 그토록 오랫동안 조금씩 나아가다가 항상 마지막 순간에 조심스럽게 물러나서 어느 정도 품위를 유지하려 하는 척했지만, 오늘은 그런 어중간한 행동은 하지 않을 거야. 물가의 가장자리에서 멈추는 짓은 하지 않을 거라고. 품위 따위 개나 주라지.

당신의 손길은 다급했어. 오랫동안 갇혀 있던 욕망이 마침내 자유롭게 풀려난 거야. 내가 본능적으로 반응해서 당신의 갈망에 내 갈망으로 화답하자 갑자기 두려움과 수치심이 사라져버렸어. 그것의 힘, 우리의 힘은 내가 상상했던 그 무엇과도 달랐어. 난 힘이 넘치는 동시에 무력했고, 정복자이면서 정복당했어. 당신의 품에서 우리가 절정을 향해 힘껏 돌진하는 동안 나는 전에는 가능하리라 생각지도 못했던 방식으로 완전해지면서 동시에 완벽하게 부서졌어. 바로 그 순간 우리는 돌아올 수 없는 강을 건넜지. 난 영원히 당신의 것이었어. 돌이킬 수 없이. 영원히.

당신이 숨을 쉬는 소리에 잠이 깼어. 당신은 내 옆에서 깊고도 리드미컬하게 숨을 쉬고 있었지. 햇살이 변해서 그림자들이 벽에 길게 늘어져 카펫 위를 가로질렀어. 방을 둘러봤지만 시계는 어디에도 없었어. 지금이 몇 시인지, 우리가 얼마나 잤는지 알 길이 없었지.

당신의 팔이 내 허리를 감은 채 내 가슴 위에 묵직하게 얹혀 있었어. 그 무게, 당신의 팔이 내 몸 위에 올려져 있다는 사실에 격렬한 기쁨이 밀려오는 게 느껴졌지. 이게 바로 당신의 아내가 되는 느낌이겠구나. 매일 아침 사정없이 헝클어진 따뜻한 이불 속에서 잠이 깨고, 내 목덜미에 닿는 당신의 숨결을 느끼고, 당신의 가슴이 아늑하게 내 등에 맞닿아 있는 이 느낌 말이야. 나는 주말이면 침대에서 아침을 먹는 상상을 했어. 당신의 신문과 함께 달걀과 토스트가 쟁반에 올려진 아침 식사. 그리고 커피. 나는 커피 끓이는 법을 배워야겠지. 아니, 당신은 차를 더 좋아하려나. 그건 한 번도 물어볼 생각을 못 했지.

그걸 깨닫자 쿵 소리와 함께 다시 현실로 돌아왔어. 당신에 대해 모르는 게 정말 많았지. 당신이 나에 대해 모르는 것도 정말 많고. 시간이 흐르면서 쌓여가는 작은 친밀감들, 연인을 떼려야 뗄 수 없이 하나로 묶어주는 것들이 우리에겐 없었지. 사실 우리는 많은 면에서 여전히 서로에게 낯선 사람이었어. 어쩌다 우연히 맹목적인 사랑에 빠져버린 두 사람, 그 후로 행복하게 잘 살았습니다, 같은 미래는 한 번도 상상해보지 않은 두 사람.

여전히 그 생각에 빠져 있을 때 당신의 호흡이 변하는 게 느껴졌어. 내 허리를 안고 있는 당신의 팔에 힘이 들어가더니 나를 힘껏 끌어당겨서 내 휘어진 어깨에 코를 문질렀지. 갑자기 더럭 겁이 났어. 이제 갓 태어난 이 격렬한 기쁨이 차갑게 노려보는 현실 앞에서 시들어버릴까봐 너무너무 무서웠지.

나는 몸을 돌려서 두 손으로 당신의 얼굴을 감싸고, 당신의 이목구비를 마음속에 깊이 새기려 했어. 마치 당신의 이목구비를 잊어버리는 일이 가능하기나 할 것처럼 말이야. 살짝 팬 당신의 턱, 웃을 때도 절대 사라지지 않는 눈썹 사이의 주름, 눈 가장자리에 있는 작은 초승달 모양의 흉터. 어렸을 때 그네 타다가 떨어져서 생긴 흉터라고 했지. 그 하나하나가 지금도 내 기억 속에서 선명하게 새겨져 있어. 그 상실의 아픔도 여전히 날것으로 내 마음을 찔러오지.

당신은 두 손으로 내 손을 감싼 채, 이마 사이의 주름이 깊어졌어. "무슨 일이야? 뭐가 잘못됐어?"

"아무것도 아니야. 난 그냥…… 당신의 얼굴을 기억에 새기고 있었어. 만일의 경우를 대비해서." 나는 부드럽게 말했지.

"만일의 경우…… 무슨 만일?"

나는 어깨를 으쓱하고 이불을 손으로 잡아당겨서 내 어깨를 덮었어. "정말이지 내가 여기 있다는 게 믿겨지지 않아. 우리가 여기 같이 있다는 게 마치 꿈처럼 느껴져."

"이건 꿈이야." 당신은 아직 잠이 덜 깬 목소리로 중얼거렸지. "내가 셀 수 없이 꾼 꿈. 다만 이번에는 눈을 떴을 때 당신이 사라지지 않은 꿈."

당신은 그때 내게 키스했어. 다정함과 경이로움으로 가득 찬 키스였지. 하지만 그건 내게 다른 뭔가로 변해버렸어. 격렬하면서도 두려운 뭔가로. 난 당신에게 매달렸어. 이건 현실이라고. 우리는 현실이라는 걸 나 자신에게 입증하기 위해 필사적으로 매달렸어.

우린 다시 사랑을 나눴지. 이번에는 좀 더 천천히, 처음에 격렬하게 몸을 섞을 때 놓쳤던 우리 몸의 구석구석을 다정하게 탐험하면서 말이야. 우리는 서로를, 모든 손길과 맛과 소곤거림을 소중히 여겼지. 우리는 오후가 저녁으로 이울어가는 동안 서로에게 약속을 속삭였어. **영원히**와 **내일**과 **항상** 같은 말을 주고받으면서. 그런 말을 할 때 우리는 진심이었어. 적어도 나는 그랬어. 난 그중 어느 말도 끝까지 생각해보지 않았거든. 그게 미래에 무슨 뜻일지. 그게 어떤 대가를 치르게 될지. 그게 어디로 이어지게 될지.

그 후로 며칠 동안 우리는 몰래 시간을 낼 수 있을 때마다 매 순간을 같이 보냈어. 나는 몇 달 동안 보지도 않은 여자친구들과 하는 피크닉들을 지어내고, 가지도 않을 콘서트 티켓들을 사고, 필요하지도 원하지도 않은 옷들을 사러 쇼핑하겠다고 했어. 모두 점점 늘어만 가는 외출을 합리화할 수 있는 설득력 있는 알리바이를 만들어내기 위해서였지. 내가 혼수를 장만하기 위해 쇼핑을 시작했다고 씨씨 언니가 짐작했을 때 그걸 바로잡지 않았지. 고개를 끄덕이고 싱긋 웃음만 지었어. 그런 내내 어떻게 파혼해야 할지 방법을 생각해내려고 애썼지. 나는 파혼할 거니까. 테디와 그의 아버지가 이번 주에 말들이 달리는 곳이 어디든 그곳에서 돌아오자마자 하려고 했지. 하지만 당분간 내 시간은 나만의 시간이고, 그런 계획은 잠시 미뤄두고 그저 훔쳐낸 달콤한 순간들을 당신과 같이 즐기기란 아주 쉬웠지.

당신이 퇴근해서 집에 올 때는 나도 최대한 자주 당신의 아파트에 있으려고 노력했어. 나는 화장품 콤팩트에 은밀하게 넣어둔 열쇠를 써서 아파트에 들어갔고, 복도 맞은편에 사는 여자와 가끔 마주칠 때 그녀가 짓는 표정을 무시하는 척했어. 그 표정은 이렇게 말했지. '난 네가 대낮에 그 집을 들락거리면서 무슨 수작을 부리는지

다 알고 있지.' 나도 그녀가 알고 있다고 생각했지만 상관없었어. 그 여자가 우리 아버지와 친하게 지낼 가능성은 전혀 없었으니까.

당신을 놀라게 하려고 가끔 놀이 삼아 요리했지만 별로 잘하진 못했지. 평생 남이 해주는 밥만 먹고 살다 보면 그렇게 돼. 그래도 당신은 한 번도 불평하지 않았지. 우리는 당신의 작은 부엌에서 같이 먹고, 라디오에서 나오는 뉴스를 듣고, 영국과 유럽에서 일어나는 사건들을 놓치지 않았어. 다 끝나면 나란히 서서 설거지했지. 마치 제대로 결혼한 신혼부부처럼. 하지만 우리는 제대로 결혼한 신혼부부가 아니었지. 우리는 제대로 된 게 아무것도 없었어. 마침내 설거지가 끝나고 뉴스도 끝나면, 나는 모자와 장갑을 챙기고 당신에게 작별 키스를 했지.

그리고 집에 가는 길에 새 알리바이를 준비했어.

당신을 떠나 내 차가운 인생과 차가운 가족에게로 돌아가는 것이 점점 더 힘들어졌지. 난 여전히 내가 깬 약속의 상징인 테디의 반지를 끼고 있었고, 다만 아직 공식적으로 깬 건 아니지. 사실 아무것도 하지 않았어. 그리고 씨씨 언니는 어서 결혼식 날짜를 잡으라고 장광설을 늘어놓기 시작했고. 반면 테디는 결혼식을 서두를 마음이 없어 보였지. 그가 보낸 전보는 어쩌다 한 번 왔고, 그나마 고마울 정도로 짧고 형식적인 데다 우스꽝스러울 정도로 예의를 차렸지.

아마 테디도 어딘가에 나 같은 여자가 있을지 모를 일이지. 콤팩트 안에 열쇠를 숨겨놓고 간신히 시간을 낼 수 있을 때 그의 인생을 들락거리는 여자가. 그런 여자가 있다고 해도 나는 분명 질투하지 않았을 거야. 그렇다고 그가 그런 일에 대해 신중하게 행동했던 적은 한 번도 없었지만. 남자니까 굳이 신중할 필요가 없었던 건지 모르겠고.

나는 계속 먼저 파혼하자고 하는 쪽이 테디이길 바랐어. 그에게 나보다 더 좋아하는 여자가 생기거나, 우린 절대 같이 행복하게 살 수 없다는 사실을 그냥 인정하거나 하는 식으로 말이지. 하지만 그가 왜 그러겠어? 그는 나랑 결혼해서 잃는 게 하나도 없는데. 반면 난 모든 것을 잃게 될 거고. 그래서 파혼하는 사람은 반드시 내가 되어야 하지. 그리고 난 그렇게 할 거야.

방법이 문제야. 시기도.

**영원히,
그리고
다른 거짓말들**

Forever, and Other Lies

50~56페이지

1941년 11월 20일
뉴욕, 뉴욕

테디가 돌아왔어.

우린 두 번 만났지. 두 번 다 어색했어. 내가 그를 보길 저어하는 마음보다 그가 날 보길 꺼리는 마음이 더 큰 것 같았거든. 내 마음이 바뀌었다고 말하면 그가 별 저항 없이 그러자고 할 거라는 사실을 깨닫고 난 안도했지. 내가 두려워하는 건 우리 아버지의 노여움이었어. 나는 마치 숨을 쉬어야 하는 것처럼 당신과 같이 있어야 했지만, 아버지를 거역한다는 생각만으로도 너무 무서웠어.

그래서 아무것도 하지 않았지.

당신은 점점 초조해하면서 나에 대한 믿음을 잃기 시작했어. 대놓고 그렇게 말하진 않았지만, 우리 사이의 충돌이 점점 커지는 거로 알 수 있었지. 당신이 툭툭 던지는 말들, 어쩔 수 없이 테디의 이름이 나올 때 당신이 삐져서 입을 다물고 있는 순간들. 당신은 그럴 때마다 입을 다물고 있는 나를 이해하지 못했지. 그런 당신을 탓하진 않아. 나도 그런 날 이해할 수 없었으니까. 단지 두렵다는 말밖에 할 수 없었지.

그러다 어느 날 오후, 당신도 분명 그날을 기억할 거야. 모든 감정이 일시에 쏟아져나왔지.

우리는 아주 열정적인 오후를 같이 보냈지만, 이제 내가 가야 할 시간이 됐어. 그날 저녁 식사 모임이 있었거든. 당신은 우리 아버지의 손님으로 참석하기로 했고, 난 드레스를 입을 시간이 필요했지. 테디도 와서 내 옆에 있을 예정이었고. 그런 저녁 행사를 당신과 내가 같이 대처해야 하는 게 처음은 아니었어. 우린 전에도 해낸 적이 있었지. 하지만 그날 오후 당신은 생각에 잠겨 있었고, 내가 옷가지를 챙겨서 입기 시작했을 때 먹구름이 몰려오는 걸 감지했지.

당신은 여전히 침대에 누워 한쪽 팔에 턱을 받친 채 부루퉁한 표정으로 거울에 비친 나를 지켜보고 있었지.

"미안해. 오늘 밤 어색할 거라는 거 알아." 난 거울에 비친 당신의 얼굴에 대고 말했지.

"당신은 그렇게 생각해? 오늘 밤이 어색할 거라고? 내가 사랑하는 여자, 나와 방금 사랑을 나눈 여자가 다른 남자와 팔짱을 끼고 예정된 결혼식에 관한 질문을 받아넘기는 게 어색할 거라고 생각해?"

나는 거울에서 고개를 돌려 당신을 봤지. "나도 알아, 헤미. 나도 안다고. 내가 약속하……"

"하지 마." 당신은 이불을 걷어차고 일어나 앉아 당신의 바지를 향해 손을 뻗었지. "내게 아무것도 약속하지 마, 벨. 우리 둘 다 그건 그저 말뿐이라는 거 알잖아. 하지만 오늘 밤이 마지막이야. 당신이 무슨 게임을 하고 있건 난 이제 그만할래."

당신의 말이 마치 다트 놀이용 화살처럼 날 꿰뚫었어. 뭔가 날아오리라 예상했지만 이건 아니었지. "당신은 내가 우리 아버지 집에서 당신을 보면서 마치 낯선 사람을 대하는 척하는 걸 즐긴다고 생각해? 나의 가장 매력적인 미소를 지으면서 당신에게 술을 새로 한잔 마시겠냐고 묻는 게? 당신이 우리 아버지와 만나기 위해 내게 거짓말을 했다는 사실을 다시 일깨워주지. 당신은 원하는 걸 정확히 손에 넣어놓고 그게 내 잘못이라고 하는군."

"내가 문제인 척하지 마, 벨. 내가 눈 하나 깜짝 안 하고 이 일에서 손을 뗄 거라는 건 당신도 알고 있잖아."

"그렇다면 왜 지금까지 그렇게 하지 않았는데?"

"당신이 안 그러는데 내가 왜 그래야 해? 당신이 당신 아버지에게 테디와 결혼하지 않을 거라고 하고 나와. 그럼 우리는 뉴욕을 떠날 거야. 젠장, 당신이 원한다면 우린 이 나라를 떠날 거야. 그러려면 당신이 먼저 그 말을 행동에 옮겨야 하잖아. 하지만 당신은 그러지 않을 거야. 당신이 얻게 되는 것과 포기해야 하는 것을 저울질해보면 저울이 한쪽으로 기울거든. 내가 한참 처지니까."

"정말 당신은 그게 날 잡고 있다고 생각해? 돈 때문에?"

"단지 돈 때문만은 아니지. 하지만 당신은 내가 절대 당신에게 해줄 수 없는 삶의 방식에 익숙해져 있어. 우리 사이가 지속되면 될수록 당신은 그 점을 더 절실하게 깨닫기 시작하겠지."

난 발끈해서 거울에 비친 당신을 향해 눈을 깜박였어. 나에겐 화를 낼 권리가 없긴 했지만 말이야. "뭘 깨닫는다는 거야?"

"모험이 끝날 때가 됐다는 거. 당신도 처음에는 신났겠지. 새로웠으니까. 발각될 위험을 무릅쓰고 모험한다는 재미도 있고. 하지만 그것도 시들해지기 시작하면 남는 거라곤 우중충한 아파트 하나와 성공할 가능성이 크지 않은 남자 하나뿐이니까."

그렇게 나의 분노는 갑자기 정당화됐지. "당신은 이게 일종의 실험이었다고 생각해? 게임?"

"그런 말은 하지 않았어."

"하지만 했잖아. 당신이 바로 그렇게 말했잖아." 나는 쏘아붙였지.

나는 몸을 돌려서 다시 옷을 입기 시작했어. 잠시 후에 당신이 바지를 입고 방을 나가는 소리가 들리더군. 눈물이 왈칵 쏟아졌어. 너무 속상했던 나는 그 눈물을 당신에게 보여주지 않으려고 눈을 사정없이 깜박였지. 당신이 날 그런 식으로 비난하는 걸 보고 다시 한 번 당신이 나에 대해 아는 게 얼마나 없는지, 그리고 나도 당신에 대해 아는 게 아주 적다는 사실을 깨달았어.

난 당신에게 우리가 만났던 그날 밤 더 세인트 레지스 무도회장에 내가 어떻게 서게 됐는지 말해준 적이 없었지. 하지만 이제 당신도 이해할 수 있도록 말할게. 내가 좀 더 주의를 기울이고 있었더라면 내게 무슨 일이 닥칠지 알 수 있었을 거야. 다만 알고 있었더라도 그걸 막기 위해 내가 뭘 할 수 있었을지는 아직도 모르겠지만 말이야.

그 일은 아버지의 명예가 추락하기 전에 우리 세계에서 일어났던 수많은 일처럼 저녁을 먹으며 이런저런 계획을 하다가 시작됐어.

어느 날 밤, 나는 무심코 아래층으로 내려왔다가 테디와 그의 부모님이 아버지의 저녁 식사에 초대된 손님 중에 있는 모습을 봤어. 내가 방에 들어가자 테디가 자기 잔을 내게 들어 보이며 미안해하는 듯한 미소를 짓더군. 우리는 어느 정도 거리를 유지한 채 같은 그룹에서 자랐어. 댄스 파티에 몇 번 같이 갔고, 그가 학교 다니다가 방학 때 집에 오면 영화를 한두 번 같이 보러 갔지. 잘 자라는 가벼운 키스를 몇 번 받긴 했지만, 그 이상으로 진도가 나간 적은 결코 없었어. 테디는 미남이었지만 성격이 너무 무모해서 내 취향엔 맞지 않았지. 당신이 지적한 것처럼 머리도 별로 좋지도 않았고. 그리고 내게 한 번도 진지하게 관심을 보인 적도 없었어. 정작 가까웠던 사람들은 우리의 아버지들이었지. 몇 개의 대형 기업 벤처 동업자들이었고, 모든 사교 클럽의 같은 회원이었으니까.

내가 아래층에 내려왔을 때 아버지가 날 보고 오라고 손짓했어. 그리고 만면에 미소를 지은 채 테디의 엄마에게 날 소개했지. 그전까지는 우리 집에 한 번도 초대받아 온 적이 없는 부인에게 아버지는 나를 사랑하는 딸이라고 소개했어. 나는 공손하게 고개를 끄덕이고 그녀와 악수했지만 마음이 한없이 공허해졌지. 지금 이게 무슨 상황인지 갑자기 이해됐기 때문이야. 하지만 난 테디와 결혼할 생각이 전혀 없었지. 저녁 식사가 끝나자마자 두통이 있다고 핑계를 대고, 언니의 황당해하는 표정을 뒤로하고 그날 밤 내내 방에서 나오지 않았어.

다음 날 아침 나의 어리석은 행동에 대한 대가를 치러야 했어. 나는 아침 먹는 자리에서 손님들에게 무례하게 굴었다고 아버지에게 호되게 야단맞았지. 테디와 그의 부모님은 내 손님이 아니라 아버지의 손님이라는 점을 지적하자 아버지는 못마땅해하셨어. 난 또 누구와도 결혼할 생각이 전혀 없다고 말씀드렸어. 미술이나 교육학을 공부하러 학교에 갈 거라고. 그리고 내 냅킨을 개켜서 옆에 둔 후에 일어났어. 그때 아버지가 일어나 내 뺨을 어찌나 세게 후려쳤는지 난 다시 의자에 털썩 주저앉고 말았어.

내가 아버지에게 맞은 건 그때가 처음이야. 아버지도 놀란 것 같았어. "넌 조심해야 해." 아버지는 냉혹하면서도 부드러운 목소리로 경고했어. "넌 항상 네 어미를 너무 많이 닮았거든. 너에게는 해가 될 정도로 어리석고 감상적이야. 다음부터는 좀 더 고분고분하게 굴어. 네 언니는 그런 처신 덕분에 머리 아플 일이 전혀 없었다."

"사랑하는 남자와 결혼하길 바라는 게 어리석은 건가요?"

"너의 바람은 전혀 중요하지 않아. 너는 이 가문 사람으로서 지켜야 할 의무가 있어. 그리고 널 위해 뭐가 좋은지 안다면 그렇게 할 것이고. 이 이야기는 이걸로 끝이다."

하지만 끝이 아니었지. 항상 궁금했던 질문을 내가 불쑥 내뱉었거든. "그게 엄마와 결혼한 유일한 이유인가요? 의무감에서?"

내가 위험한 짓을 해버렸다는 걸 알고 있었지만 어쩔 수 없었어. 잠시 아버지의 눈빛이 부드러워지면서 엄마가 예전에 앉았던 자리인 식탁 끝을 바라봤어. 하지만 갑자기 나타난 그 부드러움은 갑자기 사라졌고, 그 자리에 불길하고 굳은 감정이 나타났지.

"다시는 내 앞에서 네 엄마에 대한 말은 하지 마, 알겠어? 두 번 다시!" 아버지는 조끼 앞에 떨어진 토스트 부스러기를 쓸어내고 헛기침했지. "다른 건 다 결정됐다. 너의 미래 시부모님이 너희 둘을 위해 다음 주에 저녁 식사를 같이하기로 했다. 그 자리에선 머리가 아프다는 둥 핑계 대지 말고, 소란도 일으키지 말고, 그 어떤 연기도 해선 안 돼. 넌 그 바보 같은 미래의 시어머니가 하는 말을 귀담아듣고, 사랑스럽게 굴면서, 시어머니를 즐겁게 해야 한다. 그동안 나는 테디의 아버지와 사업 이야기를 해야 해. 이 문제로 널 설득하고 싶지 않지만, 네가 날 그런 쪽으로 몰아가면 그렇게 할 거야. 내 말 잘 알아들었어?"

나는 경악해서 아버지를 빤히 바라보고 있었지. 내 인생, 내 미래가 아버지에겐 단지 사업에 지나지 않는구나. 아버지에게 쏟아붙이고 싶은 말이 100가지는 있었지만 나는 고개를 끄덕이며 외면해버리고 말았어.

"난 이 집의 가장이다." 아버지는 이야기를 계속했는데, 말투가 조금 전보다 부드러워져서 거의 관대하게 들릴 지경이었어. 그건 자신이 이긴 걸 아는 사람의 목소리였어. "이 집에서는 모두 해야 할 일이 있어. 너는 내가 골라준 남자와 결혼하는 것인데, 나는 테디를 선택했어. 테디는 좋은 가문의 후손이야. 너의 아이들도 그렇게 될 거고."

내가 막 항의하려 했을 때 씨씨 언니가 나와 눈을 마주치면서 말 없이 경고의 메시지를 보냈어. 나는 입술을 깨물면서 아버지가 돌아서서 방을 나갈 때까지 조용히 씩씩거렸지.

우리 둘만 남았을 때 씨씨 언니가 커피포트를 들어서 자신의 컵에 다시 커피를 따르더니 각설탕 두 개를 넣었어. "그만하면 됐어." 언니는 멍한 표정으로 커피잔을 저으며 말했어. "그렇게 어렵지도 않았잖아, 안 그래?"

나는 끙 소리가 나오려는 걸 억지로 삼켰어. 잘난 척하는 언니의 말투는 정말 참을 수 없었지. "항상 그렇게 아버지 편을 드는 거 질리지 않아?"

"우리 집에는 아버지 편밖에 없어. 지금쯤이면 그걸 알고도 남았을 텐데."

"난 절대 언니처럼 되진 않을 거야. 아버지가 줄을 당길 때마다 폴짝폴짝 뛰어오르는 꼭두각시 인형은 안 될 거라고."

씨씨 언니는 사람 환장할 정도로 태연하게 커피를 홀짝홀짝 마시더니 조심스럽게 컵을 받침 위에 내려놓더군. "유감스럽게도 넌 얼마 못 가서 불쾌한 자각을 하게 될 거야. 사랑하는 동생아, 넌 결국 나와 똑같이 된다는 거지. 너도 아버지의 말씀 들었잖아. 네가 뭘 원하는지는 하나도 중요하지 않아. 중요한 건 네가 아버지를 위해 뭘 할 수 있느냐는 거지. 넌 우리 집에서 무슨 일이 일어나고 있는지 잘 알고 있다고 생각하지? 이게 다 돈과 부동산, 즉 아버지의 제국 때문이라고. 하지만 그것보다 훨씬 더 큰 거야. 그리고 너도 처신을 조심할 필요가 있어."

"지금 날 겁주려고 하는 소리야?"

언니는 어깨를 으쓱하면서 아무렇지 않게 토스트에 마멀레이드를 듬뿍 발랐어. "너도 알겠지만, 아버지 말씀이 맞아. 넌 정말 그 여자랑 똑같아. 조심하지 않으면 너도 그 여자처럼 될 거야. 아버지는 듣고 싶어 하지도 않는데 왜 그 여자 이야기를 꺼내는 거야?"

"엄마가 존재하지도 않았던 척하려고 하니까 그렇지. 마치 엄마를 지워버리려고 하는 것처럼. 언니는 그게 신경 쓰이지 않아?"

"그럼 아버지가 어떻게 하길 바라는데? 계속해서 그 여자를 되살리라고? 그 여자의 히스테리 때문에 우리 가문이 수치스럽지 않았던 척하란 말이야?"

"엄마는 아팠어!"

씨씨 언니는 눈동자를 대굴대굴 굴리면서 남은 토스트를 접시 위에 내려놨지. "넌 어쩜 그렇게 순진하니? 세상엔 나름 세상이 돌아가는 방식이란 게 있어. 어쩌면 냉정한 방식일 수도 있지만, 일단 받아들이면 사는 게 훨씬 쉬워지지. 아버지가 좀 융통성 있게 굴라는 말이 바로 그 뜻이었어. 현실을 있는 그대로 받아들이란 뜻이지."

"무슨 현실?"

"세상에는 항상 서열이 존재한다는 거 말이야. 강자가 맨 앞으로 갈 때 약자들은 길을 내줘야지. 헬렌은 약했어."

무표정한 얼굴로 너무나 싸늘하게 내뱉는 언니의 말에 구역질이 날 것 같았어. "언니는 엄마를 헬렌이라고 부르네. 마치 우리 집에 한때 살았던 남처럼 말하고. 그 사람은 우리 엄마야."

씨씨 언니는 발끈 화를 내더니 천장에 대고 눈동자를 사정없이 굴리더군. "넌 정말 하나도 배우려 들질 않는구나. 우리 같은 가문들은 미래 세대에 대한 의무가 있어. 우리만의 삶의 방식과 정체성과 우리가 지금까지 쌓아온 것을 지켜야 한다고. 아버지에겐 우리에 대한 계획이 있어. 우리 모두를 위한 계획이 있다고."

"내가 그 계획의 일부가 되지 않기로 선택한다면?"

"내가 지금까지 하는 말을 어디로 들었니? 우리 집에서 선택은 없다니까. 너와 나, 우리는 체스판의 말이야. 그 이상은 아니라고. 아버지는 당신이 원하는 대로 우리를 어디든, 어떻게 해서든 옮길 거야. 그렇게 원하는 그림이 나올 때까지 절대 멈추지 않을 거라고."

언니는 벌떡 일어나서 내가 꼼짝도 하지 못하게 얼음처럼 차가운 시선으로 노려봤지. "이것도 알아둬. 가끔 사라진 말도 있다는 거. 말썽을 일으켜서 더는 누구에게도 중요하지 않게 된 말들. 아버지가 너는 봐줄 거란 생각은 절대 하지 마."

언니는 그러고 나가버렸지. 나는 그 자리에 남아 언니가 한 경고를 곰곰이 생각해봤어.

한 달 후에 나는 더 세인트 레지스 호텔에서 당신을 만났지. 빌려온 야회복을 입고 번드르르한 미소를 지은 당신을. 심지어는 그때도 당신은 내가 어떻게 그런 약혼을 할 수 있었는지 궁금해하면서 날 비판했지.

나도 궁금해하고 있었어.

9

책 속에 빠져든다는 것은 종종 자신을 찾는 일이기도 하다.

−애슐린 그리어(오래된 책들의 치유자)

애슐린

1984년 10월 7일

뉴햄프셔, 라이

애슐린은 차의 속도를 줄이고 하버 도로로 들어섰다. 자갈과 으스러진 굴 껍데기들이 깔린 좁은 그 길은 열려 있는 항구를 향해 구불구불하게 나 있었다. 거기에는 작은 목재 다리 하나가 있었고 그 너머에 여러 개의 지붕이 보였는데, 그중 하나가 이선 힐라드의 것이었다.

애슐린은 다리 위로 가면서 똑같은 자전거를 탄 커플 한 쌍을 지나친 후에 길가에 있는 집의 번지수들을 보기 시작했다. 이 도로는 그녀가 생각했던 것보다 훨씬 더 길어서 바위들이 죽 늘어서 있는 해변을 1마일 넘게 휘감고 있었다. 집들은 전부 오른쪽에 있었는데,

크기와 스타일은 다 달랐지만 모두 항구의 절경이 한눈에 들어오는 곳에 있었다.

애슐린은 매일 아침 이렇게 눈부시게 아름다운 경치를 보며 잠에서 깨는 건 어떤 기분일지 상상해보려고 애썼다. 파란 하늘, 은빛 바다, 환한 흰색 별채에 비치는 햇살. 저런 풍경을 보며 잠이 깨는 사람들에게 세상은 얼마나 다르게 보일까. 얼마나 아름답고 깨끗할까. 얼마나 쉬울까.

문득 그녀는 자신이 이곳에 어울리지 않는 것처럼 느껴졌다. 이 목가적인 해변 공동체에 불쑥 들어온 무단 침입자처럼 느껴져서 차를 돌릴까, 생각도 해봤다. 일주일 전 마지막으로 이선의 전화기에 메시지를 남긴 후 이선에게선 아무 연락도 오지 않았다. 그의 집으로 다짜고짜 찾아가서 대체 뭘 얻기를 바라는 걸까? 또 한편으로 생각해보면 잃을 게 뭐 있나?

애슐린이 막 커브 길을 돌자 옆에 58이라는 숫자가 새겨진 우편함이 하나 보였다. 그녀는 속도를 줄이고 잠시 망설인 후에 그 집의 진입로로 들어갔다.

집은 크고 위풍당당했다. 고전적인 2층 주택으로 추녀마루가 있는 지붕에, 지붕 위의 망대가 있고, 항구를 향해 있는 둥근 지붕이 있었다. 모든 것이 마치 새로 페인트칠을 한 것처럼 보였고, 현관문을 뺀 모든 것이 회색과 흰색 일색이었다. 현관문은 생뚱맞게 레몬색이었다.

진입로 왼쪽에 집과 분리되어서 차 세 대가 들어갈 수 있는 차고가 있었지만 차는 어디에도 보이지 않았다. 애슐린은 가방에서 〈영원히, 그리고 다른 거짓말들〉을 꺼내면서 페이지 사이사이에 삐져

나온 노란색 포스트잇들을 봤다. 오늘 아침에 그 메모지에다 질문을 하나하나 쓰고 나서 해당 페이지에 붙이느라 몇 시간을 보냈다. 그 작업을 끝냈을 때, 다시 한 번만 도와달라고 부탁하는 공손한 쪽지를 쓴 후, 그 책과 쪽지를 비닐 케이스에 넣고 봉했다.

이제 이선의 손에 그 책들을 올려놓는 일만 남았다. 당분간 이 책들의 소유권을 포기해야만 한다는 뜻이다. 일시적으로라도 이 책들의 소유권을 포기한다는 것은 가볍게 내릴 수 있는 결정이 아니었지만, 이선은 이 책들을 가질 생각은 전혀 없다는 점을 분명하게 밝혔다. 그러니 그를 믿는 수밖에.

사실 누군가를 믿는 건 그녀의 장점이 아니었다. 하지만 이선의 도움을 받으려면 선택의 여지가 별로 없었다. 마음이 바뀌기 전에 그녀는 단층으로 된 석재 테라스를 올라가서 초인종을 눌렀다. 초인종이 세 번째 울리고도 여전히 응답이 없었다. 어쩔 수 없이 대안을 써보기로 했다. 그 책을 우편함에 놔두는 것이었다.

애슐린은 어깨 너머를 힐끔힐끔 돌아보면서 진입로를 걸어갔다. 이 작고 부유한 공동체에서 자신이 외부인임을 의식하고 있는 그녀는 만약 이선 힐라드의 우편함에 책을 넣다가 들키면 뭔가 나쁜 꿍꿍이가 있는 사람으로 오해받을 거라는 사실을 잘 알고 있었다.

근처에 사람이 하나도 없다는 확신이 들었을 때 우편함 문을 잡아당겼다가 안이 광고 우편물들과 신문사의 광고 전단들로 가득 차 있는 걸 발견했다. 아마도 이선은 그녀의 전화를 무시하고 있었던 게 아닌지도 모르겠다. 어쩌면 정말 집을 비운 건지도 모른다.

애슐린은 집을 다시 보면서 이번에는 투명 유리로 된 바람막이 덧문에 주의를 집중했다. 만약 저 문이 잠겨 있지 않다면 이 책을 두 개의 문 사이에 슬쩍 끼워놓고 갈 수도 있을지 모른다. 책은 비닐 케이스 속에 들었으니 비바람이 불어도 안전할 것이고, 이선이 집에 들어오면 거길 넘어와야 하니 못 보고 지나칠 일도 없을 것이다.

책을 겨드랑이에 끼운 채 그녀는 다시 진입로로 돌아갔다. 덧문을 시험 삼아 밀어보니 정말 잠겨 있지 않았다. 다시 어깨 너머를 슬쩍 보면서 문을 잡아당길 준비를 했을 때 현관문이 확 열렸다.

"지금 뭐 하는 거예요?"

이선이 갑자기 나타나서 너무 놀란 애슐린은 책을 놓쳐서 계단 위에 떨어뜨릴 뻔했다. "난 그저…… 난 그저 당신이 집에 없는 줄 알았어요. 초인종을 눌렀는데 아무도 나오질 않아서."

"그래서 그냥 맘대로 들어와도 된다고 생각했어요?"

"아니요!" 그녀는 자신을 변호하기 위해 책을 들어 보였다. "전 그저 이 책을 덧문 안에 놔두고 가려고 했어요. 그리고 나서 서점에 돌아가면 당신에게 전화를 걸어서 메시지를 남기려 했죠. 우편함에 넣어둘까 했는데 거기는 이미 꽉 차 있어서."

이선은 책을 흘끗 본 후에, 얼굴을 찌푸린 채 그녀를 바라봤다. "다른 사람의 우편함에 손을 대는 건 불법이에요."

애슐린은 그를 보며 눈을 깜박였다. **정말이요?** "난 아무것도 가져가려고 하지 않았어요. 그저 이 책을 놔두고 가려고 했을 뿐이에요."

"왜요?"

애슐린은 그에게 긴장된 미소를 지어 보였다. 이건 전혀 그녀가 바라던 상황이 아니었다. "물어볼 게 몇 가지 있어서요. 그리고 당신이 우리 서점에 온 후에 새로 알아낸 것도 있고. 메시지를 여러 번 남겼는데 답이 전혀 없으셔서."

"그래서 우리 집에 왔다?"

이선이 그렇게 말하니 상황이 아주 안 좋게 들렸다. 남의 집에 멋대로 침입한 것처럼 느껴지고 조금은 소름 끼치게 들리기도 했다. "당신을 보러 온 게 아니라요. 음, 보러오긴 했지만, 귀찮게 해드리려던 계획은 아니었어요. 제가 질문들을 포스트잇에 써서 해당 페이지에 붙여놓았어요. 시간이 있으실 때 보실 수 있도록. 집에 계신 걸 알았으면 절대로……." 애슐린은 거기서 말을 흐렸다. 그는 뭔가 한참 일하다가 방해받은 것처럼 지치고 짜증스러워 보였다. "죄송합니다. 제가 안 좋은 때에 찾아온 것 같네요."

애슐린이 막 층계를 내려가려 할 때 이선이 그녀를 막았다. "당신 메시지는 못 받았어요. 그래서 전화하지 않았고. 지난 며칠 동안 전화기를 꺼놓고 집에 틀어박혀 있었거든요. 며칠이나 그랬는지 모르겠네요. 날짜를 안 세어봐서." 그는 잠시 말을 멈추고 손으로 머리를 벅벅 문질렀다. "오늘이 무슨 요일이죠?"

"일요일이요."

그는 지친 표정으로 고개를 끄덕였다. "한 주가 지났군요. 맙소사."

그제야 그의 턱을 따라 짧은 수염이 자란 것과 며칠 동안 입었던 것처럼 보이는 옷이 눈에 들어왔다. "글을 쓰고 있었어요?"

"편집자에게 다음 주까지 책의 첫 다섯 꼭지를 보내겠다고 약속했는데 진도가 잘 안 나갔어요. 도무지 원고가 시작이 안 돼서." 그가 손가락으로 머리를 쓸어넘기자 손이 닿은 부분이 뾰족하게 일어섰다. "소리를 질러서 미안해요. 내가 잠을 못 자서 상태가 안 좋아요."

"사과를 해야 할 사람은 나죠. 일하는 데 방해해서 죄송해요."

애슐린은 그의 대꾸를 기다리다가 그의 관심이 다른 쪽으로 움직인 걸 알아챘다. 그녀는 고개를 돌려서 그의 시선을 따라갔다가 연보라색 추리닝을 입은 한 통통한 여자가 진입로 끝에서 서성이는 모습을 봤다. 그녀는 주인처럼 통통한 스프링거 스패니얼을 데리고 있었다. 언뜻 봐서는 강아지의 목줄 때문에 애를 먹고 있는 것 같았지만, 좀 더 자세히 보니 그 여자가 우리를 주시하고 있었다.

"저 사람은 워렌 부인이에요. 우리 동네의 유일한 방범대원이죠." 이선은 딱딱한 미소를 지으며 거의 우스꽝스러워 보일 정도로 그 여자에게 손을 흔들었다. "내가 어렸을 때 저 부인의 뒷마당에 있는 피클을 훔치곤 했거든요. 저 부인의 피크닉용 테이블에 있는 피클 병들을 통째로 훔쳤죠. 저 부인이 우리 엄마에게 난 결국 감옥에 가게 될 거라고 했어요. 내가 이곳에 돌아온 후 저렇게 항상 날 감시하고 있죠. 내가 잘못을 저지를 때를 호시탐탐 기다리고 있는 거죠. 저 부인이 당신을 내 공범으로 생각하기 전에 집 안으로 들어가는 게 좋겠어요. 이미 당신의 차 번호판도 외웠을 거예요."

애슐린은 이선이 집에 들어오라고 해서 놀랐지만 기쁜 마음으로 따라 들어갔다. 마지막 순간에 문간에서 돌아서서 워렌 부인에게 손을 흔들었다.

이선은 현관문을 닫으면서 코웃음을 쳤다. "내일 아침이면 동네 사람들이 신나게 수다를 떨겠군요."

"미안해요. 남 일에 참견하기 좋아하는 사람들을 보면 너무 화가 나서 그만. 그런 사람들은 당신의 집 블라인드 사이로 훔쳐보는 건 좋아하지만, 당신 집에 불이 나면 손가락 하나 까딱하지 않을걸요."

이선의 눈썹이 치켜 올라갔다. "경험에서 나온 말인가요?"

"뭐, 그런 셈이죠."

그들은 반짝반짝 윤이 나는 쪽모이 세공 마루가 깔린 커다란 현관에 서 있었다. 그곳에 걸려 있는 거대한 거울에 위쪽에 설치된 청동과 컷글라스로 만든 장식물에 비친 빛이 반사됐다. 동그랗게 휘어진 아치형 입구 너머로 언뜻 크림색과 회색의 부드러운 색조로 장식된 널찍한 거실이 보였다.

"정말 아름다운 방이군요."

"집 구경할래요?"

그녀는 수줍게 고개를 끄덕였다. "시간을 내주실 수 있다면."

이선은 그녀를 이끌고 방마다 다니면서 각 방의 특징을 말해줬지만, 그 외에는 직접 그녀의 눈으로 보고 감상하게 별말 하지 않았다. 이 집은 세련미와 스타일의 완벽한 예처럼 느껴졌지만 그런 동시에 집안 전체가 야단스럽지 않고 조화로웠다. 말쑥하게 벽지를 바른 벽, 서늘하면서도 차분한 색조의 직물들, 과시용이라기보다 쓰는 사람의 편안함을 고려한 가구들.

"모두 아주 아름다워요. 마치 〈하우스 앤 가든〉 잡지에서 빠져나온 것 같은데, 그러면서도 따뜻하고 다정한 느낌이 들어요." 둘이 다시 부엌으로 돌아왔을 때 애슐린이 말했다.

"고마워요. 다 어머니 솜씨예요. 병에 걸린 걸 알게 되셨을 때, 집안 전체 인테리어를 다시 하기로 결심하셨죠. 아버지를 위해 모든 걸 깔끔하게 정리하신 거죠. 그리고 아버지가 돌아가셨을 때 제가 와서 편히 살 수 있도록. 엄마는 그런 분이셨어요. 항상 자신보다 다른 사람들을 생각하셨죠. 집을 제대로 고치기 위해 미친 듯이 일하셨죠. 제때 끝내지 못할까봐 두려워하셨고."

애슐린은 〈후회하는 벨〉과 거기서 우연히 감지한 메아리들을 느끼기 전에 훑어봤던 상자들이 언뜻 생각났다. 그 메아리들은 자신에게 주어진 시간이 얼마 안 남았음을 두려워하는 아픈 사람에게서 나온 것이었다. 이제 애슐린은 그 메아리들이 이선의 엄마에게서 나온 것임을 깨달았다.

"정말 유감이에요. 어머니 성함이 어떻게 되셨죠?" 애슐린이 부드럽게 말했다.

"캐서린."

"좋은 분이셨던 것 같네요."

이선은 미소를 지었지만, 그 얼굴에 슬픔이 어려 있었다. "맞아요. 그리고 진정한 투사셨죠. 병원에서 진단받았을 때 1년 정도 사실 거라고 했는데 3년을 버티셨어요."

"그 3년이란 시간을 본인이 떠나고 없을 때를 대비해 당신과 당신 아버님이 편하게 지낼 수 있도록 할 수 있는 일을 다 하셨다는 거잖아요."

"원래 그런 분이셨어요. 돌아가시기 전에 수십 개의 리스트를 만들어놨어요. 이웃들의 전화번호 리스트, 이것저것 수리할 때 연락해야 할 번호들, 중요한 서류들은 어디에 보관했는지에 대한 리스트. 심지어 우리 집에 오는 가사 도우미에게 당신이 돌아가신 후에도 계속 우리 집에 와서 아버지를 돌보겠다고 맹세까지 하게 했다니까요. 이제 그분이 저를 돌봐주시죠. 뭐, 그러려고 애쓰고 계세요."

애슐린은 가까스로 미소를 지어 보였지만, 마음속으로는 어쩔 수 없이 암이라고 진단받은 후 자신의 어머니가 한 선택과 캐서린 힐라드가 한 선택을 비교하지 않을 수 없었다. 캐서린은 자신이 사랑하는 이들이 잘 지낼 수 있도록 할 수 있는 일을 다 했다. 그녀는 살기로 선택했다. 싸우기로 선택한 것이다.

둘은 다시 부엌으로 돌아왔다. 이선이 가스레인지를 가리켰다. 거기 안쪽 버너에 커다란 냄비가 하나 올려져 있었다. "해산물 수프 한 그릇 관심 있어요?"

"당신이 만들었어요?"

"그게 그렇게 불가능하게 보여요?"

"아니, 내 말은 그런 뜻이 아니에요. 그저 다니엘은 부엌에선 정말 대책 없던 사람이라. 다니엘은 수프를 만드는 건 고사하고 수프 젓는 수저도 찾지 못했을 거예요."

"다니엘은 당신의 전남편?"

"거의 전남편인 셈이죠. 이혼이 확정되기 전에 죽었거든요." 그녀는 어색하게 그의 말을 정정했다.

"사고였나요?"

애슐린은 고개를 돌려버렸다. 그녀는 이 질문이 언제나 끔찍했다. 대체로 어떻게 대답해야 할지 몰랐기 때문이다. "차에 치였어요. 사실은 트럭이죠. 4년 전에."

"이런. 유감이에요."

"고마워요."

침묵이 시작돼서 째깍째깍 시간이 흐를수록 점점 더 무거워졌다. 이선은 가스레인지로 가서 수프 냄비의 뚜껑을 열고 안을 들여다봤다. "솔직히 말하자면, 이건 내가 만든 수프가 아니에요. 부모님에게서 물려받은 가사 도우미인 페니가 오늘 아침에 가져왔어요. 페니는 적어도 일주일에 두 번 내게 뭘 해 먹이지 않으면 내가 굶어 죽을 거라고 확신하고 있어요. 난 그렇지 않다고 설득하는 걸 그만뒀고요. 페니의 수프는 전설적인 맛이고, 항상 부대 하나를 너끈하게 먹일 수 있을 만큼 많아요." 그는 말을 멈추고 눈썹을 찡긋했다. "난 기쁜 마음으로 나눠 먹을 수 있어요."

"아뇨, 정말 괜찮아요. 폐를 끼치려고 온 게 아니에요." 애슐린은 겨드랑이에 끼고 있던 책을 빼내서 조리대 위에 올려놨다. "괜찮으시면 이건 여기 둘게요. 내가 표시해놓은 페이지들과 거기 적어놓은 질문들을 봐주실 수 있으면 좋겠는데."

이선은 노란색 포스트잇들이 붙어 있는 그 책을 힐끔 봤다. "어떤 종류의 질문들이죠?"

"주로 골디 스펜서에 관한 질문들이에요."

"골디가 누구라고 했죠?"

"당신이 우리 서점에 왔던 날 밤 내가 골디를 거론하긴 했는데, 그때는 별명만 알고 있었고, 본명은 제럴딘 스펜서예요. 스물한 살밖에 안 됐을 때 아버지의 신문사들을 물려받았고, 그걸 이용해 부패 사건들을 폭로했어요. 헤미가 그녀 밑에서 일한 적이 있어요. 다만둘의 관계가 그보다 더 깊었던 것처럼 보여요. 그리고 새 이름이 하나 나왔는데, 당신이 들어본 적이 있는 이름이면 좋겠군요. 스티븐슈왑이라고. 다 포스트잇에 적어놨어요. 그 내용이 나온 페이지에 붙여서. 그리고 책 뒤쪽에 복사한 기사들도 몇 장 넣었어요. 당신이한 번이라도 봤기를 바라는 사진들이 들어 있는 기사죠."

이선은 비닐 케이스에서 책을 꺼내서 밖으로 삐져나온 노란색 포스트잇들을 엄지로 쓸었다. "쪽지가 아주 많네요."

"그렇죠. 이 책에 정말 관심이 없는 건 알지만, 제가 알아낸 사실 몇 가지를 명확하게 밝혀주셨으면 해서."

"알겠어요. 한번 볼게요. 하지만 수프 먼저 먹읍시다. 배가 고파 죽을 것 같아요. 먹으면서 이야기할 수 있잖아요. 샐러드 만들 수 있어요? 재료는 냉장고 채소 보관실에 있어요. 하지만 그 재킷은 벗어야 할 것 같군요."

애슐린은 고개를 끄덕이면서 재킷을 벗고 냉장고로 갔다.

이선은 가스레인지 불을 켜고 근처에 있는 서랍에서 나무 수저를 하나 꺼냈다. "새로 알게 된 사실들에 관한 질문이 있다고 했잖아요. 어떤 종류의 사실들이죠?"

애슐린은 머릿속에 있는 질문 목록을 훑었다. 질문이 너무 많아서 어디서부터 시작해야 할지 알 수 없었다. "마리안이 어렸을 때 시를 썼다고 했는데요. 혹시 지금까지 남아 있는 시가 있을지 궁금해요. 그리고 선생님이 마리안의 옛날 사진 한두 장 정도 찾아낼 수 있는지도 궁금하고."

이선은 어깨를 으쓱했다. "시에 대해선 아무것도 몰라요. 마리안은 내가 어렸을 때는 정말 아무 접점이 없었지만, 어딘가에 사진이 몇 장 남아 있을지도 모르죠. 하지만 부패 박멸 운동을 벌인 그 언론사 상속녀는 궁금하네요. 골디라고 했나요?"

"그 애칭으로 통했어요. 듣자 하니 꽤 대단한 사람이었더군요. 규칙이란 규칙은 다 깨면서도 그 어떤 것도 미안해하지 않았어요. 그리고 어쩌면 골디 때문에 벨과 헤미가 헤어졌을지도 몰라요. 거기서 스티븐 슈왑이 등장하고."

이선은 근처에 있는 찬장에서 그릇 두 개를 꺼내 가스레인지 옆에 놓으면서 물었다. "스티븐 슈왑이 누구예요?"

"그 사람이 당신의 이모할머니를 울린 남자일지도 몰라요. 어쩌면 아닐 수도 있고. 말하자면 사연이 길어요."

"그럼 와인도 몇 병 따는 게 좋겠군요. 레드가 좋아요? 아니면 화이트?"

"상관없어요. 당신이 골라요."

지금 무슨 일이 일어나고 있는 거지? 그녀는 책을 맡기러 왔는데. 이제 이선은 말벡 병을 따고 있고 그녀는 샐러드를 만들고 있었다. 하지만 낯선 환경에 있는데도 이상하게 기분이 좋고 거의 편안하게 느껴질 정도였다. 어쩌면 이선은 그저 원고에서 한숨 돌리게 돼서 기쁜지도 모르겠다. 이유가 뭐든 지금은 그녀에게 집중하고 있으니 최대한 활용해야지.

10

모든 희귀한 것이 그렇듯 정기적으로 신경 써서 복구해야 한다.
계속 방치하면 약해지거나, 휘어지거나, 다른 취약성이 생길 수 있다.
–애슐린 그리어(오래된 책들의 치유자)

애슐린

그들은 조리대 옆에 나란히 서서 머리를 맞대고 스티븐 슈왑의 사진이 나온 기사들을 포함해 루스가 찾아서 복사한 신문 기사들을 봤다. 애슐린은 헤미와 골디가 사귀었을지도 모른다고 의심한 이유와, 헤미와 스티븐 슈왑이 동일인일지도 모른다고 의심한 이유를 상세하게 설명했다.

이선은 주의 깊게 들으면서 가끔 끼어들어 질문을 던졌다. 애슐린은 그가 관심을 보이니 기분 좋게 놀랐지만, 화제가 좀 더 민감한 영역으로 이동했을 때는 이제부터 표현을 조심해야 한다고 생각했다. 마틴 매닝은 그의 과거의 일부이자 가족이다. 이선이 아무리 싫어하는 것처럼 보여도 가족은 가족이니까.

"이런 질문을 하긴 너무 싫지만, 아버님이 혹시 이런 말을 하셨나요? 마틴이 어떤 일에 연루된 적이 있을지도 모른다는……." 애슐린은 말을 멈추고 좀 더 섬세하게 표현할 방법을 찾았다. "공명정대하지 않은 일?"

이선은 얼굴을 찌푸렸다. "아뇨. 하지만 설사 그런 일이 있었다고 해도 충격을 받을 것 같진 않네요. 지금 화이트칼라 범죄를 말하는 건가요?"

"그보다는 금주법 시행 시대에 주류상을 운영했던 뭐 그런 일에 가까워요. 헤미가 그걸 벨에게 언급했는데, 마리안은 이미 그 사실을 알고 있었다는 인상을 받았거든요. 선생님의 증조부인 마틴이 그 일로 체포된 적은 없지만, 그분의 과거가 꽤 파란만장했던 것 같아요. 다른 일들도 있었어요. 전쟁에 관한 것."

"예를 들면?"

"전쟁 때 그분이 나쁜 편을 응원하고 있었을지도 몰라요."

이선의 얼굴이 험악해졌다. "확실히 그 일이나 불법적인 주류상 운영에 관한 이야기는 한 번도 들어본 적이 없어요. 하지만 그런 일이 있었다고 해도 놀라진 않을 것 같아요. 언젠가 큰 스캔들이 터진 건 알고 있어요. 그것 때문에 제 증조부는 파멸한 셈이죠. 그게 뭐였는지는 나도 몰라요. 아버지는 그 일에 관해선 입을 굳게 다무셨거든요. 엄마는 좀 더 자유롭게 자신의 의견을 밝히셨지만. 언젠가 엄마가 마틴이 너무 비뚤어진 사람이라, 돌아가신 후에 땅에 묻을 때 그걸 바로잡으려면 고생깨나 했을 거라고 빈정거리는 걸 들은 적이 있어요."

"이야기를 들어보니 사이가 안 좋으셨나봐요."

"아주 안 좋아요. 그럴 만한 이유가 있었고. 증조부가 우리 부모님의 결혼에 결사반대하셨대요. 코린 할머니는 물론 증조부 편을 들어서 가족 모두 힘을 합쳐 아버지를 말렸대요. 가족들이 아버지에게 선택하라고 말했대요. 우리 어머니냐, 가족이냐. 그래서 아버지는 선택했죠."

"그래서 가족에 대해 아는 게 그렇게 적으시군요."

그는 고개를 끄덕였다. "내가 그런 사정을 이해할 정도로 컸을 때 우리 아버지와 마리안은 이미 사이가 틀어진 후였어요. 엄마는 둘 사이를 중재하려고 애썼죠. 엄마는 마리안을 좋아했고, 듣자 하니 마리안도 우리 엄마를 좋아하셨다더군요. 사실 마리안은 우리 엄마를 처음 만났을 때 아버지에게 도망가서 엄마랑 결혼하라고 하셨다는군요." 이선은 고개를 흔들면서 씩 웃었다. "엄마가 그건 분명 마리안이 마틴과 코린에게 복수하기 위해서 그렇게 말했을 거라고 하더군요."

"어머니의 말씀이 일리가 있을지도 몰라요. 벨도 비슷한 선택을 해야 했잖아요. 다만 마리안의 경우엔 사실 그건 선택도 아니었지만. 마틴은 가족들을 지독하게 괴롭혔던 것 같군요."

"우리 가족은 대체로 그렇게 생각했어요."

"아들이 하나 있었잖아요, 어니스트라고. 아세요?"

"물에 빠져 죽은 아이. 그래요, 알아요. 슬픈 이야기죠." 이선은 침울하게 말했다.

"그의 어머니, 그러니까 마리안의 어머니는 아들의 죽음에서 회복되지 못했어요. 그분은 자책하다가 결국 정신병원에 가게 됐죠. 마리안이 아직 어렸을 때 거기서 돌아가셨어요."

"당신이 전에 말한 적이 있긴 하지만, 우리 부모님은 내게 그런 이야기를 한 번도 안 해준 것 같아요. 내가 아는 거라곤 그분이 우리 아버지가 태어나기 전에 돌아가셨다는 것뿐이에요." 이선은 잠시 말을 멈추고 한 손으로 턱을 문질렀다. "있죠, 이거 참 웃기네요. 난 힐라드 가나 매닝 가의 역사에 대해 아는 게 거의 없다는 데 나의 남은 돈을 걸 정도로 확신하고 있지만, 그래도 생각보다 꽤 많이 알고 있었다는 사실을 깨닫기 시작했어요. 내가 어렸을 때는 그냥 우리 부모님과 나만 있었거든요. 다른 가족들은…… 다 유령이었어요. 그 사실은 인정하겠지만, 사실 내가 모르는 게 그거 말고 또 뭐가 있는지 궁금해지네요."

애슐린은 참으려 해도 미소가 지어졌다. 호기심은 좋은 거니까. "그럼 이 책들을 꼭 읽어보셔야 해요. 적어도 벨의 책이요. 하지만 헤미가 쓴 이야기에 대한 선생님의 의견도 들어보고 싶네요. 남성의 시각에서."

이선은 일어서서 그릇들을 치우기 시작했다. "여기에 남성의 시각 대 여성의 시각이 있나요? 아니면 그저 자신의 성에 따라 편을 드는 건가요?"

"난 그런 뜻으로 한 말이 아니었어요." 애슐린은 스툴에서 미끄러져 일어나 그를 따라 그릇들을 들고 싱크대로 갔다. "난 그저 객관적인 의견을 들어보고 싶어요. 내가 실제로 일어나지도 않은 일에 지나치게 의미 부여를 하는 건 아닌지 판단하고 말해줄 누군가가 있으면 좋겠다는 거죠. 로맨스에 관한 한 나는 아주 객관적인 사람이라고 할 순 없으니까. 사람을 잘 못 믿는 문제가 있거든요."

이선은 수돗물을 잠그고 수건을 들어서 손을 닦았다. "전남편이 바람을 피웠나요?"

애슐린이 고개를 끄덕였다.

"내 아내도 그랬어요."

그가 한때 유부남이었을지도 모른다는 생각은 전혀 해보지 못했다. "결혼한 적이 있어요?"

"오래가진 못했어요. 그냥 그 일이 일어날 정도만."

"유감이에요."

이선은 어깨를 으쓱하면서 미소 비슷한 것을 가까스로 지어 보였다. "그냥 '다른 누군가가 또 다른 누군가에게 잘못한 이야기'라는 노래 가사 그대로죠. 그런데 난 우리에게 아무 공통점도 없다고 생각했네요."

애슐린은 어색한 미소를 짓는 와중에도 지금이 다시 그를 압박할 기회임을 알아챘다. "그 책들을 읽어볼 거죠?"

이선은 한숨을 쉬었다. "당신은 포기를 모르는 사람이군요, 그렇죠? 알겠어요." 그는 손을 다 닦고 속에서 노란 포스트잇이 삐져나온 〈영원히, 그리고 다른 거짓말들〉로 손을 뻗었다. "내가 벨의 책을 읽어볼게요. 그리고 당신의 질문에 대답해보죠. 그것과 관련해서 우리가 아직 하지 않은 이야기가 남았나요?"

애슐린은 마음속으로 다시 그 목록을 훑었다. 그들은 이미 꽤 많은 이야기를 나눴다. 하지만 아직도 궁금한 점들이 남아 있었고, 이렇게 이선이 고분고분하게 그녀를 도와주는 기회는 다시 오지 않을지도 모른다. "마리안의 자식들에 대해 더 많이 알고 싶어요. 그들이 지금 어디에 있는지. 무슨 일을 하며 사는지 말이죠."

이선은 다시 자신의 스툴에 앉아서 와인 잔을 집어들었다. "그건 나도 도와줄 수 없어요. 내가 어렸을 때 딱 한 번 만난 게 다예요. 마리안이 보스턴에 있는 어떤 회의에 가야 해서 우리 집에 와서 다같이 주말을 보냈죠. 어쩌다 그 이야기가 나왔는지는 모르겠지만, 마리안의 아들, 이름은 잘 모르겠는 그 아들이 자신의 바르미츠바(유대교에서 13세가 된 소년의 성인식-옮긴이)와 그때 받은 선물들에 대해 끝도 없이 이야기하던 게 기억나요. 엄마에게 나도 바르미츠바를 하고 싶다고 했지만, 엄마는 가톨릭 신자들은 바르미츠바를 하지 않는다고 설명해줬어요. 그때 엄청나게 실망했죠."

애슐린은 이 정보를 듣고 좀 놀랐다. "마리안이 유대인인 줄은 몰랐어요."

"마리안은 유대인이 아니에요. 하지만 그녀의 자식들이 유대인이어서 자신도 개종한 거죠. 그것 때문에 신문에서 난리가 났던 걸 알고 있어요." 이선은 갑자기 조용해졌다. "생각해보니……." 그는 조리대를 밀면서 갑자기 스툴에서 일어났다. "나랑 같이 가요."

"어디요?"

"우리 아버지 서재요."

애슐린은 그를 따라 카펫이 깔린 층계를 올라가 2층으로 갔다. 사방으로 활짝 트인 긴 2층 복도의 벽에 부드러운 색조의 수채화들이 걸려 있었다. 복도 왼쪽에서 마지막에 있는 방문이 열려 있었다. 이선이 그 방에 들어갔을 때 애슐린은 잠시 망설이다가 문간에 서 있기로 했다. 그곳은 어두운 색조의 카펫이 깔려 있고, 묵직한 가구와 책들이 빽빽하게 꽂힌 책장들이 있는 신사의 방이었다. 방 한가운데 커다란 퇴창을 마주 보는 위치에 화려한 조각이 새겨진 책상이 하나 있었는데, 그 위에 리걸 패드(줄이 쳐진 황색 용지 묶음-옮긴이)와 구겨진 종이 뭉치 몇 개가 있었다. 오래된 IBM 컴퓨터 한 대가 옆으로 밀쳐져 있었고, 그 컴퓨터의 자판 위에 아무것도 찍히지 않은 대형 인쇄용지 한 장이 축 늘어져 있었다.

"여기가 당신이 글을 쓰는 방인가요?"

"글을 쓰려고 애를 쓰는 곳이죠. 맞아요. 여기서 우리 아버지도 글을 쓰셨고요."

"아버님도 작가셨어요? 아주 근사한데요." **마치 헤미와 그의 아버지처럼.**

이선은 벽장 안을 뒤져서 흰색 사무용 상자들을 꺼내고 있었다. "아버지는 사실 교수였지만, 언어를 다루는 데 진짜 재능이 있으셨어요. 아버지는 흔히 사람들이 보고 싶어 하지 않는 문제들을 조명하곤 하셨죠. 우리 정부가 국익을 추구한다는 핑계로 어떻게 영혼을 팔았는지. 어떻게 우리의 인류애가 사라져버렸는지. 현대 미국에서 어떻게 지독한 편견이 만연하게 됐고, 그걸 고수하려고 하는 욕구가 얼마나 강렬한지."

"이야기를 들어보니 아버님과 골디 스펜서는 친한 친구가 되셨을 것 같은데요."

이선은 상자에서 고개를 들어 그녀에게 미소를 지어 보였다. "아마도요."

애슐린은 용기를 내어 방 안으로 조심스럽게 들어가봤다. "뭘 찾는 거예요?"

"아마 아무것도 아닐 거예요. 하지만 아버지는 구제 불능의 수집광이셔서 엄마가 정말 힘들어하셨거든요. 내가 많이 치우긴 했지만 이 벽장은 아직 정리할 기회가 없었는데. 사실 두렵기도 했고. 하지만 어쩌면 그게 좋은 일인지도 모르겠어요."

"왜 좋은 일이죠?"

"아까 내가 당신에게 마리안의 아들에 대해 말하고 있을 때 우리 부모님이 부엌에 서서 마리안이 보내준 신문 기사에 대해 이야기를 나누고 있었던 기억이 떠올랐어요. 그때 코린 할머니가 자기 여동생이 유대인 아이 둘을 입양했다는 기사를 신문에서 보고 얼마나 노발대발했는지에 관한 이야기도 하셨고."

애슐린의 맥이 빨라졌다. "그 기사가 여기 있을 것 같아요?"

"없을지도 몰라요." 이선은 한 상자의 덮개를 들어올렸다가 다시 닫고 옆으로 밀어놨다. "엄마가 리모델링 공사를 할 때 아마 버렸을지도 몰라요. 그때 어마어마하게 버렸거든요. 하지만 한 번 찾아볼 가치는 있죠. 보아하니 아버지가 모은 자료 중 일부는 가지고 있게 허락한 모양인데요."

애슐린은 무더기로 쌓여 있는 상자들을 회의적인 눈빛으로 바라봤다. "지금 뭘 찾고 있는지는 알아요?"

"스크랩북이요. 나도 두어 번밖에 못 봤어요. 우리 부모님이 친가식구들에 관해선 별로 곱씹을 추억도 없지만, 그 스크랩북은 가끔 밖에 나왔던 게 기억나요. 초록색 가죽 표지였어요. 아니면 파란색이었나? 가장자리에 금속 고리들이 있었고. 그게 아직 여기 있다면 기적이죠."

"내가 도와드려도 될까요?"

"상자 하나를 가져와서 뒤져보세요. 하지만 이러다 오늘 밤 내내 여기 있게 될 수도 있어요."

애슐린은 상관없었다. 밤새라도 있을 수 있었다. 그녀는 상자 더미에서 하나를 가져와 무릎을 꿇고 뚜껑을 열었다. 그 안에 모서리가 여기저기 접힌 리걸 패드들 한 뭉치, 붉은색과 검은색으로 된 여섯 권 정도 되는 회계 원장이 들어 있었지만 스크랩북은 보이지 않았다. 다음 상자도 비슷한 물건만 들어 있었다. 애슐린이 세 번째 상자로 손을 뻗었을 때 갑자기 이선이 소리를 질렀다. "아하!"

"찾았어요?"

"찾았어요." 그는 자신이 묘사한 것과 완전히 똑같은, 짙은 초록 표지에 가장자리에 금속 고리들이 달린 스크랩북을 그녀에게 흔들어 보였다. "그 기사가 어딘가에 있다면, 분명 여기 있을 거예요."

이선이 그 스크랩북을 무릎에 놓고 페이지를 넘기기 시작했을 때 애슐린은 숨을 죽였다. 거의 마지막 페이지에 이르렀을 때 그의 동작이 멈췄다.

"여기요." 그는 의기양양하게 말하면서 그 페이지의 밑부분에 있는 작은 신문 기사 쪼가리를 가리켰다. 그 오려낸 기사 조각은 가운데가 주름이 잡혀 있고 오랜 세월이 흘러서 누렇게 변한 데다, 끈적거리는 갈색 테이프로 붙여져 있었다.

이선이 큰 소리로 읽었다. "1950년 2월 7일. 매닝 가의 상속녀가 전쟁고아들과 같이 미국으로 돌아오다." 그는 손으로 가리킨 후에 애슐린에게 그 스크랩북을 건네줬다. "바로 이 사람이에요."

마침내 마리안 매닝을 보게 된 애슐린의 심장이 정신없이 뛰었다. 그것은 흑백 사진으로, 전문가가 찍은 것이었다. 옆모습이 4분의 3 정도 찍힌 상태에서 머리와 어깨가 보였다. 그 시대에 이런 비슷한 구도의 사진을 많이 봤다. 조심성 있는 표정. 젊고 건강한 얼굴. 포즈도 딱 이랬다. 하지만 마리안 매닝은 그런 사진에 찍힌 그 누구와도 달랐다. 그녀는 마치 사람의 눈을 보는 것처럼 카메라를 정면으로 보고 있었다. 도전적이고, 당당하며, 굉장히 매력적이었다. 헤미가 더 세인트 레지스 호텔에서 그녀를 처음 본 날 밤 정신없이 반해버린 것도 당연했다.

애슐린은 손가락으로 그 사진을 쓸어내리다가 바로 그녀와 연결된 것 같은 기분을 느꼈다. 마치 전생에 만난 적이 있는 것 같은 느낌이었다. 어떤 면에선 그렇게 만난 셈이기도 하고. "마치 아는 사람 같은 느낌이 들어요."

애슐린은 다시 그 사진을 봤다. 벨…… 마리안……에게 이제 얼굴이 생겼다. 깜짝 놀랄 만큼 아름다운 얼굴. 그리고 그녀의 이야기에 완전히 새로운 층이 생겼다. 어머니이자 유대교로 개종한 사람. 헤미를 잃은 후 그녀가 한 선택들. 아마 그의 상실로 인한 공백을 메우기 위해서였을 것이다. 애슐린은 다시 기사로 시선을 돌려 소리 내어 읽었다.

1950년 2월 7일(뉴욕)—매닝 양이 이번 주에 온 뉴욕을 놀라게 했다. 그녀는 아무런 예고도 없이 새로 입양한 전쟁고아 한 쌍을 데리고 미국으로 돌아왔다. 남자아이 하나와 여자아이 하나로 대략 7세와 5세인 두 아이는 남매지간이며 이름은 현재 밝혀지지 않았다. 이름을 밝히길 꺼린 한 정보통에 따르면, 매닝 양의 가족도 미국으로 돌아올 매닝 양의 계획을 전혀 몰랐기 때문에 깜짝 놀랐다고 한다. 매닝 양은 전쟁이 발발한 후 미국을 떠나 지난 3년간 프랑스에서 머물렀다. 거기서 유럽 전역에서 갈 곳이 없어진 아이들을 적극적으로 돕기 시작했다. 그 아이들은 주로 나치 죽음의 수용소에서 가족을 다 잃은 경우가 대다수였다. 결혼도 하지 않은 미혼으로서 아이들을 입양한 결정에 대해 질문했을 때, 매닝 양은 이렇게 해서 전 세계에서 갈 곳이 나오길 기다리는 수천 명의 아이에게 세상의 관심이 쏠리길 바라며, 다른 미국인 가족들에게 모범을 보이고 싶었다고 대답했다. 매닝 양은 미국에서 자녀들과 다시 정착해 전 세계 전쟁고아들을 위한 일을 계속하기로 했기 때문에 자신의 사생활을 지켜달라고 요구했다.

"마리안은 모범적인 삶을 살았군요." 애슐린은 기사를 다 읽었을 때 이렇게 말했다. "정말 훌륭하고 이타적인 행동이었어요."

"그렇죠. 다만 그게 마틴 할아버지로서는 인내심의 한계에 다다른 계기였을 것 같아요. 이런 식으로 딸에게 기습당해서 무척 괘씸했겠죠. 마리안은 그래서 더 흡족했을 거고. 이제 마리안이 왜 증조할아버지의 유언장에서 제외되고 집에는 발도 못 들이게 됐는지 이해되기 시작했어요. 다만 마리안 본인은 그런 행동을 통해 가족과의 관계가 완전히 돌이킬 수 없게 됐다는 걸 알고 있었을 텐데 말이죠."

"그래서 더 놀라운데요. 마리안은 아버지를 거역했어요. 그게 자신에게 어떤 영향을 미칠지 다 알면서도요. 용감한 사람이었어요."

"그래서 마리안과 우리 아버지가 죽이 잘 맞았단 생각이 들어요. 가족에게 그런 식으로 맞선 사람은 그 둘밖에 없었으니까." 이선은 다시 그 스크랩북을 받아서 첫 페이지로 넘겼다. "여기에 그거 말고 다른 게 또 뭐가 있나 봅시다."

페이지들 사이에 사진 몇 장이 떨어져 나와 있었고, 전에 그 사진들을 앨범에 붙였을 테이프는 보이지 않았다. 이선은 그 사진을 한 장씩 살펴보면서, 다 본 사진은 앞면을 아래로 해서 엎어놨다. "여기 나온 사람들은 하나도 모르겠어요. 이모들과 삼촌들 그리고 사촌들이겠죠. 우리 아버지는 4형제였거든요." 이선이 마침내 말했다.

"아버님의 형제자매 중 아직 살아 계신 분이 있을까요?"

이선은 어깨를 으쓱했다. "아마도요. 로버트 삼촌은 베트남에서 전사했다고 알고 있어요. 구정 대공세 때 총에 맞아 돌아가셨다고. 고모 한 분은 몇 년 전에 돌아가셨고. 아버지의 예전 대학 친구에게서 편지를 한 통 받았는데, 그 친구가 신문에서 고모의 부고를 봤다고 하더군요. 그게 내가 아는 전부예요. 그 식구들은 우리와 전혀 교류가 없었어요."

이선은 그 사진들을 다시 스크랩북에 넣고 페이지를 계속 넘기면서 그에겐 아무 의미도 없는 사진들과 신문 기사들을 휙휙 넘겼다. 그러다 마침내 멈추더니 얼굴에 아무런 미소도 짓지 않은 채 숱이 많은 앞머리를 눈썹 위까지 가지런하게 자른 한 여자의 사진을 손으로 가리켰다. 그 여자 옆에 키가 크고 각이 진 얼굴에 눈동자는 작고 검은 남자가 서 있었다. 그도 얼굴에 웃음기가 전혀 없었다.

"내 생각에 이분이 코린 할머니와 남편 같아요. 할아버지 이름은 모르겠어요. 아버지가 어렸을 때 돌아가셨다고 하더군요. 폐에 문제가 있었다고."

"조지. 이분의 이름은 조지였어요." 애슐린이 말했다.

이선이 그녀를 향해 한쪽 눈을 치떴다. "우리 할아버지 이름을 나는 모르는데 당신은 안다니 기분이 이상하네요."

"제가 아는 건 저분의 이름뿐이에요. 책 두 권 다 저분에 대한 언급은 거의 없었어요. 마틴은 어때요? 언제 돌아가셨죠?"

"내가 태어나고 얼마 못 가서 돌아가셨어요. 어떻게 돌아가셨는지는 나도 모르겠어요. 그냥 그분이 돌아가시고 코린 할머니가 왕좌에 올랐죠."

애슐린은 코린의 사진을 물끄러미 바라봤다. 이제는 씨씨라는 이름으로 알게 된 그녀를. 그녀는 동생인 마리안 같은 미녀는 아니었다. 사실 둘은 닮은 점이 거의 없었다. 하지만 씨씨를 매력적이지 않다고 하는 건 틀린 말이 될 것이다. 그녀의 얼굴은 사각이었고, 눈과 눈 사이가 멀었으며, 입술은 도톰했지만 어쩐지 옹졸해 보였다. 불행으로 빚어진 얼굴이었다.

"마리안과는 별로 안 닮았네요." 애슐린이 말했다.

"내가 상상한 바로 그 얼굴인데요." 이선은 이렇게 말하면서 오만상을 찡그리며 마지막 페이지로 넘겼다. "이거 봐요. 여기 아이들 사진이 있어요. 마리안의 아이들. 우리 부모님에게 이런 사진이 있는 줄 몰랐네요. 마리안이 보낸 게 틀림없어요." 그는 사진 가장자리 밑에 엄지를 쓱 끼워 넣어서 조심스럽게 앨범 페이지에서 떼어낸 후에 뒤로 뒤집었다. "해변에서 재커리와 일리스. 1952년 7월 11일."

"저들이 정말 그 아이들이에요?"

"맞아요. 내가 처음 만났을 때는 이보다 더 어렸지만, 분명 그들 맞아요. 재커리는 장난꾸러기였던 기억이 나요. 항상 낄낄 웃고 있었죠. 잠시도 가만히 앉아 있질 않았어요. 여자아이는 완전히 정반대였어요. 항상 책만 들여다보고 있었죠. 우리 집에 있었던 주말 내내 거의 한마디도 안 했어요."

애슐린은 갑자기 사진 속 소녀를 향한 강한 공감이 밀려왔다. 그녀는 책 뒤로 숨고 싶은 욕구, 자신과 세상 사이에 물질적인 장벽을 만들어내고 싶은 마음을 이해했다. 그녀도 몇 년 동안 그렇게 해왔으니까. 다른 사람들의 이야기에서 도피처를 찾았으니까.

애슐린은 사진에 나온 아이들을 좀 더 자세히 살펴봤다. 그 소녀 일리스는 얼굴이 창백하고 뼈대가 가는 데다 여덟, 아홉 살로 보였다. 재커리는 분명 그보다 더 나이가 많아 보였고, 키가 크고 이를 다 드러내고 활짝 웃는 얼굴에, 이미 앞으로 여자들을 여럿 울릴 미남이 될 기미가 드러나 있었다.

"둘이 아주 다르게 생겼어요, 그렇지 않나요? 여자아이는 아주 창백하고 허약해 보이기도 하는데, 남자아이는 정말 매력이 넘치네요. 이들과 연락이 끊어지다니 안타깝네요."

"우리가 연락하고 지냈다고 말할 수 있는지조차 잘 모르겠어요. 둘 다 나보다 나이가 많고, 기억도 거의 안 나니까요."

"마리안이 미국에 돌아왔을 때 어디에 정착했는지 알아요? 뉴욕으로 돌아갔나요?"

"전혀 모르겠어요. 하지만 그럴 것 같진 않아요. 마리안이 마틴 근처에 있고 싶어 할 것 같진 않은데요."

"당신 아버님이 돌아가셨을 때 마리안에게서 아무 연락도 받지 못했나요?"

"못 받았어요. 아마 마리안도 세상을 떠났을 것 같은데요. 살아 계신다면 우리 아버지가 돌아가신 걸 모르고 있을 가능성이 크고요." 이선은 거기서 말을 멈춘 채 스크랩북을 닫아서 옆에 놨다. "왜요?"

"그냥 궁금해서요."

이선의 눈이 살짝 가늘어졌다. "당신은 내가 마리안을 찾아보길 바라는 거죠, 그렇죠?"

애슐린은 설레는 마음을 굳이 감추려 하지 않았다. "그게 가능하다고 생각해요?"

이선이 그녀를 바라보는 표정은 분명 불편해 보였다. "사실, 문제는 그게 아니죠, 안 그래요? 진짜 문제는 마리안이 발견되고 싶은가, 그거죠. 갑자기 낯선 사람들이 나타나서 자신의 과거를 파헤치려 한다면. 당신이라면 그러고 싶겠어요?"

"당신은 낯선 사람이 아니죠. 그녀의 조카잖아요."

"난 조카의 아들이죠. 그리고 그분을 한 번도 만난 적도 없고. 그러니까 난 낯선 사람이 맞아요."

"알았어요. 당신은 아마도 낯선 사람이 맞겠죠. 하지만 마리안이 살아 있다면 헤미를 잊지 않았을 거예요. 이 책들을 돌려받고 싶을 거라고요."

"그걸 당신이 어떻게 알아요?"

애슐린은 고개를 돌린 채 잠시 그에게 책에서 나오는 메아리들에 대해 말하고 싶은 유혹을 느꼈지만, 그러다가 이선이 듣기에 그게 얼마나 이상한 이야기일지 깨달았다. 그녀가 얼마나 이상한 사람처럼 보이겠는가. **사이코메트리라니.** 이 단어 속에 이미 **사이코**라는 말이 들어가 있잖아. 그녀는 이선에게 겁을 줘서 불안하게 만들 여유가 없었다. 여기까지 온 마당에 그럴 순 없었다.

"자기 세계를 박살 낸 남자를 잊는 여자는 없어요, 이선. 영원히."

"그렇다면 더욱더 마리안을 건드려선 안 되죠. 마리안은 그 책을 썼을 때 하고 싶은 말은 다 했잖아요. 그러니 그대로 놔둬야 해요."

애슐린은 이선이 흩어진 종이들과 리걸 패드들을 모아서 다시 상자 속에 넣는 모습을 지켜봤다. 인정하기 싫었지만, 이선의 말에도 일리가 있었다. 이 책들을 읽는 건 그럴 수 있다. 우연히 발견했으니까. 하지만 마치 블러드하운드처럼 마리안 매닝을 추적하는 것은 완전히 다른 차원의 일이다. 그녀가 정말 타인이 버린 비통한 마음의 흔적을 헤집고 다닐 권리가 있을까? 다른 사람이 그녀의 인생을 그런 식으로 헤집고 다니는 걸 그녀는 원할까?

애슐린은 이 밤이 끝나가고 있음을 의식하고 마지못해 일어났다. "당신 말이 맞는 것 같아요. 하지만 그 사진들을 보여줘서 고마웠어요. 적어도 이젠 책에 나오는 이름들에 맞는 얼굴들을 봤으니까. 이 자료들을 다시 벽장에 넣는 걸 도와줄까요?"

이선은 방을 둘러보더니 고개를 흔들었다. "아니에요. 기왕 꺼냈으니 이참에 정리하는 편이 낫겠어요. 하지만 오늘 밤은 아니에요. 난 지쳤고, 내일 아침에 수업도 있어요."

"정말 그러고 싶어요?"

"네. 이제 정리할 때도 됐죠. 내가 배웅할게요."

아래층에 내려온 애슐린은 재킷을 입고 저녁 맛있게 먹었다고 인사하면서 같이 문을 향해 걸어갔다. "난 정말 당신 일에 끼어들 생각은 없었어요. 이웃 사람들에게 스캔들을 일으킬 생각도 없었고. 적어도 워렌 부인은 이제 간 것 같네요."

이선은 문을 잡아당겨서 열고 도로를 내다봤다. "워렌 부인이 덤불 속에 숨어서 당신의 차가 아직도 진입로에 있는지 확인하고 있는 게 보인다 해도 놀랍진 않겠어요. 내가 당신이라면 차를 아주 조심스럽게 빼겠어요. 벨의 책을 다 읽으면 서점에 갖다줄게요."

"아니면 당신이 포츠머스까지 나올 필요 없이 제가 가지러 와도 되고요." 두 사람은 이제 문간에 서 있었고, 축축한 밤공기와 함께 바다 냄새가 둘의 주위를 떠돌았다. 이 순간이 아주 살짝 어색해졌다. 마치 첫 데이트가 끝난 것 같았지만, 사실 절대 데이트는 아니었지. 애슐린은 차 키를 찾아 주머니를 더듬거렸다. "폐를 끼치지 않겠다고 약속했는데 저녁 내내 있었네요."

"잠시 원고 생각을 안 할 수 있어서 정말 좋았어요. 평소와 달리 다른 사람과 같이 식사한 것도 좋았고. 당신을 처음 만난 날 내가 좀 재수 없게 굴었죠. 그걸 만회할 기회가 생겨서 기쁘네요."

애슐린은 고개를 흔들며 웃었다. "그게 당신 탓이라곤 할 수 없죠. 그때 당신은 내가 누군지도 몰랐고, 그 모든 게 굉장히 별난 상황이었으니까요. 어쨌든 나는 이만 가는 게 좋겠어요. 읽을 책도 있고."

"내가 맞춰볼게요. 헤미의 책이죠?"

"마지막에 봤을 때 둘 사이에 충돌이 일어나기 시작했거든요. 더 읽으면 그 문제가 해결되길 빌고 있어요."

"그렇게 되지 않는다는 건 우리도 알고 있잖아요."

"그렇죠." 애슐린은 침울하게 말했다. "우린 알고 있죠. 어쨌든 책 쓰는 거 행운을 빕니다." 애슐린은 진입로의 중간쯤 이르렀을 때 이선을 돌아보며 물었다. "정말 남의 우편함을 열어보는 것이 불법인가요?"

"나도 몰라요. 하지만 그럴듯하게 들리잖아요."

"정말 경찰에 신고해서 날 체포하라고 할 셈이었어요?"

그의 웃음소리가 진입로 위로 흘러왔다. "아뇨. 하지만 워렌 부인은 어떻게 했을지 나도 모르죠."

애슐린이 진입로에서 차를 빼서 항구 도로로 향했을 때 그녀의 생각은 이미 벨과 헤미, 그리고 아버지에 맞서길 꺼리는 벨의 태도에 대해 둘이 했던 언쟁으로 가득 차 있었다. 그게 둘이 헤어지게 된 시초였을까? 파멸로 끝난 로맨스의 첫 다툼이었을까? 아니면 화해했다가 다시 헤어졌을까? 그걸 알아낼 수 있는 유일한 방법은 계속 읽는 것이다. 이번에는 그들이 하는 말을 읽을 때 그들의 얼굴을 떠올릴 수 있다는 점이 다르지만.

후회하는 벨
Regretting Belle

66~72페이지

1941년 11월 21일
뉴욕, 뉴욕

당신이 열쇠로 문을 여는 소리를 들었을 때 나는 막 커피를 끓인 참이었어. 나는 컵을 하나 더 꺼내서 오늘 아침에 온 신문과 함께 테이블 옆에 놓고 기다렸지.

당신이 내게 전화해서 지금 우리 집에 오는 길이라고 말했을 때 놀랐다는 말을 꼭 해야겠어. 당신이 감히 내 눈을 똑바로 볼 용기가 없을 줄 알았거든. 하지만 어쩌면 처음부터 그게 당신의 계획이었는지도 모르지. 내게 직접 말하지 않고 간접적으로 말하는 방법 말이야. 어쩌면 당신은 내가 소란을 피우고, 애원하고, 절대 당신을 놓아주지 않겠다고 하면서 욕을 퍼부을까봐 두려웠는지도 모르지. 걱정할 필요 없어. 난 당신을 쫓아가지 않을 테니까. 당신이 그럴 만한 가치가 없는 남자에게 자신을 팔아넘기기로 결심했다면(그렇게 보이기도 하는데), 그럼 가.

마침내 부엌에 들어왔을 때 당신은 거의 완벽해 보였어. 근사한 트위드 정장에 새 모자를 쓴 모습이 최신 유행하는 옷을 입은 것 같았어. 그날은 오전 내내 눈이 내리다 그치길 반복해서 당신의 옷깃엔 아직도 눈송이가 몇 개 남아 있다가 녹으면서 짙은 얼룩이 지고 있었지. 언제나 그렇듯 당신의 모습은 흠잡을 데가 없었어.

나는 잠시 셔츠를 입거나 신발이라도 신고 있을 걸 그랬다고 후회했어. 내 꼴이 당신에게 어떻게 보일까? 좁은 부엌에 바지와 러닝셔츠만 입고, 샤워해서 머리는 아직도 물에 젖어 있는 꼬락서니가. 그러다 생각했지. 아니라고. 당신이 내 모습을 이렇게 기억하는 게 딱 맞다고 생각했어. 바로 이게 당신이 결국 옳은 선택을 했다는 증거라고.

당신은 부엌에 들어온 직후에 멈춰 섰지. 내가 당신을 그다지 반기지 않은 모습에 당황한 듯했어. 난 당신을 보면 제일 먼저 할 말을 한 시간도 넘게 연습하고 있었지만, 왜 그랬는지 도저히 그 말이 입에서 나오질 않았어. 나는 이날을 아주 오랫동안 두려워하고 있었어. 내가 당신에게 처음 키스한 그 순간부터. 이제 그때가 됐는데도 난 준비가 되지 않았던 거야.

"뭐라고 말 좀 해봐." 내가 가까스로 입을 열었지.

당신은 얼굴을 찌푸렸어. "뭘?"

"여기까지 할 말이 있어서 왔을 거 아니야? 그러니 말해."

"무슨 말인지…… 대체 뭘 말하라는 거야?"

"사실, 아까 전화로 말하고 주차 미터기에 넣을 동전을 아낄 수도 있었잖아."

당신은 마치 나를 생전 처음 보는 것처럼 위아래로 훑어봤어. "헤미, 대체 당신 왜 그래?"

나는 테이블로 손을 뻗어서 오늘 아침 신문을 집어들었지. 당신의 사진 그리고 테디의 사진이 신문에서 날 올려다보고 있었어. 그 옆에 헤드라인이 보였고, **이번 사교 시즌 최고의 결혼식이 6월로 잡히다.** 나는 이제 그 기사의 상세한 내용까지 다 외우고 있었어. 세인트 폴과 세인트 앤드류 교회…… 월도프 아스토리아 호텔…… 영국계 미국인 남자 패션디자이너 찰스 제임스가 디자인한 웨딩드레스.

"축하해." 나는 그 신문을 당신의 손에 밀어넣으며 말했지. "6월의 신부라니. 월도프 호텔에서 피로연을 열고. 정말 잘됐어."

당신은 그걸 물끄러미 보더니 나를 봤어. "나는 몰랐…… 헤미, 나는 이 일과 아무 상관 없어."

당신의 뺨에 열이 올라 분홍색으로 물들었지. 다만 그건 정말로 화가 나서 그렇다기보다는 자신이 한 짓이 발각돼서 수치스러워 그럴 거라는 생각이 들었어. "지금 당신 말은 〈뉴욕 타임스〉가 당신의 허락도 받지 않고 앞으로 치를 결혼식 기사를 실었다는 거야?"

"그래!"

"신문사에서 마음대로 결혼식 날짜를 지어냈다고? 장소도?"

당신이 내 질문에 대답하기 위해 더듬거렸을 때 입이 살짝 실룩이면서 시간이 흐를수록 얼굴은 더 빨개졌지. "내가 한 짓이 아니야, 헤미. 맹세할게." 당신은 헤드라인을 다시 보더니 마침내 고개를 들어 나를 올려다봤지. "이건 다 씨씨 언니가 한 짓이야. 언니가 어서 날짜를 정하라고 몇 주 동안 나를 들들 볶았어. 언니는 분명 신문사에 날짜를 알려주면 그대로 기사를 실을 거라고 생각한 게 틀림없어. 일단 그렇게 발표해서 내가 취소할 수 없게 말이야. 언니를 가만안 두겠어."

나는 팔짱을 낀 채 격분한 당신을 의심에 찬 눈빛으로 바라봤지. "당신이 언제 결혼할지 그게 당신 언니와 무슨 상관이라고?"

"당신은 아직도 이해를 못 하는구나. 이건 날 위한 결혼이 아니라고. 이건 그저 우리 아버지가 테디의 아버지와 사업적으로 합병하려고 벌인 일일 뿐이야. 하지만 테디의 부모가 안달하고 있긴 했어. 내가 계속 결혼을 미룬다고 그쪽에서 몇 마디 한 모양이야."

"그럼 테디는? 테디도 안달하고 있나?"

"테디?"

당신은 그 질문에 어리둥절한 표정이었어. 마치 이 일에서 그라는 존재를 완전히 잊어버린 것처럼. "당신의 약혼자 말이야." 내가차갑게 당신에게 상기시켜줬지.

당신은 눈을 감고 지친 한숨을 쉬었어. "테디와 그의 아버지가 돌아온 후로 우리는 거의 만나지도 않았어. 그도 나만큼이나 이 결혼을 탐탁지 않아 해. 테디가 직접 그렇게 말한 적은 없지만, 그도 나만큼이나 나와 '결혼하겠다는 말'을 하기 싫어한다고. 단지 아버지들만이 우리를 식장에 세우려고 밀어붙이고 있는 거지."

"그들 뜻대로 된 것 같은데."

당신은 다시 기사를 힐끗 본 후에 신문을 테이블에 던졌다. "아니, 그렇지 않아."

"당신은 계속 그렇게 말했지."

"헤미……."

"오늘 아침에 신문을 펼쳤는데 이 헤드라인을 보고 내가 어떤 기분이었는지 알아? 당신이 그동안 날 계속 속이고 있었다는 사실을 깨달은 기분이 어떤지 아냐고?"

"헤미, 내가 약속하는데……."

"당신은 항상 그놈의 약속 타령이지, 벨."

"진심으로 하는 말이니까 그렇지."

"그럼 신문사에 전화해. 지금 당장."

"뭐라고?"

"신문사에 전화해서 그들이 잘못 안 거라고 말해. 그 기사를 철회하라고 요구하란 말이야. 당신이 한 말을 인용한 그 기사 말이야."

당신은 마치 내가 방금 당신에게 벌거벗고 뉴욕 5번가를 걸어가라고 말한 것처럼 나를 노려봤지. "난 그럴 수 없어. 아직은 안 돼. 시간이 좀 더 필요해."

"뭘 위한 시간?" 내가 미처 참기도 전에 그 말이 화산처럼 터져나와 부엌 벽에 쩌렁쩌렁 울렸지. "대체 언제 시간이 되는데? 당신이 신랑을 향해 절반쯤 걸어갔을 때?"

"그건 공정하지 않아."

"누구에게 공정하지 않다는 말이야? 테디에게? 당신 아버지에게? 나는 어쩌고, 벨? 내가 대체 얼마나 더 기다려야 해? 난 바보 연기를 하는 것도 지쳤어. 난 떠나려고 했어. 당신에게 출구를 주려 했다고. 그런데 당신이 계속 나를 다시 낚아들였지. 내가 그 속임수에 대체 몇 번이나 더 속아야 하냐고?"

당신의 눈에 눈물이 고였지. 당신은 고개를 돌려버렸고, 목소리는 갑자기 거칠어졌어. "내게서 원하는 게 뭐야?"

그때 갑자기 보였어. 이 일로 인해 당신이 얼마나 고통스러워하고 있는지 말이야. 당신은 감정적인 줄다리기라는 게임의 경품이 되어버렸는데, 나는 상처받은 내 자아를 치료하느라 너무 바빠서 당신이 얼마나 심하게 소모되기 시작했는지 보지 못한 거야.

난 당신을 끌어당겨서 내 품에 안았지. "당신이 나랑 결혼해줬으면 좋겠어, 벨. 당신이 이 모든 것에서 떠나면 좋겠어. 우리 둘 다 떠나면 좋겠어. 우리가 살 수 있는 곳이 텐트 하나뿐이고 햄버거와 스크램블드에그만 먹고 살아야 한다고 해도. 하지만 무엇보다 당신이 더는 두려워하지 않기를 원해."

당신은 이제 내게 몸을 기댄 채 조용히 흐느껴 울고 있었어. "그게 그렇게 간단하지 않아."

"아니, 간단해. 그냥 떠나자. 내일. 지금 당신이 해야 할 일은 그저 그러겠다고 말하기만 하면 돼." 나는 조용히 당신에게 말했지.

당신이 고개를 들어서 내 눈을 바라봤을 때 당신의 눈에 일말의 희망, 약속이 보였지. "그럼 지금 당신이 쓰고 있는 그 대형 기사는 어쩌고?"

"그건 개나 주라지. 골디는 다른 사람을 시켜서 그 기사를 끝낼 수 있어. 그 기사가 세상에 나올 때쯤, 우리는 이곳을 오래전에 떠나고 없을 거야."

"어디로?"

"그걸 누가 알겠어? 누가 신경 쓰겠어? 그냥 그러겠다고 해."

"그래." 당신은 그렇게 말했고, 당신의 미소에 내 가슴은 터질 것 같았지. "그래, 난 당신과 도망가서 텐트에서 살 거야."

일주일 후, 우리는 계획을 세우기 시작했지. 당신 아버지가 보스턴으로 여행을 떠나기로 한 날에 맞춰 우리의 출발 날짜를 잡았어. 그때까지 당신에겐 몇 주 동안 준비할 시간이 생긴 거지. 난 이미 브로드웨이 리미티드 사의 침대차 표를 끊어놨고. 우린 시카고에 내려서 치안판사를 찾아 혼인신고를 한 후에 제대로 된 신혼여행처럼 거기서 며칠 지내고 이어서 캘리포니아로 가기로 했지.

우린 전쟁이 끝나면 영국에 가자는 이야기도 했어. 내가 성장한 곳으로 돌아가는 거지. 하지만 당시엔 그곳이 안전하지 않으니까 나중에 영국으로 여행 갈 시간이 있을 거라고, 모든 걸 할 시간이 있을 줄 알았어. 우선은 샌프란시스코에 가는 걸로 만족하기로 했지. 그게 지금으로선 내가 당신을 데리고 당신의 아버지에게서 가장 멀리 떨어져 있을 수 있는 곳이었으니까.

우리만의 그 비밀은 아주 달콤했어. 우리는 누구에게도 속내를 들키지 않겠다고 굳게 결심했지. 우리 둘 다 평소처럼 행동하려고 애썼지만, 내 가슴은 터질 것 같았지. 우리가 곧 떠날 것이고, 우리 둘이서 새 인생을 시작한다고 생각하니 한 번에 10분 이상은 그 무엇에도 집중할 수 없는 남학생이 된 기분이었어.

골디에겐 아무 말도 하지 않았어. 내가 떠나면 골디는 무지하게 열받겠지. 한마디 말도 없이, 고맙다는 인사도 없이 가버리다니. 그 동안 나에게 잘해줬는데. 나의 능력을 입증할 수 있게 기회도 줬는데. 하지만 최근에 나는 골디가 객관성을 잃었다는 걱정이 들기 시작했어. 그리고 앞으로 일어날 일을 감당할 만한 용기가 내게 있는

지도 확신이 서지 않았지. 내가 그동안 쓰고 있던 기사가 최근에 예상치 못했던 전환점을 맞았거든. 그것도 다소 충격적인 방향으로 말이야. 우리의 정보원은 자기가 준 정보가 사실이라고 맹세했지만 말이지. 그건 결국 정교한 책략으로 드러날 수도 있는 정보였거든. 당신 아버지에게 품은 해묵은 원한을 갚으려고 당신 아버지의 적이 꾸민 책략 말이야. 다년간에 걸쳐 당신 아버지의 적들이 늘어난 건 분명한 사실이니까.

그 일에 대해 당신에게 어떻게 말해야 할지 몇 주 안에 결정을 내려야 했어. 아니면 아예 말을 하지 말지도. 당신은 지금도 처리해야 할 일들이 차고 넘치는데 이 정보는 아무것도 아닐 수 있거든. 난 제발 그러길 간절하게 빌다시피 했지.

나의 직업적인 충성심과 개인적인 충성심의 경계가 어디에서 시작되고 어디서 끝나는지 알기는 힘들었어. 그게 바로 골디와 내가 싸우던 날 밤 골디가 경고한 거였어. 그리고 다음 날 아침 그녀의 집에서 이사 나올 때도 그랬고. 우리는 우리의 연애가 진실을 밝히는 데 방해가 되지 않도록 아주 신중하게 행동해야 했어. 우린 또 항상 더 큰 대의를 기억해야 한다고 했고. 그게 바로 골디가 내게 주문처럼 읊던 말이었어. 하지만 누구의 대의를 위해?

이제 나는 목적이 하나밖에 없는 남자가 됐지. 당신을 그 기차에 태워서 당신 아버지의 손아귀에서 벗어나게 하는 것. 이렇게 비밀을 지키는 게 얼마나 힘든지 알아. 난 직업상 남을 기만하는 게 일인 사람이야. 책략을 쓰고, 핑계를 대고, 필요할 때는 대놓고 거짓말도 하지. 그게 내가 하는 일의 일부니까. 하지만 당신은 달라. 당신은 평생 당신의 아버지와 가족에게 충성해야 한다는 말을 계속 주입받으며 자랐어. 그런데 지금 여기서 결정적인 배신을 계획하고 있잖아. 쪽지도 남기면 안 된다. 전화도 안 된다. 어떤 종류의 말도 해선 안 된다. 그냥 나랑 떠난다.

당신의 결심이 절대 흔들리지 않을 거라고 생각할 정도로 내가 어리석진 않아. 내가 당신에게 해줄 수 있는 게 얼마나 적은지 뼈저리게 의식하고 있었어. 그리고 가끔 당신이 이제부터 하려는 일이 과연 지혜로운 일인지, 당신이 포기하게 될 게 뭔지 자문하리라는 사실도 알고 있었어. 하지만 당신은 그걸 다 포기하겠다고 내게 단언했지. 그래서 나는 우리가 이 먼지투성이 거리와 소중한 것이 빠진 채 그저 화려하기만 한 이 도시를 떠나 마침내 우리 둘만 있게 될 때까지 남은 날들을 계속해서 셌어.

나는 원하는 만큼 당신을 자주 보진 못했어. 당신은 가짜 결혼식 계획 때문에 바빴거든. 가끔은 전화 한 통 하지 못한 채 며칠이 휙 지나가버리기도 했어. 그러다 당신이 여행에 필요한 것들을 담은 가방을 가지고 불쑥 나타났지. 당신은 사람들의 관심을 끌지 않도록 필요한 물품을 아주 조심스럽게 사들이고 있었어. 위생용품들, 화장품, 신발, 간편한 옷들. 우리가 캘리포니아에서 살 때 필요한 물건들. 그 삶에 오페라나 디너 파티나 명품 드레스는 필요하지 않았지.

당신이 그걸 그리워할까? 나는 궁금했어.

깊은 밤 어둠 속에 홀로 누워 당신이 어디 있고 누구와 있을지 궁금해하다 보면 그런 생각이 슬금슬금 밀려왔지. 그러면 벌떡 일어나서 불을 켜고, 그런 의심들을 쫓아버리고, 타자기 앞에 앉아서 당신이 필요하다면 텐트에서라도 살겠다고 한 약속을 다시 마음속에 떠올렸어.

⌇

　여행 가방 하나에 모든 희망을 걸다니, 내가 정말 어리석었지. 당신도 그 가방을 기억하잖아, 안 그래? 특별히 그 여행을 위해 산 커다란 가죽 가방. 가방 위쪽에 금박으로 당신이 새로 갖게 될 이름의 머리글자들을 새겼지. 그걸 봤을 때 당신의 눈에 눈물이 고이더니 손가락으로 그 글자들을 쓰다듬었잖아. 우리는 같이 갈 모든 곳, 전쟁이 끝나면 우리가 하게 될 모든 모험에 관해 이야기했지. 파리와 로마와 바르셀로나. 그거 기억해, 벨? 그 계획들과 약속들을?

　당신은 우리를 기억해?

후회하는 벨
Regretting Belle

73~86페이지

1941년 12월 5일
뉴욕, 뉴욕

흠, 마침내 여기에 이르렀네. 우리 이야기의 끝, 아니면 거의 끝이려나. 이건 피할 수 없었겠지. 그 행복에 넘친 짧은 몇 주 동안 우리가 건 마법의 주문이 풀리는 날, 당신이 어쩔 수 없이 가족에 대한 충성심과 나와 같이 보낼 인생 사이에서 선택해야 하는 날이 언젠가는 올 수밖에 없었겠지. 하지만 당신이 그런 선택을 했더라도 그렇게 깨끗하게 떠날 수 있을 거라곤 생각지도 못했어.

시간은 인간의 기억에 이상한 짓을 하기 마련이야. 기억하는 사람이 편한 대로 왜곡해서 뒤틀릴 수도 있거든. 그래서 당신이 세세한 내용을 잊어버렸을 때를 대비해 내가 그때 상황 설명을 할게.

그날은 우리가 떠나기로 한 전날이었어. 나는 택시를 타고 그동안 두려워하던 일을 하기 위해 〈리뷰〉지 빌딩으로 갔지. 한동안 양심의 가책을 받았지만 바로 그 전날 밤에야 결심했거든. 전화로 그일을 처리하고 싶은 유혹을 받았지만, 나쁜 소식은 얼굴을 보고 직접 전하는 게 최선이니까. 그리고 오늘 내가 전할 소식은 사실 지독하게 나쁜 소식이 될 테니까.

골디는 책상 뒤에 앉아서 연필을 입에 문 채 인쇄 원고의 한 페이지를 훑어보고 있었어. 그러다 나를 힐끗 보더니 지나치게 반가워하는 미소를 지어 보였어. "어머나, 나의 스타 기자님 아니신가. 기사 다 끝났다는 말을 하려고 여기 왔다고 해줘. 그 망할 인간이 끙끙거리며 괴로워하는 꼬락서니를 어서 보고 싶어 죽겠어." 다음 순간 그녀의 얼굴에서 미소가 사라지더니 사정없이 일그러졌어. 내 굳은 표정을 본 거지.

"아, 맙소사. 제발 그 기사에 문제가 생겼다는 말은 하지 마."

"문제는 나에게 생겼어요, 골디."

골디는 혼란스러운 가운데 조금 안도하는 표정이었어. "왜? 무슨일 생겼어?"

"신문사를 그만두려고요. 사실 뉴욕을 떠날 거예요."

골디는 깜짝 놀라 나를 멍하니 바라봤어. "네가…… 어쩐다고?"

"이건 내가 하고 싶은 일이 아니에요. 처음부터 그랬던 것 같아요. 좀 더 빨리 알아차렸으면 좋았겠지만, 이제 알게 됐어요."

골디는 벌떡 일어났는데 얼굴에 먹구름이 몰려들고 있었지. "진심이 아니지?"

"진심이에요. 난 내일 떠나요. 시카고로 먼저 갔다가 캘리포니아로 갈 거예요."

잠시 말을 멈춘 채 나를 노려보는 그녀의 얼굴에 혼란스러운 표정이 떠올랐어. "이게 내 돈을 더 뺏어가려는 수작이라면……."

"수작이 아니에요, 골디. 난 정말 손을 뗐어요."

"넌 10년에 한 번 나올 만한 특종을 막 낼 참이었잖아. 이렇게 그냥 내뺄 순 없어! 기사는 어쩌고? 그건 끝냈어?"

"아뇨. 그리고 끝내지 않을 겁니다."

"네가 네 입으로 정보원은 진짜라며. 모두 다 확인했다며. 그런데 무슨 일이 있었던 거야?"

"아무 일도 없었어요. 난 그냥 그 기사를 계속 쓸 수 없다고 결정한 것뿐이에요. 설사 내가 정보원에게서 들은 말을 완벽하게 입증할 수 있다고 해도, 아마 그럴 수 없겠지만, 그걸 신문에 싣는 건 옳지 않아요. 한 불쌍한 여성의 질병을 드러내서 10년도 훨씬 전에 일어났는지 안 일어났는지도 모를 일 때문에 가족 전체가 쓰라린 고통을 받게 한다는 거 말이에요. 그건 뉴스가 아니에요. 그건 한 남자를 몰락시키기 위한 잔인한 추측이에요. 나는 문제의 그 남자를 경멸하긴 하지만, 그런 일에 가담하고 싶진 않다고 결정했어요."

"이게 다 그 여자 때문이지, 안 그래? 너의 그 소중한 벨. 그 여자가 그 예쁜 눈썹을 깜빡거리니까 네가 흐물흐물해져버린 거잖아. 네가 그 여자를 손에 넣고 싶어 안달하는 건 알고 있었지만, 여자에게 휘둘려 정신 못 차리는 인간인 줄은 몰랐어. 어쩜 그렇게 순진하게 속아 넘어갈 수 있어? 지금 뭐가 위기에 처해 있는지 너도 너무나 잘 알면서! 그 여자의 아버지는 위험한 남자야. 이 나라가 대표해야 할 모든 가치에 위협이 되는 인물이라고. 거기다 이 남자는 의

석까지 넘보고 있어. 너의 기사가 그의 그런 포부를 끝장낼 거란 말이야."

"나도 그 말에 반박하진 않겠어요. 나도 당신처럼 그 남자가 끔찍하게 싫어요. 하지만 그를 공격하는 기사를 내려면 다른 사람을 찾아요. 난 당신이 실으려고 하는 그런 기사에 내 이름을 올릴 수 없으니까. 당신이 내게 당신을 위해 일해달라고 접근했을 때 내가 말했죠. 난 타블로이드 기사를 쓰는 데는 관심 없다고. 하지만 이 기사가 바로 그렇게 변해가고 있어요. 그래서 그걸 버리기로 결심했어요."

골디는 책상 건너편에서 압지 위에 두 손을 좍 벌려서 댄 채 비웃는 눈빛으로 나를 보고 있었지. "처음에 그 여자를 만났을 때는 너도 엄청나게 관심 있어 했잖아. 바로 치고 들어가서 그 여자 가족들과 다 친해졌잖아. 그때 너의 양심은 어디서 뭘 하고 있었는데?"

그녀의 공격이 적중해서 나는 순간 입을 다물었지. 골디의 말에는 진실이 있었으니까. 난 정말 당신과 친해졌으니까. 그때 나는 진실을 위해서라고 자신을 설득했지. 나는 고결한 기자로서의 사명을 완수하기 위해 노력하고 있는 거라고. 하지만 내가 당신에게 키스한 순간 그 거짓말은 허물어졌지.

"나도 그건 자랑스럽지 않아요. 하지만 이 일을 시작했을 때는 당신이 공정한 기사를 원한다고 생각했어요. 정치적인 야망을 품은 한 수상쩍은 남자에 관한 폭로 기사를 쓰는 줄 알았죠. 하지만 이제 이 기사는 암시와 아무도 입증할 수 없는 충격적인 이야기로 가득한 중상모략으로 변해가고 있다고요."

골디는 눈동자를 대굴대굴 굴리더니 코웃음을 쳤지. "인제 와서 양심에 걸려 이런단 소리는 하지 마. 널 위해서도 그런 일은 일어나지 않았기를 비니까. 그런 건 이 업계에선 치명적이거든." 그녀의 눈이 갑자기 가늘어지더니 고양이처럼 반짝거리는 눈빛으로 날 찬찬히 뜯어봤어. "아니면 양심이 아니라 다른 게 걸린 건가? 긴 다리에 신탁 자금을 가진 뭐 그런 거?"

나는 골디의 수에 넘어가지 않고 그 말을 흘려보냈지. "그건 내 일이에요."

"리뷰는 내 일이야. 여긴 법정이 아니라 신문사라고. 내 일 그리고 너의 일은 우리가 찾아낸 뉴스를 신문에 싣는 거야. 그 기사를 가지고 대중과 경찰이 뭘 할지는 그들의 일이고."

"이제 더는 내 일이 아니에요. 그 말을 하러 왔어요. 이제 그만둘 겁니다."

골디의 얼굴이 굳어졌어. "흠, 이제야 네가 누굴 지키려 하는지 알겠군. 뭐, 처음부터 알고 있긴 했지만."

"골디……."

"나가." 골디는 사실 자기 것도 아니었던 장난감을 거부당한 아이처럼 갑자기 심통이 나 보였다. "가서 책상 비우고 꺼져. 너를 대체할 사람은 쉽게 찾을 테니까. 5분도 안 걸려서 찾게 될 그 사람은 이 일이 어떤 일인지 잘 이해하는 사람이겠지. 캘리포니아로 가서 망할 소설이나 써. 하지만 아주 잘 쓰는 게 좋을 거야. 이 업계에서 넌 끝났다고 봐도 좋으니까."

내 책상을 향해 가고 있을 때 사무실의 소음 너머로 내 이름을 부르는 소리가 들렸어. "기사 준비한 메모들은 놔두고 가. 하나도 빼놓지 말고. 기사 관련 연락처와 정보원들 명단도. 전부 다 두고 가."

"그건 내 기사예요."

"이건 내 신문사야. 그 메모들을 쓰라고 내가 돈을 댔잖아. 그걸 쓴 잉크, 종이, 그리고 네가 쓴 단어들 모두. 내 돈이 들어갔어."

나는 그녀를 빤히 보면서 방금 내가 그렇게까지 말했는데도 여전히 그 기사를 내겠다고 생각하는 골디가 역겨워졌지. 한때 그녀를 존경했고, 그녀가 옹호한다고 생각한 가치들을 수용했지만, 그녀는 한 남자를 쓰러뜨리겠다는 강렬한 욕망에 사로잡힌 나머지 그 과정에서 다른 누가 다치든 상관하지 않았어. 난 또한 그녀가 어떻게든 다시 그 기사를 짜 맞춘다면, 기사 곳곳에 내 흔적이 남을 거라는 사실도 알고 있었지. 갑자기 이 기사의 세세한 내용들을 아무에게도 보여주지 않고 나만 알고 있어서 기분이 좋아졌어. 내가 떠나면 골디가 기사에 관련된 자료들을 다시 파헤치는 건 막을 수 없지만, 그렇게 하도록 돕진 않을 테니까 말이야.

"미안해요. 그 자료들은 다 찢어서 쓰레기통에 버렸어요."

나는 그렇게 말하고 돌아서서 탁 트인 넓은 사무실과 여러 개의 책상이 미로처럼 얽혀 있는 곳으로 걸어갔지. 가는 길에 그 책상들을 손으로 스치면서, 날 뚫어져라 보는 눈길들을 어깨 너머로 느끼면서, 내 책상으로 가서 물건 몇 개는 작은 종이봉투에 담고 나머지는 쓸데없이 거칠게 쓰레기통에 던져버렸지. 내가 이곳을 뜨자마자 그들은 내가 썼던 기사들을 평가하겠지. 나는 지난번 기자보다는 일을 잘했지만 그 전 사람보다는 못했다고. 내가 여기에 일하러 올 때 그들이 무슨 생각을 했는지 난 알고 있어. 그리고 내가 이곳을 떠나면 그들이 무슨 생각을 할지도 알지. 그래도 상관없었어.

내일 나는 다시 시작할 테니까. 완전히 깨끗한 상태로. 당신과 함께.

아파트에 돌아왔을 때 당신이 있을 거라고 예상하지 않았는데, 당신은 소파에 앉아 있었지. 종이 한 무더기를 움켜쥔 채 말이야. 당신은 아무 말도 하지 않은 채 하얗게 굳은 얼굴로 그냥 앉아 있었지. 잠시 후에 무슨 일이 일어난 건지 알아차렸어. 당신이 나의 기사 메모들을 발견한 거지. 골디에게 이미 버렸다고 말한 그 메모들을.

"당신이 이걸 썼어······." 구겨진 종이 뭉치를 움켜쥐고 있는 당신의 손이 덜덜 떨렸지. "이······ 쓰레기를?"

당신이 들고 있는 그것에 대해 거짓말하는 것처럼 들리지 않게 하면서 할 말이, 설명할 길이 없었지. "당신은 그걸 봐선 안 됐는데. 이런 식으로는 아니었는데."

"그 말은 맞는 것 같군."

노려보는 당신의 눈빛이 원한으로 가득 차 있었지. 그 자리에서 내가 할 수 있는 거라곤 그 눈을 외면하지 않는 것뿐이었어. 눈을 돌리는 건 죄책감을 느껴서일 테니. 그래서 그 자리에 서서 당신이 그 차가운 호박색 눈동자로 노려보는 걸 견뎠지. "오늘 밤 말하려고 했어. 다 설명하려고 했다고." 나는 침착하게 말했어.

당신은 소파에서 벌떡 일어나 나에게 그 종이들을 던졌어. 그것들은 마치 한 무리의 성난 날개처럼 공중에서 펄럭이다가 바스락 소리를 내며 내 발치에 떨어졌지. "그것 때문에 내가 화가 났다고 생각해? 이걸 내가 어떻게 발견했는지 그것 때문에? 내가 당신에게 한 이야기들······ 우리가 엄마에 대해 이야기한 내내······ 당신은 그걸 다 적었어. 날 살살 구슬려서 세세한 정황까지 알아내고 그걸 왜

곡해서 상스러운 이야기로 만들어버렸어! 어떻게 이런 거짓말들을 쓸 수 있어? 왜 이런 것들을 쓴 거야?"

"어느 것도 왜곡되지 않았어, 벨. 내가 알아낸 게 몇 가지 있어…… 당신은 모르는 것들이야. 이런 식으로 당신이 알게 할 의도는 절대 아니었지만, 맹세코 여기 쓴 말은 다 진실이야."

"난 당신을 안 믿어!"

내가 어떻게 당신을 탓할 수 있겠어? 내 입에서 나오는 말은 다 어설프게 들렸어. 마치 거짓말을 했다가 발각된 남자가 애원하는 말 같았지. 집에 오는 내내 나는 당신에게 어떻게 말할지, 어떤 단어를 쓸지, 어떻게 시작할지 연습했는데. 그 자리에 서니 아무것도 기억나지 않았어. 당신의 불같은 분노에 전혀 준비가 안 돼 있었던 거야.

"내가 설명하게 해줘. 우리 같이 앉아서." 내가 힘없이 말했지.

"여기 보니까 우리 엄마는 유대인이라고 하던데. 그리고 우리 아버지는…… 아버지는……."

"당신 어머님은 유대인이었어. 그리고 당신 아버지가 그런 일을 했고." 나는 조용히 말했어. 당신은 이제 입을 다물고 눈을 크게 뜬 채 방금 내가 한 말을 이해하려고 애쓰고 있었지. "당신이 듣기 힘든 이야기란 거 알아, 벨. 하지만 그런 일이 정말 일어났어. 당신 아버지가 당신 어머니를 죽게 했어. 당신 어머니가 아팠기 때문에 그랬던 게 아니라 수치스러웠기 때문이야. 그는 정계에 있는 새 친구들을 사귀기 시작했는데, 자기가 유대인 여자와 결혼했다는 사실을 그들이 알게 하고 싶지 않았던 거야."

"아니야." 당신은 마치 내 말이 당신이 쫓아버리려 하는 한 무리의 벌떼인 것처럼 계속 고개를 흔들며 말했지. "우리 엄마는 프랑스인이었어."

"맞아. 어머니는 프랑스인이셨지. 그리고 유대인이기도 했어. 결혼하기 전 성은 트레브였어. 어머니의 아버지인 줄리엔은 베르주라크의 부유한 와인 상인의 장남이었고. 어머니인 시몬은 랍비(유대 교회의 주관자─옮긴이)의 딸이었어. 당신 어머니에겐 자매도 하나 있었지. 아그네스라고, 헬렌보다 세 살 어린 동생이야. 당신 어머니가 자기 가족에 대해 한 번도 말해준 적 없어?"

당신은 선 채로 눈 하나 까딱하지 않았지.

"벨?"

"그래, 사진이 있었어. 앨범 하나를 가득 채운 사진이 있었지. 하지만 엄마는 아무 말도 하지 않았어. 아무도 몰랐다고." 당신은 아주 멍한 목소리로 말했어.

"당신의 아버지는 알고 있었어."

당신의 눈빛이 갑자기 날카로워졌지. "이걸 얼마나 오랫동안 알고 있었던 거야?"

"이 이야기는…… 꽤 오랫동안 발전하고 있었지."

"우리가 만나기 전, 아니면 후에?"

당신이 무슨 말을 하려는지 눈치챘지만, 당신에게 거짓말을 할 순 없었어. "전부터. 적어도 일부는 그 전부터 썼어."

"알겠어."

"아니, 당신은 몰라. 이건 지금 당신의 눈에 보이는 상황과는 달라. 내가 약속할게. 내가 처음 이 기사에 관여하기 시작했을 때는 어떤 방향으로 뻗어나갈지 전혀 몰랐어."

"당신은 어떻게…… 관여하게 됐는데?"

"이건 당신 어머니의 친구라고 한 사람이 건 전화 한 통으로 시작됐어."

"누구?"

"그건 말해줄 수 없어."

"할 수 없다는 거야, 하지 않겠다는 거야?"

"둘 다야."

"그럼 난 그냥 당신의 말을 그대로 믿어야 한다?"

"정보원을 밝히는 데는 규칙이 있어. 하지만 그 친구란 사람이 우리에게 말한 내용은 당신 어머니의 입에서 나왔다는 말은 해줄 수 있어. 그리고 당신 아버지가 어머니에게 어떻게 자기 가족과 억지로 연을 끊게 했는지, 어떻게 집에서는 이디시어(중앙 및 동부 유럽에서 쓰던 유대인 언어―옮긴이)나 프랑스어를 한마디도 하지 못하게 했는지, 그리고 자기 핏줄에 대해 당신이나 당신 언니에게 한마디라도 하면 어떻게 되는지 협박한 것은 말해줄 수 있어. 하지만 당신 어머니는 어떻게든 당신에게 말해줄 방법을 찾아냈어. 당신 어머니가 당신에게 들려줬던 이야기들, 진짜 말이 아닌 말들. 당신이 내게 말했지. 엄마가 불러주던 그 노래들과 기도들이 기억난다고. 그건 히브리어였어, 벨. 히브리어로 된 기도였고. 그것이 당신 어머니가 자신의 종교, 유산을 남편에게 들키지 않은 채 당신에게 알려주는 방식이었다고."

당신의 뺨으로 눈물이 흘러내렸지. 당신은 눈을 감고 그 고통을 받아들였어. 난 뭔가 해줄 말, 당신을 위로하고 나에게 죄가 없음을 밝혀줄 말을 찾았지만, 영어에 그런 말이 없었지.

"정말 미안해, 벨."

하지만 당신은 내 사과에는 관심이 없었어. 당신의 얼굴은 굳어졌고 아무 표정도 없었어. "저 글에 나온 나머지 내용, 우리 엄마가 돌아가신 날과 그 방식에 관한 이야기. 엄마의 친구는 알 수 없는 내용이야."

"맞아. 그 친구는 크레이그 하우스에 있는 당신 어머니를 면회하러 간 적이 한 번도 없었어. 하지만 그런 의심을 품을 만한 이유는 몇 가지 있었지. 신경쇠약을 일으키기 얼마 전에 헬렌은 당신 아버지가 두렵다고 그 친구에게 털어놨어. 불행하게도 당신 아버지에 대한 어머니의 주장은 점점 더 충격적으로 변해갔지. 그러다 어느 날 당신 어머니가 그 친구에게 맹세하게 시켰어. 만약 자신에게 무슨 일이 생기면, 경찰에 가서 그건 당신 아버지 짓이라고 말하라고 했다는 거야. 그 친구는 당신 어머니가 말해준 모든 걸 의심하기 시작했어. 그건 마치 히치콕 영화에나 나올 플롯처럼 들렸거든. 그러다 몇 주 후에 헬렌이 신경쇠약을 일으켜서 크레이그 하우스로 실려갔지. 그 친구는 그 소식을 듣고 처음에는 당신 어머니가 마침내 제대로 된 보살핌을 받게 됐다고 안도했지. 하지만 1년도 지나지 않아서 그 소식을 들었을 때……."

"사고가 일어났다는 소식."

당신이 그 말을 하는 태도, 너무나 단조롭고 공허하게 말하는 태도에 나는 가슴이 저렸어. 고개를 돌리는 당신의 목에서 경련이 일었지. 이런 식으로 당신에게 말하고 싶진 않았어. 하지만 결국 알게 될 일이었고, 그걸 말해야 하는 사람은 나여야 했어. 하지만 이런 식은 아니었어. 절대 이런 식은 아니었다고.

"그래." 나는 부드럽게 말했지. 악몽을 꾼 아이를 달래듯 부드럽게. "사람들은 그걸 사고라고 했지. 하지만 당신도 내게 말했잖아. 그건 사실이 아니라고. 병원에서는 당신 어머니가 손에 칼을 쥔 채 추락했다고, 사람들에게 발견됐을 때는 너무 늦었다고 했지. 하지만 그 일은 그런 식으로 일어난 게 아니야. 그 현장에 칼이 있긴 했지만, 당신 어머니는 추락하지 않았어. 어머니는 이미 두 번이나 자살을 시도했어. 첫 번째는 계단 위에서 몸을 날렸고, 그 후에는 아침 식사 쟁반에 있던 버터용 나이프로 손목을 그으셨지. 사람들이 그런 어머니를 발견해서 다친 손목을 꿰맸지만, 몇 주 후에 다시 시도해서 결국 성공했어. 당신 아버지가 병원에서 일하는 관리인을 매수해서 어머니의 방에 만능 칼을 슬그머니 떨구고 가게 했거든. 박스 열 때 쓰는 그런 칼 있잖아. 당신 아버지는 당신 어머니가 다음번에는 제대로 하길 바랐던 거야. 다음에도 또 자살 시도를 할 거라는 걸 알고 있었으니까."

당신은 다시 소파에 털썩 앉았고, 목에서 흐느낌이 새어나왔어. 내가 당신에게 한 발자국 다가갔지만, 당신이 한 손을 들어올려서 가까이 오지 못하게 했지. 마치 실패에서 실이 풀리듯 침묵이 풀려나기 시작했어. 참을 수 없을 정도로 묵직한 침묵. 마침내 당신이 고개를 들어 나를 봤어. "왜 지금이야? 만약 이 모든 게 사실이라면, 당신은 왜 지금 알아냈는데?"

"누군가 마침내 질문을 하기 시작했으니까. 병원에서 발표한 사건 경위에서 수상쩍은 냄새가 풍겼으니까. 환자 방에 만능 칼이 들어올 길이 전혀 없는데. 그리고 이런저런 말이 돌았어. 그 일이 있기 바로 전날 당신 아버지가 병원을 찾아갔는데, 당신 어머니가 있는 층을 담당한 관리인 중 하나와 짧게 이야기를 나눴다는 말. 하지만 모두가 생각하는 것, 즉 헬렌의 소위 사고라고 하는 것이 실제로는 좀 더 사악한 뭔가를 은폐하기 위한 것이라는 말을 감히 입 밖으로 낼 만큼 용기가 있는 사람은 없었지. 유감스럽게도 당신 아버지의 이름은 어마어마한 영향력이 있거든. 보아하니 사람들의 수군거림을 억누를 만큼 말이야. 그리고 환자 한 명당 한 달에 수천 달러씩 받는 정신병원에서는 언론의 관심을 원하지 않을 것이고. 그러니 자살 혹은 그보다 더한 일보다는 사고가 낫지."

당신은 돌처럼 차가운 눈빛으로 나를 바라봤어. 내가 방금 한 말을 당신이 마음속에 받아들였는지 전혀 짐작할 수 없는 눈빛이었지. "당신은 내 질문에 아직 대답하지 않았어. 왜 소위 친구라고 하는 사람이 누군가에게 전화하기까지 13년이나 걸린 거지? 그리고 어떻게 그 누군가가 마침 당신이었던 거고?"

"그 친구의 남편이 당신 아버지의 동료였어. 그 부인이 남편에게 자기가 품은 의심을 털어놨을 때 남편이 철저하게 입단속을 시켰지. 그러다 몇 년 전에 남편이 죽었기 때문에 자유롭게 나서서 이야기할 수 있었어. 하지만 그동안 시간이 많이 흘렀고, 당신 아버지는 그때보다 훨씬 더 거물이 됐지. 그래서 자기가 입을 열어봤자 달라지는 건 하나도 없다고 생각한 거야."

"그러다 몇 달 전에 갑자기 심경의 변화가 생겼다는 거야?"

당신은 여전히 내 이야기를 납득하지 못한 채, 내가 하는 이야기에서 허점을 찾으려고 애쓰고 있었지. 하지만 적어도 이제는 질문을 하고 있었지. 계속 당신이 말할 수 있게 한다면, 계속 내 이야기를 듣게 할 수 있다면, 나는 이 상황을 바로잡을 수 있었지.

"정말 그 부인은 마음이 바뀌었어. 린드버그가 아이오와에 가서 연설했을 때, 부인이 그가 한 말을 신문에서 봤어. 루스벨트 대통령이 해외 정세에 간섭하는 입장을 택한 배경에 유대인들이 큰 역할을 했다는 린드버그의 말을 읽은 순간 자기 남편이 전에 한 말이 기억난 거야. 당신 아버지가 히틀러는 통찰력이 있는 사람이고, 언젠가 이 나라도 독일이 깨달은 진리, 즉 좋은 유대인이란 오로지 죽은 유대인뿐이라는 사실을 깨달을 거라 예언했다고 남편이 말했다는 거야. 바로 그때 그 부인은 당신 어머니가 부탁한 약속을 지켜야 할 때라는 걸 알았다더군. 당신 아버지가 어떤 사람인지 대중이 알아야 한다고 느꼈대."

"그 관리인, 우리 엄마 방에 칼을 놔두라고 돈을 받았다는 그 사람. 그 사람은 그 점을 인정했대?"

우리는 이제 그 이야기에서 정황이 분명하지 않은 지점에 다다랐고, 나도 인정하지만 그건 나에게 별로 도움이 되지 않았지. 하지만 난 당신에게 아무것도 숨기지 않을 거야. 당신에게 다 말해야 했지. "그는 어떤 것도 인정할 수 없어. 죽었으니까. 그는 당신 어머니가 사망하고 일주일 후 병원에서 조용히 해고됐어. 하지만 거기서 나가는 길에 자랑했다더군. 병원에서 같이 일했던 직원 둘, 잡역부 하나랑 관리인 하나에게. 둘 다 그자가 그 프랑스 숙녀 덕분에 한몫 단단히 챙겼다고 하는 소리를 들었다고 했어."

당신은 기가 막혀 하면서 동시에 경악한 눈빛으로 날 노려봤어. "그러니까 당신은 내 아버지를 상대로 기사를 쓰면서…… 그걸 대체 뭐라고 불러야 할지도 모르겠군. 죽은 남자가 했다고 전해지는 말을 토대로 그 기사를 썼다는 거야? 그리고 이걸 알게 된 게 우리 엄마의 친구였다고 주장하는 어떤 여자가 갑자기 수화기를 들어서 경찰이 아닌 당신에게 전화했기 때문이고?"

"그 부인은 당신 어머니의 친구라고 주장하지 않았어. 진짜 친구였으니까. 내가 그 점은 확인했어. 그리고 나에게 전화한 게 아니야. 골디에게 전화했지. 경찰에게 전화하면 자기가 하는 말을 진지하게 받아들이지 않을 거라고 생각했대. 이미 오랜 세월이 지난 일이니까. 하지만 〈리뷰〉지는 자기가 하는 말을 진지하게 받아들여줄지도 모른다고 생각한 거야. 적어도 우리가 조사는 해볼 거라고 생각했던 거지."

"아니면 당신과 골디 둘이서 신문을 팔아보려고 다 지어낸 이야기인지도 모르지."

권투에선 미처 날아오는 주먹을 보지 못한 걸 불시의 타격이라고 하지. 당신이 휘두른 주먹을 정통으로 맞은 나는 휘청거렸어. "당신은 날 그렇게 생각해? 내가 저질 기사나 쓰는 글쟁이라고 생각해?"

"오늘은 정말이지 내가 당신을 어떻게 생각하는지를 묻는 날이 아니야."

"벨…… 제발."

"하지 마."

"나는 발품이란 발품은 다 팔았어. 이 사건을 조사하면서 나온 단서는 다 확인했고. 심지어 나조차 이 이야기가 믿을 수 없을 정도로 놀랍다는 생각이 들었기 때문이야. 하지만 그 일은 정말로 일어났어, 벨. 난 확신해."

"이게 당신이 쫓던 것이군. 더 세인트 레지스에서 우리가 처음 만났던 날. 당신이 그날 거기 나타난 건 이 기사 때문이었군."

"부분적으로는 맞아. 그때는 이 모든 걸 생각하지 않았지만. 골디가 당신 어머니의 친구에게 전화를 받았는데 나에게 가서 조사해보라고 했어. 그때는 내가 이런 상황에 부닥칠 줄 전혀 몰랐고, 그걸 알았을 땐……."

"그걸 이용하기 시작했지."

"난 그게 중요하다고 생각했어. 하지만 지금은…… 방금 골디의 사무실에서 나왔어. 골디에게 그 기사를 쓰지 않겠다고, 관련된 메모들은 다 쓰레기통에 버렸다고 말했어."

당신의 눈이 카펫에 떨어진 종이들로 옮겨갔지. "또 다른 거짓말이군. 난 이걸 당신의 책상에 있는 타자기 밑에서 발견했는데."

"집에 오자마자 다 찢어버리려고 했어. 그러고 당신에게 말하려 했지. 전부 다. 내가 없을 때 당신이 올 줄 몰랐다고."

"당신은 아직도 이해 못 하는군. 당신이 그 기사를 삭제하냐 마냐가 중요한 게 아니야. 이건 당신이 우리 엄마의 병을 이용해서 언론사에서 출세하려 했다는 게 문제지. 나에게 엄마를 잃은 것이 얼마나 힘들었는지 잘 알면서 말이야. 당신은 날 사랑한다고 주장하지만, 신문을 팔기 위해 내 신뢰를 배반했어!"

"당신도 내가 당신 아버지에 관한 기사를 쓰고 있다는 건 알고 있었잖아!"

"아버지의 사업에 관한 것인 줄 알았지. 우리 엄마에 관한 것이 아니라!"

"난 그 스토리를 추적하지 않을 수 없었어, 벨. 당신 아버지처럼 유력한 사람에 관한 기사를 중단할 순 없었다고. 대중은 알 권리가……."

"내가 망가지건 말건 상관없다?"

"그런 뜻이 아니라……."

당신은 갑자기 주먹을 불끈 쥔 채 일어났지. "대중이 그렇게 걱정된다면, 왜 당신이 쓴 메모들을 경찰에 넘기지 않아? 내가 그 이유를 말해주지. 그러면 신문이 많이 팔리지 않을 테니까…… 이 끔찍한 이야기를 싣는 것만큼 팔리지 않을 테니까. 영국 신문사들은 그런 식으로 운영하나? 당신이 원하는 건 뭐든, 입증할 수도 없는 걸 싣고 난 후에 느긋하게 앉아서 당신의 독자들이 피해자를 갈기갈기 찢는 걸 구경만 하는 거야?"

나는 당신을 빤히 보고 있었지만, 뱃속은 사정없이 뒤틀리고 있었어. 당신과 이 대화를 어떻게 해야 할지 수도 없이 고민했지만, 이런 식은 예상하지 못했거든. 당신이 그때 그 정황을 다 듣고 나서도 당신 아버지 편을 들면서 그를 피해자로 보다니.

"당신이 화가 난 건 이해해." 나는 조용히 말했지. "심지어 그 이유도 이해해. 내가 이해 못 하겠는 건 어떻게야. 내가 사정을 다 말했는데도, 당신은 어떻게 거기 서서 나를 상대로 당신 아버지를 변호할 수 있어?"

"이 일은 내 아버지가 중요한 게 아니라니까. 지금 중요한 건 우리야. 당신 혹은 당신이 지금까지 내게 말한 그 어떤 것도 믿을 수 없다는 게 문제야. 당신은 나에게 말하려고 했다는데 언제? 내가 아버지의 집에서 몰래 빠져나와 당신과 같이 시카고 행 기차를 탔을 때? 그게 다른 사람들 눈에 어떻게 보일지 알아? 마치 내가 당신 계획의 일부인 것처럼 보이잖아! 마치 내가 우리 아버지를 무너뜨리기 위해 당신에게 정보를 준 것처럼 보인다고!"

"지금 그게 신경 쓰이는 거야? 다른 사람들이 어떻게 생각할지 가? 난 방금 몇 달 동안 죽어라 쓴 기사를 포기하고 나왔어. 당신을 위해서. 기자로서 내가 한 약속을 어기고 언론사에 다시는 취직할 가능성도 죄다 불살라버리고 왔어. 당신을 위해서. 그게 당신에겐 하나도 중요하지 않아?"

당신은 공허한 눈으로 날 바라봤지. "내가 무슨 말을 하길 원하는 거야? 우리 엄마가 당신 기사의 소모품으로 쓰여도 상관없다고? 아니면 당신이 날 웃음거리로 만들어도 상관없다고? 당신이 기자로서 진심이었다는 사실을 필사적으로 입증하려 했지만, 다 망친 건 아니라고? 미안해. 난 그런 말은 못 하겠어. 이미 그렇게 했거든. 당신이 다 망쳐버렸어."

"진심으로 하는 말은 아니지? 그런 말 하지 마. 이 도시와 이 안에 있는 모든 것이 우리에게 그저 추억으로만 남게 될 시간이 채 24시간도 안 남았잖아. 우리가 계획한 인생, 우리가 이야기한 모든 것이 그 기차를 타는 순간 시작될 거야. 다른 건 중요하지 않아."

당신은 마치 내가 이해할 수 없는 말을 한 것 같은 표정으로 나를 바라봤지. "이제 내가 어떻게 그 기차에 탈 수 있겠어? 그거 말고 내가 생각할 수 있는 거라곤 당신이 내게 또 무슨 거짓말을 했을까, 그리고 다음엔 또 무슨 거짓말을 할까, 인데. 기차에 타면 내가 하게 될 일은, 내가 믿지 않는 가족을 내가 믿지 않는 남자로 바꾸는 것뿐이잖아."

그때 처음으로 이 일 때문에 당신을 잃을 수도 있다는 생각이 들었어. "벨, 당신에게 맹세코……." 당신의 얼굴이 무시무시하게 차가웠고 그 어떤 표정도 떠오르지 않았기 때문에, 하려던 말이 내 목구멍 속에서 말라붙어버렸어. 차라리 당신이 미친 듯이 화를 내면서 내게 덤벼들어 나를 때리는 편이 나았을 거야. 대신 당신은 그 자리에 꼼짝도 하지 않고 서서, 하얗게 질린 얼굴로 얼음처럼 고요하게 있었지.

"모르겠어?" 당신이 마침내 입을 열었지. "당신이 이제 무슨 맹세를 하건 그건 중요하지 않아. 앞으로도 절대 중요할 일 없을 거고. 앞으로 당신을 믿는 일은 없을 테니까. 당신은 날 사랑한다고 말했지만, 그럴 순 없는 거야. 내게 이런 짓을 할 수 있다면, 당신은 날 사랑할 수 없어. 당신을 안다고 생각했지만, 당신이 하려던 일을 할 수 있는 남자가 누군지는 잘 모르겠어. 그리고 알고 싶지도 않아."

"지금 무슨 말을 하는 거야?"

"난 지금 실수했다고 말하는 거야, 헤미. 우린 정말 너무 달라. 우리가 성장한 방식, 우리에게 중요한 것, 보아하니 옳고 그름에 대한 우리의 감각까지도. 우리가 같이 달아난다고 해도 그건 바뀌지 않을 거야. 절대 당신을 내 인생에 들이지 말았어야 했어. 나도 마음 한편으로는 알고 있었어. 당신은 테디에 대해 알고 있으면서도 어쨌든 내게 접근했지. 내게 원하는 게 있었으니까. 그리고 그걸 손에 넣었지. 내가 경계심을 풀었거든. 인제 보니 당신도 우리 아버지와 다를 바 없어. 당신은 목적이 수단을 정당화하고, 당신이 원하는 걸 얻는 한 다른 건 중요하지 않다고 믿고 있잖아."

"그건 공정하지 않아."

"나도 동의해."

"삘, 제발……."

"난 가야 해."

당신은 소파 팔걸이에 걸쳐놓은 핸드백을 들고 문으로 걸어가다가 손잡이를 잡기 전에 나를 돌아봤지. 나는 숨을 참고 당신이 뭔가 말하길 기다렸지만, 당신은 그냥 그 자리에 서서 나를 물끄러미 바라봤어.

"이런 식으로 가지 마, 벨. 이 이야기를 끝내고 가야지."

"난 가야 해." 당신은 내가 한 말을 듣지 못한 것처럼 다시 말했지.

"내일 올 거지? 기차역에?"

나는 숨을 참은 채 당신의 대답을 기다렸지. 하지만 당신은 말없이 가버렸어.

11

장기간의 방치는 슬프고 애석한 일이며, 결과적으로 가치가
줄어들게 될 것이다. 하지만 의도적인 훼손만큼
사람을 동요하게 하거나 용서할 수 없는 행위는 없다.

—애슐린 그리어(오래된 책들의 치유자)

애슐린

1984년 10월 14일
뉴햄프셔, 라이

애슐린은 초인종을 누른 후에, 어깨 너머를 흘끗 돌아보면서 워
렌 부인과 그녀의 통통한 스패니얼이 진입로 가장자리에 숨어 있
을지도 모른다고 반쯤 생각했다. 이 쌀쌀한 일요일 오후에 이선의
집에 오게 되리라곤 결코 예상하지 못했지만, 어쨌든 지금 그녀는
이선의 집 앞 층계 위에 서서 솟구치는 기대를 억누르려 애쓰고 있
었다.

이선이 전화해서 칠리를 먹으러 오라고 초대했을 때 애슐린은 책
을 장정하는 작업을 하고 있었다. 이선의 초대에 애슐린은 기분 좋
게 놀랐지만, 뭔가 발견한 것 같다고 지나가듯 한 그의 말에 호기심

이 일었다. 그는 또한 그녀에게 〈후회하는 벨〉을 가져와서 바꿔 보자고 했다. 그는 헤미의 시각에서 본 사건들도 읽고 싶어 했다. 보아하니 벨와 헤미의 이야기에 푹 빠진 사람이 애슐린 혼자만은 아닌 듯했다.

이선은 활짝 웃는 얼굴로 문을 열어줬다. 그는 청바지와 옷깃이 너덜너덜하게 닳은 뉴잉글랜드 패트리어츠(미국의 프로 미식축구 팀-옮긴이) 추리닝 상의를 입고 있었다. 그는 그녀의 시선이 어디로 향하는지 눈치채더니 씩 웃었다. "내 행운의 추리닝을 놀리지 말아요. 대학 때부터 입은 거니까."

애슐린이 미심쩍은 눈빛으로 그를 바라봤다. "그거 행운의 추리닝 맞아요? 솔직히 패트리어츠 팀은 지난 몇 년 동안 막 기록이 터지진 않았잖아요."

그의 얼굴에 떠오른 미소가 살짝 찌그러지더니 다시 씩 웃었다. "그럴지도 모르죠. 하지만 두고 보세요. 조만간 슈퍼볼에서 수도 없이 이겨서 온 국민의 미움을 사게 될 테니까." 그는 문을 열어젖히고 들어오라고 손짓했다. "들어와요. 오늘 날씨는 우리 아버지 표현을 빌리면 사악하게 춥네요."

부엌에서 애슐린은 재킷과 스카프를 벗었다. 가스레인지 위에서 커다란 냄비가 부글부글 끓고 있었고, 공기 중에 소고기와 향신료가 섞인 냄새가 떠돌고 있었다.

"시장해요?"

"사실 배고파 죽을 것 같아요."

"나도요. 경기가 어떻게 돼가는지 알 수 있게 옆방에 게임을 틀어놨어요. 당신도 축구 팬이에요?"

"스크린 패스(자기 편 블로커들이 스크린처럼 둘러선 데서 던지는 패스-옮긴이)와 아웃 루트의 차이점은 알아요. 그게 당신이 말하는 팬이라면 말이죠."

이선의 눈썹이 치켜 올라갔다. "오, 감동인데요. 커스틴은 확실히 축구 팬은 아니었거든요. 커스틴은 나의 가벼운 스포츠 중독을 짜증스러워했어요. 당신 전남편은 행운아였네요."

애슐린은 다니엘을 **행운아**라고 생각하진 않지만, 이선의 그 말엔 대꾸하지 않기로 했다. "사실 다니엘은 스포츠 팬은 아니었어요. 내가 어렸을 때 축구 공부를 많이 했어요. 그러면 아버지가 내게 관심을 가질 줄 알았거든요."

"그랬나요?"

"아니요."

"우리 아버지는 패트리어츠 팀을 응원했지만, 축구를 매우 좋아하고 그러진 않으셨어요. 대신 야구에 열광하셨죠. 레드삭스 팀을 사랑하셨어요. 내가 어렸을 때 종종 펜웨이 파크(레드삭스 팀의 홈구장-옮긴이)에 데려가주셨는데, 아버지와 오후에 그곳에서 보냈던 시간이 참 좋았어요. 의사가 아버지의 병명을 진단했을 때……." 그는 잠시 얼굴을 돌렸다. "아버지가 아직 즐기실 수 있을 때 같이 야구장에 돌아가보려고 많이 노력했죠."

"아버지와 그런 추억들을 만들었다니 좋네요."

"네, 좋은 시간이었어요. 당신 아버지는 아직 살아 계시나요?"

애슐린은 초조하게 자세를 바꿨다. "제가 열여섯 살 때 돌아가셨어요. 엄마가 돌아가시고 얼마 안 돼서 그랬죠."

이선의 얼굴이 부드러워졌다. "미안해요. 어린 나이에 부모님을 둘 다 잃었군요. 다른 가족은 있어요? 형제자매는? 이모나 삼촌은?"

"없어요. 그냥 나의 책들과 나만 있죠."

"그렇군요. 나도 그래요."

두 사람이 조리대를 사이에 두고 서로 마주 보는 그 어색하고 채울 수 없는 순간이 길어지는 것처럼 느껴졌다. 마침내 고개를 돌린 사람은 이선이었다. 그는 가스레인지로 가서 냄비 속을 한 번 저었다. "지금 다시 데우고 있는데, 다 되면 그릇에 담죠. 맥주 줄까요? 아니면 와인? 탄산수?"

"맥주가 좋겠어요, 고마워요. 제가 뭐 할 거 없나요?"

"칠리 좀 봐주세요. 냄비 바닥에 눌어붙지 않게."

애슐린이 냄비 뚜껑을 열자 맛있는 냄새와 함께 김이 뭉게뭉게 피어올랐다. 그녀는 나무 수저를 집어들었다. "당신이 이걸 정말 만들었어요? 처음부터?"

"그럼요. 야채들도 다 직접 잘랐어요. 콩은 통조림에 든 걸 썼지만. 10시 넘어서 요리를 시작하는 바람에 시간을 아껴야 했거든요."

"맛있는 냄새가 나요. 칠리를 먹어본 지도 어언……." 그녀는 말을 하다 말고 수저를 놓아버렸다.

이선이 냉장고 문 옆에서 고개를 돌려 그녀를 바라봤다. "무슨 일이에요? 방금 덴 거예요?"

"아뇨. 그냥……." 그녀는 말을 멈춘 채 손가락들을 구부렸다. "난 괜찮아요."

"어디 좀 봐요." 그는 이제 그녀 옆에 와서 그녀의 손을 잡으려 했다.

"정말 괜찮아요. 그냥 오래된 흉터일 뿐이에요. 가끔 통증이 올라와서. 마치 저렸다가 풀릴 때 따끔따끔한 그런 느낌이에요."

이선은 그녀의 손을 잡고 부드럽게 그녀의 손가락들을 폈다. 그리고 손바닥을 들여다보다가 얼굴을 찌푸렸다. "이거 참 엄청난 흉터네요. 무슨 일이 있었던 거죠?"

애슐린은 그의 시선을 받으며 당혹스러워했다. 그 흉터에 대해 말하고 싶지 않았다. 그 흉터가 생긴 날에 대해서도. 그 기억은 여전히 쓰라렸다. 그리고 항상 너무 수면 가까이 올라와 있었고.

그녀는 몇 주 동안 다니엘이 건 전화를 피한 끝에 한잔하자는 그의 제안을 승낙했다. 다니엘은 저녁을 먹자고 고집을 부리면서, 여전히 자신의 매력을 발휘해 그녀와 이혼하지 않을 수 있다고 생각하고 있었다. 하지만 애슐린이 그를 만나려고 한 이유는 누가 소파를 갖고 어떤 앨범들이 누구 것인지 결정하기 위해서였다. 당연히 이야기는 잘 안 풀렸고, 결국 그녀는 술집에서 나와버렸다.

그녀가 막 거리를 건너서 서점으로 돌아가려 했을 때 그녀의 이름을 부르는 소리를 듣고 돌아봤다. 다니엘이 거리 맞은편에 서서 이건 끝난 게 아니야, 라는 표정을 짓고 있었다. 그가 연석 밑으로 내려왔을 때 시간이 느려지는 것처럼 느껴졌다. 그때 흰색 패널의 밴이 달려왔고, 타이어가 끼이익 소리를 내며 미끄러지는 역겨운 소리가 들렸고, 이어서 쿵 하고 충격적인 소리가 나면서 다니엘의 몸이 트럭의 후드 위로 튀어올라 공중제비를 한 후에 보도에 떨어졌다. 그때 박살 난 유리 조각들이 허공으로 날아올랐다가 길바닥에 우수수 쏟아져 내리면서 햇빛을 받아 반짝 빛났다.

그녀는 손이 베인 것도 의식하지 못했고, 아무것도 느끼지 못한 채 다니엘의 머리 아래에 벌써 고이기 시작한 검고 매끄러운 피 웅덩이와 기이한 각도로 꺾어진 그의 팔과 다리가 마음속에 그대로 각인돼버렸다. 검시관의 보고서에 따르면 다니엘은 즉사했다고 한다. 그나마 조금은 고마운 일이었지만, 아직도 가끔 유리가 부서지는 소리와 다니엘이 그녀에게 마지막으로 한 말을 들으며 잠이 깨곤 했다. 그녀가 절대 다른 사람에게 하지 못하는 말. 심지어 그녀의 심리치료사에게도 하지 못한 말.

"다니엘이 죽던 날 밤 다쳤어요." 애슐린은 이선이 아직 그녀의 손을 잡고 있다는 사실을 불편하게 의식하면서 마침내 입을 열었다. "대형 유리 한 장을 배달하는 트럭이 달리고 있었어요. 다니엘이 그 트럭에 치였을 때, 유리가 사방으로 날아갔어요. 그러다 어느 순간 손을 베었어요. 구급 의료대원이 내 손에서 피가 뚝뚝 떨어지는 걸 알아차리기 전까지 난 모르고 있었어요."

"유감이에요."

"괜찮아요." 애슐린은 손을 빼서 감추면서 말했다. "어서 저녁 먹죠. 당신은 벨의 책을 어디까지 읽었는지 말해주고, 난 헤미의 이야기가 어떻게 됐는지 말해줄게요. 지난번에 이야기한 후로 둘의 이야기에 상당히 중요한 진전이 있었어요. 그리고 당신의 가족, 구체적으로 말해서 마틴에 관한 이야기도 나왔는데, 당신이 그 부분을 읽기 전에 먼저 경고해야 할 것 같아요. 그게…… 좋은 이야기가 아니거든요."

이선이 침울하게 고개를 끄덕였다. "솔직히 말해서, 그게 좋은 이야기라면 오히려 충격을 받을걸요. 하지만 그건 나 혼자 읽는 편이 낫겠어요. 내가 뭐 그들에게 감정적으로 공감하고 그런 건 아니지만. 그들은 나에게 기본적으로 남이니까요."

하지만 애슐린은 궁금했다. 자신의 증조부가 악당이었다는 사실을 알고 성장하는 것과, 그 증조부가 아내의 죽음에 연루돼 있을지도 모른다는 점을 아는 것은 완전히 별개의 일이니까.

"정말 확신해요? 그게 상당히 심란한 이야기라서요."

"네, 확신해요. 어서 먹자고요. 먹고 나서 보여줄 게 있어요."

이선을 따라 2층에 있는 서재로 가는데 마치 크리스마스 아침 같은 느낌이 들었다. 저녁을 먹는 동안 그가 뭘 발견했는지 캐묻지 않으려고 최선을 다했지만, 그게 생각처럼 쉽진 않았다. 대신 그들은 제본의 세세한 과정과, 이선이 내년에 가르칠 수 있기를 바라고 있는 강의 내용에 관해 토론했다.

마침내 그녀의 인내심이 보상받는 순간이 다가오고 있었다. 이선은 서재에 들어가면서 불을 켰다. "방이 지저분해서 미안해요. 두어 시간 안에 다 볼 수 있을 줄 알았는데, 그러다 옆길로 새버렸거든요."

애슐린은 방 한가운데 서서 그 아수라장을 훑어봤다. 다양한 파일들과 사무용품들을 담은 상자 8개가 반원 모양으로 흩어져 있었고, 근처에 반쯤 찬 쓰레기통이 서너 개 있었다. "아버님이 뭐든 버리지 못하셨다는 말이 농담이 아니었군요."

이선은 허리를 숙여 카펫에서 뭔가 들어올렸다. 그것은 문진이었다. 투명한 유리 문진으로, 한가운데 짙은 파란색의 눈물방울처럼 생긴 것이 들어 있었다. 그는 손바닥에 그 문진을 놓고 굴리면서 멍하니 들여다봤다. "사람이 뭔가에 집착하는 이유는 뭐든 될 수 있어요. 그런 이유가 생긴다면 그게 뭔지는 중요하지 않죠. 아버지의 버리지 않는 습관 때문에 어머니는 질색하셨지만, 이번에는 그게 잘 된 일이 됐어요."

그는 애슐린에게 책상으로 오라고 손짓했다. 오래된 타자기는 여전히 그 자리에 있었고, 카트리지 위에 아무것도 찍히지 않은 흰 종이가 늘어져 있었지만, 바닥에 흩어 있던 구겨진 종이들은 사라졌다. 그는 책상 옆에 서 있는 그녀의 옆으로 손을 뻗어서 가운데 서랍을 열고 종이 꾸러미를 하나 꺼냈다. "상자 중 하나에서 이 묶음을 발견했어요. 공교롭게도 마지막 상자에 이것이 리본에 묶여 있더군요."

"이게 뭔데요?"

"편지들. 카드들. 사진들. 모두 마리안이 우리 아버지에게 보낸 거예요."

애슐린은 이선이 끌어당겨준 의자에 털썩 앉아 그 서신 뭉치를 받아 든 순간 살짝 전율이 일었다. 유감스럽게도 봉투들은 다 사라지고 없는 듯 보였다. 그렇다면 발신인 주소도 알 수 없다는 뜻이다. 그녀는 그 편지 뭉치에서 제일 위에 있는 걸 집었다. 그것은 앞에 한 쌍의 골프채가 나온 생일 축하 카드였다. **생일 축하해, 조카.** 그것은 1956년이라고 날짜가 적혀 있고, 간단하게 **마리안,** 이라는 서명만 남아 있었다. 하지만 반대편에 필기체로 쓴 짧은 메모가 있었다. **너와 캐서린을 항상 생각한단다. 아이들은 잘 지낸다. 우리의 사랑을 보내며.**

거기엔 카드가 몇 장 더 있었다. 주로 생일 축하 카드였지만, 앞에 메노라(여러 갈래로 나뉜 큰 촛대-옮긴이)가 나온, 파란색과 은색이 섞인 하누카(11월이나 12월에 8일간 진행되는 유대교 축제-옮긴이) 축하 카드도 있었다. **당신에게 평화와 빛이 깃들기를.** 카드마다 적힌 내용은 짧았는데 주로 아이들 이야기였고, 그들에 관한 깜짝 놀랄 만한 소식도 없었다.

밑에 편지가 몇 통 있었는데, 재미있는 소식으로 가득했지만 지극히 단조로웠다. 날씨 이야기, 마리안이 최근에 다녀온 여행 이야기, 전 세계에서 갈 곳이 없는 아이들을 위해 그녀가 계속하고 있는 일 이야기. 그중 하나에 사진이 두 장 들어 있었다. 애슐린은 사진 두 장의 뒤쪽을 유심히 들여다봤다. **일리스, 11살. 재커리, 13살.**

다시 본 일리스는 시무룩하고 심각한 표정이었고, 재커리는 카메라를 향해 넉살 좋게 빙글빙글 웃고 있었다. 짙은 색 양복에 넥타이를 매고, 마치 죽은 고양이의 꼬리를 들어올린 채 몸은 고양이에게서 멀리 떨어뜨린 자세처럼, 바이올린과 활을 들고 있는 그는 미소년이었다.

애슐린은 그 사진들을 다시 편지 속에 넣고 이선을 바라봤다. "남은 편지도 다 이런 식인가요? 새로운 소식을 전하고, 아이들이 학교에 다니는 사진을 보내고? 뭔가 좀 더…… 도움이 되는 내용이 있기를 바랐는데."

"계속 봐봐요. 거의 다 왔어요."

다음 편지에는 1967년 날짜가 적혀 있었다.

사랑하는 디키,

이 편지가 너에게 잘 도착하길 빈다. 내가 마지막으로 편지를 보낸 지도 좀 됐지. 아이들은 둘 다 아주 잘 지내고 있다. 다만 이제는 아이들이라고 불러야 할지 모르겠다만. 재커리는 버클리

음대에서 대학원 공부가 끝나가고 있고, 일리스는 항상 그렇듯 아주 똑똑해서 석사를 시작할 날을 기다리고 있어. 나는 일리스가 예일이나 프린스턴에 가길 바랐지만, 일리스는 텔아비브 근처에 있는 바알란 대학교로 마음이 기울어지고 있어. 거기도 우수한 대학이지만 집에서 너무 멀어. 새끼 새들이 둥지 밖으로 날아갈 때가 되면 엄마들은 다 이렇게 느끼는 거겠지. 새끼 새 이야기가 나와서 말인데, 부활절 양복을 입은 너의 아들 사진을 받고 정말 기뻤단다. 아이가 정말 빨리 자라는구나. 아이가 옆에 있을 때 소중하게 여겨주렴.

오늘 편지에 내 말투가 좀 시무룩하게 들리더라도 이해해주기를 바란다. 요즘은 집 안이 텅 비어서 좀 우울했거든. 그저 가족 생각만 나더구나. 너, 혹시 너희 엄마가 다른 서류들과 함께 보관해둔 가족 앨범이 어떻게 됐는지 알고 있니? 표지에 금박을 입힌 글자가 찍혀 있던 앨범 말이야. 그 앨범은 너의 할머니인 헬렌의 것이었는데, 특히 내게 애정 어린 추억이 담겨 있는 물건이란다. 너의 엄마는 그 앨범을 버렸다고 했지만, 나에겐 그러지 않았을 거라고 믿는 이유가 있단다. 너희 엄마는 할머니에 대한 애정이 전혀 없었기 때문에 그건 너희 엄마가 가지고 있어선 안 된다고 생각하고 있단다. 그 앨범이 어디 있는지 찾을 방법이 있다면 정말 고맙겠구나.

너와 나는 지난 몇 년간 의견 충돌로 좀 소원해졌지. 내가 한 결정들과 내가 인생을 사는 방식에 대한 이견이었지만, 내가 항상 너를 얼마나 좋아했는지, 그리고 우리가 화가 나서 서로 거친 말을 주고받았던 때를 얼마나 후회하는지 네가 알아줬으면 좋겠다.

이제 그만 이 편지를 끝내마. 난 오찬 모임에 가야 하거든. 날씨가 따뜻해지면 아마 우린 만날 수 있을 거야. 너와 캐서린이 우리 집에 오겠다면 언제든 환영한다. 다만 눈과 얼음이 녹아 길이 진창이 될 때는 피해서 오는 게 좋을 것 같다. 여기 도로가 봄에는 위험할 수 있거든.

너희 모두를 사랑한다.
–마리안

애슐린이 고개를 들어 이선을 볼 때 머릿속에 의문이 차오르기 시작했다. "마리안은 둘 사이의 갈등과 자신이 한 결정들에 대해 언급했는데. 아마 그건 테디와…… 그에 관한 일이겠죠? 잠깐만, 그 앨범은 찾지 못했죠? 마리안이 당신의 아버지에게 찾아달라고 부탁했던 앨범."

"못 찾았어요."

애슐린은 그를 노려보면서 다시 의자에 털썩 주저앉았다. "뭔가 대단한 사실이 밝혀질 줄 알았는데. 여기 나온 내용으론 마리안을 더 잘 알게 된 것 같진 않네요. 그런 점에선 헤미도 마찬가지고."

이선이 바닥을 손으로 가리켰다. 거기엔 그녀의 무릎에서 미끄러져 바닥에 떨어진 접은 종이 한 장이 있었다. "저것도 한 번 보는 게 좋겠어요."

애슐린은 그걸 집어서 무릎 위에 펼쳤다. 그것은 콘서트 일정으로, 본문의 한 부분에 붉은색으로 동그라미가 쳐져 있고 귀퉁이들이 구겨져 있었다.

보스턴 심포니 오케스트라

1969년 8월 4일—바이올리니스트 재커리 매닝이 이번 주말에 보스턴 심포니 오케스트라 데뷔를 기념해서 엄선한 실내악 몇 곡을 연주할 예정입니다. 매닝의 완벽한 테크닉과 섬세한 연주는 이미 당대의 권위 있는 지휘자들과 오케스트라들의 관심을 사로잡았습니다. 열정이 넘치는 매닝의 연주는 곡에 대한 신선한 해석과 뛰어난 예술적 감수성 덕분에 꾸준히 사랑받고 있습니다.

애슐린은 어리둥절한 표정으로 고개를 들었다. "내가 지금 뭔가 놓친 건가요?"

"이 편지를 읽어보면 마리안의 아들은 자라서 콘서트 바이올리니스트가 됐는데, 그것도 꽤 유망한 연주자가 된 것 같아요. 우리가 그를 찾아낼 수 있다면, 적어도 마리안이 아직 살아 있는지 알아낼 수 있을 거예요."

애슐린은 미심쩍은 표정으로 그 페이지를 다시 훑어봤다. "이 편지를 쓴 날짜는 1969년으로 나와 있어요. 그가 아직도 연주하고 있을 가능성이 얼마나 될까요? 그리고 그가 연주하고 있다고 해도 우리가 그를 찾아낼 수 있을까요?"

이선이 입을 실룩거리더니 웃기 시작했다. "이미 찾아봤어요."

"뭐라고요? 어떻게요?"

"뉴햄프셔 대학에 있는 친구에게 연락했어요. 전에 나랑 같이 야구를 했는데, 음대 교수라서 한 번 알아봐달라고 부탁했죠."

"그래서요?"

"오늘 아침에 그 친구에게서 전화가 왔어요. 재커리 매닝은 시카고에 살고, 현재 시카고 심포니 오케스트라 소속이래요."

애슐린은 이선을 빤히 쳐다봤다. 처음에 만났을 땐 자기 이모할머니의 사연에 정말 손톱만큼도 관심을 보이지 않았던 남자가 이제는 확실히 다양한 방면에서 융통성 있게 일을 잘 처리한다는 점이 확연하게 드러났다. 재커리 매닝이 그들을 벨에게 인도해줄지 혹은 그럴 의지가 있을지 알 수 없지만, 그래도 그들은 이제 올바른 방향으로 한 걸음 나아간 것이다.

"당신이 정말 그를 찾아냈군요." 애슐린은 그 전단을 다시 훑어보면서 말했다.

"그래요."

"그럼 이제 어떻게 하죠?"

"이제 생각해봐야죠. 다짜고짜 수화기를 집어들고 '안녕, 삼촌. 나 기억나요? 어머니 아직 살아 계셔요?'라고 묻는 건 좋은 생각이 아닐 듯싶은데요."

애슐린은 그를 흘겨봤다. "그건 확실히 좋은 생각이 **아니네요.**"

"그럼 내가 뭐라고 해야 하죠? 우린 정확히 딱 한 번 만났어요. 그가 열다섯 살이고 내가 다섯 살 때요. 그 오랜 시간이 지난 후에 인제 와서 내가 왜 그를 찾아냈는지 어떻게 설명하죠?"

"아마 당신 아버님이 돌아가셨다는 사실을 이용할 수 있을 거예요. 아버지의 유품을 정리하다가 이모할머니에게 돌려드리고 싶은 오래된 편지와 사진들을 발견했다고. 어떻게 하면 그분과 연락할 수 있는지 말해줄 수 있느냐고 물어보는 거죠."

"오, 그거 좋네요. 게다가 그건 거짓말도 아니고. 마리안이 살아 있다면 분명 돌려받고 싶을 거예요. 하지만 마리안에게는 뭐라고 하죠?"

이선의 열성적인 태도에 애슐린은 놀랐다. "난 당신이 마리안을 찾는 걸 반대하는 줄 알았어요." 그는 생각에 잠겨 고개를 끄덕였다. "맞아요, 그랬었죠. 하지만 책을 읽어보니 당신 말이 맞다는 생각이 들었어요. 마리안이 헤미를 잊을 리가 없어요. 그리고 마리안이 그 책들도 돌려받길 원할 것 같아요. 그것들이 다른 사람 손에 들어가지 않도록 하기 위해서라도 말이죠. 문제는 그걸 어떻게 요령 있게 해낼 수 있냐는 거죠."

애슐린은 자신의 아주 사적인 과거를 속속들이 알고 있는 낯선 사람에게서 전화를 받으면 어떤 기분이 들지 상상해보려고 노력했다. 별로 기분 좋을 것 같진 않았다. "그 문제는 닥치면 생각하기로 해요. 먼저 해야 할 일은 마리안이 살아 있는지 알아내고, 그다음에 마리안의 전화번호를 알아낼 수 있는지 보는 거죠."

애슐린이 카드와 편지들을 다시 정리하는 동안 이선은 골똘한 표정으로 방 안을 서성였다. 아마 어떻게 재커리에게 접근하는 것이 가장 좋을지 생각하는 것이리라. 애슐린은 헬렌의 사진 앨범을 찾아볼 수 있겠느냐는 마리안의 편지를 찾고 있다가 책상 귀퉁이에서 올더스 헉슬리가 쓴 〈멋진 신세계〉의 양장본이 있는 걸 눈치챘다.

지난주에는 이 책이 여기 없었다. 만약 있었다면 분명 기억했을 것이다. 그러나 이제는 금방 눈에 띄었다. 이선은 소설을 읽지 않는다고 자기 입으로 인정했다. 그렇다면 이 책은 아마도 아버지 것이리라. 애슐린은 머리가 없는 남자가 나온 기이한 회색 책 표지를 손가락으로 쓸어봤다. 그 순간 바로 마치 수면 밑에 있는 저류처럼 그 책의 메아리가 그녀를 끌어당기는 것이 느껴졌다.

저항할 수 없었던 그녀는 그 책을 집어들어 숨을 들이마시고, 내쉬고, 다시 들이마셨다. 그리고 기다렸다. 하지만 그 메아리들은 마치 그녀의 신경을 긁어대는 불협화음처럼 도무지 조화롭게 풀리지 않았다. 그 메아리에는 자기 회의와 내면의 혼란이 느껴졌다. 길을 잃고서 필사적으로 다시 길을 찾고 싶어 하는 남자의 메아리였다. **자신을** 위해서 삶의 목적을 찾는 남자의 메아리.

그것은 이선의 책이고, 이선의 메아리였다.

속표지를 넘기자 그녀가 찾고 있던 것이 나왔다.

이선,
용기를 내서 할 일을 해라. 하지만 너의 방식으로 해야 해.
세상은 너의 목소리가 필요하단다.
-아버지

"그건 아버지가 주신 선물이에요."

애슐린은 죄를 지은 사람처럼 흠칫 놀랐다. 이선이 다가오는 소리를 못 들었는데, 지금 바로 그녀 뒤에 서 있었다. 그녀는 책을 덮어 책상 위에 다시 놓았다. 문득 낡아빠진 책인 〈남아 있는 나날〉에서 본 구절이 기억났다. 거기에도 용기에 대한 언급이 있었다. "용기를 내라. 근사한 헌정사네요."

"그건 아버지에게 중요했거든요. 용기 말이에요. 아버지의 삶을 이끌어주는 원칙이었죠. 아버지가 그 책을 주셨을 때 난 힘든 시기를 지나고 있었어요. 내 인생, 내 일에서 진정 원하는 게 뭔지 알아내려고 고민하고 있었거든요."

"당신은 언제나 글을 쓰고 싶어 한 게 아니었나요?"

"맞아요, 그랬죠. 다만 내가 쓰고 싶은 게 **뭔지** 뚜렷하지 않았어요. 나에게 친구가 하나 있었어요. 같이 학교 다닌 친구인데 소설을 두어 권 냈죠. 그 친구가 자기 편집자에게 내가 쓴 원고를 보내면 재미있겠다고 생각한 거예요. 나에게 한마디 말도 없이. 어느 날 느닷없이 한 번도 들어본 적도 없는 남자가 내게 전화해서 내 친구가 보내준 원고를 토대로 책 세 권을 계약하자고 제안했어요. 다른 것도 아니고 정치 스릴러 시리즈를 쓰란 거였죠."

애슐린은 그 말을 천천히 곱씹었다. 책을 세 권이나 계약하자니. 그것도 난데없이. 그건 영화에서나 일어나는 일 아닌가? 현실이 아니라. "대단한데요. 하지만 난 당신이 소설은 쓰지 않는다고 생각했는데요."

"난 소설은 쓰지 않아요. 하지만 내 친구가 또 내게 내기를 거는 거예요. 내가 1년 안에 400페이지짜리 소설을 쓸 수 없을 거라고. 그래서 써버렸죠. 난 그저 내기에 이겨서 그 자식의 입을 닥치게 해주려고 장난삼아 쓴 것뿐이었어요. 누구든 그 소설을 읽을 거라고 꿈도 안 꿨죠."

"그건 모든 작가가 꿈꾸는 거예요. 발견되는 거."

"그럴지도 모르죠. 하지만 나는 발견되고 싶지 않았어요. 내 말이 잘난 척하는 걸로 들리겠지만, 난 그 소설을 쓰고 싶지 않았어요. 하지만 아내는 내가 소설을 쓰길 바랐죠. 선인세가 몇십만 달러였는데, 아내 눈에는 그저 그 액수와 영화 판권만 보인 거죠. 내가 출판사의 제안을 받아들이지 않겠다고 했을 때 아내는 이미 레드카펫에서 뭘 입을지 계획하고 있었어요."

"전부인이 그 말을 잘 받아들이진 못했겠군요."

"격노했죠. 나와 결혼했을 때, 아내는 가족과 날 화해시키려고 애를 썼어요. 내가 코린 할머니의 호감을 사면 마법처럼 할머니의 유언장에 들어갈 수 있을 거로 생각한 거죠. 내가 싫다고 하니까 길길이 뛰며 화를 냈죠. 그래서 책을 내자는 제안이 들어왔을 때 이번에는 꼭 자기 뜻을 관철하겠다고 결심한 거죠."

"하지만 그러지 못했군요."

"맞아요." 이선이 굳은 표정으로 말했다. "그래서 아내는 토니를 만나게 됐죠. 아내의 스포츠 트레이너였어요. 하지만 바람나기 전에 그 출판 계약 때문에 날 지옥 같은 고통에 몰아넣었죠. 그때 아버지가 제게 이 책을 주셨어요. 속에 그런 문구를 쓰고. 아버지는 내가 하고 싶은 말이 있다는 걸 알고 계셨어요. 그리고 내가 커스틴에게 굴복하면 앞으로 절대 그 말을 하지 않으리라는 것도 알고 계셨고."

"그래서 몇십만 달러의 선인세와 세 권짜리 책 계약을 거절했다는 거네요. 부인이 펄쩍 뛸 걸 알면서도."

"그래요."

애슐린은 어깨 너머로 그를 돌아보며 미소 지었다. "용감했군요."

"아니면 어리석었거나."

"어리석은 사람은 절대 용기를 낼 수 없어요."

"음, 그 말이 옳다 그르다 평가하기엔 아직 이른 것 같아요. 적어도 내 경우엔 그래요."

애슐린은 그를 찬찬히 훑어보았다. 그를 만난 후 처음으로 어깨 주위에 먹구름이 떠돌고 있는 듯 보인다는 걸 눈치챘다. 그는 아내를 상대로 자신의 주장을 꺾지 않았고, 아버지를 뿌듯하게 했지만, 마음속에는 아직 해결되지 않은 뭔가가 그를 억누르고 있었다.

"난 평생 용기 있는 일은 한 번도 해본 적이 없어요." 그녀는 고백하듯 조용히 털어놨다. "사람들의 기대에 따르는 게 그냥 훨씬 더 쉬웠어요. 당신은 그러지 않았으니까 그런 자신을 자랑스럽게 생각해야 해요."

이선은 그 말에 마지못해 어깨를 으쓱하더니 높이가 낮고 낡은 가죽 안락의자에 털썩 앉았다. "그게 나의 서글프고 시시한 이야기랍니다. 당신은 어때요? 다니엘과 무슨 일이 있었죠? 그가 죽었을 때 이혼하던 중이라고 했었죠?"

애슐린은 주의를 딴 데로 돌리기 위해 방을 둘러봤다. 다니엘에 대해 말하고 싶지 않았지만, 그가 방금 자기 이야기를 다 털어놨는데 그걸 거부하는 건 무례하게 느껴졌다.

그의 옆에 앉는 대신 그녀는 무릎 방석 가장자리를 택해서 그를 마주 보고 앉았다. 다 말할 필요는 없지만, 그에게 신세 진 건 사실이니까. "우리는 뉴햄프셔 대학에서 만났어요. 나는 그의 수업을 들었고, 우리는 몰래 만나기 시작했죠. 정신을 차리고 보니 우리가 결혼해 있더라고요. 우리의 결혼 생활은 금방 궤도를 벗어났지만, 난 내 자리를 지켰어요. 용기를 내지 못했거든요."

"떠난 사람은 전남편이었나요?"

"아뇨, 내가 떠났죠."

"결국 뭣 때문에 그렇게 됐죠?"

"어느 날 오후 3시에 집에 와보니 우리 집 부엌에 매리베스란 여자가 있더군요. 남편의 목욕 가운을 입고."

이선은 움찔하고 놀랐다. "저런."

"그날 밤 집을 나왔어요. 내가 너무나 바보처럼 느껴졌어요. 그전에도 이런저런 소문을 들었어요. 학부에선 그가 어떤 사람인지 다알고 있었어요. 하지만 난 그에게 너무 빠져 있어서 그런 소문을 들으려 하지 않았죠. 그는 굉장히 똑똑하고 재능이 넘쳤거든요. 그가얼마나 사람을 능숙하게 조종하는지 몰랐다가 마지막 순간에야 깨달았어요. 그러고도 그의 옆을 떠나지 않았어요. 매리베스를 보기전까지는. 나로서도 그건 도저히 못 본 척하지 못하겠더라고요."

"그 사람, 뉴햄프셔 대학에서 강의했어요?"

그녀는 고개를 끄덕였다. "내가 들었던 창작 수업을 강의했죠."

"다니엘 스트레이어가…… 당신 남편이었어요?"

애슐린은 지금 이선과 얼굴을 마주 보고 있지 않았으면 좋을 거라는 생각이 들었다. "다니엘을 알고 있었어요?"

제발 아니라고 말해줘. 제발 아니라고 말해줘. 제발 아니라고 말해줘.

"아뇨. 하지만 이름은 들어봤어요. 그 사람은 내가 거기서 수업을시작하기 바로 전달에 해고됐어요. 듣자 하니 학생과 외도한 걸로조사받은 후에 그렇게 됐다고 하던데. 당신이 손을 쓴 건가요?"

"아뇨, 내가 그런 게 아니었어요. 하지만 다니엘은 그게 내 짓이라고 생각했어요. 그는 모든 게 내 잘못이라고 생각했죠. 그가 죽던 날밤, 우리는 재산 문제를 해결하기 위해 만나서 한잔하기로 했는데

이야기가 잘 안 됐어요. 그러고 나서 헤어졌을 때……." 그녀는 떠오르는 그 기억 때문에 눈을 감았다가 이선의 손길이 느껴졌을 때 다시 눈을 떴다.

"그리고 이게 생겼군요." 그는 부드럽게 말하면서 그녀의 손을 잡고 손바닥이 보이게 뒤집었다.

갑자기 허를 찔린 애슐린이 힘겹게 침을 삼켰다. "맞아요."

"아직도 아파요?"

그의 목소리는 애슐린의 마음이 동요할 정도로 부드러웠고, 방은 너무 더웠다. "아뇨. 지금은 안 그래요."

"다행이네요."

지금 무슨 일이 일어나고 있는 거지? 그녀의 심장은 흉곽 안에서 마치 탭댄스를 추는 것처럼 펄쩍펄쩍 뛰고 있었고, 폐가 마음대로 펴지지 않는 것 같았다. 다니엘 이후로 애슐린에게 남자는 하나도 없었다. 사실 다니엘 전에도 없었다. 분명 누구도 그녀가 지금 느끼는 그런 감정을 느끼게 해준 사람은 없었다.

"괜찮아요?"

애슐린은 자기가 오랫동안 입을 다물고 있었음을 깨닫고 그에게 눈을 깜박여 보였다. "네, 난 그냥……."

이선이 갑자기 그녀의 손을 놨다. "미안해요. 불편하게 만들려는 뜻은 없었어요."

"그러지 않았어요. 난 그저…… 참 오랜만이라. 아무래도 내가 서툴러졌나봐요. 그렇다고 원래 능숙했다는 뜻이 아니라, 난 그저……."

맙소사. 제발 그만 말해, 애슐린. 그는 그저 너의 손을 만졌을 뿐

346

이야. 그가 너를 자기 침실에 초대한 것도 아니잖아.

이선의 입술이 부드럽게 휘어졌다. "무슨 뜻인지 알아요. 나
도…… 서툴러졌어요. 이혼 때문에 엉망으로 망가졌고. 그 후엔 아
버지가 병에 걸리셨고. 사람들과 어울릴 시간도 별로 없었어요. 솔
직히 말하면, 난 이 방면엔 영 소질이 없고. 내 말은…… 구애하는
거 말이에요. 상대가 보내는 신호를 감지하고, 눈치가 빠르고, 그런
거를 못 해서. 내가 선을 넘었다면 미안해요."

이제는 애슐린이 미소를 지을 차례였다. 그는 그날 밤 서점에 처
음 들어왔을 때 그녀가 상상한 사람과는 전혀 달랐다. 매력적이고
재미있고 친절하다. "당신은 아주 잘하고 있어요. 구애라는 측면에
서 말이죠." 그녀는 수줍게 말했다.

"우린 천천히 갈 수 있어요."

그와 시선이 마주쳤을 때 그녀의 뱃속에서 깃털이 달린 작은 날
개들이 날아오르는 것 같은 느낌이 들었다. "천천히…… 좋네요."

12

책은 갈비뼈와 척추이고, 피와 잉크이고,
사람들이 꾸는 꿈이자 살아가는 인생의 재료다.
한 번에 한 페이지씩, 하루에 한 번, 하나의 여행.
-애슐린 그리어(오래된 책들의 치유자)

애슐린

1984년 10월 17일
뉴햄프셔, 포츠머스

애슐린은 무릎 위에 올려놓은 리걸 패드를 훑어보면서, 서점에서 매년 휴가철에 발행하는 뉴스레터를 위해 자신이 쓴 메모에 흡족해 했다. 그녀는 침대에서 프랭크 앳워터가 좋아했던 콘클린 만년필로 원고를 쓰고 있었다. 나중에 식자공이 읽을 수 있게 타자기로 다시 치겠지만, 마치 머리에서 손으로 바로 아이디어가 전달되는 것처럼 펜과 잉크를 써서 오래된 방식으로 글을 쓰는 맛이 아주 좋았다.

보통은 지금쯤이면 이미 뉴스레터 원고를 다 써서 인쇄소에 넘겼 겠지만, 거트루드의 낸시 드류 장정 작업을 마치느라 바쁜 와중에 틈틈이 옆길로 새서 헤미와 벨의 책을 읽느라 원고를 써야 한다는 생각을 까맣게 잊고 있었다. 그러다 보니 인쇄소 마감에 맞추기 위해 얼른 쓴 후에 봉투에 주소를 쓰고 우편으로 보내야 했다.

그녀가 막 펜을 내려놓고 차를 한 잔 마실까 고민하고 있을 때 전화벨이 울렸다. 그녀는 시계를 흘끗 봤다. 대체 누가 밤 10시에 전화를 한담?

"여보세요?"

"내가 너무 늦게 걸었나요?"

"이선?"

그의 목소리를 들으니 놀랍기도 하고 기쁘기도 했다. 그는 월요일에 전화해서 재커리의 비서에게 메시지를 남겼다고 알려줬다. 둘 다 전날 밤에 있었던 어색한 순간은 언급하지 않았다. 하지만 하루 내내 그 기억이 몇 번이나 떠올랐고, 그때마다 마음이 흔들리면서 얼굴이 달아오르곤 했다.

"네, 맞아요. 자는 걸 깨운 건 아니죠?"

"아니에요. 우리 서점에서 발행하는 휴가용 뉴스레터 원고 작업을 지금 막 끝냈어요. 방금 재커리랑 통화를 끝냈다고 알려주려고 전화한 거예요?"

"아뇨. 아직 재커리에게 전화는 오지 않았어요."

"음, 아직 며칠 안 됐으니까요."

"네, 그렇죠."

이선의 목소리는 생각이 딴 데 있는 것처럼 멀게 느껴졌다. "목소리가 이상해요. 무슨 일이죠?"

"요즘 그 책을 읽고 있어요."

"아하. 얼마나 읽었어요?"

"헬렌과 그 정신병원에 대한 부분. 아…… 어떻게 그럴 수 있죠?"

"나도 알아요. 당신 괜찮아요?"

"네. 난 그냥, 그걸…… 머릿속에서 처리하는 중이에요." 그가 숨을 들이마셨다가 천천히 큰 소리로 내쉬느라 잠시 침묵이 흘렀다. "내 유대인 증조모가 나치 지지자와 결혼했고, 그 사람이 나치를 사랑하는 자기 친구들로부터 아내를 숨기기 위해 정신병원에 가뒀다니. 내가 어떻게 이런 사실을 하나도 모르고 있었을까요? 우리 가족은 유대인이거나 적어도 부분적으로 유대인인데, 그런 말을 아무도 해주지 않았어요. 우리 아버지는 알았을까요? 그리고 알았다면, 왜 비밀로 했을까요? 그리고 마리안은 또 그런 식으로 진실을 알게 되다니. 맙소사……."

이선은 정말로 충격을 받은 목소리였다. 그리고 조금 화가 나 있기도 했고. "정말 괜찮은 거 확실해요?"

"네. 그냥 기분이 묘할 따름이에요. 난 매닝 가 사람들을 이상적인 미국 가정이라고 생각해본 적은 없지만, 이건 상상 이상으로 나쁘네요."

애슐린은 자기 부모를 생각했다. 굳이 애써서 살려 하지 않았던 엄마. 신에게 주먹을 흔들어대고 싶어서 다락에 올라가 턱 밑에 엽총을 대고 쏴버린 아버지.

"이상적인 미국 가족이란 존재하지 않아요, 이선. 그건 신화일 뿐이에요."

"그런가봐요. 〈영원히, 그리고 다른 거짓말들〉은 다 읽었어요?"

"거의 끝부분이에요. 그런데 이쪽도 상황이 별로 좋아 보이진 않아요."

"나도 그래서 읽다 멈췄어요. 쉬어줘야 할 것 같아서." 그는 한숨을 쉬었다. 지쳤거나, 넌더리가 났거나, 아마 둘 다일 것이다. "그래도 우리는 다음에 무슨 일이 일어날지, 그리고 누구 잘못 때문에 그렇게 됐는지 알고 있는 거 같은데요."

애슐린은 이선의 그 말을 한동안 생각해봤다. 그녀도 처음에는 그렇게 생각했다. 하지만 지금은 그런 확신이 서지 않았다. 처음 그 책들을 만졌을 때 느꼈던 메아리들을 그냥 지나칠 수 없었다. 비통함과 슬픔이 비슷하게 섞인 그 기이한 감각을. 사람들은 거짓말을 한다. 하지만 메아리는 그렇지 않다. 벨과 헤미는 둘 다 진심으로 자신이 피해자라고 믿고 있었다. 그렇다면 현재 그들이 알고 있는 이야기와는 뭔가 다른 사정이 있을지도 모른다. 어쩌면 그들이 알고 있는 것보다 더 많은 뭔가가. 하지만 그런 생각을 이선에게 말할 수 없었다.

"혹은, 어쩌면 우리는 알고 있다고 생각하지만, 사실은 그와 다를지도 모르죠."

"당신은 우리가 알고 있는 거 말고 다른 게 나온다고 생각해요?"

"난 그냥…… 그게 다가 아닐 거라는 느낌이 든다는 말이죠. 그는 벨을 사랑했어요, 이선. 그가 단어 하나하나까지 굳게 믿고 있는 기사를 포기하고 떠날 만큼. 내 느낌이 틀릴 수도 있죠. 어쩌면 그 기사만으로 벨은 떠나버렸을 수도 있어요. 그녀는 정말 격노했으니까. 하지만 뭔가 다른 사정이 있다는 게 본능적으로 느껴져요."

"뭣 때문에 그렇게 생각하는 거죠?"

애슐린은 망설이면서 어떻게 대답해야 할지 신중히 생각했다.

"여자의 직감을 믿나요?"

"네, 그렇다고 생각해요."

"음, 그럼 그 직감 때문이라고 하죠."

"솔직히 말해서, 난 내가 알고 싶은 건 다 알고 있다는 생각이 들어요."

애슐린은 그의 말투에서 이 문제는 이걸로 끝이라는 느낌을 받았다. 그녀 또한 어떤 면에서는 그의 그런 생각을 이해했다. 그는 애초에 이 일에 개입하고 싶어 하지 않았고, 이제 자기 가족에 관해 누구든 더 깊이 파기 싫어할 만한 사실들을 알게 됐다.

"이해해요. 나도 좀 그런 느낌을 받긴 했어요. 이 이야기가 해피엔딩으로 끝나지 않을 거라는 거 알아요. 둘 다 처음부터 그 점을 분명하게 밝혔죠. 그런데도 난 자꾸 망설이면서 앞으로 무슨 이야기가 나올지 두려워하고 있다는 걸 깨달았어요. 내 말은, 난 이미 이제부터 무슨 이야기가 나올지 알고 있지만…… 실제로 그 일이 **어떻게** 일어났는지 아는 게 두려워요. 누가 누구에게 무슨 짓을 하고 그 후에 어떤 일이 일어났는지. 하지만 난 읽을 거예요. 끝까지. 그걸 모른 채 그냥 책을 덮을 수는 없으니까요. 이미 여기까지 읽었는데 그렇잖아요."

이선은 끙, 하고 신음했다. "난 적어도 벨의 이야기는 끝내야 할 것 같네요."

"아니면…… 우리가 같이 읽을 수도 있죠." 그녀는 충동적으로 제안했다.

"같이요? 그게 어떻게 가능해요?"

"오케이. 그러니까 옆에서 같이 읽는 건 아니고, 전화로 그렇게 읽을 수 있죠. 두 권 다 남아 있는 페이지가 많지 않잖아요. 우리는 교대로 읽을 수 있어요. 내가 〈영원히, 그리고 다른 거짓말들〉을 읽고 당신이 〈후회하는 벨〉을 읽는 거예요. 이렇게 독서 데이트를 몇 번 하는 스케줄을 잡을 수 있잖아요. 음, 데이트는 아니지만, 무슨 뜻인지 알잖아요. 규칙적으로 시간을 정하는 거죠. 아마 한 번에 한 시간쯤. 혹은 당신이 원한다면 더 짧게 시간을 정할 수도 있고. 당신에게 시간이 아예 없지 않은 한 말이죠. 그런데 글을 쓰느라 시간이 없겠네요. 신경 쓰지 말아요. 이건 바보 같은 아이디어였어요."

"아뇨." 애슐린이 마침내 조용해졌을 때 이선이 말했다. "그렇게 해요."

"진심이에요?"

"만약 이걸 데이트로 친다면, 그래요."

데이트라.

이 단순한 단어 하나가 애슐린의 머릿속에서 경고음을 울렸다. 분명히 밝혀야 할까? 그런 뜻으로 한 말이 아니라고? 그게 중요하긴 한가? 그들은 전화로 이야기를 나누게 될 것이다. 그게 얼마나 위험하겠는가? "그렇다면 좋아요. 독서 데이트해요. 내일 밤으로 일정을 잡을까요?"

"사실 오늘 밤부터 시작할 수 있겠다고 생각하고 있었어요. 그래도 될까요? 난…… 아직 전화를 끊을 준비가 되지 않았어요."

"그래요, 좋아요. 책을 읽는 게 긴장을 풀고 마음이 편해지는 좋은 방법일지도 모르죠."

"잠잘 때 듣는 이야기처럼 말이죠." 이선이 맞장구쳤다. "하지만 내겐 그 방법이 먹힌 적이 한 번도 없어요. 어렸을 때 엄마가 책을 읽어주셨는데, 엄마가 계속 책을 읽게 하려고 잠이 오는 것도 참았거든요."

이선의 목소리에서 싱긋 웃는 소리를 들을 수 있어서 애슐린은 기분이 좋았다. 그녀는 리걸 패드와 펜을 옆에 놓고 베개에 몸을 기대고 앉았다. "어머님이 벨과 헤미의 책을 읽으셨을까요?"

"확실히는 모르겠지만, 엄마가 그걸 읽지 **않았다고** 생각하기도 힘들어요. 아버지가 분명 엄마에게 그 두 사람에 관한 이야기를 했을 테니까요. 우리 부모님은 서로에게 다 이야기했어요. 비밀이란 없었죠."

"비밀은 없다……." 애슐린은 생각에 잠겨 말했다. "그건 어떤 느낌일까요? 모든 걸 다 이야기한다는 건? 우리 부모님은 대화를 별로 좋아하지 않았어요. 서로에게 소리 지르는 걸 빼면 말이죠. 그리고 다니엘은…… 그는 우리 관계에서 대화를 독점한 사람이라고 해두죠. 우리 둘 중 똑똑한 쪽은 다니엘이고, 나는 그저 그가 시킨 대로 해야 했으니까. 슬픈 건, 몇 년 동안 난 정말 그렇게 했다는 거예요. 난……." 애슐린은 갑자기 이야기를 멈췄다. "미안해요. 제 이야기만 너무 많이 했네요."

"아니에요, 괜찮아요. 당신이 마음 편하게 그런 일들을 말해줘서 좋아요. 그리고 당신 말이 무슨 뜻인지 알아요. 난 지금도 여전히 어떻게 커스틴과 내가 만나게 됐는지 이해해보려고 노력 중이니까요. 이건 마치 기차가 충돌하는 모습을 슬로 모션으로 지켜보는 것 같더라고요. 다만 그 기차 중 한 대가 나라는 게 문제죠. 우리 부모님은 커스틴을 처음 만났을 때부터 그녀의 사람됨을 알아보셨던 것 같아요. 내가 볼 수 없거나 보지 않으려 하는 면을 보셨죠."

"유감이에요."

"사람들은 나이가 들수록 현명해진다고 그러죠. 하지만 한번 심하게 데이고 나면 겁이 많아지고 자신의 판단도 믿기 두려워지죠. 친구들이 계속 그런 나를 고쳐주려 노력하고 있지만……." 그가 말을 멈추자 잠시 짧은 침묵이 흘렀다. "다니엘 이후로 정말 아무도 만나지 않았나요?"

"네."

"4년 동안 단 한 번도?"

"내가 말했잖아요. 난 용기를 내지 않는다고."

이선이 킬킬 웃었다. "남자가 당신에게 저녁을 사게 허락하는 데도 용기가 필요하단 말이에요?"

"나한텐 그래요."

"하지만 전화로 책을 읽는 건, 그건 괜찮죠? 그건 안전하죠?"

이제는 애슐린이 킬킬 웃을 차례였다. 우리 지금 서로에게 추근대고 있는 건가? 이 상황이 잘 판단되지 않았다. 조금 위험하게 느껴지기도 했다. 하지만 기분이 조금 좋기도 했다. "나도 그렇게 생각해요, 네."

"그럼 좋아요. 괜찮다면 당신이 먼저 시작해요. 오늘 밤은 난 그냥 듣는 편이 나을 것 같아요."

그의 목소리에서 다시 지친 기색이 풍겼다. 그는 놀랐고, 자기 조상들에게 별 관심이 없는 척했지만, 어쩌면 조금 환멸을 느꼈는지도 모른다. "그래요. 그렇게 해요."

애슐린은 베개에 등을 기댄 채 침실용 탁자 위에 놔둔 〈영원히, 그리고 다른 거짓말들〉을 집어서 파란 리본 조각으로 표시해둔 페이지를 펼쳐 읽기 시작했다.

**영원히,
그리고
다른 거짓말들**

Forever, and Other Lies

57~69페이지

1941년 12월 5일
뉴욕, 뉴욕

집에 돌아왔을 때 내 속은 부글부글 끓고 있었어. 당신이 한 자도 빼지 않고 그 원고를 다 신문에 실을 작정이었음을 알고 있었기에, 당신이 내게 진실을 숨긴 것이 그동안 우리가 함께했다고 생각한 모든 것을 산산조각 냈지. 하지만 우리 아버지에 대해 당신이 알게 됐다고 주장한 이야기가 일시적으로 당신이 저지른 배신의 고통을 가렸어.

집에 오는 내내, 나는 당신이 그 극도로 불쾌한 글을 쓸 때 거짓말을 하고 있다고 굳게 믿었어. 당신이 골디의 비위를 맞추기 위해 아무 근거도 없는 이야기를 날조했다고 말이야. 그때 문득 씨씨 언니가 아버지에 대해 경고했던 말이 떠오르더군. 아버지가 우리 모두를 체스판의 말로 보고 있고, 가끔 말썽을 부리는 말은 사라질 때도 있다고. 그때 언니가 한 말이 바로 우리 엄마를 가리키는 말이었다는 사실을 깨달았지. 엄마의 병과 엄마가 유대인이라는 사실이 골칫거리가 돼서 아버지는 엄마를 사라지게 했어. 그것도 요양원으로 치워버린 게 아니라 영원히.

나는 이 방에서 저 방으로 언니와 답을 찾아다녔지. 그러다 언니가 아버지의 서재에서 한 무더기 쌓인 우편물을 살펴보고 있는 걸 발견했어. 아버지의 책상 뒤에 있는 언니는 작아 보였어. 거대한 가죽 의자 때문에 언니가 상대적으로 줄어든 것처럼 보였지. 내가 방에 들어가자 언니가 고개를 들어 나를 힐끗 보더니 다시 압지 위에 놓인 우편물로 시선을 옮겼어.

그때 아버지는 보스턴에서 위원회 대회에 나갈 준비를 하고 있었지만, 주위는 아버지의 존재감으로 가득 차 있었지. 아버지가 피우는 시가 냄새, 아버지의 라임 향기가 나는 양모제, 아버지가 친구들에게 접대하는 고가의 고급 코냑. 그 모든 게 공기 중에서 마치 손에 잡힐 것처럼 떠돌아다니며 어렴풋이 날 불안하게 만들었어.

갑자기 입 안이 바짝 말라버렸어. 집으로 운전해서 오는 내내 무슨 말을 할지 연습했지만, 이제 언니와 마주 보면서 하려니 그 말이 다 목구멍에 붙어버린 것처럼 느껴졌어. 하지만 마침내 그 말이 입 밖으로 굴러떨어졌지. "언니는 우리 엄마가 유대인이라는 사실을 얼마나 오랫동안 알고 있었어?"

씨씨가 고개를 홱 치켜들었고, 손이 갑자기 움직임을 멈췄지. "뭐라고?"

"유대인." 나는 다시 한번 강조했지. "우리 엄마가 유대인이라는 사실을 언니는 얼마나 오랫동안 알고 있었냐고?"

순간 언니는 재빨리 열려 있는 방문을 흘깃 보더군. "제발 목소리 좀 낮춰!"

언니의 눈에 떠오른 당혹스러운 표정에 내가 알아야 할 모든 것이 있었지. "내 질문에 대답해."

언니는 침착한 척 우편물 더미에서 편지 한 통을 집어 들고는 은제로 된 종이 자르는 칼을 써서 단번에 편지 봉투를 잘랐지. 그리고 천천히 안에 든 편지를 꺼내서 훑어봤어. 그러더니 마침내 그걸 내려놓고 날 올려다보더군. "누구랑 이야기하다 온 거야?"

"그건 대답이 아니지."

"아니지. 그건 대답이 아니지. 하지만 다시 물을게. 누구랑 이야기하다 왔어?"

"내가 누구와 이야기했는지는 중요하지 않아."

"아, 난 아주 중요하다고 생각하는데. 그게 누군지 내가 맞춰볼까?" 그 말을 할 때 언니의 얼굴에 희미하게 미소가 떠올라 있었지. 살짝 으스스하더군. "〈위클리 리뷰〉지에 있는 그 신문사 친구는 아니겠지? 네가 요즘 아주 친하게 지내는 그 친구 말이야."

씨씨는 화제를 돌려서 날 수세에 몰아넣으려 하고 있었어. "그러니까 언니는 부인조차 하지 않겠다는 거야?"

언니는 마치 뭔가 주장하려는 것처럼 고개를 뒤로 젖혔지. "보아하니 너도 내 질문에 대답하지 않는군."

"아버지가 엄마를 멀리 보낸 이유를 알고 있었어? 엄마를 부끄러워해서…… 엄마가 유대인이라서?" 그 말이 내 입에서 나올 때는 어색하고 추하게 들렸지만, 아버지가 했다고 비난받는 행위 자체가 추했다.

씨씨는 두 손을 단정하게 맞잡고 압지 위에 놓았다. "아버지가 엄마를 수치스러워한 이유는 친구들 앞에서 망신시켰기 때문이야."

"엄마는 아팠잖아."

"그 여자는 약했어!"

바로 이거였어. 내게 여전히 필요했던 확증이 나왔지. "전에 아버지가 체스판의 말들을 사라지게 한 적도 있다고 했지. 이게 언니가 말하던 거였군. 엄마. 엄마가 바로 골치 아픈 존재였어."

씨씨는 숨을 깊숙이 들이마신 후 어깨에 힘을 줬어. "그 여자가 어땠는지 너도 알잖아. 너도 그날 밤 그 자리에 있었잖아. 우리 둘 다 똑같은 광경을 보고 들었잖아. 다른 사람들이 다 본 걸 말이야. 그 여자는 마치 미친 여자처럼 흐느껴 울면서 고래고래 소리를 질렀지. 그 여자가 성질부리는 걸 아버지가 얼마나 더 참아줘야 했는데? 아버지는 그 여자를 멀리 보내야 했어."

"그리고 그 사고. 엄마가 돌아가신 그 방식." 나는 언니를 압박했지.

"그게 뭐?"

"그건 사고가 아니었다고 생각하는 사람들이 있어." 나는 나머지 이야기를 실제로 해야 할지 알 수 없어서 망설이다 말했지. 일단 말하면 그걸로 끝이지. 돌이킬 길은 없어. 하지만 그 말을 해야 했어. 그 말을 할 때 언니의 표정을 봐야 했고. "누군가 돈을 받고 엄마의 방에 칼을 놔뒀다고 그들은 생각하고 있어. 아버지가 누군가에게 돈을 줘서 엄마 방에 칼을 놔뒀다고 말이야."

씨씨는 경악해서 날 멍하니 바라봤지. "바보 같은 소리 하지 마."

씨씨의 겁에 질린 표정을 보자 이상하게도 안도하게 되더군. "언니는 몰랐구나."

"뭘 안다는 거지? 넌 지금 말도 안 되는 소리를 하고 있어."

"내가?" 나는 씨씨를 위아래로 훑어보면서 언니의 놀란 표정과 뻣뻣하게 굳은 자세를 찬찬히 바라봤지. "난 그렇게 생각하지 않는데. 그리고 언니도 그걸 알고 있다고 생각해. 엄마는 사람들이 말했던 그 방식대로 돌아가신 게 아니지, 씨씨 언니. 그건 사고가 아니었어."

나는 씨씨가 내 말을 부인하려 한다는 것을, 그건 불가능한 일이라고 일축하려 하는 표정을 봤어. 그러자 언니가 거의 불쌍해지려 하더군. 언니의 영웅, 언니가 그토록 존경하고 항상 기쁘게 하려고 노력한 아버지가 그렇게 무시무시하게 냉혹한 짓을 할 수 있다는 생각에 언니라는 존재의 중심 자체가 흔들린 거지.

"당연히 그건 사고가 아니었지, 이 어리석은 것아. 우리 모두 그 여자가 무슨 짓을 했는지, 그리고 왜 했는지 알고 있잖아. 너도 네 입으로 말했잖아. 그 여자는 아팠다고. 하지만 진실이 밝혀진다고 해서 이득을 보는 사람은 하나도 없어. 특히 그 여자가 그 전에 그 짓을 시도했다는 게 밝혀지면 말이야. 자살이란 말은 추한 단어야. 그러니 당연히 은폐한 거지."

나는 방금 들은 말을 믿을 수 없어 입을 떡 벌리고 있었지. 아무도 내 앞에선 자살이란 말을 언급하지 않았지만, 분명 언니는 알고 있었던 거야. "그전에도 그런 일이 있었다는 걸 언니는 알고 있었어?"

"처음에는 몰랐지만, 그다음엔…… 보험회사 사람들이 정보를 캐내려고 우리 주위를 맴돌면서 질문을 하고 다녔지. 그래서 아버지는 나도 알고 있어야 한다고 생각하셨어."

"하지만 난 아니라는 거지."

"넌 어렸잖아." 씨씨는 그렇게 쏘아붙이더니 목소리를 낮추더군. "넌 그때 그 상황이 얼마나 안 좋았는지 전혀 모르고 있어. 그 여자가 얼마나 안 좋았는지." 이제 씨씨의 눈에는 애원하는 표정, 나를 자기 편으로, 아버지 편으로 끌어들여야 한다는 절박한 필요성이 드러나 있었지. "그 여자의 지나치게 감정적인 행동에 언론사들은 신이 났겠지. 그건 너무나 천박하고, 너무나…… 엉망이었지."

"언니는 마치 그게 엄마의 잘못인 것처럼 말하네. 마치 엄마가 그런 일을 당해도 싸다는 듯이 말이야."

"내가 뭐라고 하길 원해? 그것은 비극적이고 끔찍했지. 하지만 또한 필연적이기도 했어. 그래서 아버지가 애초에 그 여자를 거기 보낸 거야. 그 방법 말고는 달리 어떻게 해야 할지 몰랐던 거야. 그 여자는 통제 불능이었고, 상태가 점점 더 나빠지고 있었어. 그런 결말을 맞이하는 건 시간문제였다고."

나는 씨씨가 아버지의 행동을 정당화하고, 합리화하고, 비난을 엄마에게 전가하는 소리를 듣고 있다가, 씨씨가 이미 아버지를 용서했음을 깨달았지. "언니는 상관없는 거지, 그렇지? 사람들이 말하는 짓을 아버지가 했건 안 했건 언니는 상관없는 거야."

"빌어먹을! 네가 지금 무슨 소리를 하고 있는지 생각 좀 해봐. 네가 지금 암시하고 있는 건 말도 안 되는 소리라고!" 씨씨의 눈빛이 갑자기 단호해지더니 나를 저울질하는 눈으로 보더군. "그리고 너, 혹시라도 무슨 황당한 생각을 할 때를 대비해서 하는 말인데, 그 일에 대해서 다른 사람에게 입이라도 벙긋하는 건 아주 안 좋은 생각이야. 명심해!"

언니의 말이 무슨 뜻인지 오해할 여지는 전혀 없었어. 언니는 아버지와 하나도 다를 바가 없는 사람이라는 사실을 깨닫고 혐오감이 밀려왔지. 날 노골적으로 협박해서 내가 물러나게 하려는 수작 말이야.

"그럼 그다음은 나야? 처리해야 할 또 다른 말은 나냐고? 누가 알겠어? 어쩌면 나도 사고가 생길지."

씨씨는 아주 다루기 힘든 아이를 상대하고 있는 것처럼 화난 표정으로 나를 봤지. "내가 너라면 조심하겠어." 씨씨는 책상에 쌓여 있는 우편물 더미를 들어올려 겨드랑이에 끼어서 우리의 대화가 끝났다는 신호를 보냈지. "그리고 쓸데없이 돌아다니면서 이상한 생각 하지 말고. 테디 문제는 이미 결정된 일이야. 너는 예정대로 테디랑 결혼할 테니까. 결혼식을 올리기 전까진 집에 얌전히 붙어 있으라고."

"언니가 협박한다고 해서 원하지도 않는 사람과 결혼할 순 없어."

씨씨는 마치 내가 재미있는 말이라도 한 것 같은 표정으로 나를 봤어. "우리는 당연히 그렇게 할 수 있어. 네가 지금 그 증거를 네 두 눈으로 보고 있잖아. 넌 내가 조지랑 결혼해서 그렇게 애들을 많이 낳고 싶었을 거로 생각해? 누군가의 아내가 되는 것이 내가 평생 열망하던 일이라고 생각해? 그건 아니지. 하지만 난 여기서 내가 아닌 다른 사람들의 장단에 맞춰 춤을 추고 있잖아. 우리 가문을 위해서 말이야. 곧 네 차례가 올 거야."

나는 턱을 치켜들고 눈을 깜박이지 않으려고 애를 썼지. "내가 다른 계획을 세웠다면?"

씨씨는 짜증이 날 정도로 침착하게 날 빤히 바라봤어. 마치 자기가 이기는 패를 들고 있는 걸 아는 타짜 같은 눈빛으로. "너의 그 계획 말이야. 거기에 혹시 어떤 신문사 기자가 포함되어 있는 건 아니겠지? 37번가의 아주 작고 초라한 아파트에 사는 사람은 아니겠지?" 씨씨는 내가 입을 떡 벌리는 걸 보고 만족스러운 미소를 지었지. "너 정말 내가 알아내지 못할 줄 알았어? 넌 네가 생각하는 만큼 그렇게 영리하지 않아."

나는 내 뺨에서 핏기가 사라지는 걸 느끼고 고개를 돌려버렸지.

씨씨는 내 얼굴을 뚫어져라 보면서 말을 이어갔어. "나는 네가 얼마나 자주 차를 꺼내서 나가는지, 어디로 가는지, 얼마나 오랫동안 거기 있는지 다 알고 있어. 나는 네가 가져가는 식료품과 와인에 대해서도 알고 있었어. 아주 아늑한 저녁 식사를 준비하려고 그러나 보다 생각했지. 난 다 알고 있어."

"사람을 시켜 나를 미행한 거야?"

"그 사람이 우리 집에 처음 왔던 날부터 너희 둘이 사귀고 있을지도 모른다고 생각했어. 네가 그 사람을 보는 눈빛을 봤거든. 그 사람이 너를 보는 눈빛도. 마치 한 쌍의 굶주린 고양이처럼 서로를 쳐다보더군. 난 상관없었어. 네가 테디와의 결혼을 망치지 않는 한 말이야. 언론사에 친구가 있으면 좋은 거니까." 씨씨는 말을 멈추고 잔인한 미소를 번득였지. "그리고 그 남자를 보아하니 아주 유능하더라고. 좀 다듬어지지 않은 면이 있지만, 그건 나름대로 장점이 될 수도 있고. 사람들 말이 가끔 빈민가 구경을 해보는 것도 재미있다고 하던데. 재미있었니?"

내가 언니의 뺨을 후려치는 소리가 서재 벽에 울리고 나서야 정신을 차릴 수 있었지. 씨씨는 움찔했지만, 얼굴의 미소는 여전했어. 그래도 씨씨의 뺨에 내 손자국이 벌겋게 찍혀 있는 걸 보고 나는 잔인한 쾌감을 느꼈지.

"그렇군. 그럴 줄 알았어." 씨씨는 서늘한 표정으로 고개를 끄덕이며 말했지.

"아버지도 아시겠군."

"아니. 어쨌든 나는 말하지 않았어. 네가 신중하게 처신하는 한 입을 다물고 있기로 했거든. 하지만 지금쯤은 그 남자와 끝낼 줄 알았는데, 오히려 여기 떡 버티고 서서 그 기자 나부랭이 때문에 불쌍한 테디를 버릴 준비를 하고 있다니."

"헤미는 테디 열 명과도 바꿀 수 없어."

"맙소사…… 너 정말 그 남자에게 푹 빠졌구나. 너의 가족에 관한 충격적인 소설을 쓰라고 월급을 받는 지저분한 기자 놈에게. 제발이지 오늘 네가 말한 그 헛소리가 그 자식에게 들은 게 아닌 척하진 말고. 너 지금 하는 소리가 아주 감상적인 여고생 같거든. 흠, 그 자식이 목표 하나는 끝내주게 잘 골랐네. 그 점은 인정해주지."

씨씨의 그 말이 나를 찌르는 것처럼 아팠어. 아마 정곡을 찔렸기 때문이겠지. 당신은 정말 목표를 잘 골랐지. 그런데도 나는 당신을 변호해야 할 필요성을 느꼈어. 언니의 말이 옳다고 인정하기엔 자존심이 용납하지 않았던 거야. 내 마음이 흔들리는 게 느껴졌어. 당신이 한 짓을 정당화하고 싶은 마음, 혹은 적어도 그렇게 한 당신의 동기를 정당화하고 싶어서였지. 내가 진실을 감당할 수 없다는 단순한 이유로 배신을 당해도 기꺼이 모른 척한다면 나나 언니나 다를 게 뭐가 있겠어? 하지만 언니가 이 작은 승리를 만끽하게 놔둘 수 없었지.

"그이에 대한 언니의 판단은 틀렸어. 처음부터 다 틀렸어. 그이는 절대 언니 편에 서지 않을 거야. 언니는 그를 매수해서 영웅의 이야기를 만들어낼 수 있을 거로 생각했지만, 그이는 절대 그런 짓은 하지 않아. 그는 돈으로 살 수 없는 사람이라고." 나는 차분하게 말했지.

"돈으로 살 수 없다고?" 씨씨는 실제로 웃음을 터트렸어. 나를 조롱하면서 높고도 떨리는 소리로 웃어댔지. "이 가련한 멍청이. 넌 그 자식이 너에게 접근하는 것조차 눈치 못 챘잖아. 넌 뉴욕에서 가장 훌륭한 신랑감 중 하나와 약혼한 상속녀인데도 그 자식은 어쨌든 너를 차지하려고 수작을 걸었잖아. 그 잘난 얼굴과 그 예스러운 영국식 억양으로 너의 마음을 사로잡았지. 그렇게 널 완전히 낚았을 때 조금씩 정보를 캐기 시작했어. 그는 너에 대해 다 알고 싶어 했지. 네가 어떻게 성장했는지, 그렇게 저명한 사람의 딸로 사는 건 어땠는지 다 알고 싶어 했어. 그 자식은 크고 나쁜 세상에서 벗어나 너희 둘만 있으면서 소꿉놀이를 할 수 있게 작은 사랑의 둥지를 만들었어. 그게 다 그 자식이 우리 집에 올 수 있는 초대장을 받아내서 아버지의 측근 그룹에 들어올 수 있게 된 후에 일어난 일이야. 넌 그 연애에서 그 자식이 뭘 얻어내길 바라는지 한 번도 자문한 적 없니? 아니면 그 자식이 원하는 걸 손에 넣은 후에 무슨 일이 일어날지 자문한 적 없어?"

씨씨가 그런 식으로 처음부터 끝까지 이 모든 게 아주 완벽하고 조심스럽게 설계된 것처럼 말하니 정말 모든 게 너무 뻔해 보였어. 사실은 정말 언니가 말한 그런 일이 일어났으니까. 그 첫 저녁 식사 초대와 우리가 그 후에 싸운 것까지 말이야. 당신은 그날 밤 아주 물을 만난 고기 같았지. 우리 언니가 당신을 끌고 방 안을 돌아다니면서 우리 집에 초대받지 않았더라면 절대 만나지 못했을 사람들에게 소개하는 동안 만면에 미소를 지으며 계속 고개를 끄덕이고 있었으니까. 당연히 언니가 말한 그 어떤 것도 나에겐 새롭지 않았어. 당신도 그것까지는 인정했으니까. 하지만 언니도 그걸 안다는 게, 내가 그동안 얼마나 바보처럼 굴었는지 훤히 꿰뚫어보고 있었다는 건 정말 받아들이기 힘들었어.

갑자기 눈물이 터지려고 했어. 난 애써 눈을 깜박이면서 참으려 했지만, 씨씨는 그걸 보고 짜증을 내면서 씩씩거리더군. "이 멍청아. 그 자식은 돈 한 푼 없는 가난뱅이인데 넌 네 인생 전체를 그 자식을 위해 던져버리려고 했어. 사랑만 먹고 살겠다 이거겠지. 그런데 그동안 넌 그 자식에게 뭘 갖다 바쳤니?" 씨씨는 다 안다는 듯 천천히 날 위아래로 훑어봤지. "내 장담하는데 다시 돌려받을 수 있는 건 아니겠지."

"그이는 내게서 한 푼도 받아가지 않았어."

씨씨는 날 보지도 않은 채 내 옆을 획 지나가버렸지. "난 지금 돈 얘기를 하는 게 아니야."

몇 시간 뒤에도 나는 여전히 무슨 일이 일어날지 모르고 있었지. 나는 편지를 쓰고 있었어. 사실은 편지 두 통을 쓰고 있었지. 다만 내가 둘 중 하나라도 끝낼 힘이 있을지 알 수 없었어. 난 울음을 멈출 수 없을 것 같았어. 하지만 결정을 내려야 했지. 나는 내 심장과 머리 사이에서 불가능한 선택을 하기 위해 단어들과 씨름을 하고 있었어. 하지만 내가 어떻게 선택할 수 있겠어? 이건 마치 내가 바다에서 떠돌고 있는데 당신에게 돌아갈 길이 없는 것 같은 상황이었어. 그 어떤 것에도 돌아갈 길이 없었지. 하지만 난 선택해야 했어. 그것도 곧.

나는 편지를 다 쓴 다음에 그걸 어떻게 전달할지도 고민하고 있었어. 대신 전화를 할 수도 있었지. 우리 비밀이 다 들통난 마당에 신중하게 행동하려 하는 게 아무 의미 없어 보였거든. 하지만 사실 내가 편지를 쓰는 이유는 확실하게 해야 하는 말을 전화로 할 수 있을 정도로 용기를 내지 못할 거라는 사실을 알기 때문에, 일단 당신의 목소리를 들으면 그 말을 할 수 없을 것 같아서. 그래도 반드시 해야겠지. 그렇지 않아?

안녕.

씨씨의 말이 맞았어. 난 그동안 순진했어. 아주 많은 것에 관해. 나는 요정의 나라 공주님과 잘생겼지만 가난한 남자가 같이 말을 타고 해가 질 무렵 떠나서 사악한 왕이 다시는 그들의 소식을 듣지 못할 거라는 환상의 세계에서 살고 있었지. 하지만 현실은 그런 식으로 돌아가지 않아. 가난한 남자는 그녀가 생각했던 그런 남자가 아니고 왕은 전지전능하지. 해가 지는 때는 없고, 공주는 얼간이지.

내가 여전히 책상 앞에 앉아 있을 때 씨씨가 노크도 안 하고 내 방에 불쑥 들어왔어. 난 씨씨가 갑자기 들어와서 놀랐고, 내 허락도 받지 않고 마음대로 들어와도 된다고 여기는 태도에 짜증이 났지. 씨씨에게 이런 내 모습을 보이고 싶지 않았어.

내가 뻣뻣하게 앉아 있는 동안 씨씨는 천천히 방에 들어와서 날 지나 내 앞에 있는 파란 편지지를 봤어. "편지 쓰는 거야?"

씨씨는 우리가 방금 격렬한 말다툼을 벌이지 않은 것처럼 아무렇지 않게 물었어. 나는 반쯤 쓴 편지 위에 일기장을 끌어다 놓고 그 위에 두 손을 맞잡고 올렸지. "시를 쓰고 있었어. 몇 주 동안 쓰고 있었던 거야." 나는 거짓말을 했지.

"네가 다시 시를 쓰는지는 몰랐네." 씨씨는 미소를 지으려다 내가 미소를 받아줄 기분이 아니라는 사실을 깨닫고 원래 표정으로 돌아갔지. "내가 봐도 돼?"

"언니는 시에 관심 없잖아. 내 시는 더 그렇고. 사실, 언니가 내 시작 노트를 아버지에게 일러바쳐서 내가 혼났던 거 아직도 기억나."

씨씨는 지친 한숨을 쉬었지. "여기서 내가 지금까지 지은 죄를 다 읊을 거니?"

"언니가 원한다면."

나는 벌떡 일어나서 책상에서 떨어져 나와 언니와 다시 한 판 붙을 준비를 했지. 그런데 씨씨는 주머니에서 새로 다린 손수건을 꺼내 내게 건네줘서 날 놀라게 했어. 나는 경계를 늦추지 않은 채 그 수건을 받아서 눈을 닦았지.

씨씨는 천천히 내 침대로 걸어가서 털썩 주저앉았어. "우리는 싸워선 안 돼."

난 아무 말도 하지 않았어. 언니가 내민 화해의 표시 따위엔 아무 관심도 없었거든.

"있지, 아까 내가 했던 말은 미안해. 너희 둘이 얼마나 심각한 사이가 됐는지 몰랐어. 내가 기습당한 셈이 됐다고. 넌 항상 나의 꼬맹이 동생이었고, 네가 말썽에 휘말린 걸 볼 때면 아직도 널 보호해야 할 필요성이 느껴진단 말이야."

내 귀에 들리는 말을 믿을 수 없었어. "대체 언니가 언제 날 보호했다는 거야?"

씨씨는 시선을 아래로 떨어뜨리더군. "우리가 가까운 사이가 아니라는 건 알아. 하지만 그렇다고 해서 내가 널 신경 쓰지 않는 건 아니야. 우린 가족이야."

난 씨씨의 얼굴을 찬찬히 살펴봤지. 크고 부드러운 눈과 꽉 다물고 있는 입술. 순간 지금 내 침대에 앉아 있는 이 낯선 사람이 누군지 의아해했지. 지금까지 한 번도 만나보지 못한 사람인 건 확실했어. 씨씨는 피곤해 보였고, 조금 충격을 받은 것처럼 보이기도 했어. 나는 씨씨 옆에 뻣뻣하게 앉아 아무 말도 하지 않았어.

"넌 내가 모질다고 생각하지? 나도 내가 그런 것 같아. 가끔은 그럴 필요가 있었기 때문에 그랬고, 가끔은 습관적으로 그러기도 했어. 하지만 내가 맡은 책임이 막중했어. 그때…… 어머니가 돌아가신 그때 이후로 말이야. 그리고 우리 둘은 나이 차가 워낙 커서 같이 있으면 어떻게 너를 대해야 할지, 어떻게 엄마와 언니 사이에서 균형을 잡아야 할지 알 수 없었어. 하지만 넌 이제 성인이야. 아이가 아니라 여자지. 우리는 친구가 되어야 해."

친구.

나는 씨씨의 손수건을 물끄러미 봤지. 방금 다린 수건이 이제는 축축해진 채 내가 꽉 쥐고 있는 바람에 잔뜩 구겨져 있었어. 우린 그동안 자매라고도 할 수 없는 사이였지. 그런데 어떻게 친구가 될 수 있겠어? 친구는 서로를 믿잖아. 그런데 난 이제 누구도 믿지 않아.

씨씨가 내 얼굴에 자기 얼굴을 가까이 대고 살짝 떨면서 미소를 지어 보였지. "우리가 친구가 될 수 있을 거라고 넌 생각하니? 불쾌했던 일들은 뒤로하고?" 씨씨는 내 손을 잡아서 엄지로 내 손가락 관절들을 쓰다듬었지. "제발."

그 부드러운 순간, 너무나 뜻밖이고 너무나 익숙하지 않은 그 감각에 난 다시 눈물이 흘러내렸어. 참으려고 해봤지만 소용없었지. 난 씨씨에게 매달려 펑펑 울었어.

"불쌍한 동생. 그래도 다 그렇게 나쁘지만은 않을 거야." 씨씨는 내 등을 다독이면서 낮게 중얼거리는 목소리로 말했지.

나는 씨씨의 품 안에서 긴장을 풀어버렸어. 마치 땅바닥에 넘어진 아이처럼 덜덜 떨면서 씨씨에게 들러붙었지. 뭐든 필사적으로 붙잡고 매달리려고 하는 아이처럼 말이야. 그러다 갑자기 너무나 피곤해졌어.

"우리는 다른 사람들이야. 너와 나 말이야." 씨씨의 목소리는 부드러운 것이 마치 엄마의 목소리 같았지. "해야 할 역할은 다르지만, 우린 가족이고 항상 그럴 거야. 내가 널 등한시하고 밀어낸 적도 있지만, 그게 다 너를 제대로 돌보는 방법을 몰랐기 때문이야. 넌 어렸을 때 나랑 너무 달랐거든. 넌…… 헬렌과 아주 많이 닮았어." 씨씨의 목소리가 흔들렸지. 마치 엄마의 이름을 거론하는 것만으로도 고통스러운 것처럼. "그 사람과 나는 너와 그 사람이 그랬던 것처럼 가깝진 않았어. 그 사람이 항상 예뻐했던 건 너였고, 그래서 난 질투했었던 것 같아. 그러다 그 사람이 병이 나서 아버지만 남았어. 난 아버지의 인정을 받기를 간절히 원했어. 난 아버지가 원하는 대로 말하고, 아버지가 원하는 일을 했지만, 그 과정에서 너에게 상처를 줬지. 날 용서해줄 수 있겠니?"

내가 기억하는 한, 난 항상 언니의 애정을 갈망했지. 엄마가 돌아가시고 이 춥고 거대한 집에 나 혼자 남겨졌을 때, 씨씨가 지금 나에게 주는 그런 부드러움을 열망했어. 하지만 오늘 모든 진실을 알게 됐는데 어떻게 언니를 용서하는 걸 고려조차 할 수 있겠어? 언니가 나를 끌어당기는 힘, 꽉 움켜쥔 주먹을 풀고 언니가 내게 권하는 걸 받고 싶은 유혹이 느껴졌지. 다만 그땐 너무 지쳐서 그걸 생각할 여유도 없었어. 내 마음은 너무 쓰라렸고, 너무 공허했지.

씨씨는 마치 뭔가 결정된 것처럼 내 손을 다독였어. "넌 지금 혼란스럽고 마음이 아프겠지. 그 남자 없이는 살 수 없다고, 그 남자가 너의 낮과 밤이자 온 세상이라고 생각하겠지. 하지만 사실 너는 그 사람을 잘 몰라. 네가 아는 거라곤 그 사람이 너에게 말한 것, 그 사람이 네가 믿어주길 바라는 것밖에 없잖아. 하지만 너와 가족을 갈라놓으려고 하는 사람은 절대 널 행복하게 해줄 수 없어. 그 사람은 우리가 살아가는 방식을 이해하지 못해. 넌 네가 소중하게 여기는 것을 소중히 여겨주고, 너에게 익숙해진 그런 삶을 줄 수 있는 남자를 만나야 해. 그리고 너의 아이들이 있잖아. 아이들을 생각하는 것도 중요해. 아이들을 어떤 세상에서 자라나게 할지 생각해봐."

나는 씨씨가 하는 말을 제대로 듣지도 않은 채 고개만 끄덕였어. 난 그저 혼자 있고 싶었어. 그러면서 오늘 일어난 일, 오늘 내가 들은 말과 내가 하지 못한 말을 완전히 이해하고 싶었지. 나의 시선이 일기장 밑에 살짝 보이는 파란 편지지로 갔어. 끝나기를 기다리는 반쯤 쓴 편지. 그리고 당신이 집에 들어왔다가 내가 당신이 쓴 메모를 읽었다는 걸 알아차렸을 때 당신의 얼굴에 떠오른 표정이 기억났지. 그 죄책감과 극심한 공포, 허둥지둥 해명하려고 애쓰던 모습.

내가 거기에서 나올 때 당신은 나에게 내일 기차역에 나올지 물었지. 난 대답하지 않았어. 나도 몰랐으니까. 아직도 모르겠어.

"고마워." 나는 손수건을 씨씨의 손바닥에 넣어주며 말했지. "잠시 혼자 있고 싶어. 머리가 너무 아파."

"당연히 그러겠지. 누워서 눈 감고 있어. 하지만 먼저 눈에 올려놓게 수건에 물을 적셔서 가져와. 욕실에 들어간 김에 두통약도 챙겨 먹고. 아니면 네가 잘 수 있게 좀 더 강한 약을 보내달라고 사람을 시켜서 약국에 다녀오게 할 수도 있고. 너도 알게 될 거야. 좀 쉬고 나면 다 괜찮아 보일 거야. 어서 가서 약 먹어. 네가 수건을 가져오는 동안 난 침대에 이불을 펴둘게."

나는 욕실에서 두통약을 꺼내서 두 번에 나눠 삼켰고, 약이 마지막으로 넘어가는 동안 구역질했지. 그리고 세면대 앞에 섰다가 거울에 비친 내 얼굴을 보고 깜짝 놀랐어. 거울에서 엄마가 날 마주 보고 있는 것 같았거든. 눈 주위가 벌겋고 눈빛이 거친 여자. 헝클어진 검은 머리. 눈물로 얼룩진 창백한 뺨. 마지막으로 엄마를 봤을 때와 완전히 똑같은 얼굴이었어.

나는 눈물에도 지워지지 않고 남아 있는 화장을 씻어내고, 수건을 들고 침대로 돌아왔지. 씨씨가 아직 방에서 나가지 않고 서성이고 있는 모습을 보고 깜짝 놀랐어. 씨씨는 내 침대보를 정리하고 구겨진 화장지들을 줍고 있었어.

"거봐." 씨씨는 너그러운 미소를 지으며 말했어. "그러니까 훨씬 낫잖아. 하지만 약속해줘. 오늘 시는 더 쓰지 않겠다고. 불쌍한 것. 너 정말 안 좋아 보인다. 쉬려고 노력해봐. 조금 있다 마실 수 있게 차를 보낼게. 너의 기분이 나아지면 그때 이야기하자."

●

나는 씨씨가 나갈 때까지 기다렸다가 방문을 잠그고, 다시 책상으로 돌아가 편지들을 마저 썼어.

후회하는 벨
Regretting Belle

87~92페이지

1952년 12월 6일
영국, 런던

11년이 지났는데 그날이 여전히 어제 일처럼 느껴져. 상처는 여전히 쓰라리고, 여전히 곪아가고 있지. 당신이 내 인생에서 사라진 날. 그날이 어땠는지 당신에게 말해야 할까? 어떤 느낌이었는지? 그래, 말해야 할 것 같아. 그날을 기억하는 사람이 나 하나여선 안 되니까.

그날 아침도 태양은 시간에 맞춰 내 침실 블라인드 사이로 스며들었어. 나는 어제 입었던 옷을 입은 채로 침대에서 일어났지. 밤새 전화벨이 울리길, 밤새 당신의 열쇠가 자물쇠를 스치는 소리가 들리길 기다렸어. 하지만 둘 다 들리지 않았지. 그래도 이건 좋은 징조라고 나는 중얼거렸지. 당신이 역에 오지 않을 계획이라면, 분명 적어도 전화기를 들어서 내게 말해줄 정도의 예의가 있을 테니까 말이야. 당신은 날 기차역 플랫폼 위에 혼자 세워두진 않을 테니까. 그래서 해가 완전히 떴을 때 짐을 다 쌌지. 임대한 책상은 다 비우고, 아주 작은 욕실에 있는 약장 속의 내용물도 다 들어냈어.

당신과 만나기로 약속한 시각보다 두 시간이나 빨리 펜 역에 도착했어. 우리 기차표는 내 코트 주머니에 넣어두고, 한 손에 여행 가방 두 개를 들고 다른 손에는 아버지가 쓰시던 오래된 타자기를 들었지. 나는 7번가에서 역으로 들어가 모자와 스카프와 향수를 파는 작고 화려한 상점들이 있는 아케이드를 통과해서 우리가 만나기로 한 역내 식당을 향해 걸어갔어.

그러자 바로 중앙 홀의 시끌벅적한 활기가 날 삼켜버렸지. 거기는 어마어마하게 큰 공간으로, 연철 아치들과 천장 높이 설치된 번쩍거리는 유리 패널들이 복잡하게 얽혀 있었어. 홀 양쪽 끝에 달린 거대한 시계들이 앞으로 꽤 불편한 기다림의 시간을 보내게 될 거라는 사실을 일깨워주더군.

결국 나는 대합실로 갔어. 그곳은 돌기둥들이 있는 휑뎅그렁한 방이었지. 아치형의 높은 천장과 교회 신도석처럼 생긴 나무 벤치들이 줄줄이 놓여 있었어. 여기가 중앙 홀보다는 훨씬 덜 붐비고 더 조용했어. 대합실을 보자 성당이 떠오르더군. 아마 내가 여러 개의 문들을 거쳐 오면서 내내 말없이 기도하고 있었기 때문일 거야.

나는 깃털이 달린 기묘한 모자를 쓰고 배를 타고 항해해도 충분할 만큼 짐이 많은 여자 옆에 빈자리가 있는 걸 발견했어. 그 여자는 나를 쌀쌀맞은 눈초리로 바라보더니 고개를 끄덕이더군. 나도

◆

거기 화답해 고개를 끄덕이고 다음 한 시간을 보내기 위해 자리를 잡고 앉았지. 나는 파도처럼 밀려오는 흐릿한 얼굴들을 훑어봤어. 그중에서 당신의 얼굴처럼 보이는 얼굴은 없었지. 너무 이른 시간이기도 했지만, 어쨌든 찾아봤어. 혹시나 당신도 일찍 왔을까 해서 말이야.

검은 머리에 근사한 모자를 쓰고 하이힐을 신은 여자를 볼 때마다 내 맥박이 미친 듯이 빨리 뛰었지. 나는 몇 번이나 벌떡 일어났어. 사람들 속에서 당신을 알아봤다고 확신해서였지. 그러다 다시 자리에 앉으면서, 옆에 앉은 여자가 점점 짜증을 내는 걸 예민하게 의식하고 있었지. 상관없었어. 난 기진맥진한 데다 초조해져서 3분 간격으로 손목시계를 보면서 시곗바늘들이 어서 빨리 돌아가서 나를 이 비참한 상태에서 구해주길 바라고 있었지. 결국 시간이 됐어. 나는 우리 가방들을 들고 다시 역내 식당으로 돌아가 당신을 기다리기 위해 문 가까이에 자리를 잡고 앉았어.

2시 45분이 되자 당신이 오지 않으리라는 사실을 알았어.

그래도 계단을 내려가 우리 플랫폼으로 갔어. 혹시 당신이 늦게 와서 바로 기차가 있는 곳으로 오려고 할지도 모르니까. 나는 가방들을 내려놓고 목을 쭉 뺀 채 주위를 서성거리면서 떼를 지어 몰려오는 여행자 중에 당신의 모습이 보이길 간절히 바랐어.

정확히 오후 3시 4분에 리미티드 호가 플랫폼을 떠났어. 나는 서서 그 광경을 지켜보면서 기차의 차창이 하나씩 지나갈 때마다 그 속을 들여다보며 우리가 만나기로 한 장소에 오해가 생긴 것이기를 빌었어. 그러다 기차표 두 장 다 내 재킷 주머니 속에 있는 게 기억났고, 리미티드 호는 내일 아침 텅 빈 침대차와 함께 시카고에 도착할 것이란 사실을 깨달았지.

이런 일이 일어날 줄 알았어야 했는데. 사실 알고 있기도 했어. 당신은 자꾸 핑계를 대고, 자꾸 망설였지. 하지만 우리는 이제 그 단계는 다 통과했다고 난 굳게 믿었던 거야. 나는 의심하는 내가 끔찍하게 싫었어. 당신이 가족과 그 어리석은 약혼자에게 돌아갈 핑계를 찾고 있었다고 생각하는 내가 싫었지. 하지만 결국 당신이 찾고 있던 바로 그 변명거리를 내가 당신에게 건네준 셈이 됐지. 그래도 내가 기차역까지 안 나가게 해줄 수는 있었잖아.

다시 내 아파트로 돌아왔을 때 나는 멍해져 있었지. 나는 열쇠를 자물쇠 속에 밀어넣으면서도, 현관문으로 들어가기 전에 아파트 안에 당신이 없으리라는 점을 알고 있었어. 나는 여행 가방들을 바닥에 떨어뜨리고 소파에 축 늘어졌지. 귀찮게 모자와 코트를 벗을 생각조차 하지 않았어. 소파에 앉아 있을 때 뭔가가 문 밑으로 슥 들어오는 걸 봤지.

내가 보고 있는 게 뭔지 이해하는 데 시간이 좀 걸렸어. 그건 검은 잉크로 내 이름을 갈겨쓴 편지 봉투였지. 나는 벌떡 일어나서 허겁지겁 문으로 달려가다가 여행 가방에 걸려서 현관에서 넘어질 뻔했지.

"벨!"

당신의 이름이 좁은 복도에 울려 퍼졌어. 하지만 당신 대신 헌팅캡을 쓰고 초록색 코트를 입은 키가 껑충 큰 소년이 계단 밑을 향해 서둘러 달려가는 모습이 보이더군. 돌아선 그 아이는 눈을 크게 뜬 채 가만히 서 있었어. 그 아이의 얼굴이 낯이 익더군. 당신 언니의 아들이었어. 당신이 디키라고 불렀던 말수가 적은 아이. 아이는 입을 벌렸지만 아무 소리도 나오지 않았지.

"네 이모는 어디 있니? 지금 너랑 같이 있니?" 나는 최대한 침착하게 말했지.

아이는 입을 닫고 고개를 흔들었어.

"여기 혼자 온 거야?"

아이는 고개를 끄덕였지만 여전히 아무 말도 하지 않았지. 나는 한쪽 눈으로 아이를 계속 보면서 허리를 숙여 바닥에 떨어진 그 봉투를 집어들었어. "여긴 어떻게 왔니?"

"자전거를 타고요. 난 지금 가야 해요. 아저씨와 말하면 안 된다고 했어요."

"이모가 그랬어?"

"나는 그냥 문 밑으로 편지를 밀어넣고 바로 돌아가야 해요."

"이모에게 내 말 좀 전해주겠니?"

아이의 눈이 커지더니 고개를 흔들었어. "난 아저씨랑 말하면 안 돼요."

아이는 그러고 돌아서서 정신없이 계단을 뛰어 내려갔지. 나는 편지를 소파로 가져가서 봉투에서 파란 편지지 한 장을 꺼냈어. 나는 그 이상하면서도 우아한 편지를 바라봤지. 당신의 죄를 사하기 위한 예쁜 말들, 하지만 굳이 수고롭게 쓰지 않아도 됐을 말들. 그 편지로 바뀌는 건 하나도 없었지.

인생에서 가장 참혹한 순간이 닥쳤을 때 자신이 발을 디디고 있는 땅이 꺼져버린 것 같은 느낌이었다고 사람들이 말하는 걸 들어본 적이 있어. 난 항상 그게 과장된 표현이라고 생각했어. 그런데 그때 알았지. 플랫폼에 서 있던 그 순간, 기차가 떠나고 가방들을 든 채 나만 플랫폼에 혼자 서 있던 그 순간, 마치 바닥이 없는 심연에 떨어진 것 같은 느낌이었거든. 내 모든 미래가 검은 암흑 속에서 텅 비어버린 느낌이었지. 그런 순간은 결코 잊을 수 없고, 용서할 수도 없어. 우리에게 주사위는 바로 그날 오후 3시에 던져진 거야. 리미티드 호가 우리 없이 그 기차역을 떠난 순간.

　나는 그 편지를 구겨서 던져버린 후에 부엌으로 가서 아침에 집을 나가기 전에 쓰레기통에 버린 진 병을 다시 꺼냈어. 그걸 잔에 따르고 한 번에 절반이나 마신 후에 불길이 내 뱃속으로 쏟아져서 바닥을 치면서 짧게 현기증이 일어나는 순간을 반갑게 맞아들였지.

　잔을 다시 가득 채웠을 때 전화벨이 울렸어. 그걸 물끄러미 보고 있는데, 내 갈비뼈에 대고 심장이 쿵쿵 뛰더군. 난 차마 당신의 목소리를 다시 들을 수 없었어. 당신이 방금 편지에 적었던 이야기를 다시 한다거나 미안하다고 말할까봐 그럴 수 없었지. 나는 전화벨이 울리게 그냥 놔뒀어. 그리고 또 울리게.

　하지만 당신이 마음을 바꿨으면 어떡해? 나는 수화기를 들고 헛기침했지. "여보세요?"

　"전화 한 통 없다니 믿을 수가 없네, 이 개자식아!"

　당신이 아니라 골디였어.

　그 순간 가슴이 무너지는 것 같았지. 내게는 최후의 일격이었던 거야. 나는 전화를 끊자고 생각했지만 내 팔이 말을 듣지 않았어. 대신 그 자리에 서서 진이 든 잔을 움켜쥔 채 골디가 고래고래 소리를 지르게 놔뒀지.

"난 너 스스로가 얼마나 엄청난 멍청이였는지 깨달으면 다시 기어 돌아올 줄 알았어. 모든 기자가 꿈꾸는 그런 기사, 그런 어마어마한 특종을 내팽개쳐? 그것도 고작 여자에 대한 취향이 좀 비싸졌다는 이유로? 네가 바보란 생각은 해본 적이 없는데, 인제 보니 바보 맞네. 그러니까 이 상황에서 내가 어른 노릇을 해야 할 것 같군. 내가 너라면, 난 아주 신중하게 생각할 거야."

골디의 말은 쉰 듯한 데다 어눌한 게 술을 마신 것 같았어. 그래도 그녀는 개의치 않고 계속 퍼부어댔지. "네가 스타가 될 기회를 한 번 더 줄게, 이 영국 놈아. 그럴 자격도 없는 놈에게 말이야. 내가 진심이란 걸 보여주기 위해 그 기사 가격은 네가 정하게 해주지. 망할, 네가 헤드라인도 쓰게 해줄게. 하지만 이 제안에는 유효기간이 있어. 24시간 안에 결정해서 네 책상으로 돌아오든가, 아니면 다른 놈을 스타로 만들어주겠어."

나는 남은 진을 꿀꺽 마시고 텅 빈 잔을 쿵 소리를 내며 내려놨지. "24시간도 필요 없어요."

영원히,
그리고
다른 거짓말들
Forever, and Other Lies

70~76페이지

1941년 12월 7일
뉴욕, 뉴욕

나는 아침 먹기 전에 핸드백만 들고 우리 집의 뒷문으로 슬쩍 빠져나와, 고용인들이 다니는 통로를 거쳐서 차고로 갔어. 아버지가 집에 안 계셔서 뱅크스도 없으니 차고는 조용했어. 나는 차고 벽의 나무못 꽂는 판에 걸린 크라이슬러 열쇠를 들어서 핸들 밑에 쓱 집어넣었지. 부르릉 소리를 내며 시동이 걸렸을 때 너무 기뻐서 아찔할 정도였지. 당신이 시내 반대편에서 날 기다리면서, 왔다 갔다 하며 시계를 보는 한편으로 나처럼 우리의 새 인생을 시작하려고 생각하는 상상을 했어.

우리의 기차표(당신이 어제 리미티드 호로 사둔 표)는 못 쓰게 됐지.

내가 좀 더 일찍 결정해서 제시간에 집을 나와 그 기차를 탈 수 있기를 얼마나 바랐는지 몰라. 그럼 우리는 지금쯤 시카고에서 혼인신고를 하러 가는 길이었을 텐데. 하지만 우리는 기차역에 가서 새 표를 살 것이고, 마침내 뉴욕에 잘 있으라고 손을 흔들겠지. 원래 계획보다 하루 늦어졌지만, 평생과 비교하면 하루쯤이야 어때?

당신에 대해 그런 사실을 알게 된 후 다시 당신을 믿기로 한 건 무모한 짓처럼 느껴졌어. 하지만 내내 펑펑 울면서 몸부림을 친 후에 당신을 잃고는 살아갈 수 없다는 사실을 깨달았지. 씨씨가 내 일거수일투족을 감시하고 있어서 전화로는 내 마음을 알릴 수 없었어. 그래서 디키에게 1달러를 주고 약국에 가는 길에 내 편지를 당신에게 전달해달라고 했지. 디키에게 다른 사람에게 말하면 절대 안 된다고 했더니 디키는 날 경계하는 눈빛으로 보더군. 그래서 디키가 나와의 약속을 끝까지 지켰는지는 확신이 서지 않았어. 하지만 나중에 디키가 내 방문을 노크하더니 내가 시킨 대로 했다고 했어. 디키는 내 눈을 제대로 보지도 못하더라고. 불쌍한 것. 그 아이는 음모를 꾸미는 일과는 맞지 않아.

씨씨에게 쪽지를 남기진 않았어. 내가 떠났다는 사실을 곧 알게 되겠지. 그때쯤이면 언니가 친 그물을 영원히 빠져나가서 다시는 아버지의 집에 발을 들이지 않을 거야. 나는 백미러를 계속 주시하면서, 씨씨가 고소해하는 표정으로 그동안 계속 내 행동을 감시하고 있었다고 인정했던 걸 떠올렸지. 인제 와서 뭔가 잘못되면 난 정말 견딜 수 없을 것 같았어.

나는 당신의 아파트에서 한 블록 하고 반 정도 떨어진 곳에 차를 주차하고 좁은 계단을 올라가서 2층에 도착했지. 계단 꼭대기에 도착했을 때는 머리가 조금 어질어질했어. 당신이 열어놓은 문간에서 날 기다리면서 서성이고 있을 줄 알았는데 당신이 안 보였거든. 문 손잡이를 돌렸다가 잠긴 걸 알고 더 놀랐어. 나는 열쇠를 꺼내서 문을 열고 들어갔다가 바로 문 안쪽에 있는 내 여행 가방에 발이 걸려서 넘어질 뻔했어.

나는 방마다 헤매고 다녔어. 처음에는 아무렇지 않게 다니다가 시간이 흐를수록 점점 더 정신없이 돌아다녔지. 난 당신을 찾고 있었어. 당신의 여행 가방을 찾고 있었어. 침실에 들어가자 책상은 텅 비어 있었지만, 침대엔 아직 이불이 깔려 있더군. 욕실에도 당신의 물건은 하나도 남아 있지 않았어. 하지만 **그건 정상이라고** 난 중얼거렸지. 점점 솟아오르는 불안을 억누르면서 말이야. 우린 떠날 거니까, 그래서 당신이 짐을 다 싸서 이렇게고. **그래서 모든 게 다 텅 빈 것처럼 느껴지고, 불안해질 정도로 조용한 거라고.**

나는 쪽지를 찾아봤지만 하나도 보이지 않았어. 집엔 아무것도 없었어. 싱크대에 텅 빈 진 병 하나만 빼고. 당신의 모든 흔적이 사라졌지. 방이 이리저리 흔들렸어. 나는 눈을 감고 그 증상이 멈추길 기다렸지. 다시 눈을 떴을 때 소파 근처 바닥에 봉투가 있는 걸 발견했지. 겉면에 당신 이름이 써진 파란 봉투. 봉투는 열려 있었고, 안에 있던 편지지는 사라졌어.

내가 여전히 봉투를 물끄러미 보고 있을 때 구겨진 셔츠에 얼룩이 진 카디건을 입은 남자가 문간에 나타났어. "당신은 여기 있으면 안 되는데요."

"전 여기 사는 남자를 찾고 있는데요."

"여긴 아무도 안 살아요. 어젯밤 세입자가 새장에서 날아가버렸어요."그 남자가 짜증스럽게 말하더군.

그 말이 내 마음속에 스며드는 동안 나는 그를 보며 눈을 깜박였지. "새장에서 날아가버렸다고요?"

"맞아요. 어제 저녁때쯤에 우리 집에 와서 집을 비우겠다고 하더군요. 여기 일이 다 끝나서 전쟁을 취재하러 떠난다고 하더라고요. 이 상황에 아직도 유럽으로 갈 방법이 있는지 몰랐지만, 그 사람에겐 좋은 인맥이 있나봐요. 그런 타입은 대개 그런 인맥이 있더라고요."

갑자기 방에서 공기가 다 빠져나간 것 같았고, 난 바닥으로 쓰러질 것 같았지. 내가 가까스로 소파 팔걸이를 붙잡자 집주인이 놀란 표정으로 나를 보는 걸 어렴풋이 알아차렸어.

"이봐요, 어디 아파요?" 그의 눈이 가늘어지더니 날 위아래로 훑어보더군. "이제 당신이 누군지 기억나는군요. 가끔 오던 사람이죠? 와도 오래 있지 않고."

그의 표정이 변했을 때 내 뺨이 벌겋게 달아올랐지. 난 아니라고 부인하면서 오해한 거라고 말할까 생각했지만, 인제 와서 그건 중요하지 않더라고. 나는 자세를 바로 하고 한 손으로 내 머리를 쓸어넘겼어. "그 사람이 갈 때 새 주소를 알려주고 갔나요?"

"아뇨, 그런 건 없었어요." 그는 마치 이 상황을 짐작한 것처럼 입술을 꾹 다물더군. "그 사람이 당신을 버리고 가버렸군요, 그렇죠?"

나는 그를 외면했지. "그렇게 보이네요. 맞아요."

"마음이 참 힘들겠네요. 하지만 차라리 당신으로선 잘된 건지도 몰라요. 당신을 놔두고 전쟁놀이하러 가는 남자라면 머리가 어떻게 된 남자일 테니."

나는 그를 빤히 봤지만, 목이 꽉 막혀서 아무 말도 나오지 않았어.

"혹시 아파트가 필요하면 아가씨, 이 아파트를 쓸 수 있어요. 당신 친구가 이달 치 월세까지 내고 갔으니까. 내가 값 잘 쳐줄게요."

내가 이 아파트에서 살고 싶을 거라는 생각은 터무니없었지만, 불현듯 내게 대안이 하나도 없다는 생각이 들었지. 당신이 여기 없을 거라거나, 내가 이 상황을 너무나 철저하게 잘못 판단할 수 있다는 생각은 전혀 하지 못했거든. 이제 아버지의 집으로, 언니가 고소해하는 표정을 짓고 있는 집으로 돌아가야 한다는 생각은 참을 수 없었어.

"이봐요, 괜찮아요? 안색이 너무 안 좋은데."

나는 고개를 흔들고 문을 향해 걸어갔지.

그는 마치 나를 막을 것처럼 한 발자국 다가서더니 문 안쪽에 아무렇게나 놓인 여행 가방을 가리켰어. "저거, 당신 거예요?"

나는 가방을 흘끗 보면서 내가 그걸 신중하게 채워갔던 몇 주를 떠올렸어. 당신은 놀리듯이 그걸 나의 혼수라고 불렀지. "그래요, 내 거예요."

"저거 안 가지고 가요?"

"안 가져가요."

나는 가까스로 계단을 내려와서 차로 돌아가 허물어져버렸어. 차디찬 핸들에 머리를 기댔지. 차창 너머로 윙윙거리는 차 소리가 들렸어. 마침내 나는 울음을 터트렸어. 어떻게 당신이 그럴 수 있어, 헤미? 그 모든 일이 일어난 후에, 어떻게 당신이 그럴 수 있어? 내가 당신에게 갈 거라는 걸 알고 있으면서 어떻게?

아버지의 집으로 어떻게 돌아왔는지, 차고에 어떻게 차를 댔는지도 기억이 잘 나질 않아. 내가 들어왔을 때 씨씨는 현관에서 꼿꼿이

하고 있었어. 내가 코트를 벗는 동안 씨씨는 만개한 꽃송이 너머로 나를 유심히 보더니 내 얼굴에 오랫동안 시선이 머물더군. 난 오후 내내 연기로 가득 찬 방에 있었던 것처럼 눈이 퉁퉁 붓고 뻑뻑했어.

씨씨가 내게 오후 내내 어디에 갔는지, 누구랑 만났는지 물어볼 줄 알았어. 대신 씨씨는 날 잠깐 훑어보더니 다시 글라디올러스로 시선을 돌리더군. 난 안도한 나머지 울음이 터질 것 같았어. 그 순간에 언니와 또 한판 벌인다면 도저히 못 견딜 것 같았거든. 나는 계단으로 가서 가까스로 꼭대기까지 올라갔어. 갑자기 너무 피곤했어. 완전히 지치고 텅 비어버린 느낌이었지.

마침내 내 방에 들어가서 문을 잠가버렸어. 세수한 후에 디키가 약국에서 사온 수면제를 하나 삼키고, 침대에 누워 오직 망각이 오기만을 간절히 기다렸어. 뭘 할지는 내일 생각하자. 내일 계획을 세우자고.

씨씨가 내 방문 밖에서 욕을 하면서 문을 쾅쾅 두드리며 문손잡이를 덜걱덜걱 잡아 흔들었을 때, 그때가 몇 시였는지, 내가 얼마나 잤는지 전혀 알 수 없었어.

"제발 문 좀 열어! 일 났다고!"

아직 잠이 덜 깨서 몽롱했지만, 결국 언니의 말이 머릿속으로 들어왔지. **일 났다고.** 내가 허겁지겁 일어나 앉았을 때 여러 개의 시나리오가 내 머릿속으로 곤두박질쳤어. 당신이 마음을 바꿔서 돌아왔구나. 아버지가 우리 계획을 눈치채서 대처하기 위해 출장을 중단하고 돌아왔구나. 혹은 이미 아버지가 당신을 처리해버린 건지도 몰라. 그 생각을 하자 오싹해졌어. 나는 침대에서 벌떡 일어나서 얼른 방문을 열었지.

씨씨가 심각한 얼굴로 숨을 헐떡이며 허겁지겁 들어왔어. "일본인들이 진주만의 해군기지를 공격했어. 방금 라디오에 뉴스가 나왔는데 진주만에 있는 기자가 보도했어. 기자가 말하는 소리 뒤로 폭탄들이 터지고, 뭔가 폭발하는 소리가 들렸어. 상황이 아주 안 좋은 것처럼 들렸어."

내 두뇌가 생각의 방향을 바꾸기까지 시간이 좀 걸렸어. 당신이 아니군. 아버지도 아니고. 일본인이라. "어떻게 그런 일이 일어날 수 있어?"

"기습이라고 사람들이 그러던데. 비행기들이 격추되고, 배들이 불타고, 사람이 얼마나 많이 죽었는지 모른대. 마닐라도 공격받은 것 같다고 하고. 루스벨트는 이제 원하던 전쟁을 하겠군. 지금 우리가 이렇게 말하는 순간에 아마 샴페인을 따고 있겠지."

나는 그 말에 기가 막혀서 씨씨를 물끄러미 봤지. 지금 이 판국에 언니는 이런 생각을 하고 있다니. 사람들이 죽어가는 현실에 격분하지도 않고, 과부가 된 아내들과 고아가 된 아이들을 생각하며 괴로워하지도 않고. 그저 아버지의 소중한 대의, 그러니까 중립국으로서의 미국을 히틀러에게 선물로 주고 싶다는 그 계획이 이제 거의 물 건너간 그 상황에 그저 화를 내고 있다니.

"대통령이 방송에 나와서 말했어?"

"아니. 하지만 하겠지. 그게 바로 그가 기도하던 거였잖아."

"언니는 지금 미국 대통령이 우리가 공격받고 사람들이 수도 없이 죽게 해달라고 기도해왔다고 생각하는 거야?"

"넌 아직도 이해가 안 되는구나, 그렇지? 이 전쟁을 누가 배후에서 조종하고 있고, 그 이유는 뭔지? 이건 그냥 멋대로 한 공격이 아니었어. 이건 우리를 그들의 전쟁에 끌어들이기 위해 주도면밀하게 조직된 공격이야. 유대인들과 공산주의자들은 우리가 우리 돈과 자원을 이용해서 그들 대신 그들의 전쟁을 싸워주길 바라고 있어. 우리가 왜 그래야 하는데? 자기들끼리 자기 군대를 키워서 자력으로 싸우라고 해."

씨씨의 말에 난 경악했지. "언니가 지금 말하는 사람들…… 우리 엄마도 그중 하나였어. 엄마의 피, 유대인의 피가 나뿐만 아니라 언니의 몸에도 흐르고 있다고. 그들이…… 우리야."

"두 번 다시 그런 소리 하지 마! 이 집 안에선 안 돼. 어디서든 하면 안 돼."

나를 보는 씨씨의 눈이 차갑게 반짝이고 있었지. 그걸 보니 엄마가 신경쇠약을 일으켰던 밤이 떠오르더군. 그 순간 계단 위에서 씨씨의 얼굴에 떠오르던 기이한 미소와 불가해한 말들이 기억났어. **이제 두고 봐야겠군,** 이란 말. 그 후에 씨씨가 어떻게 엄마의 자리를 차지하고, 우리 인생에서 엄마의 흔적이란 흔적은 다 조직적으로 없애버렸었는지 떠올랐지.

"아버지가 언니에게 이런 짓을 했지." 씨씨를 꿰뚫어본 내가 말했어. 언니의 모든 걸 꿰뚫어봤지. "아버지가 조금씩 엄마를 거역하도록 언니의 마음에 독을 넣은 거야. 언니가 그렇게 하면 상을 줬고. 엄마를 수치스러워하고, 언니 자신을 수치스러워하게 아버지가 가르친 거야. 언니도 엄마를 닮았으니까. 우리 둘 다 엄마를 닮았으니까."

"난 엄마를 닮지 않았어! 난 미국인이야. 진짜 미국인이라고. 내 아이들도 마찬가지고. 나는 우리의 성과 우리가 사는 방식이 오염되지 않도록 보호해야 할 의무가 있어." 씨씨는 악을 쓰며 말했지.

갑자기 우리 아버지가 나를 빤히 보고 있더군. 그 매정함. 그 증오심. 그 강철 같은 우월함. 언니의 얼굴에서 그게 다 보였어. "언니에 대한 헤미의 말이 맞았어. 언니와 아버지 둘 다에 대해. 헤미는 처음부터 언니가 어떤 사람인지 알아본 거야."

"아, 그래, 그 기자 나부랭이." 씨씨는 차가운 미소를 지었지. "생각해보니 넌 지금 왜 그자랑 같이 있지 않은 거니? 왜 그 작고 엘리베이터도 없는 초라한 아파트에서 점심을 같이 먹지 않는 거야?" 씨씨의 미소가 더 모질어졌지. "아니면 넌 이번에도 오판한 거니?"

씨씨의 말은 마치 내게 찬물을 끼얹은 것 같았어. 부인하고 싶었지만, 내가 그 모든 일에 그렇게나 어리석었는데 어떻게 그럴 수 있겠어?

씨씨는 고개를 갸웃하더니 입술을 비쭉거리는 척하더군. "불쌍한 것. 그 자식이 너랑 끝낸 거야? 내가 너였다면, 비교적 상처받지 않고 도망칠 수 있어서 다행이라고 생각할 거야." 씨씨의 눈썹이 아주 살짝 올라갔지. "물론 네가 그랬다고 치고 말이야."

"나가."

씨씨는 돌아섰다가 다시 몸을 돌려서 날 노려봤어. "아버지가 언제 집에 오실지 모르겠지만, 오래 걸리진 않을 거야. 도착하시면 기분이 별로 안 좋으실 텐데. 나라면 아버지에게 헬렌 이야기를 입에 올리는 건 심사숙고한 후에 해보겠어. 그 기자 나부랭이 이야기도 그렇고. 내 장담하는데, 아마 무난하게 끝나진 않을 거야."

1941년 12월 10일
뉴욕, 뉴욕

난 일종의 중간지대에서 사흘을 보냈어. 사흘 동안 나는 상처 입을 만큼 깊게 상처받았다고 믿으며 시간을 보냈지. 하지만 그런 내 생각은 틀렸어. 더 큰 상처가 다가오고 있었거든.

그때 그 상황이 어땠는지 당신에게 말해야 할까? 어떤 느낌이었는지? 그래야만 공정할 것 같군.

난 여전히 언니를 피해서, 언니가 집에 있다는 걸 알 때는 내 방에만 있었어. 난 언니에게 할 말이 없었지. 다만 언젠가는 언니와 아버지가 내게 할 말이 아주 많을 거란 생각은 들었어. 당신에 대해. 테디에 대해. 우리 가문에 대한 내 의무에 대해. 왜냐하면 결국 우리 집에선 모든 일이 의무로 귀결되거든. 그들은 내가 이미 뭘 포기했는지, 나 덕분에 그들이 어떤 스캔들을 피할 수 있었는지 전혀 모르고 있었지.

나는 당신의 참모습을 제대로 알아봤다는 이유로 씨씨 언니를 경멸했고, 당신에게 완전히 속아 넘어간 나를 경멸했어. 어느덧 나는 당신과 함께했던 매 순간, 당신과 했던 모든 말들, 모든 키스, 모든 손길을 다시 떠올리면서 내가 알아봤어야 했는데 그러지 못했던 순간들을 찾고 있더군. 하지만 아마 씨씨의 말이 맞을 거야. 내가 날아오는 총알을 피한 거지. 그리고 아마도 몇 년 후에, 아마 100년쯤 지난 후에 어쩌면 언니의 말을 믿게 될지도 몰라. 하지만 지금은 그렇게 느껴지지 않았어.

나는 매일 편지가 도착하길, 당신이 보낸 뭔가가 도착하길 기다렸어. 당신이 어디 있는지 말해주고 당신에게 오라고 말해주는 편지. 아니면 적어도 당신이 왜 그렇게 떠나버렸는지 설명하는 편지. 하지만 물론 편지는 단 한 통도 오지 않았지. 그리고 앞으로도 오지 않을 거야. 나는 마음 한구석에서 그걸 알고 있었어.

대신 아버지가 보낸 전보가 도착했지. 씨씨가 그 전보를 오늘 아침 식사 쟁반 위에 보란 듯이 올려놨어. 전보를 보니 보스턴에서 열리기로 한 집회는 취소된 모양이야. 다만 아버지는 거기에 한 주 더 머물기로 하셨다더군. 진주만이 공격당한 후로 린드버그가 사랑하는 미국 제일위원회에서 충돌이 일어나기 시작했는데, 아버지와 아버지의 친구들이 사람들을 단결시킬 수 있기를 바라고 있는 모양이더군. 전보의 마지막 줄은 나에 관한 내용이었어. 아버지가 집에 와서 내 문제에 제대로 대처하기 전까지 내게서 눈을 떼지 말라는 지

시였지.

나의 언니는 나를 가지고 놀면서 마치 나를 협박하는 무기처럼 아버지의 귀가를 내 눈앞에 흔들어 보였지. 나는 상관없었어. 난 가족들에게 괴롭힘을 당하지도 않을 거고, 증오와 비밀로 가득 찬 이 집에서 계속 머물지도 않을 생각이었지. 아버지는 한 푼도 안 주고 나와 의절하겠지만, 엄마가 돌아가실 때 내게 남겨놓은 신탁금이 있어서 나도 돈이 좀 있었거든. 아버지의 기준으로 보면 얼마 안 되는 돈이지만, 다른 사람들이 보기엔 평생 편하게 살기에 충분한 돈이었어.

난 이 집을 떠나겠다고 결심했어. 다만 어디에 가서 살 것인지를 아직 정하지 못했지. 나는 캘리포니아에 모든 희망을 걸고 있었지만, 그때는 당신과 나 둘이 있을 때 말이었지. 지금은 캘리포니아에서의 삶을 내가 견뎌낼 수 있을 것 같지 않았어. 난 당신을 증오해야 하지. 그리고 당신을 증오해. 하지만 당신이 어디 있는지, 뭘 하고 있는지, 그리고 당신이 날 생각하기는 하는지 궁금한 걸 참을 수 없었어. 그런 건 관심을 끊어야 하는데. 당신은 내가 눈물을 흘릴 가치도 없는 사람이니까. 하지만 난 당연히 관심이 있었어. 당신이 떠날 때 내가 그러리라는 걸 당신도 알고 있었잖아.

전쟁이 본격적으로 시작됐어. 우선은 일본과만 싸우고 있지만, 루스벨트가 독일을 상대로 선전포고를 하는 건 이제 시간문제가 됐지. 난 당신을 생각했어. 나치에 맞서 싸우는 유럽인들에게 힘을 합쳐야 할 우리의 윤리적 책임에 대해 열변을 토하던 당신을. 당신의 말이 옳았어. 한마디도 뺄 것 없이 다 옳았지. 하지만 내가 지금 생각할 수 있는 거라곤 그저 지난 전쟁의 참상, 그 피와 죽음과 유혈

장면이야. 그리고 그 전쟁의 한복판 어딘가에서 역사를 위해 그 모든 걸 열심히 쓰고 있을 당신뿐이었어.

당신이 날 떠나고 난 후 난 일종의 기이한 중간지대, 졸리듯 나른한 낮과 잠이 오지 않는 밤으로 이뤄진 어중간한 상태에 빠져 있는 듯했어. 좀처럼 단단한 땅에 발을 딛고 설 수 없는 느낌이었지. 하지만 시간이 얼마 없었어. 나는 계획을 세워야 했지만, 사방이 단단한 벽으로 둘러싸인 여기선 생각할 수 없었지.

나는 가운을 벗고 옷장에서 제일 먼저 보이는 걸 대충 입었어. 그리고 숨을 죽이고 홀에서 빠져나오면서 금방이라도 씨씨가 날 불러 세워서 다시 내 방으로 돌려보낼 거라고 예상했지. 하지만 아래층으로 내려가는 동안 씨씨는 어디에도 보이지 않더군.

밖에 나오자 공기는 차갑고 날카로웠어. 파크 애비뉴를 따라 걸어가면서 나를 차갑게 찔러오는 그 공기를 반갑게 맞아들였어. 내가 어디로 가는지도 알 수 없었지. 분명 누군가 나를 알아볼 만한 곳으로는 가지 않을 생각이었어. 그때 나를 아는 사람과 우연히 마주쳐서 억지로 미소를 지으며 한담을 나누는 것만큼은 절대 피하고 싶었으니까.

나는 계속 고개를 숙이고 빠르게 몇 블록 걸었어. 서서히 주위 풍경이 달라지면서 위풍당당한 저택들이 사라지고 브라운스톤 주택들이 나왔다가, 이어서 1층에 상점들이 있고 벽돌로 지은 땅딸막한 아파트들이 나오더군. 상점 창문들은 기념일을 맞아 화려하게 장식돼 있었어. 약국 하나, 신발 수선점 하나, 창문에 중고 클라리넷들과 바이올린들이 있는 악기점 하나가 있었지. 나는 단호한 표정으로 날 향해 다가오며 행진하는 사람들의 얼굴을 찬찬히 살펴봤어.

무수한 사람들 속에서 익명의 존재가 되어 남들이 나를 알아볼까봐 두려워하지 않고 그들의 얼굴을 보는 건 기분이 좋더군. 그러다 지금 내가 뭘 하고 있는지 깨달았어. 난 당신을 찾고 있었던 거야. 당신의 얼굴, 당신의 어깨, 긴 다리로 성큼성큼 걷는 당신의 걸음걸이. 세찬 물살처럼 빠르게 흘러가는 사람들 속 어딘가에서 당신을 찾고 있었던 거야.

당신이 거기에 있기를 바라는 건 어리석은 희망이었지. 너무 어리석어서 목이 메는 게 느껴졌어. 나는 가던 길을 되돌아오다가 포장한 상자 몇 개를 품에 안고 있는 여자와 부딪칠 뻔했어. 그녀의 어딘가가 낯이 익었어. 얇은 입술과 희미하게 새 같은 코. 리사. 그녀의 이름이 느닷없이 떠올랐지. 아니, 리스라고, 내가 자주 가는 드레스 가게에서 일하는 재봉사였어.

나는 그녀를 피해 얼른 몸을 돌린 채 근처에 있는 신문 가판대 뒤에 숨었어. 거기 걸려 있는 잡지들, 신문들, 타블로이드 신문들을 훑어보는 척했지. 그러다 그걸 봤어. 〈뉴욕 위클리 리뷰〉 1면에 우리 부모님의 화질이 흐릿한 결혼식 사진이 나를 마주 보고 있는 걸. 그 사진에 선정적인 헤드라인이 달려 있더군. **정신병원에서의 섬뜩한 죽음에 새롭게 사람들이 놀라다.**

다리에 힘이 풀리면서 순간 내가 길바닥에다 대고 토해버리는 건 아닐까 하는 생각이 들었어. 나는 그 역겨운 느낌이 지나갈 때까지 기다린 후에, 가판대에서 그 신문을 한 부 끄집어냈어. 온몸이 덜덜 떨렸고, 기사를 읽는 동안 단어들이 계속 움직이면서 흐려졌지만, 내가 너무나 잘 아는 내용이었어.

여러 번의 자살 시도, 그 방에 왜 있었는지 설명되지 않는 칼, 전에 사고라고 했던 일이 어쩌면 사고가 아닐지도 모르겠다는 은근한 암시. 2면에 더 자세한 내용이 나와 있었어. 우리 아버지와 관련이 있다고 하는 반유대주의와 친나치 성향의 그룹들이 열거된 기나긴 명단이 나왔는데, 내가 알고 있던 것보다 훨씬 더 명단이 길었고, 마지막으로 아내가 유대인의 후손이라는 사실을 감추기 위해 아버지가 어쩌면 비도덕적인 짓을 저질렀을지도 모른다는 암시도 나와 있었어. 2면의 맨 밑에 사진 두 장이 추가로 실려 있었어. 하나는 내 사진이고 다른 하나는 씨씨 언니의 사진이었지. 사진 밑에 우리의 이름도 나와 있었어.

당신은 어느 하나 빼놓지 않았어. 심지어 나조차.

"신문을 사든지, 아니면 다시 제자리에 갖다 놔요, 아가씨. 여긴 도서관이 아니라고요."

위를 쳐다보자 차가운 바람에 뺨이 빨개지고 그날 면도를 건너뛰었는지 수염이 거뭇거뭇 자라기 시작한 남자가 날 노려보고 있더군. 나는 신문을 덮은 후 내던졌지. 너무 얼이 빠져서 그 사람이 날 알아보지 못하는 것에 안도하지도 못했어. 내일이면 알아보겠지.

내일이면 모두 알아보겠지.

영원히,
그리고
다른 거짓말들
Forever, and Other Lies

81~83페이지

1941년 12월 18일
뉴욕, 뉴욕

6월에 결혼식은 없을 것이다.

테디 부모님은 그 결정을 공식적으로 밝히면서, 최근에 〈위클리 리뷰〉에 실린 우리 아버지의 폭로 기사에 대한 충격과 실망을 표현했지. 그들은 시간 낭비하지 않고 곧바로 또 다른 결혼을 통한 사업 합병을 추진할 거란 의심이 들었어. 어쨌든 체면을 세워야 하는데, 자기 아들이 나와 했던 짧지만 불운한 약혼을 덮는 데 소문으로 더럽혀지지 않은 새 며느리를 맞아들이는 것보다 더 나은 방법은 없잖아. 기왕이면 유대인의 피가 흐르지 않는 신부면 더 좋고.

나의 체면은 세우지 못하게 됐어.

나는 버림받은 여자, 우리 가문을 더럽힌 추문을 고려해볼 때 가치 없는 여자가 됐는데, 내가 한 짓을 생각하면 그것도 공정해 보이더군. 내가 더는 아버지가 마음대로 거래할 수 있는 자산이 아니라는 사실에 안도하긴 했지만, 덕분에 나는 기이하게도 보이지 않는 존재가 됐어. 아버지는 보스턴에서 돌아온 후 내게 거의 한마디도 하지 않았어. 아버진 지금 자신의 사업적 이익을 지키는 데만 몰두하고 있지만, 지금 돌아가는 상황으로 봐선 그것도 한없이 추락하는 것처럼 보이더군. 내 생각에 아버지는 이번 일로 사람들의 눈에 띄는 존재가 됐기에 내게 충동적으로 행동하지 못하는 것 같았어. 그렇지 않았다면 우리 엄마에게 그랬던 것처럼 나도 아무도 모를 비참한 곳으로 쫓아버렸을 거야.

그런 면에선 적어도 당신의 그 저속한 폭로 기사가 나를 지켜준 셈이지.

며칠이 걸리긴 했지만, 마침내 우리 가족에 관한 가장 끔찍하고 자세한 내용을 담은 기사가 전쟁 뉴스를 제치고 가장 큰 관심을 끌게 됐어. 당신이 분명 알고 있었겠지만, 다른 신문들도 그 기사에 열을 올렸지. 그런 위업을 달성해내다니 당신은 얼마나 뿌듯했을까.

아버지의 적들은 종을 울리며 샴페인을 마셔댔지. 아버지는 신문사를 상대로 명예 훼손 소송을 하겠다고 협박했지만, 아버지의 변호사들이 재판하면 오히려 사람들이 그 기사에 계속 관심을 가질 것이고, 아버지도 불편한 질문에 답을 해야 할 것이라고 경고했지. 그것도 공개적으로 성서에 대고 선서한 후에 말이야. 그러니 기사에 나온 주장들을 전면적으로 부인하고, 시간이 지나면 사람들의 관심이 자연스럽게 사그라들도록 놔두는 것이 현명하다고 조언했어.

그렇게 우리 모두 추문에 휩싸였지. 우리 집 전화벨은 아침저녁으로 울려댔고, 기자들이 우리 집 앞에 진을 치고 서서 우리 집에 들어오거나 나오는 사람은 누구든 덤벼들어 질문을 퍼부으려고 기다리고 있었어. 그래서 우리 모두 사실상 죄수가 된 셈이었지. 나는 이제 지쳐서 상관도 안 하게 됐지만, 씨씨의 기분은 비탄과 격분 사이를 오락가락했어. 언니 친구들이 했던 점심 약속, 차 마시는 약속, 카드 게임을 하자는 약속을 계속 취소했거든. 평소와 달리 파티 초대장은 하나도 오지 않았고, 언니가 다니는 여러 개의 여성 클럽에서 탈퇴해달라는 요청을 받았어. 그런 언니 처지에 동정하는 척이라도 할 수 있었다면 좋았겠지만 그럴 수 없었어. 자업자득이란 격언만 자꾸 머릿속에 떠오르더군.

하지만 조카들은 불쌍했어. 잘 다니던 학교를 갑자기 그만두고 가정교사 군단에 맡겨졌거든. 그 교사들은 주방 쪽 출입문을 통해 일주일에 세 번 우리 집에 왔지. 내가 독사 같은 인간을 우리 집에 들여서 모두의 인생이 엉망이 돼버린 것처럼 보였어.

불쌍한 디키가 그 타격을 가장 심하게 받은 것 같았지. 그 아이는 나와 복도나 계단에서 우연히 마주칠 때마다 내 시선을 피하더군. 내 생각에 그날 밤 내 편지를 전해달라고 나에게 부탁을 받은 일 때문에 화가 난 것 같았어. 그런 식으로 자기도 모르게 자기 가문의 추락에 일조하게 됐다고 생각하는 듯했지. 나는 디키에게 지금 일어나는 일과 그 편지는 아무 상관 없고, 그렇게 우리가 피해를 본 것은 그보다 훨씬 전에 당신이 한 일 때문이라고 설명해주고 싶었어. 하지만 씨씨는 내가 조카들에게 일체 말을 걸지 못하게 했어. 뭐 그렇게 끔찍한 일은 아니었어. 디키 말고는 관심이 가는 아이도 없었으니까. 하지만 디키의 애정을 잃는 건 마음 아팠어. 아주 다정하고 정직한 아이였는데. 전혀 우리 식구 같지 않은 아이였는데.

나는 우선 때를 기다리면서 내 일을 순서대로 정리할 거야. 어딘가로 가서 자리를 잡고, 뿌리를 내려서 살아갈 계획이거든. 그게 어떤 형태의 삶일지는 나도 모르겠어. 당신이 없는 미래는 계획해본 적이 없거든. 그래야 한다고 상상해본 적도 없고. 내 실수지.

가끔 당신도 날 궁금해하는지 궁금해. 눈을 감으면 아직도 내 얼굴이 보이고, 내 목소리가 들리고, 내 손길이 느껴질까? 아니면 난 이미 과거의 일부에 지나지 않나? 당신이 가던 길에서 잠시 마주쳤지만, 지금은 흐릿하니 형태까지 사라져버린 과거?

내가 당신에게서 자유로워지기까지 얼마나 걸릴지, 그리고 그렇게 됐을 때 어떤 느낌일지 궁금해. 지금은 그게 상상이 되지 않아. 나의 내면을 들여다봤는데 당신이 거기 없는 느낌 말이야. 마치 나의 일부가 잘려나간 것 같은 느낌인데, 사실은 정말 그런 것 같기도 해.

어쩌면 나는 운이 좋은 셈 쳐야겠지. 일이 더 커지기 전에 당신이 어떤 사람인지 알아냈으니 말이야. 하지만 아니야, 내가 당신을 그렇게 쉽게 놔줄 것 같지 않아.

후회하는 벨
Regretting Belle

93~95페이지

1953년 12월 31일
영국, 런던

또 한 해가 가는 것 같군. 순식간에 한 해가 가버린 것 같아.

우리 이야기의 후기를 쓰기에 어울리는 시간이겠지. 이 비참한 글쓰기를 끝내야 할 때고. 이 글을 시작했을 때는 일종의 카타르시스가 느껴지길 바랐어. 아니면, 내가 성취하길 바라던 것은 아마도 액막이라고 표현해야 더 어울리려나. 나의 죄로부터 그리고 당신의 죄로부터 해방되는 거 말이야.

나는 몇 페이지만 더 쓰면 다 끝날 거라고 나를 다독였어. 나는 피가 멈출 때까지 계속 흐르게 놔둘 거라고, 내게서 당신을 한 방울도 남김없이 다 비워낼 때까지 말이야. 그게 그렇게 간단할 수 있다고 생각한 내가 얼마나 어리석었는지 원. 그래도 할 말이 몇 가지 더 남 았어.

내가 미국을 떠난 직후 〈리뷰〉지에 실린 기사로 시작할게. 그 기사는 신문에 실린 지 거의 2년이 지나서야 우연히 알게 됐다는 말을 덧붙일게. 그 기사에 마침 당신과 나만 아는 몇 가지 사실이 들어 있었는데, 분명 그것 때문에 당신은 내가 그 기사를 썼다고 결론을 내렸지. 하지만 그 기사를 쓴 사람의 이름은 내가 아니라는 점이 기록으로 남아 있어. 그날 내 아파트에서 당신에게 약속했잖아. 알고 보니 그날이 당신을 본 마지막 날이 되고 말았지. 그러니 그 기사를 쓰지 않았다는 말은 다시 하지 않겠어. 우리가 그 모든 것을 함께했는데도 당신이 나란 사람을 그렇게 모른다면, 내가 무죄라는 사실을 증명하려고 애쓰는 게 무슨 의미가 있겠어?

이제 모든 사실을 완전히 공개하기 위해 내 이야기와, 당신을 잃은 후 살아온 내 인생 비슷한 것에 존재하는 무시무시한 공백에 대해 구체적으로 말할게.

난 결혼한 적이 한 번 있어. 그녀의 이름은 로라였지. 검은 머리에 눈동자가 호박색인 여자. 그녀는 당신과 닮았지만, 당신이 아니었고, 그래서 나는 그녀를 용서할 수 없었어. 그녀가 떠나기 전날 밤 그녀에게 말했던 것처럼, 그녀는 나보다 더 좋은 남자를 만날 자격이 있었지. 그녀는 행복하게 살고 다른 사람을 행복하게 해줄 자격이 차고 넘쳤지만, 그 사람이 절대 나는 될 수 없었어.

당신이 그렇게 만들어놨지.

더 세인트 레지스 호텔에서 당신을 처음 본 그날 밤부터, 당신은 내 머릿속을 가득 채워서 다른 사람이 들어올 틈을 남기지 않았어. 바다가 우리를 갈라놓고 있는 상황에서도 당신이 느껴졌어. 마치 환상통을 느끼는 것처럼 말이야. 한동안 전쟁과 내 일 덕분에 당신 생각을 안 할 수 있었어. 세상엔 내가 전해야 할 이야기들이 있었고, 폭로해야 할 잔혹 행위들이 일어났거든. 세상이 그걸 보고 싶든 그렇지 않든 말이야. 뼈에 사무치는 굶주림. 가스실들. 오븐들. 재로 변해버린 인간. 그 후에는 수용소들이 해방됐고. 누군가는 그걸 보도해야 했어. 그래서 세상이 알고 다시는 그런 일이 일어나지 않게 말이야.

하지만 전쟁이 끝난 후 참을 수 없는 정적이 찾아왔지. 총알과 전쟁터와는 아무 상관 없는 상처로 구멍이 숭숭 뚫린 공허가 찾아왔어.

그러다 갑자기 로라가 나타났어. 어느 날 저녁 식사 자리에서 나의 맞은편에 앉아 있었지. 유령이 내게 두 번째 기회를 주겠다고 약속한 거야. 우리는 그로부터 4주 후에 결혼했어. 난 그녀와 잘살아볼 작정이었어. 당신이 남긴 피가 흐르는 상처들을 불에 지지고 살아보려 했지만, 로라를 볼 때마다 칼날이 내 상처를 비틀고 다시 피가 흐르는 게 느껴졌어. 로라는 우리의 결혼이 실패로 끝난 이유를 지금도 몰라. 그녀는 당신의 이름을 들어본 적도 없고, 당신이 이 세상에 존재한다는 사실조차 모르지. 하지만 당신은 항상 우리 둘 사이에 있었어. 당신은 우리 사이에 있는 또 다른 여자였지.

사실은 유일한 여자.

한번은 당신을 찾으러 갈 뻔했어. 순간적인 광기와 진을 너무 많이 마셔 생긴 취기 때문이었지. 다시 당신의 얼굴을 한 번만 보면, 그 후로는 깨끗하게 마음을 접고 떠날 수 있다고 생각했어. 그러면 모든 기억이 들어 있는 금고를 잠가버리고 마침내 제대로 살아갈

◆

수 있을지 모른다고. 물론 아침에 깨면 제정신이 들었겠지. 아니면 중간에 진이 바닥나버렸을지도 모르고. 기억이 잘 안 나.

대신 나는 무거운 몸을 질질 끌고 타자기 앞에 가서 전쟁에 관한 책을 두어 권 쳐냈지. 그 책들은 호평받았고, 유명한 상도 몇 개 받았어. 하지만 그 책들은 냉정했고, 분석적이었으며, 냉혹했고, 전쟁을 학구적으로 검시한 내용이었지. 난 그 책들을 증오했어.

나는 그 무렵 전쟁에 지쳐 있었어. 전쟁의 전략들과 역학과 정치적인 문제들도 지겨웠지. 나는 살아서 맥박이 펄떡펄떡 뛰는 그런 글을 쓰고 싶었어. 하지만 도저히 시작이 안 되는 거야. 몇 번이나 썼다가 실패해서 종이를 구겨버렸는지 몰라. 그런 쓰레기로 꽉 찬 쓰레기통이 나를 조롱하는 시간이 몇 주 동안 계속됐지. 그러다 어느 날 밤중에 잠이 퍼뜩 깼는데 당신이 거기 있는 거야. 그 환상통이 격렬하게 고동치고 있었어. 그게 내가 찾고 있던 맥박이었어.

단어들이 독약처럼 넘쳐흘렀어. 우리의 이야기가 넘쳐흐른 거지. 아아, 벨. 그건 해피 엔딩이 없는 이야기였지. 사실 결말 자체가 없고, 그저 쓸쓸한 몇 줄의 글만 남았지. 그렇게 묵은 한 해가 가고 새로운 한 해가 시작되는 사이에 나는 피가 뚝뚝 흐르는 우리의 이야기를 끝내려 해. 이걸 책으로 제본해서 당신에게 선물로 보낼까 생각 중이야. 당신에겐 이게 기념품일까, 아니면 트로피일까. 그건 당신이 알아서 판단하도록 해.

말이 났으니 말인데, 가끔 내가 그 여행 가방을 생각하고 있었다는 걸 깨닫고 놀랄 때가 있어. 그걸 누가 쓰긴 했는지, 아니면 어느 다락방이나 지하실에 여전히 당신의 물건이 가득 든 채 방치돼 있는지. 그건 중요하지 않긴 하지. 이토록 오랜 세월이 흘렀는데 그게 어떻게 중요할 수 있겠어?

그래도 궁금하네.

-H

13

우린 우리가 좋아하는 책의 느낌과 냄새와 소리, 그리고 그것이
불러일으키는 추억에 대한 특별한 애착을 형성하게 된다.
그 책들이 우리에게 살아 숨 쉬는 생명체가 될 때까지.

-애슐린 그리어(오래된 책들의 치유자)

애슐린

1984년 10월 21일
뉴햄프셔, 라이

애슐린은 항구에서 밀고 들어오는 산들바람을 막기 위해 자기 몸
을 힘껏 껴안았다. 이선이 〈후회하는 벨〉의 마지막 책장을 덮고 둘
의 의자 사이에 있는 테이블에 올려놨을 때 극심한 실망이 느껴지
는 걸 참을 수 없었다. 그건 마치 영화가 끝나고 제작에 참여한 사람
들의 이름이 찍힌 자막이 올라가기 시작했는데, 석양 속으로 말을
타고 사라지는 사람이 하나도 없었다는 사실을 깨달을 때 느끼는
실망과 비슷했다. 그녀는 물론 이 이야기의 결말을 알고 있었지만,
그래도 여전히 뭔가 옳지 않다는, 뭔가 끝나지 않았다는 석연찮은
느낌이 들었다.

"그게 정말 끝이라는 걸 믿을 수 없어요."

"적어도 헤미에겐 끝이죠. 원한다면, 벨의 책은 마지막 부분을 읽을 수 있어요." 이선이 대꾸했다.

애슐린은 고개를 흔들었다. "아뇨. 지금은 아니에요. 그 이야기가 어떻게 끝나는지 우리가 모르는 것도 아니고."

이선이 얼굴을 찌푸렸다. "당신의 목소리가 슬프게 들리네요."

"조금 슬퍼요. 난 여기저기 풀려 있던 가닥들이 끝에 가서는 나비 모양으로 아주 예쁘게 매듭지어지는 그런 책에 익숙해져 있었나 봐요. 이 이야기가 바이올린 소리가 막 커지면서 멋지게 막을 내리진 않을 거라는 사실은 알고 있었지만, 막상 보니 완성되지 않은 느낌이 들어요. 왜 그런지 모르겠어요. 그 모든 일을 겪었지만, 헤미는 그녀에 대한 사랑을 단 한 번도 멈춘 적이 없어요."

"보아하니 그녀에 대한 증오를 멈춘 적도 없는 것 같은데요."

"그는 벨을 증오하지 않았어요, 이선."

"그럼 **당신은** 그 감정을 뭐라고 부르겠어요?"

"절망이요." 애슐린은 조용히 대답했다. "헤미는 비탄에 빠졌어요. 자신이 잃어버린 사람을 생각하며 깊이 슬퍼했어요. 벨도 마찬가지고. 두 사람은 그저 서로를 증오하는 척했을 뿐이에요. 그편이 더 안전하고 스스로가 더 강하게 느껴졌으니까."

이선은 어깨를 으쓱했다. "그럴지도 모르죠. 하지만 그런 식으로 한마디도 없이 약속 장소에 나타나지 않은 건 아주 잔인한 짓이었어요. 안 갈 거라고 미리 연락해줄 수 있었잖아요. 그런데 그냥 헤미를 바람맞혔어요. 하염없이 기다리게 했다고요."

이선의 그 말에 애슐린은 놀랄 법했지만 그렇지 않았다. 그녀는 이번 주 두 사람이 나눈 대화에 희미하지만 손에 잡힐 듯한 갈등이 몇 번이나 슬금슬금 기어들어오기 시작했다는 걸 눈치채고 있었다. 마치 두 사람이 무의식중에 이 이야기로 들어가 각자의 성에 따라 벨과 헤미의 역할을 맡은 것 같았다. 그럴 생각도 없이 자기 편을 고른 것이다.

"벨은 헤미를 마냥 기다리게 한 게 아니에요, 이선. 그에게 편지를 보냈잖아요. 아마 거기에 자기가 갈 거라고 썼겠죠. 바람맞힌 사람이 있다면 그건 헤미죠. 그 텅 빈 아파트에 들어갔을 때 벨이 어떤 기분이었을지 상상할 수 있어요?"

"그거야 기차역에서 헤미가 혼자 있다는 사실을 깨달았을 때와 같은 기분이겠죠. 그리고 그 편지에 벨이 뭐라고 썼는지 우리는 모르잖아요. 우린 그저 벨이 뭔가 암시한 것만 알지. 우리가 정말로 알고 있는 사실은 그 편지를 읽은 후 헤미가 어떻게 반응했는지예요. 그는 곧바로 술이 있는 곳으로 갔는데, 그게 분명 축하주를 따르는 분위기는 아니었잖아요. 그가 사라졌다고 해서 헤미를 비난할 순 없을 것 같은데요. 벨은 몇 주 동안 계속 망설이기만 했잖아요. 헤미가 대체 몇 번이나 벨에게 유리한 쪽으로 상황을 해석해줘야 하죠? 어느 한 시점에 이르면 이제는 그만하자고 말해야죠. 안 그래요?"

"그럴지도 모르죠. 하지만 뭔가 앞뒤가 맞지 않아요. 당신도 당신 입으로 그렇게 말했잖아요. 그 편지에 뭐라고 적혀 있는지 모른다고. 당신은 헤미의 반응을 보고 그게 절교 편지라고 추정했지만, 만약 벨이 헤미를 찼다면 왜 그의 아파트에 나타났겠어요? 벨은 헤미가 그 아파트에서 자기를 기다리고 있을 거라고 예상했잖아요."

"당신의 그 말은 역으로도 성립되죠. 헤미가 정말 벨이 올 것이고 자기 잘못을 벨이 다 용서했다고 믿고 있었다면 왜 사라지겠어요? 그 상황을 논리적으로 설명할 수 있는 유일한 이유는 벨의 편지가 공손하게 헤미를 거절하는 내용이었기 때문이겠죠."

"그래서 복수하려고 헤미가 그 기사를 실었단 말이에요?"

이선은 한숨을 내쉬었다. "그게 옳은 행동이었다고 말하는 건 아니에요. 하지만 솔직히 그쯤 되면 헤미가 더 잃을 것도 없는 상황이었잖아요."

"그는 자기가 그 기사를 쓰지 않았다고 부인하고 있잖아요."

이선은 고개를 끄덕였지만 납득한 표정은 아니었다. "그렇게 말하긴 했죠. 하지만 둘 다 진실일 순 없잖아요, 안 그래요? 사람들은 역사를 다시 써요, 애슐린. 사람들은 상대를 비난하는 식으로 보기 싫은 문제를 치워버리기도 해요. 우리가 지금 읽고 있는 책들이 바로 그런 예일 거라고 난 확신해요. 불쾌했던 이별을 두 사람이 자기만의 방식으로 깔끔하게 정리하려고 애쓰고 있는 거죠."

애슐린은 고개를 뒤로 젖혀서 바람에 가늘게 갈라지는 구름 무리를 바라봤다. 아마 이선의 말이 맞을 것이다. 그들 둘 다 이별에 책임이 있는데, 자신의 관점에서 이야기를 다시 써서 자기 잘못은 없다는 점을 밝히려 했는지도 모른다. 시간이 지나면서 그들은 심지어 자기가 만들어낸 그 이야기를 믿게 됐을지도 모른다. 다니엘을 보며 애슐린은 그 점을 알게 됐다. 하지만 벨이 쓴 이야기와 헤미가 쓴 이야기에서 모순된 부분이 계속 신경 쓰였다.

애슐린은 이선을 똑바로 바라봤다. 그녀는 아직 그의 주장이 옳다고 인정할 수 없었다. "헤미가 단순히 앙심을 품고 자신이 한 약속을 어길 사람이라는 느낌이 들어요?"

이선은 난간에 팔꿈치를 기대고 항구 너머를 바라봤다. "평범한 상황이라면 그렇지 않겠죠. 하지만 골디가 바로 그 순간 현금을 한 뭉치 흔들어 보였고, 헤미, 그러니까 스티븐 슈왑은 그녀의 제안을 받아들인 것처럼 보이는데요."

그건 사실이었다. 애슐린은 그 점을 인정하기가 죽기보다 싫었지만. 헤미에겐 동기와 수단 둘 다 있었고, 증거에 따르면 그와 스티븐 슈왑이 동일인이라는 점을 부인하기 힘들었다. "며칠 전에 루스에게 전화해서 실제 그 기사를 찾아봐달라고 부탁했어요. 안타깝게도 〈리뷰〉지에서 현재까지 남아 있는 기사는 별로 없더라고요. 그 신문사는 1946년 폐업했지만, 어쩌면 그 기사는 아직도 마이크로필름 어딘가에 떠돌고 있을 거예요."

"그다음엔 뭐죠? 우리가 그 기사를 찾았다고 쳐요. 그거로 우리가 뭘를 증명하죠? 그러고 보니 우리가 뭐든 왜 증명해야 하죠? 진실은 누가 누구에게 무슨 짓을 했는지 우리는 절대 알 길이 없다는 거잖아요. 그리고 그건 중요하지 않아요. 우리가 진실을 알아내건 그렇지 않건 변하는 건 하나도 없어요. 당신이 이 말을 듣고 싶지 않을 거라는 건 알지만, 이제는 우리가 더 갈 길이 없어졌다는 걸 인정해야 할 때라고 생각해요."

애슐린은 그 말에 마지못해 고개를 끄덕였다. "난 그저 우리가 뭔가 놓치고 있다는 느낌을 참을 수 없을 뿐이에요. 두 사람은 서로 사랑했어요. 같이 있기 위해 모든 걸 던질 정도로. 그러다 뭔가 잘못된 거죠. 일어나선 안 될 일이 일어났어요. 두 사람이 그렇게 **지독하게** 억울해하면서 서로 자기가 **진짜** 피해자라고 생각하는 게 이상하지 않아요?"

이선은 눈동자를 데굴데굴 굴렸다. "헤어졌는데 둘 다 자기가 진짜 피해자가 아니라고 생각하는 커플을 본 적 있어요? 내 생각엔 양쪽 다 켕기는 부분을 감추려고 애를 쓰고 있는 것 같아요."

"난 그렇게 믿지 않아요. 그리고 그들이 객관적인 진실과 다른 역사를 만들어내려 했다는 점도 믿지 않고. 두 사람 다 자기가 쓴 말을 처음부터 끝까지 철저하게 믿고 있었어요."

"뭔가가 진실이길 간절히 바란다고 해서 그게 진실이 되진 않아요, 애슐린."

"그건 나도 알아요."

"정말 알아요?"

"그럼요. 하지만 이건 단순히 그게 진실이길 내가 바라는 게 아니에요, 이선. 이건 정말 진실이에요. 난 확신해요."

이선은 그녀를 향해 눈을 치켜떴다. "확신한다고요?"

애슐린은 입술을 깨물면서 그렇다고, 확신하고 있다고 대답해버리고 싶은 충동을 가까스로 억제했다. 그리고 왜 확신하고 있는지도. 이선은 이해하지 못했다. 어쨌든 그가 어떻게 이해할 수 있겠는가? 그녀가 전부 다 말하지 않는 이상은.

이선은 그녀를 찬찬히 지켜보며 그녀의 대답을 기다리고 있었다. "애슐린?"

애슐린은 맥주를 집어들어 쭉 들이켰다. 그녀가 정말 이걸 하려고 고려 중인 건가? 다니엘에게도 안전하다는 느낌이 안 들어서 숨겨왔던 그 비밀을 밝힌다고? 그것도 그저 자신의 주장을 밝히기 위해? 둘 사이에 정체는 모르지만 시작되고 있는 것 같은 뭔가를 위험에 빠뜨리면서까지?

"뭐 하나 말해도 돼요? 조금 이상하게 들릴 말인데. 좋아요, 아주 많이 이상한 말인데." 애슐린은 조용히 말했다.

이선은 둘의 대화가 이제부터 달라질 걸 감지한 듯 자세를 똑바로 했다. "물론이죠."

"내게 그게 있어요. 그…… 재능이라고 해야 하나. 거기엔 이름도 있어요. 사이코메트리라고. 그건 날조한 거라고 말하는 사람들이 많지만, 진짜로 있어요. 적어도 나는 그래요." 애슐린은 맥주를 다시 한 모금 마시느라 입을 다물었다. "난…… 뭔가 느낄 수 있어요. 난 그걸 메아리라고 불러요."

이선이 얼굴을 찡그렸는데 분명 당혹스러워한 표정이었다. "메아리요?"

"우리가 뭔가를 만졌을 때 거기에 남는 거요. 당신, 나, 우리 모두에겐 메아리가 있어요. 우리가 만지는 물건에 마치 잔여물처럼 메아리가 남죠. 그 물건을 만질 때 느끼는 우리의 감정이 강력할수록 메아리도 더 강해져요. 난 그 메아리를 읽을 수 있어요. 내 두 손으로, 온몸으로 읽을 수 있는 것 같아요. 적어도 내겐 그렇게 느껴져요."

애슐린은 그러고 나서 입을 다물고 숨을 죽인 채 이선의 반응을 살폈다. 이선이 방금 그녀가 한 말을 머릿속으로 처리하면서 이해하려고 애쓰고 있는 걸 알 수 있었다. 그는 애슐린이 한 말과 자신의 학구적인 면 사이에서 고민하고 있었다.

마침내 그의 미간에 주름이 하나 패였다. "지금 당신 말은, 당신이 만지는 모든 것에서 그…… 메아리라는 게 나온단 말이에요?"

애슐린은 참고 있던 숨을 내쉬었다. 질문을 한다는 건 좋은 신호다. "다 그렇진 않아요. 아니요, 적어도 난 그렇지 않아요. 나에겐 그저 책만 그래요."

"책이요?"

"네."

그는 멍한 표정으로 그녀를 빤히 보면서 방금 그녀가 한 말을 소화하려고 애썼다. "그런데 당신은 마침 서점을 운영하고 있고요."

"이상하죠?"

"어떻게 그게…… 언제……." 그는 말을 멈추고 고개를 흔들었다. "뭘 물어봐야 할지도 모르겠군요. 그건 어떤 느낌일까요? 온종일. 매일매일. 당신에게 말을 거는 책들에 둘러싸여 있다니. 그럼 당신이 하는 생각도 듣지 못하지 않나요?"

애슐린은 그의 표현을 듣고 웃음을 참을 수 없었다. "그게 그렇진 않아요. 메아리는 말이 아니라 아주 작은 진동들을 통해 전해지는 감정이자 느낌이에요. 하지만 내가 책을 만졌을 때만 그런 일이 일어나죠. 책 주인이 그걸 읽고 있을 때 어떤 느낌이었는지 느낄 수 있어요. 혹은 이번 경우엔 저자들이 그 책을 쓰고 있을 때 어떤 느낌인지 알 수 있었죠. 그래서 헤미와 벨에게 책에 나오지 않은 뭔가가 더 있다고 확신하는 거예요. 그 책들을 만졌을 때 느꼈거든요. 둘 다 똑같이 배신감과 상실감을 품고 있었어요. 그리고 둘 다 서로에게 배신당했다고 확신하고 있는 것도 똑같고."

이선은 고개를 흔들었는데 분명 그녀의 말을 이해하려고 안간힘을 쓰고 있었다. "미안해요. 난 아직도 당신의 말을 이해하려고 애쓰는 중이라. 당신은 손가락으로 벨과 헤미의 감정을 읽을 수 있다고 말한 거죠? 그 오랜 세월이 지났는데도 말이에요. 어떻게 그런 일이 가능하죠?"

애슐린은 어깨를 으쓱했다. "나도 몰라요. 그냥 그렇게 돼요. 하지만 이 책들은 지금까지 내가 우연히 마주친 그 어떤 책과도 달라요. 두 책 다 거기 서린 감정이 굉장히 강하고 또 아주 비슷해요. 마치 거울에 비치는 상이 뒤집혔을 때 같다고 해야 하나. 미친 소리처럼 들리는 거 알고, 어쩌면 내가 좀 집착하고 있기도 하지만, 이건 그저 내가 한없이 빠져 있는 로맨틱 판타지 같은 게 아니에요. 뼛속 깊이 그들의 감정이 느껴져요. 둘 다 서로에게 배신당했다고 믿는 이유가 분명히 있어요. 그 책들을 처음 만졌을 때 그 느낌을 받았는데, 지금도 그게 느껴져요."

이선은 애슐린이 한 말이 전혀 설득력이 없다는 내색을 하지 않아 그녀는 안도했다. 다만 그녀가 한 말을 머릿속으로 처리하기에 시간이 좀 걸리긴 했지만. "그걸 항상 할 수 있었나요?" 이선이 마침내 물었다.

"내가 열두 살 때 시작됐어요. 처음에는 다른 사람도 할 수 있는 줄 알았어요. 그러다 그것에 관한 자료를 좀 찾아서 읽어봤죠." 그녀는 들고 있던 맥주병을 내려다보면서 물기에 축축해진 상표를 엄지손톱으로 긁었다. "알고 보니 내가 좀 괴물이더라고요."

"아니면 다른 사람들보다 좀 더 파장이 잘 맞는 경우일 수도 있죠." 이선이 말했다.

애슐린은 한쪽 눈을 가늘게 뜨면서 그를 바라봤다. "당신은 이게 이상하다고 생각하지 않아요?"

"오, **완전** 이상하다고 생각해요. 그리고 근사하다고 생각하기도 하고."

애슐린은 갑자기 목이 메는 걸 느꼈다. "고마워요."

"당신을 이상하다고 해서요?"

"내 말을 진지하게 받아들여줘서요." 그녀는 눈을 세차게 깜박이며 고개를 돌렸다. "나는 이 이야기는 잘 하지 않아요. 사실, 아예 안 해요. 처음에 엄마에게 말했을 때 엄마가 다른 사람에겐 이 일에 대해 입도 벙긋하지 말라고 맹세시켰어요. 특히 우리 아버지에겐 더 안 된다고. 아버지가 그걸 알게 되면 악마가 한 일이라고 할 테니까. 내가 그걸 이야기한 유일한 사람은 프랭크 앳워터 아저씨, 그 서점 주인이었던 아저씨와…… 이제 당신밖에 없어요."

이선은 그녀 옆으로 다가가 섰다. 잠시 그들은 나란히 서서 한 쌍의 갈매기가 항구의 은빛 물살 위를 스쳐 지나가는 광경을 지켜봤다. 물이 빠지고 있었다. 몇 시간 후면 완전히 다 빠져서 칙칙한 회색 진흙 지대가 드러나 굶주린 갈매기들과 세가락갈매기들이 마음껏 먹이를 찾아 먹을 수 있는 진짜 뷔페가 열릴 것이다.

"다니엘에게 한 번도 말하지 않았어요?" 이선이 마침내 물었다.

"그런 걸 그에게 말할 정도로 믿을 수 없었어요. 날 공격할 무기로 쓸 걸 줄 순 없었죠."

이선은 생각에 잠긴 표정으로 그녀를 찬찬히 살펴봤다. "하지만 나는 믿어요?"

"네."

"내 말을 오해하지 말아요. 당신이 말해줘서 기뻐요. 하지만 왜?"

애슐린은 갑자기 부끄러워져서 고개를 홱 숙였다. "우리가 만난 첫날 밤, 당신은 당신 가족의 역사에 관심 없다고 말했죠. 하지만 그동안 아주 친절하게 당신의 지혜를 빌려줬어요. 내가 하는 질문은 다 끈기 있게 들어줬고. 내가 이 일을 왜 그렇게 사적으로 받아들이는지 당신이 이해하길 바랐나봐요."

이선은 난간을 쥐고 있는 자기 손을 물끄러미 바라봤다. 산들바람이 그의 앞머리를 뒤로 날리는 동안 침묵을 지켰다. "전에⋯⋯." 마침내 그가 어색하게 입을 뗐다. "당신의 감정을 가볍게 여기려던 생각은 없었어요. 이제는 당신이 이 일에 왜 그렇게 시간과 노력을 쏟아붓는지 이해해요. 하지만 이 일에 관한 한 난 당신과 처지가 달라요. 내가 어쩌다 이 일에 발을 담그게 됐는지도 잘 모르겠어요. 지금도 2층에서 글을 쓰거나 적어도 기말고사 시험 문제를 내고 있어야 하는데 말이죠. 대신 로맨스 추리에 흠뻑 빠져버렸고, 대체 어쩌다 이렇게 됐는지 모르겠어요⋯⋯ 다만 이게 당신을 계속 만날 수 있는 구실이 되어준 거 빼곤."

그의 마지막 말이 애슐린의 허를 찔렀다. "나를 보는 데 구실이 필요하다고 생각했어요?"

"그렇지 않나요?"

이선의 그 질문에 애슐린의 뺨이 빨갛게 달아올랐다. "처음에는 그랬겠죠, 아마도."

이선이 손을 뻗어서 그녀의 눈가에 흘러내린 머리카락을 위로 쓸어올려줬다. "지금은요?"

그의 몸에 기대고, 그의 품 안에 녹아들어서, 그의 입술이 그녀의 입술에 닿을 때 몸을 맡기는 것이 세상에서 가장 자연스러운 일처럼 느껴졌다. 자연스러우면서도 동시에 무서웠다. 그녀가 뭔가 느끼게 된 후로 누군가의 바람에 따르는 것도 참 오래간만이었다. 이제 이선의 손길 한 번에 그동안 그녀가 부정하고 있던 감각들이 그녀의 몸속에서 홍수처럼 터져나오고 있었다. 마치 오랫동안 방치한

댄스 스텝들이 시작된 것처럼. 이선의 손이 그녀의 머릿속을 휘감아오고, 그녀의 뺨에 그의 거친 숨길이 닿고, 둘 사이의 장벽이 무너지는 아찔한 느낌이 들었다.

이건 이렇게 시작되는 법이지. 바로 이렇게.

경고음이 울리기 시작하자 애슐린의 몸이 뻣뻣해져버렸다. 또 다른 첫 키스의 추억과 그 후에 일어난 일들이 떠올랐다. 그녀는 이선에게 지극히 압도된 나머지, 너무나 간절하게 사랑받길 원한 나머지, 자신을 보호하는 걸 잊어버렸다. 그래서 다시 그 일을 저지르기 직전까지 간 것이다.

이선은 그녀에게 갑작스럽게 떠오른 불안을 감지한 게 분명했다. 그는 키스를 천천히 멈추고 한 걸음 물러났는데, 조금 망설이면서 균형을 잃은 것처럼 보였다. "당신이 천천히 가자고 말했던 게 기억나는 것 같은데. 내가 지금 사과해야 하나요?"

애슐린도 자신이 조금 균형을 잃은 것처럼 느껴졌고, 그를 올려다보면서 후회하는 한편으로 안도하기도 했다. "지금 미안해요?"

"아뇨. 하지만 당신도 미안하지 않길 바라요."

애슐린은 손가락으로 자기 입술을 만져보면서 그의 입술이 닿았을 때 느꼈던 그 달콤하고 따뜻한 느낌을 떠올렸다. 그녀는 미안하지 않았다. 하지만 방금 일어난 일이 두 사람에게 좋은 일이었는지는 확신할 수 없었다.

"이선……"

그는 두 팔을 떨어뜨리고 뒤로 물러났다. "알겠어요."

애슐린은 그를 향해 손을 뻗을 뻔했지만, 그러면 오히려 그를 혼란에 빠뜨리게 되리라 판단했다. "방금 일어난 일에 대해선 미안하지 않아요. 사실 우리가 그러기까지 왜 그렇게 오래 걸렸나 하는 생각도 들지만, 나도 확신이……."

그가 한 손을 들어올렸다. "알겠어요. 이해해요."

"아뇨, 당신은 이해 못 해요. 당신이 이해하지 못하는 게 느껴져요. 하지만 다니엘 이후로 내가 아무도 만나지 않았던 이유가 있어요. 사실 아주 많아요. 그러니 나는 혼자인 편이 나아요."

"그건 당신도 모르는 거잖아요. 그동안 아무도 없었다면, 당신은 그걸 알 수 없는 거예요."

"하지만 난 알아요, 이선. 난 누군가와 관계를 맺기엔 마음에 너무 많은 **짐**을 지고 있어요. 그 짐이라는 게 한두 개가 아니라 항해용 트렁크를 채우고 남을 정도로 많아요. 당신은 나보다 더 좋은 여자를 만나야 하는 사람이에요."

난간을 내려다보는 이선의 어깨에 잔뜩 힘이 들어가 있었다. "난 지금 당신에게 청혼하는 게 아니에요, 애슐린. 그저 마음의 문을 열어달라고 부탁하는 거예요. 가끔 당신이 지고 있는 그 짐들을 나도 같이 들 수 있게 해달라는 거고. 당신에게 어떤 부담도 주지 않을게요. 어떤 조건도 달지 않고." 이선은 그녀의 손을 잡았다. "당장 대답할 필요도 없어요. 그냥 내게 기회를 줄 정도로만 옆에 있어줘요."

집 안에서 소리를 죽인 전화벨 소리가 갑자기 정적을 깼다. 이선은 끙 소리를 내며 그녀의 손을 놓았다. "저 전화는 받아야 해요. 한 교수 부인의 출산이 임박했는데, 아이가 태어나면 내가 그 사람의 수업을 며칠 대신해주겠다고 말했거든요. 그 친구가 오늘 밤에 전화하겠다고 했어요."

"가서 받아요. 나도 곧 들어갈게요." 애슐린은 이선의 질문에 대답하지 않아도 돼서 안도하며 말했다.

"당신, 설마 바깥 계단으로 내려가서 나 없을 때 몰래 가버리는 건 아니겠죠? 내가 돌아왔을 때 여기 있을 거죠?"

애슐린은 그에게 씩 웃어 보였다. "나도 금방 안으로 들어갈게요. 전화 받아요."

애슐린은 그가 프렌치 도어(두 짝으로 된 유리문-옮긴이) 사이로 사라진 후에 주방 불이 켜지는 모습을 지켜봤다. 그녀는 천천히 그들이 마신 빈 맥주병들을 챙기고 덱 체어(해변에서 흔히 볼 수 있는 접이의자-옮긴이)들을 정리했다. 집에 들어가기 전에 방금 일어난 일을 마음속으로 소화하려면 몇 분 정도 시간이 필요했다.

이선을 내 인생에 들일 준비가 돼 있을까? 다시 사랑했다가 잃어버리는 위험을 무릅쓸 수 있을까? 그걸 상상해본 적이 없다고 하면 거짓말일 것이다. 그녀는 그의 서재에서 처음으로 어색했던 순간, 둘 사이에 뭔가가 일어나고 있음을 처음으로 눈치챈 그 불편했던 순간 이후로 계속 상상해봤다. 하지만 결론은 나오지 않았다. 둘은 그 일 이후로 일종의 파트너가 돼서 구애보다는 협력하게 됐고, 그것이 최선이라고 확신했는데.

그런데 이제 갑자기 상황이 급진전했다. 그녀가 마음의 문을 열고 그를 받아들여서 다니엘에게도 이야기하지 않았던 자신의 이야기를 들려줬다. 그를 믿었기 때문에. 하지만 신뢰란 위험한 것이다. 사랑도 마찬가지고. 지금 이 상황에 그녀가 브레이크를 밟지 않으면 둘은 그곳을 향해 나아가게 될 것이다. 그녀가 기꺼이 다시 그런 도약을 하게 될까? 그녀가 자신을 위해 작지만 신중하게 가까스로 다시 세운 세계를 박살 낼 힘을 누군가에게 줄 수 있을까?

고려해야 할 점은 또 있었다. 그들이 느끼는 이 감정은 그저 이 책들에 감정적으로 개입하다 보니 생긴 부산물일 가능성도 있다. 만약 그들이 그저 벨과 혜미의 이야기에 빠져들었던 것뿐이고, 지금 느끼는 감정이 빠르게 불타올랐던 것처럼 빠르게 꺼져버리면 어떡하지?

그녀에겐 어떤 답도 없었지만, 해는 거의 다 졌고, 기온이 빠르게 떨어지고 있었고, 항구에서 불어오는 바람이 그녀의 뺨을 날카롭게 스치고 지나갔다. 그녀가 막 난간에서 물러났을 때 테라스 문이 열리는 소리가 났다. 돌아서자 문간에 서 있는 이선의 윤곽이 보였다. 그녀는 잠시 기다리면서 그의 발표를 기다렸지만, 그는 어둠 속에 얼굴이 잠긴 채 그냥 그 자리에 서 있었다.

"아들이에요, 아니면 딸이에요?"

"둘 다 아니에요. 전화한 사람은 재커리였어요."

그 이름이 나오자 속이 살짝 울렁거렸다. "그리고?"

"마리안이 살아 있대요. 그리고 다른 곳도 아니고 매사추세츠에서 잘살고 있대요."

14

내 인생의 가장 행복한 순간에 나는 책을 향해 손을 뻗는다.
내 인생의 가장 슬픈 순간에 책이 나를 향해 손을 뻗어온다.

-애슐린 그리어(오래된 책들의 치유자)

애슐린

**1984년 10월 25일
뉴햄프셔, 라이**

이선이 맥주 두 병을 따는 동안 애슐린은 오는 길에 포장해온 바닷가재가 들어 있는 롤빵과 감자튀김의 포장지를 풀었다. 이선이 전화해서 같이 저녁을 먹자고 제안했을 때 그녀는 조금 놀랐다. 그들은 그 주에 두 번 통화했다. 이선의 동료인 교수 부부가 마침내 아이를 낳아서 이선은 강의를 두 배로 뛰어야 했다. 그리고 학생들을 가르치지 않을 땐 책상에 묶여 편집자에게 보내겠다고 약속한 원고들을 다듬어야 했다.

혹은 어쩌면 일요일에 이야기를 나눈 후에 그는 그녀에게 시간을 좀 줘야겠다고 판단한 건지도 모른다. 이선과 통화하는 동안 그 키스 이야기는 나오지 않아서 애슐린은 안도했다. 대신 그들의 대화는 재커리가 마리안에게 전화해서 그녀의 조카의 아들이 보낸 메시지를 전달하기로 동의한 후 며칠이 지났다는 사실에 집중됐다.

나흘이라.

그건 좋은 신호는 아니었다. 보아하니 마리안은 조카의 아들과 다시 연락하는 데 별로 관심이 없는 것 같았다. 공정하게 말하면, 재커리는 이선에게 자신의 어머니 마리안은 혼자 있는 걸 굉장히 좋아하는 사람이라서 이선의 메시지에 화답해 전화하지 않을 수도 있다고 미리 경고했다. 그래도 애슐린은 리처드 힐라드에 대한 마리안의 애정이 그들에게 유리한 쪽으로 저울을 기울여주기를 희망했다. 그녀가 분명 너무 낙관적이었던 것 같다. 둘은 일주일 동안 기다린 후에 다시 한번 연락을 시도해보고, 그래도 안 되면 포기하기로 했다. 그 후로, 그러니까 마리안을 스토킹하기 직전까지 간 상태에서 이제 그들에게 남은 대안은 없었다.

이선은 그녀에게 맥주를 한 병 주고, 그녀의 옆을 돌아가 포장 용기 안에 있는 감자튀김 한 개를 집었다. "뉴스레터 작업은 어떻게 됐어요?"

애슐린은 의기양양하게 맥주를 치켜들었다. "끝냈어요. 오늘 아침에 인쇄소로 보냈고. 사장님에게 좀 애원해야 했지만, 추수감사절 전에는 나온다고 하셨어요. 당신이 맡은 새 수업들은 어때요? 학기 중간에 들어가서 이상하진 않았어요?"

이선은 감자튀김을 하나 더 집더니 이어서 튀긴 양파 조각을 집었다. "맞아요. 좀 이상하긴 해요. 대학생들은 '대리 교수가 오면 분위기가 느슨해지는' 그런 분위기는 없을 거로 생각하겠지만, 대학생들도 다 똑같아요." 그는 말을 멈추고 애슐린이 방금 봉투에서 꺼낸 바닷가재 롤빵을 바라봤다. "와우, 그거 맛있게 보이네요. 거실에서 먹고 싶으면 벽난로에 불을 피울게요. 아니면 그냥 조리대 앞에 앉아서 먹어도 되고요."

"불이라니 근사하게 들리는데요."

"좋아요. 그럼 당신은 맥주와 냅킨을 들고 와요. 난 음식을 가져갈 테니."

이선이 조리대에서 스티로폼 용기들을 밀어서 치우고 있을 때 전화벨이 울렸다. 둘 다 그대로 선 채 전화기만 보다가 서로를 바라봤다. 이선이 수화기를 들었을 때 애슐린은 그게 그들이 바라던 전화였다는 신호를 주길 기다리며 숨을 죽였다.

"네, 고맙습니다. 제가 이선입니다."

그는 한동안 상대가 하는 말을 조용히 듣고 있다가 애슐린을 힐끗 보며 고개를 끄덕였다. 잠시 후에 그는 스피커 버튼을 누르고 수화기를 조리대 위에 올려놨다. 애슐린이 헉 소리가 나오기 전에 자기 입을 틀어막는 동안 갑자기 한 여자의 목소리가 주방을 가득 채웠다. 헤미가 묘사했던 것처럼 저음의 살짝 쉰 듯한 목소리였다.

"우리 아들이 그러는데 당신에게 편지와 카드가 몇 통 있다고요. 내가 당신 아버지에게 다년간 보냈던 것들이요."

"맞습니다. 그리고 아버님의 서재를 정리하다가 사진도 몇 장 발견했어요. 그걸 되찾고 싶어 하실 것 같은 생각이 들었어요."

"맞아요." 마리안은 주저 없이 말했다. "그러고 싶어요, 맞아요. 당신 아버지가…… 돌아가시기 전에 만날 기회가 없었던 건 유감이에요. 난 그 아이를 아주 좋아했어요." 잠시 침묵이 흐르다 그녀가 다시 말을 이었다. "혹시 그거 말고 우연히 발견한 게 또 있을까요?"

이선과 애슐린은 서로의 얼굴을 바라봤다.

"그 책들 말씀이시죠?"

"네."

그 한마디, 아주 긴 침묵 뒤에 이어진 그 한마디는 어쩐지 고백처럼 느껴졌다. 마지못해 하는. 죄책감이 서린. "네. 그 책들도 아버님의 서재에 있었습니다." 이선이 대답했다.

"둘 다요?"

"네."

"그리고 당신은…… 그걸 읽었을 거란 생각이 드네요?"

이선은 망설이면서 다시 애슐린을 힐끗 바라봤다. 그녀는 고개를 끄덕였다. 지금 거짓말을 하는 건 무의미해 보였다. "맞아요, 우리는 읽었습니다. 그 책들이 뭔지는 확신할 수 없었어요."

"우리가 누구죠?" 그렇게 묻는 마리안의 목소리는 이상하게도 경계하는 것처럼 들렸다. "아내를 말하는 건가요?"

"아뇨. 아내는 없습니다. 그게…… 친구입니다. 실제로 그 책을 발견한 사람은 이 친구죠. 우리는 그동안 그 두 권의 책을 같이 읽어왔습니다."

"흠, 그렇다면 둘 다 오는 게 낫겠군요."

"와요?"

"마블헤드로. 당신들은 내게 궁금한 게 있잖아요. 토요일에 올 수 있나요? 당신과 당신의…… 친구?"

이선은 눈썹을 치켜올린 채 애슐린을 바라봤다.

애슐린은 열심히 고개를 끄덕였다. 그러자면 반나절은 서점 문을 닫아야 하지만, 이런 기회를 절대 놓칠 수 없다. "오후에." 그녀가 속삭였다.

"네, 갈 수 있어요. 오후에 찾아뵐게요." 이선이 대답했다.

"3시에 오고, 그 편지들도 가져와요. 주소는 해서웨이로 11번지예요. 거긴 땅끝에 있으니까 제대로 된 지도를 꼭 챙겨오고, 시간도 넉넉하게 잡아서 와요."

딸각 소리가 나면서 전화가 끊어지고 공허한 침묵이 흘렀다. 이선은 수화기를 전화기에 올려놓았다. 둘은 잠시 말없이 서로를 바라봤다. "맙소사!" 이선이 마침내 입을 열었다. "그분이 정말로 전화했네요. 재커리 말로는 안 할 것 같더니만."

"목소리가…… 아주 위압적이세요."

이선은 진지하게 고개를 끄덕였다. "정말 그렇죠. 하지만 그분을 탓할 수 있겠어요? 무려 40년이란 세월이 흐른 후에 이걸 처리하게 될 거라고는 상상도 하지 못했을걸요."

"그렇죠. 상상도 하지 못하셨겠죠. 아까 그 책들을 가져오란 말은 안 하시더군요. 편지들을 가져오란 말은 했지만, 책은 거기에 넣지 않았어요."

"어쩌면 오랜 시간이 지났으니 돌려받고 싶지 않겠죠. 나라도 그걸 원할지는 잘 모르겠어요."

"그래도 가져가요. 그분의 것이니까." 애슐린이 말했다.

이선은 고개를 끄덕이면서 맥주를 한 병 더 꺼내려고 냉장고로 가며 말했다. "그런데 정말 토요일에 갈 수 있겠어요? 서점은 어쩌고요?"

"1시에 닫고 문 앞에 팻말을 걸어두면 돼요. 손님들도 반나절 정도는 나 없이도 살아남을 수 있어요."

"그럼 좋아요. 모레 자동차 여행을 떠나봅시다. 그게 무슨 뜻인지 알죠?"

"좋은 지도가 필요할 거라는 뜻?"

"아, 그것도 맞아요. 하지만 사실 그 책들에 관한 이야기를 한 거예요. 우리가 그 책들을 토요일에 돌려준다면, 오늘이 우리가 벨의 책에 나온 마지막 부분을 읽을 기회잖아요. 어떻게 생각해요? 저녁 먹고 난 후에 같이 읽을래요?"

**영원히,
그리고
다른 거짓말들**

Forever, and Other Lies

84~85페이지

1941년 12월 19일
뉴욕, 뉴욕

나는 계획을 세웠어. 아무도 그 계획이 뭔지 모르지만, 알게 된다 해도 그러지 말라고 날 설득할 사람이 있을 것 같지도 않아. 난 이제 우리 집에서 왕따가 됐거든. 우리 가문의 몰락을 설계한 사람이자, 여자가 규범이 아니라 열정을 따를 때 어떤 일이 일어나는지 보여 주는, 온 세상이 알게 된 본보기가 됐거든.

난 결국 캘리포니아에 자리를 잡았어. 하프 문 베이라고 하는 북쪽 해안가에 있는 작은 항구 마을에. 그곳을 들어본 사람은 아무도 없지만, 금주법 시행 시대에 그 험준한 바위들과 사시사철 안개에 흠뻑 젖어 있는 해안의 지형 덕분에 캐나다 주류 밀매자들이 즐겨 찾는 곳이 됐지. 그 아이러니가 아주 마음에 들었다는 점은 인정해야겠지. 그곳은 당장은 우리 가족에게서 가장 멀리 떨어져 있을 수 있는 곳이자, 전쟁이 끝나길 기다릴 수 있는 최선의 장소지. 나는 글피에 떠나. 아무도 날 그리워하지 않겠지. 나도 아무도 그리워하지 않을 거고. 당신만 빼고. 하지만 당신은 그저 내 상상의 산물일 뿐이야.

그래도 당신에게 빚을 하나 지긴 했어. 당신과 당신의 그 귀하신 골디가 아니었다면, 나는 우리 엄마의 유산이자 나의 유산에 대해 절대 알아내지 못했을 테니까. 그래서 그것, 오로지 그것 때문에 고마워.

난 비컨에 있는 크레이그 하우스에 가봤어. 엄마가 돌아가신 곳을 보러 갔지. 안에 들어가진 않았어. 그러려고 갔지만 결국 들어갈 수 없었어. 그래도 직접 그곳을 내 눈으로 보고, 근처의 땅을 걸어보고, 거기 있는 엄마의 기운을 느껴봐야 했어. 거긴 〈리뷰〉지에 실린 사진과 똑같이 생겼더군. 위풍당당하지만 한물간 분위기가 아주 우울해 보이는 곳이었어. 나는 거기서 지냈던 엄마를 기억하는 대신 엄마의 방, 우리가 수많은 오후를 같이 보내며 춤을 추고 이야기했던 그 방에서 우리가 만든 추억만 간직하기로 결심했어.

나는 엄마가 가지고 있는 그 사진 앨범을 찾으려고 노력했지. 엄마가 그걸 가지고 엄마 이야기를 해줬던 거 말이야. 적어도 엄마의 일부를 간직하고 싶었거든. 하지만 씨씨는 버렸다고 주장했어. 아무래도 짐은 가볍게 가져가는 게 최선이겠지. 지금까지 살아온 인생에서 내가 기억하고 싶은 건 거의 없었어.

나는 로즈 할로에도 다시 가봤어. 거기 왜 갔는지는 나도 모르겠어. 지금은 승마 시즌이 아니라 문을 닫아놨지. 말들과 조련사들은 다 사라토가에 갔고. 집과 헛간들은 봄이 올 때까지 닫아놨어. 나는 마구간의 자물쇠를 열고 안으로 들어가 당신이 내게 처음 키스했던 곳에 서서 당신이 내게 한 말이나 나의 눈을 그토록 지독하게 멀게 만들었던 행동들을 떠올려보려고 애썼어. 그렇다고 내가 다시 바보가 될 가능성은 없지만 말이야. 당신이 내게 아주 많은 걸 가르쳐줬잖아.

마침내 후속 기사들이 서서히 줄어들었고, 오랫동안 버티던 기자들도 우리 집 앞을 떠났어. 또 다른 가족들을 조리돌리려고 간 거지. 덕분에 내 탈출이 더 쉬워졌어. 우리 집 근처에서 얼쩡거리는 기자들도 없고, 날 붙잡고 불편한 질문을 던지는 이들도 없어졌으니까. 이제 중요한 건 타이밍이었지.

난 반드시 내 힘으로 미래를 만들어가고, 당신이 없는 삶을 일궈나가야 해. 내가 상상했던 인생은 아니겠지만 어떻게든, 그건 내가 선택한 인생이 될 거야.

영원히,
그리고
다른 거짓말들
Forever, and Other Lies

86~99페이지

1955년 6월 14일
매사추세츠, 마블헤드

오랜 시간이 흐른 후 마침내, 나는 이 마지막 장을 쓰기 위해 자리를 잡고 앉았어. 의자에 앉기 위해 몸부림을 쳤다는 사실을 인정해야겠지. 이 글은 그만 쓰자는 충동이 그동안 날 압박해왔어. 처음에 이 글을 시작했을 땐 아무 의미가 없게 느껴졌어. 이미 굳어진 흙을 파헤쳐서, 가만 놔두는 게 최선인 유령들의 뼈를 덜걱덜걱 움직이게 만드는 게 무슨 의미가 있겠냔 말이야. 하지만 이제 나는 햇살이 흘러 들어오는 곳에 앉아 있고, 그 자리에 묘비를 세워두는 거 말고는 남은 일이 없었어.

이 글을 쓰는 게 즐겁진 않았어. 단어를 다루는 건 당신의 전문 분야지 내 분야가 아니니까. 하지만 난 우리의 불행하고도 복잡하게 얽힌 관계를 담은 당신의 이야기에 있는 많은 오류를 바로잡아야 한다고 느꼈어. 이 글에서 기술적인 단점들이 보인다면 용서해주길 바라. 내 감정을 종이에 옮기는 것도 꽤 오랜만에 하는 일이거든. 하지만 나는 최선을 다했고, 당신의 책과 짝을 맞춰서 이 글을 장정하는 대로 당신에게 보낼 거야. 물론 늘 우리를 연결해주던 중개인을 통해서 말이지. 당신이 내게 보낸 그 진실을 왜곡한 당신의 책도 돌려보낼게. 난 정말이지 그 책을 원하지 않아.

이번이 우리와 관련해서 조카에게 마지막으로 하는 부탁이길 간절히 바라고 있어. 불쌍한 디키. 그 아이는 당신의 그 수수께끼 같은 소포가 도착했을 때 그걸 어떻게 생각해야 좋을지 몰랐지. 사실 그걸 쓰레기통에 버릴 뻔했다더군.

그가 그랬다면 얼마나 좋았을까, 난 생각했어. 그게 도착하기 전까진 난 당신을 잊고 있었거든. 적어도 잊었다고 기꺼이 믿으려 했어.

이제 나도 그동안 어떻게 지냈는지 알려주는 것으로 이 이야기를 끝내려고 해. 당신이 알 자격은 없지만, 나도 나만의 인생을 살아가는 데 성공했음을 당신이 알면 좀 만족스러울 것 같아. 일단 원래의 나를 되찾은 후, 나는 대체로 잘 살아왔어.

당신이 떠난 후 처음에는 끔찍했어. 제대로 된 작별 인사도 없이 당신을 그런 식으로 잃다니 견딜 수 없을 것 같았지. 잠시 당신을 찾아볼 생각도 했어. 당신이 용서해달라고 애걸할 때까지 대대적으로 소란을 피워볼까 했지. 그러다 그 기사가 터지고 나서 더는 당신을 용서할 수 없게 됐음을 깨달았어.

며칠 걸렸지만(그때 일본과 독일이 미국과 유럽을 상대로 막 선전포

430

고를 했던 터라 다들 그 이야기만 했거든), 결국 다른 신문사들도 우리 집에 관한 기사를 보도하기 시작해서 마치 불이 붙은 것처럼 사방으로 퍼졌지. 2주 만에 우리 아버지가 세운 세계가 무너져버렸어. 아버지는 업계에서 거의 퇴출당하다시피 했고, 그 후엔 남아 있는 재산을 지키려다 그것마저 잃어버렸어. 그리고 그때까지 소속돼 있던 모든 클럽에서 쫓겨났고, 몇 년에 걸쳐 용의주도하게 환심을 샀던 사람들로부터 외면당했지. 만약 그게 당신이 의도한 것이라면, 당신은 완벽하게 성공한 거야.

나는 매닝 가문의 몰락에서 내가 한 역할 때문에 책임감을 느껴야 했겠지만, 사실 아무 감정도 느껴지지 않았어. 대신 기차를 타고 서쪽으로 갔어. 아무도 날 몰라보는 곳에 가길 너무나도 간절히 원했거든. 나는 엄마가 독신일 때 쓰던 성을 써서 익명성을 확보할 수 있었어. 당시엔 그게 가능했지. 새로운 곳에 가서 새 사람으로 변신하는 거 말이야. 아무도 그 어떤 것에 대한 증거를 내놓으라고 요구하지 않았거든. 그저 이름을 대면 그걸로 그 사람이 되던 시절이었어.

나는 그곳에서 조용히 살아가면서 친구들을 사귀었어. 전쟁이 자신의 모든 것을 앗아간 곳에서 온 아주 특별한 친구가 하나 있었지. 그녀는 내가 더는 인간의 친절을 믿지 않게 됐을 때 나에게 친절하게 대해줬고, 내게 아주 소중한 선물을 줬어. 그 후로 나는 거기에 보답하려고 애써왔어. 하지만 그건 나의 사적인 이야기이고 당신은 알 권리가 없는 추억들이야. 그러니 이 부분은 넘어갈게.

내 인생 최초로 가족, 즉 진정한 가족이라는 개념이 내게 아주 중요해졌어. 전쟁이 끝났을 때 나는 편지를 곳곳에 보내서 엄마의 가족들을 찾으려고 노력했지. 남자들은 다 죽거나 전쟁 때문에 뿔뿔

이 흩어져버렸지만, 엄마의 동생인 아그네스와, 독일군이 점령했을 때 탈출해 국경을 넘어 스위스로 도망친 사촌들도 몇 명 찾았어. 프랑스가 해방됐을 때 그들은 원래 살던 포도원으로 돌아왔어. 이모와 나는 편지를 주고받았지. 이모의 편지들은 고통스러울 정도로 느리게 도착했고, 일단 도착해도 읽기가 쉽지 않았어. 그들은 아주 많은 걸 잃었어. 땅은 폐허가 됐고 집은 그야말로 껍데기만 남아 있었지만, 그들은 포도원을 재건하기로 결심했고, 나는 거기 가야 한다는 걸 알았지.

나는 그들의 일원이 되고, 그들의 이야기에 들어가야 했지. 그리고 가자마자 거의 그렇게 됐어. 엄마가 자랐던 집에서 엄마가 사랑했던 사람들에 둘러싸여 있으니 마치 엄마의 일부를 되찾은 것 같더군. 나는 엄마가 말해선 안 되는 기도들을 배웠고, 엄마가 잊어버려야 한다고 지시받은 이름들을 배웠어. 엄마의 전통(엄마가 억지로 부인해야 했던 전통)이 내 전통이 됐어. 엄마의 언어가 내 언어가 됐지. 엄마의 믿음이 내 믿음이 됐고, 몇 년의 시간이 흐른 후에, 나는 그렇게 엄마의 기억을 되살렸어. 당신이 그 기사로 엄마의 추억을 더럽혔지만, 나는 엄마의 새로운 추억을 기리며 엄마를 기억하게 됐어.

프랑스에서 지내는 동안 나는 OSE(박해받는 유대인에 대한 아동 구출 및 의료 지원에 전념하는 협회-옮긴이)에서 하는 일에 대해 알게 됐어. 그 단체는 난민이 된 아이들에게 집을 찾아주는 일을 하고 있었지. 그런 아이들이 너무 많았어. 아이들 모두 가진 게 하나도 없었고 의지할 사람도 없었지. 가슴이 미어지는 광경이었어. 그리고 사랑하는 이를 잃는 것보다 세상엔 더 끔찍한 일들이 있다는 걸 일깨워주는 계기도 됐고. 그렇게 내 평생에 걸친 일이 시작됐어.

당신은 전에 내가 절대 잊을 수 없는 말을 한 적이 있었지. 당신은 나 같은 사람들은 절대 의미 있는 성취를 이뤄내지 못할 거라고 했어. 우린 그럴 필요가 없으니까. 우리는 그저 옷을 잘 차려입고 근사한 파티를 여는 것만 할 거라고. 그때는 따끔했지. 반쯤은 놀리려고 하는 말이라는 걸 알고 있었거든. 음, 나는 의미 있는 일을 해냈어. 그래야 해서가 아니라 그러기로 선택했기 때문에. 이모가 돌아가셨을 때 미국으로 돌아와서 그 일을 계속했어.

결혼에 관해 말하자면, 나는 할 생각은 전혀 없었어. 그렇다고 외롭게 살았다는 뜻은 아니야. 내 삶은 그동안 죽 보람 있고 충만했어. 나는 한 번도 당신을 찾으려고 생각해본 적 없어. 적어도 진지하게 해본 적은 없어. 영웅들, 석양, 해피 엔딩 같은 걸 믿고 있는 내 일부는 그 쓰레기 같은 신문에 당신의 기사가 나온 날 죽어버렸어.

당신은 내가 비통해한다고 생각하겠지. 한동안은 그랬어. 아주 오랫동안. 나는 우리의 무모한 행동 때문에 당신보다 내가 더 큰 대가를 치렀다고 느꼈어. 언제나 여자 쪽이 그렇지. 그래서 당신을 벌주고 싶었어. 하지만 사실 그렇게 점수를 매겨가며 이를 가는 게 무슨 의미가 있겠어. 우린 각자의 인생을 살아오면서 그만의 승리와 패배를 맛봐왔잖아. 당신은 분명 실수를 저질렀겠지. 나도 분명 이런저런 실수를 했고. 당신이 그 첫 번째 실수였지만, 다른 실수들도 있었어. 어떤 실수는 가까스로 용서할 수 있었고, 나머지 실수는 계속 속죄하며 살아가고 있어. 하지만 이건 알게 됐어. **상처가 있는 곳에 선물도 있다고.** 내가 초래한 상처일지라도 말이야.

당신이 떠났을 때 당신은 날 박살 내고 내 심장을 갈기갈기 찢어버렸지만, 운명이 나를 다시 온전하게 만들어줬어. 난 마침내 당신의 얼굴에 대한 기억을 견디며 살아갈 수 있는 법을 익혔어. 난 절대 당신에게서 완전히 자유로워지진 못할 거야. 당신의 목소리, 당신의 미소, 심지어 당신의 턱에 있는 그 작게 갈라진 틈까지 내 머릿속을 떠나진 않을 거야. 그건 내 십자가이자 내 위안이기도 하지. 적어도 난 당신과의 인연에서 빈손으로 남겨지진 않았다고 말할 수 있어.

여행 가방에 대해 말하자면, 그게 어떻게 됐는지는 나도 모르겠어. 아마 당신의 집주인이 팔았거나, 아니면 그 안에 든 걸 자기 부인에게 줬겠지. 그건 별로 생각해본 적 없어. 아마 그건 사실 내 것이 아니었기 때문일 거야. 그건 다른 여자, 벨, 당신이 버리고 간 여자의 것이었으니까. 하지만 그 여자는 이제 세상에 없어. 그녀는 그날 다른 사람이 돼서 자신의 인생을 살기 시작했으니까.

-M

15

우리가 살 수 있는 인생의 숫자는
우리가 읽기로 선택한 책의 숫자로만 한계가 정해진다.
—애슐린 그리어(오래된 책들의 치유자)

애슐린

1984년 10월 27일
매사추세츠, 마블헤드

운전하기에 환상적인 날이었다. 날씨는 쌀쌀하지만 맑은 데다, 눈부시게 빛나는 가을 햇살이 황금빛으로 물든 나뭇잎들 사이로 반짝였다. 애슐린은 1시에 서점을 닫고, 이선의 집에 가는 길에 차에서 샌드위치를 먹었다. 그들은 이선의 아우디를 타고 가기로 했고, 애슐린은 아주 기쁜 마음으로 그에게 운전을 맡겼다.

제대로 된 지도가 필요할 거라던 마리안의 말은 맞았다. 1시간 조금 넘게 걸려서 마블헤드까진 갔는데, 거기서부터는 좁은 도로들이 뒤죽박죽 섞여 있었고, 그 후로는 그보다 더 좁은 해안가 도로들이 이어져서 길을 찾기 힘들었다. 도로명 표지판들이 나뭇잎에 가려졌거나, 비바람에 시달려 너무 낡은 나머지 알아볼 수 없을 정도거나, 아예 표지판이 없는 경우도 많아서 애를 먹었지만, 결국 해서웨이 도로를 가까스로 찾아냈다. 그 도로는 바위가 많은 초승달 모양의 작은 만을 따라가면서 은색과 회색이 섞인 바다가 훤히 보이는 숨 막히는 장관을 보여줬다.

마리안의 집은 높은 화강암 절벽 위에 서 있었다. 비바람에 씻긴 회색과 흰색의 인상적인 3층 저택으로, 기둥으로 받친 지붕이 있는 현관에 붉은 벽돌 탑들이 있었고, 한 쌍의 눈썹처럼 생긴 지붕창 때문에 저택 전면은 얼핏 사람의 얼굴처럼 보이기도 했다.

애슐린이 손가방을 가슴에 끌어안는 동안 이선이 진입로에 차를 세웠다. 가방 안에는 그 두 권의 책이 투명 비닐 커버 속에 안전하게 끼워져 있었다. 오늘 이 책들을 내줄 생각을 하자 슬퍼졌지만, 이 책들은 마리안의 것이다. 만약 그녀가 이 책들을 원한다면. 그리고 어떤 면에선 그렇게 하는 게 옳게 느껴졌다. 마치 이 책들이 마침내 집으로 돌아가는 것 같았다.

이선은 시동을 끄고 차의 문을 닫았다. 산들바람에 실린 파도 소리가 세차게 밀려들었다. 멀리 바위들이 흩어져 있는 해변으로 파도가 밀려왔다 밀려나가고 있었다. "준비됐어요?"

"준비됐어요."

마리안은 마치 문 근처에서 서성이고 있었던 것처럼 초인종이 울리자마자 바로 나왔다. 문이 열렸을 때 애슐린은 조심스럽게 미소 지었다. 마리안은 그 미소에 화답해 웃어주지 않았고, 그걸 보면서 애슐린은 마리안이 그들을 초대하긴 했지만, 자기 인생을 침범하는 건 반기지 않는다는 사실을 다시 마음속에 떠올렸다.

마리안은 놀랄 정도로 키가 컸다. 어둡고 진한 회색 실크 바지 맞춤 정장을 입은 그녀의 모습은 버드나무처럼 호리호리했다. 블라우스는 수선화 색이었고, 목에 두른 후 맵시 있게 매듭을 지은 스카프 덕분에 산뜻하면서도 세련된 분위기가 흘렀다. 최소한의 화장, 귀에 딱 붙는 진주 귀걸이, 뒤에서 하나로 모아 틀어올린 매끄러운 밤색 머리가 전원생활을 테마로 한 잡지 모델처럼 보였다. 마리안은 돈처럼 보였다. 적어도 돈이 있으면 어떤 모습일지 애슐린이 늘 상상했던 것과 같았다. 세련되고 아름다우면서 어떻게 된 일인지 세월의 영향은 전혀 받지 않은 얼굴. 예순이 넘은 나이인데도.

마리안은 문간에서 뒤로 물러나면서 마치 체념하는 것처럼 느껴지는 분위기를 풍기며 고개를 끄덕였다. "들어와서 코트를 벗어요. 한동안 있다 갈 것 같은데."

실내로 들어가자 레몬 오일과 밀랍의 향기가 그들을 맞았다. 입구의 홀은 넓고 길었으며, 들보를 댄 천장과 반짝이는 짙은 색 패널이 벽에 대어져 있었다. 묵직한 난간이 달린 널찍한 계단이 2층으로 이어졌고, 2층으로 올라가는 벽에는 무거운 액자 속에 든 미술 작품들이 줄줄이 걸려 있어서 잠시 미술관에 온 것 같은 느낌이 들기도 했다.

마리안은 그들의 코트를 건 후에 18세기 골동품들이 여기저기 놓여 있는 근사한 분위기의 응접실로 안내했다. 골동품 모두 반짝반짝 닦여서 광이 났다. 그곳은 널찍했고, 가구들은 대체로 어두운 색조였는데도 놀랄 정도로 환하고 아름다운 방이었다. 하지만 거기서도 진짜 눈길을 끈 것은 방의 한쪽 구석을 다 차지한 굉장히 멋진 소형 그랜드 피아노였다.

애슐린은 건반 위에 금박으로 인쇄된 글자를 읽으려고 눈을 가늘게 떴다. 사우터. 낯선 상표지만, 분명 비싼 악기일 것이다. "정말 아름다운 피아노군요."

"재커리 거예요." 그렇게 말하는 마리안의 얼굴이 살짝 부드러워졌다. "재커리가 열 살일 때 샀어요. 다음 해에 재커리가 바이올린을 발견하는 바람에 그때부터 먼지만 쌓이고 있지만 차마 처분할 수 없었어요. 언젠가는 내가 연주하는 법을 배워야지 하면서도 실천하지 못했고. 그래도 사진을 올려놓긴 편해요." 그녀는 윤기가 흐르는 피아노의 검은 표면에 반사된 한 무리의 사진 액자들을 가리켰다. "저기 검은 액자에 있는 사진이 재커리예요. 3, 4년 전쯤 찍은 거죠."

애슐린은 사진 속 얼굴을 찬찬히 살펴봤다. 날씬하고 대단한 미남이었다. 사람의 마음을 꿰뚫어보는 것 같은 파란 눈, 얇으면서도 곧게 뻗은 코, 구불구불한 검은 머리는 뒤로 넘겨서 이마가 드러났다. 하지만 애슐린의 관심을 잡아끈 건 도톰하면서 희미하게 관능적인 입술이었다. 어쩌면 그가 웃음을 참고 있는 것처럼 보여서 그럴지도 모른다. 그걸 보자 재커리의 어릴 적 사진들이 떠올랐다. 그때도 그는 보는 사람이 따라 웃게 만드는 미소를 짓고 있었다.

"대단한 미남인데요. 눈이 예뻐요." 애슐린이 말했다.

"재커리는 언제나 매력이 넘치죠. 빨간 액자가 일리스예요. 재커리 여동생."

그 사진을 보자 일리스의 어릴 적 사진들도 떠올랐다. 그때와 똑같이 옅은 빛깔의 눈동자와 빨간색과 황금색이 섞인 머리카락, 어릴 때처럼 심각한 표정. 일리스는 머리를 한쪽으로 기울이고 있었지만, 카메라를 똑바로 바라보는 표정은 또렷하고, 위축되지 않았으며, 거의 자신만만해 보였다.

"굉장히 심각한 아이죠. 하지만 열정적인 면도 있어요." 마리안이 애정 어린 목소리로 말했다.

"그래 보여요." 애슐린은 미소를 지으며 말했다.

마리안이 문간으로 가서 그들에게 오라고 손짓했다. "두 사람이 도착했을 때 막 차를 우리려던 참이었어요. 선 포치(사방에 유리를 두른 베란다-옮긴이)에 가서 이야기하죠."

그들은 짙은 붉은색 벽으로 둘러싸인 식당을 통과해서 갔다. 거기엔 10명이 앉을 수 있는 긴 식탁 하나, 그리고 다양한 색의 접시와 단지들이 놓인 고풍스러운 사이드보드가 있었다. 마치 잡지에서 빠져나온 것 같은 광경이었다. 모든 것이 반짝반짝 윤이 났고, 그림처럼 완벽했다.

주방은 크고 놀랄 정도로 환했는데, 조약돌이 깔린 해변과 작고 잔잔한 만이 내다보이는 창문들이 줄줄이 있었다. 만 너머로 수평선을 향해 길게 뻗은, 파란색과 회색이 섞인 납작해 보이는 바다는 가을의 태양 아래 아른아른 빛나고 있었다. 창문들 앞에 깨끗하게 닦은 소나무 테이블이 하나 있었고, 그 위에 해바라기가 여러 송이 꽂힌 꽃병이 하나 있었다. 반대편 벽에 있는 장식장에 한 줄로 놓여 있는 사기 주전자들 덕분에 마치 프랑스 시골에 온 것 같은 분위기가 풍겼고, 좀 더 격식을 갖춘 거실과 식당과 아주 대조적으로 보였다.

"네가 이선이구나." 마리안은 호박색 눈동자로 아주 강렬하게 그를 훑어봤다.

"네."

"너희 아버지랑 많이 닮았어. 아버지도 어렸을 때부터 인물이 좋앉지. 키는 네가 더 크구나. 재커리 말로는 네가 뉴햄프셔 대학에서 학생들을 가르치고 책도 몇 권 썼다던데. 자기를 따라 같은 일을 하다니, 디키가 아주 자랑스러워했겠어. 교수이면서 작가라……."

이선은 얼굴을 찡그렸다. "재커리랑 내 일에 관해 이야기를 나눈 기억은 없는데요."

"안 했지. 재커리가 너랑 통화한 후에 좀 알아봤다고 하더구나. 네가 정말…… 믿을 만한 사람인지 확인하려고. 네가 꽤 단순한 사람이라고 재커리가 말해줬어. 서른두 살이고. 교수. 작가. 이혼했고. 아이는 없고."

"뭐, 신용 조사는 안 했나요?"

마리안이 살짝 입술을 비죽거렸다. "그렇게 발끈하지 마. 재커리는 그저 나를 보호하려고 그런 거야. 그리고 네가 나의 모든 비밀을 알고 있으니 나도 너에 대해 조금 아는 것이 공정하지 않겠니? 너무 한쪽으로 기울어지지 않게 말이야." 그러고 나서 마리안은 서늘한 눈빛으로 애슐린을 평가했다. "당신이 그 친구군요. 그 책들을 발견한 사람."

"맞아요. 애슐린이라고 합니다. 애슐린 그리어." 애슐린은 어색하게 말했다. 그러다 갑자기 그 책들이 기억나서 가방 속을 더듬거리다 그 책들을 꺼냈다.

마리안은 경계하는 표정으로 그 책들을 바라봤다. 두 손을 옆구리에 딱 붙이고 있는 자세가 마치 손을 대는 것조차 두려워하는 것 같아 보였다. 그러더니 마침내 입을 열었다. "그것들은 저쪽에 둬요. 장식장 위에."

애슐린은 마리안이 시키는 대로 책을 파란색과 흰색이 섞인 우묵

한 그릇 옆에 놓고, 가방에서 마저 편지와 카드 꾸러미를 꺼내서 책 위에 올려놨다. 마리안이 차를 준비하면서 래커칠을 한 쟁반 위에 컵들과 받침 접시들과 설탕 가루가 뿌려진 쿠키 접시를 올려놓는 동안 애슐린은 이선과 불편한 눈빛을 교환했다. 난로 위에 있는 시계의 똑딱똑딱 소리로만 시간의 흐름을 알 수 있는 가운데 공기 중에 흐르는 긴장감은 손에 잡힐 것처럼 팽팽했다.

마침내 차가 준비됐을 때, 마리안은 쟁반을 들고 프렌치 도어가 있는 쪽으로 고개를 끄덕여 보였다. "둘 중 아무나 저 문 좀 열어주겠어? 데크(집 후면에 마루처럼 달아서 앉아서 쉴 수 있게 만들어놓은 곳-옮긴이)에 나가긴 너무 춥지만, 선 포치에서도 경치가 근사하고 훨씬 더 따뜻하거든."

포치는 마치 온실처럼 사방이 유리로 둘러싸여 있었고, 집의 처음부터 끝까지 닿을 만큼 길었다. 애슐린은 유리 밖으로 보이는 바다와 하늘의 장관을 바라보며 말없이 앉아 있었다. 그녀는 집의 뒤쪽이 바다가 내려다보이는 위치에 있다는 사실을 몰랐다. 그걸 이제 알아차리자 조금 현기증이 났다. "마치 세상 끝에 서 있는 느낌이에요. 숨이 막힐 정도로 아름다워요." 애슐린은 경이로움을 숨기지 않고 말했다.

마리안의 표정이 부드러워지면서 미소 비슷한 것이 떠올랐다. "그래서 이 집을 샀지. 1년 내내 바다를 보며 즐길 수 있게 포치에 유리를 둘렀어."

그들은 흰색 고리버들 테이블 앞에 놓여 있는 꽃무늬 커버를 씌운 의자에 앉았다. 마리안은 예쁜 찻잔 세 개에 차를 따른 후 한 잔씩 건넸다. "크림과 설탕은 취향대로 타서 마셔. 쿠키는 시내에 있는 제과점에서 산 신선한 거야."

다시 어색한 침묵이 흘렀다. 이번에는 다들 조용히 차에 설탕과 크림을 타서 스푼으로 젓는 소리로 시간의 흐름을 알 수 있었다. 애슐린이 막 쿠키로 손을 뻗었을 때 마리안이 스푼을 내려놓고 이선을 바라봤다.

"너희 부모님의 장례식에 못 가봐서 미안하다. 디키와 나는 네 엄마가 병에 걸렸을 무렵 사이가 틀어졌어. 하지만 내가 알았다면 디키를 위해 네 엄마의 장례식에 갔을 거야. 그리고 나선 디키가 병에 걸렸지. 디키가 세상을 떠났을 때 난 외국에 있었다. 그래서 모르고 있다가 돌아왔는데, 친구 하나가 신문에서 디키의 부고를 봤다고 알려주더구나. 내가 그렇게 고집을 부리지만 않았어도…… 나는 너에 관해 아는 게 하나도 없지만, 그래도 마음이 너무 안 좋구나. 적어도 너희 집에 전화는 해봤어야 했는데."

"그건 제 잘못이기도 하죠. 솔직히 이모할머님에게 연락해봐야겠다는 생각은 한 번도 한 적 없거든요. 제가 어렸을 때는 성함만 들어서. 하지만 이모할머니와 아버지가 한동안 가까운 사이였다는 건 알고 있었어요." 이선이 말했다.

"그랬지." 마리안은 그 기억이 고통스러운 것처럼 한숨을 쉬었다. "우린 아주 가까웠어. 디키는 항상 우리 가족 중에서 가장 착한 사람이었지. 어렸을 때부터 그랬어. 믿을 수 있는 사람이었고. 그래서 내가 프랑스에서 돌아온 후에 결국 다시 연락하게 된 거야. 부탁할 게 있어서 오랜만에 디키를 찾아갔거든."

"어떤 부탁이요?"

"우리 집 식당 벽에 걸려 있던 우리 어머니의 초상화가 하나 있었어. 어머니가 짙은 파란색 드레스를 입고, 어깨에 흩뿌린 백합을 핀으로 고정하고 머리를 땋아올린 그림이었지. 아버지가 어머니를 크레이그 하우스에 보내고 얼마 후에 그 그림이 사라졌어. 언니는 그게 어떻게 됐는지 모른다고 주장했지만 난 믿을 수 없었다. 언니가 그걸 어딘가에 감춰뒀을지 모른다는 생각만 해도 짜증이 나더구나. 그래서 디키에게 그걸 좀 찾아봐달라고 했지. 디키는 그건 찾지 못했지만 몇 주 후에 전화해서 부탁을 하나 들어달라고 하더라. 그때 디키는 막 대학을 졸업할 무렵이었는데 어떤 여자를 만나 홀딱 반했다고 했지. 하지만 언니가 허락하지 않았다고 했어."

"우리 엄마죠." 이선이 조용히 말했다.

"맞아, 캐서린이었어. 디키는 너의 엄마와 사랑에 빠져서 정신을 못 차리고 있었지, 불쌍한 것. 하지만 언니는 다른 신부를 염두에 두고 있었고, 좀 더…… 적절한 여자를. 우리 가족에게 맞선 사람은 디키가 알기로 나 하나밖에 없었기 때문에 그 상황을 헤쳐나갈 방법에 대해 내가 조언을 해줄지도 모른다고 생각했던 거지."

"그래서 그렇게 하셨어요?"

"나는 디키에게 집을 떠나라고 했지. 필요하면 도망치라고. 식구들로부터, 돈으로부터, 그게 뭐든 그들이 쥐고 디키를 협박하는 것으로부터 도망치라고. 디키에게 매닝 가는 엿이나 먹으라고 했지. 상스러운 말을 해서 미안. 그리고 마음 가는 대로 하라고 했어. 우리 집 식구 중에 마음이 있는 사람은 그 아이밖에 없는 것 같았거든. 디키가 행복을 찾아서 기뻐. 그런 사람이 많지 않다는 건 하늘도 아시니까."

애슐린은 조용히 뒤로 물러나서 흘러가는 상황을 지켜보는 데 만족했지만, 마리안의 마지막 말이 조금 뜬금없게 느껴졌다. 매닝 가 식구 중에서 마음이 있는 사람이 디키 하나는 아니었다. 애슐린은 손가락에 느껴지던 벨의 메아리를 여전히 느낄 수 있었다. 그녀가 처음에 〈영원히, 그리고 다른 거짓말들〉을 만졌을 때 찌릿한 느낌 이 들었을 때처럼. 그때 느낀 그 비통함이 너무 생생해서 그 책을 들 기도 힘들었는데. 하지만 지금은 그녀가 나설 자리가 아니었다.

받침 접시가 있는 찻잔을 어색하게 들고 있는 이선은 불편하고 이 자리에 어울리지 않아 보였다. 하지만 얼굴에 떠오르는 미소는 편안하고 진실로 따뜻했다. "고맙습니다. 아버지와 어머니 둘 다 이 모할머님에 대해 애정을 가지고 말씀하셨어요. 하지만 전 한 번도 그때 일에 관해 제대로 이야기를 들어본 적이 없었어요."

마리안은 접시에서 쿠키를 하나 집어서 귀퉁이를 작게 자른 다음 부스러기들을 손가락에서 털어냈다. "몇 주 후에 디키가 캐서린을 데리고 나를 만나러 왔다. 캐서린은 아주 사랑스러웠고, 잠깐 봐도 디키를 열렬히 사랑하는 게 보였지. 난 디키에게 어리석게 굴지 말 라고 말했다. 그게 둘에게 맞는 때라면 맞는 거라고. 어떤 이유로든 기다리지 말고 캐서린과 당장 결혼하라고. 안 그러면 뭔가가 그들 사이에 끼어들 수도 있다고."

"엄마는 이모할머니와 아버지가 소원해지게 된 걸 아주 싫어하셨 죠. 하지만 그때 무슨 일이 있었는지 전 전혀 몰라서……."

마리안은 고개를 돌렸고, 잠시 얼굴에 그늘이 졌다. "디키가 약속 을 하나 깨서 내가 성질을 냈다. 이제는 그게 미안해. 정말 미안해. 자, 더 알고 싶은 게 있니?"

이선은 잔과 받침 접시를 내려놓고 의자에 등을 기대고 앉았다.

"그 책들에 관해 알고 싶어요. 그게 어쩌다 우리 아버지의 서재에 있게 됐는지. 어떻게 아버지가 그 일의 중간에 끼게 됐는지요."

"디키가 중간에 끼게 된 건 항상 그래왔기 때문이지. 불쌍한 자식. 압력을 받아서 어쩔 수 없이 그렇게 된 거야."

"무슨 뜻인지 잘 모르겠는데요."

"디키가 남의 일에 간섭하지 않고 잘 살던 어느 날 런던에서 소포 하나가 왔어. 갈색 포장지로 포장한 책 한 권에다, 그 포장을 뜯지 말고 그대로 나에게 전달해달라는 쪽지가 동봉돼 있었지. 디키는 그걸 버릴 뻔했대. 그는 헤미를 믿지 않았고, 그가 우리 식구들에게 한 짓을 생각하면 믿어서도 안 됐지. 하지만 결국 내게 보냈어."

"그걸 왜 이모할머니가 아닌 우리 아버지에게 보냈죠?"

"헤미는 내가 어디 사는지 몰랐거든. 그 무렵엔 그걸 아는 사람이 거의 없었고. 한 번 추문의 피해자가 되면 사생활을 보호하는 게 아주 중요해진단다. 디키는 나보다 찾기 쉬웠지. 책을 내서 그랬을 거야. 디키에겐 약간의 내력도 있고."

"아버지가 이모할머니를 위해 전달한 그 편지 말씀이시죠?"

순간 마리안의 조심스럽고 침착한 얼굴에 감정이 솟구치면서 일그러졌다. 찰나의 놀라움이거나 불편함 같았다. "그래, 그 편지."

"그 사람이 부탁하면 우리 아버지가 그대로 할 거로 짐작하는 건 좀 주제넘지 않나요?"

"헤미 자체가 그런 사람이다." 마리안의 눈이 어두워지면서 잠시 대화의 맥락을 잃어버린 것처럼 보였다. 다시 고개를 들었을 때 그녀의 눈은 또렷했지만 떠오르는 기억 때문에 비통해 보였다. "그 사람은 목적을 위해선 수단을 가리지 않았어. 심지어 나에게도 그랬지. 그렇지 않으면 뻔뻔스럽게도 거짓말로 가득 찬 그 책을 어떻게 내게 보낼 생각을 했겠니? 너도 지금쯤이면 그 책을 다 읽어봤을 텐데. 둘 다 읽었지?"

"네." 이선이 차분하게 대답했다.

"그는 나를 벨이라고 불렀어. 하지만 벨은 없었지. 그가 그 책에 쓴 여자는 존재하지 않았어. 그 여자는 그의 상상이 만들어낸 것일 뿐이야. 지어낸 이야기일 뿐이지."

"당신의 책은 그 기록을 바로잡기 위해 쓴 거고요." 애슐린은 조용히 말했다.

마리안의 시선은 유리 벽 너머 멀리에 고정돼 있었다. 크게 뜬 그녀의 눈은 공허해 보였다. "그가 쓴 것들." 그녀가 마침내 입을 열었다. "그 왜곡된 말과 거짓말들…… 난 그가 그때 그 일을 그런 식으로 기억하게 놔둘 수 없었어. 그는 나를 탓하지만, 그는 알고 있어. 우리 둘 다 알고 있지."

애슐린은 이선과 눈을 마주치면서 '그것 보라고요'라는 눈빛을 보냈다. 그게 바로 뭔가 앞뒤가 맞지 않는다고 그녀가 꾸준히 주장했던 바로 그 점이었다. 이들에 대해 알면 알수록 벨이나 헤미나 실제로 있었던 진실을 알고 있지 못한 느낌이었다.

이선은 얼굴을 찡그리면서 생각에 잠겨 아랫입술을 잡아당기고 있었다. "전 아직도 헤미와 이모할머님이 쓰신 그 책 두 권이 어쩌다 우리 아버지의 서재에 오게 됐는지 모르겠습니다."

"곧 그 이야기가 나온다." 마리안이 딱딱하게 말했다. 그녀는 턱을 살짝 치켜들고 우아하게 차를 마신 후 조심스럽게 찻잔을 받침 접시 위에 올려놨다. "내가 〈영원히, 그리고 다른 거짓말들〉의 원고를 끝냈을 때, 그걸 자비 출판사에 보냈다. 그때 원고와 함께 헤미의 책을 보내서 이 책과 똑같은 모양으로 만들어달라고 부탁했어. 돈이 꽤 많이 들었지. 그 책이 나오자마자 두 권 다 디키에게 보내서 헤미에게 다시 그 한 쌍을 보내라 부탁했어. 그때 내가 왜 그랬는지는 나도 모르겠다. 나도 제대로 반격할 수 있다는 걸 그에게 보여주고 싶었던 것 같아."

애슐린은 헤미가 책 두 권이 들어 있는 소포를 열었을 때 그의 반응을 상상해보려고 노력했다. "헤미는 어떻게 반응했나요?"

마리안은 무표정한 얼굴로 애슐린을 봤다. "반응하지 않았다."

"한마디도요?"

마리안은 어깨를 으쓱했다. "그는 마음껏 울분을 터트렸고 나도 그렇게 했지. 그거 말고 달리 무슨 할 말이 있겠니?"

이선은 혼란스러워 보였다. "만약 아버지가 이모할머니 부탁대로 그 책들을 헤미에게 보냈다면, 어떻게 그 책들이 결국 아버지 서재에 남아 있게 됐죠?"

마리안의 표정이 어두워지더니 자세를 바꿔 앉았다. "몇 년 후에 헤미가 디키에게 갑자기 전화해서 둘이 만나 술이나 한잔할 수 있겠냐고 물었다. 디키는 그러지 말았어야 했는데 그 제안에 동의했어. 자연스럽게 둘의 대화에 내가 나왔지. 헤미는 디키에게 우리 둘이 달아날 계획을 세웠지만 내가 마지막 순간에 발을 빼버렸다고 했단다. 내가 아무것도 없는 남자와 결혼하기엔 너무 거만한 여자였기 때문에 그랬다나. 그건 물론 사실이 아니야. 다른 사람도 아니고 디키는 그게 사실이 아니란 걸 알았어야지. 헤미를 잃고 내가 어떤 대가를 치렀는지 다른 사람은 몰라도 디키는 알았어야지." 마리안은 이야기를 멈추고 슬프게 고개를 저었다. "디키도 사실은 좋은 뜻으로 그랬을 거야. 항상 그런 아이였지."

"하지만?"

그녀는 어깨를 으쓱했다. "하지만 디키가 약속을 깼다."

이선은 여전히 혼란스러워 보였다. "약속이 뭐였는데요?"

"너의 아버지와 나는 합의를 본 게 하나 있다. 어느 날 격렬한 논쟁을 벌인 후에 그렇게 합의했지. 그때 디키는 우리의 과거에 대해, 헤미와의 인연이 끝난 상황에 대해 내 탓을 하며 나를 들들 볶고 있었지. 디키는 그때 내가 헤미에게 너무 가혹했다고 생각하고 있었어. 디키는 내가 **비이성적이었고,** 잔인하다고 했다. 내가…… **잔인하다니.**" 마리안은 이야기를 멈추고 도저히 이해할 수 없는 듯 고개를 흔들었다. "그 모든 일을 겪고도, 디키는 여전히 우리가 그 상황을 바로잡을 수 있다고 믿고 있었어. 난 그의 의견을 원하지 않았어. 무엇보다 그 일에 관한 그의 의견은 듣고 싶지 않았지. 난 디키에게 우리가 친구로 남아 있으려면 다시는 내게 헤미의 이름을 언급하지 않겠다고 약속하라고 했어. 유감스럽게도 내가 디키에게 받아낸 약속에는 그가 내 이름을 헤미에게 말하는 건 포함되지 않았지."

마리안은 잠시 한숨을 쉬고는 말을 이어나갔다. "헤미가 전화했을 때 디키는 내가 다음 날 보스턴에 있는 컨퍼런스에서 연설하고, 그 후에 디키와 내가 만나 점심을 먹을 계획이란 소식을 실수로 말해버렸어. 적어도 디키는 그게 실수였다고 했어. 어쨌든 헤미는 거기에 자기도 참석하게 해달라고 디키를 설득했어. 너의 아버지는 그의 제안에 동의했고, 내가 도착하면 자기가 자리를 뜨겠다고 약속했지. 디키는 우리가 샴페인을 홀짝거리면서 서로의 눈을 바라보며 그 후에 영원히 행복하게 살 줄 알았나봐. 그 순진하고 낭만적인 바보. 하지만 자기가 사랑하는 사람과 행복하게 살면 다른 사람도 다 그렇게 살아야 한다고 생각하는 법이지. 기술적인 문제가 생겨서 천만다행이었지. 아니면 거기서 무슨 소란이 일어났을지 아무도 몰라."

"무슨 일이 있었는데요?"

"컨퍼런스가 열리기로 한 호텔의 환등기에 문제가 생겨서 늦게 시작하게 됐어. 나는 레스토랑에 전화해서 디키가 오면 내가 좀 늦을 거라고 전해달라고 했어. 내가 여자 종업원에게 리처드 힐라드가 이미 와서 앉아 있냐고 물었을 때 그 여자가 그렇다고, 신사 두 분 다 도착했다고 하더구나. 내가 그 신사가 어떻게 생겼는지 물었을 때, 디키의 손님이 키가 크고 잘생긴 영국 남자라고 했어…… 그때 알았지."

헤미.

"나는 그 종업원에게 부탁했어. 나에게 전화를 달라는 메시지를 너의 아버지에게 전해달라고. 디키는 굳이 부인하려고 하지도 않더라. 사실 어쨌든 내가 레스토랑에 오게 설득하려고 애썼어. 난 너무 화가 났지. 그 아이가 그렇게 부정직한 행동을 하리라곤 꿈도 꾸지 못했다. 그 아이도…… 그걸 다 알면서." 마리안은 처음에 의도했던 것보다 말을 더 많이 했는지 갑자기 입을 다물어버렸다.

그녀는 오른손에 낀 묵직한 석류석 반지를 만지작거리면서 아무 생각 없이 천천히 돌렸다. "디키는 헤미가 떠난 후 내가 어땠는지 알고 있었어." 마침내 마리안이 다시 입을 열었을 때 그녀의 목소리는 낮고 고통으로 가득 차 있었다. "디키는 알고 있었어…… 전부 다.

그래서 디키가 그런 식으로 날 배신했다는 사실에 경악한 거야. 디키는 항상 날 시험하면서 헤미와의 상황을 풀어보려고 애썼지만, 결코 그런 식으로 내 뒤통수를 칠 줄은 몰랐다. 적어도 나는 그 레스토랑에 가는 일은 피할 수 있었지."

"그럼 안 가셨어요?" 애슐린이 물었다.

그 질문에 마리안은 깜짝 놀란 것처럼 보였다. "대체 내가 왜 가야 하는데? 난 디키에게 둘 다 수프 먹다가 숨이 막혀버렸으면 좋겠다고 말하고 전화를 끊어버렸다. 그날 밤 디키가 전화해서 내 마음을 풀어보려고 애쓰더구나. 그러더니 다시 설득을 시작해서 헤미와 만나보라고, 헤미에게 전화해보라고 주장하지 않았다면 디키를 용서했을 거야. 디키는 도무지 포기하려 하지 않았어. 우린 다시 싸웠지. 일주일 후에 디키가 전화해서 헤미는 영국으로 돌아갔지만, 디키에게 그 책들을 주면서 내게 전해달라고 부탁했다는 거야. 난 그 책들을 다 태워버려도 신경 안 쓴다고 하고 전화를 끊었다. 그게 우리의 마지막 통화였어."

이선은 깜짝 놀란 표정이었다. "그래서 두 분이 말을 안 하고 지내셨던 거예요? 그 책들 때문에?"

"그 책들 때문이 아니었다, 이선. 그건 의리에 관한 문제였어. 헤미가 날 기습할 수 있는 상황을 디키가 만든 거야."

이선은 냅킨을 조심스럽게 접어서 테이블 위에 올려놨다. "그건 공개적인 장소에서 점심을 먹는 거였지, 으슥한 시내 한구석의 어두운 골목에서 만나는 게 아니었잖아요. 아버지는 그걸 기습이라고 생각하지 않았을 겁니다."

"넌 이해 못 해." 마리안의 찻잔이 받침 접시 위에서 덜걱덜걱 소리를 내기 시작했다. 그녀는 잔을 조심스레 내려놓고 시선을 무릎에 떨어뜨렸다. "그 오랜 세월이 흐른 후에 그의 눈을 보다니. 그 모든 거짓말과 그 모든 속임수를 본 후에. 난 그럴 수 없었다." 그녀의 목소리는 이제 속삭임에 가까웠다.

"그 기사 말씀이시죠?" 애슐린은 부드럽게 말했다.

마리안은 애슐린을 보며 눈을 한 번, 두 번 깜박였다. "맞아. 그 기사. 당연히 그 기사 말이야." 그녀는 그 시절을 기억하는 것이 육체적으로 고통스러운 것처럼 눈을 감았다. "그 사람은 그 기사를 싣지 않겠다고 내게 맹세했는데 떡하니 나와버렸어. 우리 엄마의 사진. 내 사진. 우리 가족 모두. 그리고 1면에 그 끔찍한 헤드라인이 대문짝만하게 나왔지. 그 사람이 그런 짓을 하다니 믿을 수 없었어."

"그는 자기가 한 일이 아니라고 했잖아요. 책에서 말이에요." 애슐린이 부드럽게 지적했다.

마리안이 턱을 살짝 치켜들었다. "그는 온갖 소리를 다 했지. 하지만 기사에 나온 내용 중 일부는 오직 내게서 들어야만 나올 수 있는 이야기였어. 나의 지극히 사적인 이야기였다고." 마리안은 잠시 말을 멈추고 눈을 질끈 감았다. "그 사람은 가명 뒤에 숨을 수 있다고 생각했지. 그러면 내가 못 알아볼 거라고. 하지만 난 알고 있었어. 그건 그 사람만이 쓸 수 있는 기사였어."

애슐린이 눈을 깜박이며 마리안을 봤다. "가명이라고요?"

"스티븐 슈왑이라고. 그 사람이 편리하게 지어낸 또 다른 거짓말이지." 마리안이 단호하게 말했다.

애슐린은 이선을 흘낏 보면서 그도 지금 흩어진 점들을 하나의 선으로 이어가고 있는지 궁금했다. 마리안은 슈왑이 가명이라고 믿고 있다…… 마리안은 스티븐 슈왑이라는 사람을 모른다…… 헤미는 스티븐 슈왑이 아니다.

"그 사람은 아니에요." 애슐린이 불쑥 말했다. "내 말은 헤미가 지어낸 거짓말이 아니라고요. 스티븐 슈왑이란 사람은 어느 한 시점에 골디 밑에서 일했고, 골디와 같이 찍은 사진도 몇 장 있어요. 골디가 죽었을 때 스티븐이란 사람과 같이 살고 있었던 모양이에요. 소문에 따르면 골디가 죽고 난 후 상당한 유산을 그에게 남겼대요."

마리안은 이 새로운 정보를 듣고 잠시 아무 말도 하지 않고 앉아 있었다. 아마 자신이 다년간 헤미를 부당하게 비난했을 가능성을 마음속으로 곱씹어보고 있는 것이리라. 마침내 마리안이 애슐린의 눈을 바라봤다. "이 모든 걸 당신이 어떻게 알고 있죠?"

애슐린은 무릎 위에 올려놓은 찻잔을 내려다봤는데, 갑자기 뺨이 달아올랐다. "전 헤미가 스티븐 슈왑이라고 확신했어요. 둘이 비슷한 점이 너무 많았거든요. 둘 다 스펜서 출판 그룹에서 일했고. 둘 다 소설가가 되길 갈망했고. 둘 다 골디와 관련된 인물이고. 그러니 스티븐이 헤미라고 보는 게 비약처럼 느껴지지 않았어요."

"난 그 스티븐이란 사람은 전혀 몰라요. 그리고 그의 이름이 마침 그 기사를 쓴 기자로 나왔다고 해도 관심 없어요. 그 기사를 쓸 수 있는 사람은 단 하나밖에 없었어요. 내가 그 이야기를 한 사람은 단 하나뿐이었고, 그 사람의 이름은…… 휴 개릿이에요."

애슐린은 그 이름을 알아차린 순간 아무 말도 하지 못한 채 마음속으로 〈후회하는 벨〉에 나온 정보들을 재빨리 떠올렸다. 거기 나온 표현들, 문장의 리듬, 단어 선택들. **휴. 개릿.** 그럴 리가 없는데. 하지만 그녀는 동시에 그가 맞다는 걸 확신했다. 당연히 그가 맞았다.

"지금 말씀하시는 분이 휴 개릿…… **작가를** 말씀하시는 건가요?"

"맞아요."

이선은 두 사람을 지켜보고 있었는데, 표정을 보니 무슨 말을 하는지 전혀 모르는 게 분명했다.

"그 사람은 소설가예요. 스무 권이 넘는 책을 쓴 어마어마하게 성공한 소설가인데, 그가 쓴 책 대부분이 베스트셀러가 됐어요." 애슐린이 설명했다. 그리고 마리안에게 고개를 돌렸다. "선생님이 **사랑하신** 분이 휴 개릿이었다고요?"

"그때는 유명하지 않았어요."

"음, 지금은 굉장히 유명해요. 지난달에 새 소설이 나왔어요. 그의 전작들처럼 바로 베스트셀러 1위가 됐어요. 그의 책을 한 권이라도 읽어보신 적 있어요?"

마리안은 애슐린의 눈을 불편할 정도로 조금 오래 바라봤다. "단하나…… 바로 그 책이요."

"그렇군요. 물론 그러시겠죠. 전 그냥 궁금해서……."

"당신이 뭘 궁금해했는지 알아요. 그에 대한 대답은 아니라는 겁니다. 난 단 한 번도 그 사람에 대해 궁금해본 적이 없어요. 내가 알아야 할 건 다 알고 있으니까. 난 그 슈왑이란 사람이 누군지 전혀 모르고, 그 기사를 쓴 사람의 이름이 슈왑이라고 해도 상관없어요. 그걸 쓸 수 있는 사람은 단 하나밖에 없어요."

이 상황에 만약 다른 사람이 그렇게 말했다면 믿기 어려웠을 것이다. 하지만 마리안 매닝은 다시는 헤미의 이름을 입에 올리지 말라고 자기 조카에게 맹세까지 시켰다. 그러니 그녀에게 그를 떠올리게 하는 건 뭐든 차단해버렸을 거라는 생각을 어렵지 않게 할 수 있었다.

마리안은 생각에 잠겨 눈을 가늘게 뜬 채 이제 애슐린을 찬찬히 뜯어보고 있었다. "이제는 내가 질문할 차례 같군요. 당신은 왜 관심을 가지죠? 내 애정 생활이 당신에게 대체 뭐라고?"

이선은 의자에 앉은 채 몸을 앞으로 내밀었다. 보아하니 자기가 이 상황에 개입해야 한다고 느낀 것 같았다. "사실 그 책들을 발견한 사람은 애슐린이었어요. 제가 중고 물품 가게에 기증한 상자 몇 개를 애슐린이 살펴보다가 그 속에서 우연히 〈후회하는 벨〉을 발견했어요. 그리고 일주일 후에 또 다른 상자에서 이모할머니의 책이 나왔죠."

마리안이 그를 물끄러미 바라봤다. "네가…… 그것들을 중고 가게에 기증했다고?"

"그때는 그게 뭔지 몰랐으니까요. 책꽂이에 책을 꽂을 공간이 필요해서 소설처럼 보이는 건 다 상자에 넣었어요. 그랬더니 어느샌가 작가의 이름이 없는 두 권의 책에 대해 문의하는 전화가 왔죠. 그땐 애슐린이 무슨 소리를 하는지도 몰랐어요."

마리안은 고개를 끄덕이며 그의 대답을 수긍하는 듯하더니 고개를 돌려 애슐린을 보았다. "당신은 왜 관심을 가지게 됐죠, 그리어양? 왜 이렇게까지 애를 썼나요?"

큰 눈을 동그랗게 뜬 마리안의 시선에 꼼짝없이 붙들린 애슐린은 좀 불편해졌다. 그 메아리들을 언급하지 않고 어떻게 이 질문에 정직하게 대답할 수 있을까? "전 그 책들이 아름답다고 생각했어요. 가슴을 울리는 이야기였고요. 읽으면서 계속 다른 결말이 나오길 바랐어요. 읽다 보니 뭔가 빠진 것 같은, 마치 퍼즐 하나가 사라진 것 같은 느낌도 들었고요." 그녀는 진지하게 말했다.

"뭐라고요?"

마리안에게서 마치 딸꾹질하는 것 같은 한 마디가 튀어나왔다. 무의식중에 갑자기 튀어나온 것이었다. 애슐린은 차를 한 모금 마시고, 시간을 들여 다시 한 모금 마셨다. 방금 그건 그녀가 상상한 건가? 마리안이 놀라서 눈을 깜박인 걸까? 거의 감지할 수 없을 정도로 미세하게 어깨가 굳어진 걸까? 그럴 의도는 없었지만 애슐린이 선을 넘었다. "제 말은 그저, 그 이야기의 결말이 달라질 수도 있었으면 좋겠다는 우리의 바람을 표현한 것뿐이에요."

"나도 그래요. 하지만 그건 신경 쓰지 말아요." 마리안은 갑자기 미소를 지었다. 활짝 지은 미소, 거의 축복을 내리는 것 같은 미소에 애슐린은 살짝 불안해졌다. "방금 우리라고 말했는데, 그건 당신과 이선을 말하는 거겠죠. 당신과 내 조카의 아들은 연애하는 사이인가요? 내가 젊었을 때는 그렇게 표현했는데, 두 사람이 어떤 사이인지 가늠이 되질 않아서."

갑자기 애슐린은 방금 마리안이 지은 미소가 무슨 의미인지 알아차렸다. 그녀는 형세를 전환하기 위해 개인적인 질문을 던져 상대의 허를 찌른 것이다. 영리하군. 효과적인 전략이기도 하고. 애슐린은 문득 깨달았다. 마리안의 그 질문에 어떻게 대답해야 할지 알 수 없었기 때문에.

"우린 지금 **서로를** 알아가는 중이에요. 만난 지 몇 주밖에 안 됐거든요." 이선이 침묵을 메우기 위해 끼어들었다.

마리안의 날카로운 미소가 살짝 누그러졌다. "그 책들 때문에?"

"네."

"기쁘구나." 조용히 중얼거리는 마리안의 시선이 다시 창가로 돌아갔다. "그 모든 상처에서 좋은 일이 생겼다니 기뻐." 마리안은 일어서서 포치 끝에 있는 한 쌍의 램프를 켰다. "요즘은 해가 아주 일찍 진단다. 저녁 먹고 갈래? 뭐 대단한 건 없어. 그저 오늘 아침에 이것저것 넣어서 끓인 스튜가 있어. 하지만 그것에 아주 잘 어울리는 맛있는 버건디 와인 한 병과 베이커리에서 사온 신선한 빵이 있단다."

이선이 애슐린을 봤다. "지금 돌아가야 해요?"

"제발 좀 더 있다가 가렴." 마리안은 기대에 찬 미소를 지으며 말했다. "얼굴 좀 실컷 보게 좀 더 있어줘. 디키를 떠올리게 돼서 좋고, 그동안 못다 한 이야기가 많잖니. 좀 더 있겠다고 하면 너희가 하는 모든 질문에 대답한다고 약속하마. 어쨌든 대부분은 대답해줄게."

16

적은 여러 형태로 존재하는데, 모두 우리의 수명과 안녕에
영향을 미칠지 모른다. 그러니 눈에 보이는 침입자와
보이지 않는 침입자 둘 다 항상 경계해야 한다.
―애슐린 그리어(오래된 책들의 치유자)

애슐린

버건디 와인에 대한 마리안의 말은 빈말이 아니었다. 보아하니 그녀는 프랑스에 있을 때 와인에 대한 미각을 개발한 듯했고, 근사한 와인 저장실을 보유하고 있었다. 스튜를 반쯤 먹었을 때 이선은 두 번째 와인 병을 땄다. 그들은 이제 마리안의 크고 환한 주방에 있는 식탁 주위에 둘러앉아 커다란 서양배 모양의 술잔에 따른 와인을 홀짝홀짝 마시며, 마리안이 근 30년 전에 시작한 비영리 단체와 그 후 전 세계에서 그 단체가 해온 일에 관한 이야기를 듣고 있었다.

결국, 예상했던 대로 마리안은 자식들 이야기를 꺼내서 그들이 이룬 여러 성취를 자랑했다. 재커리는 재능이 뛰어난 바이올리니스트가 됐다. 각국에서 그를 찾는 바람에 국가 원수들 앞에서도 여러 번 연주했고, 5개월 동안 유럽 투어를 마친 후 이제 막 시카고 교향악단에 들어갔다. 그는 약혼녀와 내년 봄에 결혼할 예정이었다. 일

리스는 현재 뉴욕에 있는 예시바 대학교에서 여성학 교수로 일하고 있고, 예쁜 세 딸의 엄마이기도 했다.

그 모든 상실과 고통을 겪은 후에 마리안이 충만하고 행복하게 살았다는 사실을 알게 돼서 애슐린은 기뻤다. "자랑스러운 할머니를 위해." 애슐린은 마리안에게 자신의 잔을 들어 보이며 말했다. "손녀들은 몇 살인가요?"

"리다는 여섯 살, 달리아는 여덟 살, 내가 큰애라고 부르는 밀라는 열한 살. 아이들이 좀 더 가까운 곳에 살면 좋으련만. 이사 간 후로 너무 보고 싶어. 하지만 일리스가 짬이 날 때 아이들을 데리고 나를 보러 오지. 다음 주에 내가 보스턴에 갈 때 아이들과 만나기로 했고."

"보스턴에 가신다고요?"

"거기서 시상식 연회가 열리는데 내가 평생 공로상을 받게 됐어. 재단과 관련된 상이지." 마리안은 와인을 한 모금 마신 후에 얼굴을 찌푸렸다. "그런 식으로 내가 얼마나 늙었는지 알게 되지. 사람들이 평생 공로상을 주기 시작할 때 말이야. 좋은 뜻으로 주는 거지만, 솔직히 그런 상은 그냥 우편으로 부쳐주면 좋겠어. 난 요즘 도시에는 별로 나가지 않거든. 하지만 일리스와 손녀들이 연회에 오는 건 기뻐. 모두 새 드레스를 장만해서 한껏 들떠 있거든."

이선은 테이블 건너편으로 손을 뻗어서 두 사람의 잔에 다시 와인을 채운 후 자기 잔에도 와인을 따랐다. "언니 이야기는 하지 않으시네요?"

마리안의 미소가 사라졌다. "너의 할머니 말이냐?"

"코린. 맞아요. 그분은 아직 살아 계시나요?"

"그러겠지. 죽었다는 말은 못 들었거든. 죽었다고 해도 나에게 연락할 것 같진 않다만. 내가 아이들과 함께 미국에 돌아온 후로 우리는 말을 섞지 않고 지냈다. 그게 거의 35년이 됐어."

"그럼 코린 할머니의 다른 자식들은요? 로버트 삼촌의 비행기가 격추됐고, 고모 한 분이 몇 년 전에 돌아가신 건 알지만, 나머지 분들은 어떻게 됐는지 전혀 몰라서요."

"앤과 크리스틴." 마리안은 그렇게 말하며 어깨를 으쓱했다. "걔들이 지금 어디 있는지는 나도 모른다. 그들과 모든 연을 끊어서 기쁠 뿐이야. 이제는 재커리와 일리스가 내 가족이야. 우리 어머니 쪽 친척들은 프랑스에 있고. 프랑스에 찾아갔을 때 우리 아이들은 사촌들에게 정이 많이 들었단다. 그래서 아직도 다들 연락하고 지내. 그것도 기쁜 일이지."

찾아간다고? 그 말을 듣고 애슐린은 놀랐다. "전 선생님이 프랑스에 계실 때 일리스와 재커리를 입양했다고 생각했어요. 책에선 아이들에 대해 언급하지 않으셔서요."

마리안은 짜증스러운 표정으로 애슐린을 힐끗 봤다. "책에 그런 말을 쓸 필요는 없지. 내 자식들은 그때 일어난 일과는 아무 상관 없는데. 그 사람과 아무 관계 없어."

"전 그저 그 시기가 좀 헷갈려서 말씀드린 것뿐이에요. 선생님이 OSE에서 일하다가 그 아이들을 입양했다고 생각했거든요."

마리안의 표정이 부드러워졌다. 자식들 이야기를 할 때 항상 그랬던 것처럼. "사실 그 반대야. 내가 해외에 있을 때 OSE에서 일하게 된 건 내 아이들 때문이었어. 나는 프랑스에 발을 들이기도 전에 전쟁 때문에 가족들이 얼마나 큰 피해를 보는지 두 눈으로 봤어. 미국이 난민을 받아들이는 걸 중단하기 전에 유럽에서 왔던 이들이 고국에서 어떤 끔찍한 일들이 벌어지고 있는지 말해줬어. 내가 캘리포니아에서 살 때 그중 하나, 나치를 피해 이곳으로 도망쳐온 오스트리아 여자와 친구가 됐어. 그 친구의 이름은 요한나 마이트너였어. 잠깐…… 그 친구 사진이 있는데."

마리안은 잠시 주방에서 나갔다가 단순한 은제 액자 안에 있는 사진 하나를 가지고 들어와서 애슐린에게 건넸다. "그게 바로 그 친구야. 요한나."

애슐린은 작은 사각형의 유리 뒤에서 그녀를 마주 보는 얼굴을 살펴봤다. 각이 진 얼굴에 옅은 색의 슬픈 눈동자, 딸기처럼 빨갛고 숱이 많은 앞머리. 한때는 미인이었을 그녀는 아마도 전쟁 때문에 아름다움은 시들고 그 자리에 불안한 표정만 남아 있었다. 그녀는 또한 동그랗게 부푼 배를 안고 있는 것처럼 보였다.

"이 사진을 찍었을 때 임신 중이었나요?"

마리안은 그 액자를 다시 받아서 끌어안았다. "그랬지." 계속 이야기하는 마리안의 눈이 게슴츠레해지고, 목소리는 생기가 빠져서 거의 로봇 같았다. 마치 기억 속 어딘가 어두운 곳에 있는 이야기를 다시 꺼내는 것 같은 표정이었다. "요한나의 남편인 야누스츠는 바이올리니스트였는데, 그에게 든든한 인맥이 있었어. 요한나가 임신한 사실을 알았을 때 그 인맥을 이용해서 요한나와 아들을 먼저 미국으로 보냈지. 그도 몇 주 후에 따라가기로 했지만, 위조된 서류를 가지고 있다가 들켜서 체포됐어. 얼마 후 그는 죽음의 수용소에서 세상을 떠났어. 어느 수용소였는지는 알아낼 수 없었지만 그건 중요하지 않았지. 그는 이미 죽었고, 그녀는 낯선 나라에서 아이를 밴 채 혼자 있었으니까."

"보살펴야 할 아이도 하나 있고." 애슐린이 침울하게 덧붙였다.

"맞아. 아이가 하나 더 있었지." 마리안이 조용히 말했다.

"두 분은 어떻게 친구가 됐나요?"

"요한나가 내 옆집에 살았어. 그녀는 완전히 자포자기한 상태였지. 그런 엄청난 고통을 겪으면서 절망한 거야. 아이를 낳을 힘도 없었지만, 어쨌든 아이들은 때가 되면 나오는 거니까. 요한나를 보살펴주고, 요리해주고, 청소해주고, 지난 일을 잊게 해줄 사람이 필요했어. 나는 우리 집보다 요한나의 집에 더 오래 있었지. 우린 자매처럼 가까워졌어. 요한나가 내게 안식일을 준비하는 법과 그때 맞춰 요리하는 법, 기도하는 법을 가르쳐줬지. 우리 셋은 가족이 됐어. 그 다음에 일리스가 태어났지."

애슐린은 순간 심장이 쿵 내려앉았다. "요한나가 일리스 엄마였어요?"

마리안은 눈물이 고인 눈을 깜박였다. "맞아."

"그리고 재커리는……."

"일리스의 오빠지." 마리안의 목소리가 흔들렸고, 그녀의 시선이 슬며시 다른 곳을 향했다. "요한나는 일리스가 태어나고 며칠 후에 죽었어. 출산할 때 피를 너무 많이 흘렸고…… 이미 너무 많이 잃었지. 의사는 요한나가 살지 못하리라는 걸 알았어. 요한나도 알고 있었지. 더는 싸울 의지가 남아 있지 않았거든. 요한나는 펜과 종이를 달라고 하더니 그녀의 랍비(유대교의 지도자, 교사-옮긴이)를 불러달라고 부탁했어. 자기가 쓴 글의 증인이 되어줄 랍비를."

마리안의 눈은 이제 눈물이 고여 반짝거렸다. "요한나는 내가 일리스를 받아들여서…… 친자식처럼 키워주길 바랐어. 그때 난 거절할 생각은 하지도 못했어. 요한나에겐 아무도 없었으니까. 그리고 내가 일리스를, 두 아이를 내 아이처럼 사랑하리라는 걸 요한나는 알고 있었어. 우린 **이미** 가족이었지. 그리고 그렇게 살아왔고. 요한나는 랍비에게 자기가 한 유언의 증인이 되어서 그녀의 소원이 실현되도록 확실히 처리해달라고 부탁했어. 랍비가 동의하자 눈을 감고 세상을 떠났지."

마리안은 사진을 내려놓고 냅킨으로 눈물을 닦아냈다.

"바보처럼 눈물을 흘려서 미안하구나. 오랜 세월이 지났는데도 아직도 요한나를 생각하면 마음이 힘들어서……."

애슐린은 마리안의 손을 잡아주고 싶은 충동과 싸웠다. "여자 혼자서 두 아이를 맡다니, 저는 상상도 못 하겠어요. 그건 힘들었나요? 내 말은, 공식적으로 아이들을 입양하는 거 말이에요."

마리안은 고개를 저었다. "그때는 요즘처럼 아이 하나 놓고 열 개의 가족이 경쟁하는 식이 아니었어. 보육원은 아이들로 넘쳐났고 온 세상이 전쟁에 휘말려 있었으니까. 남자들은 다 떠났고 여자들은 일해야 했지. 나를 제외하곤 아무도 이미 있는 가족을 찾지 않았어. 가장 큰 장애물은 내가 독신이라는 점이었지만, 람 랍비가 내 신원 보증을 해줬고, 내가 유능한 변호사를 고용해서 법적인 문제들을 처리할 수 있었지."

"그때 재커리는 몇 살이었어요?"

마리안은 자신의 냅킨을 조심스럽게 접어서 옆에 놨다. "막 두 살이 됐지."

애슐린은 고개를 저었다. "이제 막 걸음마를 배우는 아이와 갓난 아이라니. 대체 어떻게 그걸 다 감당하셨어요?"

"아가씨가 생각하는 것처럼 그렇게 힘들진 않았어. 물론 우리가 미국에 돌아왔을 때는 사람들이 요란하게 호들갑을 떨었지. 내가 그만 뉴욕으로 돌아오는 실수를 저질렀거든. 캘리포니아에 있을 때는 내가 누군지 아무도 몰랐지만, 뉴욕으로 돌아오자 언론이 금방 그 냄새를 맡아버렸지. 내가 아이 둘을 데리고 프랑스에서 돌아온 사실을 알아내자 언론은 내가 결혼했다고 추측했어. 그러다 난 결혼하지 않았고, 그 아이들은 입양한 아이들이라는 걸 알고 나서 내가 유대인 전쟁고아 한 쌍을 구조하려고 일부러 프랑스에 갔다는 신화를 만들어냈지. 정말 말도 안 되는 이야기였어. 기사만 보면 내가 입에 총검을 물고 진흙탕 속을 벅벅 기어서 그 아이들을 드랑시(프랑스 북부에 있는 도시―옮긴이)에서 구출했다는 식이었다니까. 물론 내가 이렇게 이타적이고 영웅적인 행동을 하게 된 동기는 〈리뷰〉지에 나온 기사 때문이라고 언론에서 주장했지. 우리 엄마가 유대인이라는 사실을 내가 알았기 때문에 그런 일을 했다는 거야. 서커스도 그런 서커스가 없었지. 완벽하게 거짓말이었고. 하지만 일단 기차가 달리기 시작하면 그걸 멈추기란 굉장히 어렵잖아."

"증조할아버지가 그 기사를 보고 열광하셨겠네요." 이선이 건조하게 말했다.

마리안은 이선에게 희미하게 미소를 지어 보였다. "뭐 딱히 그렇진 않았지. 물론 코린 언니는 노발대발했고. 우리 어머니의 죽음에 관한 소문들이 차츰 잦아들기 시작했는데, 내가 불쌍한 유대인 고아들과 짠 하고 뉴스에 나와서 다시 그 추문을 부활시켰으니까. 재커리와 일리스는 대체 왜 사람들이 자기들을 두고 그렇게 난리를 치는지 이해할 수 없었고." 마리안의 얼굴에 또 미소가 떠올랐는데 이번에는 좀 더 부드러웠다. "언론에선 내가 아이들을 구한 것처럼 썼지만, 사실은 **그 아이들이** 날 구했어. 난 헤미와 그렇게 헤어지고 나서 완전히 절망했거든. 그런데 요한나와 그 아이들이 내게 마음을 쓸 곳, 내 상처와 전쟁 말고도 집중할 곳이 되어준 거야."

"그럼 전쟁이 끝난 후에 아이들을 데리고 프랑스로 가셨어요?" 애슐린은 여전히 그 시간상의 공백을 채워보려고 애쓰면서 물었다.

마리안은 날카로운 눈빛으로 애슐린을 바라봤다. "아가씨는 참 궁금한 게 많네? 맞아, 우리는 프랑스로 갔어. 베르주라크로 갔지. 이모의 건강이 쇠약해지고 있어서 아직 살아 계실 때 그곳에 가보고 싶었어. 아이들도 그곳을 사랑했어. 아이들은 프랑스어를 배웠고, 이디시어도 조금 배우고, 포도를 재배하는 모든 방법에 대해 익혔지. 거기 간 건 아이들에게, 우리 모두에게 좋았지. 그리고 나는 OSE에서 일하게 됐고. 힘들었지만 보람 있었어."

"일리스와 재커리는 자기들이 입양된 사실을 아나요?"

그 질문이 불쾌했는지 마리안의 어깨가 순간 굽어졌다. "당연히 알지. 아이들이 커서 이제는 이해할 수 있겠다고 생각했을 때 말해줬어. 아이들에게…… 전부 다 말해줬지."

애슐린은 다시 요한나의 사진을 집어서 살펴봤다. "일리스의 얼굴이 보이네요. 피부색도 똑같고, 얼굴도 똑같이 각이 졌어요."

마리안의 눈이 가늘어졌다. "아가씨가 우리 딸을 알고 있는지 몰랐네."

"전 몰라요. 하지만 이선이 부모님이 가지고 있던 아이들 사진 몇 장을 보여줬어요. 그때 선생님이 보내신 카드들과 편지들과 함께

왔다고 하던데요."

마리안은 그 말에 안심하는 것처럼 보였다. "아, 그렇지. 난 그저 이 상황이 조금 당황스러워서 말이야. 오늘 처음 만난 사람들이 내 삶의 가장 내밀한 부분까지 대부분 다 알고 있으니. 마치 누군가가 내 일기장을 훔쳐본 것 같은 기분이야. 사실 어떤 면에선 그런 일이 일어난 셈이고. 내가 그 책을 썼을 때는 헤미만 보라는 뜻이었어. 그 책들이 다른 사람의 손에 들어가게 되리라곤 상상도 하지 못했지. 거기다 그것에 대해 설명까지 해야 할 줄은 더 몰랐고."

"알아요. 이 말이 도움이 될지 모르겠지만, 우리도 선생님을 이렇게 만나뵙게 될 줄은 정말 몰랐어요. 이선이 오래된 콘서트 전단지를 우연히 발견한 덕분에 재커리에게 연락할 방법을 알아냈죠."

"재커리에게서 그 이야긴 들었어. 내 생각에 그건 보스턴에서 한 콘서트였지. 그 아이가 계속 거기 있었다면 나야 좋았겠지만, 그 아이는 연주자로서 대성공을 거뒀고 행복해하니 그거로 됐지. 어떤 부모도 그 이상은 바랄 수 없고."

"재커리가 아버지를 닮은 것도 참 근사한 일이네요. 재커리가 아버지를 기억할까요?"

마리안은 애슐린을 보며 눈을 깜박였다. "미안하지만…… 방금 뭐라고 했지?"

"아까 야누스츠가 바이올리니스트라고 하셨잖아요. 그래서 재커리도 바이올린을 배우기로 결심했나 생각했거든요. 아버지가 연주하는 걸 기억해서 말이죠."

"아니. 재커리는 기억하지 못해." 마리안은 그렇게 대답하고 잔을 들어서 남은 와인을 한 번에 비웠다. "그때 재커리는 너무 어렸고, 야누스츠는 항상 연주회 때문에 집을 비웠거든. 하지만 엄마 요한나는 기억해. 아니면 기억한다고 생각하는지도 모르고. 아이들이 어렸을 때 종종 요한나 이야기를 해줬어. 주로 잘 때 들려줬지. 아이들이 요한나를 알고, 그들에게 엄마가 **둘**이라는 사실을 알고 있기를 바랐거든."

"하지만 아버지는 없잖아요. 결혼할 생각을 한 번이라도 해보셨어요?" 이선이 지적했다.

마리안은 그 질문에 손사래를 쳤다. "난 남편을 둘 시간도 없었어. 항상 너무 바빴거든. 그리고 결혼할 필요도 없었어. 아이들과 일 덕분에 필요한 건 다 가졌지." 그녀는 테이블에 손을 짚고 일어나서 손목시계를 봤다. "이런, 이야기하다가 시간 가는 줄도 몰랐네. 벌써 10시가 넘었어."

애슐린은 일어나서 빈 잔들을 챙기기 시작했다. "시간을 너무 많이 뺏어서 죄송합니다. 치우는 거 도와드리고 빨리 갈게요."

"아냐, 아니야. 치우는 건 내가 할게. 얼마 되지도 않아. 그리고 안개가 끼기 시작했어. 가다가 너희들 차가 도랑에 빠지기라도 한다면 내가 정말 미안하잖아. 가서 코트 챙겨. 현관에서 보자."

그들이 코트의 단추를 채우고 갈 준비가 됐을 때 마리안이 와인한 병을 가지고 왔다. 그걸 이선에게 건넨 후 그의 뺨에 키스했다. "라 파밀레 트레베 산크레라는 이름의 와인이야. 둘이 같이 마셔. 치즈나 과일과 같이 마시면 좋아."

이선이 병에 붙은 상표를 살펴봤다. "이거 이모할머니 가족의 포도원에서 나온 거군요."

"너의 가족이기도 해." 마리안은 그렇게 이선에게 일깨워주었다.

"아마 너와 애슐린도 언젠가는 그곳에 가겠지. 프랑스 사촌들이 널 보면 좋아할 거야, 정말로."

이선이 애슐린에게 비죽 미소를 지어 보였다. "그럼 우리 프랑스어부터 다시 공부해야겠네요."

"그때까지 너무 오래 걸리면 안 된다." 마리안이 조금 진지한 얼굴로 훈계했다. "시간은 금방금방 도망치기 마련이거든. 자꾸 이런저런 일이 생기고, 그러다 어느새 기회는 사라져버려."

"알겠습니다. 조만간 그렇게 할게요."

마리안은 손을 들어 그의 뺨을 쓰다듬더니 잠시 그대로 있었다. "좋은 애들이야. 너의 사촌들 말이야. 그러니 꼭 알고 지내라. 재커리와 일리스도 마찬가지고. 나의 손녀들도. 제발 돌아온다고 말해주렴. 너희 둘 다. 여기 와서 며칠 지낼 수도 있잖아. 난 이제 우리가 모르는 사이로 지내지 않기를 바란다."

이선은 어색한 미소를 지으며 와인병을 팔꿈치 안쪽에 끼웠다. "그동안 연락 못 드려 죄송해요, 이모할머니. 앞으로는 더 잘하겠다고 약속할게요."

미소를 지으며 이선을 바라보는 그녀의 눈에서 눈물이 반짝였다. "우리 둘 다 그래야지. 이제 가라. 제발 운전 조심하고. 디키의 아들과 그의…… 친구와 더 많은 시간을 보내길 기대하고 있을게."

17

외적인 조건으로 항상 내용물까지 알 수 있는 건 아니다.
철저하게 평가하고, 무엇보다 언제 전문가를 불러야 할지 알아야 한다.
-애슐린 그리어(오래된 책들의 치유자)

애슐린

차가 마블헤드를 뒤로하고 구불구불한 길을 떠났을 때 애슐린은 가죽 시트에 등을 기댔다. 해가 진 후 짙은 안개가 밀려와 온 세상을 차갑고 솜 같아 보이는 연무로 뒤덮었고, 그녀는 와인을 마셔서 졸렸다.

옆에 앉아서 운전하는 이선은 평소와 달리 조용했다. 그의 시선은 앞의 도로에만 집중돼 있었는데, 아마 오늘 일을 곱씹어보고 있을 것이다. 떠나려고 할 때 근사한 순간이 있었다. 마리안이 그의 뺨을 어루만지면서 이제는 모르는 사람으로 지내고 싶지 않다고 말한 순간이었다. 또 이선이 애슐린과 같이 프랑스에 가겠다고 말했을 때는 어색하기도 했다. 이선으로서는 분명 마리안을 달래려고 한 말이겠지만, 그때 이선의 표정은 진심으로 감동한 것처럼 보였다. 어쩌면 그는 언젠가 프랑스에 가서 정말 사촌들을 만날 것이다. 애슐린은 그러길 바랐다.

그녀는 고개를 돌려서 이선을 바라봤다. 파란색과 초록색이 섞인 대시보드 불빛에 비친 그의 옆모습은 으스스해 보였다. 생각에 잠긴 그는 기분이 조금 가라앉은 것처럼 보이기도 했다. "괜찮아요?"

"네. 내가 괜찮지 않을 게 뭐가 있겠어요?"

"모르겠어요. 오늘 일이 꽤 많았는데 당신이 좀 조용한 것 같아서. 부모님 이야기가 나와서 속상했나 싶기도 하고요."

"아뇨. 그건 사실 좋았어요. 우리 엄마가 아버지에게 푹 빠져 있었다고 한 마리안의 이야기를 들으니 기분이 좋더군요. 부모님이 마치 젊은 연인처럼 서로 열렬히 사랑했다고 생각하니 근사해요. 우린 부모님을 그런 식으로, 꿈과 열정이 있는 사람으로 생각하지 않잖아요. 부모는 그냥 부모라고 생각하죠."

애슐린은 부모님에 대해선 생각하지 않는 편을 선호하기 때문에 이선의 그 말에는 대꾸하지 않았다. "흠, 이제 우리는 상황을 더 분명하게 파악하게 됐어요. 당신의 아버님이 어떻게 그 책들을 가지고 있게 됐는지. 왜 아버님과 벨이 소원해졌는지. 마리안은 정말 당신의 아버님을 좋아한 것처럼 보이더군요. 당신을 만나서 정말 기쁜 것 같았고."

"결국엔 그렇게 된 것 같지만. 처음에는 우리를 경계하는 것처럼 느껴졌어요. 마치 우리가 그녀를 취조하러 온 것처럼 생각하는 분위기도 풍겼고. 사실 많이 놀랐어요. 마리안이 내가 예상했던 것과 전혀 달라서."

"어떤 걸 예상했는데요?"

"좀 더 늙은 모습을 상상했나봐요. 좀 더 나이 든 아줌마 같은 모습이라고 해야 하나. 벨을 눌렀을 때 그런 여성이 나올 줄 몰랐어요. 마리안이 미인이란 건 알고 있었어요. 엄마가 항상 그렇게 말했거든요. 하지만 아직도 그렇게 아름다우리라고는……."

"마리안은 정말 아름다워요, 그렇죠? 아주 경이로운 분이기도 하고. 전쟁고아 둘을 입양해서 완전히 혼자 힘으로 훌륭한 어른으로 키워내고. 마리안이 애초에 돈이 얼마나 있었는지는 차치하더라도 아이들을 키우는 것 자체가 굉장히 힘든 일이잖아요. 그다음엔 전 세계 고아들을 돕기 위해 비영리 단체를 시작하고. 스튜까지 손수 끓이다니. 자신이 충만하고 의미 있는 인생을 살았다는 사실을 헤미가 알아주길 바란 것도 당연해요."

"마리안도 본인 입으로 너무 바빠서 남편을 둘 시간도 없었다고 했잖아요."

"아, 마리안은 분명히 바쁘긴 했죠. 하지만 그래서 결혼 안 한 건 아니란 것에 내가 가진 돈을 다 걸겠어요. 내 짐작엔 헤미와의 관계가 그렇게 끝나버렸기 때문에 결혼하지 않은 것 같아요. 사랑하는 사람에게서 어마어마하게 큰 상처를 받았는데, 그것도 상대가 의도적으로 한 짓이란 사실을 알게 되면 절대 잊을 수 없죠."

"이거 지금 마리안 이야기 맞아요?"

애슐린은 그녀를 바라보는 이선의 시선을 느끼고는 고개를 창문으로 돌려버렸다. "네."

"정말?"

"네."

이선은 계속 그녀를 바라보며 그녀가 좀 더 말하길 기다렸다. 애슐린이 굳게 입을 다물자 그 문제는 더는 거론하지 않았다. "적어도 우린 이제 그의 이름은 알게 됐네요. 휴 개릿."

애슐린은 긴장했던 몸이 풀리는 게 느껴졌다. "마리안이 그 이름을 말했을 때 의자에서 굴러떨어질 뻔했어요. 우린 헤미가 작가란 사실은 알고 있었죠. 책에서 그가 전쟁에 관한 책을 두어 권 썼다고 했으니까. 하지만 그렇게 다작을 한 건 말할 것도 없고, 그렇게 유명한 베스트셀러 작가가 되리라곤 상상도 못 했어요. 마리안은 분명 언젠가 서점 진열장에 자기들의 이야기가 들어간 책이 나올까봐 무서웠을 거예요."

이선은 한 손으로 턱을 문지르면서 얼굴을 찡그렸다. "여태까지 왜 그런 책이 안 나왔는지 궁금하네요."

"어쩌면 나왔을지도 몰라요." 애슐린이 불쑥 내뱉으면서 왜 그 생각이 좀 더 일찍 떠오르지 않았는지 의아해했다. "등장인물의 이름 몇 개 바꾸고 제목을 새로 달면 짠~ 이미 만들어진 베스트셀러가 탄생하는 거잖아요. 그 이야기를 알아보는 사람은 마리안밖에 없겠지만, 마리안은 그의 책을 한 권도 읽은 적이 없다고 인정했어요. 나도 그의 책은 몇 권 읽어봤지만 다 읽은 건 아니라서. 그는 슬픈 소설 전문이에요. 독자를 오열하게 만드는 작품을 쓰죠. 그러니 그가 그런 책을 썼다고 해도 우리가 그냥 모르고 있을 수도 있어요."

이선은 신호등 앞에서 차를 멈추고 그녀를 돌아봤다. "도착하면 당장 나가서 그의 책을 다 사들일 셈이죠, 그렇죠?"

"산다고요? 아뇨. 그가 쓴 책들의 표지에 나온 책 소개를 읽어보면 어떤 게 우리가 잘 아는 이야긴지 알 수 있지 않겠어요? 생각해보니 정말 그러네요. 지금 시간이 거의 자정이 되지 않았더라면 당신에게 당장 가장 가까운 서점으로 가자고 할 텐데. 게다가 그가 어떻게 생겼는지 궁금해요. 분명 책 표지에 그의 얼굴 사진이 나와 있었던 것 같은데, 전에는 별로 관심 없이 봐서 말이죠. 생각해보니, 당신이 케빈의 가게에 갖다준 상자에도 그의 책이 몇 권 있었던 기억이 나요."

신호등이 초록색으로 변했다. 이선은 와이퍼를 켜서 자동차 앞 유리를 닦은 후 가속 장치를 밟았다. "그건 아마 우리 엄마 책이었을 거예요. 엄마는 펑펑 울게 만드는 소설을 좋아했거든요."

"당신 어머님이 헤미와 휴 개릿이 동일인이라는 사실을 알고 있었을까요?"

"모르겠어요. 아버지는 분명 알고 있었을 건데, 아버지가 엄마에게 그 사실을 숨겼을 거란 생각은 들지 않아요. 전에 말한 것처럼 우리 부모님은 서로 숨기는 비밀이 없었거든요."

애슐린은 잠시 입을 다문 채 그날 했던 대화를 곰곰이 생각했다. 마침내 아주 많은 사실이 밝혀졌지만, 아직도 마리안이 그들에게 밝히려 하지 않은 뭔가가 있는 듯한 느낌을 떨쳐버릴 수 없었다. 그녀가 그들의 질문에 대답할 때는 마치 손에 잡힐 듯 아주 조심스럽게, 숙고해서, 신중하게 자기가 할 말을 분석해서 하는 것처럼 느껴졌다. 그것은 마리안이 다년간에 걸쳐 숙달한 기술로 불편한 질문에 대답할 때 어떤 부분을 빼놓고 말해야 하는지 알고 하는 행동처럼 느껴졌다.

"아까는." 이선은 생각에 잠겨 있는 애슐린을 팔꿈치로 쿡 찌르며 입을 열었다. "나보고 조용하다고 하더니. 당신 말이 어느 정도 맞았어요. 오늘 분위기가 좀 이상하더라고요. 오랜 세월 내가 한 번도 만나지 못한 그분에 대해 부모님으로부터 이런저런 이야기를 조금씩 들어왔는데, 그러다 오늘 그분의 포치에 앉아서 우리 부모님에 대해 그분이 하는 이야기를 듣고 있으려니까 기분이 묘했어요. 아버지가 그분과 소원해지긴 했지만, 우리가 만난 사실을 알면 아버지가 기뻐할 거란 생각이 들었어요."

"당신의 아버님이 돌아가시기 전에 두 분이 화해할 수 없어서 안타깝긴 하지만, 마리안이 당신 아버님에게 왜 그렇게 화가 났는지는 알겠더라고요. 아버님은 순수한 동기에서 헤미와 점심을 같이 먹자고 주선하셨겠지만, 마리안에게 그건 또 다른 배신처럼 느껴졌을 거예요. 그것도 그분이 유일하게 믿을 수 있다고 믿은 식구에게 말이죠."

"그때 무슨 일이 있었는지, 왜 그런 일이 있었는지는 모르겠지만 난 아버지를 알아요. 아버지는 의도적으로 그분을 배신할 만한 일은 절대 하지 않았을 분이에요. 아버지는 분명 그분과 헤미가 이야기해서 풀어야 할 뭔가가 있다고 생각했을 테죠."

애슐린은 이선이 한 말을 생각했다. 그녀는 한 번도 이선의 아버지인 리처드 힐라드를 만나본 적이 없지만, 아버지의 동기에 대해 이선이 한 말을 그대로 믿을 정도로 그에 관한 이야기를 많이 들었다. 마리안이 아까도 몇 번이나 그녀와 조카 사이에서 헤미가 계속 말다툼의 원인이 됐다고, 조카가 계속 헤미를 **그녀에게 밀어붙였다고** 말했다. 마리안이 말하지 않았던 부분은 조카가 왜 그랬는지에 대한 것이었다. 디키가 혹시 헤미와 벨이 헤어진 진짜 사정에 대해 뭔가 알고 있었을 가능성은 없을까? 그게 어쩌면 그가 그토록 그 둘을 재회시키려고 결심한 이유일지도 모른다. 하지만 마리안은 왜 그렇게 계속 요지부동일까?

"오늘 마리안이 이야기하고 있을 때 뭔가 이상한 점 눈치채지 못했어요? 뭔가 조금…… 빠진 것 같은?"

"빠져요?"

"구체적으로 어디가 그런지는 모르겠지만, 가끔 마리안이 방어적인 태도를 보일 때가 몇 번 있었어요. 내가 뭔가 물으면 갑자기 화제를 바꾸거나 되려 나에게 질문을 하는 식으로 피했죠. 이건 마치 그녀가 넘길 거부하는 어떤 선이 있는데, 우리가 그 선에 가까이 다가갈 때마다 입을 다물어버리는 느낌이랄까."

"그걸 이상하다고 해야 할지는 모르겠네요. 우린 오늘 상당히 괴로운 추억들에 관해 이야기를 나눴잖아요. 생판 모르는 두 사람에게 계속 사적인 질문을 받은 건 말할 것도 없고. 나라도 이상하게 행동했을걸요. 솔직히 우리에게 그 정도로 말해준 것도 놀라워요."

"맞아요. 그건 그래요."

애슐린은 아직도 납득하지 못했지만, 오늘은 긴 하루였고, 소화해야 할 정보도 많았다. 그녀는 시트의 머리 받침대에 머리를 기대고 온몸의 긴장을 풀었다. 이선의 집에 차를 놓고 오지 말걸 그랬다는 생각이 들었다. 거기서 다시 차를 몰고 집에 갈 생각을 하니 벌써부터 끔찍했다.

"도착하려면 아직 한 시간 남았어요." 이선은 마치 그녀의 생각을 읽은 것처럼 말했다. "눈 좀 붙여요. 집에 도착하면 깨워줄게요."

"안개가 점점 심해지고 있어요. 나도 깨어 있을게요. 같이 길을 봐줄 사람이 필요할 수도 있잖아요."

"난 괜찮아요. 좀 자요."

타이어가 자갈길 위를 으드득 밟고 지나가는 소리에 깼을 때 애슐린은 그동안 얼마나 잤는지 알 수 없었다. 그녀는 일어나 앉아 차의 앞 유리를 보면서 눈을 깜박였다. 헤드라이트 불빛 한 쌍이 안개의 벽을 가르고 있었다.

"이런, 미안해요. 나만 쿨쿨 자버렸네요." 그녀는 목을 왼쪽으로 돌렸다가 오른쪽으로 돌려 뒤틀린 근육을 풀면서 말했다.

"걱정하지 말아요. 거의 다 도착했어요."

그녀가 눈을 가늘게 뜨고 앞을 보는 동안 이선은 커브를 돌면서 현재 위치가 어디쯤인지 확인하려고 애썼다. 안개가 너무 짙어서 애슐린도 지금 여기가 어디인지 알 수 없었다. "이런 안개 속에서 운전해야 한다니 끔찍하네요. 이럴 때 운전하면 항상 절벽에서 떨어질 것 같은 기분이 들더라고요. 지금 우리가 어디로 가고 있는지 보여요?"

"집에 도착하기까지 몇 분 안 남았어요. 이 길은 눈을 가리고도 운전할 수 있어요."

애슐린은 끙 소리를 냈다. "왜 그 말을 들어도 기분이 나아지지 않을까요?"

"있죠, 오늘 밤 우리 집에서 묵어도 돼요."

애슐린은 무의식중에 이선을 향해 고개를 옆으로 꽉 돌렸다. "뭐라고요?"

"오늘 밤 운전해서 집에 갈 필요 없다고요. 우리 집에서 자도 된다고요."

"아, 아니에요. 난 괜찮을 거예요. 고마워요."

이선의 차가 진입로에 들어갔을 때 애슐린은 가방을 챙겨서 문의 손잡이를 잡고 얼른 나갈 준비를 했다. "운전해줘서 고마워요. 오늘 즐거웠어요."

이선은 차의 시동을 끄고 그녀를 바라봤다. "진심으로 하는 말이에요. 제발 자고 가요."

"난 괜찮아요, 정말로. 많이 걸려봤자 20분만 가면 돼요."

"당신은 지금 운전하면 안 될 것 같아요. 시간도 너무 늦었고 지쳤잖아요. 마리안 이모할머니의 말씀을 인용하자면, 당신이 도랑에 차를 박게 되면 내가 아주 미안할 것 같아요."

애슐린은 자기도 모르게 빙긋 웃었다. "가다가 나오는 도랑이란 도랑은 다 피하겠다고 약속할게요." 그녀는 차에서 나와서 안개 속으로 들어가면서 가방을 어깨에 멨다. "아, 와인을 잊어버릴 뻔했어요."

그녀가 가방에서 와인을 빼려고 더듬거리고 있을 때 이선이 차에서 나와 그녀 앞에 섰다. "자고 가요." 그의 목소리는 굵었는데, 고요한 섬 같은 안개 속에서 울려 퍼져서 그런지 기이하게 소리가 작아져 있었다. "나랑 같이 자자는 말이 아니에요. 그런 말을 하려는 게 아니라. 그저 아침에 잠이 깼을 때 당신이 여기 한 지붕 아래 같이 있었으면 좋겠어요. 내 말이 이상하게 들리나요?"

애슐린은 고개를 흔들었다. 그의 말은 사실 사랑스럽게 들렸다. "아뇨, 이상하게 들리지 않아요. 다만…… 아주 살짝 두려워요."

다시 입을 연 그의 목소리에 웃음기가 묻어 있었다. "우리 집에 있는 다섯 개의 침실 중 하나를 고를 수 있는 선택권을 줄게요. 방 두 개는 항구가 보이고, 둘 다 문에 자물쇠가 달려 있어요. 당신의 머리

글자가 찍힌 목욕 가운은 없지만, 당신이 입고 잘 수 있는 낡은 티셔츠는 분명 찾을 수 있을 거예요. 그리고 이게 당신의 결정에 영향을 줄 수 있을지 모르겠지만, 아침에 일어나면 아주 소박하고 맛있는 아침 식사가 준비돼 있을 겁니다."

"내가 걱정하는 건 문의 자물쇠가 아니에요, 이선. 당신에 대한 **믿음**이 문제가 아니라고요."

"그럼 뭐가 **문제죠?**"

애슐린은 눈을 감고 그 질문을 자신의 의지로 극복할 수 있기를 빌었다. 그것은 그녀가 그동안 피해온 대화였고, 몇 주 동안 도망 다닌 진실이기도 했다. "**나에** 대한 신뢰겠죠."

"우리 집 손님방에서 잘 때요?"

이선이 그런 식으로 표현하니 우스꽝스럽게 들렸다. 마치 이선이 옆방에 있을 때 애슐린이 자제할 수 없을 것 같이 걱정한다는 말처럼 들렸다. 하지만 그녀는 이 특별한 절벽 위에 전에도 올라와본 적이 있는데, 그때 결말이 안 좋았다고 말하는 건 극도로 절제된 표현일 것이다. 그때 그녀는 너무 빨리 뛰어내렸다가 너무 처절하게 추락했고, 그 후에 일어난 모든 일을 온몸으로 받아들여야 했다. 다시 그런 실수를 저지를 위험을 무릅쓸 순 없었다. 그랬다간 다시는 만회할 수 없을 것이다. 그녀는 다니엘이 죽은 후 자신을 위한 세계를 만들었다. 작고, 조심스럽고, 안전한 세계. 그것으로 충분해야 했다.

"이선……."

"자고 가요." 다시 말하는 그의 목소리는 좀 더 부드러웠지만 어쩐지 좀 더 끈질겼다. "당신이 두려워하는 거 알겠어요. 이유는 모르겠지만, 어쨌든 알겠어요. 내게 당신의 이야기를 해야 할 의무는 없어요. 당신이 내게 뭐든 해야 할 의무는 없죠. 하지만 당신이 이야기하고 싶은 기분이 들면 나는 꽤 잘 들어줄 수 있어요. 아니면 우린 그냥 소파에 편하게 앉아서 밤새 영화를 봐도 돼요. 당신은 내게 뭐든 말할 필요가 없어요. 그냥 자고 가요. 아무 조건 없이."

"그러면 상황이 혼란스러워지지 않겠어요?"

"상황이 혼란스러워진다고요?" 이선은 마치 그 질문 자체가 말이 안 되는 것처럼 따라 말했다. "애슐린, 내가 당신을 만난 순간부터, 나는 모든 게 혼란스러웠어요. 이게 내가 혼란스럽지 않은 첫 번째 일이에요. 오늘 마리안이 우리에 관해 물었을 때 당신의 얼굴이 굳어졌죠. 당신은 어떻게 대답해야 할지 몰랐던 거예요. 하지만 난 알고 있었어요. 난 그 질문에 어떻게 대답하고 싶은지 정확하게 알고 있었어요. 난 이렇게 말하고 싶었어요. **그래요, 마리안. 우린 연애하는 사이예요.** 그때 마리안이 일깨워줬죠. 그 책들 덕분에 우리가 만나게 됐다고. 음, 이제 책을 둘러싼 미스터리는 다 풀렸고, 우리에게 그 책들은 없으니, 오늘 밤 당신이 그냥 가게 둔다면 그걸로 끝일까봐 두려워요. 당신이 날 다시 보러 올 이유가 없을 거잖아요."

"내가 그냥 사라질 거로 생각했어요?"

"내가 무슨 생각을 하는지 나도 모르겠어요. 난 그저 이 관계가 끝나지 않았으면 좋겠는데 어쩌면 그럴지도 모른다는 느낌이 들어요. 전에도 이런 말을 했지만, 다시 말할게요. 지난번에 내가 분명하게 말하지 않았을지도 모르니까. 난 우리가 같이 있는 모습을 보고 싶어요. **우리**가 될지 알아보고 싶어요. 헤미와 벨 없이도 말이죠."

애슐린은 그의 얼굴을 찬찬히 살펴봤다. 안개 때문에 얼굴의 날카로운 윤곽선이 부드러워 보였다. 하지만 얼굴을 볼 필요도 없었다. 그의 어깨에는 잔뜩 힘이 들어가 있었고 자세는 뻣뻣한 것이 지금부터 날아올 타격을 대비해 긴장한 것처럼 보였다. 지금 위험을 무릅쓴 사람은 그녀만이 아니었다. "그렇다면 오케이."

"오케이…… 뭐가요?"

"오케이, 자고 갈게요."

"당신이 원하면 스크램블드에그를 만들 수 있어요."

애슐린은 그에게 얼굴을 찌푸려 보였다. "지금 배고파요?"

"아뇨. 하지만 영화에서 보면 연인들이 밤늦게까지 같이 있으면 항상 그걸 만드는 것 같던데요. 같이 스크램블드에그를 만드는 거. 게다가 그렇게 말하면 안전하게 들리잖아요. 난 당신이 우리 집에서 안전하다고 느끼면 좋겠어요."

"뜨거운 차 한 잔과 꿀이 있다면 그걸로 만족할게요. 여긴 정말 무시무시하게 춥네요."

집에 들어가서 이선이 벽난로에 불을 피우는 동안 애슐린은 얼그레이 상자를 찾아서 차를 끓였다. 다 끓였을 때 각자 잔을 들고 소파에 자리를 잡고 앉았다. 둘은 한동안 말없이 차를 마시며 벽난로의 받침쇠 안에서 불길이 타닥타닥 타오르는 소리를 들었다. 마침내 침묵이 견딜 수 없을 정도로 무거워졌다.

"자, 이제 뭐 하죠?" 애슐린은 그동안 그녀가 말하길 이선이 기다렸다는 사실을 알면서도 그렇게 물었다.

"음, 예전에 캠프에서 했던 것처럼 유령 이야기를 할 수도 있어요. 특수 효과를 내기 위해 우리 집 어딘가에서 손전등을 찾아올 수도 있고. 아니면…… 이야기를 할 수도 있고. 난 아까 진입로에서 속을 거의 다 까발린 셈이에요. 그런데 그건 평소 내 스타일은 아니에요.

이제 당신 차례예요. 당신은 내게 조금씩 이런저런 이야기를 해줬죠. 당신의 아버지와 이혼에 관한 이야기. 하지만 내가 알아야 할 이야기가 더 많을 거라는 느낌이 들어요."

"예를 들어 어떤 이야기요?"

"예를 들어 당신이 왜 그렇게 두려워하는지. 나에 대해. 우리에 대해." 그는 잔을 내려놓고 주먹을 쥐고 있는 그녀의 손을 감싸쥐었다. "내 생각에 그 이야기는 다니엘에 관한 것 같은데. 다니엘이 바람피웠던 이야기는 해줬지만, 그거 말고 다른 게 있지 않아요? 그보다 더 안 좋은 거?"

애슐린은 둘의 단단하게 잡은 손을 물끄러미 바라봤다. 따뜻하고 편안했다. 하지만 주먹을 쥔 손 안에서 오래된 기억들이 따끔따끔 찌르는 걸 느낄 수 있었다. 깨진 유리 조각들과 끽 소리를 내는 타이어들.

맞아요. 다른 게 있어요. 훨씬 더 나쁜 거.

애슐린은 입을 열었다가 다시 닫으면서 고개를 저었다. "내 돈을 받는 심리치료사 말고 이 이야기를 다른 사람에게 어떻게 해야 할지 모르겠어요."

이선은 그녀를 잡은 손에 힘을 주었다. "아무래도 처음부터 하는 게 좋겠죠."

처음. 그래요.

"좋아요." 애슐린은 눈을 감고 숨을 깊이 들이마셨다. "엄마의 암이 재발했을 때 치료를 거부했다는 말은 했죠. 엄마는 그때 죽음을 선택했다고. 하지만 엄마가 돌아가시고 몇 주 후 아버지가 다락에 올라가서 총으로 자살했단 이야기는 하지 않았어요. 그날 내 열여섯 번째 생일 파티가 열리고 있었죠."

"아, 맙소사. 애슐린……."

그녀는 고개를 돌려버렸다. 그를 보고 있으면 이야기를 계속할 수 없을 것 같았다. "그 후에 할머니랑 같이 살았어요. 학교를 바꾸고 격주로 목요일마다 상담받았어요. 가족 트라우마 상담 전문가에게. 나는 슬픔에 대처하는 기법과 건강하게 슬퍼하는 방법을 배웠죠. 전문가들은 그걸 그렇게 표현하더군요. 시간이 흐르면서 나는 그런 감정에 적응했어요. 혹은 그런 척하는 법을 배웠죠. 더는 상담사와 그 이야기를 할 수 없을 것 같아 괜찮은 척했어요. 학교를 졸업하고 뉴햄프셔 대학에 합격했어요. 그리고 다니엘을 만났죠."

그녀는 이선의 손에서 자기 손을 뺀 후 일어났다. 그와의 사이에 거리를 둘 필요가 있었다. 그녀는 자기 몸을 양팔로 꼭 끌어안은 채 왔다 갔다 걸어다니기 시작했다. "난 그가 나에게 의도적으로 접근한 걸 전혀 눈치채지 못했어요. 그는 항상 세심하게 목표를 골랐고, 연기력이 아주 뛰어났거든요. 난 그의 모든 것에 홀딱 반했어요. 난 그에게 모든 것을 이야기했고, 내 안에 있는 모든 악마를 그에게 소개했죠. 내가 그에게 나를 다치게 할 수 있는 힘을 줬는데, 그는 그걸 이용했어요."

"남편의 목욕 가운을 입고 있던 그 학생?"

"매리베스. 걔가 처음도 아니었어요. 하지만 내가 다니엘을 떠나는 결정적인 계기가 됐죠. 나는 다음 날 이혼 소송을 냈어요. 그는 내가 이혼 소송을 끝까지 강행할 거라고는 생각지 않았죠. 내가 돌아가지 않겠다고 말하자, 그는 서점 밖에 나타나서 거리 맞은편에서 날 지켜보기 시작했어요. 그리고 밤이고 낮이고 가리지 않고 전화해대면서 자기를 다시 받아달라고 했다가, 수틀리면 또 나를 나쁜 년이라고 불렀어요. 그의 소설은 여전히 팔리지 않았고, 대학에서는 금방이라도 잘릴 판이었죠. 그의 인생 전체가 엉망이 됐어요. 그는 물론 그게 다 내 잘못이라고 생각했고."

"제발 그때 경찰에 신고했다고 말해줘요."

그 질문에 애슐린은 움츠러들었다. 그때 신고하지 않았지만, 지난 3년 동안 만약 경찰에 신고했다면 끝이 달라졌을까 궁금해하지 않은 날이 없었다.

"하지 않았어요. 다니엘은 그렇지 않아도 힘든 일이 많았는데 거기다 또 하나 추가하고 싶지 않았어요. 하지만 그의 상황이 아무리 나빠져도 내가 그에게 돌아갈 순 없었죠. 어느 날 오후 나는 그에게 전화를 걸어서 한잔하자고 했어요. 그는 내가 자기와 같이 상황을 해결하고 싶어 한다고 생각했죠. 그런데 나는 우리의 재산 분배에 관해 내가 생각해서 정리한 목록을 건넸어요. 그게 그에겐 마지막 한계였죠."

이선은 이제 그녀를 집중해서 보면서 이제부터 그녀의 입에서 나올 말에 대비해 마음을 다잡고 있었다. "마지막 한계라니…… 무슨 뜻이죠?"

애슐린은 벽난로로 가서 그를 등진 채 타오르는 불길을 물끄러미 바라봤다. "그때 그가 소란을 피우기 시작했어요. 난 일어나서 나갔죠. 내가 이미 거리를 건넜을 때 그가 술집에서 나왔어요. 그러다 내 이름을 부르는 소리를 듣고 돌아봤어요. 그는 연석 위에 서서 아주 이상한 표정으로 날 똑바로 보고 있더군요. 그때 도로에서 트럭이 한 대 달려오고 있었어요. 커다란 유리를 싣고 오던 트럭이었는데.

그 트럭이 가까이 다가오는 모습을 다니엘이 보고 있다가…… 연석 밑으로 내려갔어요."

그녀는 이선이 거칠게, 그리고 길고 천천히 숨을 내쉬는 소리를 들었다.

"맙소사……."

그녀가 돌아서자 이선의 얼굴에 진심으로 참담한 표정이 떠올라 있었다. 그녀는 어깨를 펴고 남은 이야기를 하기 위해 가까스로 힘을 냈다. "그가 도로로 내려가기 전에, 바로 그 직전 찰나의 순간에…… 고개를 들고 미소를 짓더니 외쳤어요. **설리번 박사에게 안부 전해줘.**"

"설리번 박사가 누구?"

"설리번 박사는 내 심리치료사였어요. 아버지가 자살한 후 격주 목요일마다 내가 상담받으러 갔던 사람."

이선의 얼굴에서 힘이 좍 풀렸다. "지금 그 말은……."

"다니엘은 그때 자기가 무슨 짓을 하고 있는지 **정확히** 알고 있었다는 뜻이에요. 내가 알고 있다는 것도 그는 알고 있었고. 그는 그 일이 나에게 어떤 영향을 미칠지 알고 있었어요. 내가…… 못쓰게 되리라는 걸."

"그게 바로 당신이 차에서 한 말의 뜻이었군요. 당신이 사랑하는 사람이 당신을 의도적으로 해친다는 그 이야기." 이선이 부드럽게 말했다.

"맞아요."

"정말 유감이에요, 애슐린. 하지만 적어도 그 개자식은 실패했잖아요. 내 말은, 당신은 이렇게 잘살고 있잖아요."

"사실 그는 성공했어요. 거의 그럴 뻔했죠." 다니엘이 그녀를 파괴하려 했던 시도가 거의 성공할 뻔했다고 이선에게 인정하는 건 불편한 일이었다. 하지만 이선은 다 알 필요가 있었다. 왜 그들이 사귀는 것이 좋지 않은 생각인지 알아야 했다. 왜 그녀가 좋은 짝이 될 수 없는지 알아야 했다. "세 사람." 그녀는 탁한 목소리로 말했다. "날 사랑해야 했던 세 사람이 다 고의로 날 떠났어요. 그런 전적이 있으면 내가, 나의 뭔가가…… 충분하지 않아서라고 생각하는 것도 어렵지 않아요. 나는 결국 또 다른 심리치료사를 찾아가게 됐어요. 이번에는 목요일이 아니라 화요일이었지만. 1년 넘게 상담받았어요."

이선은 아주 오랜 시간처럼 느껴지는 시간 동안 말이 없었다. 그러다 마침내 한 손으로 머리를 쓸어넘겼다. "이제 알겠어요. 이제 알겠고, 뭐라 말해야 할지 모르겠어요. 유감이란 말밖에는. 그 인간이…… 그런 짓을 하다니. 당신이 어떤 고통을 겪어왔는지 알면서도. 그건 정말 상상도 못 할 짓이에요."

"한동안은 내가 상상한 거려니 생각하려 애썼어요."

"하지만 상상한 게 아니었군요."

"맞아요." 애슐린이 이선과 눈을 마주쳤을 때, 그녀의 눈에 맺힌 눈물 때문에 그의 얼굴이 흐릿해 보였다. 울지 않으려고 애썼던 눈물이 갑자기 멋대로 흘러내렸다. "그건 사고가 아니었고, 절망해서 한 행동도 아니었죠. 그건 최후의 한마디를 하려고 일부러 한 짓이었어요."

"빌어먹을." 이선은 낮게 내뱉으며 손등으로 그녀의 눈물을 닦아줬다. "빌어먹을 놈이에요. 당신에게 그 이야기를 하라고 등을 떠민

나도 빌어먹을 놈이고."

애슐린이 고개를 흔들자 또다시 새로운 눈물이 뺨으로 흘러내렸다. "괜찮아요." 그건 진심이었다. 가슴에 얹혀 있던 짐을 내려놓은 것처럼, 자신을 믿고 그 말을 한 것처럼, 심리치료사가 아니라 그녀가 좋아하고 또 그녀를 좋아해주는 이에게 이야기를 털어놓자 그 최후의 말의 힘이 빠져나간 것처럼 느껴졌다.

그러고 나머지 이야기가 쏟아져나왔다. 그녀가 누구에게도 하지 않았던 이야기들, 어두운 과거를 말하자 또 눈물이 났다. 하지만 이번에는 기쁨과 해방과 명쾌함의 눈물이었다. 갑자기 그 순간 애슐린은 다니엘을 용서할 수 있겠다는 사실을 깨달았다. 그가 마지막 순간 저질렀던 잔인한 행동뿐만 아니라 다니엘이 한 모든 일. 그녀를 교묘하게 조종하고, 바람을 피우고, 결혼해서 같이 살면서 그녀에게 했던 수백 가지의 소소하고 잔인한 행동을 다 용서할 수 있을 것 같았다. 하지만 심지어 그보다 더 놀라운 건 자신을 용서할 수 있다는 깨달음이었다. 다니엘에게 자신을 마음대로 휘두를 힘을 넘겨주고, 그가 정말로 어떤 사람인지 너무 늦게 알아차렸고, 그걸 알고 난 후에도 너무 오랫동안 그의 곁에 머물렀던 사실을 다 용서할 수 있을 것 같았다.

애슐린이 더는 할 말이 없을 때까지 이야기하는 동안 이선은 그녀의 손을 잡고 계속 듣고 있었다. 잠시 정적이 길어지자 둘 사이에는 불꽃이 탁탁 튀는 소리만 들렸다. 그녀는 고개를 들어 이선을 보며 가까스로 떨리는 미소를 지어 보였다. "남의 이야기를 잘 들어준다고 하더니 정말이네요. 고마워요."

"당신이 날 믿을 수 있다고 느껴서 기뻐요."

"당신이 전에 다니엘 이후로 정말 아무도 사귄 적이 없냐고 물었죠. 이제 그 이유를 당신도 알겠죠? 난 누구도 다시는 믿지 않겠다고 맹세했거든요."

"하지만 지금 당신은 날 **믿을 수** 있잖아요. 애슐린…… 당신이 원한다면."

내가 그런가? 그를 원하나?

애슐린은 그의 뺨에 손을 댔다. 어떤 면에서 그녀는 이미 그 답을 알고 있었다. 몇 주 전부터 알고 있었다. 항상 그렇듯이 이건 믿음의 문제였다. 이선에 대한 믿음이 아니라 자신에 대한 믿음.

"그럴 수 있을 것 같아요." 애슐린은 조용히 말했다. 그것은 그에게 하는 대답일 뿐만 아니라 자신에게 하는 대답이기도 했다. 애슐린은 그의 입에 자신의 입술을 댔다. 아찔할 정도로 빠르게 툭툭 튀는 자신의 맥박을 음미하는 순간, 그녀는 확신했다.

애슐린이 입술로 그의 입술을 건드리는 순간 그가 빠르고 날카롭게 숨을 들이마셨고, 그렇게 그녀를 점점 더 가까이, 더 깊게 끌어들이는 것처럼 느껴졌다. 이선이 놀라서 신음하면서 그녀를 두 팔로 세게 끌어안는 게 느껴졌고, 그녀의 입술에 대고 벌리는 그의 입술은 부드러우면서도 기가 막힐 정도로 따뜻했다. 애슐린은 그를 놀라게 했고, 마찬가지로 자신을 놀라게 했다. 그 깨달음 덕분에 뭔가 원시적이고 감미로운 느낌이 전신에 소용돌이쳤다.

키스가 깊어지면서 잠깐 격렬한 불안이 일었고, 그 순간 아직 서로에게서 몸을 뗄 수 있고 망설일 기회의 창이 열렸다. 둘은 돌이킬 수 없는 곳을 향해 기울어지고 있었다. 그것은 지금 여기서 발을 빼면 지저분하고 고통스러운 결말과 마주치게 될 행동이기도 했다.

하지만 그녀는 이걸 원했다. 그를 원했다. 그리고 그다음에 뭐가 오든 그것마저도 원했다.

이선은 그 순간 그녀가 결심한 것을 감지한 듯했다. 그는 몸을 떼고 거칠게 숨을 쉬며 그녀를 내려다봤다. "이 순간을 망쳐버릴 위험을 무릅쓰고라도 난 이게 무슨 뜻인지 알아야겠어요. 난 이 상황을 오해하고 싶지 않아요. 우리 둘 다를 위해서."

"이건 당신이 내일 아침에 잠을 깼을 때 내가 여기 있고 싶다는 뜻이에요. 그리고 어쩌면 그 후에도. 만약 당신이 여전히 그걸 원한다면. 이렇게 마음의 짐이 많은 나라도 괜찮다면."

그의 입술이 천천히 기분 좋게 휘어졌다. "그럼 우리는 이제 연애한다는 뜻이겠군요."

"그런 것 같아요."

애슐린은 그때 그의 입술에 힘껏 키스했다. 그것은 약속이자 호소였다. 아직도 그녀가 앞으로 얼마나 멀리 도약할 의지가 있는지 말할 수 없었지만, 두려움에 굴복하지 않고 이제는 밑을 내려다보고 적어도 바닥까지 추락하는 데 거리가 얼마나 되는지 판단했다. 이제 시작이다. 어쩌면 이번에는 혼자 떨어지지 않을지도 모른다.

18

이미 알고 있는 위협으로부터 안전한 거리를 유지하라.
−애슐린 그리어(오래된 책들의 치유자)

애슐린

1984년 10월 28일
뉴햄프셔, 라이

애슐린이 눈을 뜨자 사무치도록 파란 하늘과 낯선 블라인드의 틈 사이로 햇빛이 쏟아져 들어오고 있었다. 지금 여기가 어딘지, 그녀가 어디 있는지, 그리고 왜 있는지 알아차리는 데 시간이 좀 걸렸다.

이선.

그녀 옆은 비어 있었지만, 침대 시트는 여전히 따뜻했다. 그도 일어난 지 얼마 안 된 것이다. 그녀는 이불 속에서 꾸물거리면서 그 순간을 만끽했다. 그녀가 남의 침대에서 잠이 깬 것은 몇 년 만의 일이었다. 그리고 다른 사람이 그녀를 만지고, 안고, 사랑하게 허락한 것도 몇 년 만의 일이었다. 이제 이선과 사랑을 나눈 기억은 그녀의 기억과 몸속에 낙인처럼 찍혀서 마치 책의 메아리처럼 절대 지워지지 않을 것이다.

그녀는 필연적으로 밀려올 후회와 함께 그녀의 인생과 그녀의 마음속에 이선을 받아들인 건 실수였다는 깨달음이 찾아오길 기다렸다. 이제 그는 그녀의 마음속에 있으니까. 하지만 후회도, 깨달음도 느껴지지 않았다. 대신 꿈을 꾸는 것처럼 감미로운 나른함과 새로 잠에서 깨어난 근육의 부드러움만 느껴졌다.

마침내 이불을 젖히고 일어났을 때 자신의 옷이 카펫 여기저기에 흩어진 걸 보고 놀랐다. 간밤에 이선과 같이 급하게 벗어던진 옷이었다. 그 옷들은 그대로 두고 침대 발치에 걸려 있는 두꺼운 테리 직물의 가운을 입었다. 가운에서 느껴지는 이선의 향기를 들이마시며 작은 테라스와 그 너머 항구가 내다보이는 두 짝의 유리 미닫이문을 향해 걸어갔다. 여기 경치는 항상 이렇게 환상적일까? 아니면 어젯밤 일 덕분에 세상이 이렇게 생기 있고 환해 보이는 것일까?

커피 향기를 따라 아래층에 있는 부엌으로 내려갔다. 가스레인지 앞에 서서 주걱을 휘두르고 있던 이선은 애슐린을 보자 수줍은 미소를 지었다.

"커피 마실래요?"

"네, 주세요."

그는 잔에 커피를 채워서 스푼과 함께 건네주고, 크림과 설탕을 손으로 가리켰다. 그녀는 커피에 설탕과 크림을 넣고 마셨다. "맛이 좋은데요." 애슐린은 그와 눈을 마주치지 않은 채 말했다. 하룻밤을 같이 보낸 후 아침에 나누는 대화에 그녀는 소질이 없었다.

"고마워요." 그도 자신의 잔에 든 커피를 홀짝이면서 잔의 테두리 너머로 그녀를 바라봤다.

"괜찮아요? 내 말은, 우리 말이에요. 그러니까…… 어젯밤?"

애슐린은 어색해하는 이선에게 매력을 느끼며 피식 웃었다. 보아하니 그도 이런 아침 대화에는 그녀만큼이나 소질이 없는 것 같았다. "다 아주 괜찮아요."

"뭐 샀다가 환불하고 싶은 그런 후회는 들지 않아요?"

"전혀요."

어깨에서 긴장이 풀리면서 그가 가스레인지로 돌아섰다. "아침을 먹은 후에 생각을 바꾸고 싶을지도 모르죠. 난 지금 팬케이크를 만들고 있어요. 어쨌든 그러려고 시도 중인데 맛은 어떨지 모르겠어요. 접시 좀 놔줄래요?"

애슐린이 식탁을 차리는 동안 이선은 팬케이크를 여러 장 만들고, 이어서 노릇노릇하고 완벽하게 구운 줄줄이 소시지를 한 접시 가득 만들었다. 결혼해서 8년 동안 같이 살면서 다니엘은 그녀에게 토스트 한 조각 만들어준 적 없는데. 애슐린은 충동적으로 뒤에서 이선을 껴안고 그의 어깨에 키스했다.

그는 놀랐지만, 미소를 지으며 돌아섰다. "이건 뭣 때문에 해주는 거죠?"

"이유는 당신 마음대로 골라요."

"오늘은 뭐 하고 싶어요?" 둘이 같이 식탁에 앉아 아침 먹을 준비를 했을 때 그가 물었다. "오늘 일할 필요가 없다고 치면 말이죠."

그 질문이 애슐린의 허를 찔렀다. 그녀는 아침을 먹은 후의 일은 생각해보지 않았다. "사실 일할 필요 없어요. 일요일이잖아요. 하지만 이제 벨과 헤미의 미스터리를 풀었으니까 당신은 글을 좀 써야 하지 않나요? 출판사가 원고를 기다리니까요."

"아마도 그래야 할 것 같지만, 사실은 당신과 같이 온전히 하루를 보내고 싶어요. 원고도 마침내 좀 진척을 보이기 시작했으니 난 휴식을 취할 권리가 생긴 셈이고요. 우리는 힐크레스트 팜에 가서 사과주가 들어간 도넛을 먹으며 음악을 들을 수도 있고, 아니면 같이 영화 볼래요?"

"아니면…… 서점에 갈 수도 있죠."

"아, 어젯밤에 한 이야기를 내가 그만 까먹었네요."

"난 그저 휴 개릿이 벨와 헤미의 스토리에 영감을 받아서 쓴 책이 있을지 확인해볼 만한 가치가 있다는 생각이 들어서요. 그리고 나서 힐크레스트에 갈 수 있잖아요. 난 사과주 도넛은 거절해본 적이 없어요."

이선이 대답하기도 전에 전화벨이 울렸다. 그는 시럽이 든 병을 내려놓고 두 손을 들어올렸다. "전화 좀 받아줄래요? 두 손 다 끈적거려서."

애슐린은 이선의 부탁대로 수화기를 들면서도 이선의 전화를 받는 게 어색하게 느껴졌다. "여보세요?"

"애슐린, 맞죠? 나 마리안이에요."

"네, 저예요."

"지금 이 시각에 내 조카 집에서 뭐 하고 있는 건가요?" 마리안은 웃음으로 그 질문은 그저 웃자고 하는 말임을 분명히 밝혔다. "두 사람이 마침내 어떤 사이인지 알아내서 좋군요."

애슐린의 뺨이 후끈 달아올랐다. "이선이 바로 옆에 있어요. 바꿔드릴게요."

"아뇨, 아뇨. 그럴 필요 없어요. 들어봐요, 내가 생각한 게 하나 있어요. 두 사람, 다음 주 목요일에 보스턴에 오지 않을래요? 일리스도 딸들을 데리고 올 건데, 일리스가 두 사람을 만났으면 좋겠어요. 두 사람은 보스턴에서 묵으면서 금요일에 하는 망할 놈의 수상 기념 만찬에도 참석할 수 있고, 어쩌면 거기서 주말 내내 보낼 수도 있지 않겠어요? 연극을 보러 가거나 박물관에 가거나 하면서 말이죠."

"아주 친절하신 말씀이지만 이선 먼저 바꿔드릴게요." 그녀는 수화기를 그에게 건네면서 입에 대는 부분을 손으로 막고 속삭였다. "마리안이에요. 우리가 목요일에 보스턴에 와서 같이 저녁을 먹고 금요일에 있는 수상식에 참석했으면 좋겠다고 하시네요. 하지만 난 서점을 봐야 해서. 당신은 가봐요. 일리스도 올 거래요. 두 사람이 만나면 좋잖아요."

이선은 손을 닦고 전화기를 받아서 마리안이 다시 그 제안을 말하는 걸 들으며 고개를 끄덕였다. "우리도 갈 수 있으면 좋겠네요." 그가 마침내 말했다. "안타깝게도 전 동료 교수 대신 수업을 몇 개 맡아주겠다고 했고, 애슐린은 가게를 봐야 해서요. 하지만 목요일 늦게 저녁 식사를 하러 들를 수 있을지도 모르겠어요." 그는 애슐린을 향해 눈을 치켜떴다. "8시쯤?"

애슐린이 고개를 끄덕이며 마리안을 다시 볼 생각에 기뻐했다. 그들은 그녀가 가게 문을 닫는 대로 출발할 수 있을 것이고, 끝나면 다시 차를 몰고 돌아오면 된다.

이선은 통화를 끝낸 후 다시 식탁으로 돌아왔다. "목요일 8시예요." 그는 커피잔 너머로 그녀를 보며 말했다. "마리안이 예약하고 나서 전화하겠대요." 그는 씩 웃으며 나이프와 포크를 들고 줄줄이 소시지를 잘랐다. "남은 가족을 만날 때가 됐군요."

⚘

아침을 먹은 후 그들은 포츠머스에 있는 '월든북스'로 갔다. 애슐린은 이선과 같이 서점에 들어갈 때 심호흡하면서 종이와 새 잉크가 뒤섞인 향기를 들이마셨다. 그 향기를 맡으면 항상 약 냄새, 그러니까 기름기가 돌고 희미하게 소독제 냄새가 나는 것이 요오드 냄새 같았다. 불쾌하진 않지만, 자신의 서점을 생각할 때 떠오르는 나무 냄새와 연기 냄새, 살짝 달콤한 냄새와는 꽤 달랐다.

수많은 새 책에 둘러싸이자 낯선 느낌이 들었다. 책꽂이마다 빽빽하게 꽂혀 있는 과거, 즉 메아리가 없는 책들은 지금은 아무것도 적히지 않은 석판 같지만, 언젠가는 자기만의 역사를 가지게 될 것이고, 책 표지 사이에 들어 있는 이야기들과는 분리된 삶을 살게 될 것이다.

아직 쓰이지 않은 이야기들의 무수한 가능성에 대해 생각하다 흐뭇해진 마음으로 애슐린은 이선과 같이 소설과 문학 부문으로 갔다.

휴 개릿이 쓴 책이 줄줄이 꽂혀 있는 칸을 애슐린이 손으로 가리키자 이선은 조용히 휘파람을 불었다. "다작하는 작가라는 당신의 말이 농담이 아니었군요. 여기만 해도……." 그는 말을 멈추고 책등을 하나씩 손가락으로 쓸어보며 셌다. "열여섯 권이 있네요."

"그게 다가 아니에요."

애슐린은 양장본 한 권을 꺼냈다. 표지가 보이게 전시된 같은 책이 세 권이나 있는 것으로 봐서 가장 최근작 같았다. 〈밖이 내다보이는 창문〉 표지에서 검은 머리 여자가 빗방울이 흩뿌려진 창문 밖을 바라보고 있었다. 그녀의 창백한 얼굴은 살짝 초점이 맞지 않은데다 물방울에 가려져 있었다.

"이거 봐요. 이건 그녀일 수도 있어요." 애슐린은 책을 들어서 그 여자를 가리키며 말했다.

이선은 회의적인 표정이었다. "그건 **누구든** 될 수 있어요."

물론 그의 말이 맞았다. 하지만 그 표지에 나온 이미지에는 마음을 끄는 뭔가가 있었다. 여자의 얼굴을 의도적으로 흐리게 처리한 것과 관련이 있는 뭔가가. 애슐린은 표지를 넘겨서 안쪽 책날개에 인쇄된 책 소개를 읽었다. 거기 나온 소설의 개요는 벨과 헤미의 이야기와는 전혀 비슷하지 않았다. 그녀는 두 번째 책을 들어서 읽어보고, 세 번째 책을 읽어봤다. 셋 다 조금이라도 친숙하게 느껴지는 부분은 전혀 없었다. 하지만 책마다 표지에 같은 여자, 적어도 같은 **타입의** 여자가 나왔다. 벨처럼 생긴 여자.

그녀가 막 여덟 번째 책 소개를 읽고 다시 책꽂이에 꽂아놓으려는 순간 책이 손에서 미끄러져 바닥에 쿵 소리를 내며 떨어졌다. 애슐린은 허리를 숙여서 집으려다가 그녀를 올려다보는 작가의 사진을 보고 그 자리에 얼어붙었다. 사람의 마음을 꿰뚫어보는 듯한 파란 눈과 숱이 많은 검은 머리, 놀랄 정도로 관능적인 입술. 그는 기품 있는 미남이었고, 그녀는 도저히 설명할 수 없는 어떤 면에서 익숙한 얼굴이었다. 마치 지나가면서 어딘가에서 본 적이 있는 얼굴 같았다. 그러다 문득 떠올랐다. 그녀는 정말로 그의 얼굴을 **본 적이** 있었다.

어제.

"이선." 애슐린은 바닥에서 그 책을 집어서 그에게 보여줬다. "그 사람이에요."

이선은 얼굴을 찌푸렸다. "물론 그 사람이죠. 거기에 이름이 나와 있잖아요."

"아뇨. 봐요. 이건…… 그 사람이라니까요."

이선은 눈을 가늘게 뜨고 그 사진을 봤다. 마침내 그도 알아차렸다. "이거 농담이죠?"

"이건 재커리의 얼굴이에요. 휴 개릿이 재커리의 아버지예요." 애슐린은 속삭였다.

"맙소사." 이선은 한 손으로 머리를 쓸어넘겼지만, 눈은 여전히 사진에 못 박혀 있었다. "우리 짐작이 틀릴 수도 있을까요?"

애슐린은 다시 그 사진을 보면서 벨이 〈영원히, 그리고 다른 거짓말들〉의 거의 끝부분에 썼던 말을 떠올렸다. **난 절대 당신에게서 완전히 자유로워지진 못할 거야. 당신의 목소리, 당신의 미소, 심지어 당신의 턱에 있는 그 작게 갈라진 틈까지 내 머릿속을 떠나진 않을 거야. 그건 내 십자가이자 내 위안이기도 하지.** 그때 애슐린은 그게 그저 추억에 관련된 말이라고, 절대 그 사람을 떠나지 않는 그런 추억에 관해 쓴 말이라고 짐작했다. 이제 그녀는 그게 아니라 완전히 다른 것이었다는 사실을 깨달았다.

"아뇨." 애슐린이 마침내 말했다. "이건 재커리의 얼굴이에요. 이 눈, 입술, 턱의 형태를 봐요. 완전히 똑같아요. 재커리보다 마흔 살 더 먹은 얼굴이잖아요. 이로써 마리안이 우리와 있을 때 말을 얼버무린 이유를 설명할 수 있어요. 계속 내 질문을 피하고 화제를 바꿨던 거 말이에요. 그녀는 뉴욕을 떠날 때 홑몸이 아니었던 게 분명해요. 그걸 숨기려고 재커리가 요한나의 아들이라는 이야기를 지어낸 거예요. 그러면 재커리와 일리스가 하나도 닮지 않은 점도 설명이 되잖아요. 그들은 친부모가 다르니까."

"헤미는 자기에게 아들이 있다는 사실을 모르겠군요."

"그럴 거 같아요. 〈영원히, 그리고 다른 거짓말들〉에서 벨은 아이가 둘이나 있다는 언급은 전혀 하지 않았어요. 자기 일과 프랑스에 있는 가족에 대해선 썼지만, 자식들에 관한 이야기는 하나도 없었죠. 여자는 자기 자식은 잊지 않는 법이에요. 그리고 마리안처럼 세상에서 가장 자랑스러워하는 엄마가 그럴 리 없잖아요. 일부러 뺀 거예요."

"그건 우리도 확실히 모르잖아요."

"난 알 수 있다고 생각해요. 책의 마지막 부분에서 마리안은 헤미가 자기 인생의 어떤 부분에 대해서는 알 권리가 없다고 썼어요. 이게 바로 마리안이 말했던 그거였어요. 재커리."

"맙소사. 우린 목요일에 마리안과 일리스와 같이 저녁을 먹기로 했잖아요. 이거 아주 어색해지겠는걸."

"어색하게 있으면 안 되죠, 이선. 우리가 안다는 사실을 마리안은 몰라야 해요. 그녀는 이 비밀을 43년간 간직해왔어요. 그게 그녀가 바라는 거라면 그렇게 해줘야죠."

19

나는 책을 사랑하는 작가라면, 그 이유로 그를 더 사랑하게 된다.

−헨리 워즈워스 롱펠로

애슐린

1984년 11월 1일
매사추세츠, 보스턴

애슐린은 이선과 같이 파커 하우스 호텔의 로비에 들어갔을 때 어쩔 수 없이 경외감을 느끼지 않을 수 없었다. 그녀는 전에도 이곳에 와본 적이 있었다. 실제 투숙객이 아니라 관광객으로 이곳의 세련된 분위기를 호흡하고픈 마음에서였다. 정간으로 장식된 천장과 반짝거리는 샹들리에가 여럿 달린 로비를 천천히 거닐다 보면 마치 다른 시대로 들어선 것 같은 느낌이 들었다. 그러나 그녀가 진정 사랑하는 것은 이곳의 역사였다.

1855년에 지어진 이 파커 하우스에는 한때 토요일 클럽이 있었고, 그 멤버로 너대니얼 호손, 헨리 워즈워스 롱펠로, 올리버 웬델

홈스 같은 문필가들이 있었다. 다른 저명한 손님으로는 찰스 디킨스도 빼놓을 수 없었다. 그는 1867년 이 호텔에서 다섯 달이나 묵었고, 악랄한 존 윌크스 부스(링컨 대통령 암살범-옮긴이)는 그보다 2년 전에 이곳을 거쳐 갔다.

이 호텔에 유령이 나온다는 소문이 도는데, 특히 10층이 그랬다. 호텔은 이곳에 떠도는 민간 전승을 유쾌하게 받아들이고 관심 있는 투숙객들을 위해 그간 1층에 나왔다고 하는 유령들의 명부를 보관하기로 했다는 말이 있다. 애슐린은 그 아이디어가 아주 매력적이라고 생각했다. 만약 책에 메아리가 있다면 건물에는 왜 없겠는가? 의자들은? 테이블들은? 램프들은?

그녀는 디킨스와 워즈워스가 호텔의 어느 조용한 구석에서 수다를 떨며 문학적으로 이해하기 힘든 점에 대해 논쟁을 벌이고 있다고 생각하고 싶었다. 혹은 바에서 포트와인 한 잔을 놓고 오랫동안 앉아 있거나. 그 바는 옛날에는 3천 권이 넘는 책이 있었다고 전해지는 서재였다. 하지만 오늘 밤 그녀와 이선은 여기서 이번에 아동 복지 네트워크 평생 공로상을 받게 될 사람과 저녁 식사를 할 것이다.

여자 종업원이 다른 손님들은 이미 와서 앉아 있다고 말해준 후 그 테이블로 그들을 안내했다. 애슐린은 마리안을 금방 찾았다. 그녀는 키가 큰 금발의 여자와 잠시도 가만히 못 있는 꼬마 여자아이 셋과 같이 앉아 있었다.

"밀라, 달리아, 리다. 밀라가 장녀인 게 분명해요." 애슐린이 이선에게 속삭였다.

이선이 그녀를 잡은 손에 힘을 줬다. "알겠어요. 고마워요."

둘이 다가오는 모습을 보고 마리안의 얼굴이 환해졌다. 그녀가 밀라에게 몸을 기울이고 뭐라고 속삭이자, 뒤이어 밀라가 두 소녀에게 뭐라고 속삭였다. 그러자 아이들은 바로 꼼지락거리는 걸 멈추고 똑바로 앉았다. 마침내 그 테이블에 도착했을 때 애슐린은 갑자기 극심한 불안이 밀려왔다. 마치 면접을 보러 왔는데 이제 막 도착한 느낌이었다.

"이선, 애슐린." 두 사람이 각각 자리에 앉았을 때 마리안이 말했다. "둘이 이렇게 와줘서 정말 기쁘구나. 여긴 내 딸 일리스. 얘들아, 이분들은 내 조카의 아들이자 너희의 사촌인 이선이고, 이선의 여자친구인 애슐린이야."

애슐린은 수줍게 고개를 숙였다. 자신이 어떻게 소개될지 생각해 보지 않았지만, 이선의 여자친구로 언급되니 기분이 아주 좋아졌다. 그녀는 호기심에 차서 크게 뜬 눈으로 그녀를 물끄러미 바라보고 있는 아이들에게 고개를 끄덕여 보였다. "너희 셋을 만나게 돼서 아주 기뻐. 할머니가 너희들 이야기를 아주 많이 해주셨단다."

"좋은 이야기만 했어." 마리안이 속삭이자 꼬마들은 일제히 킥킥 웃었다.

일리스는 옅은 회색 눈으로 둘을 판가름하고 있었다. 그 표정을 보자 이선이 그녀에게 보여준 사진 속에 있는 각진 얼굴에 심각한 표정을 지은 채 자신만만한 태도의 소녀가 떠올랐다. 일리스는 그 사진을 찍은 후 놀라울 정도로 변한 게 없었다. 얼굴은 여전히 날카롭게 각이 져 있었고, 눈빛은 조심스러워 보였다. 왜 그렇지 않겠나? 두 사람은 난데없이 나타나 마리안의 아늑하고 잘 자란 식구들 사이로 끼어들었다. 그러니 조금 경계하는 눈빛으로 봐도 부당한 건 아니었다.

"엄마가 그러는데 당신은 포츠머스에서 희귀본 서점을 한다고요? 그리고 당신과 이선은, 이선이 디키의 서재에서 찾은 어떤 오래된 책들 때문에 만났고." 일리스가 애슐린에게 말했다.

애슐린은 순간 마리안의 어깨가 긴장해서 굳어지는 걸 눈 가장자리로 봤다. 보아하니 일리스는 그 책들에 관해서 모르고 있었다. "맞아요." 애슐린이 차분하게 말했다. "이선이 아버지의 책장을 정리하다가 눈에 띄지 않았던 책을 몇 권 발견했는데, 그게 결국 우리 서점에 오게 됐죠."

"난 고서에 관심이 많은데, 뭐 흥미로운 거 있었어요?"

"작가들이 아닌 일반인에게 흥미로운 점은 전혀 없었어요." 애슐린은 대답하고 나서 마리안의 어깨에 긴장이 풀린 걸 봤다.

"안타깝네요. 그랬다면 정말 재미있었을 텐데, 그렇지 않아요? 유명작가가 썼다가 오래전에 사라진 책을 우연히 발견했더라면 좋았을 텐데. 톨스토이나 트롤럽이나 뭐 그런 작가요. 그런 일이 가끔 일어난다는 말 들어봤잖아요." 일리스는 그러고 나서 이선을 바라봤다. "엄마를 찾아서 그 오래된 편지들을 돌려주다니 참 다정하네요. 재커리가 내게 전화했어요. 당신이 재커리에게 전화했다면서요. 처음에는 당신의 정체를 확신할 수 없었는데, 그러다 우리가 당신의 부모님 집에서 머물렀던 때 당신을 봤던 기억이 나면서 괜찮다고 판단했어요. 엄마는 디키를 아주 많이 좋아하셨어요. 엄마 말로는 당신도 디키처럼 뉴햄프셔 대학에서 강의하고 책도 벌써 두 권이나 썼다면서요. 그 나이에 굉장히 인상적인 성취를 거뒀네요."

이선은 수줍은 미소를 지었다. "말처럼 그렇게 인상적이진 않지만, 고맙습니다."

그렇게 안면을 트고 난 후 대화는 놀랄 정도로 순조롭게 흘러가서 이선이 현재 쓰고 있는 책과 종신 재직권을 따기 위해 일리스가 노력 중인 이야기, 재커리가 최근 유럽 투어를 마친 후 쏟아진 열렬한 찬사들에 대한 화제를 포함해 다양한 이야기를 나눴다.

종업원이 커피와 세계적으로 유명한 파커 하우스의 특제 보스턴 크림 파이를 가져왔을 때, 일리스는 자기 어머니가 운영하는 비영리 단체와 그녀가 전쟁고아들을 위해 계속해서 하는 일에 대해 자랑하고 있었다.

마리안은 딸의 찬사에 눈에 띄게 당혹스러워했다. "이제 그만해라, 일리스. 너 때문에 애슐린과 이선이 지루해 죽으려고 하잖니."

"오히려 그 반대예요." 애슐린이 정정했고, 그건 진심에서 우러나온 말이었다. 마리안에 대해 알면 알수록 그녀는 더 깊이 감동했다. "내일 밤 상을 받으시는 이유를 아주 잘 알겠어요. 선생님은 자랑스러워하실 게 아주 많은 분이에요."

"난 살면서 운이 아주 좋았어요." 마리안은 딸과 손녀들을 보고 환하게 미소 지으며 말했다. "난 사람들은 대부분 평생 모르고 사는 그런 특권층에서 태어났어요. 그런 특권을 뒤로하고 떠나긴 했지만 다 놓은 건 아니었어요. 엄마가 돌아가실 때 물려받은 돈이 좀 있었어요. 우리 아버지는 건드릴 수 없는 돈이었죠. 그 돈이 내게 어느 정도의…… 자유를 줬어요. 그래서 내가 중요하게 생각하는 일을 추구할 수 있었고, 내 아이들이 가지길 바라는 삶을 줄 수 있었어요. 거기다 내가 복이 많아서 이런 근사한 아이들과 살 수 있었죠. 둘 다 아주 똑똑하고 재능이 많아요. 그리고 자랄 때 모든 면에서 아주 성실한 아이들이었죠. 어렸을 때 내가 얘들을 끌고 여기저기 많이 다

넜어요. 캘리포니아에서 잘 지내던 아이들을 베르주라크의 폐허가 된 포도원에 가서 살자고 친구들과 헤어지게 했어요. 아이들은 거기서 학교에 다닐 수 있게 프랑스어를 배워야 했죠. 그러고 나선 농장 생활에 익숙해지고 프랑스 사촌들에게 정이 들었을 때 다시 여기로 끌고 돌아왔고."

"맞아요!" 일리스가 웃으면서 끼어들었다. "엄마가 우리를 마블헤드의 그 외풍이 심한 큰 집으로 데려왔죠. 첫해 겨울에 얼어 죽는 줄 알았다니까요. 하지만 여름이 와서 수영하고 항해하는 법과 조개 속에서 진흙을 파내는 법을 배우면서 거기가 우리 집이라는 사실을 온몸으로 깨닫게 됐죠. 제 딸들도 그곳을 사랑해요. 어서 여름이 와서 그곳으로 돌아가고 싶대요. 다들 재커리 삼촌의 결혼식에 갈 거라고 한껏 들떠 있어요. 그렇지, 애들아?"

아이들은 엄마가 질문을 했는지조차 잘 이해하지 못했다. 잘 때가 훨씬 지난 게 분명했다. 리다는 눈이 게슴츠레한 채 시무룩했고, 달리아와 밀라는 마지막 남은 디저트 한 조각을 가지고 티격태격하고 있었다.

"재커리가 이번 주에 올 수 있다면 좋을 텐데." 마리안은 계산서에 서명하고 작은 가죽 폴더 안에 다시 계산서를 넣으면서 말했다. "시상식에 하는 만찬이 아니라 오늘 밤에 말이야. 그러면 너희들도 직접 볼 수 있고 좋았을 텐데. 막 유럽 투어에서 돌아와서 시간을 내기가 힘들었어. 재커리가 좀 더 가까이 살면 좋을 텐데. 내가 그렇게 바랐는데도 그 자식은 결국 여기 보스턴에서 살게 됐네. 아들 얼굴이 보고 싶구나." 마리안은 서글픈 미소를 지었다.

애슐린과 이선이 서로를 흘끗 봤다.

"그건 엄마도 모르는 거지." 일리스가 꾸벅꾸벅 졸고 있는 리다를 한 팔로 끌어안으면서 말했다. "앞으로 어떻게 될지 모르잖아요. 삼촌이 더 가까이 이사 오면 아이들도 좋아할 텐데. 나도 그렇고. 그 바보 오빠에게 내색은 하지 않았지만."

애슐린은 미소를 짓지 않을 수 없었다. 말로는 아닌 척해도 오빠를 좋아하는 일리스의 마음이 훤히 보였다. "어렸을 때 오빠랑 친했어요?"

"어렸을 때 우리 둘은 떼려야 뗄 수 없는 사이였죠. 우리 집은 이사를 자주 다니는 바람에 서로의 베프가 되어줬어요. 하지만 나이가 들면서 새로운 친구들을 사귀고 자기만의 관심사를 발견했죠. 불쌍한 엄마. 우리는 십 대 때 정말 대차게 싸웠어요. 난 책을 아주 좋아했고 매사에 진지했는데, 오빠는 어떤 것도 진지하게 받아들이지 않았거든요. 음악 빼고. 그러니 항상 투닥거릴 수밖에 없었죠. 하지만 우린 항상 서로의 든든한 지원군이었어요. 그 어떤 것도 그걸 바꿀 수 없었죠. 앞으로도 그렇고."

애슐린이 이선에게 다시 알 만하다는 눈빛을 보냈다가, 마리안이 두 사람의 눈빛이 오가는 걸 보고 있음을 너무 늦게 깨달았다. 마리안이 애슐린의 눈을 보는 순간이 살짝 길어졌다. 그것은 그 상황이 어떤 의미인지 인지한 불안함과 침묵을 당부하는 무언의 호소가 담긴 눈빛이었다.

"흠." 일리스는 방금 애슐린과 자기 어머니 사이에 오고 간 눈빛을 알아차리지 못한 채 말했다. "파티의 흥을 깨고 싶진 않지만, 이만 아이들을 방에 데려가야겠어요. 11시 전에 제프리에게 전화하겠다고 약속도 했고. 오늘 저녁 정말 즐거웠어요. 이번 여름에 우리 엄마 집에서 둘 다 볼 수 있기를 바랄게요. 재커리 결혼식 초대장은 제가 책임지고 보낼게요. 명절에도 오세요. 우리가 사각형의 말놀이(유대교의 축제 하누카 때 하는 어린이 놀이-옮긴이) 하는 법을 가르쳐 줄게요. 다만, 경고하는데 절대 봐주진 않을 거예요." 일리스는 자신의 의자를 밀어넣으며 싱긋 웃었다. "경고했으니 저는 이만 물러가겠습니다."

달리아와 밀라는 의자에서 스르륵 미끄러져 내려왔는데, 오늘 밤이 끝나가는 것에 분명 안도한 표정이었지만, 리다는 이미 꾸벅꾸벅 졸고 있어서 옅은 색의 머리가 한쪽으로 축 늘어졌다. 일리스가 육아용품이 들어 있는 거대한 가방을 질질 끌어서 한쪽 어깨에 멘후에 허리를 숙여 자는 리다를 끌어안았다. 아이는 끙끙거리면서 잠시 반항하다 이내 축 늘어졌다.

일리스는 어깨에 멘 가방이 밑으로 내려오지 않도록 안간힘을 쓰면서 다시 아이를 들어올리려 했지만, 축 늘어진 리다는 좀처럼 협조할 기미가 보이지 않았다. 마침내 일리스는 이선에게 고개를 돌렸다. "뻔뻔스러운 요구일 수도 있지만, 혹시 사촌이라는 새로운 역할을 맡아서 이 아이를 내 방으로 데려다줄 수 있어요? 그동안 나는이 꼬맹이 둘을 설득해서 엘리베이터에 태울 테니까. 전에는 셋 다데리고 다닐 수 있었는데 리다가 너무 커버려서. 아이들이 다 깨어있을 때도 다루기가 쉽지는 않았는데……."

이선이 일어나서 두 팔을 내밀었다. "아이가 싫어할 것 같지 않으면 내게 넘겨줘요."

"이 시간쯤 되면 싫고 말고 할 것도 없죠. 정말 고마워요."

애슐린은 이선이 리다를 품에 안는 광경을 지켜보면서 미소 짓지 않을 수 없었다. 아이는 이선의 품에 안겨 축 늘어진 채 그의 목 뒤로 얼굴을 파묻었고, 두 다리는 자동으로 그의 엉덩이 주위에 감겼다. 아이는 졸린 눈을 잠깐 떠서 엄마를 찾았다가 얼굴에 혼란스러운 표정이 떠올랐다.

일리스가 아이의 금발 머리에 한 손을 대고 쓰다듬었다. "이선이 널 방까지 데려다주실 거야. 엄마랑 언니들이 같이 방에 갈 수 있게." 일리스가 조용히 설명했다. "그다음에 엄마가 아빠에게 전화할 건데, 너 그때도 안 자고 있으면 아빠랑 통화할 수 있어. 어때?"

리다는 고개를 잠깐 뒤로 젖혀서 이선의 얼굴을 본 후에 다시 그의 어깨에 얼굴을 파묻었다. "졸려."

"그래, 아가. 자. 2층에 올라가자마자 엄마가 침대에 눕혀서 재워줄게. 아빠랑은 내일 이야기하면 돼."

마리안은 입 모양으로 이선에게 고맙다고 말한 뒤, 일리스와 손녀들에게 잘 자란 키스를 보냈다. "내일 아침에 보자, 애야. 제프리에게 안부 전하고. 제프리도 여기 왔더라면 좋았을 거라고 말해줘."

"그럴게요. 만나서 정말 즐거웠어요, 애슐린. 가자, 애들아. 이제 갈 시간이야."

애슐린이 지켜보는 동안 일리스와 이선이 아이들과 같이 갔다. 그는 금세 아이들의 마음에 쏙 드는 사촌이 될 것 같았다. 사실 그보다는 삼촌에 가깝지만. 그리고 일리스는 그를 가족으로 맞아들이는 데 거리낌이 없어 보였다. 이들이 더 가까이 살지 않는 게 아쉬울 따름이었다.

마리안은 그들이 다 갈 때까지 지켜본 후 의자에 등을 깊숙이 대고 앉아서 애슐린을 잠시 똑바로 바라봤다. "얼마나 오랫동안 알고 있었죠?"

애슐린은 마리안의 솔직함에 허를 찔려서 고개를 숙였지만, 인제 와서 그 질문의 의미를 이해하지 못하는 척하는 건 아무 의미가 없었다. "며칠밖에 안 됐어요."

"그걸 어떻게 알아냈죠?"

"우리가 댁에 찾아갔던 날 재커리의 사진을 보여주셨죠. 그다음 날 서점에 가서 휴 개릿의 사진, 헤미의 사진을 봤어요. 재커리는 아버지를 쏙 빼닮았더군요."

마리안은 고개를 끄덕였는데, 그 얼굴에 떠오른 미소가 쓸쓸하면서도 달콤해 보였다. "그렇긴 하죠, 그렇죠?"

"요한나에 관한 이야기는……."

"대부분 사실이에요. 재커리가 요한나의 아들이란 부분만 빼고." 마리안은 물을 한 모금 마셨다. 잔을 내려놓는 그녀의 손이 가볍게 떨리고 있었다. "내가 뉴욕을 떠날 때 임신한 게 아닌가 하는 의심이 들었어요. 그러다 캘리포니아에 도착했을 때 확신했죠. 나는 싸구려 금반지를 하나 사서 없는 남편을 만들어냈죠. 영국 공군에서 조종사로 일하다 보급 물자를 호송하는 과정에서 격추됐다고요. 그 이야기를 사람들에게 하도 많이 해서 능숙해진 바람에 나중엔 나조차도 거의 믿게 됐어요. 덕분에 재커리가 태어났을 땐 아무도 눈 하나 깜짝하지 않았죠. 하지만 난 캘리포니아가 끔찍이 싫었어요. 어떤 곳들은 그냥 느낌이 나쁘잖아요. 이유는 모르지만, 그냥 그런 느낌이 들었어요. 아마 헤미가 그곳에 없어서 그랬던 것 같아요. 하지만 아이를 데리고 뉴욕으로 돌아갈 수도 없었죠. 코린 언니는 아이를 보는 순간 바로 진실을 알아차릴 것이고, 난 아버지를 믿을 수 없었어요. 어디로 가야 할지 고민하고 있을 때 요한나가 옆집에 이사 왔어요. 요한나는 혼자였고 지독하게도 겁에 질려 있었죠. 요한나는 이미 아들과 남편과 부모님을 잃었는데 뱃속에 아이까지 있었죠. 그래서 나는 떠나지 않고 머물렀어요. 그러다 일리스가 태어났는데, 요한나는 알고 있었어요, 자기가⋯⋯." 마리안이 갑자기 감정에 북받쳐서 목이 메는 바람에 말을 멈췄다. "요한나가 내게 그 아이를 맡아달라고 부탁했을 때⋯⋯."

"선생님은 재커리의 출생을 합법화할 방법을 발견했군요." 애슐린이 부드럽게 말을 이었다.

"아뇨, 요한나가 그렇게 했죠." 마리안의 눈에 눈물이 가득 고였다. 그녀는 눈을 깜박이고 다시 물을 한 모금 마셨다. "내가 일리스를 집에 데려온 날, 요한나의 방에 갔어요. 난 아직 충격에서 헤어나오지 못한 상태였죠. 요한나가 죽었다는 걸 믿을 수 없었어요. 하지만 요한나가 자기 책상에 날 위해 뭔가 남겼다고 말한 게 기억났어요. 제일 위 서랍에 그게 있더군요. 앞면에 내 이름이 적힌 봉투. 안에 재커리라는 남자아이의 출생증명서가 있었어요. 요한나가 미국에 오기 전에 잃은 아들이었죠. 그리고 쪽지가 한 장 있었어요."

애슐린은 아무 말도 하지 않았다. 하지만 마리안의 입에서 어떤 말이 나올지 어느 정도 확신할 수 있었다. 영리하면서도 놀랍고 관대한 선물.

"거기에 이렇게 적혀 있더군요. **네가 이 쪽지를 읽고 있다면 내 영혼은 하느님에게로 갔다는 뜻이겠구나. 날 위해 슬퍼하지 마. 하지만 내 아이가 살아남는다면, 그 아이를 네가 보살펴줘. 너의 아이처럼 사랑하고 키워줘. 그리고 너에게 나의 사랑스러운 재커리라는**

이름도 남길게. 이게 네가 집으로 가는 길이야, 마리안. 모든 것을 깨끗하게 씻어낼 방법. 물론 아들의 이름은 바꿔야 하겠지만, 그 아이에게는 이제 여동생이 생기겠지. 신이 너를 안전하게 그리고 행복하게 살 수 있게 지켜주시길. 그리고 네가 베풀어준 모든 친절을 축복하시길. 아코트.'

애슐린은 얼굴을 찌푸렸다. "마지막 말은 뭔지 모르겠네요. 아코트, 그게 뭐죠?"

"그건 히브리어예요. '자매'라는 뜻이죠."

애슐린은 손으로 입을 틀어막은 채, 그런 편지를 써야 했던 젊은 엄마, 자신이 출산 과정에서 살아나지 못할 거라는 걸 알고 비통해하면서, 다섯 달 전만 해도 생판 남이었던 여자에게 자기가 낳은 아이를 맡길 때 품고 있었을 그 믿음을 생각하며 압도됐다. 마리안이 그때 요한나가 쓴 쪽지를 단어 하나하나까지 다 외우고 있었던 것도 놀랄 일이 아니었다.

"요한나라는 분은 운 좋게도 선생님이 옆에 있었네요. 그런 결정을 내려야 하는 마음이나 그런 편지를 쓸 때 어떤 마음이었을지 상상도 할 수 없어요." 애슐린은 조용히 말했다.

"요한나가 그걸 언제 썼는지 모르겠어요. 하지만 아이를 낳으러 나와 같이 병원으로 가기 전에 자기가 이제는 집에 돌아오지 못하리라는 걸 알고 있었어요. 내 생각에 요한나는 정말 싸우는 데 지쳤던 것 같아요. 그래도 그런 힘든 와중에 나를 생각할 수 있었다니 그 마음이 아직도 놀라워요." 마리안이 말했다.

"하지만 그분이 편지에서 암시한 게 뭐였는지 선생님은 알고 계셨죠?"

"네, 알고 있었어요. 난 요한나에게 언젠가는 집에 가겠다고 말하곤 했거든요. 하지만 내가 갈 수 없다는 걸 요한나는 알고 있었고, 그 이유도 알고 있었어요. 그래서 죽은 아들의 이름이란 선물로 그 모든 걸 깨끗이 씻을 수 있게 한 거죠. 재커리가 일리스의 친오빠이자 요한나가 낳은 아이라고 주장하면 재커리와 나 둘 다 사생아라는 낙인에서 벗어나게 될 테니까. 그 출생증명서는 1941년 10월 9일 날짜로 되어 있었어요. 토머스가 태어나기 아홉 달 전 날짜였지만, 그 정도 문제는 어떻게든 해결할 수 있을 걸 알고 있었어요. 그리고 그렇게 했죠. 난 다시는 뉴욕으로 돌아가지 않았어요. 어쨌든 돌아가서 살진 않았죠. 여전히 아버지가 두려웠거든요. 하지만 어디든 원하는 곳으로 가서 새 출발을 할 수 있었고, 그렇게 했죠. 우리가 그렇게 한 거예요."

"마블헤드에서요."

"그래요. 세상 끝에 있는 집에서." 마리안은 눈물이 고인 와중에도 가까스로 미소를 지어 보였다.

"이선과 내가 그 사실을 알게 됐을 때, 우리는 아무 말도 하지 않기로 했어요. 솔직히 오늘 밤에 이 이야기를 할 의도는 아니었어요. 앞으로도 영원히 그렇고요."

"그 점은 고마워요. 하지만 일리스가 재커리 얘기를 할 때 당신이 이선을 보는 표정을 보고 그 사실을 알고 있다는 걸 알았어요. 이제는 그게 문제가 될 것 같진 않아요. 재커리는 다 큰 성인이고 내가 보호해줘야 할 시기는 오래전에 지났으니까. 오히려 그 아이가 내 보호자가 됐고, 그래서 그 아이를 더 사랑하게 됐어요. 어쨌든 재커리는 알고 있어요. 재커리와 일리스 둘 다 알고 있어요."

"다 알고 있나요?"

마리안은 불편한 표정으로 고개를 돌렸다. "아버지 이름이 누구라는 말은 하지 않았어요. 만약 당신이 묻는 게 그거라면 말이죠. 하지만 둘을 앉혀놓고 생물학적으로 그들은 사실 남매가 아니라고 설명했어요. 그때 재커리는 열네 살이었고, 일리스는 열두 살이었죠. 아이들이 더 클 때까지 기다리고 싶었지만, 일리스가 왜 재커리와 자기가 하나도 닮지 않았느냐고 묻기 시작했어요. 일리스의 같은 반 아이 하나가 그 질문으로 일리스를 괴롭히는 바람에 일리스는 무슨 수를 써서라도 내 대답을 들으려 했어요. 그래서 어쩔 수 없이 말했죠."

"그들이 어떻게 받아들였나요?"

"재커리는 어깨를 으쓱하더니 간식을 먹어도 되냐고 물어보더군요. 일리스는 받아들이기까지 시간이 조금 더 걸렸어요. 일리스는 내가 결혼도 하지 않고 아이를 낳았다는 사실은 상관하지 않았어요. 사실 그 점은 용감하다고 생각했었나봐요. 하지만 재커리에 대해 거짓말을 한 것 때문에 굉장히 화를 냈어요. 일리스는 항상 그런 식이죠. 누구든 자신의 기대에 부합하지 않으면 바로 벌을 주는 아이예요. 난 그게 두 아이 사이를 갈라놓을까 두려웠는데 오히려 더 가까워졌어요. 그것도 일리스답죠. 마음이 넓은 아이예요. 날카로워 보이는 외모 속에 감추고 있을 뿐. 나중에 재커리와 나만 있을 때 아버지가 누군지 알고 싶으냐고 물어본 적이 있어요. 네가 원하면 아버지와 만날 수 있게 주선할 수도 있다고 했죠."

"그랬더니 싫다고 하던가요?"

"자기만 아버지가 있고 일리스는 없는 건 공정하지 않다고 생각

510

한다더군요. 지금까지 아버지가 없었는데 왜 인제 와서 아버지가 필요하겠냐고. 우리 셋만으로도 잘살고 있다고 생각한다고 하더군요."

애슐린은 감동하지 않을 수 없었다. "정말 놀라운 시각이네요."

마리안이 미소를 지었다. "재커리가 원래 그래요. 매사에 유연하게 대처하죠. 그리고 우리는 정말 **행복했으니까요.** 다만 재커리가 싫다고 한 건 내가 그렇게 대답하길 바란다고 생각해서 그런 게 아닐까, 하는 생각이 가끔 들었어요. 그 아이는 항상 내가 혼자 있고 싶어 하는 마음을 알고 있는 것 같았어요. 내가 **왜** 그런지 그건 이해하지 못했더라도 말이죠. 아니면 그저 우리가 누리던 삶의 균형을 깨는 걸 원치 않았을지도 모르고요. 아버지란 사람이 불쑥 나타나면 그와 일리스 사이가 틀어질지도 모르는데, 재커리는 그런 면에 항상 신경을 많이 썼거든요. 이미 진실을 알고 있다고 해도 둘의 관계를 남매로 유지하는 거 말이에요. 그런데 헤미가 갑자기 그 그림에 들어오게 되면…… 어색했을 거예요."

애슐린은 이해했다. "아까 일리스가 재커리 얘기를 하면서 둘이 아주 가까웠다고 말하는 것에서 분명히 보였어요. 재커리의 아버지이지만 자기 아버지는 아닌 사람이 나타나면 그 유대 관계에 금이 갈지도 모르죠." 하지만 헤미는 어쩌고? 그에게 아들이 있다는 사실을 알 권리가 있지 않을까? "헤미에게 말할 생각을 해보신 적 있어요?"

"매일 하죠." 마리안의 얼굴이 금방이라도 울 것 같은 표정이 됐다. 그녀는 한숨을 쉬며 잠시 눈을 감았다. "그리고 재커리를 위해…… 그렇게 했을 거예요. 난 실제로 그게 내 운명이라고 체념하고 그러려고 했어요. 하지만 재커리가 싫다고 했을 때 안도했죠. 그에게 진실을 말하는 건 내가 열 준비가 안 된 문을 열겠다는 뜻이었거든요. 나로서는 헤미가 자신이 한 약속을 어기고 그 기사를 발표한 그날 이후로 그 문은 영원히 닫혀 있었어요. 다시 그곳으로 돌아갈 길은 없었죠. 우리 둘 다에게 말이죠."

애슐린은 고개를 끄덕였다. "무슨 뜻인지 이해할 것 같아요. 전 다만 만약 그가 알았다면⋯⋯."

마리안의 눈에 짜증스러워하는 표정이 떠올랐다. "당신이 무슨 생각을 하는지 알아요. 헤미는 우리 아들을 위해 나와 결혼했을 것이고, 우리는 그 후에 행복하게 살았을 거라는 거죠. 당신도 디키와 똑같은 말을 하네요."

애슐린은 의자에 등을 기대고 앉아 마리안의 반응을 머릿속에서 천천히 정리했다. "그럼 그분은 재커리에 대해 알고 계셨어요?"

"내 조카가 실제로 헤미를 알고 지냈다는 점을 당신은 잊었나봐요. 디키는 내 아들을 보자마자 5분 만에 아버지가 누구인지 알아냈어요. 그리고 헤미에게 진실을 숨기는 건 나쁜 짓이라고 내게 훈계하기 시작했어요. 재커리를 위해서만 나쁜 게 아니라, 심지어 헤미에게도 나쁜 짓일 뿐만 아니라 나를 위해서도 옳지 못한 짓이라고. 그 오랜 세월이 지났는데도 디키는 여전히 우리 사이가 다시 제자리로 돌아올 수 있다고 믿고 있었어요. 하지만 난 그런 식으로 헤미를 만나고 싶지 않았어요. 헤미도 보아하니 날 절대 원하지 않았고."

"어떻게 그런 말씀을 하실 수 있어요? 그는 선생님과 결혼하고 싶어 했잖아요."

"아마도 한때는. 하지만 단 한 번도 나를 찾아오지 않았어요. 한 번도 전화하거나 편지 한 통 쓰지 않았고."

"그는 당신에게 책을 썼잖아요." 애슐린은 그녀에게 신랄하게 일깨워줬다.

마리안은 지친 듯이 고개를 끄덕였다. "맞아요, 그랬죠. 그 책이 왔던 날을 기억해요. 책 속에 적힌 헌정사를 읽었을 때 그가 재커리에 대해 알아냈다고 생각했어요. 어떻게 내가 자기 아들을 그에게 숨길 수 있었는지 묻는 줄 알았어요. 그러다 책을 읽기 시작하면서 깨달았죠. 이건 그저 자기를 상처 입은 쪽으로 묘사하기 위한 또 다른 시도라는 걸. 그는 진실에는 관심 없었어요. 나에게도 관심 없었고. 그 책은 내게는 하나의 증명처럼 느껴졌어요. 그는 진실을 알 **자격이 없다는** 증거요. 다른 사람들이 보기엔 이 상황이 끔찍해 보이겠죠. 무정하고 이기적이고. 어쩌면 그럴지도 몰라요. 하지만 재커리는 행복하게 자라고 있었고, 내게 중요한 건 그것뿐이었어요. 나는 아빠와 엄마 몫까지 그 아이를 사랑했고 항상 그럴 거예요. 나머지는 중요하지 않아요."

"전 그 말을 다 믿을 수 있을지 모르겠어요. 심지어 선생님도 믿지 않는 것 같고요." 애슐린은 부드럽게 말했다.

마리안은 애슐린을 찬찬히 살펴보며 깔끔하게 매니큐어를 칠한 손톱 끝으로 하얀 식탁보를 두드렸다. "전에도 물었지만, 다시 물을게요. 당신은 이 일에 왜 그렇게 관심을 가지죠?"

"저도 모르겠어요. 제가 상관할 일이 아니라는 건 알고 있지만, 어쩐지 두 분이 진정으로 같이 있을 운명이고, 예전에 일어난 일은 다 끔찍한 실수 같다는 느낌을 지울 수 없어요."

마리안은 서글픈 미소를 지었다. "당신은 아주 젊군요. 사랑이 모든 것을 이긴다는 걸 믿을 정도로 아직 순수하고. 나도 백만 년 전에는 그렇게 생각했어요. 하지만 그 후로 좀 더 분별력이 생겼죠." 마리안은 말을 멈추고 우울하게 고개를 흔들었다. "가끔은 사랑이 이길 때도 있죠. 하지만 대체로 그렇지 않아요."

애슐린은 그녀의 답변을 세심하게 숙고해봤다. 마리안은 아무렇지 않은 척하려고 무진 애를 썼지만, 그녀의 고통이 손에 잡힐 듯 또렷하게 느껴졌다. "전 선생님이 생각하시는 것만큼 그렇게 순수하지 않아요." 애슐린이 마침내 입을 열었다. 그녀의 목소리에는 마리안에 대한 공감이 묻어났다. "전 사랑이 제대로 풀리지 않았을 때 일어나는 모든 일을 다 알고 있어요. 선생님이 사랑하는 누군가가 선생님을 배신할 때 얼마나 큰 상처를 받는지도 알고 있어요. 그럴 때 그저 세상으로부터 숨고 싶은 마음뿐이라는 것도 알아요. 자신이 믿음을 줄 만한 가치가 전혀 없는 사람을 믿는 엄청난 실수를 저질렀다는 사실을 믿을 수 없기 때문이죠. 제가 그걸 다 아는 이유는 저도 그런 실수를 **저질렀기** 때문이에요. 전 사실 저를 전혀 사랑하지 않았던 사람에게 제 마음을 줬어요. 하지만 선생님은 달라요. 헤미는 당신을 사랑했어요. 그리고 헤미는 그 사랑을 절대 멈추지 않았다는 생각이 들어요. 선생님이 헤미에 대한 사랑을 절대 멈추지 않았다는 생각이 드는 것처럼 말이죠."

마리안은 돌처럼 차갑게 앉아서 애슐린의 생각에 긍정도 부정도 하지 않았다.

"선생님은 헤미를 찾을 수 있어요. 그렇게 힘들지 않을 거예요. 그리고 마침내 그에게 진실을 말할 수 있어요. 방금 저에게 말씀해주신 대로 전부 다요. 헤미나 재커리를 위해서가 아니라 선생님을 위해서요. 그 점에선 디키의 말이 맞았어요. 오래전에 무슨 일이 일어났건, 앞으로 무슨 일이 일어나건, 선생님과 헤미 둘 다 관계를 제대로 마무리 지을 자격이 있어요."

마리안의 표정은 여전히 돌처럼 무표정했다. "당신은 마치 우리 사이에 돌이킬 길이 있는 것처럼 말하네요. 40년도 훨씬 전에 일어난 일을 말로 해결할 수 있다는 것처럼. 하지만 우리에게 해피 엔딩이란 있을 수 없어요, 애슐린. 그때도 그랬고, 지금은 확실히 아니에요."

"이건 해피 엔딩에 대한 이야기가 아니에요. 이건 비난과 분노를 놓아주고 과거에 두고 오느냐에 관한 이야기죠. 이건 용서하자는 이야기예요." 애슐린은 차분하게 말했다.

"용서라……." 마리안은 애슐린의 눈을 외면한 채 그 말을 따라했다. "말은 쉽지만 실천하기는 어려워요. 용서란 당신의 말에 따르면 비난과 분노는 없애버리고 그저 그때의 기억들만 남긴다는 뜻인데, 난 그런 식으로 그 기억을 감당할 수 있을 것 같지 않아요."

애슐린은 이해했다. 그녀도 추억들을 분노로 가리고, 괴로움 속에서 상대를 탓하며 그 안에서 자신을 보호하고 싶은 마음에 너무 익숙해져 있었다. 하지만 그녀가 마침내 다니엘을 용서할 수 있었을 때 거의 곧바로 느껴지던 자유도 기억났다. 다니엘이 죽은 지 거의 4년이나 됐고, 애슐린이 자기를 용서했다는 사실을 그는 절대 모를 것이다. 하지만 그녀가 안다. 결국 그것은 자기를 벌주는 행동을 그만하겠다는 선택의 문제였다. 그녀처럼 마리안도 같은 선택을 할 수 있었다.

"누구도 과거를 바꿀 순 없어요." 애슐린은 마리안에게 부드럽게 말했다. "우리가 아무리 간절하게 바란다고 해도 말이죠. 하지만 용서는 **할 수** 있어요. 그저 그러겠다고 결심할 필요가 있어요. 선생님은 헤미를 용서할 수 있어요. 그리고 재커리에 대해 헤미에게 말하지 않았던 점에 대해서도 자신을 용서할 수 있고요. 당시에는 가족을 위해 옳은 일이었다고 믿었기 때문에 그런 결정을 내렸다는 사실을 받아들이면 돼요. 지금은 그런 결정을 하지 않을 거라고 해도 말이죠."

"날 그 부담감에서 풀어주란 뜻인가요?"

"아뇨, 그게 아니라……."

애슐린이 더 설명하기 전에 이선이 왔다. "미안해요. 예상했던 것보다 훨씬 더 오래 걸렸네요. 방에 도착했을 때 리다가 잠이 깨서 나 보고 침대에 눕히고 이불을 덮어달라고 하더군요. 그다음엔 책을 읽어달라고 했고. 그러더니 〈잘 자요, 달님〉을 한 페이지 읽자마자 잠들었어요. 어찌나 사랑스럽던지."

애슐린이 놀랍게도, 마리안은 그때 벌떡 일어서서 텅 비어가는 식당을 손으로 가리켰다. "시간이 이렇게 된 줄 몰랐어. 우리가 어서 나가주길 식당에서 바랄 것 같구나. 그래야 자기들도 치우고 집에 가지. 너희 둘은 집으로 돌아가려면 오랫동안 운전해야겠어. 이선은 내일 아침에 강의하러 가야지?"

애슐린은 핸드백을 집어들고 일어나면서 마리안과 이야기할 시간이 좀 더 있었으면 좋았겠다고 생각했다. 그녀는 최근에야 용서의 힘을 알게 됐고, 용서를 선택하는 것은 타인의 죄를 면제해주는 것일 뿐만 아니라 자신을 치유하는 힘이 있음을 이해하게 됐다. 어쩌면 후자가 더 클지도 모른다. 그녀는 그저 마리안을 설득할 시간이 더 있었으면 좋겠다고 생각했다.

애슐린은 가까스로 미소를 지었다. "저녁 식사에 초대해주셔서 정말 감사해요, 마리안. 저까지 친절하게 초대해주시고."

"오늘 저녁이 별로 즐겁게 끝나지 않은 것 같아 유감이에요. 이제 둘 다 내 모든 비밀을 알게 됐으니, 아마 우리에게 다시 연락하고 싶지 않을지도 모르겠네요."

이선은 잠시 애슐린을 의아한 표정으로 바라보다가 이내 미소를 지었다. "바보 같은 소리 하지 마세요. 6주 전만 해도 저에겐 가족이 하나도 없었는데, 이제 이모할머니와 사촌 부대가 생겼잖아요. 하누카에 초대도 받았고. 절 쫓아버리려 해봐도 소용없어요."

마리안이 환하게 웃으며 그의 팔을 다독였다. "일정에 변화가 생겨서 내일 밤에도 올 수 있다면 부디 와줘. 행사는 무시무시하게 지루하겠지만 음식은 훌륭할 거야."

그들은 함께 걸어나갔다가 로비에 멈춰서 차마 작별하지 못한 채 머뭇거렸다. 마리안은 애슐린과 이선을 힘껏 껴안아 두 사람을 놀라게 했다. "이 아가씨를 잘 보살펴줘, 이선. 보물 같은 사람이란 느낌이 드는구나."

마리안의 말을 들었을 때 밀려오는 격렬하고 아픈 감정에 애슐린은 놀랐다. 그녀는 자신이 선을 넘어서 너무 노골적으로 말한 게 아닐까 걱정하고 있었다. 주제넘게 자기 일도 아닌 일에 관해 떠들어대지 않았나 싶었지만, 자기가 마리안에게 뭔가 생각할 여지를 줬기를 바라고 있음을 불현듯 깨달았다.

이선은 애슐린에게 장난스러운 미소를 지으며 마리안의 말에 답했다. "약속할게요."

"진심이야." 마리안은 두 손으로 그의 얼굴을 잡고 그의 눈을 똑바로 바라봤다. "오래전에 너의 아버지에게 했던 말을 다시 할게. 어떤 이유로도 둘 사이가 틀어지게 하지 마." 마리안은 그러고 물러서서 애슐린에게 윙크했다. "이제 나는 내일 밤 큰 행사를 위해 푹 자러 가야겠어. 요즘은 그게 점점 더 필요해지는 것 같더라고."

애슐린은 감탄하지 않을 수 없었다. 이선의 손가락이 애슐린의 손을 잡는 동안 두 사람은 마리안이 로비를 가로질러 엘리베이터를 향해 가는 모습을 지켜봤다. 그 모든 일을 겪었는데도, 그 모든 상실과 실연을 겪은 후에도 마리안 매닝은 사랑에 대한 믿음을 멈추지 않았다.

20

독서는 우리가 미지의 친구가 되게 해준다.

-오노레 드 발자크

마리안

1984년 11월 2일
매사추세츠, 보스턴

나는 머리를 다시 다독이고, 목에 건 한 줄짜리 진주 목걸이를 손으로 만지작거리면서 좀 더 침착해질 수 있다면 좋겠다고 생각했다. 애슐린과 어젯밤 늦게까지 한 이야기 때문에 새벽까지 잠을 못 자고 뒤척거렸다. 오늘 이런 시련을 겪기 전에 그런 일이 생기다니. 내 조카의 아들은 분별 있는 여자를 고른 것 같았고, 그녀는 가슴 아픈 일을 충분히 겪은 듯싶었다.

43년이란 세월이 지난 후 마침내 내 비밀이 밝혀졌다. 나는 한때 사랑했던 남자에게서 그의 아들을 빼앗았다. 애슐린에게 그런 이야기를 했을 때 그녀는 나를 재단하는 기색은 없이 그저 진심으로 공감하는 모습을 보였다. 그건 아주 희귀한 자질이지만, 그녀가 내게 요청한 건 불가능했다. 그렇게 오랜 세월이 흐른 후에 용서하라니, 그냥 놔두라니. 나를 위해서라고 그녀는 말했다. 하지만 그게 어떻게 나를 위한 일이 될 수 있는가? 그토록 오랜 세월 동안 슬픔에 매달려 살아왔기에 이제 그것 없이는 어떻게 살아가야 할지도 모르겠는데. 하지만 무대 가까이에 앉아 있는 일리스와 손녀들에게 갔을 때 애슐린이 했던 말이 불편하게 마음속에 맴돌았다.

두통이 시작되는 것이 느껴졌다. 무도회장은 불쾌할 정도로 더웠고, 술, 헤어스프레이, 고급 향수의 독기가 섞인 공기는 탁했다. 아니면 이곳을 가득 채운 사람들의 끊임없이 웅성거리는 대화 소리가 신경을 따끔따끔 찔러대는 것인지도 모르겠다. 본능적으로 도망치고 싶었지만, 그러기엔 너무 늦었다.

저녁 식사 접시들이 치워지고 디저트가 나왔다. 곧 연설이 시작된다는 신호였다. 무대 위에 **아동 복지 네트워크 공로상 마리안 매닝**이란 문구가 찍힌 현수막이 걸려 있었다. 나는 와인 잔을 향해 손을 뻗었다가 다시 마음을 고쳐먹고, 대신 물을 조금 마셨다. 사람들 앞에서 저 위에 올라가려면 정신이 초롱초롱해야 할 테니.

손에 열이 오르면서 끈적끈적해졌다. 이런 거 너무 싫은데. 무슨 성인도 아닌데 그렇게 보이게 이브닝드레스를 억지로 차려입어야 하다니. 하지만 이것은 재단을 노출할 좋은 기회이니 꾸역꾸역 참고서 해내야 한다.

마이크를 통해 내 이름이 울려 퍼지는 소리가 들렸다. 이어서 깜짝 놀랄 정도로 큰 박수 소리가 들렸다. 나는 일어나서 무대로 가는 계단을 올라갔다. 연단에 서 있는 황금색 야회복 드레스를 입은 여자는 그웬돌린 할리데이로 아동 복지 네트워크 회장이다. 그녀가 방긋 웃으며 상을 내 손에 안겨줬다.

그것은 놀랄 정도로 묵직했고, 젖빛 유리를 써서 지구처럼 보이게 만든 지구의였다. 그 속에 들어 있는 반짝반짝 윤이 나는 사각형의 파란 대리석에 내 이름이 새겨져 있다. 카메라 플래시들이 터지고, 셔터가 찰칵찰칵하는 소리가 났다. 기자들이다. 뭐, 항상 그렇지.

내가 뭔가 심오한 말을 하길 기다리며 나를 보는 수많은 사람의 얼굴을 내려다봤다. 뭔가 카드에 적어왔으면 좋으련만, 막상 적어오면 그대로 말한 적이 없거나, 카드들의 순서를 바꿔서 올라오는 식이라 카드는 생략했는데. 아이고, 이런.

일리스와 손녀들은 아주 자랑스러워하는 표정으로 활짝 미소 짓고 있었다. 새 드레스를 입고 머리를 곱슬곱슬하게 말아서 핀을 꽂아 올린 그들은 다 아름다워 보였다. 리다는 흥분해서 무대를 향해 손을 힘차게 흔들고 있었다. 나도 같이 손을 흔들면서 아이에게 키스를 보냈다. "안녕, 리다!"

청중이 웃음을 터트렸다. 나는 긴장이 풀어지는 것을 느끼고 입을 열어 말하기 시작했다. 천장이 높은 방에서 울려 퍼지는 내 목소리가 끔찍하게 싫었지만, 그래도 빙긋 웃으며 이 상황에 맞춰 적절하게 말했다. 내가 청중에게 감사를 표하자 그들은 환하게 미소를 지었다. 내가 사람들 앞에서 하는 연설에는 영 형편없다고 나를 깎아내리는 말을 하자 그들은 킥킥 웃었다. 내가 전 세계에서 갈 곳이 없는 아이들에게 가족을 찾아주는 중요성에 대해 진심으로 말하자 그들은 열심히 고개를 끄덕였다.

그러다 갑자기 군중 속에서 한 얼굴이 튀어나왔다. 뒤쪽 벽에 기대서 있는 한 남자. 키가 크고 각이 진 얼굴에 어두운 분위기. 그는 고개를 끄덕이지 않았다. 미소를 짓고 있지도 않았다. 그러나 그의 눈은 나에게 못 박혀 있었다. 그 오랜 세월이 흐른 후에도, 나는 그를 어디서도 알아볼 수 있었다.

방이 좌우로 흔들리더니 한 쌍의 어두운 점 두 개로 좁아졌다. 잠시 다리가 풀릴 것 같았고, 이어서 다음 날 신문의 사회면에 뜰 헤드라인을 상상했다. **자선가 마리안 매닝이 자신의 공로상 수상을 기념하는 만찬에서 쓰러지다.** 나는 연설을 끝낼 때까지 가까스로 다리에 힘을 주고 버텼다. 무대를 내려올 때 둔탁하고 단조로운 박수 소리가 들렸다. 하지만 마치 내가 물속으로 뛰어든 것처럼 소리가 잘 들리지 않았다.

내가 의자에 털썩 주저앉아 입술 위에 고인 땀을 조심스럽게 닦자 일리스가 얼굴을 찌푸렸다. 그러더니 내게 괜찮으냐고 물어보면서 내가 몸을 떠는 것처럼 보인다고 말했다. 나는 괜찮다고 고개를 끄덕이며 웃어 보였다. 하지만 그런 와중에도 **재커리가 오늘 올 수 없었다니 얼마나 다행인가,** 라는 생각만 들었다.

다행이다. 정말 다행이다.

손녀들은 내 상을 보고 싶어 했다. 나는 그걸 밀라에게 건네고 아이들이 계속 서로에게 전달해가며 구경하게 놔뒀다. 그러다 일리스가 쉿, 하면서 아이들에게 허리 똑바로 펴고 앉아서 얌전히 있으라고 야단쳤다. 이제 무대 위에선 다른 여자가 이야기하고 있었다. 주름진 노란 드레스를 입은 키가 큰 여자였는데, 그걸 보자 수선화가 떠올랐다. 나는 그 여자의 말을 듣는 척했지만, 사실 귀에 들어오지도 않았고 무슨 말인지도 알 수 없었다.

나는 다른 사람들이 손뼉을 칠 때 따라서 치고, 다른 사람들이 고개를 끄덕일 때 같이 끄덕이면서 가끔 방 뒤쪽을 흘끔 봤다. 그는 여전히 거기 있었다. 여전히 나를 보고 있었다.

아이들은 미미(아이들은 나를 이렇게 부른다)의 연설이 끝났으니 이제 가고 싶어 안달하고 있었다. 여자들은 핸드백과 겉옷을 챙기기 시작했다. 남자들은 냅킨을 접고 출구를 흘끗거리고 있었다. 만찬도 슬슬 끝나가는 분위기였다. 나는 안도한 동시에 겁이 났다.

마지막으로 박수가 터진 후 한 무리의 사람들이 내게 다가왔다. 그들은 날 둘러싸고 축하 인사를 하며 나와 악수했다. 일리스는 내 뺨에 키스하고, 아이들은 이제 충분히 놀았으니 재워야겠다며, 내일 아침 먹을 때 보자고 했다. 그러고 내게 호의를 가지고 몰려든 사람들 속에 나만 두고 가버렸다.

나는 가까스로 그들에게 미소를 지어 보이고, 적절한 말을 하며, 우아하게 고마운 마음을 표현했지만, 그런 내내 사람들의 머리 위와 얼굴들 사이를 훔쳐보면서 그가 갔기를 기도했다. 그렇게 세 번이나 힐끔거렸지만, 나를 둘러싼 사람들이 점점 줄어드는 동안에도 그는 여전히 그 자리에 서 있었다. 결국 몇 명의 골수 추종자만 남았다. 웨이터들이 테이블을 정리하기 시작했다. 이제는 그 일을 끝내는 것 외에 달리 할 일이 없었다. 나는 핸드백을 겨드랑이에 끼고 상을 든 채 문으로 갔다.

내가 다가가자 그는 주머니에서 두 손을 빼고 어깨를 폈다. 여전히 날씬했지만, 전에 볼 수 없었던 자신감이 풍겼다. 오만해서 생긴 자신감이라기보다는 성공에 따라오는 자신감이었다. 갑자기 그의 시선이 의식되기 시작했다. 오늘 밤 행사에 맞춰 고른 파란 벨벳 드레스가 유행에 뒤처져 보이는 건 아닐까? 어떻게 그는 더 세인트 레지스 호텔에서 처음 만난 후로 나이를 안 먹을 수 있지? 그는 짙은 색 정장을 입고 있었다. 완벽하게 재단한 고급 정장으로 어두운 바탕에 흰 줄무늬가 있었다. 우리 아버지 친구들이 입었을 때 그가 조롱하던 그런 종류의 양복이었다. 이제 60대인 그는 여전히 숨이 막힐 정도로 미남이었다.

재커리도 언젠가 이 나이가 되면 딱 이런 얼굴이겠군.

그 생각에 숨이 턱 막혔다.

"축하해." 내가 그의 앞에 서자 그가 말했다.

그의 목소리에 그간의 세월이 실타래처럼 되감겨서 바로 그 첫날밤에 멈추었다. 그의 파란 눈에서 빛나는 총기는 여전했지만, 이제 가장자리에는 옅은 주름살들이 패어 있었고, 가늘어진 머리카락은 관자놀이가 희끗희끗했다.

그의 입매도 변했다. 더 날카로워지고, 덜 너그러워 보였다. 미소도 잘 짓지 않는다는 생각이 들었다. 하지만 지금은 미소가 보였다. 그걸 미소라고 부를 수 있다면. 그 미소는 눈까지 다다르진 못해 그렇지 않아도 날카로운 이목구비가 더 날카로워 보였다.

"어서 와. 내 앞에서 겸손 떨 필요는 없어. 〈글로브〉지에서 오늘 밤 행사에 대한 발표를 본 후로 당신에 관한 공부를 많이 했어. 꽤 인상적이던데."

"여긴 왜 왔어?" 이제야 겨우 입을 뗄 수 있었다.

"내가 어떻게 옛 친구와 술 한잔하면서 옛날이야기를 할 수 있는 기회를 놓치겠어?"

나는 그를 어떻게 생각해야 할지 알 수 없었다. 그 다정한 말과 지금 보이는 냉혹한 미소는 전혀 어울리지 않았다. 마치 소매에 나를 속일 카드를 숨기고 있는 것 같았다. "우린 이미 밀린 대화를 나눴잖아, 기억 안 나? 당신이 내게 책을 써서 보냈잖아?"

"당신도 답장으로 한 권을 써서 보냈지."

"그거로 마무리가 된 거 아닌가. 그렇지 않아?"

"그랬을 거야…… 전에는. 하지만 그 후로 이런저런 일을 깊이 생각해볼 시간이 있었는데. 당신의 시각에서 쓴 그때 이야기에서 몇 가지 빠진 게 있다는 느낌이 들더라고. 작가들은 그걸 플롯의 허점이라고 부르지."

나는 말문이 막힌 채 그를 빤히 바라봤다. 그걸 그가 어떻게 알았지? 그가 어디선가 재커리를 봤나? 혹시 콘서트 투어에서 봤을까? 확실히 그가 재커리를 한 번 보면 다 들통났을 것이다. 아니면 그가 무슨 기사를 읽었는지도 모른다. 재커리는 신문에 자주 나오니까. 아니면 이미 오래전부터 알고 있었을지도 모른다. 나는 〈후회하는 벨〉의 안쪽 표지에 적힌 헌정사를 생각했다. **어떻게, 벨? 그 모든 일을 겪고서…… 어떻게 당신이 그럴 수 있어?** 아마 그는 그걸 물어보러 왔을지도 모른다. 하지만 이번에는 말이 아니라 직접 온 거지.

"로비에 바가 하나 있어. 거기서 한잔하는 거 어때?" 그는 차분하게 말했다.

"생각 없어. 오늘은 긴 하루였고, 내 방에 가고 싶어."

"당신은 지난번 보스턴에서 날 바람맞혔잖아."

"당신을 바람맞힌 게 아니야. 디키를 바람맞힌 거지. 우리는 그때 할 이야기가 하나도 없었고, 지금도 할 이야기는 없어." 나는 왼쪽으로 한 발자국 가서 그의 옆을 지나가려 했다.

그가 내 앞을 막았다. "내 생각에 우린 할 이야기가 있어. 이제 우리는 이 마지막 대화로 끝장을 봐야 할 때가 됐어. 당신은 내게 빚을 졌잖아. 그렇게 생각 안 해? 40년이란 세월은 한 남자를 아무것도 모른 채 내버려두기엔 너무 오랜 시간이야. 그 남자가 무슨 죄를 지었다고 당신이 믿고 있든 상관없이 말이지."

나는 고개를 끄덕일 수밖에 없었다. 40년은 긴 시간이다. 실제로 내가 자신을 속인 채 꼼꼼하게 만들어낸 이야기를 믿어버릴 정도로, 내가 아무 대가도 치르지 않은 채 이런 중대한 비밀을 지킬 수 있을 거라고 확신할 정도로 오랜 시간이었다.

"그러니까…… 바로 갈까?" 헤미가 다시 제안했다.

나는 고개를 끄덕일 수밖에 없었다. 수락하는 거 말고는 빠져나갈 길이 없어 보였으니까. "딸이 걱정하지 않게 전화 한 통 해줘야 하는데……."

"자, 당신이 자유롭게 손을 쓸 수 있게 해주지." 그는 내가 저항하기도 전에 내가 들고 있던 유리 지구의를 가져가서 내가 돌아올 수밖에 없게 만들었다. "당신이 마실 것도 주문해둘까?"

"그 정도로 오래 있진 않을 거야."

나는 그의 옆을 지나서 복도로 나가, 호텔 내부용 전화기가 있는 벽감을 향해 갔다. 일리스에게 전화할 필요는 없었다. 그저 마음을 가다듬을 시간이 필요했고, 여기에 여자 화장실이 있는 걸 알고 있었다. 나는 화장실 안으로 들어가서 닫힌 문에 기대어 축 늘어졌다. 아주 오랫동안 이 순간을 두려워하고 있었지만, 이 상황에 어떻게 대처할지, 내가 한 짓에 대해 어떤 변명을 할지 생각해본 적은 단 한 번도 없었다. 아마 그에게 할 변명이 없었기 때문일 것이다. 이런 상황에 내놓을 변명 같은 건 세상에 없다.

나는 검은 대리석 세면대 앞에 서서 덜덜 떨다가 문득 오늘 밤 헤미가 갑자기 나타난 데는 어쩌면 애슐린이 원인을 제공하지 않았을까, 하는 생각이 들었다. 어쩌면 애슐린은 디키처럼 우리 둘이 휴전 협정을 맺도록 중재하자는 생각을 했던 게 아닐까? 그건 아니길 바랐지만, 타이밍이 매우 의심스러웠다. 특히 어젯밤에 그녀가 용서에 대한 감동적인 말을 한 후라서 더 그랬다. 그리고 애슐린은 오늘 밤 내가 어디 있을지 정확히 알고 있었다.

또 기습당했군. 이번에는 내가 내 발로 함정에 들어간 셈이지만.

나는 세면대 위에 있는 거울에 비친 내 모습을 흘끗 봤다. 완벽하게 차려입고, 오늘 밤 행사를 위해 완벽하고 우아하게 올린 머리를 하고, 화장도 흠잡을 데 없다. 그가 오늘 밤 행사장에 들어왔을 때 나를 보고 무슨 생각을 했을지 궁금해졌다. 지나간 세월이 내게 잔인했다고 생각할까, 아니면 친절했다고 생각할까? 지금 그게 뭐 중요하기라도 한가? 이 마당에 이런 생각이나 하고 있다니. 그래도 나는 떨리는 손으로 이브닝드레스와 한 세트인 핸드백에서 립스틱을 꺼내 고쳐 바르고, 코에도 파우더를 몇 번 가볍게 두드렸다. 그리고 그 자리에 서서 화장을 고친 내 얼굴을 살펴봤다.

그는 이제 이 얼굴로 날 기억하겠지, 나는 생각했다. 그리고 다시 생각했다. 아니야…… **그가 기억하는 건 이 얼굴이 아니야. 그는 내가 한 짓을 기억할 거야. 그리고 내가 하지 않은 짓을.**

나는 바에서 벌써 진토닉을 마시고 있는 그를 발견했다. 검은 대리석 바 위에 화이트 와인이 한 잔 놓여 있었고, 그의 옆에 빈 스툴이 하나 있었다. 나는 회색 벨벳 스툴에 앉아 바로 와인 잔으로 손을 뻗었다. 그리고 주위를 둘러보면서 사람들이 이보다 많기를, 실내에 음악이 흐르길 바랐다. 하지만 이곳은 끔찍하게 텅 비어 있었고, 끔찍하게 조용했다.

"근사해 보이는군, 벨." 그는 전에 내 맥박이 사정없이 뛰게 했던 그 묵직하면서 살짝 고양잇과 동물 같은 목소리로 말했다. "여전히 아름다워."

하지 마! 거기 그렇게 앉아서 날 갖고 놀지 마! 나는 그에게 소리를 지르고 싶었다.

"날 그렇게 부르지 마. 내가 벨이 아니게 된 것도 아주 오래됐잖아. 그리고 당신은 그때 당신이 생각했던 것만큼 그렇게 매력적이지도 않았어." 나는 대신 이렇게 말했다.

"그때 당신은 나를 **조금은** 매력적이라고 생각했던 기억이 나는 것 같은데. 오랫동안 그랬던 건 아니라는 걸 인정하지만 한동안은 그랬어. 분명 당신도 잊어버리지 않았을 텐데."

내 얼굴이 새빨개졌다. 나는 마치 보석 색의 병사들처럼 바 뒤쪽에 어깨를 맞대고 줄줄이 서 있는 술병들만 뚫어져라 보면서 와인잔으로 손을 뻗었다. "여기까지 와서 하려고 했던 말이나 해."

"난 뭔가 말하려고 온 게 아니야. 들으러 왔지. 당신이 내게 하고 싶은 뭔가가 있을지도 모른다고 생각했어. 당신이 설명하고 싶은 뭔가가."

나는 와인 잔 뒤에 숨어서 눈 가장자리로 그를 훔쳐봤다. 그런 고백을 어떻게 해야 할지, 무슨 말을 해야 할지, 어떤 순서로 해야 할지 도무지 알 수 없었다. 대신 왜라는 질문으로 시작하기로 결심했다.

"난 당신을 믿을 수 없어. 당신이 그런 짓을 한 후에…… 다시는 믿을 수 없었어. 내가 혼자였다는 사실은 중요하지 않아. 난 해야 할 일을 했어. 난 내 인생을 살았지."

"그 기사 때문에?"

"모든 것 때문에. 하지만, 그래, 주로 그 기사 때문이지."

그가 잔을 들어 마시자 잔 속에 들어 있는 얼음들이 덜거덕 소리를 냈다. 그는 텅 빈 잔을 내려놓더니 바텐더에게 한 잔 더 달라고 신호를 보냈다. "그 오랜 세월이 지났는데, 당신은 여전히 내 탓을 하는군."

"그럼 내가 누구 탓을 해야 하는데?"

"난 그 망할 기차역에 두 시간이나 일찍 갔어. 그 여행 가방 두 개를 끌고 플랫폼에 내려가서 당신이 나타나길 기다렸다고. 그 기차가 떠나는 모습을 보면서 멍하니 서 있을 때 어떤 기분이었는지 당신이 알아?"

나는 그를 빤히 바라보면서 그가 여기 앉아서 상처에 대해, 나에게 입은 상처에 대해 말할 수 있다는 점에 경악했다. 자기가 저지른 짓은 까맣게 잊어버린 것일까? 그가 한 약속을 깨버린 건 어쩌고? 내 인생에서 한마디 말도 없이 사라져버린 건? "다음 날 당신 아파트에 갔다가 텅 비어 있는 걸 봤을 때 내 기분과 아주 많이 비슷했겠다는 생각이 드는군."

"나는 당신과 약속한 대로 기차역에 갔어. 당신은 오지 않았지."

"난 당신에게 쪽지를 보냈어."

"그래. 당신의 쪽지는 아주 명쾌했지. 그건 그렇고, 당신의 결혼 계획이 성사되지 않아서 유감이야. 다만 그때 당신이 날아오는 총알을 피했다는 건 말해두고 싶군. 테디는 절대 당신의 남편이 될 만큼 좋은 사람이 아니었어."

테디?

나는 오랫동안 전 약혼자를 생각하지 않고 있어서 그만 허를 찔리고 말았다. "인제 와서 왜 테디 이야기를 꺼내?"

그는 어깨를 으쓱했다. "당신이 반드시 알아야겠다면, 이건 자존심의 문제거든. 나는 아직도 당신이 나 대신 그 얼간이를 선택했다는 사실이 도저히 이해가 안 돼. 심지어는 지금도 그때 당신이 한 말이 이해가 안 돼. 당신이 그 시시한 말로 나를 달랠 수 있다고 생각했다는 것도 이해할 수 없고."

나는 와인 잔을 내려놓고 그를 똑바로 바라봤다. 내가 지금 대화의 맥락을 놓친 것이거나, 아님 그가 그런 것이겠지. "대체 지금 무슨 말을 하는 거야? 우린 아주 많은 말을 서로에게 썼잖아."

"난 지금 당신이 디키에게 시켜서 내 아파트에 배달한 편지를 말하고 있는 거야."

그 편지. 그가 말하는 게 바로 그거구나. 안도감이 나를 따끔따끔 찔러왔다. 이건 재커리에 관한 일이 아니었구나. 하지만 지금 그가 하는 말은 앞뒤가 맞지 않는데. "난 편지에 테디를 언급한 적이 없는데……."

바텐더가 새 진토닉을 가져오고 빈 잔은 들고 갔다. 헤미는 그에게 고개를 끄덕여 고맙다고 인사하고 다시 내게 얼굴을 돌렸다. "아니, 당신은 그의 이름을 언급하진 않았지만 요지는 그거였잖아."

"무슨 요지? 대체 지금 무슨 소리를 하는 거야?"

그는 나를 한동안 찬찬히 뜯어봤다. 그의 파란 눈이 너무 강렬해서 마침내 그가 입을 열었을 때 하마터면 안심할 뻔했다. "왜 나를 가스라이팅하는 거지? 우리 둘 다 그 편지에 뭐라고 적혀 있는지 알고 있잖아? 지금 와서 그게 왜 중요한 건데?"

"난 당신을 가스라이팅하고 있는 게 아니야." 지금 그가 무슨 게임을 하고 있는지 모르겠지만, 아무튼 나는 짜증이 나서 쏘아붙였다. 바텐더의 시선이 우리 쪽으로 왔다. 나는 그에게 어색한 미소를 지어 보이고 목소리를 낮췄다. "난 그때 내가 뭐라고 썼는지 알고 있다고."

헤미가 입고 있는 재킷 주머니에 손을 넣었다. 그만 계산하고 가려고 지갑을 꺼내는 줄 알았다. 하지만 그는 네모나게 접은 파란 종이를 꺼내서 아주 꼼꼼하고 조심스럽게 펼친 뒤 내 앞의 바에 올려놨다. "아마도 이게 당신의 기억을 되살려주겠지."

나는 수도 없이 펼쳤다가 다시 접은 것처럼 가장자리가 사정없이 주름이 진 그 종이를 물끄러미 바라봤다. 그건 어느 시점에서 구겨지기도 했지만, 다시 시간이 흐르면서 천천히 펴진 것으로 보였다. 나는 그 편지가 아주 조심스럽게 보관됐다는 점을 깨달았다. 편지에 적은 잉크는 바랬지만, 그 글씨는 내 글씨였다.

이런 편지는 어떻게 쓰는 걸까? 이 편지로 인해 누군가가 고통스러울 걸 알면서 쓰는 거 말이야. 그렇게 수많은 계획을 한 후에 이렇게 무뚝뚝하게 끝내버리는 건 나로서도 생각할 수 없을 것 같아. 당신은 나를 무정하고 이기적이라 생각하겠지. 아마 그건 사실일 거야. 그래, 난 분명히 그런 사람이야.

하지만 우리는 절대 행복해질 수 없어. 당신과 나 말이야. 결국은 그럴 수 없어. 난 당신을 좋아해. 나만의 방식으로 항상 좋아할 거야. 하지만 우리 사이는 절대 잘될 리 없어. 우리는 정말 중요한 여러 면에서 어울리지 않아. 그래서 애초에 시작도 하지 말았어야 하는 관계를 이제 꼭 끝내야 해. 나처럼, 당신도 솔직하게 우리의 관계를 바라보면 이게 최선이라는 걸 알게 될 거야.

사실, 언젠가는 내가 정신을 차린 것에 당신이 기뻐할 날이 올 거라고 믿어. 물론 상황이 이 지경에 이르기까지, 애초에 이런 일이 일어나게 놔둔 내가 잘못이겠지. 그리고 이건 우리 관계를 끝내는 용감한 방식은 아니라는 걸 알아. 종이 쪼가리에 몇 자 끄적이는 식으로는 말이야. 하지만 이 쪽지가 초래할 고통으로부터 당신의 자존심이 회복될 때는, 내가 우리 둘 다 살렸다는 점을 당신도 깨닫게 될 거야.

사실 나는 다른 사람과 함께하기로 약속했고, 불안하긴 하지만 그 약속을 깰 정도로 강하지 않아. 난 떠날 거야. 당신이 이걸 읽을 때는 이미 떠났겠지. 나는 내가 만든 이 엉망진창인 상황을 직면할 수 없는 겁쟁이거든. 제발 나에게 연락하려고 하지 마. 난 이미 결심했어. 나의 이기적이고 변덕스러운 마음을 용서해줘.

–마리안

나는 몹시 당황한 채 그를 바라봤다. 그는 마치 나의 거짓말을 밝혀낸 것처럼 꽤 만족스러운 표정으로 나의 대답을 기다리고 있었다. 하지만 이 편지는 처음부터 끝까지 다 잘못됐다. 내게 익숙한 내용인 건 맞지만, 완전히 잘못됐다. 대체 어떻게 이런 일이……. "헤미, 당신이 왜 이걸 가지고 있어?"

그의 입가에 차가운 미소가 내려앉았다. "내가 뭐라고 할 수 있겠어? 난 감상적인 사람이거든. 제발 당신이 이 편지를 쓰지 않았다는 말은 하지 말아줘."

"아니야. 이건 내가 썼어. 테디에게. 이걸 대체 어떻게 손에 넣은 거야?"

미소가 사라졌고, 잠시 그의 얼굴이 멍해졌다. "당신이 보냈잖아. 디키를 시켜서."

나는 그 종이를 내려다보면서 눈을 깜박였지만, 여전히 이 상황을 이해할 수 없었다. "그날 밤 디키가 당신에게 가져온 게 이 편지라고?"

"그랬다는 건 당신이 더 잘 알 거 아니야?"

"아니야." 나는 머리를 세차게 흔들며 말했다. "난 당신에게 이걸 보낸 게 아니었어. 그때 나는 편지를 두 통 썼어. 하나는 테디에게 그와 결혼하지 못하는 이유를 설명하는 편지를 썼고, 다른 한 통은 당신에게 썼어. 당신에게 보낸 편지는 짧아. 정확히 말하면 여덟 단어였어. 이건 테디에게 보낸 편지야."

그는 진토닉을 들어서 입가에 댔다가 마시지도 않고 다시 내려놓았다. 그는 한동안 아무 말도 하지 않은 채 방금 내가 한 말을 생각하는 표정이었다. "나에게 보낸 편지." 그는 도저히 읽어낼 수 없는 표정을 한 채 마침내 입을 열었다. "거기에 뭐라고 썼는데?"

나는 그를 외면한 채 그날 쓰레기통에 들어간 여러 장의 초고를 떠올렸다. 그에게 작별 인사를 하려다 실패한 시도들로 모두 갈기갈기 찢어버렸다. 결국엔 그에게 작별 인사를 할 수 없다는 사실을 깨달았기 때문이다. "이렇게 썼어…… **내가 간다고. 나를 기다리라고.**"

"그건 네 단어잖아. 그거 말고 또 뭐라고 썼는데?"

"지금 그게 중요한 게 아니잖아."

"맞아. 하지만 그래도 알고 싶어."

나는 그때 그의 얼굴을 보는 실수를 하고 말았다. 우리의 눈이 잠시 마주쳤다. 차가운 의지가 충돌하는 두 개의 눈동자. "기억 안 나." 나는 마침내 그렇게 말하고 와인으로 손을 뻗었다. "하지만 이런 말을 쓰지 않았다는 건 확실하게 알고 있어. 정말 이해할 수 없어. 나는 테디에게 보내는 편지를 봉인하자마자 우표를 붙이고 디키에게 그걸 우체통에 넣어달라고 했어. 그러니 분명 당신에게 보내는 편지와 헷갈릴 수가 없었는데……."

"디키가 주고 간 봉투에는 우표가 붙어 있지 않았어."

끔찍하지만 피할 수 없는 진실이 보이기 시작하면서 차가운 칼날이 내 가슴을 베고 지나갔다. "편지가 바뀐 거야. 어떻게 된 일인지 테디에게 보낸 편지가 당신에게 보내는 봉투 속으로 들어간 거야."

그는 내 말을 믿지 않는 것처럼 보였다. "당신은 지금 디키가 당신의 편지들을 열어서 읽어본 후에 그걸 봉투에 넣었을 때 잘못 넣었다는 말을 하는 거야?"

"나도 모르겠어. 하지만 뭔가 일어났어. 봐." 나는 편지 마지막에 있는 내 이름, 나의 진짜 이름을 가리켰다. "거기 마리안이라고 서명이 돼 있지?" 나는 거기서 말을 멈추고 갑자기 쏟아질 것 같은 눈물을 애써 삼켰다. "난 당신에게 언제나 벨이었어. 만약 이게 당신에게 보내는 편지였다면 내가 왜 본명으로 서명했겠어?"

그는 그 서명을 힐끗 봤지만 내 말에 동요하는 기미는 전혀 보이지 않았다. "당신이 지금 하는 말은 전혀 말이 되지 않아. 디키가 이모의 편지를 슬쩍 보려고 위험을 무릅썼을 것 같진 않아. 그 불쌍한 아이는 그때도 겁에 질려서 죽을 것 같았다고. 사실 내가 이모에게 메시지 하나만 전해줄 수 있냐고 부탁했을 때 나와 말도 해선 안 된다는 지시를 받았다면서 쏜살같이 도망쳐버렸어."

"당신이 그걸 받았을 때 봉투가 찢어져 있었어? 기억나?"

그는 경악한 눈빛으로 나를 바라봤다. "내가 그걸 **기억하냐고?**"

나는 고개를 푹 숙여버렸다. "내 말은 그저……."

"아니. 봉투는 찢어져 있지 않았어."

"이해할 수 없네, 어떻게……." 나는 어떤 생각이 떠올라 말하다 멈췄다. "디키에게 부탁해서 내게 전하려던 말이 뭐였어?"

오랜 침묵이 흘렀다. 마침내 그가 대답할 것 같다는 생각이 들었다. 대신 그는 자기 잔을 내려다보면서 얼음이 깔린 바닥을 살짝 흔들었다. "기억 안 나."

뭐, 됐어.

나는 다시 그 편지를 집어서 내가 아주 오래전에 썼던 구절들을 살펴봤다. 그 모호한 어법과 세심하게 고른 단어들, 또 다른 남자를 위해 썼던 단어들을 바라보며 헤미가 이걸 처음 읽었을 때를 상상했다. 이 편지가 그에게 쓴 것이라고 믿기가 얼마나 쉬운지, 그리고 그로 인해 얼마나 끔찍한 고통을 받게 됐을지 깨닫게 되면서 목이 메기 시작했다. 나는 이 상황을 이해해보려 애썼다. 어떻게 이런 일이 일어날 수 있었지? 그러다 내가 이 편지들을 쓰고 있을 때 코린이 내 방에 들어왔고, 내가 욕실에서 나왔을 때도 여전히 내 방을 치우고 있던 게 기억났다.

"언니. 언니가 한 짓이야." 나는 그게 사실이라고 확신하며 말했다.

내가 더 말하길 기다리며 나를 바라보는 그의 시선이 느껴졌지만 나는 그럴 수 없었다. 한 번에 받아들이기에 너무 거대한 감정이 밀려왔다. 내 혈육이 그런 교활한 책략을 부릴 수 있음을 깨닫고 경악하고 기가 막혀야 했지만, 실은 그렇지 않았다. 그런 종류의 방해 공작은 코린의 전문 분야니까. 하지만 그걸 더 빨리 깨닫지 못했던 나에게, 그리고 그 편지들을 좀 더 조심히 다루지 않았던 나에게 화가 났다.

언니의 배신이 미친 여파가 마치 주먹으로 치는 것처럼 나를 내려쳤다. 내게서 훔친 것. 우리에게서 훔친 것. 우리가 같이 누렸어야 할 인생. 우리가 같이 키웠어야 할 아들. 그 고통이 너무 커서 저절로 몸이 웅크려졌다.

눈물에 시야가 흐려져서 칵테일 냅킨을 집어 눈을 닦았다. 순간 내가 이야기를 계속하길 헤미가 기다리는 걸 눈치챘다. "내가 그 편지들을 쓰고 있었을 때 코린이 내 방에 왔어. 내가 화장실에 있었을 때 그 편지들을 훔쳐보고 내가 테디와 헤어지려는 걸 알아챈 게 분명해. 언니가 어떻게 했는지 모르겠지만, 분명 언니가 그 편지들을 바꾼 거야."

나를 찬찬히 살펴보는 그의 표정은 신중했고, 서먹했으며, 내 말에 전혀 흔들리지 않은 눈치였다. 나를 샅샅이 훑어보는 그의 시선을 그대로 버텨내면서 지금 그의 눈에 뭐가 보이는지 궁금했는데. 문득 그 오랜 세월이 지났는데 그게 뭐가 그리 중요하냐는 생각이 들었다. 하지만 중요했다. 갑자기 너무나 중요해졌다. 언니가 한 짓의 결과를 그가 이해했을까? 아니면 나만 우리 앞에 펼쳐질 수 있었던 미래를 생각하며 안타까워하고 있나? "뭐라고 말 좀 해봐." 내가 마침내 입을 열었다.

헤미는 바 가장자리에서 주먹을 쥐고 있는 자기 손을 내려다봤다.

"내가 뭐라고 말하면 좋겠는데?"

"코린이 그 편지들을 바꿨다는 말을 믿는다고, 그리고 그게 무슨 뜻인지 알겠다고 말하면 좋겠어."

"그건 그야말로 전생에 일어난 일이야, 마리안. 이 시점에선 그게 중요하다고 생각하지 않아."

헤미의 입에서 나온 나의 진짜 이름. 그의 입에서 나오니 너무나 이질적으로 느껴지는 이름을 듣자 마치 얼음물을 맞은 것 같은 느낌이 들었고, 그의 무덤덤한 반응이 뼛속에 사무쳤다. 나는 경악해서 그를 보며 눈을 깜박였다. "당신은 내 설명을 듣고 싶다고 주장하려고 그 먼 곳에서 여기까지 초대장도 없이 내 수상식에 나타났어. 그런데 이제 그게 중요하지 않다고?"

"나는 보스턴까지 먼 길을 온 게 아니야. 난 지금 여기서 살고 있어. 적어도 부분적으로는 그렇게 하고 있지."

이건 새로운 소식이군. 사람을 불안하게 만드는 소식이기도 하고. "당신이 여기 산다고?"

"2년째야. 여기와 런던을 오가며 지내고 있지. 최근엔 런던보다 여기에 더 오래 머물고 있고."

"신문에서 수상식 만찬에 대해 읽었다고 했지? 내가 오늘 여기 있을 거라는 걸 그렇게 알게 된 거야?"

"맞아."

"애슐린 때문이 아니고?"

그는 얼굴을 찌푸렸다. "애슐린이 누구야?"

"신경 쓰지 마. 중요한 건 아니야."

우리는 한동안 아무 말도 하지 않았다. 헤미가 진토닉 잔을 들고 있는 동안 나는 바 거울에 비친 내 얼굴을 멍하니 보고 있었다. 여기에 오지 않겠다고 거절할걸. 하지만 이미 와버렸으니 이런 식으로 이야기를 끝낼 순 없었다. "코린이 편지를 바꿨다는 내 말을 당신은 믿지 않는군." 더는 침묵을 견딜 수 없을 때 내가 말했다. "당신은 아직도 내가 당신에게 그 말을 전하기 위해 편지를 썼다고 믿고 있어."

"당신이 그 편지를 썼는지 아닌지는 중요하지 않아. 더는 중요하지 않다고. 망할, 어쩌면 처음부터 중요하지 않았을지도 모르지. 우리 둘 다 서로에 대해 최악의 모습만을 믿을 준비가 돼 있었잖아. 그건 그때 우리의 사이가 별거 아니었다는 뜻 아니겠어? 아마 그런 식으로 우리는 서로에게서 어마어마한 골칫거리를 덜어준 건지도 모르지."

"서로에게서 어마어마한 골칫거리를 덜어줬다고?" 나는 그가 이걸 믿기는 고사하고, 이런 말을 할 수 있다는 것 자체가 믿을 수 없어 그가 한 말을 그대로 따라했다. "그동안 당신은 내내 그렇게 생각한 거야? 당신이 내 인생에서 사라진 게 내게 **어마어마한 골칫거리를 덜어줬다고?** 내가 그냥 아무렇지 않게…… 툭툭 털고 새로운 인생을 살아갔다고? 당신이 어디 있는지 단 한 번도 궁금해하지 않고, 내가 당신의 연락을 다시 받게 될지 궁금해하지도 않으면서? 정말 그렇게 믿는 건 아니라고 말해줘."

고개를 돌리는 그의 얼굴이 너무 무정해 보여서 내가 아는 사람 같지 않았다. "가끔은 사물을 백미러로 보는 게 더 쉬울 때도 있어. 그것과 당신 사이에 어느 정도 거리가 있을 때 더 잘 볼 수 있단 뜻이지."

아니. 그날 무슨 일이 있었건, 우리가 이제 어떤 곳에 당도했건, 그가 우리를 이런 식으로 기억하게 놔두지 않을 것이다. 무모하게 사랑에 빠졌다가 내가 겁을 집어먹고 테디에게 다시 돌아가서 가까스로 재앙을 피할 수 있었던 젊은 커플로 기억되진 않을 것이다. "나랑 같이 코린에게 가서 이야기하자. 같이 가자, 내일."

그의 눈썹이 휘어졌는데 내 제안에 조금 재미있어하는 표정이었다. "무려 40년이 넘었는데 다짜고짜 언니네 거실에 쳐들어가서 자백을 받아내겠다는 거야?"

"당신은 코린을 몰라. 언니는 우리 사이를 갈라놓은 게 자기 공인 걸 인정하고 내 앞에서 고소하게 될 기회가 오면 좋아 죽을걸. 언니는 그걸 자기가 이룬 위대한 업적 중 하나로 생각할 거라고."

"그러면 왜 뉴욕까지 죽어라 달려가서 그 사람에게 그런 만족을 안겨줘야 하는데?"

"내가 당신에게 진실을 말하고 있다는 걸 당신이 알아야 하니까. 그리고 내가 안다는 걸 언니도 알아야 하고. 아침 8시에 출발하면 정오에는 도착할 수 있을 거야."

그는 잔을 비우고 단호하게 내려놨다. "아니."

나는 그때 분명히 봤다. 우리가 헤어진 후 그에게 생긴 완고한 면과 마치 갑옷처럼 입고 있는 차가운 무관심을. "당신은 차라리 그냥 날 계속 증오하는 편을 택하겠다는 거군. 그런 거야?"

그는 이제부터 무슨 말을 해야 할지 신중히 고려하는 것처럼 한동안 입을 다물고 있었다. 마침내 내 질문에 대답했을 때 그의 목소리는 생기가 없었고 거의 지친 것처럼 들렸다. "나는 아주 오랫동안 쓰라린 고통에 시달려왔어, 마리안. 아주, 아주 오랫동안. 망할 놈의 아무 이유도 없이 지난 40년 동안을 그 연옥에서 보냈다는 걸 알게 되는 상황을 내가 받아들일 수 있을지 잘 모르겠어."

"그러니 차라리 틀린 기억을 그대로 간직하고 있겠다고?"

"차라리 아무것도 기억하지 않고 싶어, 괜찮다면 말이지. 하지만 분노는 쉬워. 이미 익숙하기도 하고. 그게 나의 디폴트 모드라고 말해도 되겠지."

나는 기이한 기시감을 느끼면서 그를 보며 눈을 깜박였다. 어젯밤에 내가 애슐린에게 비슷한 말을 하지 않았나? 하지만 그의 냉정한 반응이 내 마음을 따끔따끔 찔러왔다.

"그러니까 난 여전히 악당이다 이거군. 그게 받아들이기 더 쉬우니까. 하지만 그게 어떻게 공정한 거지?"

"공정하지 않지. 나도 그건 인정해. 하지만 오늘 밤 만남은 실수였어. 내가 여기 오지 말걸 그랬어."

나는 그가 좀 더 말하길 기다렸지만, 힘이 단단히 들어간 턱으로 봐서 하고자 하는 말은 다 했음을 알 수 있었다. "그러니까 그게 다야? 우린 이거로 끝난 거야?"

그는 앞만 똑바로 본 채 고개를 끄덕였다. "다 끝났어."

나는 바텐더를 손짓해서 부른 후 지갑을 열고 돈을 찾아 뒤적거렸다. 어서 헤미와 헤어지고 싶었지만, 그가 내 와인 값을 내는 건 거절이다. 그런데 내 핸드백에는 립스틱과 콤팩트와 방 열쇠만 달랑 들어 있었다.

"와인 값을 내 방으로 달아줄 수 있나요?" 바텐더가 내게 왔을 때 나는 부탁했다. "마리안 매닝이에요. 412호실."

내가 막 바 스툴에서 내려오려 했을 때 헤미가 날 만졌다. 그의 손가락이 내 손등을 살짝 스친 것이다. "이 상황에 도움이 될지 모르겠지만, 난 그 기사와는 아무 상관 없어. 난 골디에게 그때 내가 쓴 메모들을 주지 않았어. 당신에게 말한 것처럼 다 버렸어. 다만 그때 신문사에서 서둘러 내 책상을 비우다가 전부터 쓰던 노트 하나를 빠뜨리고 왔어. 골디가 그걸 찾아서 슈왑에게 넘긴 거야. 그 문제로 내가 슈왑에게 따졌을 때 슈왑이 사실이라고 인정하더군. 그걸 당신에게 입증할 순 없어. 슈왑과 골디 둘 다 죽었으니까. 하지만 그게 진실이야."

나는 그를 물끄러미 바라보면서, 정말 그게 진실일지 궁금해하는 한편으로 그 말이 진실이길 간절히 바랐다. 그러다 헤미가 한 말이 옳다는 사실을 깨달았다. 그게 진실이라고 해도 **바뀌는 것은 하나도 없다.** 주사위는 40년도 훨씬 전에 던져졌다.

"당신 말이 맞아. 이제 와서 그건 중요하지 않아." 나는 돌아서면서 말했다.

나는 그가 나를 따라와 부를 거라고, 내가 가지 못하게 잡을 거라고 예상했다. 그가 그러지 않았을 때 비로소 그가 그래주길 내가 얼마나 간절히 바라고 있었는지 깨달았다.

21

환경을 항상 고려해야 한다.
책은 사람처럼 주위에 있는 것을 흡수한다.
–애슐린 그리어(오래된 책들의 치유자)

마리안

1984년 11월 3일
매사추세츠, 보스턴

거의 8시가 됐고, 짐들은 다 꾸려놨다. 여행용 세면도구 케이스 하나, 작은 여행 가방 하나, 정장을 접어서 넣는 나일론 휴대용 가방 하나가 아래층에 가져다줄 사환을 기다리며 침대 위에 놓여 있었다. 나는 일리스에게 전화해서 일이 생겨 일찍 집으로 돌아가야 한다고 말해놨다. 손녀들은 실망하겠지만, 어차피 몇 주 후 추수감사절에 다시 만날 테니까.

간밤에 잠을 거의 못 자서 이제부터 운전해야 하는 게 두려웠다. 집이 있는 마블헤드가 아니라 코린이 있는 뉴욕으로 가야 하는 게. 기이하게도 40년이 지났는데도, 마치 언니와 내가 항상 충돌 선상에 있었던 것처럼 어쩐지 이날을 피할 수 없을 것 같은 느낌이 들었다. 어제 한숨도 못 자고 슬픔과 격노 사이를 오가면서도 언니를 만나면 뭐라고 해야 할지 아직 결정하지 못한 상태였다. 하지만 차에서 언니에게 할 말을 고를 시간은 충분히 있을 것이다.

마지막 남은 오렌지 주스를 다 마셨을 때 누군가 방문을 노크했다. 나는 아침 식사 쟁반 위에 빈 잔을 내려놓고 사환에게 문을 열어주러 갔다. 대신 복도에 헤미가 서서 어제 내가 받은 상을 품에 안고 있는 모습이 보였다. "여기서 뭐 하는 거야?"

그는 내게 그 유리 지구의를 건넸다. "좋은 아침이야. 어젯밤에 당신이 바에 이걸 놔두고 갔어."

나는 문간에서 뻣뻣하게 서 있었다. 다시 전쟁을 치를 준비는 되어 있지 않았다. 적어도 그와는. "사실 방금 막 나가려던 참이었어. 당신이 사환인 줄 알고 문을 연 거야." 나는 무뚝뚝하게 말했다.

"사환은 오지 않을 거야. 당신 가방은 내가 가지고 내려간다고 말했거든."

"뭐라고? 왜?"

"내가 운전해서 당신을 뉴욕에 데려갈 거니까."

나는 갑자기 변심한 그에게 허를 찔린 채 그대로 굳어져버렸다. "내 차 여기 있는데."

"용건을 다 보면 당신을 다시 여기로 데려다줄게. 당신이 정말로 당신 언니와 그 이야기를 할 거라면, 나도 그 자리에서 그걸 들어야겠어."

차에서 헤미와 나는 거의 말을 섞지 않았다. 마침내 코린을 만나면 무슨 말을 해야 할지 생각하느라 바빠서 그랬을 것이다. 나는 35년간 언니를 만나지 않았고, 아버지 집에 발도 들이지 않았다. 둘 다 그립진 않았다. 엄마에 대한 추억 말고 거기서 살 때 좋았던 기억은 하나도 없었다. 오늘 다시 찾아가는 길에도 분명 기대되는 건 하나도 없었다. 다행히 내가 해야 할 말은 그리 오래 걸리지 않을 것이다.

차 안에 흐르는 침묵은 우리를 멍하게 만들고, 우리가 말하지 못한 것들로 분위기가 무거워져서, 마침내 우리 집이 시야에 들어오기 시작했을 때 안도했다. 화강암으로 된 웅장한 외관이 보였지만 어쩐지 기억 속의 모습보다는 훨씬 작아 보였다. 헤미가 집 뒤에 있는 직원용 차고에 차를 세우고 시동을 끄자 뱃속이 조여들었다. 나는 차에서 나와 집 앞으로 돌아가서 숨을 죽인 채 초인종을 눌렀다.

마침내 문을 열어준 사람은 코린이 아니라 하얀 간호사 유니폼을 입은 창백한 안색의 중년 여자였다. 그녀는 우리를 슥 훑어보면서 이미 우리를 문전 박대할 준비를 하고 있었다. "미안하지만 아무것도 안 사요."

"우린 뭘 팔러 온 게 아니에요." 헤미가 설명하면서 이성을 위해 준비된 비장의 미소를 지어 보였다. "이 사람은 힐라드 부인의 동생이에요. 우린 힐라드 부인을 놀라게 해주려고 보스턴에서 먼 길을 왔어요."

그가 지극히 확신에 차서 말하는 바람에 웃음이 물거품처럼 목구멍에서 터져 나오려는 게 느껴졌다. 나는 코린이 다시 나를 보면 **깜짝** 놀라는 상상을 했다.

간호사의 태도는 여전히 뻣뻣했지만 경계하는 눈빛은 많이 누그러졌다. "힐라드 부인은 편찮으세요. 의사 선생님을 기다리고 계시니 방해하면 안 됩니다."

나는 그 말을 듣고 조금 놀랐다. 내가 아는 코린은 평생 감기 한 번 걸린 적 없는데. 언니는 항상 무적이었고, 늘 자신을 엄격하게 관리했다. "오래 머물진 않을 거예요. 하지만 언니도 바로 해결하고 싶어 할 만한 시급한 가족 문제가 있어서요. 언니의 건강 상태를 생각해보면 당신도 이해할 겁니다." 나는 간호사를 안심시키며 말했다. 헤미의 시선이 나를 훑고 지나가면서 감탄 비슷한 것을 느끼고 있는 걸 감지할 수 있었다. "그냥 마리안이 왔다고 전하면 언니는 분명 나를 보고 싶어 할 겁니다."

간호사는 마지못해 고개를 끄덕이더니 우리를 홀로 인도했다. "가서 확인해보죠. 여기서 기다리세요."

내가 지켜보는 동안 간호사는 밑창이 두꺼운 흰색 신발을 신고 서둘러 계단을 올라갔다. 간호사가 보이지 않게 됐을 때 거실을 둘러봤다. 헤미는 조금 뒤에서 나를 따라오면서 여전히 껄끄러운 침묵을 유지하고 있었다.

집은 슬픈 메아리 그 자체였다. 한때는 매닝 가가 파크 애비뉴에서도 잘사는 집으로 위세를 떨칠 때도 있었지만, 이제는 빛이 바래고 황량해진 채 한물간 물건으로 가득 차 있었다. 골동품 몇 개와 벽에 걸린 그림 몇 점을 빼고는 익숙한 것이 없었다. 심지어 새 가구도 (그걸 새것이라고 할 수 있다면) 이미 한창때가 지난 것이었다. 지쳐

보이는 안락의자와 소파, 축 늘어진 쿠션들. 카펫은 낡을 대로 낡아서 여기저기에 올이 풀린 곳이 보이고, 한때 반짝거렸던 바닥은 관리를 게을리해서 칙칙해 보였다.

그런 풍경으로 매닝 가가 얼마나 추락했는지, 매닝 가 사람들이 그토록 주의 깊게 벌인 음모가 다 무로 돌아갔고, 아버지가 부정한 수단으로 쌓아올린 제국이 박살 난 걸 보자 뜻밖의 쾌감이 느껴졌다. 헤미를 슬쩍 보자 그의 얼굴에도 같은 표정이 떠올라 있었다.

두꺼운 흰색 스타킹이 리드미컬하게 스윽스윽 움직이는 소리에 간호사가 돌아왔음을 알아차렸다. 우리는 계단 밑에서 간호사와 만났다. "부인이 올라오시라고 합니다. 지금 부인의 방에 계세요. 오른쪽에서 마지막 방입니다."

"네, 고마워요. 저도 어디 있는지 알아요."

우리는 그녀 옆을 지나 계단을 올라가 벽에 그림이 죽 걸린 복도를 지나쳤다. 순간 그 운명적인 만찬이 열렸던 밤이 떠올랐다. 아버지가 엄마의 부적절한 행동에 대한 변명을 늘어놓고 있는 동안 계단 꼭대기에서 코린과 내가 숨어서 보고 있던 그 밤 말이다. 나는 그 기억을 밀어버리고 옛날에 내가 쓰던 방을 지나 엄마 방도 지나쳤다. 그러다 어느새 나는 코린의 방 앞에 서 있었다. 방문은 열려 있었다. 나는 헤미를 찾아 주위를 둘러보다가 그가 몇 발자국 뒤에 서 있는 걸 봤다. 그는 고개를 끄덕여서 나를 안심시켰고, 순간 그 미소 뒤에서 옛날의 헤미가 언뜻 보였다.

나는 뱃속이 요동치는 것을 느끼며 안으로 들어갔다. 방은 너무 더웠고 곰팡내가 났다. 마치 더러운 옷들과 오랫동안 감지 않은 머리에서 나는 냄새 같았다. 나는 얼른 주위를 살펴봤다. 아래층처럼 이 방도 전성기가 한참 지난 모습이었다. 내가 있었을 때는 그토록 아름다웠던 서양장미 무늬 벽지가 빛이 바랜 지 오래였고, 수도 없이 수선했지만 벗겨진 곳이 여기저기 보였다. 커튼도 익숙한 것이었지만, 한때는 고급스러웠던 비단이 이제 축 늘어진 데다 오래돼서 예전 같지 않았다.

코린은 침대 옆에 있는 등받이가 높은 의자에 앉아 있었다. 침대에 이불은 깔려 있지 않았지만, 이제 막 자리에서 일어난 것처럼 침대 커버가 뒤로 젖혀져 있었다. 코린은 항상 마른 체격이었지만, 지금은 갈대처럼 깡말라서 입고 있는 가운이 축 늘어져 창백한 쇄골과 누르스름하고 주름이 자글자글한 피부가 보였다. 머리카락은 가늘어졌고 색도 예전의 색이 아니었다. 코린은 그 머리를 돌돌 말아서 지저분한 왕관처럼 머리 꼭대기에 핀으로 고정했다. 그 모습을 보자 갑자기 영화 〈선셋 대로〉에 나오는 노마 데스몬드가 생각났다. 자신의 몰락해가는 저택에서 재미있는 이야기로 사람들을 즐겁게 해주던 늙은 여배우 말이다. 그 생각에 역겨움이 치밀었고, 그 생각을 좀 더 오래 한다면 동정 비슷한 것을 느낄 수도 있을 것 같았다. 하지만 난 절대 그러지 않을 것이다.

코린의 시선이 내게 머물렀다. 옅은 색의 눈동자가 기이하게 흐릿했다. "이런 이런. 대체 뭔 바람이 불어서 내 집까지 온 거야? 향수병에 걸렸니, 동생아?" 가래가 끓는 코린의 목소리는 귀에 거슬렸고, 발음도 조금 어눌했다. 그녀는 입을 삐죽거리는 척했다. "내가 너무 그리웠던 거야?"

"간호사 말이 아프다던데. 심각한 거야?" 나는 비아냥거리는 언니의 말을 무시했다.

코린의 얼굴에서 삐죽거리던 표정이 사라지고, 힘없고 긴장된 표정이 떠올랐다. "뇌종양이라는 게 대체로 그렇지. 무슨 말을 하러 왔건 얼른 하는 게 좋을 거야. 의사가 곧 올 거거든."

뇌종양이라니. 나는 그 뉴스를 머릿속에 받아들이면서 언니 자식들은 다 어디 있고, 왜 여기서 언니를 돌보고 있지 않은지 잠깐 궁금해했다. 아마 언니가 자식들도 다 몰아내서 자기를 돌볼 사람은 돈을 주고 부른 간호사밖에 없는 모양이었다. 나중에 이 사정을 천천히 생각해보면 언니가 불쌍해질지도 모르겠다. 어쩌면 아닐 수도 있고. 지금은 여기 온 목적에 집중해야 했다.

"오래 있을 생각 없어."

언니의 눈이 순간 흐릿하게 빛났다. "그렇지, 당연히 그렇겠지. 넌 무지하게 바쁘잖아, 안 그래? 여기저기서 받아야 할 상도 많고, 받아야 할 칭찬도 많고. 결과적으로 너의 그 지독하게 동정심이 많은 성격 덕분에 인생이 잘 풀렸나봐. 신문에서 떠들어대는 거 보면 네가 성인의 반열에 오르려고 기를 쓰는 것 같던데."

언니가 그동안 내 소식을 계속 확인하고 있었다는 사실을 알고 깜짝 놀란 동시에 언니가 그거 말고 또 뭘 알고 있을지 갑자기 불안해졌다. "보아하니 언니가 이 집을 용케 유지해온 것 같군."

"딱 거기까지지." 언니는 천천히 방 안을 돌아보며 말했다. "내가 죽자마자 사람들이 이걸 허물겠지. 얼마 안 남았어. 하지만 내 눈에 흙이 들어가기 전에는 안 돼." 언니의 시선이 금방 내게 돌아오더니 갑자기 잔뜩 경계하는 눈빛이 어렸다. "원하는 게 뭐야? 돈은 아니길 바란다. 돈은 하나도 없으니까."

"아니. 돈을 바라고 온 게 아니야. 손님을 하나 데려왔어. 우리 가족의 오랜 친구지."

언니의 눈이 재빨리 텅 빈 문간으로 갔다가 놀란 후 다시 경계하는 표정이 떠올랐다. "난 아무도 보고 싶지 않아. 특히 네 친구는 누구든 싫고."

"하지만 저 사람은 언니 친구이기도 했어. 언니가 아직 기억하는지 어디 한번 보자고." 나는 복도를 힐끗 보며 말했다.

마치 내 지시를 받은 것처럼 헤미가 말없이 문 안으로 들어와 섰다.

코린은 그를 보고 얼굴이 험악해지면서 옅은 눈동자 위의 눈썹을 사정없이 찡그렸다. 그러고 나서 내가 그동안 기다리던 그 표정이 나타났다. 헤미를 알아보는 그 표정. "당신⋯⋯." 언니는 마치 야생 고양이처럼 낮고 거칠게 으르렁거리며 말했다. "너!"

"맞아. 나예요." 헤미는 나른한 미소를 지으며 대답했다.

코린이 내게 고개를 확 돌렸다. "어떻게 감히 이 자식을 이 집에 데려와. 나가! 둘 다 썩 나가!"

나는 꼼짝도 하지 않은 채 언니를 빤히 봤다. "할 이야기가 있어."

"나가! 당장!"

"그 편지들. 언니, 그 편지들을 어떻게 했어?"

코린의 눈에 잠깐 어두운 그림자가 내려앉았다가 이내 걷혔다. "무슨 편지인지 모르겠지만 난 아무것도 몰라."

"언니가 그 편지들을 바꿨잖아. 어떻게 한 거야?"

코린은 나를 빤히 보고 있었지만, 얼굴은 용의주도하게 아무 표정도 드러내지 않고 있었다. 코린은 내가 기억하는 그대로 여전히 자신이 한 짓을 수치스러워하지 않고 의기양양해 있었다. 아직도 자기가 모든 사람과 모든 걸 통제할 수 있다고 확신하고 있었다. 하지만 언니는 틀렸다. 그때도 틀렸고 지금도 틀렸다.

"우린 답을 들으러 왔어. 그러니 답을 듣기 전까진 가지 않을 거야. 그러니까 몸을 써서 우리를 직접 쫓아낼 각오가 서지 않는 한 우리가 알고 싶은 걸 말하는 게 좋을 거야."

코린은 천천히 평가하는 눈빛으로 헤미를 훑어봤다. "그러니까지금은 우리란 말이지, 그렇지? 너랑 저 신문기자 나부랭이가 결국합친 거야? 나의 축복을 받으러 온 거야?"

"우리는 없어. 언니가 그렇게 확실하게 처리했잖아. 다만 어떻게 그렇게 했는지 그 방법을 알아낼 수 없었어. 어떻게 그 편지들을 바꿨는지 말해." 나는 코린에게 차갑게 말했다.

코린은 의자에서 몸을 앞으로 내밀었다. 위협적으로 보이려 시도한 것이지만, 그렇기는커녕 부루퉁하고 유치해 보였다. 그리고 아주 살짝 놀란 눈치였다. "여기가 어디라고 뻔뻔스럽게 들어와서 묻고 난리야. 마치 내가 너희에게 빚이라도 진 것처럼. 난 너희들에게 빚진 거 없어. 둘 다 썩 나가. 안 그러면 경찰을 부를 거야."

"불러. 전화하는 김에 신문사에도 연락하고. 다들 이 소식을 들으면 좋아 죽을 테지. 뉴요커들은 매닝 가의 치부라면 아무리 들어도 질려하지 않잖아. 난 시간 많아."

코린은 다시 의자에 등을 기대고 앉은 채 두 팔을 쭉 펴서 옆에 늘어뜨렸다. 마치 닳아빠진 왕좌에 앉은 늙은 여왕 같았다. 그녀가 눈을 감고 길게 숨을 들이쉬자 입술이 창백해졌다. "날 좀 내버려둬."

헤미가 나를 향해 한 발자국 다가오면서 고개를 저었다. "그냥 가자, 마리안. 코린은 당신에게 말할 수 없을 거야. 할 말이 없으니까. 죽어가는 여자를 졸라 고백을 받아내려는 당신의 시도는 찬사를 보낼 만하지만 말이야. 아무리 당신 언니라 해도 당신이 주장하는 그런 묘기는 도저히 부릴 수 없었을 거야."

코린은 의자에 등을 깊숙이 기댄 채 오랫동안 침묵을 지키며 자신의 적수를 평가하는 것처럼 보였다. "정확히 애가 뭘 주장하고 있다는 거야? 내가 도저히 부릴 수 없었다고 하는 묘기가 뭐야?"

"마리안은 자기가 뉴욕을 떠나기 전에 쓴 편지 두 통에 당신이 손을 댔다고 생각하고 있어. 나에게 쓴 편지와 테디에게 쓴 편지 말이야. 그런데 당신이 묘기를 부려서 테디에게 쓴 편지를 테디가 아닌 내가 받아보게 했다는 거야. 난 마리안에게 그동안 영화를 너무 많이 봤다고, 아무도 그런 묘기를 부릴 정도로 머리가 좋지 않다고 말해줬지."

코린은 거만하게 콧방귀를 뀌었다. "쟤는 **왜** 내가 친동생에게 그런 악랄한 짓을 했다고 생각하는 건데?"

"질투지." 헤미는 간단하게 대답했다.

"질투?" 그 말에 코린은 경악한 듯 보였다. "내가 **쟤를** 질투해?"

코린은 갑자기 새된 목소리로 웃더니 신경을 거스르게 하는 큰 소리로 경멸에 찬 말들을 폭포처럼 쏟아내기 시작했다. 그녀가 어떻게 아내가 되는 것도, 온 집안 가득 아이들을 낳는 것도 원하지 않았는지, 어떻게 항상 다른 사람의 장단에 맞춰 춤추는 것에 지쳤는지, 어떻게 내가 내 의무를 다해야 할 때를 저버렸는지 떠들어댔다.

"하지만 언니는 질투했잖아." 나는 언니에게 그 점을 일깨워줬다. 기이한 차분함이 내 안에서 넘쳐흐르면서 너무 늦은 깨달음이 찾아왔다. "전에는 아버지가 내게 원하는 것 때문에, 아버지에게 순종해야 하는데 내가 그러지 않아서 언니가 화를 낸다고 생각했어. 하지만 그게 다가 아니었지. 언니는 내가 그냥 항복하고 테디와 결혼하지 않으려 해서 화가 난 거야. 언니는 조지와 그렇게 했는데 난 안 했으니까. 언니는 내가 스스로 선택할 자격이 있다고 믿어서 나를 증오한 거야. 언니는 나도 언니처럼 불행하길 바랐던 거지. 그리고 내가 테디와 결혼할 줄 알았던 거야."

코린의 표정이 차가워졌다. 신중하게 부인하던 태도는 사라지고 그 자리에 지독하게 고소해하는 표정이 떠올랐다. "내가 그랬다면 어쩔 건데? 왜 내가 분노하면 안 되는데? 나는 왜 한 번도 스스로 선택해선 안 되고 남들이 원하는 것만 해야 했는데? 넌 머리가 좋다는 표현을 썼지. 너희들, 너희 둘 다 머리가 좋다는 게 뭔지는 알아?" 코린은 이제 불쾌할 정도로 반짝이는 눈으로 우리를 노려보고 있었다. "넌 초라한 아파트에 살금살금 숨어들어서 네가 무슨 짓을 하는지 아무도 모를 줄 알았지? 난 알고 있었어! 그리고 당신, 개릿 씨, 당신은 그 역겨운 기사로 우리 가문을 끌어내리는 건 성공했을지 모르겠지만, 당신이 **정말** 원하는 건 그게 아니었잖아, 안 그래?" 코린은 말을 멈추고 내게 손가락을 찔러 보였다. "당신이 정말 쫓고 있던 건 재잖아. 나의 예쁜 동생. 흠, 그건 내가 해결했지, 그렇지 않아?" 코린은 환한 미소를 지으면서 의기양양하게 고개를 홱 돌려 헤미를 바라봤다. "이제 누가 머리가 좋은지 말해봐, 신문기자 나부랭이."

헤미는 알아차릴 수 없을 정도로 살짝 고개를 끄덕이며 나와 눈을 마주쳤다. "미안해요, 코린. 내가 당신을 과소평가한 것 같군요."

"당신은 아주 확실하게 그랬지." 그러고 나서 코린은 나를 향해 역겨울 정도로 달콤한 미소를 지어 보였다. "그리고 너, 이 어리석은 바보가 그 작업을 확실하게 도와줬지." 그녀는 고개를 뒤로 젖힌 채 다시 요란하게 웃음을 터트렸다. "동생아, 넌 내가 있는 방에 그 편지들만 놔두고 가면 안 되는 거였어. 난 금방 네가 저 영국 놈과 도망칠 계획이란 걸 알아냈지. 하지만 그날 오전에 문제가 하나 있었어, 그렇지 않아? 네가 어떤 약속을 어긴 것 같던데? 그래서 넌 그에게 기다려달라고 부탁하는 편지를 썼지. 내가 알 수 없었던 건 네가 그 편지를 저 인간에게 보내려고 무슨 계획을 했냐는 거였어. 너에게 분명 계획이 있다는 건 알고 있었어. 그렇지 않았으면 편지를 쓰지도 않았을 테니까. 그래서 너를 계속 지켜보고 있었지. 그랬다가 겨드랑이에 코트를 끼고 뒤쪽 계단을 몰래 내려오는 내 아들놈을 잡았지 뭐야. 네가 그렇게 형편없는 스파이를 고르다니 나로선 아주 운이 좋았지."

코린이 미소를 지었는데 분명 아주 흡족한 눈치였다. "나는 아들놈을 따라 부엌으로 가서 그 애가 셔츠 밑에서 편지 두 통을 꺼내 코트 주머니에 슬쩍 넣는 걸 봤지. 그 불쌍하고 순진한 녀석은 내가 몰래 뒤로 다가갔을 때 깜짝 놀라 기겁하더군. 나는 아들에게 쓸데없이 좋은 신발을 신고 있다고 혼을 냈지. 그날은 비가 와서 사방이 진창이었거든. 나는 디키의 코트를 뺏은 후에 2층에 올라가서 신을 바꿔 신고 오라고 했어. 그 참에 스카프도 매고 오라고 했고. 그동안 편지 봉투들을 열어볼 충분한 시간을 확보해야 했거든."

그 마지막 부분은 마치 그녀가 블라우스에 생긴 와인 얼룩을 지우는 방법을 설명하는 것처럼 너무나 아무렇지 않게 말해서 나는 조금 충격을 받았다. "밀봉된 봉투들을 여는 법은 어떻게 알고 있었던 거야?"

코린은 즐거워하는 표정으로 나를 바라봤다. "그 무슨 바보 같은 질문이니? 하지만 넌 결혼한 적이 없으니 용서해줄게. 봉투에 막 풀을 붙였을 때는 쉽게 뗄 수 있어. 그때가 그런 경우였지. 물을 끓이는 찻주전자 위에 봉투를 몇 초 대고 있거나, 편지 개봉용 칼을 써서 아주 조심스럽게 봉투를 열거나 하면 돼. 그때는 버터나이프를 써서 해치웠지. 처음에는 그냥 편지들을 읽어보고 네가 어떤 계획을 세웠는지만 알아보려 했는데, 네가 테디에게 쓴 편지를 읽은 후에 더 좋은 아이디어가 떠올랐지. 이걸 신문기자 녀석이 보면 어떻게 생각할지 난 알고 있었어. 너에게 실연당했다고 생각하겠지. 그래서 편지를 바꾸고 다시 붙인 후에 디키의 코트 속에 그 봉투들을 넣었어. 짜잔!"

코린은 마치 은행 강도가 완벽하게 강도질을 해낸 걸 자랑하는 것처럼 자신이 발휘한 임기응변의 재능에 아주 뿌듯해했다. 그 말을 듣자 역겨웠지만, 아직도 알아내야 할 것이 남아 있었다. "다른 편지는 어떻게 됐어?"

"저 인간이 **받았어야 했던** 편지 말이야?" 코린의 시선이 헤미에게 휙 가더니 어깨를 으쓱했다. "저녁 준비할 때 나온 감자 껍질에 돌돌 말아서 퇴비 만드는 통에 던져넣었지."

퇴비라. 그 생각에 속이 조금 메스꺼워졌다. 나의 말들, 헤미를 위해 썼던 말들이 썩어서, 액체가 되어, 어두운 흙 속으로 스며들다니. 나는 헤미를 힐끔 바라봤다. 마침내 나의 말이 맞았음이 입증됐지만 기쁨은 느껴지지 않았다. 안도나 용서받았다는 느낌도 없었다. 그저 다시 떠오른 상실감과 내가 도둑맞은 것, 그리고 우리가 도둑맞은 것이 뭔지 깨닫고 끔찍했을 뿐이다.

"테디의 봉투는? 그건 어떻게 됐어?" 나는 멍하니 물었다.

"텅 빈 채로 다시 봉해서 디키의 코트 안에 넣었어. 테디도 그 편지를 받았겠지만 나도 확실히는 모르겠네. 테디가 그 봉투를 열어봤을 때 무슨 생각을 했을지는 신만이 아시겠지. 그리고 불쌍한 디키는 무슨 일이 있었는지 전혀 몰랐고." 코린은 다시 미소를 짓고 있었다. 사납고 잔인한 미소를. "이제 행복해?"

"내가 행복하냐고?" 나는 그 말을 믿을 수 없어서 언니를 빤히 보며 물었다. 마치 언니라는 사람의 몸에 따뜻한 피가 흐르는 부분이 아예 없는 것 같았다. 우리가 정말 같은 핏줄인지 의아해질 정도였다. "언니는 또다시 내 마음을 산산조각 냈어. 내가 바라던 인생에 그토록 가까이 다가갔는데, 그걸 잃는 게 어떤 느낌인지 언니가 다시 일깨워준 거야. 하지만 이젠 다 끝나서 기뻐. 언니와 끝나고 이 집과 끝나서 기쁘다고. 언니가 세상을 떠나자마자 사람들이 이 집을 허물 거란 말을 들으니 기쁘고. 난 이제 갈 거야. 다시는 돌아오지 않겠어."

헤미와 내가 돌아서서 거의 문에 다다랐을 때 언니가 나를 불렀다. 뒤돌아 언니를 보니 마치 몸에서 모든 공기가 빠져버린 것처럼 언니가 의자에 축 늘어져 있었다. "옷장에 가봐. 거기에 상자가 하나 있어. 그거 가져가." 언니는 기운 없는 목소리로 말했다.

처음에는 그냥 나가서 그녀에게서 가능한 한 멀리 떨어지려 했지만(최대한 빨리), 언니의 목소리에 체념과 패배감이 섞인 뭔가가 배어 있었다. 본의 아니게 격렬한 동정심이 느껴졌다. 언니를 다시는 보지 못할 걸 아니까 나는 마지못해 언니가 시킨 대로 했다.

방 뒤에 있는 옷장에서 오래된 모자 상자 하나를 발견했다. 상자의 뚜껑을 들어올리는 순간 숨이 막혔다. 엄마의 물건들이었다. 엄마의 화장대에 있던, 뒤쪽이 은으로 만들어진 헤어브러시, 진주와 다이아몬드가 박힌 브로치, 한 줄짜리 석류석 목걸이, 프랑스 소인이 찍힌 오래된 편지 한 묶음, 그리고 바닥에 엄마의 머리글자가 희미한 금박으로 새겨진 갈색 가죽 앨범이 하나 들어 있었다.

그 가죽은 바짝 마른 데다 여기저기 상처 자국이 있었고 등은 두쪽으로 쪼개져 있었는데, 세월이 흐르면서 떨어져 나온 페이지들이 흩어지지 않도록 고무밴드 두 개가 감겨 있었다. 그걸 보자 아름답고 달콤하고 씁쓸한 추억들이 떠올랐다. 잠시 엄마의 목소리를 들을 수 있고, 엄마의 향기를 맡을 수 있고, 주위에 떠도는 엄마의 존재감을 느낄 수 있었다. **마망.**

나는 아주 기뻤지만, 화가 나기도 했다. 나는 코린을 노려봤다. "언니에게 앨범에 관해 물었을 때 버렸다고 했잖아. **싹 다** 버렸다고 해놓고. 내내…… 이것들을 숨기고 있었구나. 내가 이걸 가져가길 엄마가 바랐을 걸 알고 있으면서 왜 그랬어?"

"알면서 뭘 묻고 그래?" 코린은 무표정한 얼굴로 대꾸했다.

"죽은 엄마를 괴롭히려고 그랬다는 거야?"

"아니. 너를 괴롭히려고."

코린의 말을 듣는 순간 숨이 컥 막혔다. 엄마가 돌아가셨을 때 나는 아주 어렸다. 외롭고 길을 잃은 아이. 그런데 언니는 내게 위로가 될 만한 이 유품들을 일부러 숨기다니. "내가 대체 언니에게 무슨 짓을 했다고. 왜 나를 이렇게까지 증오하는지 제발 말해줘."

코린은 한동안 말없이 얼굴을 찡그리며 마치 남의 손처럼 자기 손등을 물끄러미 보고 있었다. 그러다 마침내 두 손을 무릎에 털썩 떨어뜨리고 나를 바라봤다. "어니스트가 죽었을 때 넌 태어나지 않았지. 그때는 나 혼자였어. 엄마가 그때 참 힘들었지. 주로 방 안에 혼자 틀어박혀 있었지만, 기분이 좋은 날엔 엄마 방으로 날 부르곤 했어. 내 머리를 빗겨주고 노래를 불러줬지. 난 엄마가 사랑하는 딸이었어. 그러다 네가 태어났고, 난 뒤로 밀려났어. 아버지가 엄마를 요양원에 보내버렸을 때 난 너를 돌봐야 했고, 꼴도 보기 싫은 아이를. 난 그때 열여섯 살이었어. 막 내 인생을 시작하려 했었다고. 난 그렇게 생각했지만 아버지의 기대에 따랐어. 항상 그렇게 해왔으니까. 보기만 해도 징그러운 조지 힐라드와 결혼까지 했고. 하지만 넌 아니었지. 넌 너무 잘나셔서 아버지가 고른 남자와는 결혼할 수 없었지. 넌 신문기자 나부랭이를 원했으니까."

"그래, 난 그랬어." 난 감히 헤미를 보지 못하고 조용히 말했다.

"너에게 중요한 건 그게 전부였지. 네가 원하는 거. 넌 주제를 알아야 했어. 내가 그랬듯 너도 의무를 이행해야 했다고. 저 남자만 치워버리면 넌 그렇게 했을 거야. 그랬는데 그 기사가 터졌을 때 너만 쏙 빠져서 나가버리고, 남은 내가 뒷수습을 다 해야 했어. 이번에도 내가 말이야." 코린이 노골적인 혐오감을 품은 눈으로 헤미를 힐끗 봤다. "네가 저 인간을 우리에게 데려왔어. 저 인간이 쓰레기란 쓰레기는 다 긁어모으게 도와주고 아버지의 명성이 진창으로 뒤덮이게 했어. 아버지는 파멸했지. 우리 모두 파멸했어! 그런데 넌 거기 서서 내가 너에게 무슨 짓을 했냐고 묻고 있는 거야? 만약 내가 널 아주 조금이라도 다치게 할 수 있었다면, 나는 아주 기쁘게 했을 거야."

코린은 아무 수치심 없이, 눈 하나 깜짝하지 않은 채 그 이야기를 쏟아냈고, 나는 증오심 때문에 언니가 얼마나 뒤틀린 인간이 됐는지 이제야 이해했다. 나는 새로운 눈으로 상자 속에 든 물건들을 내려다봤다. 마치 전투에서 모은 트로피처럼 언니는 엄마의 개인적인 물건들을 마지못해 모아놓고 있었다. 하지만 왜 다 간직하고 있었을까? 그리고 내게 왜 거짓말했을까?

갑자기 언니가 엄마의 물건들을 숨기고 있었던 건 나에 대한 원한 때문이 아니라 완전히 다른 이유, 언니가 스스로에게조차 인정하길 거부하는 이유 때문이란 생각이 들었다. "언니가 가지고 싶었구나. 언니 자신을 위해 가지고 싶었던 거야. 다 엄마 거니까." 나는 마침내 언니의 마음을 이해하고 조용히 말했다.

코린은 고개를 돌렸다. "가져갈 거야, 말 거야?"

"그래. 갖고 싶어."

"그럼 가져가고 어서 나가."

나는 그 상자를 들어올려 품에 안았다. 그러다 마음이 바뀌기 전에 헤어브러시를 꺼내서 언니의 베개 위에 올려놨다. 언니는 받을 자격이 없지만. 내가 그러는 걸 언니는 보지 않았지만, 헤미는 봤다. 우리의 눈이 잠시 마주친 후에 그가 내게서 상자를 받아서 들었다. 나는 침대에 놔둔 핸드백을 들고 문으로 갔다. 작별 인사는 하지 않았다. 돌아보지도 않았다. 나는 여기에 온 목적을 이뤘고, 이제는 그저 코린과 아버지의 집에서 벗어나고 싶었다.

22

책은 가장 조용하고 변함없이 옆에 있어주는 친구다.
그리고 가장 쉽게 다가갈 수 있으며,
가장 현명한 상담가이자 가장 참을성이 많은 스승이기도 하다.
-찰스 W. 엘리엇(영국의 해군 장교이자 외교관-옮긴이)

마리안

헤미의 차에 탔을 때 나는 풀려 있던 매듭들이 다 묶이고, 아직 해결되지 못한 채 남아 있는 것들이 거칠게나마 마무리되는 느낌을 받았다. 매닝 가의 몰락은 사실상 완성됐다. 하지만 우리의 이야기, 헤미와 나의 이야기는 끝나지 않았다.

돌아오는 내내 우리는 별로 말이 없었다. 나는 차창 밖으로 지나가는 차들과 흐릿해지는 풍경을 보며 지난 몇 주 동안 일어난 일들을 머릿속에서 정리하려 애썼다. 이선과 애슐린이 그 책들을 발견했고, 헤미가 갑자기 40년도 더 된 편지를 재킷에 넣은 채 나타났고, 코린이 행복해지고 싶은 내 꿈을 일부러 방해했다고 인정했다. 그리고 마지막 퍼즐 한 조각이 남았다. 내가 그동안 숨겨온 퍼즐 조각.

지난 40년간 숨겨온 비밀들이 이렇게 짧은 시간에 저절로 드러나는 건 불가능하게 느껴졌지만, 한편으로는 피할 수 없는 일이라고 나는 손톱만큼 남은 양심으로 생각했다. 나는 항상 이날을 대비하며 살아오지 않았나? 헤미의 책이 도착했을 때 그가 쓴 헌정사(**어떻게, 뷀?**)를 보고 이미 이런 일이 일어날 거로 생각하고 대비하지 않았나? 난 그래왔다. 물론 그래왔다.

애슐린이 했던 말들이 하루 내내 내 마음속에서 곪고 있었다.

마무리.

그런 게 가능하긴 한가? 그토록 오랫동안 분노와 상실감을 품고 살아와서 이젠 그런 고통 없이 아침에 눈을 뜨는 걸 상상할 수 없는데? 그토록 오랫동안 내 마음속에서 떠나지 않던 얼굴이 갑자기 현실에 나타나 이미 흉터만 남았다고 믿는 상처들을 다시 열어젖히겠다고 협박할 땐 어떻게 하지? 애슐린은 그렇게 생각하는 듯했다. 분명 개인적인 경험에서 나왔다고 내가 느낄 수밖에 없는 믿음을 그녀는 품고 있었다. 자기 입으로 그렇게 말한 적은 없지만. 애슐린은 그게 결단의 문제라고 했다. 그래서 나는 결정했다. 하지만 마무리를 하기 전에 먼저 심판해야 했다.

나에 대한 심판.

하지만 난 아직 그 모든 비난을 감당할 준비가 되지 않았다.

내 옆에서 헤미는 핸들을 쥔 채 골똘히 생각에 잠겨 있었다. 혼잡한 시간에 밀려든 차들 사이를 뚫고 운전하는 동안 그는 신중하게 아무 표정도 드러내지 않았다. 가끔 그의 시선이 내게 머물다 떠나는 게 느껴졌고 뭔가 말하려는 느낌이 들었지만, 내가 고개를 돌렸을 때 그는 외면해버렸다.

"아무 이야기도 안 할 작정이야? 언니가 한 말과 그게 무슨 뜻인지에 대해서?" 더는 침묵을 견딜 수 없었을 때 내가 물었다.

그는 앞에 있는 도로에서 눈을 떼지 않은 채 핸들을 꽉 잡고 있었다. "이야기할 게 뭐가 있어?"

그의 대답에 나는 놀랐다. "그 오랜 세월 동안 우리 둘 다 진실을 오해하고 있었고, 어젯밤 당신이 내게 보여준 편지는 당신이 아니라 테디에게 보내는 거였다는 말이 진실이었다는 것에 대해 이야기를 시작할 수 있지 않을까? 내가 그 정도 자격은 된다고 생각하는데."

그는 한동안 아무 말도 하지 않은 채 백미러에 보이는 뭔가에 관심 있는 척했다. 나는 그를 지켜보면서 기다렸다. 예전에는 그의 얼굴을 아주 잘 알고 있었다. 얼굴의 구석구석과 모든 그늘까지 알고 있었지만, 세월이 흐르면서 그의 얼굴은 단단하게 굳어져 도무지 속내를 읽을 수 없었다.

"그리고 나서 뭐 할 건데? 43년이 지난 후에 우리 둘 다 유감스럽게 됐고, 그다음엔 뭔데?"

그의 목소리에 서린 비통함이 내 마음에 사무쳤다. "그다음엔…… 용서하는 거지, 헤미. 모든 비난과 누가 누구에게 먼저 상처 줬는지 따지는 걸 그만두는 거지. 그렇다고 우리가 잃어버린 게 변하진 않겠지. 그걸 바꿀 수 있는 건 없어. 하지만 일종의 마무리를 위한 길을 낼 수 있지 않을까? 우리 둘 다 마침내 과거를 놓아줄 수 있도록 말이야."

나는 숨을 죽인 채 그가 대답하길, 그가 내 말을 들었다는 신호라도 주길 기다렸지만, 그는 여전히 고집스럽게 입을 다문 채 내가 닿을 수 없는 곳에 있었다. 나는 창문으로 고개를 돌린 채 고속도로가 휙휙 지나가는 모습을 물끄러미 바라봤다. 용서. 마무리. 아주 예쁜 말이다. 하지만 내가 그 말을 했을 때는 거짓처럼 느껴졌다. 왜냐하면 앞으로 더 해야 할 말이 남았으니까. 아주 많은 말. 그리고 훨씬 더 안 좋은 말들. 어쩌면 용서받을 수 없는 말들. 하지만 반드시 말해야 한다. 고백은 영혼에 좋다고 사람들이 말하지 않나. 하지만 여기서는 아니다. 이렇게 차들이 경적을 울려대고 다른 차들이 우리 옆을 쏜살같이 지나가는 도로에선 할 수 없다. 이 말을 하려면 우리 집에서 해야 한다.

"헤미." 나는 겁먹기 전에 불쑥 입을 열었다. "나랑 같이 우리 집에 가줘야겠어. 호텔에 도착해서 내가 내 차에 타면, 나를 따라서 우리 집에 와줘."

그가 마침내 나를 바라봤는데 표정이 조금 부드러워졌다. "어디 몸이 안 좋아?"

"난 괜찮아. 하지만 당신과 해야 할 이야기가 있어."

"우린 지금까지 차에서 거의 세 시간이나 있었고, 보스턴에 도착하려면 아직도 한 시간이나 남았어. 그게 뭐든 지금 여기서 말할 수 없는 이유라도 있어?"

"있어. 당신에게 보여줘야 할 게 있어." 나는 차분하게 대답했다.

"당신의 집에서?"

"그래."

그의 얼굴에 갑자기 경계하는 표정이 떠올랐다. "뭔데?"

"여기선 말할 수 없어. 아직은 아니야." 나는 다시 창문으로 얼굴을 돌렸다.

우리 집 진입로에 들어갔을 때 내 손은 뜨겁고 끈적끈적했다. 헤미는 내 뒤에 주차하고 나왔다. 나는 차 트렁크에서 여행 가방과 엄마의 물건으로 가득 찬 모자 상자를 꺼내느라 애를 썼다. 나머지 짐은 일단 여기 둬야 했다. 갑자기 헤미가 와서 내 손에 든 여행 가방과 모자 상자를 뺏어갔다. 나는 어색하게 고맙다는 인사를 중얼거리고 앞장서서 걸어갔다.

현관에 들어가서 나는 그를 제대로 보지도 않고 코트를 벗었다. 그는 여행 가방과 모자 상자를 내려놓은 후에 내 어깨 너머로 거실을 들여다봤다.

"아무도 없어. 우리뿐이야." 나는 그렇게 말하고 그의 코트를 받기 위해 손을 내밀었다.

그는 뒤로 물러서서 고개를 흔들었다. "난 괜찮아."

거실에서 그는 예술작품들, 가구, 액자에 든 사진들이 놓여 있는 피아노를 훑어봤다. 나는 숨을 죽이며 그가 그걸 알아보기를 기다렸지만, 그는 알아채지 못했다.

"아주 근사하군. 내 예상과는 꽤 다르지만 근사해." 그는 건조하게 말했다.

그리고 창가로 천천히 걸어갔다. 커튼이 걷혀 있어서 조약돌들이 흩어져 있는 해변이 보였다. 해가 지면서 바닷물은 진한 백랍 빛으로 물들어 있었다. 나는 그가 경치에 감탄하게 놔두고 얼음을 가지러 부엌으로 갔다. 돌아왔을 때 그는 여전히 창가에 있었지만, 코트는 소파 팔걸이에 걸쳐져 있었다. 나는 잔 두 개에 진을 따른 후 토닉으로 손을 뻗었다. 내가 밀봉된 토닉 병의 포장지를 뜯는 소리를 듣고 그가 돌아봤다.

"당신만의 해변도 있군. 그럴 줄 알았어야 했는데."

그의 말에 나를 비난하는 기색이 느껴졌다. 처음에 그를 만났을 때 그가 특권층으로 성장한 내 유년기와 호화로운 생활을 비난해서 넌더리 나게 했던 점이 떠올랐다. 그도 백 베이에 타운하우스가 있다는 사실을 일깨워주고 싶은 충동이 잠깐 일었지만 그냥 관두기로 했다. "이건 사실 다른 사람들과 공동으로 쓰는 집이야. 하지만 다른 가족은 여기에 거의 오는 일이 없어서 주로 나 혼자 지내지."

그의 눈이 불편할 정도로 오랫동안 내 눈을 바라봤다. "우린 전에 바닷가에서 살자고 이야기하곤 했지."

우린 많은 이야기를 했어, 나는 그렇게 말하고 싶었다. 하지만 할 수 없었다. 심지어 그런 생각조차 할 수 없었다. 그렇지 않으면 내가 해야 할 말을 끝내지 못할 테니까. 나는 그의 손에 술잔을 들려줬다. "당신은 평소에 라임과 같이 마시는 걸 알지만, 유감스럽게도 이번엔 라임 없이 마셔야겠어. 손님이 찾아올 줄 몰랐거든."

그는 어깨를 으쓱했다. "괜찮아. 나는 아주 많은 것 없이도 사는 법을 익혔어."

"헤미……."

"뭘 위해 건배할까?"

나는 바닥을, 내 잔을, 그만 빼고 어디든 다른 곳을 바라봤다. "당신의 성공을 위해. 지금까지 몇 권이나 썼어?" 나는 힘없이 말했다.

"마지막에 나온 책까지 해서 스물한 권이야."

"그리고 대부분이 베스트셀러가 됐지. 축하해."

그는 내 칭찬을 불편해하며 어깨를 움츠렸다. 43년이란 세월을 사이에 둔 채 우리가 서로를 마주 보며 서 있는 동안 침묵이 거대한 입을 벌렸다. "그 모든 책에 당신이 있었어." 마침내 그가 말했다.

그 말에 그만 허가 찔리고 말았다. 그의 목소리가 귀에 거슬리게 낮아지면서 아주 오랫동안 내 안에 있는 걸 인정하지 못한 내 신경들을 잡아당기고 있었다. "무슨 뜻인지 모르겠어."

"그 말은, 내가 쓴 모든 소설의 주인공이 당신이었다는 뜻이야. 주인공의 이름이 뭐건, 그들은 모두 벨이었어. 모두 당신이었어."

"헤미……."

"내 책을 한 번이라도 읽어본 적 있어?"

"아니."

"그건 〈후회하는 벨〉로 시작됐어. 그때까지 내가 쓴 글 중에 처음으로 잘 쓴 글이었지. 아마 내가 쓰게 될 모든 책 중에 최고의 책일 거야." 그는 술을 한 모금 마시더니 그게 뱃속으로 내려가는 동안 얼굴을 찡그렸다. "그 책이 어떻게 됐을까? 당신은 알아?"

"내가 가지고 있어. 두 권 모두." 나는 조용히 말했다.

내 말에 그는 놀란 듯 보였다. 한편으로 기뻐하는 눈치이기도 했다. "당신이 두 권 다 가지고 있었어?"

"아니, 디키가 가지고 있었어. 디키가 죽은 후에 그의 아들이 서재에서 그걸 발견했어."

"디키에게 아들이 있는 줄 몰랐어."

"이선이야. 일주일 전에 처음 만났는데, 디키를 빼다박았어." 내가 말해줬다.

"그럼 그 이선이란 사람이 그 책들을 읽었다고 생각해야 하나?"

"응. 그 아이는 로즈 할로를 알아보고 나머지도 알아냈지." 나는 시선을 떨어뜨린 채 대답했다.

"그것 참 흥미로웠겠군. 당신의 연애사를 낯선 사람이 읽다니."

"당신의 연애사이기도 해. 그리고 맞아. 그건 아주…… 흥미로웠지." 나는 서늘하게 말했다.

"그 사람이 나라는 것도 알아? 내가 헤미라는 걸? 우리가……."

그의 왼쪽 눈 바로 밑에, 뺨의 위쪽에 새로운 흉터가 하나 있었다. 지금까지는 눈치채지 못했는데. 순간 그 흉터가 어떻게 생겼는지, 언제 생겼는지 궁금했다. 나는 손가락으로 그걸 만져보고 싶은 충동, 그를 만져보고 싶은 충동과 싸웠다. "그들은 다 알아. 당신이 모르는 것조차 알고 있어." 나는 대신 이렇게 말했다.

"벨……." 그는 내게 한 발자국 다가왔고, 이어서 또 한 발자국 다가왔다. 가까이 다가올수록 그의 차가운 결심이 허물어지고 있었다. "어디서부터 시작해야 할지 모르겠어. 어젯밤에 대해…… 오늘 오후에 대해…… 40년 동안 마음속에 이 고통을 품고 살면서 당신을 탓하고 거짓말을 믿고 살아왔어. 그런 내내……. 정말 너무, 너무 미안해. 당신을 신뢰하지 못해서. 당신을 믿지 못해서. 무엇보다 그 망할 놈의 기사로 당신에게 일어난 모든 일 때문에 미안해. 내가 그때 어떤 기사를 쓰고 있는지 당신에게 미리 말했어야 했어. 그랬다면 이런 일은 일어나지 않았을 텐데. 그건 멍청하고 이기적인 짓이었고, 전적으로 내 잘못이야. 하지만 맹세해, 벨. 난 그 기사가 〈리뷰〉지에 실린 것과 정말 아무 관계가 없어. 그건 골디와 슈왑의 짓이었어."

"파괴자들." 나는 조용히 말했다.

"뭐라고?"

"우리가 같이 살았어야 했던 인생이 파괴자들에 의해 틀어져버렸지. 내 언니. 골디. 둘 다 자기만의 의도가 있었고, 둘 다 자기가 원하던 걸 얻었어. 우리가 뭘 원했는지는 그들에게 중요하지 않았지."

"당신은 행복해, 벨? 내 말은 지금 당신 옆에…… 누가 있어?"

나는 술을 한 모금 마시고 바에 잔을 내려놨다. "그 두 개는 아주 다른 질문이야. 대답도 아주 다르고. 맞아, 난 행복해. 난 나만의 삶을 일궈왔어. 열정을 품은 일도 있어. 분명 당신이 그런 것처럼. 하지만, 아니. 내 옆엔 아무도 없어."

그는 잔을 내려놓고, 마치 내 생각을 읽으려고 애쓰는 것처럼 나를 한동안 찬찬히 바라보면서 이제 할 말을 가늠했다. "내 평생 이런 말을 하게 될 거라고는 생각지 못했지만, 하느님이 날 도와주시길, 내가 여기 있어. 여기에 **우리가** 있지. 내 평생 당신 말고는 아무도 없었어, 벨. 당신을 만나기 전에도 그랬고 후에도 그랬지. 당신이 그날 안 오고 나 혼자 그 플랫폼에 서 있을 때 망연자실했어. 그러다 그 망할 놈의 편지를 받았어. 그걸 읽고 당신이 테디에게 돌아갔다고 생각했을 때 내 안의 뭔가가 죽어버렸어. 그때부터 난 세상 어느 것에도 신경 쓰지 않게 됐지. 아주 오랫동안 그걸 두려워했어. 그러면서도 내내 그걸 놓지 않고 있었지. 그 증거 말이야. 다만 그건 증거가 아니었던 거야. 이제 우리는 너무 많은 시간을 잃어버렸고. 하지만 난 당신을 한 번도 잊은 적이 없어, 벨. 단 한 번도 바람을 멈춘 적이 없었어……."

그가 내게 손을 뻗었을 때 저항해야 했다. 이 일이 여기서 더 진전되기 전에 물러나야 했다. 하지만 난 그가 이렇게 말해주길 너무 오랫동안 기다려왔다. 내 팔을 잡은 그의 손의 무게는 마음이 아플 정도로 익숙했고, 그가 그동안 쓰고 있던 무표정한 가면이 갑자기 벗겨졌다. 거기에 그 오래전에 내가 알고 지냈던 헤미, 내가 사랑하는 걸 멈추지 않았던 남자가 서 있었다. 그 사실을 깨닫자 목이 메었다. 이 순간이 의미하는 바를 내가 어떻게 부인할 수 있을까? 지나간 세월의 실타래가 뒤로 감기는 걸 느끼고, 그와 같이 있을 때 어떤 느낌이었는지, 우리가 함께였을 때 어떤 느낌이었는지 다 기억나는데 어떻게 이걸 부인할 수 있겠는가?

그의 입술이 내 입술에 닿았을 땐 마치 그동안 시간이 1분도 흐르지 않았던 것처럼, 우리가 서로를 한순간도 잃지 않았던 것 같았다. 이건 마치 집으로 돌아온 느낌이라고 생각하다가 문득 내가 그의 맛, 나를 잡은 그의 팔의 감촉을 얼마나 그리워했는지 깨닫고 충격에 빠졌다. 하지만 어떻게 그게 가능했을까? 어떻게 내가 이…… 천국을 잊을 수 있었지? 감은 내 눈 뒤로 이미지 하나가, 사정없이 뒤엉킨 팔다리들과 구겨진 파란 침대 시트와 딱 붙어 있는 두 개의 몸, 땀으로 젖어서 반짝거리면서 팽팽하게 당겨진 그 육체들이 떠올랐다. 너무 오랜만이었다. 영원의 세월이 지나갔다. 하지만 한순간도 흐르지 않은 것 같았다. 바로 어제 일 같았다.

나는 그의 가슴에 기대어 녹아내렸고, 익숙한 그에게 내 몸을 맡기면서 이건 실수이고, 잠시 후엔 이 모든 게 무너져내릴 거라는 걸 알고 있었다. 이번에도 그런 일이 일어날 것이다. 그리고 이번에는 그 책임을 누가 져야 하는지 헷갈리지 않을 것이다. 그 생각이 마치 얼음물을 끼얹은 것처럼 나를 후려쳐서 그에게서 몸을 밀어냈다.

"헤미…… 잠깐만."

그는 어색하게 뒤로 물러났다. "미안해."

나는 고개를 흔들었다. "제발 그런 말은 하지 마. 당신이 미안하길 바라지 않아. 그리고 당신이 그런 말을 하게 될까봐 두려워. 당신에게 해야 할 말이 있어. 아주 오래전에 해야 할 말이었어."

그는 아무 말도 하지 않았고, 내가 이야기를 계속하길 기다리면서 조심스러운 표정을 짓고 있었다.

"아까 당신이 이선이 우리에 대해 알고 있느냐고 물었을 때 내가 다 알고 있다고, 당신이 모르는 것까지 알고 있다고 했지? 당신은 그게 뭔지 묻지 않았어."

나는 그의 잔을 들어서 다시 그의 손에 들려주고 피아노로 갔다. 재커리가 묵직한 검은 액자 속에서 나를 마주 보고 있었다. 재커리에게 지금 일어나는 일을 미리 말해줄 시간이 있었다면 좋았겠지만, 이런 일이 생길 줄 나도 몰랐으니까. 재커리가 날 용서해주리라 나는 믿었다.

헤미가 내 옆에 서 있었는데, 내가 그 사진을 들고 돌아서자 의문이 가득 찬 눈으로 나를 바라봤다. 나는 이제부터 그가 듣게 될 말에 그를 대비시켜줄 단어들을 찾았지만, 세상에 그런 건 없었다. 이런 경우엔 없었다. 대신 나는 그 액자를 그의 손에 들려주고 기다렸다.

그는 그 사진을 물끄러미 바라봤다. 처음에는 이 상황을 이해하지 못해서 멍한 표정이었다. "이게 뭐야…… 이게 대체……."

"그 아이 이름은 재커리야." 나는 조용히 말했다.

"재커리." 그는 그 이름을 천천히 말하면서 입속에서 굴려보며 친숙한 이름인지 시험해봤다.

"그 아이는 우리의 아이야. 당신과 나의 아이." 나는 마침내 말했다.

헤미는 마치 누군가 흔들어서 오랜 잠에서 깨어난 것처럼 그때 진실을 깨달은 듯했다. "당신이 지금 하는 말은……."

"난 지금 우리에게 아들이 있다고 말하는 거야, 헤미. 그 사실을 그동안 당신에게 숨겨왔고. 난 다른 사람들에게 재커리를 입양했다고 말해왔어. 하지만 사실 그 아이는 내 아이야. 당신의 아이고."

나는 헤미가 낼 격노에 대비해 마음을 다잡았다. 대신 그의 얼굴에서 모든 표정이 사라지고, 도저히 속내를 읽을 수 없는 무표정이 떠올랐다. 그는 아무 말도 하지 않은 채 내 눈을 뚫어져라 보며 내 말을 받아들이려 안간힘을 쓰고 있었다. 나는 어깨에 힘을 준 채 그의 시선을 억지로 받아내며 말을 이었다. "나는 캘리포니아에 도착할 때까지 임신한 걸 몰랐어. 그리고 알았을 때는 당신이 어디 있는지, 어떻게 찾아내야 할지도 몰랐고."

그의 표정이 굳어졌다가 풀리면서 좀처럼 속내를 알 수 없는 표정으로 변했다. "시도는 해봤어?"

"어떻게? 당신은 종군 기자 놀이하러 떠나고 없었는데." 엉겁결에 그 말이 입 밖으로 나오고 말았다. 나에겐 그렇게 말할 권리가 없는데. 그의 말은 틀리지 않았다. 내가 원했다면 그를 찾을 수 있었을 것이다. 난 그러지 않기로 선택한 것이다.

"그럼 나중에는? 전쟁이 끝난 후에는?" 헤미는 이제 노기를 띤 목소리로 말했다. 내가 얼마나 큰 죄를 지었는지 서서히 이해하기 시작하면서 그의 목소리에 힘이 들어가고 있었다. "디키는 날 찾는 법을 알고 있었잖아. 당신이 디키를 시켜서 내게 책을 보냈잖아. 기억나? 내 아들에 대한 그 어떤 언급도 빼놓은 바로 그 책 말이야."

나는 눈물이 나는 걸 참으려고 눈을 깜박이면서, 목이 메어 입을 열 수 없어 고개만 끄덕였다.

"당신과 디키가 점심을 먹기로 했던 날. 내가 그 레스토랑에 있다는 사실을 당신이 알아낸 순간 급히 떠나버린 이유를 이제야 알겠군. 그리고 거의 지난 20년 동안 내 얼굴이 전국 방방곡곡에 있는 서점에 붙어 있었다는 사실도 빼놓을 수 없지. 날 어떻게 찾아야 할지 알 수 없었다는 말은 하지 마, 마리안. 당신에겐 날 찾을 수 있는 시간이 43년이나 있었어. 당신은 그저 수화기를 들기만 하면 됐다고."

나는 그의 분노에 대비해왔지만, 지금 그의 목소리에서 들리는 날것의 비통함과 그의 눈에 가득 고인 눈물에는 미처 대비하지 못했다. "헤미……"

그는 뒤돌아 방 반대편으로 가더니 홱 돌아서서 나를 봤다. "당신은 정말 날 그렇게나 많이 증오했던 거야?"

"난 당신을 증오한 적 없어. 그러고 싶었어. 그러려고 시도도 해봤지만, 그럴 수 없었어."

"당신은 내게 **자식을** 숨겼어. **우리의** 아들을! 대체 어떻게 그럴 수 있어?"

또 그 질문이 나왔다. 그 오래전 그가 내게 던졌던 질문, 〈후회하는 벨〉의 속표지에 그가 휘갈겨 쓴 질문. 하지만 이제 이 질문은 완전히 다른 의미로, 헤아릴 수 없이 끔찍한 의미를 품고 날아왔다. "당신이 먼저 나를 찼잖아." 나는 초라하게 대답했다. 이 말로는 충분하지 않다는 걸 알면서, 이 문제를 해결하기에 충분한 말은 영원히 없을 거라는 사실을 알면서도 그렇게 말하고 말았다. "당신이 말없이 떠났을 때, 그리고 그 기사가 〈리뷰〉지에 나왔을 때, 당신이 정말 그 짓을 했다니 믿을 수 없었어."

"난 하지 않았어."

"난 그때 그걸 몰랐잖아. 그걸 내가 어떻게 알 수 있었겠어?"

"그래서 당신은 내게서 내 아이를 빼앗아도 괜찮다고 느꼈군." 그는 손가락으로 머리를 쓸어넘겼다. 내겐 너무나 익숙한 동작이라 그걸 보는 것만으로도 가슴이 미어졌다. "맙소사. 그 아이는 이제 마흔두 살이겠군. 다 큰 성인이잖아. 그런데 내가 그걸 다 놓쳐버렸으니……."

나는 눈물이 앞을 가리는 가운데 그를 향해 눈을 깜박이며 할 말을 필사적으로 찾았다. "미안해, 헤미. 정말 너무너무 미안해. 재커리가 태어난 순간부터, 지난 42년 동안 매일 매 순간 그 아이를 볼 때마다 당신 얼굴이 보였어. 날 영원히 사랑하겠다고 약속해놓고 한 마디 말도 없이 사라진 남자가. 난 생각했지. 그런 짓을 할 수 있는 남자라면……." 내 목소리가 갈라졌고 울음이 터지려는 걸 억지로 삼켰다. "내가 연락했다면 당신은 내게 돌아왔겠지, 헤미. 하지만 그것 때문에 내게 화를 냈을 거야. 결국엔 우리 둘을 두고 떠나버릴 만큼 화를 냈겠지. 성인 여자를 떠나는 건 그럴 수 있어. 하지만 아이에게 그런 짓을 하는 건 완전히 다른 문제야. 나는 재커리에게 그런 일이 일어나게 할 모험을 할 수 없었어."

"당신이 날 그런 사람이라고 생각했다고? 자기 핏줄에게 등을 돌릴 사내라고?"

"난 그때 당신이 어떤 사람인지, 그리고 당신이 어떻게 대처할지 전혀 몰랐어. 내가 아는 한 당신은 내 믿음을 배신하고 약속을 어긴 사람이었을 뿐이야. 하지만 난 그 모든 걸 용서했을 거야. 내가 정말 용서할 수 없었던 건 당신이 한마디 말도 없이 내 인생에서 나가버린 거야. 마치 내가 당신에게 아무 의미가 없는 것처럼. 난 남자가 아내에게 관심을 잃었을 때 일어나는 일들을 숱하게 봤어. 그럴 때 자식들에게 어떤 일이 생기는지도 봤고." 나는 다시 눈물이 나려는 걸 참느라 눈을 꾹 감았다. "나는 당신을 어떻게 다시 믿어야 할지 몰랐어."

우리 사이에 내려앉은 침묵은 견딜 수 없었다. 마치 우리가 함께 한 모든 추억이 쓸려나가고 그저 이 끔찍하고 새로운 현실만 남은 것 같았다. 헤미는 어깨에 힘을 준 채 서서 그늘진 얼굴을 사정없이 찡그리며 우리 아들의 사진을 빤히 보고 있었다. 마침내 그가 고개를 들어 날카롭고 파란 눈으로 날 뚫어져라 바라봤다.

"어젯밤, 바에서 당신이 해야 할 일을 했다고 말했을 때, 당신이…… 당신의 인생을 살았다고 했을 때. 이게 바로 당신이 말하던 그거였군. 우리 아들을 키운 거. 나 없이 말이야."

나는 억지로 그의 눈을 바라봤다. 그의 눈에 가득 찬 고통을 보기만 해도 가슴이 찢어질 것 같았다. "정말 미안해, 헤미."

"디키도 알고 있었어?"

나는 고개를 끄덕였다. "재커리는 어렸을 때부터 당신을 똑 닮았거든. 우린 그 문제 때문에 계속 싸웠어. 디키는 당신도 알아야 한다고 생각했어. 난 디키가 상관할 문제가 아니라고 생각했고. 우리는 그때 그 점심 문제로 결판을 내고 다시는 연락하지 않았지."

"우리 아들을 내게서 숨기겠다고 굳게 결심한 나머지 사랑하는 조카와도 연을 끊었단 말이야? 내가 내 아들의 인생의 일부가 될 자격이 있다고 디키가 생각했기 때문에?"

내가 어떻게 그를 이해시킬 수 있을까? 그때 내가 느낀 감정을.

그때 내가 두려워했던 문제들을. 나뿐만 아니라 내 아이들과 내가 그들을 위해 조심스럽게 쌓아올린 인생에 대한 두려움을. "난 당신을 우리 삶에 다시 들일 수 없었어, 헤미. 그런 식으론 할 수 없었어. 주말과 휴가와 2년에 한 번씩 여름방학마다 재커리를 당신과 나눠 가질 수 없었어. 음악 캠프 비용을 반반씩 내고, 재커리의 독주회에서 서로 우연히 마주치고. 어쩌다 보니 둘 사이에 아들이 생겼지만 결국엔 서로 예의를 차리는 타인이 되고 싶지 않았어. 그리고 일리스 문제도 고려해야 했어. 재커리에게 아버지가 생기면 일리스는 어떻게 하라고?"

그의 표정이 멍해졌다. "일리스?"

"내 딸이야. 재커리가 두 살 때 내가 입양한 아이야. 둘은 남매로 같이 자랐고, 나는 사람들이 그들을 친남매로 생각하게 했어. 그런데 갑자기 재커리에게 친아버지가 있는 게 밝혀지면 상황이 어색해지잖아."

"내게 마흔두 살짜리 아들이 있는 걸 인제 와서 알아내는 것만큼 어색한가?"

나는 나를 변호할 권리가 없다고, 내가 그런 짓을 했으니 여기 가만히 서서 그가 무슨 말을 하든 받아들이라고 자신을 타일렀다. 하지만 그 모든 일이 내게 쉬웠다고 헤미가 생각하는 것만은 참을 수 없었다. 재커리가 자라는 내내 단 하루도 내가 한 선택에 의문을 품지 않고 넘어간 날이 없었다.

"내 말뜻은 그게 아니야, 헤미. 내가 당신을 찾아내는 방법을 알았을 때는 시간이 너무 많이 흐른 후였어. 그때까진 우리 셋이서만 살았고. 난 두려웠……"

그가 한 손을 들어서 내 말을 뚝 잘라버렸다. "난 당신의 변명을 원하지 않아. 이런 상황에 변명이란 있을 수 없어!"

"난 지금 변명하는 게 아니야. 내가 옳지 않았다고 말하고 있는 거야. 당신이 무슨 짓을 했다고 내가 그때 믿고 있었더라도 재커리를 당신에게서 숨길 권리는 없었어." 눈물이 앞을 가려서 아무것도 보이지 않았다. 내게는 흘릴 권리조차 없는 눈물이. "난 그 일을 당신에게 달리 어떻게 말해야 할지 몰랐고, 숨기는 것 외에 뭘 할 수 있었는지도 몰랐어."

그는 팔짱을 낀 채 다리를 넓적하게 벌리고 완고하게 서 있었다. "당신이 원하는 게 뭐야?"

나는 그를 빤히 바라봤다. "내가 **원하는** 게 뭐냐고?"

"앞으로 어떻게 하면 좋겠어? 내게 여기 와달라고 부탁했을 때는 분명 뭔가 염두에 둔 결말이 있을 거 아니야. 그게 뭐냐고?"

"우리 사이에 있었던 일들을 바로잡고 싶었어. 내가 그때 틀렸다고 말하고 싶고. 나는 도저히 용서받을 수 없을 정도로 끔찍한 일을 저질렀지. 하지만 어쨌든 용서를 빌고 싶어." 나는 그의 대답을 기다렸다. 내 말이 어떤 식으로 그에게 영향을 미쳤는지 알 수 없었다. 그는 여전히 무표정으로 일관했다. "뭐든 말해봐, 제발."

그의 턱에서 근육 하나가 꿈틀거렸다. "내가 무슨 말을 하길 바라는 거야?"

"뭐든. 나도 모르겠어. 이제부터 우리가 어떻게 될지 말해줘."

"우리는 **어떻게도** 되지 않아, 마리안. 지금은 아니야."

나는 고개를 끄덕이며 눈을 감았다. "그래, 알았어. 이 상황에서 이 말이 도움이 될지 모르겠지만, 재커리는 시카고 교향악단 소속

바이올리니스트야. 그리고 6월에 결혼해."

"흠, 그렇다면 적어도 내가 다 놓친 건 아니군."

조금 전만 해도 돌처럼 단단하던 그의 얼굴이 내 앞에서 산산조각이 나는 것 같았고, 내 마음도 같이 부서지는 게 느껴졌다. "내가 몇 번이나 미안하다고 사과할 수 있을지 모르겠어, 헤미. 하지만 당신이 그러라고 하는 한 계속 말할게. 영원히 사과할게."

고개를 젓는 그의 눈이 어둡고 공허했다. "그 오랜 세월 동안 나는 그때 우리 사이를 다르게 끝낼 수 있지 않았을까 고민했어. 그때 우리가 어땠는지, 우리가 같이 보고 하기로 했던 모든 일을 돌이켜 생각하면서 어쩌면 우리 사이를 돌이킬 방법이 있을지도 모른다고 생각했어. 그래서 어젯밤에 나타난 거야. 혹시 그럴 기회가 있을까 싶어서. 그러다 오늘, 정신이 해까닥 돌아버렸던 순간 당신에게 키스했고, 당신도 내게 키스했지. 그때 난 그럴 수 있을지도 모른다고 생각했어. 이제 우리가 그 기회를 놓쳐버렸다는 걸 알겠어. 재커리가 우리의 기회였어. 그 오랜 세월 우리가 헤어져 있으면서 이랬으면 어떨까, 저랬으면 어떨까 고민하던 와중에 그가 바로 우리가 합칠 기회였던 거야. 우리는 우리가 계획했던 인생을 부분적으로라도 살릴 수 있었을 거야. 하지만 지금은 아니야. 이 일에서 가장 최악은, 이번에는 아무도 탓할 사람이 없다는 거야. 그 편지, 그 기사. 그건 다 다른 사람들이 한 짓이었지. 당신은 그들을 **파괴자**라고 불렀고. 하지만 이건 **당신이** 한 짓이야. **당신이** 파괴자였어."

그는 소파에 걸쳐둔 코트를 낚아채고 뒤도 돌아보지 않은 채 현관으로 걸어갔다. 그가 멀어져가는 모습을 지켜보면서 그를 여기 머물게 할 방법을 알면 좋겠다고 생각했지만, 나는 미안하다는 뜻으로 할 수 있는 모든 말을 다 했다. 그리고 어쨌든 그는 그 **사과를** 듣고 싶어 하지 않는다.

그가 나간 후 현관문이 닫히고 침묵이 내려앉았다. 무의 메아리가 날 허물어뜨릴 것 같았다. 아주 완벽하게. 최후의 일격처럼. 나는 헤미가 바에 내려놓고 간 재커리의 사진을 가져와서 우리 아들의 얼굴을 물끄러미 내려다봤다. 그의 아버지의 얼굴. 나는 이 일이 마무리되길 바랐지만, 지금 느끼는 거라곤 그저 오래된 상처들이 벌어진 끔찍한 고통뿐이었다.

23

난 항상 책을 읽다 중간에 덮는 것은 영화를 중간에 멈추는 것과 같고,
그 중지된 세계에서 등장인물들은 그대로 숨을 참은 채 얼어붙어
독자가 돌아와 그 모든 것에 다시 생기를 불어넣기를, 마치 동화에 나오는
왕자의 키스처럼 그렇게 해주길 기다리고 있다고 상상하곤 했다.
—애슐린 그리어(오래된 책들의 치유자)

마리안

이 집에서 선 포치는 항상 내가 좋아하는 곳이었다. 바닷가 가장자리에 있는 성소와 같은 이곳은 밤에도 좋았다. 나는 헤미가 떠난 후 선 포치에 앉아 모든 불을 다 꺼놓고 있었다. 사방에서 파도 소리가 나를 감쌌다. 오늘 밤 달빛은 별로 보이지 않았고, 밤의 어둠은 무겁고 텅 빈 것처럼 느껴지면서도 동시에 너무 많은 과거로 가득 찬 것처럼 느껴졌다.

나는 재커리에게 전화해서 그의 아버지에 대해 다 말했다. 전부다. 아니, 엄마가 다 자란 아들에게 편안하게 말할 수 있을 수준에서다 털어놨다. 나는 사실들, 이름들과 장소들만 말했다. 재커리는 내가 생각했던 그대로 반응했다. 항상 그랬던 것처럼 이야기를 다 듣고 내게 괜찮으냐고 물었다. 나는 그렇다고 대답했다. 거짓말이었지만, 가끔은 그게 더 쉬우니까.

나는 일리스에게도 전화했지만 받지 않았다. 내일 다시 전화해보겠지만, 그때쯤이면 오빠인 재커리가 다 말했을 것이다. 둘은 그렇게 끈끈한 사이였고, 항상 서로 필요할 때 의지가 되어줬다. 하지만 이제 그것도 끝났다. 마지막으로 해야 할 일을 다 끝냈다. 더는 우리 집안에서 곪고 있는 비밀도 없고, 드러나길 기다리는 비밀도 사라졌다.

이제는 그 모든 게 끝났다는 독특한 감각이 느껴졌다. 진정으로 끝난 건 아니더라도 상황이 종료된 느낌이랄까.

내 앞에 있는 테이블 위에 책 두 권이 놓여 있었다. 헤미의 책과 내 책. 내가 왜 이 책들을 여기에 가져다 놨는지 나도 모르겠다. 분명 읽으려고 한 건 아닌데. 아마 마지막으로 한 번 더 이 책들을 보려고 갖다 놓은 것 같았다. 내일 거실 벽난로에 불을 피우고 오래전 디키에게 하라고 했던 일을 직접 할 것이다. 이 책들을 태워버리는 것이다. 나의 과거와 헤미의 과거가 연기 속에 사라질 것이다. 한때 그토록 환하게 타올랐던 것, 아마도 너무 환하게 타올랐던 것이 마침내 소멸하는 게 어울려 보였다. 그것도 일종의 마무리지.

하지만 그렇게 될까?

40년이 넘는 세월 동안 나는 그게 소멸해버린 척하며 살아왔다. 그 시절로부터, 그 기억들로부터 나를 차단하며 살아왔다. 아주 조심스럽게. 그러다 24시간 만에, 사실 그보다 더 적은 시간에 나는 조심하는 법을 **잊어버렸다.** 그의 얼굴을 봤을 때 그만 방심해서 그 시절을 기억해버렸고, 그의 품을, 그의 입술을 느끼고, 희망을 품어버렸다.

나는 이면에 있는 감정들을 느끼지 않기 위해 그동안 그렇게 죽어라 분노에 집착하며, 비난과 쓰라린 기억에 갇혀 지냈다. 조용한 집에서 나 혼자 있을 때 찾아온, 그를 그리워하는 참을 수 없는 고통은 사라졌지만, 그것은 이미 내 일부가 되어버렸다. 잃어버린 세월이 내 마음속에 만들어낸 커다란 공허. 우리가 함께했을지도 모를 과거와 거의 그럴 뻔했던 과거에 대한 슬픔도.

내가 그에게 다 말했다면 어쩌면 그와 그런 인생을 같이 보낼 수 있었을지도 모른다. 그를 잃은 고통이 날 얼마나 심하게 부서놨는지. 이 오랜 세월 동안 내가 그를 얼마나 그리워했고 지금도 그리워하는지. 하지만 아니었다. 그는 내가 재커리를 그에게서 숨기기로 결심한 순간부터 그 어떤 기회의 창도 다 닫혀버렸다는 점을 분명하게 표현했다. 그의 말이 맞았다. 내가 파괴자였다.

나는 해변을 내다보면서 그 너머에 길게 뻗은 수평선을 상상하며, 램프의 요정을 다시 병에 집어넣을 수 있다면 다시 그를 잊을 수 있을까 궁금해했다. 그 대답이 '노'라는 사실은 나도 분명하게 알고 있었다. 이제부터 나는 이걸 생각하며 살아가겠지. 내가 다른 선택을 했더라면 함께 살 수 있었던 우리, 가족이 될 수 있었던 우리를 떠올리겠지.

이제 집 안으로 들어가서 뭐든 이제부터 해야 할 일을 해야 한다. 저녁을 먹고. 잠자리에 들고. 내일을 맞이하고. 하지만 내일을 생각하고 싶지 않다. 아직은 아니다. 나는 조약돌이 깔린 해변, 땅이 바다와 만나는 작은 초승달 모양의 모래밭을 내려다보다가 일리스와 재커리가 어렸을 때 거기서 모래성을 쌓고 파란 플라스틱 양동이 안에 매끄럽고 반짝이는 돌들을 주워 담았던 기억을 떠올렸다. 나는 여기에서 좋은 추억을 많이 만들었다. **그걸로 충분해,** 이렇게 나 자신에게 말했다. 그걸로 충분해야 해.

바닷물이 빠져나갔고, 희미한 달빛을 받은 창백한 해변은 거의 이 세상의 빛이 아닌 것 같은 빛을 냈다. 나는 눈을 감고 마치 최면을 거는 것처럼 조약돌에 부서지는 파도 소리를 들었다. 파도가 조용히 돌들과 밀고 잡아당기는 소리가 마치 숨 쉬는 소리 같았다. 나는 그 소리에 맞춰 숨을 쉬었다. 들이마시고 내쉬고. 들이마시고 내쉬고. 한결 낫다. 그래, 조금 나아졌다. 이제는 들어갈 수 있다.

눈을 막 떴을 때 모래 위에서 뭔가 아주 작은 게 움직이는 모습이 보였다. 환한 해변과 상대적으로 그것은 흐릿하고 어두웠다. 순간적으로 보였지만, 뭔가 본 건 확실했다. 나는 해변을 지켜보면서 기다렸지만 모든 게 고요하게 정지돼 있었다. **달빛이 속임수를 쓴 거군**, 나는 혼잣말을 했다. 그때 그게 다시 보였다.

나는 어둠 속을 응시하면서 그 어둠에 적응하려고 노력했다. 처음에는 아무것도 구분할 수 없었지만, 결국 낯선 형체 하나가 해변과 모래사장을 나누는 바위들에 기대어 있는 모습을 찾아낼 수 있었다. 아마 이웃들이 돌아와서 폐쇄해놓은 집을 개방한 모양이었다. 이런 계절엔 있을 법하지 않은 일이지만. 마블헤드 해안가에 사는 사람들은 이 무렵에는 집을 닫아놓고 떠나는데. 게다가 지금은 해변에서 저녁을 보내기엔 너무 추웠다.

호기심이 생긴 나는 포치에 달린 문을 밀어서 열었다. 짠내가 나는 세찬 바람에 실려 파도 소리가 거세게 밀려왔다. 그게 뭐든 그 형체는 여전히 그 자리에 있었다. 지금도 움직이지 않지만, 이제는 더 분명하게 보였다. 나는 데크로 나갔다. 바람에 머리카락이 흩날려서 눈 위로 흘러내렸다. 나는 머리카락을 얼굴에서 밀어내면서 계속 그 바위들만 뚫어져라 바라봤다. 그때 그게 보였다. 잠깐 달빛이 비쳤다가 짧지만 환하게 호를 그리며 떨어졌다. 다시 빛이 사라졌지만 어쩐지 익숙한 동작이었다.

기억이 깜박거리며 되살아났다. 길고 가는 손가락들이 헝클어진 검은 머리를 쓸어넘기는 모습. 촛불에 반사된 손목시계. 내 심장이 쿵쾅거렸다. 당연히 이건 미친 짓이다. 그저 내 바람이 만들어낸 상상의 산물일 뿐이다.

하지만 내가 어느새 계단으로 걸어가 어둠 속에서 조심스럽게 나무 난간을 부여잡고 내려가 마침내 해변에 서 있다는 사실을 깨달았다.

그 그림자는 여전히 그곳에 있었다. 바위들에 기대서서 윤곽만 보이는 기이한 존재였다. 저건 남자야, 그 사실을 깨닫는 순간 아찔해졌다. 내가 걷기 시작하자 신발 뒤꿈치가 모래 속으로 파고 들어갔다. 나는 어색하게 머뭇머뭇 걸어갔다. 그가 몸을 돌려서 나를 바라보는 게 느껴졌다. 또다시 달빛이 반짝하면서 그가 잠시 망설이는 게 보이더니 곧이어 바위에 앉아 있다가 내려오는 게 보였다. 그는 옆구리에 두 손을 붙인 채 다리를 넓게 벌리고 내가 다가오는 모습을 지켜봤다. 어둠 속에서도 나는 그를 알아볼 수 있다.

"안녕." 내가 마침내 그의 앞에 섰을 때 그가 말했다. 그 말은 바람에 휘말려 사라졌고, 그 소리도 어둠 속에서 기이하게 흩어져버렸다. "여기서 뭐 하는 거야?"

"여긴 내 해변이야. 지금까지 내내 여기 앉아 있었던 거야?"

"내내는 아니고. 한동안 내 차에 앉아 있었어."

"왜?"

그는 어깨를 으쓱하다가 이내 힘없이 떨어뜨렸다. "도저히 떠날 수가 없었어."

난 그의 말이 내가 생각하는 그 뜻은 아니라고, 내가 원하던 그 뜻은 아니라고 나를 타일렀지만, 맥박이 정신없이 뛰고 밀려오는 파도 소리가 모든 생각을 지워버렸다. "여긴 너무 춥잖아. 당신 코트는 어디 있어?"

"차에."

"헤미. 당신은 밖에서 이러고 있으면 안 돼."

"내가 가길 바라?"

"아니. 하지만 여기 있으면 안 돼. 안으로 들어가."

우리는 다시 계단을 올라갔다. 말없이 조심스럽게 서로에게서 거리를 둔 채. 안에 들어갔을 때 램프를 켜고 돌아서서 그를 바라봤다. 꼭 다문 그의 입은 추워서 파랗게 질려 있었고, 그에게서 찬기가, 그의 옷에서 짠내 나는 냉기가 발산되는 것처럼 느껴졌다. 아무 생각 없이 나는 그의 뺨을 만지고, 내 손등으로 그의 뺨을 가볍게 쓰다듬었다.

"당신 꽁꽁 얼었잖아."

내 손길이 닿자 그는 살짝 뻣뻣해졌다. "난 괜찮아."

"입술이 파랗게 질렸어."

"당신은 해변에서 뭘 하고 있었던 거야?"

바위에 앉아 있는 그를 내가 발견한 마당에 그것은 이상한 질문 같았다. "난 해변에 있었던 게 아니야. 여기 앉아서 밖을 보다가 바위들 옆에서 뭔가 움직이는 걸 봤어. 알고 보니 당신이었지."

"당신이 어둠 속에 앉아 있었다고?"

나는 어깨를 으쓱했다. "당신도 그랬잖아."

그는 뭐라고 대꾸하려다 테이블 위에 그 책들이 나란히 놓여 있는 걸 눈치챘다. 그걸 만지려 하진 않았지만, 날 힐끗 봤고, 그 눈빛에 서린 의문이 뭔지 알아차렸다.

"당신이 떠난 후에 책장에서 꺼냈어. 이 책들을 어떻게 해야 할지 결정하려고 애쓰던 참이었어."

"그래서 결정했어?"

"당신이 가져가고 싶어?" 나는 질문으로 그의 질문을 피했다.

"아니."

그 대답이 너무 빨리, 너무 단호하게 나와서 나는 움찔할 뻔했다. 나는 고개를 끄덕이며 뒤로 물러났다. "차를 가져올게."

그는 나를 따라 부엌으로 와서 내가 물 주전자를 불에 올리고 잔 두 개를 꺼내는 모습을 말없이 지켜봤다. 잠시 우리가 뉴욕에 있는 그의 작은 부엌에 돌아가 그가 신문을 읽거나 기사를 타자기로 치는 동안 내가 식사를 준비하고 있는 것처럼 느껴졌다. 우리 사이에 그 어떤 시간도 흐르지 않은 것처럼 느껴졌다. 하지만 조리대 너머로 그를 바라봤을 때 한때 젊은 연인이었던 우리가 얼마나 멀리 왔는지 깨달았다.

그의 얼굴은 전에 보지 못했던 방식으로 주름이 생겼지만 여전히 미남이었다. 맙소사, 신이여 나를 도와주소서. 그를 바라봤을 때 예전의 헤미가 보이지 않기를 바랐지만, 그는 바로 거기서 전처럼 경계하는 파란 눈으로 나를 보고 있었고, 그 빌어먹을 검은 머리를 이마 위에 늘어뜨리고 있었다. 이제는 그렇게 검지 않지만 근사하고 지독하게 익숙한 얼굴이었다.

나는 헤미의 잔에서 티백을 꺼내고 우유를 조금 따랐다. 전에 그가 차를 마시던 방식이었다. "이러면 추위가 좀 가실 거야." 나는 잔을 그에게 내밀며 말했다. 그는 그것을 받아서 바로 내려놨다. 내가 발걸음을 옮기기 전에 그가 내 손목을 잡았다. "난 차를 원하지 않아, 벨."

"좋아, 그럼. 차는 마시지 마. 뭘 원해?"

그의 눈이 흐려지더니 내 손목을 떨어뜨렸다. "난 오늘이 다시 1941년이길 원해. 내가 뉴욕을 떠나기 전날, 당신이 내 기사 메모를 발견하기 전날이길 원해. 나는 오늘이 그 **전날이길** 원해."

"하지만 그럴 수 없잖아, 헤미."

"그래. 그럴 수 없지. 지금은 그저 지금일 수밖에 없지. 하지만 당신이 뭘 원하냐고 물었잖아. 지난 두 시간 반 동안 그걸 알아내려고 애쓰고 있었어."

"그래서 어떤 결정을 내렸는데?"

"우린 잘 가라는 인사를 하지 않았어."

그를 올려다보는데 목이 메었다. "그게 당신이 원하는 거야? 잘 가라고 작별 인사하는 거?"

"나는 절대 그 말을 하고 싶지 않았어."

"그럼…… 뭐?"

"난 더는 화내고 싶지 않아, 벨. 너무 오랫동안 화만 냈어. 그게 나를 추억들로부터 격리하는 방법이라고 생각했으니까. 하지만 전혀 효과가 없었어. 그저 그것 때문에 자존심만 내세우느라 오래전에 해야 했을 일을 하지 못했지."

벨, 마리안이 아니라. 나는 희망을 품는 것조차 두려워서 고개를 떨어뜨렸다. "그게 뭔데?"

"내 빌어먹을 자존심을 굽히고 당신을 찾는 거였어. 그랬다면 재커리가 있는 걸 알았을 텐데. 아이의 인생과 당신 인생의 일부가 되었을 텐데. 대신 고통 속에서 허우적거리면서 술만 퍼마시고, 내가 바라는 우리의 모습을 담은 책들만 써댔지." 그는 그렇게 말하고 내게서 조금 떨어졌다. 두 손을 주머니에 깊이 찔러 넣은 채.

"헤미……."

그가 몸을 돌려 다시 나를 바라봤을 때 가장자리가 붉어진 그의 눈은 고통으로 가득 차 있었다. "우린 너무 많은 시간을 잃었고, 너무 오랜 세월 동안 다른 사람들이 한 짓을 두고 서로를 비난했지. 그들이 우리에게서 너무 많은 것을 빼앗아가서 우리가 되돌릴 수 없는 시간 때문에 난 아직도 화가 나. 그 분노는 영원히 풀리지 않을 거야. 하지만 당신에게 화를 내는 건 이제 끝났어. 나에게 화가 난 것도. 하지만 이제 뭘 해야 할지 몰라서 너무 두려워. 나만 그러고 싶진 않은데……."

그는 말을 하다 멈춘 채 헛기침했다. "어쨌든 그래서 어젯밤에 나타난 거야. 우리 사이에 기회가 있을지 알아봐야 했거든. 난 그러길 바랐어. 그러다 연회장에서 당신을 봤어. 당신이 날 알아본 순간이 언제인지도 난 알아. 당신은 그전까지 만면에 미소를 짓고 있다가 나를 본 순간 금방이라도 토할 것 같은 표정이더군. 그때 내가 실수했다는 걸 알았어."

그의 목소리에 서린 고통에 내 가슴이 갈기갈기 찢어졌다. "난 두려웠어. 재커리 때문에. 아직은 당신과 대화할 준비가 안 됐었거든. 하지만 어젯밤 당신이 온 건 실수가 아니었어, 헤미. 실수를 한 사람은 나야. 내가 한 짓은 용서받을 수 없는 짓이었고, 당신이 어떤 비난을 퍼부어도, 난 그런 말을 들어도 싸." 나는 조용히 말했다.

"그건 용서할 수 없는 건 아니야. 난 그저…… 당신이 재커리에 대해 말했을 때, 마치 배를 발로 세게 걷어차이는 기분이었어. 당신이 그날 기차역에 나타나지 않은 것보다 더 마음 아픈 일은 없을 줄 알았는데 내가 틀렸어. 당신이 재커리에 대해 말했을 때 내가 잃은 것만 생각했지, 내가 얻은 건 생각하지 못했어. 그건 아들이고, 어쩌면 두 번째 기회일지도 모르는데. 이런 식의 결말을 전혀 상상하지 못했지만, 여기에 내가 있어, 벨. 여기에 우리가 있어."

우리.

내 심장이 갑자기 너무나 시끄럽게 뛰기 시작해서 내가 하는 생각조차 들을 수 없을 정도였지만, 아직은 감히 희망을 품기가 두려웠다. "그건 재커리에 대한 이야기야? 재커리 인생의 일부가 되겠다는 뜻이야?"

"이건 모든 것에 관한 이야기야, 벨. 재커리와 당신과 나의 이야기. 마침내 우리가 인생을 **함께 살아가게** 되는 이야기. 지금까지는 그러지 않았으니까. 모든 것. 전쟁 기사, 책들, 내가 받은 상들. 그건 다 그저 시간을 때우기 위한 수단에 지나지 않았어. 내가 당신에게 돌아갈 수 있기 전까지 말이야. 우린 이제 다른 사람이 됐어. 나이가 들었고 변했지. 하지만 어떤 것들은 예전과 똑같아. 적어도 나는 그래. 그리고 난 생각했어…… **희망을** 품었어…… 어쩌면 당신의 인생에 내 자리도 있을지 모른다는 희망."

그의 목소리에 깃든 호소를 이제는 오해할 수 없었고, 갑자기 두려워졌다. 상황이 너무 빠르게 발전하고 있다. 지금, 이 순간 우리가 느끼는 것만으로는 충분하지 않다. 우리가 모든 것을 잃어버린 후에는 그 어떤 것도 영원히 충분하지 않을 것이다. "우린 더는 서로를 몰라, 헤미. 당신도 당신 입으로 그랬잖아. 우린 이제 다른 사람들이라고. 이건 어마어마한 실수일 수도 있어."

그가 고개를 끄덕였다. "당신 말이 맞아. 우리는 실수를 하고 있을 수도 있어. 하지만 이건 내가 받아들일 만한 마음이 있는 기회이기도 해. 당신이 아무리 천천히 그걸 잡아야 한대도 말이야. 그때 당신은 벨이었고, 항상 벨일 거야. 하지만 이제 당신도 다른 사람이 됐지. 우리 둘 다 그래. 난 당신이 어떤 사람이 됐는지 알아갈 기회를 원해. 조금 늦었다는 건 알지만, 그래도 우리를 위한 미래가 있을지 알아볼 만한 가치는 있다고 생각해." 그는 내 손을 잡고 내 눈을 살폈다. "이건 너무 과한 요구일까?"

나는 우리가 잡은 손을 내려다봤다. 그 따뜻하고 낯익은 손가락들이 내 손가락을 감아쥐고 있었고, 나는 오래전 디키에게 내가 한 조언을 회상했다. 며칠 전 밤 이선에게도 같은 조언을 했다. 그들 사이에 사랑 말고는 아무것도 끼어들지 말게 하라고. 내가 이걸 할 수 있을까? 다시 내 마음을 걸 수 있을까? 난 그동안 잘 살아왔다. 거의 어떤 기준으로 봐도 충만한 인생이었다. 내가 키운 아이들은 잘 자랐고, 난 좋은 일도 했다. 그것으로 충분해야 했다. 하지만 난 내 인생에 항상 한 조각이 빠져 있다는 걸 알고 있었다. 그 빠진 조각은 헤미였다.

"아니. 너무 과한 요구 아니야. 그거로 충분해." 나는 마침내 대답했다.

나는 와인 한 병을 따고 과일과 치즈로 대충 저녁을 차려서 거실로 가져갔다. 헤미가 벽난로에 불을 피웠고, 우리는 소파에 앉아 그동안 어떻게 살아왔는지 이야기를 시작했다.

가끔 그의 손이 내 손을 잡았다. 마치 내가 정말로 그의 옆에 있는 걸 확인하는 것처럼. 나도 같은 이유로 그의 뺨을 만져보곤 했다. 우리가 한때 연결돼 있다고 느꼈던 감각이 여전히 전류처럼 우리 사이에 흐르고 있었고, 서로의 손길이 닿을 때마다 하던 이야기를 관두고 침대로 뛰어들고 싶었다. 그런 유혹에 굴복하기란 얼마나 쉬운가. 침묵이 흐르는 안전한 어둠 속에서 우리의 재회를 완성하다니. 하지만 우리 사이엔 너무 오랜 세월이 입을 벌리고 있었고, 반드시 채워야 할 공백이 너무 많았다. 그래서 이야기를 계속했다.

헤미는 전쟁과 그가 본 것들(글로 쓰기엔 너무 끔찍한 것들)과 어머니의 죽음에 대해 말해줬다. 어머니가 병에 걸렸을 때 어떻게 고국으로 돌아갔는지, 그리고 아버지 옆에 어머니의 시신을 묻을 때 그 자리에 있었다는 이야기. 그날은 부모님의 33번째 결혼기념일이었다는 것도. 그가 비탄에 젖은 나머지 나를 연상시키는 여자와 결혼했다가, 결혼식 날 밤에야 비로소 끔찍한 실수를 저질렀다는 사실을 깨달은 이야기.

나는 그에게 캘리포니아에 대해, 그리고 그가 없이 거기서 사는 게 어땠는지, 내가 아이를 낳을 거라는 사실을 깨달았을 때 얼마나 두려웠는지 말했다. 나는 그에게 요한나의 사진을 보여주고 그녀의 이야기를 들려주었다. 우리가 어떻게 친구가 됐다가 나중엔 자매처럼 가까워졌고, 요한나가 죽음이 임박했음을 알았을 때 어떻게 내게 일리스와 나 혼자 낳은 아들에게 새 이름을 선물해줬는지 말했다.

우리의 잔들이 비어가고 불이 점점 꺼져가는 사이에 시간이 쏜살같이 흘러갔다. 와인을 두 병째 마시면서 나는 이선과 애슐린에 대해 이야기했다. 우리가 쓴 책들 때문에 그들이 내 인생에 들어오게 된 사연과, 그들이 벌써 한 가족처럼 느껴진다는 이야기를 들려줬다. 이선이 디키의 착한 마음도 쏙 빼닮은 이야기, 그리고 애슐린이 내게 우리 문제를 마무리 짓고 그에게 재커리에 대해 말하라고 몰아붙인 이야기도 들려줬다.

그러다 갑자기, 설명할 수 없는 이유로 이제 할 말이 없어진 것처럼 느껴졌다. 둘 다 할 이야기는 더 남아 있었다. 43년이란 시간은 평생이나 다름없었다. 이 경우에는 두 사람의 평생이지만, 지금으로선 이야기는 충분했다. 나는 내 방으로 가서 침대에 있는 두꺼운 이불을 끌고 헤미에게 돌아갔다. 나는 헤미에게 손을 내밀며 아무 말도 하지 않았다. 그도 말없이 내 손을 잡았다. 우리는 선 포치로 가서 뒤쪽 계단을 내려가 그 밑에 있는 해변으로 갔다.

우리는 바위 위에 앉아 우리의 해변 위에서 해가 뜨는 광경을 조용히 지켜봤다. 아침 공기는 살을 에듯 차갑고, 뺨을 스치는 바람은 날카로웠지만, 이불 밑에서 우리는 어깨를 맞대고 몸을 꼭 붙인 채 아늑하게 서로에게 기댔다. 우리는 해가 중천에 뜰 때까지 그 자리에 머물렀다. 바다는 매끄러운 수은과 파랑이 섞인 것처럼 보였고, 우리 발밑에서 부서지는 모래는 황금빛이었다. 결국 우리는 바위에서 내려와 얼굴을 마주 보고 섰다.

나는 종결, 그러니까 엉망이 된 과거를 깔끔하게 마무리했다고 확신하고 있었지만, 헤미가 나를 끌어당겨 안았을 때 그건 종결처럼 느껴지지 않았다. 그것은 시작처럼 느껴졌고, 불현듯 또 다른 키스가 떠올랐다. 마치 전생에 있었던 것처럼 느껴지는 비 오는 날 마구간에서 했던 키스였다. 그것 역시 시작이었다. 헤미는 마치 내 생각을 읽고 있는 것처럼 싱긋 웃더니 나를 안았다. **원래 이렇게 되어야 할 일이었지,** 그의 입술이 내 입술을 덮을 때 나는 생각했다.

　이렇게. 이렇게. 이렇게.

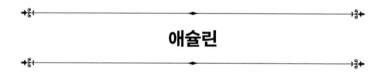

애슐린

1985년 12월 7일
매사추세츠, 마블헤드

　3시가 훨씬 넘은 시각, 오후의 태양이 블라인드 사이로 비스듬하게 들어와 부드러운 호박색으로 벽을 물들였다. 애슐린은 자신이 작업한 작품을 꼼꼼하게 살펴봤다. 파란 종이로 포장하고 빈티지 퀼트 위에 소용돌이 모양으로 은색과 흰색 리본을 묶어 장식한 꾸러미들은 축제 첫날 밤 사람들에게 줄 하누카(유대교 성전 헌당 기념일-옮긴이) 선물이었다.

오늘은 그녀가 이선의 새 가족과 함께 맞이하는 두 번째 하누카이면서 동시에 선물을 주는 의식에 처음으로 참여하는 기회이기도 했다. 그래서 그녀는 살짝 긴장했다. 그들은 아주 따뜻하게 그녀를 환영했고 가족처럼 대해줬다. 그녀는 곧 그들의 가족이 될 것이다. 이선과 그녀는 지난 추수감사절 직후부터 그 사실을 비밀로 하고 있었다. 이선이 가족들이 다 모인 자리에서 발표하고 싶어 했기 때문이다.

1년 반 만에 그녀의 인생이 얼마나 변했는지 아직도 믿기지 않을 정도였다. 이게 다 한 쌍의 책이 그녀의 손에 들어오게 되면서 일어난 일이다. 언뜻 보기엔 우연의 일치 같아 보이지만 과연 그럴까? 뉴잉글랜드에 있는 모든 가게 중에서 〈후회하는 벨〉과 〈영원히, 그리고 다른 거짓말들〉이 케빈의 가게에 가게 된 게 단순히 우연이었을까? 그리고, 그랬기 때문에 모든 게 변했다. 그녀와 이선의 삶만 그런 게 아니라, 심지어 헤미와 벨의 인생뿐만 아니라, 수십 년에 걸친 비밀로 인해 헤어졌던 가족 모두의 삶이 변했다.

애슐린은 이제 마리안의 사무실에 나란히 꽂혀 있는 그 책들을 생각하며 지난번에 그것들을 손으로 쓸어봤을 때를 떠올렸다. 먼저 헤미의 책 그리고 이어서 벨의 책을, 그다음엔 두 권을 같이 만져봤다. 그녀의 손가락 밑에서 그 책들이 같이 묘한 에너지를 뿜어내며 윙윙거리고 있었다. 서늘하면서도 고요하고 눈부시게 잘 어울리는 것이 마치 완벽한 화음 속에서 공명하는 음표들 같았다.

책들의 메아리가 바뀐 것이다.

그 순간은 애슐린에게 일종의 계시이자, 한 사람이 남긴 메아리들은 그가 한 선택의 산물이란 점을 일깨워줬다. 그리고 아마도 더 중요한 점은 그 메아리들을 바꾸는 것이 항상 가능하다는 것이다. 침대 가장자리에 앉은 그녀는 손바닥을 펴서 손가락 끝으로 생명선을 양분하는 주름진 살을 따라 쓸어내렸다. 전과 후. 그것은 그녀가 절대 잊지 않겠다고 다짐한 또 다른 깨달음이었다. 즉, 인생은 살면서 생긴 흉터들로 정의되는 것이 아니라 그 흉터 이면에 있는 것으로 인해, 그 흉터가 남긴 인생을 가지고 어떻게 살아가느냐에 따라 정의된다는 것이다. 그녀는 사랑과 가족을 다시 시도해볼 수 있는 두 번째 기회를 받았고, 그걸 최대한 활용할 작정이었다.

벽난로 선반 위에 올려둔 시계가 4시를 울렸을 때 애슐린은 일어났다. 이제 나가서 이선과 같이 나머지 가족들과 함께 있어야 한다. 해는 곧 질 것이고, 이제 가지 달린 촛대에 불을 밝힐 시간이 거의 다 됐다. 그녀는 침대에 놓인 선물들을 품 안 가득 끌어안고 그 위에 하나를 더 올렸다. 그것은 마리안을 위한 선물이었다.

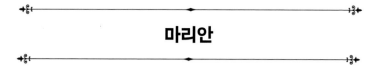

마리안

해가 거의 다 졌고, 촛대가 환하게 빛나면서 어서 불이 켜지길 기다리고 있었다. 나는 거실을 둘러보다가 새로 합쳐진 우리 가족이 모두 한곳에 모여 있는 걸 보고 가슴이 벅차 터질 것 같았다. 오늘은 우리가 같이 보내는 두 번째 하누카이지만, 이번에는 느낌이 달랐다. 마침내 완전해진 느낌이었다.

집 안은 명절 음식을 요리하는 여러 가지 향기로 가득 차 있었다. 가슴고기와 라트키(으깬 감자와 양파에 계란과 밀가루를 섞어 구운 유대 요리-옮긴이), 설탕과 젤리를 듬뿍 넣어 채운 이스라엘식 도넛이 있었다. 나는 일리스와 제프리 주위를 신나게 뛰어다니는 손녀들에게 생긋 웃어 보였다. 똑같이 파란색 스웨터를 입은 아이들은 어서 선물들을 열어보고 저녁 먹고 난 후 게임을 하고 싶어 안달이 난 하누카 카드 속 아이들처럼 보였다.

재커리와 로셸은 며칠 지내려고 보스턴에서 왔다. 둘이 가까운 곳으로 이사 왔으니 잘된 일이다. 3월에 쌍둥이가 태어난다고 하는데, 둘은 아직 모르겠지만 아이들이 태어나면 할 일이 태산일 것이다. 재커리와 헤미는 유아용 침대들을 조립하고 아기방에 도배할 계획을 의논하고 있다. 할아버지가 되는 건 헤미가 예상하지 못한 일이었지만, **사바**(히브리어로 할아버지)로 불리게 된다는 생각에 그는 우스꽝스러울 정도로 행복해하고 있다.

우리는 8월에 결혼했다. 우리는 재커리의 결혼식이 끝날 때까지 기다린 후에 마치 한 쌍의 젊은이들처럼 법원에서 조용히 했다. 처음 계획보다 43년 늦었지만, 마침내 해냈다. 나는 이제 방 맞은편에 있는 그를 바라보고 있다. 어쩌면 저리도 아들과 똑같이 생겼는지. 그는 이마에 흘러내린 머리를 쓸어넘기다가 갑자기 내 시선을 느꼈는지 나를 힐끗 봤다. 그가 윙크를 하자 내 심장이 쿵쿵 뛰었다. 그 오랜 세월이 흘렀는데도 그는 여전히 나를 아찔하게 만든다.

거실의 반대편에서 이선과 애슐린은 같이 앉아 있었다. 내 짐작이 틀리지 않았다면 둘은 곧 나에게 신혼여행을 선물로 받게 될 것이다. 아마 사촌들을 만나러 프랑스에 가지 않을까.

재커리가 헛기침하더니 촛대에 불을 밝힐 시간이라고 말했다. 헤미가 와서 내 의자 뒤에 섰는데, 내 어깨에 닿는 그의 손이 따뜻했다. 우리는 모두 일어섰고, 재커리가 촛대의 가장 왼쪽에 초를 꽂고 나서 샤마시(조력자 양초)에 불을 밝히는 모습을 조용히 지켜봤다. 아이들이 숨을 참는 동안 재커리가 샤마시를 들어 첫 번째 양초 심지에 불을 밝혔다. 불이 붙는 순간 다들 조용히 한숨을 쉬었다.

우리는 이어서 축복의 노래를 불렀다. 첫날 밤이니 세 곡을 불렀다. 우리의 목소리가 모두 한데 섞여서 내는 소리에 나는 미소 지었다. 나의 시선이 이선에게 갔다. 이선은 빌린 야물커(유대인 남자가 예배 때 쓰는 작은 모자-옮긴이)를 쓰고 엄숙한 표정으로 예의 바르게 서 있었다. 그와 애슐린은 올해 모든 기도문을 외웠다. 그들이 우리 가족이 되어줘서 감사하는 마음에 내 가슴이 부풀어올랐다.

마침내 저녁을 먹을 때가 됐다. 일리스는 서둘러 아이들을 화장실로 데려가 저녁 먹기 전에 씻겼다. 거실은 텅 비었지만, 나는 거기에 남아 좀처럼 오지 않는 고요한 순간을 음미했다. 나는 지쳤지만, 행복한 마음으로 주위를 둘러봤다. 어두운 창문에 촛대가 반사됐고, 예쁜 포장지로 포장한 선물 더미가 개봉되길 기다리고 있었고, 카펫은 아이들이 놀다가 놔둔 바비 인형들과 색칠 그림책으로 어질러져 있었다. 인생에서 이보다 뭘 더 원할 수 있을까?

갑자기 헤미가 나타났다. 마치 내 질문에 응답하는 것처럼, 그는 반짝거리는 은색 포장지로 싼 꾸러미를 건넸다. **"행복한 하누카."**

나는 그 상자를 받으면서 얼굴을 찌푸리며 왜 저녁을 먹기도 전에 선물을 주는지 궁금해했다. 은색 포장지를 뜯는 나를 지켜보는 그의 시선이 묘하게 묵직하게 느껴졌다. 그의 기대에 찬 눈빛에 나는 겸연쩍었다. 나는 상자 뚜껑을 들어올린 후에 몇 겹으로 된 속 포장지를 벗겼다. 잠시 내가 뭘 보고 있는지 알 수가 없었다. 그것은 매끄러운 갈색 가죽으로 장정한 한 권의 책이었다. 나는 앞면에 금박으로 찍힌 글자를 멍하니 바라봤다. H. L. T.

헬렌 루이스 트레버.

그럴 리가 없는데. 하지만 그 책을 내 무릎에 올려놨을 때 그게 뭔지 알았다. 엄마의 앨범을 어마어마하게 공을 들여 아름답게 복원한 것이다. 나는 깜짝 놀라 그 책을 쓸어봤다. 가죽은 아주 나긋나긋하면서도 버터처럼 부드러웠다. 한때 부러진 등은 완벽하게 수선됐고, 보기 흉측한 고무밴드들이 사라지고 페이지들은 완벽하게 제자리에 붙어 있었다. 그것은 물론 애슐린의 작품이었고, 그 변신은 기적과도 같았다.

나는 숨을 참은 채 표지를 넘겼다가 금방이라도 쏟아질 것 같은 눈물에 목이 메었다. 갑자기 엄마가 날 올려다보고 있었다. 그 특별한 오후들을 같이 보냈던 시절의 엄마. 젊고 생기가 넘치며 아름다운 엄마. 내 기억 속의 **엄마가.** 경이에 차서 천천히 페이지를 넘기는 내 손이 살짝 떨렸다.

식당에서 사람들이 식탁 주위에 모이면서 접시들과 은제 포크와 나이프와 수저들이 땡그랑 울리는 소리, 손녀들의 웃음소리와 사람들이 웅성웅성 대화하는 소리가 들렸다. 가족의 소리. 아이들은 대체 우리가 뭘 하는지 궁금해하면서 곧 우리를 부를 것이다. 나는 앨범을 덮고 다시 상자 속에 넣었다. 선물을 만끽할 시간은 나중에 있을 것이다. 지금은 저녁 식사가 기다리고 있다.

나는 무릎에 힘을 주고 일어나서 그가 내게 돌려준 추억에 감사하고, 우리가 함께 만들어갈 새로운 추억이 고마워서 눈물이 고인 눈으로 헤미를 바라보며 웃었다.

감사의 글

이제, 집을 짓고 전국을 횡단해서 이사를 해내는 동안 이 책을 만들 수 있게 도와주신 모든 분에게 감사하다는 말씀을 드릴 차례입니다. 책을 한 권 쓴다는 것은 한 마을(이번 경우에는 아주 큰 마을) 사람들이 필요하다는 뜻입니다. 그러니까 작가와 같이 창의적인 불구덩이 속에 같이 들어가 한편이 되어주고, 이어서 작가가 무사히 불구덩이를 빠져나올 수 있도록 도와주며, 작가의 프로젝트와 작가를 믿어주고(설령 작가 본인은 자신을 믿지 않을지라도), 그런 내내 계속 작가의 기운을 북돋워주겠다는 의지를 보이는 헌신적인 사람들이 필요하다는 이야기죠. 그들 모두에게 감사의 인사를 할 수 있는 방법은 없지만, 그래도 시도해보려 합니다.

먼저 나의 훌륭한 에이전트인 날리니 아콜레카. 당신과 함께 갔던 여정은 근사했습니다. 한 걸음 한 걸음 나와 같이 걸어줘서 고마워요. 다음엔 또 어떤 작업을 같이 할지 벌써 기대되네요! 그리고 스펜서힐 팀 전원에게 무한한 감사의 인사를 소리쳐 보냅니다. 이 팀원들은 제작이 일정대로 진행될 수 있도록 막후에서 항상 고생하고 계신 분들입니다.

제 원래 편집자인 조디 바르샤바에게도 고맙다는 말을 전하고 싶습니다. 조디는 처음부터 이 책을 믿어줬고, 같이 일하는 게 언제나 대단히 즐거웠습니다. 절 믿어준 당신, 정말 감사해요. 사랑스러운 크리스 워너도 빼놓을 수 없죠. 크리스는 이 프로젝트 중간에 참여했지만, 항상 적극적으로 끝까지 지지해주고 헌신적으로 일해줬습니다. 이 소설을 쓰는 내내 날 언제나 기쁘게 해준 다니엘 마셜에게도 고맙다고 말하고 싶어요. 다니엘보다 더 나를 잘 보좌해줄 수 있는 사람은 없었어요! 마찬가지로 가베 덤핏, 알렉스 레벤버그, 한나 휴그와 레이크 유니언/아마존 출판팀원들에게 감사의 인사를 전하고 싶습니다. 마케팅에서 디자인까지, 당신들은 분명 업계 최고 실력자들입니다.

저의 편집자인 샬럿 허셔에게도 감사의 인사를 전합니다. 샬럿이 없었다면 나는 완전히 길을 잃었을 겁니다. (이건 사실이에요. 난 정말 그랬을 겁니다!) 날 부드럽게 이끌어주고 예리한 통찰력을 제공해줘서 고마워요. 당신은 이 모든 일을 아주 우아하게 해냈죠. 그리고 헤미의 표현을 빌리자면, 당신은 내가 모든 책에서 맥을 짚을 수 있게 도와줬죠.

서평 블로거들에게도 고맙다는 인사를 전하고 싶습니다. 여러분의 관대하고 애정에 찬 서평들 덕분에 독자들은 이 책에 관심을 가지고 계속 읽을 수 있게 됩니다. 특히 수잔 "퀴니" 패터슨, 케이시 머피(일명 펄프우드 퀸), 케이트 록, 애니 맥도웰, 드니스 버트, 린다 가 농, 수전 레오폴드에게 감사의 인사를 보냅니다. 여러분은 정말 훌륭한 서평가입니다.

블루스카이 북 챗의 멋진 동료들도 고맙습니다. 패트리샤 샌즈, 앨리슨 래그스데일, 매릴린 시몬 로스타인, 베트 리 크로스비, 소라야 레인, 레이니 캐머런, 에이미 K. 루난, 크리스틴 놀피. 이 스릴 만점이었던 한 해 동안 날 즐겁게 해주고 우정과 끝없는 지지를 보내준 여러분, 다들 감사해요!

사랑스럽고 재능이 넘치는 동료이자 관리자이자 무엇보다 친구인 케리 섀퍼에게도 고맙다는 인사를 하고 싶군요. 모든 게 다 고마워. 나와 같이 브레인스토밍을 해주고, 내 손을 잡아주고, 창의력이 넘치는 조언을 해주고, 항상 긍정적이고 내가 필요할 때 부드럽게 격려해주던 너. 너에겐 정말 영웅의 망토가 필요해(진심이야).

글리터 걸스 북클럽의 여성 회원들도 감사합니다. 내가 플로리다로 이사 가는 바람에 어쩔 수 없이 헤어져야 했지만, 나와 즐겁게 시간을 보내주셔서 감사해요. 모두 그리울 거예요(하지만 잊진 않겠어요)!

나의 엄마 패트리샤 크로포드, 감사합니다. 엄마는 계속해서 나의 가장 큰 팬이자 가장 큰 소리로 환호해주는 분이죠. 언제나 의지할 수 있게 해주셔서 감사해요. 그리고 매일 오후 6시에 엄마와 하는 채팅도 즐겁고. 엄마를 너무너무 사랑합니다!

마지막으로 톰, 최근에 은퇴한(은퇴한 후에 하는 일이라곤 상자를 포장했다 다시 푸는 일밖에 안 하고 있지만) 나의 남편에게 고마운 마음을 전하고 싶어요. 나 대신 힘든 일을 해주고, 우리의 삶이 잠시 뒤집힐 때마다 내가 글을 쓸 수 있게 시간을 내주는 당신 고마워요. 당신에게 고맙다는 말을 충분히 표현할 길이 없지만, 그래도 매일 당신에게 그 마음을 보여주고 있기를 바라고 있어요.

옮긴이의 말

책과 서점과 사이코메트리,
책 애호가를 위한 매혹적인 미스터리 서사 로맨스

책 동네에서 일하는 사람에게 책과 서점을 소재로 한 소설은 언제나 거부할 수 없는 유혹으로 다가오기 마련이다. 이 책 〈오래된 책들의 메아리〉도 그런 이유로 시작부터 강렬한 매력을 느꼈는데, 첫 페이지를 펼쳐서 읽기 시작했다가 오래되고 낡은 책들을 복원해서 새로 장정하는 일을 하는 고서점 주인이자 주인공인 애슐린에게 책을 매개로 한 사이코메트리 능력이 있는 걸 발견하고 나는 더 흥분했다. 나는 예전부터 어떤 사물을 만졌을 때 거기 배어 있는 원소유자의 기억이나 감정을 느낄 수 있는 초능력을 소재로 한 소설에 열광했기 때문이다. 그래서 나에게 이 책은 내가 좋아하는 세 가지 요소, 즉 책과 서점과 사이코메트리가 골고루 조화를 이룬 종합선물 세트처럼 느껴졌다.

이제 본격적으로 이 책의 이야기를 해보자면, 이 소설은 액자소

603

설 구성으로 되어 있다. 미국에서 1980년대를 살아가는 서점 주인 애슐린의 손에 우연히 들어온 아름다운 책 두 권. 이상하게도 작가나 출판사 이름을 찾을 수 없는 이 두 권의 책에 매료된 애슐린은 책 속 이야기에 빠져들면서 책에 나온 인물들이 실제로 존재하는 인물인지 찾아보기로 결심한다. 그래서 독자인 우리는 1980년대 미국과 2차 세계대전 참전 직전 뉴욕의 상류사회 두 개의 이야기를 보게 된다.

이렇게 이 소설은 시대적 배경이 다른 두 개의 이야기인 동시에, 두 개의 다른 장르를 품고 있는 점이 특징이다. 현실에서 애슐린과 그 책을 가져온 이선 커플이 두 권의 책을 둘러싼 비밀을 풀기 위해 노력하는 문학 미스터리라는 장르가 있고, 문제의 책에 등장하는 벨과 헤미 커플의 지극히 아름답고 고혹적이며 비극적인 로맨스 장르가 있다.

이 두 개의 이야기가 번갈아 오가는 구성에 푹 빠져들다 보면 어느새 흑백 영화와 컬러 영화를 동시에 보고 있는 듯한 느낌이 들기도 한다. 화려한 실크 드레스를 입은 미인이자 갑부의 딸인 벨과, 작가를 꿈꾸는 신문기자이자 고전적 미남인 헤미의 만남은 마치 영화 〈로마의 휴일〉에 나온 공주 오드리 헵번과 영민한 기자 그레고리 펙을 연상시키기도 한다.

이 로맨스의 매력을 한껏 끌어올리는 또 하나의 요소는, 우리에겐 비교적 낯선 미국 내 나치 인사들의 이야기다. 벨의 아버지는 금주법 시대에 몰래 술을 들여와 팔아서 쌓은 수상쩍은 부를 토대로 결국 정계에 진출하려는 야망을 지닌 인물이다. 작가는 벨의 아버지를 통해 2차 세계대전에 참전하기 직전 미국 사회에서 암암리에 활약한 친 나치 인사들의 활동을 조명했다. 나는 이 소설을 통해 1927년 대서양 비행 횡단에 성공해 미국인들의 영웅이 된 찰스 린드버그와 자동차의 제왕인 헨리 포드가 히틀러에 친화적이었다는 사실을 알고 무척 놀랐다. 그리고 유럽에서 벌어지는 전쟁에 미국의 개입을 요청한 영국의 처칠 수상과 참전을 고민하던 루스벨트 대통령, 그런 그의 행보를 못마땅하게 생각하며 유대인들을 배척하던 미국 상류층 인사들의 당시 상황을 소설로 보게 돼서 굉장히 흥미로웠다. 이렇게 과거 미국에서 가장 극적인 한순간이 가미되면서 벨과 헤미의 로맨스는 더 짜릿해지게 된다.

액자 속 연인들의 이야기에 역사가 가미됐다면, 1980년대 현재를 살아가는 애슐린과 이선의 이야기는 또 다른 측면에서 흥미롭다. 오래된 책들을 찾아서 복원해 그 가치를 살리는 애슐린의 직업은 책 동네에 있는 사람이라면 누구나 사랑하고 존중할 수밖에 없는 소중한 일이다. 나는 책을 사랑하고, 책에서 위로받고, 책을 복원하는 과정을 통해 자신의 상처와 고통까지 치유하는 애슐린을 보며 때로는 공감하고, 때로는 위로받고, 때로는 힘을 냈다. 이 소설에 나오는 "내 인생의 가장 행복한 순간에 나는 책을 향해 손을 뻗고, 내 인생의 가장 슬픈 순간에 책이 나를 향해 손을 뻗어온다"는 구절처럼 내 인생에도 기쁠 때나 슬플 때나 항상 책이 옆에 있었다. 책이 읽히지 않는 시절이지만, 책 동네 주민으로서 내가 단언할 수 있는 사실은, 책은 언제나 우리 곁에서 우리를 위로할 준비가 되어 있다는 것이다. 그리고 이 한 권의 책 역시 우리가 그토록 바라던 절절한 위로를 담고 있다.

토론용 질문들

01 '사이코메트리'는 한 사람과 관련된 물건을 만짐으로써 그와 연관된 사건이나 사람에 대한 사실을 알아내는 능력으로 정의됩니다. 당신은 그런 능력을 재능이라고 보시나요? 아니면 부담스럽다고 생각하시나요? 만약 당신에게 그런 능력이 생길 수 있는데, 한 종류의 물건으로만 능력을 발휘할 수 있다면 어떤 물건을 고르겠습니까? 그리고 그 이유는 뭐죠?

02 애슐린은 책을 장정하는 자기 일을 천직이자 신성한 소명으로 보게 됐습니다. 책을 다시 제본하고 수선하는 일이 이 이야기에서 어떻게 정서적 상처를 치유하는 메타포로 작동하고 있나요?

03 표면적으로 애슐린과 마리안은 아주 다른 사람이지만, 정서적으로 보면 비슷한 점이 몇 가지 있습니다. 애슐린과 마리안의 캐릭터는 어떤 면에서 닮았을까요?

04 애슐린의 사랑과 연애 이력이 벨과 헤미의 관계에 빠져들게 되는 그녀의 심정에 어떤 영향을 미쳤을까요? 그녀의 경험이 본능적이고 정서적인 면에서 어떻게 벨과 연결됐을까요?

05 사람들은 종종 용서란 우리에게 고통을 안겨주거나 우리를 다치게 한 사람을 놓아주는 것보다 우리 자신을 치유하는 데 더 큰 힘을 발휘한다고 말하는데요. 당신은 이 이론에 찬성하시나요? 그렇다면 용서가 전혀 가능하지 않은 상황이 있다고 믿으시나요? 아니면 아무리 상대가 큰 죄를 저질렀건 상관없이 우리는 항상 용서하려고 노력해야 할까요?

06 이야기 내내 애슐린은 오른손바닥에 있는 골치 아파 보이는 흉터 때문에 괴로워합니다. 소설이 시작될 때 그 흉터는 그녀에게 있어 무엇을 상

징하는 걸까요? 그리고 소설이 끝날 무렵 그 흉터의 의미는 어떻게 바뀌었나요?

07 헤미와 벨은 둘 다 서로를 잃었기에 생긴 크나큰 슬픔을 느끼기보다는 차라리 분노에 매달리는 편을 선택했다고 인정합니다. 당신의 인생에도 더 깊은 감정적 상처들을 가리기 위해 분노에 집착했던 때가 있었나요? 그렇다면 지금 그 선택을 후회하시나요?

08 믿음의 문제(혹은 믿음 부족의 문제)가 애슐린과 이선, 벨과 헤미의 관계에 어떤 식으로 작동하게 되었나요? 애슐린과 벨이 사람을 믿지 못하게 된 계기가 되는 사건들을 토론해보세요.

09 마리안과 코린은 마음에 큰 갈등을 품고 있는 관계입니다. 마리안은 여전히 코린에게 거부당하고 배신당한 느낌을 간직하고 있습니다. 코린은 차갑고 다른 사람을 통제하려는 면에서 아버지의 연장선상에 있는 인물입니다. 하지만 이야기가 끝나갈 무렵 그 힘의 역학이 바뀌어서 마리안이 우위를 차지하게 됩니다. 그리고 코린이 자기 잘못을 인정했을 때 마리안은 화해의 손길을 내밉니다. 마리안이 계속 화를 내는 대신 왜 그런 선택을 했을까요? 이런 상황에 당신이라면 같은 선택을 하겠습니까?

10 이야기 초반에 애슐린은 이선에게 자기는 살면서 한 번도 용감한 행동을 한 적이 없다고 했지만, 이야기가 끝날 무렵엔 용기가 무슨 뜻인지에 대해 새롭게 정의를 내린 것 같습니다. 용기에 대한 애슐린의 의견이 어떻게, 그리고 왜 바뀌었는지 토론해보세요.

오래된 책들의 메아리

1판 1쇄 발행 2024년 6월 24일

지은이 바버라 데이비스
옮긴이 박산호
펴낸이 박선영

편집 양은하
영업관리 박혜진
마케팅 김서연
발행처 퍼블리온

출판등록 2020년 2월 26일 제2022-000096호
주소 서울시 금천구 가산디지털2로 101 한라원앤원타워 B동 1610호
전화 02-3144-1191
팩스 02-2101-2054
전자우편 info@publion.co.kr

ISBN 979-11-91587-67-8 03840

※ 책값은 뒤표지에 있습니다.